Susan Elizabeth Phillips es autora de numerosas novelas que han entrado en las listas de best sellers del *New York Times* y se han traducido a varios idiomas. Entre ellas se cuentan *Toscana para dos* y *Ella es tan dulce*, así como *Este corazón mío*, todas publicadas en los diferentes sellos de B.

Phillips ha ganado el prestigioso premio Rita y mereció en dos ocasiones el premio al Libro Favorito del Año de Romance Writers of America. Romantic Times la hizo acreedora del Career Achievement Award, un premio a su carrera literaria.

Vive en las afueras de Chicago con su marido y sus dos hijos.

Título original: *Fancy Pants*
Traducción: Daniel Hernández Chambers
1.ª edición: septiembre 2012

para el sello B de Bolsillo
Consell de Cent, 425-427 - 08009 Barcelona (España)
www.edicionesb.com

Printed in Spain
ISBN: 978-84-9872-690-9
Depósito legal: B. 20.211-2012

Impreso por NOVOPRINT
Energía, 53
08740 Sant Andreu de la Barca - Barcelona

Una chica a la moda

SUSAN ELIZABETH PHILLIPS

A mis padres,
con todo mi amor

Agradecimientos

Quiero dar especialmente las gracias a las siguientes personas e instituciones:

Bill Phillips, que jugó dieciocho hoyos extraordinarios y me apartó de los búnkeres. Te quiero.

Steve Axelrod, el mejor que hay.

Claire Zion: un buen editor siempre es necesario, pero si además tiene sentido del humor, es una bendición.

La Professional Golfer's Association, por su paciencia al responder mis preguntas.

La Statue of Liberty-Ellis Island Foundation, guardianes de las esencias.

El personal de WBRW, Bridgewater, Nueva Jersey, una emisora de radio pequeña con un corazón de 50.000 vatios.

El doctor Lois Lee y los Niños de la Noche: Dios os bendiga.

Charlotte Smith, doctor Robert Pallay, Glen Winger y Steve Adams.

Rita Hallbright, de Kenia Safari Company.

Linda Barlow, por su inquebrantable amistad y sus muchos y útiles consejos.

Ty y Zachary Phillips, que iluminan mi vida.

Lydia Kihm, mi hermana favorita.

SUSAN ELIZABETH PHILLIPS

Enviadme a estos, a los desamparados,
los que son azotados por la tempestad...

EMMA LAZARUS
«El nuevo coloso»

Prólogo

—La marta da asco —murmuró Francesca Serritella Day para sus adentros, mientras una serie de flashes relampagueaban en su cara. Hundió la cabeza para refugiarse con el cuello alto de su abrigo de piel rusa, y deseó que fuera de día para poder ponerse sus gafas oscuras.

—Esa no es precisamente una opinión muy generalizada, querida —dijo el príncipe Stefan Marko Brancuzi mientras la agarraba del brazo y la guiaba a través de la multitud de paparazzi apostados en el exterior del restaurante La Côte Basque, de Nueva York, para fotografiar a las celebridades a medida que salían de la fiesta privada que se celebraba en el interior.

Stefan Brancuzi era el único monarca de un diminuto principado de los Balcanes que estaba reemplazando rápidamente a un Mónaco superpoblado como el nuevo refugio para todos aquellos ricos que se veían obligados a pagar muchos impuestos, pero no era en él en quien los fotógrafos se mostraban más interesados. Quien había atraído su atención, y también la de gran parte del público americano, era la hermosa inglesa que iba a su lado.

Mientras Stefan la llevaba hacia su limusina, Francesca levantó su mano enguantada en un gesto fútil que no sirvió para parar la andanada de preguntas que arreciaban sobre ella: preguntas acerca de su trabajo, acerca de su relación con Stefan, e incluso acerca de su amistad con la estrella de la exitosa serie de televisión *Pistola de porcelana.*

Cuando por fin Stefan y ella se acomodaron en los lujosos asientos de cuero y la limusina se hubo unido al tráfico nocturno de la calle Cincuenta y Cinco Este, Francesca gimió.

—Todo ese circo ha sido por culpa de este abrigo. A ti la prensa casi nunca te molesta. Es por mi culpa. Si hubiera llevado puesto mi viejo impermeable, habríamos podido salir sin causar ningún alboroto.

Stefan la miró, divertido. Ella frunció el entrecejo de manera reprobatoria.

—Hay una importante lección moral que debemos aprender de esto, Stefan.

—¿Y cuál es, querida?

—Visto el hambre que hay en el mundo, las mujeres que llevan martas cebellinas merecen lo que les pasa.

Él se rio.

—Te habrían reconocido llevaras lo que llevaras puesto. He visto cómo haces que el tráfico se pare solo por verte en chándal.

—No lo puedo evitar —contestó sombríamente—. Lo llevo en la sangre. La maldición de los Serritella.

—Realmente, Francesca, nunca he conocido a una mujer que odie ser hermosa tanto como tú.

Ella murmuró algo que él no pudo oír, lo cual, probablemente, fue mejor así, y metió sus manos en la profundidad de los bolsillos de su abrigo, poco impresionada, como siempre, ante cualquier referencia a su incandescente belleza física.

Tras una larga espera, rompió el silencio.

—Desde el día que nací, mi cara no me ha traído nada más que problemas.

«Por no mencionar ese pequeño y maravilloso cuerpo que tienes», pensó Stefan, pero, sabiamente, se guardó el comentario para sí mismo. Cuando Francesca miró, abstraída, a través de los cristales tintados de la ventanilla, él aprovechó la oportunidad para estudiar los increíbles rasgos que habían cautivado a tantas personas.

Todavía recordaba las palabras de un redactor muy conocido del mundo de la moda que, decidido a evitar las manidas comparaciones con Vivien Leigh que le habían aplicado a Francesca durante años, había escrito: «Francesca Day, con su pelo castaño, su cara ovalada, y sus ojos verdes salvia, parece la princesa de un cuento de hadas que se pasa las tardes convirtiendo el lino en oro en los jardines que rodean su castillo.»

En privado, el redactor había sido menos imaginativo: «En el fondo, sé que Francesca Day nunca necesita ir al aseo...».

Stefan indicó con un gesto la barra de nogal y metal discretamente colocada en un lateral de la limusina.

—¿Quieres algo de beber?

—No, gracias. No creo que pueda aguantar nada más con alcohol.

Llevaba días sin dormir bien y su acento inglés resultaba más marcado que nunca. Su abrigo se entreabrió y Francesca echó un vistazo a su vestido de Armani bordado con pedrería. Vestido de Armani... Pieles de Fendi. Zapatos de Mario Valentino. Cerró los ojos, recordando de repente un tiempo no tan lejano, una calurosa tarde de otoño, cuando se encontró a sí misma tirada en una carretera en medio de Texas, llevando unos vaqueros azules y sucios, con veinticinco centavos metidos en el bolsillo trasero. Aquel día había sido el principio para ella. El principio y el fin.

La limusina giró hacia el sur en la Quinta Avenida, y sus recuerdos se deslizaron aún más atrás, a los años de su niñez en Inglaterra, cuando no sabía siquiera que existían lugares como Texas. ¡Vaya un pequeño monstruo que había sido, mimada y protegida, con su madre, Chloe, arrastrándola de un país a otro, por toda Europa, de una fiesta a otra! Incluso de niña, ya había sido arrogante, se había sentido absolutamente segura de que la famosa belleza de los Serritella rompería el mundo en pedazos para ella y uniría de nuevo los fragmentos para darle la configuración que ella deseara. La pequeña Francesca... una criatura vanidosa e irresponsable, que no estaba preparada para lo que la vida le iba a deparar.

Tenía veintiún años aquel día de 1976, cuando yacía en el polvo de aquella carretera de Texas. Veintiún años, soltera, sola, y embarazada.

Ahora tenía casi treinta y dos, y aunque poseía todo aquello con lo que alguna vez había soñado, se sentía igual de sola que aquella calurosa tarde de otoño. Cerró los ojos con fuerza, intentando imaginar cómo habría sido su vida si nunca hubiera salido de Inglaterra. Pero América la había cambiado de un modo tan radical que ni siquiera pudo imaginárselo.

Sonrió para sí misma. Cuando Emma Lazarus había escrito el poema acerca de masas apiñadas que anhelan respirar aire puro, desde luego no podría haber estado pensando en una joven egoísta que llegase a este país con un jersey de cachemira puesto y llevando una maleta de Louis Vuitton. Pero las pobres niñas ricas también tienen sueños, y el sueño americano resultó lo suficientemente majestuoso como para incluirla también a ella.

Stefan sabía que había algo que preocupaba a Francesca. Había estado muy callada toda la tarde, y eso no era en absoluto propio de ella. Había planeado pedirle esa noche que se casara con él, pero ahora estaba empezando a pensar que tal vez sería mejor esperar. Era tan distinta a las otras mujeres que él conocía que nunca era capaz de predecir con exactitud cómo reaccionaría. Sospechaba que las docenas de hombres que habían estado enamorados de ella habían debido experimentar algo semejante.

Si se podía hacer caso a los rumores, la primera conquista importante de Francesca había ocurrido cuando tenía nueve años, a bordo del yate *Christina,* cuando su presencia había tenido un fuerte impacto en Aristóteles Onassis.

Rumores... Había muchos en torno a Francesca, la mayor parte no podían ser tomados por ciertos... aunque, teniendo en cuenta la clase de vida que había llevado, Stefan pensó que quizá sí lo fueran. Una vez ella le había contado, como si tal cosa, que Winston Churchill le había enseñado a jugar al *gin rummy*, y todo el mundo sabía que el príncipe de Gales la había cortejado. Una tarde, no mucho tiempo después de conocerse, habían estado tomando champán y compartiendo anécdotas de sus respectivas infancias.

—La mayoría de los bebés son concebidos por amor —había comentado ella—, pero yo fui concebida en una pasarela de desfiles de la sección de abrigos de piel de Harrods.

Cuando la limusina pasaba frente a la tienda de Cartier, Stefan sonrió para sus adentros. Aquella era una historia entretenida, pero no creía que ni una sola palabra fuera cierta.

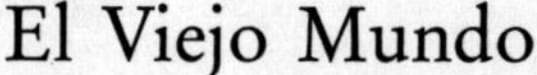

El Viejo Mundo

1

Cuando pusieron por primera vez a Francesca en los brazos de su madre, Chloe Serritella Day rompió a llorar e insistió en que las monjas del hospital privado londinense en el que había dado a luz habían perdido a su bebé. Cualquier imbécil podía darse cuenta de que aquella criatura pequeña y fea, con la cabeza aplastada y los párpados hinchados, no podía haber salido de un cuerpo tan primoroso como el suyo.

Como no había marido alguno presente para consolar a una Chloe histérica, tuvieron que ser las monjas las que le aseguraron que la mayoría de los bebés tardan varios días en tener un buen aspecto.

Chloe ordenó que apartasen de ella a aquel pequeño impostor y que no volvieran hasta que hubieran encontrado a su verdadero bebé. Y, a continuación, adecentó su aspecto, saludó a quienes habían ido a visitarla (entre ellos, una estrella de cine francés, el secretario del Ministerio de Interior británico y Salvador Dalí) y, entre sollozos, les puso al corriente de la terrible tragedia que se había perpetrado contra ella. Las visitas, acostumbradas desde hacía tiempo al dramatismo de la hermosa Chloe, apenas le dieron unas palmaditas en la mano y le prometieron tomar cartas en el asunto. Dalí, en una muestra de magnanimidad, anunció que pintaría una versión surrealista del bebé en cuestión, como un obsequio para su bautizo, pero, felizmente, más tarde el proyecto dejó de interesarle y terminó por enviar un conjunto de copas doradas en su lugar.

Pasó una semana. El día que le daban el alta del hospital, las monjas la ayudaron a vestirse con un vestido amplio de Balmain, de color negro, con los puños y el cuello de organdí.

Después, la acomodaron en una silla de ruedas y colocaron al bebé despreciado en sus brazos. El tiempo transcurrido había hecho poco por mejorar la apariencia del bebé, pero al mirar el bulto que sostenía en los brazos, Chloe experimentó uno de sus rápidos cambios de humor. Contemplando aquella cara moteada, anunció a todo el que se prestaba a oírle que la tercera generación de la belleza de las Serritella estaba ahora asegurada. Nadie tuvo la mala ocurrencia de llevarle la contraria, lo cual resultó un acierto, pues en cuestión de pocos meses quedó demostrado que Chloe había tenido razón.

La susceptibilidad de Chloe con respecto a la belleza femenina tenía sus raíces en su propia infancia. Había sido una niña rellenita, con un pliegue extra de grasa en la cintura y pequeñas almohadillas carnosas que ocultaban los delicados huesos de su cara. No estaba suficientemente gorda para ser considerada obesa, pero sí era suficientemente rellenita para que ella misma se sintiera fea, en especial al compararse con la elegancia y la brillantez de su madre, la gran diseñadora italiana de moda, Nita Serritella. No fue hasta 1947, el verano en el que Chloe tenía doce años, cuando le dijeron por primera vez que era hermosa.

Estaba de vuelta en casa, en unas cortas vacaciones de uno de aquellos internados suizos en los que se pasó una parte excesiva de su niñez, sentada con sus anchas caderas en el borde de una silla dorada, tratando de pasar desapercibida en un rincón del elegante salón propiedad de su madre en Rue de la Paix. Contemplaba, con una mezcla de resentimiento y envidia, cómo Nita, enfundada en un traje negro con grandes solapas de raso color frambuesa que acentuaba su delgadez, hablaba con una clienta elegantemente vestida. Su madre llevaba su pelo negro azulado corto y liso, de modo que le caía hacia delante sobre la pálida piel de la mejilla izquierda en una gran curva con forma de coma, y alrededor de su cuello, digno de un cuadro de Modigliani, se enroscaban varios collares de perlas negras perfectamente emparejadas. Las perlas, junto con el contenido de una pequeña caja fuerte que tenía en su dormitorio, eran regalos de sus admiradores, hombres dueños de prósperas fortunas que se mostraban más que satisfechos de comprar joyas para una mujer que había tenido el éxito suficiente como para comprárselas ella misma. Uno de esos hombres había sido el padre de Chloe, aunque Nita fingía no recordar cuál y, desde luego, nunca se le pasó por la cabeza la idea de casarse con él.

La atractiva rubia que esa tarde recibía las atenciones de Nita en el salón hablaba español; su acento resultaba sorprendentemente vulgar para ser alguien que había atraído el interés de medio mundo durante aquel verano de 1947. Chloe siguió la conversación con la mitad de su capacidad de atención, y dedicó la otra mitad a estudiar a las modelos de talle fino que desfilaban por el centro del salón con los últimos diseños de Nita. ¿Por qué no podía ella ser delgada y segura de sí misma como aquellas modelos?, se preguntaba. ¿Por qué no podía ella ser exactamente como su madre, ya que tenían el mismo pelo negro, los mismos ojos verdes? Si fuera hermosa, pensaba Chloe, quizá su madre dejaría de mirarla con tanta aversión. Por enésima vez se prometió renunciar a los pasteles para poder obtener la aprobación de su madre... y por enésima vez sintió esa incómoda sensación de vértigo en el estómago que le decía que no tenía la fuerza de voluntad necesaria. Frente a la energía y determinación de Nita, Chloe se sentía tan insustancial como el plumón.

De repente, la rubia levantó la mirada del dibujo que había estado examinando y, sin previo aviso, sus ojos castaños y profundos se posaron en Chloe. Con su curiosamente áspero acento español, comentó:

—Esa niña será algún día toda una belleza. Se parece mucho a usted.

Nita echó un vistazo a Chloe, con mal disimulado desdén.

—No veo el menor parecido, *señora*. Y nunca será una belleza hasta que aprenda a apartarse el tenedor de la boca.

La clienta de Nita levantó una mano rebosante de anillos llamativos y le hizo un gesto a Chloe.

—Ven aquí, *querida*. Ven y dale a Evita un beso.

Durante un momento, Chloe no se movió, mientras trataba de comprender lo que la mujer había dicho. Luego se levantó de la silla, indecisa, y cruzó la estancia, avergonzada al saber que sus gruesas pantorrillas quedaban a la vista bajo el dobladillo de su falda de algodón. Cuando llegó hasta la mujer, se inclinó y depositó un beso a un tiempo tímido y agradecido en la fragante mejilla de Eva Perón.

—¡Ramera fascista! —siseó Nita Serritella más tarde, cuando la primera dama de Argentina abandonó el salón. Se colocó una boquilla de ébano entre los labios, solo para apartarla otra vez con brusquedad, dejando en su borde una mancha escarlata—. ¡Se me pone la piel de gallina al tocarla! Todo el mundo sabe que no hubo un solo nazi en Europa que no pudiera encontrar refugio en Argentina gracias a Perón y sus compinches.

Los recuerdos de la ocupación alemana de París estaban todavía frescos en la mente de Nita, y no sentía nada más que desprecio por los partidarios nazis. No obstante, era una mujer práctica, y Chloe sabía que su madre no veía sentido en despreciar el dinero de Eva Perón, por muy sucio que fuera, y permitir que se marchase de la Rue de la Paix a la avenida Montaigne, donde reinaba la casa Dior.

Tras aquello, Chloe se dedicó a recortar de los periódicos fotografías de Eva Perón y a pegarlas en un álbum de recortes de tapas rojas. Siempre que las críticas de Nita resultaban verdaderamente hirientes, Chloe miraba las fotos, dejando de vez en cuando alguna mancha de chocolate en las páginas al recordar cómo Eva Perón le había dicho que algún día sería una gran belleza.

El invierno en el que tenía catorce años, su grasa desapareció milagrosamente junto con su adicción a los dulces, y los legendarios rasgos de los Serritella por fin quedaron definidos. Comenzó a pasarse horas mirándose en el espejo, embelesada por la imagen esbelta que tenía ante sus ojos. Ahora, se decía, todo sería diferente. Desde que podía recordar, siempre se había sentido como una paria en la escuela, pero de repente se encontró formando parte del grupo de los más populares. No entendía que las otras chicas se sintieran más atraídas por su recién adquirida seguridad en sí misma que por el contorno de su cintura. Para Chloe Serritella, la belleza significó ser aceptada por los demás.

Nita pareció complacida con su pérdida de peso, así que cuando Chloe volvió a París para pasar las vacaciones de verano, reunió el valor para mostrarle a su madre sus bocetos de unos vestidos que había diseñado con la esperanza de llegar a ser algún día también ella una diseñadora de moda. Nita desplegó los dibujos en su mesa de trabajo, encendió un cigarrillo, y diseccionó cada uno de ellos con el ojo crítico que la había convertido en una gran diseñadora.

—Esta línea es ridícula. Y la proporción en este es un auténtico desastre. ¿Ves cómo has arruinado este con demasiados detalles? ¿Dónde está tu ojo, Chloe? ¿Dónde está tu ojo?

Chloe le arrebató los bocetos y nunca volvió a intentar diseñar.

Cuando regresó a la escuela, Chloe se dedicó a llegar a ser más guapa, más ingeniosa, y más popular que cualquiera de sus compañeras de clase, decidida a que nadie sospechara jamás que una desmañada chica gorda seguía viviendo en su interior. Aprendió a dramatizar los acontecimientos más triviales de su día a día con gestos grandilocuentes y suspiros extravagantes hasta conseguir que todo lo que hacía pareciera más importante que cualquier otra cosa que los demás pudieran hacer. Gradualmente, hasta el más mundano acontecimiento en la vida de Chloe Serritella llegó a estar cargado de un gran dramatismo.

A los dieciséis años, entregó su virginidad al hermano de un amigo en un belvedere frente al lago Lucerna. La experiencia fue difícil e incómoda, pero el sexo hizo que Chloe se sintiera esbelta. Enseguida se propuso volver a probar suerte otra vez, pero con alguien más experimentado.

En la primavera de 1953, cuando Chloe tenía dieciocho años, Nita murió de modo inesperado a causa de un reventón del apéndice. Chloe permaneció sentada durante todo el funeral de su madre, aturdida y callada, demasiado superada por los acontecimientos como para entender que la intensidad de su pena no era tanto por la muerte de su madre como por el sentimiento de que en realidad nunca había tenido una madre. Asustada por la idea de estar sola, fue a parar a la cama de un rico conde polaco mucho mayor que ella. Él le proporcionó un refugio temporal contra sus miedos, y seis meses después la ayudó a vender el salón de su madre por una enorme cantidad de dinero.

Finalmente, el conde volvió con su esposa y Chloe se dispuso a disfrutar de su herencia. Al ser joven, rica, y sin familia, atrajo rápidamente a los jóvenes indolentes, que se introducían como hilos dorados en el tejido de la alta sociedad internacional. Llegó a sentirse como una coleccionista, pasando de uno a otro en su búsqueda del hombre que le diera el amor incondicional que nunca había recibido de su madre, el hombre que haría que dejase de sentirse una chica gorda e infeliz.

Jonathan *BlackJack* Day entró en su vida desde el lado opuesto de una mesa de la ruleta en un club de juego de la plaza Berkeley. *BlackJack* Day no se había ganado su apodo por su físico, sino por su inclinación hacia los juegos de riesgo. A los veinticinco años ya había destrozado tres coches deportivos de gran cilindrada y a un número apreciablemente más grande de mujeres. Era un *playboy* americano endiabladamente atractivo, de Chicago, con el pelo castaño que le caía sobre la frente de manera desordenada, un bigote pícaro, y un *handicap* de siete goles en el polo. En muchos sentidos, no se diferenciaba de los otros jóvenes hedonistas que se habían convertido en parte de la vida de Chloe; bebía ginebra, llevaba trajes hechos exquisitamente a medida, y cambiaba su lugar de recreo al ritmo de las estaciones. Pero los otros hombres carecían de lo que Jack Day tenía en exceso, su habilidad para arriesgarlo todo (incluida la fortuna que había heredado del ferrocarril) en una sola vuelta de la ruleta.

Completamente consciente de que sus ojos la miraban por encima de la rueda de la ruleta mientras esta giraba, Chloe contempló cómo la pequeña bola del marfil iba del rojo al negro y otra vez al rojo antes de pararse por fin en el 17 negro. Se permitió levantar los ojos y su mirada se encontró con la de Jack Day por encima de la mesa. Él sonrió, y al hacerlo arrugó el bigote. Ella sonrió también, segura de que su aspecto era inmejorable con el vestido de raso y tul color gris plata de Jacques Fath que acentuaba los destellos de su pelo oscuro, la palidez de su piel, y la verde profundidad de sus ojos.

—Esta noche parece que no puedas perder —dijo ella—. ¿Siempre eres así de afortunado?

—No siempre —contestó él—. ¿Y tú?

—¿Yo? —Chloe emitió uno de sus interminables y dramáticos suspiros—. He perdido a todo esta noche. *Je suis misérable*. Nunca tengo suerte.

El sacó un cigarrillo de una pitillera de plata, al tiempo que sus ojos trazaban un sendero infinito a lo largo del cuerpo de ella.

—Por supuesto que tienes suerte. ¿Acabas de encontrarme, no es cierto? Y voy a llevarte a tu casa esta noche.

Chloe se sintió a la vez intrigada y excitada por su audacia, y su mano se aferró instintivamente al borde de la mesa en busca de apoyo. Sentía como si sus ojos color de plata deslustrada se estuvieran fundiendo en su vestido y se grabaran a fuego en las curvas de su cuerpo. Aunque no era capaz de definir exactamente qué era lo que diferenciaba a BlackJack de los demás, tuvo el presentimiento de que solo la mujer más excepcional podría conquistar el corazón de aquel hombre supremamente seguro de sí mismo, y si resultaba que ella era esa mujer, entonces podría dejar para siempre de preocuparse por la chica gorda que habitaba en su interior.

Pero, a pesar del anhelo que sentía, Chloe resistió la tentación. En el año que había transcurrido desde la muerte de su madre, se había vuelto más perspicaz con respecto a los hombres que con respecto a sí misma. Había observado el brillo temerario de sus ojos mientras la bola de marfil repiqueteaba saltando de una casilla a otra, llevada por el giro de la ruleta, y sospechaba que no tendría un gran concepto de todo aquello que pudiera obtener con facilidad.

—Lo siento —contestó con serenidad—.Tengo otros planes. —Y, antes de que él pudiera replicar nada, recogió su bolso y se marchó.

Al día siguiente, él la llamó por teléfono, pero Chloe le ordenó a su criada que dijera que había salido. A la semana siguiente, volvió a verlo en otra sala de apuestas, y después de ofrecerle una tentadora pero efímera visión de sí misma, se escabulló por la puerta trasera antes de que él pudiera acercársele. Pasaron varios días, y ella se sorprendió al no poder dejar de pensar en aquel joven y guapo *playboy* de Chicago. Él telefoneó una vez más, y, una vez más, ella se negó a contestar. Más tarde, esa misma noche, lo vio en el teatro y lo saludó con un gesto informal y una sonrisa apenas insinuada antes de retirarse a su palco.

La tercera vez que la llamó, Chloe se puso al teléfono, pero fingió no recordar quién era él. BlackJack se rio entre dientes y le dijo:

—Voy a pasar a recogerte en media hora, Chloe Serritella. Si no estás lista para entonces, no volveré a verte nunca más.

—¿Media hora? Imposible... —Pero él ya había colgado.

Al colgar el auricular, su mano comenzó a temblar. En su mente surgió la imagen de una ruleta dando vueltas, la bola de marfil saltando del rojo al negro y del negro al rojo, en aquel juego que ambos se traían entre manos. Con manos trémulas, se puso un vestido blanco de lana con puños de ocelote, y completó el atuendo con un sombrerito rematado con un minúsculo velo. Exactamente media hora más tarde, fue ella misma quien contestó al timbre de la puerta.

Él la guio por el sendero de entrada hasta un deportivo Isotta Fraschini rojo, que condujo por las calles de Knightsbridge a endiablada velocidad, manejando el volante solo con los dedos de su mano derecha. Ella lo miró por el rabillo del ojo, embelesada por el mechón de pelo castaño que le caía tan descuidadamente sobre la frente, y también por el hecho de que era un americano de sangre caliente y no alguien con el predecible carácter europeo.

Finalmente, detuvo el coche en un restaurante apartado, donde sus manos se rozaban cada vez que ella cogía su copa de vino. Chloe se sintió invadida de deseo. Bajo el intenso escrutinio de aquellos inquietos ojos color plata, se sentía salvajemente hermosa y esbelta, tanto por dentro como por fuera. Todo en él la fascinaba: su modo de andar, el sonido de su voz, el olor del tabaco en su aliento. Jack Day era el máximo trofeo, la afirmación definitiva de su propia belleza.

Al salir del restaurante, él la apretó contra el tronco de un sicomoro y le dio un beso oscuro y seductor. La rodeó con sus brazos y deslizó sus manos hacia abajo hasta ponerlas sobre sus nalgas.

—Te deseo —murmuró en el interior de la boca abierta de ella.

Su cuerpo rebosaba de deseo hasta tal punto que sintió un verdadero dolor al rechazarle.

—Vas demasiado rápido para mí, Jack. Necesito tiempo.

Jack sonrió y le pellizcó el mentón, como si estuviera especialmente complacido por lo bien que ella jugaba al juego que él había ideado; le tocó los pechos en el mismo momento en que una pareja de avanzada edad salía del restaurante y miraba hacia ellos. Durante el trayecto de vuelta a casa, la mantuvo entretenida contándole divertidas anécdotas y no dijo nada acerca de verla otra vez.

Dos días después, cuando su criada le anunció que Jack estaba al teléfono, Chloe meneó la cabeza y se negó a ponerse. Corrió a su cuarto y rompió a llorar, temiendo estar poniéndoselo demasiado difícil, pero, al mismo tiempo, asustada ante la idea de que su interés desapareciera si cedía demasiado pronto. La siguiente vez que lo vio, en la apertura de una galería de arte, iba acompañado por una corista pelirroja. Chloe fingió no haberse percatado de su presencia.

A la tarde siguiente, él se presentó en la puerta de su casa y la llevó a dar una vuelta en coche por el campo. Ella dijo que ya tenía un compromiso y no podría cenar con él esa noche.

El juego continuó, y Chloe no podía ya pensar en otra cosa. Cuando Jack no estaba con ella, fantaseaba con él... con sus gestos inquietos, su descuidado mechón de pelo, su bigote pícaro. Apenas podía pensar con claridad a causa de la húmeda tensión que impregnaba todo su cuerpo, pero aun así siguió negándose ante sus proposiciones sexuales.

Mientras recorría el trazado de su oreja con los labios, Jack susurró, con tono cruel:

—No creo que seas suficiente mujer para mí.

Ella le puso la mano en la nuca y replicó:

—Y yo no creo que seas lo suficientemente rico para mí.

La bolita del marfil sonó con estrépito al saltar sobre las casillas de la ruleta, del rojo al negro, del negro al rojo... Chloe sabía que pronto se detendría definitivamente.

—Esta noche —dijo Jack cuando ella se puso al teléfono—. Estate lista para mí a medianoche.

—¿A medianoche? No seas ridículo, querido. Eso es imposible.

—A medianoche o nunca, Chloe. El juego se ha terminado.

Esa noche ella se puso un traje de terciopelo negro con botones que simulaban diamantes, sobre una blusa de *crêpe de Chine* color champán. Mientras se cepillaba el pelo oscuro con un suave corte, sus ojos refulgían en el espejo. En el preciso instante en que el reloj marcaba las doce, BlackJack Day, vestido con un esmoquin, apareció en su puerta. Al verlo, Chloe sintió que su cuerpo se volvía tan líquido como la loción perfumada que había extendido sobre su piel. En lugar del Isotta-Fraschini, la llevó a un Daimler con chófer y le anunció que la llevaba a Harrods.

—Es medianoche, ¿no es un poco tarde para ir de compras? —se rio ella.

Él no dijo nada, se limitó a sonreír al recostarse en los suaves asientos de cuero y empezó a hablar sobre un caballo de polo que pensaba que podría comprarle al Aga Kan. Poco después, el Daimler se detuvo frente a los toldos verde y oro de Harrods. Chloe contempló la escasa luz que salía de las puertas del solitario local.

—No parece que Harrods esté abierto, Jack, ni siquiera para ti.

—Ahora lo comprobamos, ¿de acuerdo, cariño?

El chófer les abrió la puerta trasera, y Jack le tendió la mano para ayudarla.

Para su asombro, un portero con librea apareció por detrás de la puerta de cristal de Harrods y, tras echar una mirada para comprobar si alguien en la calle estaba observando la escena, abrió la puerta y la sostuvo para que entrasen.

—Bienvenido a Harrods, señor Day.

Estupefacta, Chloe contempló la puerta abierta. No daba crédito a que *BlackJack* Day pudiera entrar como si tal cosa en los grandes almacenes más famosos del mundo después de la hora del cierre y sin que hubiera ningún vendedor presente. Al ver que no se movía, Jack la instó a entrar con una pequeña presión de la mano en su espalda. Una vez que estuvieron en el interior de la tienda, el portero hizo algo aún más asombroso: hizo una reverencia con su sombrero, luego salió a la calle y cerró la puerta detrás de él. Chloe no podía creer lo que acababa de presenciar, así que miró a Jack en busca de una explicación.

—Desde que te conocí, la ruleta se ha portado especialmente bien conmigo, cariño. Y pensé que podrías disfrutar con una sesión privada de compras.

—Pero está cerrado. No veo a ningún dependiente.

—Tanto mejor.

Ella insistió para que le diera una explicación, pero él se limitó a mencionar que había llegado a un acuerdo privado (y Chloe supuso que también bastante ilegal) con algunos de los empleados más nuevos y menos escrupulosos de Harrods.

—Pero ¿no hay nadie que trabaje aquí por las noches? ¿El personal de la limpieza? ¿Los vigilantes nocturnos?

—Haces demasiadas preguntas, cariño. ¿De qué sirve el dinero si no puede comprar placer? Vamos a ver si encuentras algo que te guste. —Escogió de un estante una bufanda color oro y plata y se la colocó sobre el cuello de terciopelo de su chaqueta.

—¡Jack, no puedo llevarme esto así sin más!

—Relájate, cariño. Los dueños de la tienda serán recompensados. Escucha, ¿vas a estar todo el rato aburriéndome con tus preocupaciones o podemos disfrutar del momento?

Chloe apenas podía creer lo que estaba ocurriendo. No había vendedores a la vista, ni vigilantes, ni tampoco guardias. ¿Realmente aquellos grandes almacenes estaban a su entera disposición? Echó un vistazo a la bufanda que se enroscaba en su cuello y dejó escapar una exclamación. Jack hizo un gesto para indicarle la abundancia de productos elegantes.

—Adelante, escoge algo.

Con una risita nerviosa, Chloe eligió un bolso bordado con

lentejuelas de un mostrador y se colgó su correa trenzada al hombro.

—Muy bonito —dijo él.

—¡Eres absolutamente el hombre más emocionante del mundo, Jack Day! —respondió ella, lanzando sus brazos alrededor de su cuello—. ¡Te adoro!

Las manos de Jack se deslizaron más abajo de la cintura de ella, se posaron en su trasero y tiraron de ella para que su cadera se apretase contra la suya.

—Y tú eres la mujer más encantadora. No podía permitir que nuestro idilio fuese consumado en cualquier lugar, ¿verdad que no?

Del negro al rojo... Del rojo al negro... La erección que notaba clavándose en su vientre no dejaba lugar a dudas, y sentía que su cuerpo ardía y se congelaba al mismo tiempo. El juego iba a llegar a su fin allí... en Harrods. Solamente Jack Day podía llevar a cabo algo tan extravagante. La certeza de que el momento había llegado hizo que su cabeza empezara a girar como una ruleta.

Él le apartó el bolso del hombro, le quitó la chaqueta de terciopelo y los dejó sobre un mostrador de paraguas de seda con mangos de palisandro. Entonces se quitó también la chaqueta de su esmoquin y la dejó con la de ella, de modo que se quedó de pie delante de Chloe con una camisa blanca con botones negro azabache en el frente plisado, y una faja oscura envuelta alrededor de su estrecha cintura.

—Ya lo recogeremos más tarde —dijo, y volvió a ponerle la bufanda sobre los hombros—. Vamos a explorar.

La llevó al famoso vestíbulo de comida de Harrods, con sus grandes mostradores de mármol y su techo adornado con un fresco.

—¿Tienes hambre? —preguntó, mientras cogía una caja de bombones plateada de una vitrina.

—De ti —repuso ella.

La boca de Jack se curvó bajo el bigote. Levantó la tapa de la caja, sacó un bombón de chocolate negro y lo mordió por un lado, de forma que de su interior brotó una llovizna de cremoso licor de cereza. Rápidamente se lo puso a Chloe en los labios, deslizando el bombón adelante y atrás para que su contenido pintara su boca. Luego se llevó la carcasa ya vacía de chocolate a su propia boca e inclinó la cabeza para besarla. Cuando los labios de ella se abrieron, dulces y pegajosos por el licor de cereza, él empujó con la lengua la carcasa del bombón. Chloe recibió el chocolate con un gemido, y su cuerpo se volvió tan líquido e informe como el licor que había contenido el bombón.

Cuando por fin Jack se apartó de ella, seleccionó una botella de champán, la descorchó y la llevó primero a los labios de Chloe y después a los suyos.

—Por la mujer más extravagante de todo Londres —dijo, inclinándose hacia delante y lamiendo una última mota de chocolate que había quedado adherida a las comisuras de su boca.

Vagaron por la primera planta, cogieron un par de guantes, un ramillete de violetas de seda, un joyero pintado a mano, y lo fueron colocando todo en un montón para recuperarlo más tarde. Finalmente, llegaron al departamento de perfumes, y Chloe se vio envuelta en una combinación embriagadora de los olores más finos del mundo, cuyas fragancias permanecían intactas, sin impregnarse de los olores de las hordas de personas que atestaban los alfombrados pasillos durante el día.

Cuando llegaron al centro de la estancia, Jack la cogió del brazo y la hizo girar para mirarle. Empezó a desabrochar su blusa, y ella sintió una extraña mezcla de excitación y vergüenza. A pesar de que la tienda estaba vacía, ¡estaban en el mismo centro de Harrods!

—Jack, yo...

—No seas cría, Chloe. Déjate llevar.

Un escalofrío la recorrió de arriba abajo cuando él apartó a un lado la tela de su blusa para dejar al descubierto el fino encaje de su sujetador. Jack cogió de una vitrina abierta una caja de Joy envuelta en celofán y le quitó el envoltorio.

—Apóyate contra el mostrador —le dijo, y su voz sonó tan suave como la seda de su blusa—. Extiende los brazos a lo largo del borde.

Ella hizo lo que le pedía, sintiéndose frágil ante la intensidad de sus ojos plateados. Extrajo el tapón de cristal de la botella del perfume más caro del mundo y lo deslizó dentro de su sujetador.

Chloe contuvo el aliento cuando Jack frotó la fría punta del tapón contra su pezón.

—Te gusta, ¿verdad? —murmuró, su voz baja y ronca.

Ella asintió con la cabeza, incapaz de hablar. Él volvió a colocar el tapón en la botella, recogió otra gota del perfume, y repitió la operación con el otro pezón. Chloe podía sentir cómo su cuerpo se tensaba bajo el tacto del cristal, y a medida que el calor brotaba en su interior, las hermosas y temerarias facciones de Jack parecieron desvanecerse ante ella.

Bajó el tapón y ella sintió cómo su mano se internaba en su falda y ascendía lentamente hacia arriba por sus medias.

—Abre las piernas —susurró.

Agarrada fuertemente al borde del mostrador, Chloe obedeció. Él deslizó el tapón hacia arriba por el interior de sus muslos, dejando atrás la media y adentrándose en la piel desnuda, moviéndolo en lentos círculos hasta llegar al borde de sus bragas. Ella gimió y separó un poco más las piernas.

Él se rio con malicia y retiró la mano de debajo de su falda.

—Todavía no, cariño. Todavía no.

Recorrieron la tienda sumida en el silencio, pasando de un departamento a otro, hablando apenas entre ellos. Jack le acarició los pechos al ponerle un antiguo broche georgiano en el cuello de su blusa, y le tocó el trasero mientras le pasaba por el pelo un cepillo con el mango decorado con filigranas. Ella se probó un cinturón de piel de cocodrilo y un par de zapatos. En el departamento de joyería, él le quitó sus pendientes de perlas y los reemplazó por unos de oro circundados con docenas de diamantes diminutos. Cuando ella protestó por su exagerado precio, él se echó a reír.

—Una vuelta de la ruleta, cariño. Solo una vuelta.

Jack cogió una boa de plumas blancas, empujó a Chloe contra una columna de mármol y le quitó la blusa.

—Pareces demasiado una colegiala —le dijo, pasando sus manos por su espalda para desabrocharle el sujetador. La prenda cayó al suelo enmoquetado, y Chloe quedó desnuda de cintura para arriba.

Tenía los pechos grandes, con pezones planos del tamaño de monedas de medio dólar, ahora duros y tensos por la excitación.

Jack cogió cada seno en una mano. Ella disfrutaba mostrándole su cuerpo, así que permaneció totalmente quieta, agradeciendo el frío de la columna de mármol contra el calor de su espalda. Él le pellizcó los pezones, y ella emitió un jadeo. Riéndose, Jack cogió la boa blanca y suave y la colocó sobre sus hombros desnudos para que cubriera su pecho. A continuación, tiró muy lentamente de los bordes adelante y atrás.

—Jack...

Quería que la tomara allí mismo. Quería tumbarse junto a la columna, abrir las piernas, y acogerlo en su interior.

—He desarrollado un antojo repentino para el sabor de Joy —susurró Jack. Apartó la boa a un lado, introdujo el enorme pezón en su boca y succionó con insistencia.

Chloe se estremeció al sentir que el calor se extendía por cada rincón de su cuerpo, quemando sus órganos internos, abrasando su piel.

—Por favor... —murmuró—. Ah, por favor... No me tortures más.

Él se echó un poco hacia atrás, con una burla brillando en sus ojos traviesos.

—Un poquito más, cariño. Todavía no he terminado de jugar. Creo que deberíamos ir al departamento de peletería.

Y entonces, con una medio sonrisa que le indicó a Chloe que sabía perfectamente hasta dónde la había llevado, le volvió a colocar la boa cubriéndole los pechos, y, al hacerlo, le arañó levemente un pezón con su uña.

—Yo no quiero mirar pieles —balbuceó Chloe—. Quiero...

Pero él la llevó al ascensor, y comenzó a manejar las palancas como si lo hiciera todos los días. Mientras ascendían, solo la boa de plumas blancas cubría los senos desnudos de Chloe.

Cuando llegaron a su destino, Jack pareció desentenderse de ella. Caminó entre los percheros, examinando todos los abrigos y estolas que había a la vista antes de escoger un abrigo largo de lince ruso. Las pieles eran largas y gruesas, y el color, blanco plateado. Estudió el abrigo durante un instante y luego se volvió hacia ella.

—Quítate la falda.

Sus dedos tantearon la cremallera lateral y por un momento pensó que tendría que pedirle ayuda. Pero consiguió que por fin cediera, y deslizó la falda, junto con las enaguas, caderas abajo hasta desprenderse de ella. Los extremos de la boa rozaban su liguero de encaje blanco.

—Las bragas. Quítate las bragas para mí.

Mientras hacía lo que él le pedía, su respiración se convirtió en jadeos cortos y suaves, quedándose tan solo con las medias y el liguero. Sin esperar a que se Jack lo pidiera, se despojó de la boa y la dejó caer al suelo, echando los hombros ligeramente hacia atrás para que él pudiera regodearse en la visión de sus pechos, maduros y opulentos, y de su pubis, con su mata sedosa de pelo oscuro encuadrado por las tiras blancas de encaje de su liguero.

Jack avanzó hacia ella, con el magnífico abrigo en las manos y los ojos brillando como los botones negro azabache de su camisa blanca.

—Para poder elegir el abrigo adecuado, tienes que sentir su tacto sobre tu piel... su roce contra tus pechos... —Su voz era tan suave como la piel de lince al deslizarse sobre el cuerpo de Chloe, utilizando su tacto para excitarla—. Tus pechos... Tu vientre y tus nalgas... El interior de los muslos...

Ella aferró el abrigo y lo apretó con fuerza contra su cuerpo.

—Por favor... Me estás torturando. Para, por favor...

De nuevo, él se apartó de ella, pero esta vez solo para desabrocharse los botones de la camisa. Chloe observó cómo se desnudaba, con el corazón acelerado y un nudo de deseo en la garganta. Cuando se quedó desnudo ante ella, le quitó el abrigo de sus brazos y lo colocó con el interior vuelto hacia fuera sobre una plataforma baja de desfile que había en el centro de la estancia. A continuación subió él mismo a la plataforma y le tendió la mano para que se reuniese con él.

El contacto de su cuerpo desnudo contra el suyo la excitó hasta el punto de que apenas se acordó de que tenía que respirar. Jack recorrió sus costados con sus manos y luego la hizo girar para que la plataforma quedase frente a ella. Moviéndose levemente a su espalda, comenzó a acariciarle los senos como si quisiera excitarla para una audiencia invisible que les estuviera observando en silencio desde la oscuridad. Su mano se deslizó hacia abajo primero por su estómago, luego a lo largo de sus muslos. Chloe sintió el pene erecto de Jack golpeando en su cadera. La mano de él se movió entre sus piernas, y su tacto provocó que el calor se extendiera, junto con el anhelo de saciar una miríada de pulsaciones que martilleaban en su interior.

Jack la empujó hacia abajo e hizo que se tendiera sobre la piel suave y gruesa, que rozó la parte trasera de sus muslos mientras él los separaba y se colocaba entre sus piernas extendidas. Hundiendo la mejilla en la suave piel del abrigo, Chloe levantó las caderas y se le entregó en el centro del departamento de peletería, en una plataforma diseñada para exhibir los mejores productos de Harrods.

Jack miró la hora en su reloj.

—El nuevo turno de guardias debe de estar entrando en este momento. Me pregunto cuánto les llevará seguir nuestro rastro hasta aquí. —Y, sin más, penetró en ella.

Tardó un momento en captar el significado de sus palabras. Soltó una exclamación ronca al comprender lo que Jack había hecho.

—¡Dios mío! Lo tenías planeado así, ¿no es cierto?

Él le estrujó los pechos con las manos y continuó arremetiendo con intensidad.

—Por supuesto.

El fuego que ardía en su interior y el terror que producía aquel descubrimiento se conjugaron para producir una explosión de sensaciones. Cuando llegó al orgasmo, mordió a Jack en el hombro y murmuró:

—Bastardo...

Él se rio y poco después llegó también al final, emitiendo un sonoro gemido.

Escaparon de los guardias por los pelos. Vestido apenas, Jack cubrió la desnudez de Chloe con el abrigo y tiró de ella hacia la escalera. Mientras sus pies desnudos volaban escaleras abajo, en los oídos de Chloe retumbaba la risa temeraria de su acompañante. Antes de salir de la tienda, Jack tiró las medias encima de una vitrina de cristal junto con una de sus tarjetas de visita.

Al día siguiente, Chloe recibió una nota en la que Jack le decía que tenía que regresar temporalmente a Chicago, pues su madre se había puesto enferma. Mientras lo esperaba, Chloe vivió sumida en una angustia de emociones mezcladas: el resentimiento por el riesgo al que él la había expuesto, la excitación por la emoción que le había provocado, y un enorme temor de que Jack no volvería. Pasaron cuatro semanas, y después cinco. Ella trató de llamarlo, pero la conexión era tan mala que apenas podía hacerse entender. Pasaron dos meses. Para entonces, estaba convencida de que él no la amaba. Era un aventurero, alguien que se dedicaba a buscar emociones. Había visto a la chica gorda que Chloe tenía en su interior y no quería saber nada más de ella.

Diez semanas después de la noche en Harrods, Jack reapareció tan bruscamente como se había marchado.

—Hola, cariño —dijo, en la puerta de su casa, con su chaqueta de cachemira colgando descuidadamente por encima del hombro—. Te he echado de menos.

Ella se arrojó en sus brazos, sollozando de alivio por verlo otra vez.

—Jack... Jack, querido mío...

Él acarició con el pulgar su labio inferior, y la besó. Ella cogió impulso y le soltó una fuerte bofetada en la cara.

—¡Estoy embarazada, bastardo!

Para sorpresa de Chloe, él accedió de inmediato a casarse con ella, y lo hicieron tres días más tarde, en la casa de campo de un amigo de Chloe. Cuando se vio a sí misma de pie junto a su atractivo novio en el altar improvisado en el jardín, Chloe supo que era la mujer más feliz del mundo. *BlackJack* Day podía haberse casado con quien hubiera querido, pero la había elegido a ella. Cuando las semanas fueron pasando, ella se empeñó en no prestar oídos a un rumor según el cual su familia lo había desheredado durante su estancia en Chicago. En lugar de preocuparse por eso, soñaba despierta con su bebé, con lo maravilloso que sería tener el amor incondicional de dos personas, el marido y el niño.

Un mes más tarde, Jack desapareció, junto con diez mil libras que estaban depositadas en una de las cuentas bancarias de Chloe. Cuando reapareció, seis semanas más tarde, Chloe le disparó en el hombro con una Luger alemana. A eso le siguió una breve reconciliación, hasta que Jack tuvo de nuevo una racha de buena suerte en los salones de apuestas y se marchó de nuevo.

En el día de San Valentín de 1955, la diosa Fortuna abandonó definitivamente a *BlackJack* Day en el traicionero asfalto, resbaladizo a causa de la lluvia, de la carretera entre Niza y Montecarlo. La bola de marfil cayó por última vez en su casilla y la rueda de la ruleta se detuvo para siempre.

2

Tras haber dado a luz, uno de los antiguos amantes de Chloe envió su Rolls Silver Cloud para llevar a la viuda a su casa desde el hospital. Cómodamente refugiada en los asientos de cuero, Chloe bajó la mirada para contemplar al diminuto bebé envuelto en franela, el bebé que había sido concebido de forma tan espectacular en la sección de peletería de Harrods, y acarició la suave superficie de su mejilla.

—Mi pequeña y hermosa Francesca —murmuró—. No necesitarás ni a un padre ni a una abuela. No necesitarás a nadie más que a mí... porque voy a darte todo lo que hay en el mundo.

Por desgracia para la hija de BlackJack, Chloe hizo exactamente lo que había dicho.

En 1961, cuando Francesca tenía seis años y Chloe veintiséis, las dos posaron para un reportaje de moda en la revista *British Vogue*. En el lado izquierdo de la página se mostraba la ya muchas veces reproducida fotografía en blanco y negro que Karsh le había hecho a Nita, en la que llevaba puesto un vestido de su colección gitana, y en el derecho, a Chloe y Francesca. Madre e hija estaban sobre un fondo que parecía un mar de papel blanco arrugado, las dos vestidas de negro. El papel blanco, junto a la pálida blancura de su piel y sus capas negras de terciopelo con capuchas hacían de la fotografía un estudio de contrastes. La única muestra de color provenía de cuatro focos de verde penetrante: los inolvidables ojos de las Serritella, que sobresalían de la página, brillando como joyas imperiales.

Cuando el impacto causado por la fotografía hubo menguado, los lectores más críticos notaron que los bellos rasgos de Chloe no eran, quizá, tan exóticos como los de su madre. Pero ni el más crítico podría encontrar defecto alguno en la niña. Parecía la viva imagen de la niña perfecta, con una sonrisa beatífica y una belleza angelical brillando en el óvalo de su minúsculo rostro. Solo el fotógrafo que había realizado la foto veía a la niña de modo diferente. Tenía dos cicatrices pequeñas, como rayas blancas idénticas, en el dorso de su mano, en el punto donde la niña le había clavado sus pequeños pero afilados dientes.

—No, no, cariño —había amonestado Chloe a Francesca la tarde que había mordido al fotógrafo—. No debemos morder a este señor tan agradable. —Amonestó a su hija meneando una larga uña lacada en ébano brillante.

Francesca le lanzó una mirada de indignación a su madre. Quería estar en casa, jugando con su teatro de títeres nuevo, en lugar de posar para una foto que iba a hacerle un hombre feo que le decía continuamente que se estuviera quieta. Metió la punta de su zapato negro de charol bajo las hojas arrugadas de papel blanco y sacudió la cabeza para liberar sus rizos castaños de la capucha negra de terciopelo. Si colaboraba, su mamá le había prometido un viaje especial al museo de cera de Madame Tussauds, y a Francesca le encantaba Madame Tussauds. No obstante, no estaba segura de haber hecho un buen trato. También le encantaba Saint-Tropez.

Después de consolar al fotógrafo por el incidente, Chloe alargó la mano hacia su hija para recolocarle el pelo en su sitio y la retiró, soltando un grito repentino, cuando recibió el mismo trato que el fotógrafo.

—¡Niña mala! —gimoteó, llevándose la mano a la boca y chupando la herida.

Los ojos de Francesca se nublaron inmediatamente de lágrimas, y Chloe se arrepintió por haber hablado tan duramente a su hija. Rápidamente, atrajo a la pequeña hacia sí y la abrazó.

—Nunca más —canturreó—. Chloe no está enfadada, cariño mío. Mami es mala. Te compraré una muñeca bonita de camino a casa.

Francesca se acurrucó confortablemente en los brazos de su madre y echó un vistazo al fotógrafo a través del velo de sus gruesas pestañas. Y le sacó la lengua.

Esa tarde fue la primera pero no la última vez que Chloe sufrió la mordedura de los agudos dientes de Francesca. Pero incluso después de recibir la renuncia de tres niñeras, Chloe se negaba a admitir que los mordiscos de su hija supusieran un problema. Francesca era muy alegre, y lo cierto era que Chloe no estaba dispuesta a ganarse el odio de su hija haciendo una montaña de un grano de arena. Aquel reinado del terror de Francesca podría haber continuado sin bajar de intensidad de no haber sido porque un niño le devolvió el mordisco un día en el parque, después de una riña por ver quién se subía a un columpio.

Al descubrir que la experiencia era dolorosa, Francesca dejó de morder. No era una niña intencionadamente cruel; solo era caprichosa.

Chloe compró una casa estilo Reina Ana en Upper Grosvenor Street, no lejos de la embajada americana y del extremo oriental de Hyde Park. La estructura de la casa, algo estrecha (contaba con cuatro plantas, pero con menos de diez metros de ancho), había sido restaurada en la década de los treinta por Syrie Maugham, la esposa de Somerset Maugham y una de las decoradoras más célebres de su época. Una escalera de caracol llevaba desde la planta baja al salón, pasando en su ascenso por un retrato que Cecil Beaton había hecho de Chloe y Francesca. La entrada al salón estaba enmarcada por columnas de coral *marbre foux*, y en su interior había una elegante combinación de muebles franceses e italianos, así como varias sillas de Robert Adam y una colección de espejos venecianos. Situado en el siguiente piso, el dormitorio de Francesca estaba decorado como el castillo de la Bella Durmiente. Ante un fondo de cortinas de encaje recogidas con unos cordones adornados con rosas de seda y una cama con un dosel de madera en forma de corona dorada cubierta por metros y metros de tul blanco trasparente, Francesca reinaba como una princesa sobre todos sus dominios.

Ocasionalmente recibía visitas en su habitación de cuento de hadas, y utilizaba una tetera de porcelana de Dresden para servirle té dulce a la hija de una de las amigas de Chloe.

—Yo soy la princesa Aurora —le dijo a la honorable Clara Millingford durante una de aquellas visitas, apartando elegantemente a un lado los rizos castaños que había heredado, junto con su naturaleza temeraria, de *BlackJack* Day—. Y tú eres una mujer que ha venido a visitarme desde la aldea.

Clara, la única hija del vizconde Allsworth, no tenía la menor intención de ser una buena mujer de la aldea mientras la presumida Francesca Day representaba el papel de miembro de la realeza. Dejó sobre la mesa su tercera galleta de limón y exclamó:

—¡Quiero ser la princesa Aurora!

La sugerencia asombró tanto a Francesca que se echó a reír, y su risa sonó como un delicado repiqueteo de sonido plateado.

—No seas tonta, querida Clara. Tú tienes esas enormes pecas. No es que las pecas no sean agradables, pero ciertamente no para ser la princesa Aurora, que era la belleza más famosa del reino. Yo seré la princesa Aurora, y tú puedes ser la reina.

Francesca estaba convencida de que la oferta era eminentemente justa y se le vino el mundo abajo al ver que Clara, como tantas otras niñas que habían ido a jugar con ella, se negó a tomar parte en el juego. Su rechazo la dejaba pasmada. ¿Acaso no había compartido con todas ellas sus hermosos juguetes? ¿No les había permitido que jugaran en su hermoso dormitorio?

Chloe no prestaba atención a los indicios de que su hija estaba convirtiéndose en una espantosa malcriada. Francesca era su bebé, su ángel, su niña perfecta. Contrató a los tutores más liberales, le compró las muñecas más modernas, los últimos juegos, la abrazó continuamente, la mimó, y le consintió hacer todo lo que se le antojaba, siempre y cuando no fuera algo peligroso. La muerte ya había aparecido de forma inesperada dos veces en la vida de Chloe, y la sola idea de que algo le pudiera suceder a su preciosa niña hacía que se le helara la sangre en las venas. Francesca era su ancla, el único lazo emocional que había sido capaz de mantener a lo largo de su vida. A veces pasaba las noches en vela, con un sudor frío cubriéndole la piel, cuando imaginaba los horrores que podían acontecerle a una niña maldecida con la naturaleza temeraria de su padre. La veía saltar a una piscina y no volver a la superficie, o cayendo de un telesilla, o rompiéndose los músculos de las piernas al practicar ballet, o marcando su rostro con cicatrices en un accidente de bicicleta. No podía quitarse de encima el atroz presentimiento de que había algo terrible al acecho, allí donde no podía verlo, dispuesto a arrebatarle a su hija, así que quiso envolver a Francesca entre algodones y mantenerla a salvo, en un lugar hermoso y confortable, donde nada pudiera hacerle nunca ningún daño.

—¡No! —gritó al ver que Francesca se apartaba de ella y salía corriendo por la acera detrás de una paloma—. ¡Vuelve aquí! ¡No salgas corriendo de esa manera!

—Pero es que me gusta correr —protestó Francesca—. El viento me silba en los oídos.

Chloe se agachó a su lado y le tendió los brazos.

—Correr te deshace el peinado y te pone la cara roja. La gente no te querrá si no estás guapa. —Abrazó fuertemente a Francesca mientras pronunciaba aquella terrible amenaza, como otras madres podrían mencionar al hombre del saco.

De vez en cuando, Francesca se rebelaba, practicando en secreto volteretas laterales o columpiándose de una rama cuando su niñera se distraía. Pero tales actividades siempre acababan siendo descubiertas, y su madre sibarita, que nunca le negaba nada, que nunca la reprendía ni por el más horrible de los comportamientos, se ponía tan nerviosa que atemorizaba a Francesca.

—¡Te podrías haber matado! —chillaba, señalando una mancha de hierba en el vestido de lino amarillo de Francesca o un rastro de suciedad en su mejilla—. ¡Mira qué fea estás! ¡Horrible! ¡Nadie quiere a las niñas feas! —Y entonces Chloe comenzaba a llorar de una manera tan desconsolada que Francesca realmente se asustaba.

Después de varios de aquellos perturbadores episodios, aprendió la lección: todo le estaba permitido... siempre y cuando al hacerlo no dejara de estar guapa.

Las dos vivieron una vida errante envuelta en el lujo gracias a la herencia de Chloe y a la larga lista de hombres que pasaron por su vida como antes los padres de esos mismos hombres habían pasado por la vida de Nita. El extravagante estilo de Chloe y su tendencia al gasto desmesurado contribuyeron a generarle en el circuito social internacional una reputación de compañera divertida y anfitriona sumamente entretenida, alguien con quien siempre se podía contar para animar incluso la reunión más tediosa. Fue Chloe quien creó la moda de pasar las últimas dos semanas de febrero en las playas con forma de media luna de Río de Janeiro; fue ella la que levantó los ánimos en Deauville, cuando todos estaban aburridos de jugar al polo, y preparó enrevesadas búsquedas de tesoros por la campiña francesa, búsquedas en las que todos los participantes marchaban en sus coches pequeños y pulidos para intentar localizar a sacerdotes calvos, esmeraldas sin tallar, o una botella de Cheval Blanc de 1919 en su punto de frío; fue también Chloe la que una Navidad insistió en cambiar Saint-Moritz por un pueblo morisco en el Algarve, donde compartieron diversión con disolutas estrellas de rock y tuvieron acceso a un suministro interminable de hachís.

La mayoría de las veces, Chloe se llevaba a su hija con ella, junto con una niñera y el tutor que en ese momento estuviera encargado de la descuidada educación de Francesca. Por lo general, durante el día estos vigilantes mantenían a Francesca lejos de los adultos, pero por las noches Chloe a veces la presentaba ante sus amigos como si la niña fuera un truco de naipes particularmente ingenioso.

—¡Atentos todos, aquí la tenemos! —anunció en cierta ocasión, llevándola a la cubierta de popa del yate de Aristóteles Onassis, el *Christina*, que estaba anclado para pasar la noche frente a las costas de Trinidad.

Un dosel verde cubría por entero el espacioso salón dispuesto en cubierta, y los huéspedes estaban recostados en cómodas tumbonas a los pies de un mosaico que reproducía el Toro de Creta del rey Minos encastrado en la plataforma de teca. Apenas una hora antes, el mosaico había servido como pista de baile, y más tarde descendería unos tres metros y se llenaría de agua para quien quisiera darse un baño antes de retirarse a sus camarotes.

—Ven aquí, princesita —le dijo Onassis, extendiendo sus brazos hacia ella—. Ven y dale un besito al tío Ari.

Francesca se frotó los ojos para deshacer el sueño que los cubría y dio un paso adelante, ofreciendo la imagen de niña adorable.

Su boca era pequeña y estaba perfectamente delineada, y sus ojos verdes se abrían y cerraban como si los párpados le pesaran ligeramente. La espuma de encaje belga en el cuello de su camisón blanco largo revoloteaba mecida por la brisa nocturna, y sus pies desnudos se asomaban por debajo del dobladillo, dejando a la vista las uñas pintadas con el mismo tono rosado del interior de las orejas de un conejo. A pesar de que solo tenía nueve años y de que la habían despertado a las dos de la madrugada, sus sentidos fueron gradualmente poniéndose en alerta. Había estado todo el día al cuidado de los criados, y ahora estaba ansiosa por una oportunidad para atraer la atención de los adultos. Quizá, pensó, si se portaba bien esa noche, la dejarían estar en la cubierta de popa con ellos.

Onassis le daba miedo, con su nariz de pico y sus ojos juntos, incluso por las noches utilizaba unas siniestras y enormes gafas de sol, pero obedeció y se dejó envolver por su abrazo. La noche anterior le había regalado un bonito collar en forma de estrella de mar, y no quería arriesgarse a perder cualquier otro regalo futuro.

Cuando él la levantó para sentarla sobre su regazo, Francesca miró a Chloe, que estaba acurrucada junto a su amante de entonces, Giancarlo Morandi, el piloto italiano de Fórmula Uno. Francesca lo sabía todo acerca de sus amantes, porque Chloe se lo había explicado: los amantes eran unos hombres fascinantes que cuidaban de las mujeres y las hacían sentirse hermosas. Francesca no podía esperar a crecer lo suficiente para tener su propio amante. Pero su amante no sería como Giancarlo, eso seguro. A veces Giancarlo se iba con otras mujeres y hacía llorar a su madre. En lugar de eso, Francesca quería un amante que le leyera los libros y que la llevara al circo y que fumara en pipa, como los hombres a los que había visto paseando con sus hijas por la orilla del lago Serpentine.

—¡Atención, todos! —Chloe se incorporó e hizo sonar una palmada por encima de su cabeza, como una de las bailaoras de flamenco a las que Francesca había visto actuar la última vez que habían estado en Torremolinos—. Mi hermosa hija os va a mostrar lo tremendamente ignorantes que sois.

El anuncio fue recibido con silbidos de burla, y Francesca oyó la risita de Onassis en su oído.

Chloe volvió a acurrucarse junto a Giancarlo, frotando una de sus piernas envueltas en pantalones blancos de Courreges contra su pantorrilla mientras inclinaba la cabeza hacia Francesca.

—No les hagas caso, cariño —dijo, con altivez—. Son una chusma de la peor calaña. No puedo entender por qué me molesto en estar con ellos. —La diseñadora de moda emitió una risita. Al hacer una indicación para señalar una mesa baja de caoba, su pelo recién cortado se balanceó sobre su mejilla, formando un borde recto—. Edúcalos, Francesca. El único que tiene algo de estilo es tu tío Ari.

Francesca se bajó del regazo de Onassis y caminó hacia la mesa. Podía sentir los ojos de todos los presentes puestos en ella y prolongó deliberadamente aquel instante, dando pasos lentos, con los hombros bien rectos, imaginando que era una pequeña princesa avanzando hacia su trono. Cuando llegó a la mesa y vio los seis pequeños cuencos de porcelana con el borde dorado, sonrió y se apartó el pelo de la cara. Se arrodilló en la alfombra que había delante de la mesa, observó los tazones con gesto pensativo.

El contenido brillaba contra la porcelana blanca de los recipientes, seis montones de caviar en varios tonos de rojo, gris y beis. Su mano tocó el último de los tazones, que tenía en su interior un generoso montón de huevas rojas que parecían perlas.

—Huevas de salmón —dijo, apartando a un lado el cuenco—. No merece la pena. El verdadero caviar proviene solo del esturión del mar Caspio.

Onassis se rio y una de las estrellas de cine que había entre los presentes aplaudió. Francesca se deshizo rápidamente de otros dos cuencos.

—Estos son de caviar de lumpo, así que tampoco podemos tenerlos en cuenta.

El decorador se inclinó hacia Chloe.

—¿Le has pasado la información a través de la leche materna o por osmosis?

Chloe le lanzó una mirada de soslayo, lasciva y malvada.

—A través de mis pechos, por supuesto.

—Y qué magníficos que son, *cara* —dijo Giancarlo, y pasó su mano por encima del top escotado de Chloe.

—Este es beluga —anunció Francesca, algo enfadada porque la atención de su público se había distraído, en especial después de haberse pasado el día entero con una institutriz que no dejaba de murmurar las cosas más terribles simplemente porque Francesca se negaba a hacer sus aburridas tablas de multiplicar. Colocó la punta del dedo sobre el borde del cuenco situado en el centro—. Podrán notar que el beluga tiene los granos más grandes. —Posó ahora la mano sobre el siguiente cuenco, y declaró—: Esto es sevruga. El color es el mismo, pero los granos son más pequeños. Y esto es osetra, mi favorito. Los huevos son casi tan grandes como el beluga, pero el color es más dorado.

Escuchó un agradable coro de risas mezcladas con aplausos, y a continuación todos empezaron a felicitar a Chloe por tener una hija tan lista. En un primer momento, Francesca sonrió para agradecer los cumplidos, pero enseguida su felicidad comenzó a desvanecerse al darse cuenta de que todos estaban mirando a Chloe y no a ella. ¿Por qué obtenía su madre toda la atención cuando no era ella la que había hecho la demostración? Estaba claro que los adultos no le permitirían estar al día siguiente con ellos en la cubierta de popa. Enojada y frustrada, Francesca se puso de pie, y barrió con su brazo todos los cuencos de la mesa, lanzándolos por los aires y desparramando el caviar por toda la brillante plataforma de teca de Aristóteles Onassis.

—¡Francesca! —exclamó Chloe—. ¿Qué pasa, cariño?

Onassis frunció el ceño y murmuró algo en griego que a Francesa le sonó ligeramente a amenaza. Hizo una mueca, dejando descolgado el labio inferior, y trató de pensar en la forma de deshacer su error. Se suponía que sus pequeñas rabietas de mal genio eran un secreto, algo que, bajo ninguna circunstancia, debía mostrar delante de los amigos de Chloe.

—Lo siento, mami. Ha sido un accidente.

—Por supuesto que sí, cariño —respondió Chloe—. Todos lo sabemos.

No obstante, la expresión de disgusto de Onassis no varió, y

Francesca supo que debía buscar otro modo de compensarlo. Soltó un grito dramático de angustia, corrió a través de la cubierta hasta donde él estaba y se encaramó a su regazo.

—Perdón, tío Ari —sollozó, y sus ojos se llenaron al instante de lágrimas. Ese era uno de sus mejores trucos—. ¡Ha sido un accidente, de verdad que lo ha sido! —Las lágrimas comenzaron a resbalar sobre sus pestañas inferiores y cayeron goteando a sus mejillas, mientras se esforzaba por no estremecerse ante la mirada de aquellas grandes gafas de sol negras—. Te quiero, tío Ari. —Suspiró, girando la cabeza hacia arriba para dejar a la vista su rostro compungido, en una expresión que había copiado de una vieja película de Shirley Temple—.Te quiero, y desearía que fueras mi verdadero papá.

Onassis se rio entre dientes y dijo que esperaba no tener que enfrentarse nunca a ella en una mesa de negociaciones.

Cuando su madre le dijo que era hora de que se retirase, Francesca volvió a su camarote, pasando por la habitación para niños en la que daba sus clases durante el día, sentada a una mesa de color amarillo brillante colocada directamente delante de un mural parisino pintado por Ludwig Bemelmans. El mural le hacía sentirse como si se hubiera metida dentro de uno de sus libros de Madeline... solo que mejor vestida, por supuesto. El cuarto se había diseñado para los dos hijos de Onassis, pero puesto que ninguno de ellos estaba a bordo, Francesca lo tenía para ella sola. Aunque era un lugar bonito, en realidad prefería el bar, donde una vez al día le permitían tomar una cerveza de jengibre servida en copa de champán, con una sombrillita de papel y una cereza de marrasquino.

Siempre que se sentaba en el bar, se tomaba su bebida a pequeños sorbos para que durase más, mientras observaba una réplica del océano, culminada con pequeños barcos que podía mover de un lado a otro por medio de unos imanes. Los reposapiés de los taburetes del bar eran dientes de ballena pulidos, que ella solo podía alcanzar a rozar con las puntas de sus diminutas sandalias italianas hechas a mano, y la tapicería de los asientos era sedosa y suave al tacto con la parte trasera de sus muslos. Recordaba una ocasión en la que su madre se había reído a carcajadas porque el tío

Ari le había dicho que todos estaban sentados encima del prepucio de un pene de ballena. Francesca también se había reído, aunque en realidad no había entendido la gracia y más tarde le había preguntado a su madre qué significaba «prepucio».

El *Christina* tenía nueve camarotes, cada uno de ellos con su propio salón y su propio dormitorio elegantemente decorados, así como un baño de mármol rosa que Chloe catalogó «en la frontera entre lo opulento y lo hortera». Los camarotes habían sido bautizados con nombres de diferentes islas griegas, cuyas siluetas estaban grabadas en un medallón de pan de oro adherido a la puerta. Sir Winston Churchill y su esposa Clementine, huéspedes habituales a bordo del *Christina*, ya se habían retirado a dormir a su camarote, Corfú. Francesca pasó por delante de su puerta, y buscó la silueta de su isla: Lesbos. Chloe se había echado a reír cuando les habían asignado Lesbos, y le había dicho a Francesca que varias docenas de hombres no estarían conformes con aquella elección. Cuando Francesca había preguntado el motivo, Chloe le había dicho que aún era demasiado joven para entenderlo.

Francesca odiaba que Chloe contestara a sus preguntas de aquella manera, así que había escondido la cajita de plástico azul que contenía el diafragma intrauterino de su madre, un objeto que su madre le había dicho una vez que era su posesión más preciada, aunque Francesca no podía entender realmente por qué. No lo había devuelto, no al menos hasta que Giancarlo Morandi la había sacado de sus clases cuando Chloe no miraba y la había amenazado con tirarla por la borda y permitir que los tiburones se comieran sus ojos a no ser que le dijera qué había hecho con él. Desde entonces, Francesca odiaba a Giancarlo Morandi y trataba de permanecer lejos de él.

Justo cuando llegaba a Lesbos, oyó que se abría la puerta de Rodas. Levantó la mirada y vio a Evan Varian avanzando por el pasillo, y le sonrió, mostrando sus bonitos y perfectos dientes y el par de hoyuelos a juego que adornaban sus mejillas.

—Hola, princesa —dijo, hablando en el tono grave y fluido que utilizaba cuando hacía el papel de John Bullett, el pícaro oficial de contraespionaje, en la película de espías que se había estrenado recientemente y que se había convertido en un tremendo éxito, o cuando representaba *Hamlet* en el teatro Old Vic. A pesar de sus orígenes, como hijo de una maestra irlandesa y un albañil galés, Varian poseía los estilizados rasgos de un aristócrata inglés y el corte de pelo de un dandi de Oxford. Llevaba un polo color lavanda con un fular de cachemira y pantalones blancos. Pero lo que más llamó la atención de Francesca fue que llevaba una pipa... una maravillosa pipa de madera jaspeada como la que fumaban los padres—. ¿No es muy tarde para que estés despierta? —preguntó.

—Siempre me quedo despierta hasta esta hora —repuso ella, con un ligero movimiento de sus rizos y toda la presunción que pudo reunir—. Solo los niños pequeños se acuestan temprano.

—Ah, ya veo. Y tú definitivamente no eres una niña pequeña. ¿Sales a escondidas para encontrarte con un admirador secreto, tal vez?

—No, tonto. Mi madre me ha despertado para que subiera a hacer el número del caviar.

—Ah, sí, el número del caviar. —El actor apisonó el tabaco con el pulgar en la cazoleta de su pipa—. ¿Esta vez te ha tapado los ojos para hacer la prueba del sabor o solamente se trataba de identificarlos con la vista?

—Con la vista. Ya no me pide que me tape los ojos con un pañuelo, porque la última vez empecé a tener arcadas y me costaba respirar. —Se dio cuenta de que el hombre se disponía a seguir su camino, y reaccionó rápidamente—. ¿No te parece que esta noche mi madre está verdaderamente guapa?

—Tu mamá siempre está guapa. —Varian encendió una cerilla y la acercó a la cazoleta de la pipa.

—Cecil Beaton dice que es una de las mujeres más hermosas de Europa. Su figura es casi perfecta, y por supuesto es una anfitriona maravillosa. —Francesca trató de dar con un ejemplo que le impresionara—. ¿Sabes que mi madre hizo curry antes de que a nadie más se le hubiera ocurrido?

—Un golpe legendario, princesa, pero antes de que te pongas a enumerar todas las virtudes de tu madre, no olvides que nosotros nos aborrecemos el uno al otro.

—Bah, a ella le gustarás si yo se lo digo. Mi madre siempre hace lo que yo quiero.

—Ya lo he notado —comentó él, con sequedad—. De todos modos, incluso aunque lograras cambiar la opinión de tu madre sobre mí, que pienso que es algo muy poco probable, no podrás cambiar la mía, así que me temo que tendrás que lanzar tus redes para pescar un padre en otra parte. Y debo añadir que la sola idea de estar encadenado a las neurosis de Chloe me produce escalofríos.

Esa noche nada estaba saliendo como Francesca quería.

—¡Pero tengo miedo de que se case con Giancarlo —exclamó, con aspereza—, y si lo hace, todo será culpa tuya! Giancarlo es un mierda, y le odio.

—Dios, Francesca, utilizas un vocabulario espantoso para una niña. Chloe te debería dar una buena zurra.

Los ojos de Francesca se nublaron.

—¡Eso es una bestialidad! ¡Tú también eres un mierda!

Varian tiró de las perneras de sus pantalones para no arrugarlos al arrodillarse junto a ella.

—Francesca, querubín, tienes que alegrarte de que yo no sea tu padre, porque si lo fuera, te encerraría en un armario oscuro y te dejaría allí hasta que te hubieras momificado.

Francesca sintió que las lágrimas le escocían en los ojos.

—¡Te odio! —gritó, al tiempo que le propinaba una patada en la espinilla. Varian se levantó con un aullido de dolor.

La puerta de Corfú se abrió de repente.

—¡Es demasiado pedir que le permitan a un viejo dormir en paz! —el rugido de sir Winston Churchill llenó el pasillo—. ¿Podría llevar a cabo sus asuntos en otra parte, señor Varian? ¡Y tú, señorita, vete a la cama inmediatamente o nuestra partida de cartas de mañana quedará anulada!

Francesca echó a correr hacia Lesbos sin una sola protesta. Si no podía tener un padre, al menos podía tener un abuelo.

Con el paso de los años, los enredos amorosos de Chloe se hicieron tan complejos que incluso Francesca terminó por aceptar el hecho de que su madre nunca estaría con un hombre el tiempo suficiente para casarse con él. Se obligó a considerar la falta de un padre como una ventaja. Tenía suficientes adultos ya en su vida, razonó, y ciertamente no necesitaba a ninguno más diciéndole qué debería hacer o no hacer, en especial desde que comenzó a llamar la atención de un grupo de chicos adolescentes. Siempre tropezaban cuando ella andaba cerca, y la voz se les quebraba cuando intentaban hablar con ella, que les dedicaba sonrisas dulces y maliciosas solo para ver cómo se ruborizaban, y ponía en práctica con ellos todas las artimañas de seducción que había visto usar a Chloe: la risa generosa, la elegante inclinación de la cabeza, las miradas de soslayo. Todas surtían efecto.

La Época de Acuario había encontrado a su princesa. Las ropas de niña de Francesca cedieron paso a vestidos a la campesina con chales de cachemira y con cuentas ensartadas con hilos de seda. Se rizó el pelo, se puso pendientes, y se aplicó maquillaje para que sus ojos parecieran llenar todo su rostro. Cuando, para decepción suya, dejó de crecer, su cabeza solo sobrepasaba las cejas a su madre. Pero, a diferencia de Chloe, que albergaba aún en su interior el recuerdo de una niña gordita, Francesca nunca tuvo ningún motivo para dudar de su propia belleza. Simplemente existía, así de sencillo, como el aire, la luz o el agua. ¡Igual que Mary Quant, santo cielo! Cuando cumplió los diecisiete, la hija de *BlackJack* Day ya se había convertido en toda una leyenda.

Evan Varian entró de nuevo en su vida en el club Annabel. Ella y su cita de esa noche salían para ir a la Torre Blanca para comer pastel de nueces, y acaban de cruzar la pared de cristal que separaba la discoteca del restaurante del Annabel. Incluso en la atmósfera resueltamente elegante del club más popular de Londres, el traje pantalón de terciopelo color escarlata con anchas hombreras de Francesca atraía más atención de lo normal, especialmente porque había desechado la idea de ponerse una blusa debajo de la chaqueta, y sus pechos juveniles se insinuaban seductoramente en el punto donde las solapas se unían. El efecto resultaba aún más impactante debido a su peinado corto estilo Twiggy, que le hacía parecer el colegial más erótico de todo Londres.

—¡Vaya, pero si es mi pequeña princesa! —La voz llegó a sus oídos con la modulación ideal para ser escuchada en todo el recinto del Teatro Nacional—. Parece que finalmente ha crecido y está preparada para comerse el mundo.

Con la excepción de las películas de espías protagonizadas por Bullett, no había vuelto a ver a Evan Varian desde hacía años. En aquel momento, al darse la vuelta para mirarlo, sintió que tenía delante de ella al personaje que aparecía en la pantalla. Llevaba puesto el mismo tipo de traje de Savile Row, inmaculado, el mismo estilo de camisa de seda azul pálido y los mismos zapatos italianos confeccionados a mano. Desde su último encuentro en el *Christina*, en sus sienes habían aparecido unas hebras de plata, pero ahora su corte de pelo era mucho más corto y conservador.

A Francesca, su acompañante de esa tarde, un noble que había vuelto de Eton a su casa en Londres por vacaciones, le pareció de repente tan joven como un ternero lechal.

—Hola, Evan —dijo, lanzándole a Varian una sonrisa que logró ser a un tiempo arrogante y hechicera.

Evan ignoró los obvios gestos de impaciencia de la modelo rubia que iba de su brazo mientras su vista se recreaba en el traje pantalón escarlata de terciopelo de Francesca.

—La pequeña Francesca. La última vez que nos vimos no llevabas tanta ropa. Si no recuerdo mal, solo llevabas puesto un camisón.

Otras chicas podrían haberse ruborizado, pero ninguna de esas otras chicas tenía la inagotable confianza en sí misma que poseía Francesca.

—¿De verdad? Lo he olvidado. Es divertido que lo recuerdes. —Y, acto seguido, puesto que había decidido cautivar el aumentado interés de aquel más sofisticado Evan Varian, le hizo un gesto a su acompañante para que le marcara el camino.

Varian la llamó al día siguiente y la invitó a cenar con él.

—¡Desde luego que no! —chilló Chloe, levantándose de un salto desde su posición de loto en el centro de la alfombra del salón donde se dedicaba a la meditación dos veces al día, a excepción de en lunes alternos, cuando iba a depilarse las piernas con cera—. Evan es más de veinte años mayor que tú, y es un playboy reconocido. ¡Por Dios, ya ha tenido cuatro esposas! Me niego absolutamente a que te relaciones con él.

Francesca suspiró y se desperezó.

—Lo siento, madre, pero ya es más bien un hecho consumado. Estoy enamorada de él.

—Sé razonable, querida. Es tan mayor que podría ser tu padre.

—¿Fue tu amante alguna vez?

—Por supuesto que no. Sabes que nosotros nunca congeniamos bien.

—Entonces no veo qué objeción puedes tener.

Chloe suplicó e imploró, pero Francesca no se echó atrás. Se había cansado de que la trataran como a una niña. Estaba lista para la aventura adulta... para la aventura sexual.

Unos pocos meses antes había montado una gran escena para que Chloe la llevara al médico a que le recetara pastillas anticonceptivas. En un primer momento Chloe había protestado, pero había cambiado rápidamente de opinión al descubrirla en un tórrido abrazo con un joven que metía la mano por debajo de su falda. Desde aquel instante, una de esas píldoras aparecía cada mañana en la bandeja del desayuno de Francesca para que se la tomase en medio de un gran ceremonial.

Francesca no le había dicho a nadie que por ahora esas píldoras eran innecesarias, ni tampoco había permitido que nadie notara lo mucho que le incomodaba seguir siendo virgen. Todas sus amigas hablaban de manera tan elocuente sobre sus experiencias sexuales que a ella le aterrorizaba que se enteraran de que mentía acerca de las suyas. Si alguien descubriera que seguía siendo una niña, estaba segurísima que perdería su estatus dentro del círculo social de jóvenes de Londres.

Con cabezonería, redujo su sexualidad juvenil a una mera cuestión de estatus social. Así le resultaba más fácil, pues el estatus social era algo que ella entendía, mientras que la soledad producida por su particular infancia, la hiriente necesidad de tener una profunda conexión con otro ser humano, solo la desconcertaba.

Sin embargo, a pesar de estar decidida a perder su virginidad, se había topado con un obstáculo inesperado. Al haber estado la mayor parte de su vida rodeada de adultos, no se sentía exactamente cómoda con los de su edad, ni siquiera con esos chicos que la veneraban y la seguían como perritos falderos. Consideraba que practicar sexo incluía depositar una importante cantidad de confianza en la otra persona, y no se veía a sí misma confiando en aquellos chicos jóvenes e inexpertos. Había visto inmediatamente una solución a su problema al encontrarse con Evan Varian en el Annabel. ¿Quién mejor que un hombre de mundo con tanta experiencia para acompañarla y cruzar con ella el frágil umbral de la edad adulta? No vio conexión alguna entre su elección de Evan para que fuera su primer amante y su elección del propio Evan, años atrás, para que fuera su padre.

Así pues, hizo caso omiso a las protestas de Chloe y aceptó la invitación de Evan para cenar en Mirabelle el fin de semana siguiente. Se sentaron en una mesa cerca de uno de los pequeños invernaderos en los que se cultivaban las flores frescas del restaurante y cenaron cordero relleno de trufas. Evan le acarició los dedos, ladeó la cabeza para escucharla atentamente siempre que ella hablaba, y le dijo que era la mujer más hermosa que había en el local. Francesca consideró para sus adentros que eso era una obviedad, pero, de todos modos, el cumplido le alegró, sobre todo al ver a la exótica Bianca Jagger picoteando un suflé de langosta delante de una de las paredes cubiertas de tapices que había en el lado opuesto del restaurante. Después de la cena, fueron al Leith para tomar una mousse de limón picante y fresas confitadas, y luego a la casa de Varian en Kensington, donde el actor tocó para ella una mazurca de Chopin en el piano de cola del salón y le dio un beso memorable. Sin embargo, cuando trató de llevarla a su dormitorio, en la planta superior, ella se quedó repentinamente paralizada.

—Otro día, quizá —dijo ella, con tono jovial—. No me apetece.

No se le ocurrió decirle que le gustaría mucho si solo la abrazara un rato y le atusara el cabello o dejase que ella se acurrucase junto a él. A Varian no le gustó su negativa, pero Francesca supo devolverle el buen humor con una sonrisa pícara que contenía la promesa de futuros placeres.

Dos semanas más tarde, se obligó a sí misma a subir junto a él la larga escalera de caracol, frente al paisaje pintado por Constable y el sillón Recamier, a través de la puerta en forma de arco, y al interior de la habitación, lujosamente decorada al estilo Louis XIV.

—Eres deliciosa —dijo él, saliendo de su vestidor con una bata de seda granate y azul oscura, con las letras «J.B.» bordadas en el bolsillo (saltaba a la vista que se trataba de una prenda que se había quedado de su última película). Avanzó hacia ella, extendiendo su mano hacia delante para acariciarle el pecho por encima de la toalla en la que ella se había envuelto después de desprenderse de su ropa en el cuarto de baño—. «Tan bello como el pecho de una paloma, suave y dulce como leche materna» —recitó.

—¿Es de Shakespeare? —preguntó Francesca, presa de los nervios. Hubiera deseado que Evan no llevara aquella colonia tan fuerte.

Él negó con un gesto de la cabeza.

—Es de *Lágrimas de hombres muertos*, justo antes de atravesarle el corazón con un estilete a la espía rusa. —Pasó los dedos por la curva del cuello de ella—. Quizá deberías ir a la cama ahora.

Francesca no quería hacerlo, ni tan siquiera estaba segura de que le gustara Evan Varian, pero ya había llegado demasiado lejos y marcharse supondría humillarse a sí misma, así que hizo lo que él le decía. El colchón chirrió cuando se tumbó encima. ¿Por qué tenía que chirriar su colchón? ¿Por qué era el cuarto tan frío? Sin previo aviso, Evan cayó sobre ella. Alarmada, trató de apartarlo, pero él murmuraba algo en su oído mientras manoseaba con torpeza su toalla.

—¡Oh, para! Evan...

—Por favor, querida —dijo él—. Haz lo que yo te diga...

—¡Quítate de encima! —El pánico retumbaba en su pecho. Cuando la toalla se desprendió de su cuerpo, comenzó a darle empujones en los hombros.

De nuevo, él murmuró algo, pero, a causa de la angustia, Francesca no entendió más que el final:

—... excítame. —Fue un susurro, pronunciado mientras Evan se abría la bata.

—¡Bestia! ¡Apártate! Quítate de encima. —Mientras gritaba, cerró los puños y los lanzó contra su espalda.

Evan le abrió las piernas empujando con sus rodillas.

—... solo una vez y pararé. Solo con una vez que digas mi nombre.

—¡Evan!

—¡No! —Sintió una dureza atroz presionar en ella—. Llámame... Bullett.

—¿Bullett?

En el instante en que la palabra brotó de sus labios, él arremetió dentro de ella. Ella chilló al sentir que una puñalada caliente de dolor la consumía, y, entonces, antes de que pudiera chillar de nuevo, él comenzó a temblar.

—Eres un cerdo —sollozó Francesca, histérica, golpeándole en la espalda y tratando de darle patadas con sus piernas aprisionadas—. Sucio y asqueroso bestia. —Empleando una fuerza que no sabía que poseía, finalmente pudo apartar el cuerpo del actor y saltó de la cama, llevándose consigo la colcha y poniéndosela sobre su cuerpo desnudo e invadido—. ¡Haré que te detengan! —gritó, con las lágrimas derramándose por sus mejillas—. Haré que te castiguen por esto, maldito pervertido.

—¿Pervertido?

Evan se cubrió con su bata y se puso en pie, respirando agitadamente aún.

—Yo no sería tan rápida en llamarme pervertido, Francesca —dijo, con total tranquilidad—. Si no fueras una inepta como amante, nada de esto habría sucedido.

—¡Inepta! —La acusación la sobresaltó tanto que casi se olvidó del dolor que latía entre sus piernas y de la asquerosa viscosidad que se deslizaba por sus muslos—. ¿Inepta? ¡Me has atacado!

Evan se abrochó el cinturón y la miró con hostilidad.

—¡Cómo se divertirán todos cuando les cuente que la hermosa Francesca Day es una frígida!

—¡Yo no soy frígida!

—Por supuesto que lo eres. Les he hecho el amor a centenares de mujeres, y tú eres la primera que se ha quejado. —Se dirigió a una cómoda dorada y recogió su pipa—. Dios, Francesca, si hubiera sabido que eras tan mala en la cama, nunca me habría molestado en seducirte.

Francesca huyó al cuarto de baño, se vistió apresuradamente

y salió corriendo de la casa. Se obligó a sí misma a suprimir la conciencia de que había sido violada. Había sido un espantoso malentendido, y sencillamente se obligaría a olvidarlo. A fin de cuentas, ella era Francesca Serritella Day. Jamás podía sucederle nada verdaderamente horrible.

El Nuevo Mundo

3

Dallas Fremont Beaudine le dijo una vez a un periodista de *Sports Illustrated* que la diferencia entre los golfistas profesionales y otros deportistas de élite era principalmente que los golfistas no escupían. No a menos que fueran de Texas, claro, en cuyo caso hacían todo aquello que se les pudiera ocurrir.

El estilo de golf que se jugaba en Texas era uno de los temas favoritos de Dallie Beaudine. Siempre que la cuestión aparecía durante una conversación, se pasaba una mano por su pelo rubio, se metía un chicle Double Bubble en la boca, y decía:

—Hablamos del verdadero golf de Texas, comprenderá usted... y no de esa chorrada de la PGA. Jugar de verdad, dar un golpe a la pelota contra un viento huracanado, y dejarla a quince centímetros del hoyo, en un campo público construido justo al lado de la interestatal. Y no cuenta a menos que lo hagas con un hierro cinco que encontraste entre la basura cuando eras un crío y te lo guardaste simplemente porque cuando lo miras te hace sentir bien.

En el otoño de 1974, Dallie Beaudine ya se había labrado un nombre entre los periodistas deportivos como el golfista que iba a introducir un soplo de aire fresco en el viciado mundo del golf profesional. Sus frases eran llamativas, y su extraordinario físico tejano quedaba muy bien en las portadas de las revistas. Desgraciadamente, Dallie tenía la mala costumbre de coleccionar suspensiones, ya fuera por despotricar contra los jueces del juego o por realizar apuestas furtivas junto con un grupo de indeseables, así que no estaba siempre presente cuando llegaba la hora de hablar con la prensa. De cualquier forma, lo único que los periodistas tenían que hacer para dar con él era preguntar por el bar más sórdido del condado, y nueve de cada diez veces Dallie estaría allí con su caddie, Clarence *Skeet* Cooper, y con tres o cuatro antiguas reinas del baile del instituto que esa tarde se las habían ingeniado para escabullirse de sus maridos.

—El matrimonio de Sonny y Cher está en crisis, eso seguro —dijo *Skeet* Cooper, hojeando un ejemplar de *People* bajo la luz que salía de la guantera abierta. Dirigió una mirada a Dallie, que conducía con una mano al volante de su Buick Riviera y con la otra sostenía un vaso de poliestireno con café—. Sí, señor —prosiguió—. Si quieres mi opinión, la pequeña Chastity Bono tendrá muy pronto un papaíto nuevo.

—¿Por qué lo dices? —Dallie no estaba realmente interesado, pero el parpadeo de los faros de los coches con los que de tanto en tanto se cruzaban y el ritmo hipnótico de la línea blanca discontinua de la interestatal I-95 le estaban dando sueño, y todavía no estaban siquiera cerca de la frontera con el estado de Florida. Echó un vistazo a la esfera iluminada del reloj en el salpicadero del Buick y vio que eran casi las cuatro y media. Le quedaban tres horas antes de que tuviera que empezar la ronda de clasificación del abierto Orange Blossom. Eso apenas le daría tiempo de darse una ducha y tomarse un par de píldoras para despejarse. Pensó en Jack Nicklaus, el Oso Dorado, que estaría a buen seguro ya en Jacksonville, descansando a pierna suelta en la mejor habitación que el señor Marriott pudiera ofrecer.

Skeet lanzó el ejemplar de *People* al asiento trasero y cogió otro del *National Enquirer*.

—En sus entrevistas, Cher está empezando a hablar de lo mucho que respeta a Sonny... por eso te digo que estos se van a separar pronto. Lo sabes tan bien como yo, siempre que una mujer empieza a hablar de «respeto», lo mejor que un hombre puede hacer es ir buscándose un buen abogado.

Dallie se rio y luego bostezó.

—¡Por Dios, Dallie! —protestó Skeet, al ver que el velocímetro pasaba de ciento veinte kilómetros por hora a ciento treinta—.

¿Por qué no te echas ahí atrás y duermes un poco? Déjame conducir un rato.

—Si me duermo ahora, no me despertaré hasta el próximo domingo, y me tengo que clasificar para este torneo, especialmente después de lo de hoy.

Acababan de tomar parte en el abierto del Sur, en el que Dallie había obtenido un desastroso 79, una marca siete golpes por encima de su promedio habitual y una cifra que no tenía intención de repetir.

—Imagino que no tendrás un ejemplar del *Golf Digest* entre toda esa porquería —preguntó.

—Sabes que nunca leo eso. —Skeet pasó a la página dos del *Enquirer*—. ¿Quieres que te hable de Jackie Kennedy o de Burt Reynolds?

Dallie gruñó y empezó a toquetear el dial de la radio. Pese a que a él le gustaba más el rock and roll, pensando en Skeet, trató de sintonizar alguna emisora de *country* que todavía pudiera oírse allí. Lo máximo que consiguió fue a Kris Kristofferson, que se había vendido a Hollywood, así que optó por poner las noticias.

«... El líder radical de los sesenta, Gerry Jaffe, ha sido absuelto hoy de todos los cargos tras haber participado en una manifestación en la Base de las Fuerzas Aéreas Nellis, en Nevada. Según las autoridades federales, Jaffe, cuyo nombre se hizo famoso por primera vez durante los disturbios de la Convención Demócrata de Chicago de 1968, ha dedicado en los últimos tiempos sus esfuerzos a las actividades antinucleares. Es uno de los pocos radicales de los sesenta que continua aún involucrado en actividades reivindicativas...»

A Dallie no le interesaban los viejos *hippies*, así que apagó la radio con un gesto de hastío y volvió a bostezar.

—¿Crees que podrías, si le pones mucho esfuerzo, leer en voz alta ese libro que hay tirado debajo del asiento?

Skeet alargó el brazo y cogió un ejemplar de tapa blanda de *Catch-22*, de Joseph Heller, y luego lo dejó a un lado.

—Le eché un vistazo hace un par de días, mientras tú estabas con aquella morenita, la que no paraba de llamarte «señor Beaudine». No hay por dónde pillarle sentido al maldito libro. —Skeet cerró el *Enquirer*—. Solo por curiosidad, ¿te seguía llamando «señor Beaudine» cuando volviste al motel?

Dallie hizo un globo con el chicle.

—Cuando se quitó el vestido, guardó silencio casi todo el rato.

Skeet se rio entre dientes, pero el cambio en su expresión no mejoró en nada el escaso atractivo de sus rasgos. Dependiendo del punto de vista de cada cual, Clarence *Skeet* Cooper había sido bendecido o maldecido con un rostro que le hacía parecer el doble de Jack Palance. Tenía el mismo rictus amenazante, las mismas facciones que, de tan feas, resultaban atractivas, la misma nariz chata y los ojos pequeños y rasgados. Su cabello era oscuro, y habían aparecido prematuramente hebras grises en él, y lo llevaba tan largo que lo tenía que sujetar en una cola de caballo cuando hacía de caddie para Dallie. El resto del tiempo dejaba que le colgara hasta los hombros, manteniéndolo lejos de la cara con una cinta de pañuelo roja, igual que su verdadero ídolo, que no era Palance, sino Willie Nelson, el mayor forajido de Austin, Texas.

Con treinta y cinco años, Skeet era diez años más viejo que Dallie. Era un ex convicto que había cumplido condena por robo a mano armada y había salido decidido a no repetir la experiencia. Era callado cuando estaba rodeado de gente a la que no conocía, receloso con cualquiera que vistiera traje formal, e inmensamente leal a las personas que quería, y la persona a quien más quería era Dallas Beaudine.

Dallie había encontrado a Skeet tirado en el suelo de los urinarios de una destartalada gasolinera de Texaco en la ruta federal 180, en las afueras de Caddo, Texas. Dallie tenía en aquel entonces quince años, y era un larguirucho de metro ochenta, vestido con una camiseta gastada y unos vaqueros sucios que dejaban demasiado a la vista los tobillos. Tenía también un ojo morado, los nudillos pelados, y la mandíbula hinchada hasta doblar su tamaño normal, producto de una brutal disputa que resultaría ser la última que tendría con su padre, Jaycee Beaudine.

Skeet todavía se recordaba a sí mismo mirando a Dallie desde el suelo sucio y tratando de que sus ojos volvieran a enfocarse. A pesar de su cara magullada, el muchacho que estaba junto a la puerta de los aseos era uno de los muchachos más guapos que había visto en su vida. Tenía un abundante cabello rubio, del tono del aguachirle, los ojos de un azul brillante rodeados de pestañas muy gruesas, y una boca que podría haber pertenecido a una prostituta de 200 dólares. Cuando se le despejó la cabeza, Skeet también distinguió los surcos de las lágrimas delineados en la suciedad que le cubría sus jóvenes mejillas, así como su expresión arisca, beligerante, que parecía desafiarle a que hiciera algún comentario al respecto.

Se puso trabajosamente en pie y se echó agua en la cara.

—Este aseo está ocupado, hijito.

El chico metió un pulgar en el desastrado bolsillo de sus vaqueros y levantó la mandíbula hinchada.

—Sí, ya lo veo. Ocupado por una apestosa e inútil mierda de perro.

Skeet, con sus ojos rasgados y su cara de Jack Palance, no estaba acostumbrado a que ningún adulto le retase, y mucho menos un muchacho que no debía de tener edad para afeitarse más de una vez por semana.

—¿Buscas problemas, chico?

—Ya los he encontrado, así que supongo que unos pocos más no me harán demasiado daño.

Skeet se enjuagó la boca y escupió en la pila del lavabo.

—Debes de ser el chaval más estúpido que he visto en mi vida —masculló.

—Sí, pero, bueno, tampoco tú pareces demasiado inteligente, Mierda de Perro.

Skeet no perdía los nervios con facilidad, pero había estado en una juerga que había durado casi dos semanas, y no estaba de muy buen humor. Se enderezó, echó el puño hacia atrás y dio, tambaleándose, dos pasos hacia delante, dispuesto a aumentar el daño que ya había causado Jaycee Beaudine. El chico se preparó psicológicamente para lo que se le venía encima, pero antes de que Skeet pudiera lanzar el primer golpe, el whisky de mala calidad que había bebido le derrotó y sintió que el suelo se hundía bajo sus inestables piernas.

Cuando se despertó, descubrió que estaba en el asiento trasero de un Studebaker del 56 con un tubo de escape defectuoso. El chico iba al volante, dirigiéndose al oeste por la US180, con una mano en el volante y la otra colgando por la ventanilla, y llevaba el ritmo de *Surf City* dando palmas en el lateral del coche.

—¿Me estás secuestrando, chico? —dijo, con un gruñido, incorporándose en el asiento.

—El tipo de la gasolinera quería llamar a la policía para que fuera a por ti. Y como no parecía que tuvieras medio de transporte, no he podido hacer otra cosa que traerte conmigo.

Skeet se tomó unos minutos para pensar en lo que acababa de escuchar, y luego dijo:

—Mi nombre es Cooper, Skeet Cooper.

—Dallas Beaudine. Los amigos me llaman Dallie.

—¿Eres lo suficientemente mayor para conducir este coche sin tener problemas con la ley?

Dallie se encogió de hombros.

—Le robé el coche a mi viejo y tengo quince años. ¿Quieres que te deje bajar?

Skeet pensó en su oficial de la libertad condicional, que a buen seguro desaprobaría precisamente aquel tipo de cosas, y después miró a aquel chico lleno de vida que conducía por aquella carretera abrasada por el sol de Texas como si fuera el propietario de todas las riquezas minerales que pudieran existir debajo de ella.

Se recostó contra el respaldo del asiento y cerró los ojos.

—Supongo que podría quedarme contigo unos cuantos kilómetros más.

Diez años más tarde, seguía estando con él.

Skeet miró a Dallie, sentado al volante del Buick del 73 que conducía ahora, y se preguntó cómo habían podido pasar aquellos diez años tan deprisa. Habían jugado en muchos campos de golf desde el día en que se conocieron en la gasolinera de Texaco. Al recordar el primero de ellos, no pudo evitar reírse entre dientes.

Aquel primer día, no llevaban más que unas horas en camino, cuando se dieron cuenta de que entre los dos solo tenían dinero suficiente para llenar una vez el depósito de gasolina. Sin embargo, huir de las iras de Jaycee Beaudine no había hecho que Dallie se olvidara de meter en el coche unos cuantos palos de golf antes de salir a toda prisa hacia Houston, así que empezó a buscar señales que les indicaran cómo llegar al club de campo más cercano.

Al ver que se internaba por una calle flanqueada de árboles, Skeet le dirigió una mirada cargada de significado.

—¿Se te ha pasado por la cabeza que no tenemos precisamente el aspecto de pertenecer a un club de campo, con este Studebaker robado y con tu cara llena de moretones?

Los labios hinchados de Dallie esbozaron una mueca arrogante.

—Todo eso no cuenta si eres capaz de golpear la bola con un hierro del cinco, lanzarla a doscientos metros en contra del viento y hacer que caiga sobre una moneda de cinco centavos.

Hizo que Skeet se vaciara los bolsillos, cogió el total de doce dólares y sesenta y cuatro centavos, se plantó ante tres socios del club, y les sugirió que jugaran un pequeño partido a diez dólares el hoyo. Dallie les dijo, en un gesto magnánimo, que ellos podrían utilizar sus carritos eléctricos y sus exageradas bolsas de cuero repletas de palos de las marcas Wilson y McGregor. Y anunció que él se contentaría con ir caminando de un hoyo a otro, solo con su hierro cinco y su segunda mejor bola, una Titleist.

Los socios contemplaron a aquel chico, guapo y desaliñado, con cinco centímetros de tobillo asomando por encima de sus zapatillas, y negaron con la cabeza.

Dallie dibujó una amplia sonrisa en sus labios, les dijo que eran unos gallinas, unas despreciables piltrafas afeminadas y les sugirió que subieran la apuesta a veinte dólares el hoyo, exactamente siete dólares y treinta y seis centavos más de lo que tenía en el bolsillo trasero de sus pantalones.

Los tres tipos lo llevaron hacia el primer punto de partida y le dijeron que le patearían su trasero de bravucón hasta más allá de la frontera con Oklahoma.

Esa noche, Dallie y Skeet cenaron chuletas y durmieron en el Holiday Inn.

Llegaron a Jacksonville apenas treinta minutos antes de que Dallie tuviera que comenzar su participación en la ronda de clasificación del abierto Orange Blossom de 1974. Esa misma tarde, un periodista deportivo de Jacksonville con ganas de labrarse una carrera, sacó a la luz el hecho asombroso de que Dallas Beaudine, con su gramática pueblerina y sus ideas políticas propias de un campesino sureño, poseía una licenciatura en Literatura Inglesa. Dos tardes después, el periodista logró finalmente seguir el rastro de Dallie hasta el club Luella, una sucia estructura de cemento con flamencos de plástico y la pintura rosa de las paredes cayéndose a pedazos, situada no lejos del Gator Bowl, y le abordó con aquella información como si acabara de descubrir un asunto de soborno a un político.

Dallie levantó la mirada del vaso de ron Stroh, se encogió de hombros y dijo que suponía que aquel título no le valdría para mucho, puesto que lo había conseguido en la Universidad A&M de Texas.

Era exactamente esta clase de comentario irreverente lo que había mantenido a los periodistas deportivos detrás de Dallie desde que había empezado a jugar en el circuito profesional dos años antes. Dallie los podía entretener durante horas con frases irreproducibles acerca del estado de la Unión, o de los deportistas que se vendían a Hollywood, o del estúpido asunto de la liberación de la mujer. Representaba a una nueva generación de chico bueno, con el atractivo aspecto de una estrella de cine, humilde y más inteligente de lo que dejaba entrever. Dallie Beaudine era prácticamente perfecto para aparecer en las revistas, excepto por una cosa.

Fallaba siempre en las grandes ocasiones.

Después de haber sido denominado el nuevo niño prodigio del circuito profesional, había cometido el casi imperdonable pecado de no ganar ningún torneo grande. Si jugaba un torneo de segunda clase en Apopka, Florida, o en Irving, Texas, lo ganaría con 18 golpes por debajo del par, pero en el Bob Hope o en el abierto Kemper, en ocasiones no pasaba ni el corte. Los periodistas especializados formulaban constantemente la misma pregunta a sus lectores: ¿cuándo explotaría todo el potencial de Dallas Beaudine como golfista profesional?

Dallie había decidido ganar el abierto Orange Blossom ese año y ponerle así fin a su racha de mala suerte. Además había una cosa, le gustaba Jacksonville, en su opinión era la única ciudad de Florida que no había intentado convertirse en un parque temático, y le gustaba el campo en el que se disputaba el torneo. A pesar de su falta de sueño, el lunes había llevado a cabo una sólida actuación en la ronda de clasificación, y después, ya completamente descansado, había jugado de manera brillante la ronda intermedia del miércoles. El éxito había reforzado su confianza. El éxito y el hecho de que el Oso Dorado, de Columbus, Ohio, había caído enfermo de gripe y se había visto obligado a retirarse.

Charlie Conner, el periodista deportivo de Jacksonville, bebió un sorbo de su vaso de Stroh y trató de acomodarse en su silla con la misma soltura y gracia que observaba en Dallie Beaudine.

—¿Consideras que la retirada de Jack Nicklaus afectará al Orange Blossom esta semana? —preguntó.

Para Dallie, aquella era una de las preguntas más estúpidas del mundo, junto con esa otra de «¿Te ha gustado tanto a ti como a mí?», pero, de todos modos, fingió meditar la respuesta.

—Bueno, verás, Charlie, si tienes en cuenta el hecho de que Jack Nicklaus está en camino de convertirse en el jugador más grande de la historia del golf, yo diría que, muy probablemente, sí notaremos su ausencia.

El periodista le dirigió a Dallie una mirada escéptica.

—¿El jugador más grande? ¿No te olvidas de unos cuantos, como Ben Hogan o Arnold Palmer? —Hizo una pausa reverencial antes de pronunciar el siguiente nombre, el nombre más sagrado en el golf—: ¿No estás olvidándote de Bobby Jones?

—Nadie ha jugado nunca a esto como Jack Nicklaus —dijo Dallie, con firmeza—. Ni siquiera Bobby Jones.

Skeet había estado hablando con Luella, la dueña del bar, pero cuando oyó que se mencionaba el nombre de Nicklaus, frunció el entrecejo y le preguntó al periodista sobre las posibilidades de los Cowboys de llegar a la Super Bowl. No le gustaba que Dallie hablase de Nicklaus, así que había cogido la costumbre de interrumpir cualquier conversación que girara en esa dirección. Decía que, cuando hablaba de Nicklaus, el juego de Dallie se venía totalmente abajo. Dallie no lo admitiría, pero Skeet tenía bastante razón al pensar así.

Mientras Skeet y el periodista conversaban sobre los Cowboys, Dallie trató de sacudirse de encima la depresión que se apoderaba de él cada otoño, con la precisión de un reloj, e intentó para ello centrarse en algún pensamiento positivo. La temporada del 74 estaba acabando y no lo había hecho tan mal. Había conseguido unos cuantos miles de dólares en premios y el doble en alocadas apuestas: quién daba el mejor golpe con la izquierda, quién acertaba a darle al cero de en medio de la señal de 200 metros, jugando en un campo improvisado en un barranco o en una acequia... Incluso había intentado realizar el truco de Trevino de jugar unos hoyos tirando la pelota en el aire y golpeándola con una botella de Dr Pepper, pero el cristal de la botella no era ahora tan grueso como cuando Super Mex, que así era como se conocía a Lee Buck Trevino, había inventado aquella peculiar artimaña en el saco sin fondo de las apuestas de golf, así que Dallie lo había dejado después de que tuvieran que ponerle cinco puntos en la mano derecha. A pesar de la herida, había ganado dinero suficiente para pagar la gasolina y para que Skeet y él pudieran mantenerse cómodamente. No era una fortuna, pero era mucho más de lo que su padre, Jaycee Beaudine, había reunido trabajando en los muelles del Buffalo Bayou en Houston.

Jaycee llevaba muerto ya un año, su vida había quedado destrozada por el alcohol y un ruin temperamento. Dallie no se había enterado de la muerte de su padre hasta unos pocos meses después de que hubiera sucedido, al tropezarse con uno de los viejos compañeros de copas de Jaycee en un bar de Nacogdoches. Dallie hubiera deseado saberlo a tiempo para poder haber estado junto al ataúd de Jaycee, contemplar su cadáver y escupirle entre sus ojos cerrados. Un escupitajo en pago por todas las magulladuras que le habían causado los puños de su padre, por todos los malos tratos que había recibido durante su infancia, por todas las veces que le había oído llamarle inútil, nenita, basura... hasta que, a los quince años, ya no había sido capaz de soportarlo por más tiempo y se había marchado.

Por lo que había visto en unas fotos viejas, había heredado la mayor parte de sus rasgos atractivos de su madre. Ella también se había ido. Había abandonado a Jaycee poco después de que naciera Dallie, y no se había molestado en dejar anotada su nueva dirección. Jaycee había dicho una vez que había oído que se había marchado a Alaska, pero nunca trató de encontrarla.

—Sería demasiado complicado —le dijo a Dallie—. Ninguna mujer merece realizar tantos esfuerzos, sobre todo cuando hay tantas otras por ahí.

Con su pelo rubio y sus párpados caídos, Jaycee había conquistado a tantas mujeres que no sabía qué hacer con ellas. Con el paso de los años, al menos una docena de ellas habían vivido alguna temporada con ellos, y alguna incluso había llevado con ella a sus hijos. Algunas de esas mujeres se habían portado bien con Dallie, otras lo habían maltratado. A medida que fue haciéndose mayor, se percató de que las que le trataban mal parecían durar más tiempo con su padre que las otras, probablemente porque hacía falta una cierta cantidad de mal genio para sobrevivir con Jaycee más de unos pocos meses.

—Es un canalla de nacimiento —le había dicho a Dallie una de las mujeres más agradables, mientras hacía su maleta—. Hay gente así. Al principio no te das cuenta de que Jaycee lo sea, porque es inteligente y puede hablar tan bien que hace que te sientas la mujer más hermosa del mundo. Pero hay algo dentro de él, algo que le hace ser ruin, lo lleva en la sangre. No hagas caso a todas esas cosas que dice de ti, Dallie. Tú eres un buen muchacho. Solo tiene miedo de que crezcas y consigas hacer algo bueno con tu vida, que es más de lo que él nunca ha podido hacer.

Dallie había procurado alejarse de los puños de Jaycee todo lo que había podido. El colegio se convirtió en su refugio más seguro y, a diferencia de sus amigos, nunca dejó de asistir (a menos que tuviera la cara demasiado llena de magulladuras, en cuyo caso se quedaba a pasar el rato con los caddies que trabajaban en el club de golf que había cerca de su casa). Fueron ellos los que le enseñaron a jugar al golf, y para cuando cumplió los doce años, había encontrado allí un refugio más seguro que la escuela.

Dallie se sacudió de la cabeza los viejos recuerdos y le dijo a Skeet que era hora de irse a dormir. Volvieron al motel, pero aunque estaba cansado, Dallie había estado pensando demasiado en el pasado como para poder dormirse fácilmente.

Con la ronda de clasificación completada y la intermedia superada, el torneo propiamente dicho comenzaba al día siguiente. Al igual que todos los grandes torneos de golf profesionales, el Orange Blossom celebraba sus dos primeras jornadas en jueves y viernes. Aquellos jugadores que superaban el corte del viernes, pasaban a las dos rondas finales.

Dallie no solo superó el corte, sino que además lideraba el torneo con cuatro golpes de ventaja cuando el domingo por la mañana, camino del punto de partida para la ronda final, pasó junto a la torre de televisión.

—Ahora tienes que mantener la constancia, Dallie —le dijo Skeet. Dio unas palmadas con la mano sobre la bolsa de golf y miró nerviosamente el tablón de la clasificación, donde figuraba el nombre de Dallie de forma prominente en lo más alto—. Recuerda que hoy vas a jugar tu propio partido, no el de nadie más. Quítate de la cabeza esas cámaras de televisión y concéntrate en ir dando un golpe detrás de otro.

Dallie no dio la menor muestra de haber escuchado las palabras de Skeet. En lugar de eso, le dirigió una sonrisa a una espectacular morena que estaba cerca de las cuerdas que delimitaban el espacio designado para el público. Ella le devolvió la sonrisa, así que Dallie se acercó a echar unas risas con ella, comportándose como si no tuviera la menor preocupación, como si ganar aquel torneo no fuera la cosa más importante de su vida, como si ese año no fuera a haber Halloween.

Dallie estaba jugando el cuarteto final junto con Johnny Miller, el que más dinero había ganado ese año en el circuito. Cuando le llegó el turno a Dallie de comenzar, Skeet le tendió un palo tres y le dio sus últimos consejos:

—Recuerda que hoy en día eres el mejor golfista joven en el circuito, Dallie. Tú lo sabes y yo lo sé. ¿Qué tal si le permitimos al resto del mundo saberlo también?

Dallie asintió, se colocó en posición, y realizó uno de esos golpes que hacen historia.

Después de catorce hoyos, Dallie seguía en cabeza con dieciséis golpes bajo el par. Con solo cuatro hoyos por jugar, Johnny Miller le ganaba rápidamente terreno, pero todavía tenía cuatro golpes más que él. Dallie se olvidó de Miller y se concentró en su propio juego. Metió un golpe corto desde menos de dos metros y se dijo a sí mismo que había nacido para jugar al golf. Algunos campeones se hacen a base de esfuerzo, pero otros se crean en el mismo momento de su concepción en el vientre materno. Por fin iba a estar a la altura de la reputación que las revistas habían creado para él. Al ver su nombre en lo alto de la lista de clasificación del Orange Blossom, Dallie se sintió como si hubiera nacido sujetando en la mano una pelota nuevecita de Titleist.

Sus zancadas se hicieron más largas al recorrer la calle del hoyo 15. Las cámaras de televisión seguían cada uno de sus movimientos, y su confianza aumentó al máximo. Había superado las derrotas en las rondas finales de los dos últimos años. Habían sido fortuitas, nada más que simples casualidades. Aquel chico de Texas estaba a punto de prenderle fuego al mundo del golf.

El sol caía de plano sobre su pelo rubio y calentaba su camisa. En la grada, una bella aficionada le lanzó un beso con un soplo. Dallie se rio e hizo la pantomima de recoger el beso por el aire y guardárselo en el bolsillo.

Skeet sacó un hierro ocho para un golpe fácil de aproximación al *green* del hoyo 15. Dallie sujetó el palo, evaluó la situación de la bola y se puso en posición. Se sentía confiado, dominando la situación. Su liderato era sólido, su juego también, no había nada que pudiera arrebatarle la victoria.

Nada excepto el Oso.

«No creerás de verdad que puedes ganar este torneo, ¿verdad, Beaudine?»

La voz del Oso surgió en la cabeza de Dallie tan clara como si Jack Nicklaus estuviera justo a su lado.

«Los campeones como yo ganamos torneos de golf, no los fracasados como tú.»

«¡Fuera! —chilló el cerebro de Dallie—. ¡No aparezcas ahora!» Su frente empezó a sudar. Reajustó la posición de sus manos en el palo, trató de relajarse otra vez, intentó no prestar atención a aquella voz.

«¿Qué has conseguido demostrar hasta ahora? ¿Qué has hecho con tu vida aparte de echarlo todo a perder?»

«¡Déjame en paz!» Dallie se alejó unos pasos de la pelota, volvió a estudiar la línea, y se colocó de nuevo. Echó el palo hacia atrás y golpeó. El público dejó escapar un gemido colectivo al ver que la pelota se iba hacia la izquierda y caía en una zona de maleza. En el interior de la mente de Dallie, el Oso realizó un gesto de negación con su enorme cabeza rubia.

«A esto me refería exactamente, Beaudine. No tienes madera de campeón.»

Skeet, con una visible mueca de preocupación en el rostro, se acercó a Dallie.

—¿De dónde diablos te has sacado ese golpe? Ahora te vas a tener que esforzar mucho para conseguir el par.

—Solo he perdido el equilibrio —contestó Dallie, con brusquedad, y echó a andar con gesto airado hacia el *green*.

«Lo que has perdido son las agallas», le susurró el Oso.

Había empezado a aparecer en su cabeza no mucho después de que Dallie comenzara a jugar en el circuito profesional. Antes de eso, la única voz que había escuchado en su cabeza era la de Jaycee. Lógicamente, Dallie entendía que era él mismo quien había creado al Oso, y sabía que había una gran diferencia entre el Jack Nicklaus de la vida real, con su hablar suave y buenas maneras, y aquella criatura infernal que hablaba como Nicklaus, que se parecía a Nicklaus, y que conocía los más profundos secretos de Dallie.

Pero la lógica no podía hacer mucho contra los demonios interiores, y no era mera casualidad que el demonio interior de Dallie hubiera adquirido la forma de Jack Nicklaus, un hombre al que admiraba más que a nadie: un hombre con una hermosa familia, respetado por sus compañeros, y con el estilo de juego más espectacular que el mundo jamás había visto. Un hombre que no sabría dar un mal golpe por mucho que se lo propusiera.

«Provienes del lado equivocado», le susurró el Oso cuando se disponía a realizar un golpe corto en el hoyo 16. La pelota pasó por el borde del agujero y se alejó varios metros.

Johnny Miller le dirigió una mirada compasiva y a continuación metió su bola para hacer el par. Dos hoyos después, cuando Dallie realizaba su primer golpe en el dieciocho, su ventaja se había convertido en un empate con Miller.

»Tu viejo te dijo que nunca conseguirías gran cosa —dijo el Oso cuando la pelota Dallie se fue desviando hacia la derecha—. ¿Por qué no le hiciste caso?»

Cuanto peor era su juego, más bromeaba Dallie con el público.

—Diablos, ¿de dónde ha salido esa porquería de golpe? —exclamó, rascándose la cabeza con exagerado desconcierto. Y luego señaló a una señora entrada en carnes y con aspecto bonachón que observaba el juego desde la cuerda—. Señora, quizá debería usted dejar su bolso en el suelo y venir aquí para realizar el siguiente golpe por mí.

Hizo un *bogey* en el hoyo final, un golpe por encima del par, y Johnny Miller un *birdie*, un golpe por debajo del par. Después de que los jugadores hubieran firmado sus tarjetas de puntuación, el presidente del torneo le entregó a Miller el trofeo de campeón y un cheque por valor de treinta mil dólares. Dallie le estrechó la mano, le dio unas palmadas en el hombro, y acto seguido se acercó al público para continuar con sus bromas:

—Esto me ha pasado por permitirle a Skeet que me mantuviera la boca abierta toda la noche y echase dentro un montón de cerveza. Mi abuelita podría haber jugado hoy mejor que yo con un rastrillo del jardín y unos patines.

Dallie Beaudine se había pasado la infancia entera esquivando los puños de su padre, y no estaba dispuesto a consentir que nadie lo viera herido.

4

Francesca estaba rodeada de vestidos que había ido desechando y estudiaba su reflejo en los espejos de pared que había en un lado de su dormitorio, que ahora tenía las paredes decoradas con seda a rayas de tonos pastel, con sillas Louis XV a juego y un cuadro de los primeros años de Matisse. Como si fuera un arquitecto absorto en el diseño de un proyecto, examinaba su rostro de veintiún años en busca de alguna imperfección que hubiera podido aparecer desde la última vez que se había contemplado a sí misma en el espejo. Su nariz, pequeña y recta, llevaba una capa de maquillaje transparente que costaba doce libras la caja; sus párpados estaban pintados con sombra color humo; y sus pestañas, separadas individualmente con un diminuto peine de carey, habían sido revestidas exactamente con cuatro capas de rímel alemán importado. Bajó su mirada crítica para recorrer su diminuta y delicada estructura hasta la curva elegante de sus pechos, luego inspeccionó su estrecha cintura antes de seguir hacia sus piernas, hermosamente revestidas con unos pantalones de ante verde suave que se complementaban de manera perfecta con una blusa de seda color marfil de Piero de Monzi. Acababa de ser elegida una de las diez mujeres más bellas de Gran Bretaña en 1975. Aunque nunca sería tan vulgar como para decirlo en voz alta, en privado se preguntaba por qué la revista se había molestado en elegir otras nueve. Las delicadas facciones de Francesca eran más acordes con el canon clásico de belleza que las de su madre o las de su abuela, y eran mucho más volubles. Sus ojos verdes y sesgados podían volverse tan fríos y distantes como los de un gato cuando estaba enfadada, o tan descarados como los de una tabernera del Soho si su estado de ánimo era bueno. Cuando se percató de la atención que generaba, comenzó a acentuar sus semejanzas con Vivien Leigh y se dejó crecer el pelo castaño en una suave melena rizada hasta los hombros, apartándoselo de vez en cuando de la cara con pasadores para que el parecido fuera aún más pronunciado.

Mientras contemplaba su reflejo, no se le ocurrió verse a sí misma superficial y engreída, ni que muchas de las personas a las que consideraba amigas suyas apenas pudieran soportarla. Los hombres la adoraban, y eso era lo único que importaba. Era tan exageradamente hermosa, tan encantadora cuando se esforzaba en ello, que solo el hombre más desconfiado podía resistirse a ella. Estar con Francesca era para los hombres como tomar una droga adictiva, y aun después de que la relación hubiera acabado, muchos se sorprendían regresando a su lado para recibir un doloroso segundo impacto.

Igual que hacía su madre, Francesca hablaba con hipérboles y ponía sus palabras en una invisible cursiva, haciendo que el hecho más mundano sonase como una gran aventura. Se rumoreaba que era una hechicera en la cama, aunque los comentarios concretos de quien de verdad había penetrado la encantadora vagina de la adorable Francesca se habían vuelto algo difusos con el paso del tiempo. Besaba maravillosamente, sobre ese punto existía una total certeza, se inclinaba sobre el pecho del hombre, se enroscaba en sus brazos como un gatito sensual, y a veces le lamía la boca con la punta de su pequeña y rosada lengua.

Francesca nunca se paró a considerar que los hombres la adoraban porque solo veían la mejor parte de ella. No tenían que sufrir sus irreflexivos ataques, su perpetua impuntualidad o sus enfados cuando no obtenía lo que deseaba. Los hombres la hacían florecer. Al menos por un tiempo... hasta que se aburría. Entonces se volvía imposible.

Mientras se aplicaba brillo color coral en los labios, no pudo evitar sonreír al recordar su conquista más espectacular, aunque todavía seguía totalmente alucinada por lo mal que él se había tomado el fin de la relación. De todos modos, ¿qué otra cosa podría haber hecho ella? Desempeñar durante varios meses un simple papel de acompañante en todos los compromisos oficiales de él había proyectado la fría luz de la realidad sobre esas visiones deliciosamente cálidas de inmortalidad con las que había fantaseado: los carruajes de cristal, las puertas de la catedral abriéndose con un sonido de trompetas... visiones no del todo inconcebibles para una chica que había crecido en un dormitorio digno de una princesa.

Cuando finalmente le había aplicado un poco de sentido común a su relación y se había dado cuenta de que no quería vivir su vida entera a disposición del Imperio británico, había intentado cortar del modo más limpio posible. Pero, aun así, él se lo había tomado bastante mal. Todavía podía verlo ahora tal y como había estado aquella noche: inmaculadamente vestido, exquisitamente afeitado, con zapatos carísimos. ¿Cómo diablos iba ella a saber que un hombre que no tenía ni una sola arruga en su exterior podía albergar unas cuantas inseguridades en su interior? Recordó la noche, dos meses atrás, en la que dio por terminada su relación con el soltero más codiciado de Gran Bretaña.

Acababan de cenar en la intimidad de su apartamento, y el rostro de él se le había antojado joven y curiosamente vulnerable bajo la luz de las velas, que suavizaban sus facciones aristocráticas. Francesca lo miró por encima del conjunto de mantel de damasco dispuesto con cubiertos de plata de doscientos años de antigüedad y porcelana ribeteada en oro de veinticuatro quilates, tratando de que la vehemencia de su semblante le diera a entender que aquello era mucho más difícil para ella de lo que pudiera ser para él.

—Entiendo —dijo él, después de que ella le hubiera expuesto sus razones para no continuar con la relación, de la manera más delicada posible. Y, luego, una vez más—: Entiendo.

—¿De verdad? —Francesca inclinó la cabeza a un lado de modo que el pelo cayó lejos de su cara, permitiendo que la luz incidiera en los pendientes de diamante que colgaban de los lóbulos de sus orejas, parpadeando como un grupo de estrellas contra un cielo oscuro.

La brusquedad de su respuesta la cogió por sorpresa:

—No, la verdad es que no. —Empujó la mesa y se levantó con un gesto cortante—. No lo entiendo en absoluto. —Miró al suelo y otra vez a ella—. Debo confesar que me he enamorado de ti, Francesca, y tú me diste razones para creer que también sentías algo por mí.

—Y lo hago. Por supuesto que lo hago.

—Pero no lo bastante para aguantar todo lo que viene conmigo.

La combinación de terco y dolido orgullo que distinguió en su voz la hizo sentirse horriblemente culpable. ¿No se suponía que los miembros de la realeza tenían que esconder sus emociones fueran cuales fueran las circunstancias?

—Lo que viene contigo es mucho —le recordó.

—Sí, lo es, ¿verdad? —En su risa se percibió un rastro de amargura—. Qué estúpido por mi parte haber creído que me querías lo suficiente para soportarlo.

Ahora, en la intimidad de su dormitorio, Francesca frunció brevemente el ceño ante su propio reflejo en el espejo. Como su corazón nunca se había visto afectado por nadie, siempre le resultaba sorprendente que alguno de los hombres con los que se relacionaba reaccionara tan mal cuando rompían.

De cualquier manera, ya no podía hacerse nada al respecto. Se retocó el brillo de los labios y trató de animarse tarareando una vieja canción inglesa de los años treinta, que hablaba de un hombre que bailaba con una muchacha que, a su vez, había bailado con el príncipe de Gales.

—Me marcho ahora, querida —dijo Chloe, apareciendo en la puerta de la habitación mientras se ajustaba el ala de un sombrero color crema sobre su pelo negro corto y rizado—. Si llama Helmut, dile que estaré de vuelta a la una.

—Si Helmut llama, le diré que estás muerta. —Francesca se colocó las manos en la cadera, y sus uñas de color canela parecieron pequeñas almendras esculpidas cuando tamborileó impacientemente con ellas sobre los pantalones de ante verdes.

Chloe se abrochó el cierre de su abrigo de visón y empezó a decir:

—Ya está bien, querida...

Francesca sintió una punzada de remordimiento al advertir lo cansada que parecía estar su madre, pero logró reprimirla, recordándose a sí misma que la actitud autodestructiva de Chloe con los hombres había ido a peor en los últimos meses y que su deber como hija era hacérselo notar.

—Es un *gigoló*, mamá. Todo el mundo lo sabe. Un impostor que dice ser un príncipe alemán y que te está tomando el pelo. —Alargó el brazo más allá de las perchas perfumadas Porthault de su armario y cogió de un estante el cinturón de peces de colores que había comprado en David Webb la última vez que había estado en Nueva York. Una vez se lo hubo colocado alrededor de la cintura, volvió a dirigir su atención hacia Chloe—. Estoy preocupada por ti, mamá. Tienes ojeras, y pareces estar cansada todo el tiempo. Y también has estado muy insoportable. Ayer mismo me trajiste el kimono beis de Givenchy en vez del plateado que te había pedido.

Chloe suspiró.

—Lo siento, querida. Yo... he tenido otras cosas en la cabeza, y últimamente no he dormido bien. Te cogeré hoy el kimono plateado.

La alegría por saber que tendría el kimono correcto no alivió la preocupación de Francesca por su madre. Con toda la suavidad que pudo, trató de hacerle entender a Chloe lo serio del asunto.

—Tienes cuarenta años, mamá. Tienes que empezar a cuidarte más. Válgame el cielo, ni siquiera te has hecho una limpieza facial desde hace semanas.

Para su consternación, notó que había herido los sentimientos de Chloe. Corrió hacia ella y le dio un rápido abrazo conciliador, con cuidado de no restregarle la delicada capa de colorete que se había puesto bajo los pómulos.

—No me hagas caso —dijo—. Te adoro. Y sigues siendo la madre más hermosa de todo Londres.

—Eso me recuerda... Con una madre es suficiente en esta casa. Te estás tomando tus píldoras anticonceptivas, ¿no es verdad, querida?

Francesca refunfuñó.

—Otra vez con eso no...

Chloe sacó un par de guantes de su bolso de piel de avestruz de Chanel y empezó a estirarlos.

—No puedo soportar la idea de que te quedes encinta cuando todavía eres tan joven. El embarazo es muy peligroso.

Francesca se echó el pelo hacia atrás por encima de los hombros y volvió a girarse hacia el espejo.

—Más razón para no olvidarlo, ¿no es cierto? —dijo, como si tal cosa.

—Simplemente, ten cuidado, cariño.

—¿Me has visto alguna vez perder el control en cualquier situación en la que haya un hombre involucrado?

—Gracias a Dios, no. —Chloe se levantó el cuello de su abrigo de visón hasta que la piel le acarició la parte inferior de la mandíbula—. ¡Ojalá yo hubiera sido como tú cuando tenía veinte años! —dijo, con una risa irónica—. ¿A quién pretendo engañar? Ojalá fuera como eres tú en este preciso momento. —Le envió un beso con un soplo de aire, le dijo adiós ondeando el bolso y desapareció pasillo abajo.

Francesca arrugó la nariz frente al espejo, luego lanzó a un lado el peine con el que se había estado peinando y fue hacia la ventana. Al fijar la mirada en el jardín, el inoportuno recuerdo de su encuentro con Evan Varian reapareció en su mente, haciéndole estremecerse. Aunque sabía que el sexo no podía ser tan espantoso para la mayoría de las mujeres, su experiencia con Evan hacía tres años le había hecho perder el deseo de volver a probarlo, incluso con hombres que la atraían. Además, la burla de Evan acerca de su frigidez se había quedado agazapada en los polvorientos rincones de su conciencia, y volvía a salir a la superficie en los momentos más inoportunos para atormentarla. Finalmente, el verano anterior, había reunido el valor suficiente para permitirle a un joven y atractivo escultor sueco que había conocido en Marrakech que la llevara a la cama.

Torció el gesto al recordar lo horrible que había sido. Sabía que el sexo debía ser algo más que tener a alguien encaramándose encima de ella, manoseando sus partes más íntimas y empapándola del sudor que brotaba de sus axilas. La única sensación que la experiencia había provocado en su interior había sido una terrible ansiedad. Odiaba la vulnerabilidad, la inquietante idea de haber perdido el control de la situación. ¿Dónde estaba esa proximidad mística sobre la que escribían los poetas? ¿Por qué no era ella capaz de sentirse próxima a nadie?

Mediante la observación de las relaciones de Chloe con los hombres, Francesca había aprendido a una edad muy temprana que el sexo era un artículo con el que se podía comerciar, como cualquier otra cosa. Sabía que tarde o temprano tendría que permitirle otra vez a un hombre que le hiciera el amor. Pero estaba decidida a no hacerlo hasta que sintiera que controlaba completamente la situación y que la recompensa fuera lo suficientemente alta para justificar la ansiedad. No sabía exactamente de qué recompensa podría tratarse. Dinero no, desde luego. El dinero simplemente estaba ahí, no era algo en lo que tuviera que pensar. Tampoco el estatus social, puesto que lo había tenido asegurado desde que nació. Pero esa recompensa debía consistir en algo... ese algo esquivo que faltaba en su vida.

De cualquier forma, como era una persona básicamente optimista, pensaba que sus desagradables experiencias sexuales podían haber tenido un lado positivo. Muchas de sus amigas saltaban de una cama a otra hasta que perdían todo sentido de la dignidad. Ella no saltaba a ninguna cama, y, sin embargo, había sido capaz de ofrecer la imagen de poseer experiencia en el tema, engañando incluso a su propia madre, mientras, al mismo tiempo, se mantenía a distancia. A fin de cuentas, era una combinación poderosa, que intrigaba a un buen número de hombres interesantes.

El sonido del teléfono interrumpió sus pensamientos. Pasó por encima de un montón de ropa que había desechado y cruzó la habitación para coger el auricular.

—Francesca al habla —dijo, sentándose en una de las sillas Louis XV.

—Francesca. No cuelgues. Tengo que hablar contigo.

—¡Vaya, si es san Nicholas! —Cruzó las piernas e inspeccionó las puntas de sus uñas en busca de desperfectos.

—Cariño, no pretendía disgustarte tanto la semana pasada.

—El tono de Nicholas era apaciguador, y Francesca podía imaginárselo, sentado en el escritorio de su despacho, con el rostro tenso por la determinación. Nicky era tan dulce como aburrido—. Me he sentido muy triste sin ti —siguió diciendo—. Lamento si te presioné.

—Deberías lamentarlo, sí —afirmó Francesca—. En serio, Nicholas, te comportaste como un estúpido pedante. Odio que me griten y no me gusta que me hagan sentir como si fuera una especie de *femme fatale* sin corazón.

—Perdóname, querida, pero en realidad no te grité. La verdad es que fuiste tú la que... —Se interrumpió, aparentemente arrepentido de aquel comentario.

Francesca localizó el desperfecto que había estado buscando, un casi imperceptible desconchón en la uña de su dedo índice. Sin levantarse de la silla, se estiró hacia el tocador para coger el frasco de laca de uñas marrón canela.

—Francesca, cariño, había pensado que tal vez te gustaría acompañarme a Hampshire este fin de semana.

—Lo siento, Nicky. Estoy ocupada.

El tapón del frasco de laca de uñas cedió bajó la presión de sus dedos. Mientras extraía el diminuto cepillo, sus ojos se posaron en el tabloide doblado al lado del teléfono. Un posavasos de cristal estaba justo encima, de manera que aumentaba un trozo circular de las palabras impresas y hacía que su propio nombre resaltase ante sus ojos, con las letras retorcidas como si fueran parte del reflejo ofrecido por un espejo de feria.

«Francesca Day, la hermosa hija de Chloe Day, miembro de la alta sociedad internacional, y nieta de la legendaria diseñadora de moda Nita Serritella, vuelve a romper corazones. La nueva víctima de la tempestuosa Francesca es quien la acompañaba con frecuencia en los últimos tiempos, el atractivo Nicholas Gwynwyck, de treinta y tres años, heredero de la fortuna de las destilerías Gwynwyck. Amigos de Gwynwyck afirman que estaba dispuesto a anunciar la fecha de la boda cuando de repente Francesca empezó a dejarse ver en compañía de la nueva estrella de la pantalla, David Graves, de veintitrés años...»

—¿El próximo fin de semana, entonces?

Ella giró la cintura, apartando la vista del tabloide para reparar el desperfecto de la uña.

—No lo creo, Nicky. No hagamos esto más difícil.

—Francesca. —Por un momento, la voz de Nicholas pareció quebrarse—. Tú... tú me dijiste que me amabas. Yo te creí...

La frente de Francesca volvió a contraerse. Se sentía culpable, aunque no fuera exactamente culpa suya que él hubiera malinterpretado sus palabras. Dejó suspendido el cepillo del esmalte de uñas en el aire y acercó el mentón un poco más al auricular:

—Te quiero, Nicky. Como a un amigo. Por Dios, eres dulce y entrañable... —«Y aburrido»—. ¿Quién podría no amarte? Hemos pasado momentos maravillosos juntos. Acuérdate de la fiesta de Gloria Hammersmith, cuando Toby se lanzó a aquella fuente espantosa...

Oyó una exclamación ahogada al otro lado de la línea telefónica.

—Francesca, ¿cómo pudiste hacerlo?

Francesca se sopló la uña.

—¿Hacer qué?

—Salir con David Graves. Tú y yo estamos prácticamente prometidos.

—David Graves no es algo que te incumba —replicó—. Nosotros no estamos prometidos, y hablaré contigo otra vez cuando estés preparado para conversar de un modo más civilizado.

—Francesca...

Pero Francesca ya había colgado el auricular con un sonoro golpe. ¡Nicholas Gwynwyck no tenía derecho a interrogarla! Sin dejar de soplarse la uña, fue a su armario. Nicky y ella se habían divertido juntos, pero no le amaba y, desde luego, no tenía intención de vivir el resto de su vida casada con un cervecero, por muy rico que fuera.

En cuanto se le secó la uña, reanudó su búsqueda de algo que ponerse para la fiesta de Cissy Kavendish esa noche. Aún no había encontrado lo que quería cuando fue interrumpida por un leve toque en la puerta, y a continuación entró en el dormitorio una mujer de mediana edad, pelirroja y con las medias enrolladas en los tobillos. Mientras empezaba a guardar el montón de ropa interior perfectamente doblada que había traído consigo, la mujer le dijo:

—Voy a salir unas pocas horas, si no le importa, señorita Francesca.

Francesca tenía en sus manos un vestido de Yves St. Laurent de gasa color miel con plumas blancas y marrones a la altura del dobladillo. El vestido era realmente de Chloe, pero cuando Francesca lo había visto se había enamorado de él, así que hizo acortar la falda y arreglar el busto antes de llevárselo a su propio armario.

—¿Qué te parece este vestido de gasa para esta noche, Hedda? —preguntó—. ¿Es demasiado sencillo?

Hedda guardó la última prenda de ropa interior de Francesca y cerró el cajón.

—A usted todo le sienta estupendamente, señorita.

Francesca giró lentamente enfrente del espejo y arrugó la nariz. El St. Laurent era demasiado conservador, no era de su estilo, después de todo. Lo dejó caer al suelo, pasó por encima del montón de ropa desparramada y comenzó otra vez a rebuscar en su armario. Sus pantalones bombachos de terciopelo serían perfectos, pero necesitaba una blusa para llevar con ellos.

—¿Desea algo más, señorita Francesca?

—No, nada más —contestó Francesca distraídamente.

—Estaré de vuelta a la hora del té, entonces —anunció el ama de llaves mientras se dirigía hacia la puerta.

Francesca se dio la vuelta para preguntarle sobre la cena y notó por primera vez que el ama de llaves se encorvaba hacia delante más de lo habitual.

—¿Te está molestando la espalda de nuevo? ¿No me habías dicho que iba mejor?

—Y así era —contestó el ama de llaves, poniendo su mano pesadamente sobre el pomo de la puerta—, pero luego empezó otra vez a dolerme, tanto que en estos últimos días casi no puedo inclinarme. Por eso voy a salir unas horas, para ir a la clínica.

Francesca pensó lo terrible que sería vivir como la pobre Hedda, con medias enrolladas en los tobillos y una espalda que te doliera al menor movimiento.

—Deja que coja mis llaves —se ofreció impulsivamente—. Te

llevaré con el coche al médico de Chloe en la calle Harley, y me encargaré de que nos envíe la cuenta.

—No es necesario, señorita. Puedo ir a la clínica.

Pero Francesca no le hizo caso. Odiaba ver a las personas sufriendo y no podía soportar la idea de que Hedda no pudiera tener la mejor atención médica. Indicó al ama de llaves que la esperase en el coche, se cambió la blusa de seda por un jersey de cachemira, añadió una esclava de oro y marfil en la muñeca, hizo una llamada telefónica, se roció con unas gotas de la esencia de Femme, de albaricoque y melocotón, y salió de la habitación sin dedicar un solo pensamiento al desorden de ropa y accesorios que dejaba tras de sí para que Hedda se agachara y recogiera cuando estuviera de vuelta.

Su cabello se balanceaba sobre sus hombros mientras descendía las escaleras, con una cazadora de piel de zorro colgando de sus dedos y suaves botas de cuero hundiéndose en la alfombra. Camino del vestíbulo, pasó junto a dos macetas de cerámica con arbustos podados en forma de bolas dobles. Hasta allí llegaba muy poca luz solar, por lo que las costosas plantas nunca florecían y tenían que ser cambiadas cada seis semanas, una extravagancia que ni Chloe ni Francesca se molestaban en cuestionar. Sonó el timbre de la puerta.

—Vaya por Dios —murmuró Francesca, echando una mirada a su reloj. Si no se daba prisa, no podría llevar a Hedda al médico y tener todavía tiempo de vestirse para la fiesta de Cissy Kavendish. Con impaciencia, abrió la puerta principal.

Al otro lado había un policía uniformado, consultando una pequeña libreta que sostenía en su mano.

—Busco a Francesca Day —dijo, sonrojándose levemente al levantar la cabeza y ver su impresionante apariencia.

En la mente de Francesca surgió la imagen de la colección de multas de tráfico impagadas que tenía tiradas en el cajón de su escritorio, por lo que le dedicó la mejor de sus sonrisas.

—La ha encontrado. ¿Voy a tener que lamentarlo?

El policía la miró con expresión solemne.

—Señorita Day, me temo que traigo malas noticias.

Francesca se dio cuenta por primera vez en ese momento de

que el hombre tenía algo en su otra mano. Un repentino escalofrío recorrió todo su cuerpo cuando vio que se trataba del bolso de piel de avestruz de Chanel de Chloe.

El policía tragó saliva, incómodo.

—Parece ser que su madre se ha visto implicada en un accidente bastante grave...

5

Dallie y Skeet viajaban por la autopista 49 en dirección a Hattiesburg, Mississippi. Mientras Skeet conducía, Dallie había dormido un par de horas en el asiento de atrás, pero ahora estaba él otra vez al volante, contento porque no tenía que comenzar su participación en el torneo hasta las 8.48 de la mañana, lo que le daría tiempo a dar unos cuantos golpes de práctica primero. Odiaba, casi más que cualquier otra cosa, conducir toda la noche después de la ronda final de un torneo para llegar a la ronda de clasificación del siguiente. Si los peces gordos de la PGA tuvieran que atravesar las fronteras de estados y pasar junto a unos cuantos cientos de señales de bares de carretera, imaginaba que cambiarían las reglas en un abrir y cerrar de ojos.

En el campo de golf, Dallie no le daba importancia a su ropa (siempre y cuando sus camisas no tuvieran animales estampados y ninguna prenda fuera rosa), pero fuera del campo sí era bastante selectivo en ese aspecto. Prefería llevar Levi's ceñidos y desteñidos, botas de cuero tejanas hechas a mano y desgastadas en los talones y camisetas lo suficientemente viejas para tirarlas lejos si estaba de mal humor o utilizarlas para abrillantar el capó de su Buick Riviera sin preocuparse de que pudieran arañar la pintura. Algunas de sus seguidoras le enviaban sombreros de cowboy, pero nunca se los ponía, le gustaban más las gorras con visera, como la que llevaba ahora. Decía que las gorras Stetson se habían echado a perder para siempre por culpa de los agentes de seguros gordinflones que se las ponían con trajes de poliéster. No es que Dallie tuviera nada contra el poliéster, siempre que estuviera hecho en América, claro.

—Aquí hay una historia para ti —dijo Skeet.

Dallie bostezó y se preguntó si sería capaz de realizar un buen golpe con el hierro dos. El día anterior había estado de baja forma, pero no podía entender por qué. Después del desastre del año anterior en el abierto Orange Blossom, había mejorado su juego, pero esta temporada todavía no había podido terminar por encima del cuarto puesto en ningún torneo importante.

Skeet sostuvo el tabloide más cerca de la luz de la guantera.

—¿Recuerdas que hace algún tiempo te enseñé una foto de esa chica inglesa, la que salía con aquel príncipe y con las estrellas de cine?

«Quizá realizaba el gesto demasiado rápido», pensó Dallie. Puede que fuera por eso por lo que tenía problemas con el hierro dos. O podría ser su *backswing*.

Skeet prosiguió:

—Dijiste de que parecía una de esas mujeres que no te estrecharían la mano a menos que llevaras puesto un anillo de diamantes. ¿Te acuerdas ahora?

Dallie refunfuñó.

—Da igual, parece que su madre fue atropellada por un taxi la semana pasada. Han puesto aquí una foto de ella, saliendo del coche fúnebre, llorando como una magdalena. «La afligida Francesca Day llora a su madre, miembro de la alta sociedad», eso es lo que pone. ¿De dónde crees que se sacan algo así?

—¿Algo como qué?

—«Afligida.» Una palabra así.

Dallie se inclinó sobre una cadera en el asiento y metió la mano en el bolsillo trasero de sus vaqueros.

—Es rica. Si fuera pobre, solo dirían que estaba «triste». ¿Te quedan chicles?

—Un paquete de sabores de frutas.

Dallie negó con la cabeza.

—Hay un área de descanso para camioneros a pocos kilómetros de aquí. Vamos a estirar las piernas.

Pararon y tomaron un café, y luego volvieron a montarse en

el coche. Llegaron a Hattiesburg bastante antes de que Dallie tuviera que empezar a jugar, y superó la ronda de clasificación con facilidad. Por la tarde, de camino al motel pasaron por la oficina de correos de la ciudad para comprobar si había algo para ellos. Encontraron un montón de facturas esperándolos, junto con unas pocas cartas, una de las cuales dio lugar a una discusión que se alargó todo el trayecto hasta el motel.

—No me voy a vender, y no quiero oír nada más acerca de eso —bramó Dallie, quitándose la gorra y lanzándola sobre la cama. Luego se despojó de la camiseta.

Skeet ya llegaba tarde a una cita con una camarera de pelo rizado, pero levantó la vista de la carta que sostenía en su mano y contempló el pecho de Dallie, con sus hombros anchos y músculos bien definidos.

—Eres el tipo más cabezota que he conocido en toda mi vida —afirmó—. Esa bonita cara tuya y esos músculos superdesarrollados nos podrían hacer ahora mismo conseguir más dinero que el que tú y tu oxidado hierro cinco habéis ganado en toda la temporada.

—No pienso posar para un calendario para homosexuales.

—O. J. Simpson ha aceptado hacerlo —señaló Skeet—, y también Joe Namath y ese esquiador francés. Diablos, Dallie, tú eres el único golfista al que se les ocurrió ofrecérselo.

—¡No pienso hacerlo! —gritó Dallie—. No me vendo.

—Hiciste aquellos anuncios para *Foot-Joy*.

—Eso es diferente y lo sabes. —Dallie entró en el cuarto de aseo y cerró dando un portazo. Luego, desde dentro, gritó—: ¡*Foot-Joy* hace unos zapatos de golf jodidamente buenos!

Se oyó el grifo de la ducha y Skeet meneó la cabeza en un gesto apesadumbrado. Murmurando para sí, cruzó el pasillo en dirección a su habitación. Durante mucho tiempo había sido obvio para todos que la belleza de Dallie podía conseguirle un billete de ida a Hollywood, pero el muy idiota no estaba por la labor de aprovecharse de esa circunstancia. Desde su primer año en el circuito, los buscadores de talentos le habían estado llamando, pero lo único que Dallie hacía al respecto era acusarles de ser unas sanguijuelas y hacer comentarios despectivos sobre sus madres, lo cual no habría sido demasiado negativo por sí solo, pero el problema era que solía decírselo en su cara. ¿Qué había de malo, se preguntaba Skeet, en ganar algo de dinero fácil? Hasta que no empezase a ganar los torneos importantes, no iba a conseguir los contratos comerciales de seis cifras que gente como Trevino podía obtener, por no mencionar los que tenían Nicklaus y Palmer.

Skeet se peinó y cambió una camisa de franela por otra. No comprendía dónde estaba el problema de posar para un calendario, por mucho que eso significase compartir espacio con niños bonitos como J. W. Namath. Dallie tenía lo que los buscadores de talento llamaban «magnetismo sexual». Diablos, incluso alguien que estuviera medio ciego podría verlo. Por muy mal clasificado que estuviera, siempre tenía una enorme cantidad de público siguiendo sus pasos, y el ochenta por ciento de ese público usaba lápiz de labios. En cuanto salía del campo, todas esas mujeres lo rodeaban como las moscas a la miel. Holly Grace había dicho que a las mujeres les gustaba Dallie porque sabían que no se preocupaba de llevar la ropa interior a juego ni tenía discos de Wayne Newton. «Lo que nos pasa con Dallas Beaudine —había insistido Holly Grace en más de una ocasión—, es que es el último macho americano cien por cien genuino del Estado de la Estrella Solitaria.»

Skeet cogió la llave del cuarto y se rio para sus adentros. La última vez que había hablado por teléfono con Holly Grace, ella le había dicho que si Dallie no ganaba pronto un gran torneo, Skeet debería pegarle un tiro para acabar con sus miserias.

La fiesta anual de Miranda Gwynwyck, que se celebraba siempre la última semana de septiembre, estaba en pleno auge, y la anfitriona inspeccionaba las fuentes de langostinos, de corazones de alcachofas y de langosta en pasta filo con satisfacción. Miranda, autora del reconocido libro feminista *La mujer guerrera,* disfrutaba celebrando grandes fiestas, aunque solo fuera para demostrar al mundo que el feminismo y la buena vida no se excluían mutuamente. Su ideología política no le permitía llevar vestidos ni maquillaje, pero hacer las veces de anfitriona le daba la oportunidad de poner en práctica aquello que en *La mujer guerrera* llamaba «faceta doméstica», la vertiente más civilizada de la naturaleza humana, ya fuera ese ser humano en particular macho o hembra.

Sus ojos vagaron sobre el distinguido grupo de invitados que había reunido entre los muros acabados en gotelé de su sala de estar, redecorado en el mes de agosto anterior como regalo de cumpleaños de Miranda por parte de su hermano. Músicos e intelectuales, varios miembros de la nobleza, unos cuantos escritores y actores de sobra conocidos, unos pocos charlatanes para añadir algo de picante a las conversaciones... aquel grupo estaba formado exactamente por la clase de personas excitantes a las que ella adoraba reunir. Pero en ese momento frunció el ceño al posar su mirada sobre la proverbial mosca en la sopa que arruinaba su estado de ánimo: la diminuta Francesca Serritella Day, tan espectacularmente vestida como siempre y, también como siempre, siendo la acaparadora de la atención masculina.

Contempló cómo Francesca revoloteaba de una conversación a otra, increíblemente hermosa en un mono de seda color turquesa. Movía su nube de brillante pelo castaño como si el mundo fuera su particular ostra llena de perlas, cuando todo el mundo en Londres sabía que estaba totalmente arruinada. Debía de haber sido una sorpresa tremenda para ella descubrir lo endeudada que Chloe había estado.

Por encima del ruido de la fiesta, Miranda oyó la sonora risa de Francesca y la escuchó saludar a varios hombres con aquella voz suya, jadeante y pretenciosa, que enfatizaba de forma descuidada las palabras menos importantes de una manera que a Miranda le sacaba los nervios. Pero, uno a uno, aquellos estúpidos bastardos se derretían a sus pies. Por desgracia, uno de esos estúpidos bastardos era su adorado hermano Nicky.

Miranda frunció el ceño y cogió una nuez de macadamia de un bol opalescente de Lalique con un grabado de libélulas. Nicholas era la persona más importante en el mundo para ella, un hombre maravillosamente sensible con un alma ilustrada. Nicky la había alentado a escribir *La mujer guerrera*. La había ayudado a pulir sus ideas, le había llevado café por las noches y, lo más importante, le había servido de escudo ante las críticas de su madre sobre por qué su hija, teniendo unos ingresos anuales de cien mil libras, tenía que involucrarse en semejantes tonterías. Miranda no podía soportar la idea de quedarse de manos cruzadas mientras Francesca Day le rompía el corazón a su hermano. Durante meses había visto a Francesca revoloteando de un hombre a otro, regresando junto a Nicky cuando no estaba con ningún otro. Cada una de esas veces él la volvía a aceptar a su lado, un poco más herido, quizá, con algo menos de entusiasmo, pero la volvía a aceptar de todos modos.

—Cuando estamos juntos —le había explicado Nicky a Miranda—, me hace sentir el hombre más ingenioso, más brillante y más perspicaz del mundo. —Y, acto seguido, añadió, con sequedad—: A menos que esté de mal humor, por supuesto, porque entonces me hace sentir como si fuera una auténtica mierda.

¿Cómo lo hacía?, se preguntaba Miranda. ¿Cómo podía alguien tan inepto intelectual y espiritualmente atraer tanta atención? En buena medida era a causa de su extraordinaria belleza, Miranda estaba segura de eso. Pero también tenía algo que ver su vitalidad, la forma en que el aire que la rodeaba parecía crepitar. «Un truco barato de salón», pensó Miranda, con repugnancia, puesto que Francesca Day no tenía ni una sola idea original en su cabeza. ¡Solo hacía falta mirarla! No tenía ni dinero ni trabajo, y se comportaba como si no tuviera la más mínima preocupación en el mundo. Y quizá no la tuviera, se le ocurrió pensar a Miranda, con cierta inquietud, pues tenía a sus pies a Nicky Gwynwyck y todos los millones que a él le esperaban entre bastidores.

Aunque Miranda no lo sabía, ella no era la única persona que esa noche se estaba pasando la fiesta reflexionando sombríamente. A pesar de su exhibición de alborozo, Francesca se sentía profundamente triste. El día anterior había ido a ver a Steward Bessett, el director de la agencia de modelos más prestigiosa de Londres, y le había pedido trabajo. Aunque no quería hacer carrera, ser modelo era una manera bien vista de conseguir dinero en su círculo social, y había decidido que al menos sería una forma temporal de hacer frente a sus desconcertantes problemas financieros.

Pero, para su consternación, Steward le había dicho que era demasiado bajita.

—Por muy bella que sea la modelo, al menos debe medir un metro setenta y dos centímetros si quiere dedicarse a la moda —le había dicho—. Tú apenas mides uno cincuenta y siete. Por supuesto, podría conseguirte algunos trabajos, primeros planos, ya sabes, pero necesitarás hacer unas fotos de prueba primero.

Fue entonces cuando perdió los nervios y le gritó que había sido fotografiada para algunas de las revistas más importantes del mundo y que no tenía por qué hacerse unas fotos de prueba como una vulgar principiante. Ahora se daba cuenta de que había sido una tontería por su parte haberse enfadado tanto, pero en ese momento, simplemente, no había sido capaz de controlarse.

Aunque ya había transcurrido un año desde la muerte de Chloe, a Francesca todavía le resultaba difícil aceptar la pérdida de su madre. A veces su amargura parecía estar viva, un objeto tangible que se había enroscado a su alrededor. Al principio sus amigos se habían comportado de manera comprensiva, pero después de unos meses, parecieron considerar que ella debía dejar atrás su tristeza, tal y como hacía con los vestidos del año anterior. Temía que dejaran de enviarle invitaciones si no se convertía en una compañía más alegre, y odiaba estar sola, así que finalmente había aprendido a ocultar su tristeza. Cuando estaba en público, se reía y coqueteaba como si no ocurriera nada malo en su vida.

Sorprendentemente, la risa había empezado a ayudarla, y en los últimos meses había sentido que al fin su dolor estaba cicatrizando.

Había veces en las que incluso experimentaba leves punzadas de rabia contra Chloe. ¿Cómo pudo su madre abandonarla así, con un ejército de acreedores esperando como una plaga de langostas que fueran a arrebatarles todo lo que poseían? Pero esa rabia nunca duraba mucho. Ahora que era demasiado tarde, Francesca entendía por qué Chloe había parecido estar tan cansada y distraída en aquellos últimos meses antes de ser atropellada por el taxi.

A las pocas semanas de la muerte de Chloe, habían comenzado a aparecer en la puerta hombres con trajes de tres piezas con documentos legales y ojos avariciosos. Primero habían desaparecido las joyas de Chloe, después el Aston Martin y los cuadros. Finalmente la propia casa había tenido que ser vendida. Eso había servido para pagar las últimas deudas, pero había dejado a Francesca solo con unos cuantos cientos de libras, la mayor parte de las cuales ya había gastado, teniendo que alojarse en la casa de Cissy Kavendish, una de las más viejas amigas de Chloe. Desgraciadamente, Francesca y Cissy nunca se habían llevado del todo bien, y desde principios de septiembre, Cissy había dejado claro que quería que Francesca se mudara a otro sitio. Francesca no estaba segura de cuánto tiempo más podría estar dándole largas con evasivas promesas.

Se obligó a sí misma a reírse del chiste de Talmedge Butler e intentó encontrar consuelo en la idea de que, pese a que estar sin dinero era un aburrimiento, solo se trataba de una situación meramente temporal. Localizó a Nicholas en el otro extremo de la estancia, con su chaqueta de sport Gieves & Hawk, color azul marino, y sus pantalones de pinzas grises. Si se casase con él, podría tener todo el dinero que fuera a necesitar en la vida, pero solo había considerado seriamente esa opción durante un breve instante, una tarde, semanas atrás, después de haber recibido una llamada de un hombre realmente odioso que la había amenazado con las cosas más desagradables si no realizaba el pago por sus gastos con las tarjetas de crédito. No, Nicholas Gwynwyck no era una solución a sus problemas. Francesca despreciaba a las mujeres que estaban tan desesperadas, que se sentían tan inseguras de sí mismas, que se casaban por dinero. Tenía tan solo veintiún años. Su futuro era demasiado especial, demasiado prometedor como para arruinarlo a causa de un contratiempo temporal. Pronto sucedería algo. Lo único que tenía que hacer era esperar.

—... es una pieza de basura que transformaré en arte.

Aquel fragmento de conversación captó la atención de Francesca. Quien había hablado era un hombre elegante, al estilo de Noel Coward, el famoso actor y dramaturgo inglés, con un cigarrillo con boquilla y el pelo exquisitamente arreglado, que se apartó de Miranda Gwynwyck para materializarse a su lado.

—Hola, querida. Eres increíblemente encantadora. Llevo toda la tarde esperando para tenerte para mí solo. Miranda me ha dicho que disfrutaría con tu compañía.

Ella sonrió y puso su mano en la que él le extendía.

—Francesca Day. Espero merecer la espera.

—Lloyd Byron, y la mereces, definitivamente. Nos conocimos hace tiempo, aunque probablemente no lo recuerdes.

—Al contrario, lo recuerdo muy bien. Usted es amigo de Miranda, un famoso director cinematográfico.

—Mediocre, me temo, que se ha vendido otra vez a los dólares yanquis. —Inclinó la cabeza hacia atrás con gesto dramático y le habló al techo, al tiempo que echaba por la boca un aro de humo perfecto—: Cosa miserable, el dinero. Hace que la gente más extraordinaria haga todo tipo de cosas depravadas.

Los ojos de Francesca se abrieron en un mohín de picardía.

—Exactamente, ¿cuántas cosas depravadas ha hecho usted, si me está permitido preguntar?

—Muchísimas, demasiadas. —Dio un sorbo de un vaso lleno hasta los bordes de lo que parecía ser whisky escocés—. Todo lo que está relacionado con Hollywood es depravado. Yo, sin embargo, estoy decidido a poner mi propio sello hasta en los productos más vulgarmente comerciales.

—Tremendamente valiente por su parte. —Le sonrió con lo que esperaba que pasara por admiración, pero que era realmente diversión ante la parodia casi perfecta del director hastiado de la vida y forzado a poner en peligro su arte.

Los ojos de Lloyd Byron recorrieron sus pómulos y se demoraron en la boca, realizando una inspección producto de la admiración, pero lo suficientemente desapasionada como para darle a entender que prefería la compañía masculina a la femenina. Frunció los labios y se inclinó hacia delante como si fuera a compartir con ella un gran secreto.

—Dentro de dos días, querida Francesca, salgo para Mississippi, un lugar dejado de la mano de Dios, para empezar a rodar algo llamado *Delta Blood*, un guión que era una absoluta porquería y que he transformado sin ayuda de nadie en un fuerte alegato espiritual.

—Me encantan los alegatos espirituales —ronroneó, al tiempo que levantaba una copa de champán de una bandeja que pasaba a su lado, mientras inspeccionaba disimuladamente el vestido de tafetán con rayas brillantes en diagonal de Sarah Fargate-Smyth y trataba de decidir si era de Adolfo o de Valentino.

—Pretendo hacer de *Delta Blood* una alegoría, una defensa tanto de la vida como de la muerte. —Realizó un gesto exagerado con su vaso, sin tirar una gota—. El ciclo continuo del orden natural. ¿Entiendes?

—Los ciclos continuos son mi especialidad.

Durante un instante, él pareció atravesarle la piel con la mirada, y luego cerró los ojos y los apretó con fuerza.

—Puedo sentir tu fuerza vital golpeando tan intensamente el aire que me roba el aliento. Emites vibraciones invisibles con el simple movimiento de tu cabeza. —Presionó con su mano su propia mejilla—. Absolutamente nunca me equivoco con las personas. Tócame la piel. Estoy sudando.

Ella se rio.

—Quizás es que los langostinos eran poco frescos.

El hombre le cogió la mano y le dio un beso en la punta de los dedos.

—Es amor. Me he enamorado. Tengo que tenerte en mi película. Desde el momento en que te vi, supe que eras perfecta para el papel de Lucinda.

Francesca levantó una ceja.

—No soy actriz. ¿Qué le ha hecho pensar eso?

Él frunció el ceño.

—Nunca pongo etiquetas a las personas. Tú eres lo que yo percibo que seas. Voy a decirle a mi productor que simplemente me niego a hacer la película sin ti.

—¿No le parece un poco exagerado? —preguntó Francesca, con una sonrisa—. Me conoce desde hace menos de cinco minutos.

—Te conozco desde siempre, y confío plenamente en mi instinto; eso es lo que me diferencia de los demás. —Sus labios formaron un óvalo perfecto y lanzaron al aire un segundo anillo del humo—. El papel es pequeño, pero memorable. Estoy experimentando con el concepto del viaje en el tiempo, tanto físico como espiritual: una plantación sureña en la cima de su prosperidad en el siglo XIX y después la misma plantación hoy, caída en decadencia. Quiero utilizarte al principio en varias escenas cortas, pero infinitamente memorables, haciendo el papel de una joven inglesa, virgen, que viene a la plantación. No habla, pero su presencia se adueña completamente de la pantalla. El personaje podría ser un gran escaparate para ti, si estás interesada en hacer una carrera seria en esto.

Durante una fracción de segundo, Francesca sintió realmente una punzada salvaje e irracional de tentación. Una carrera cinematográfica sería la respuesta perfecta a todas sus dificultades financieras, y la actuación siempre la había atraído. Pensó en su amiga Marisa Berenson, que parecía pasárselo maravillosamente bien en su carrera cinematográfica, y entonces su propia candidez casi le hizo reírse en voz alta. Los directores de verdad no abordaban a mujeres desconocidas en las fiestas y les ofrecían un papel en sus películas.

Byron había sacado un pequeño cuaderno con tapas de cuero del bolsillo y garabateaba algo en él con una pluma de oro.

—Tengo que marcharme mañana para Estados Unidos, así que llámame a mi hotel antes del mediodía. Aquí es donde me alojo. No me desilusiones, Francesca. Mi futuro entero depende de tu decisión. No puedes dejar pasar la oportunidad de aparecer en una superproducción americana.

Al recoger la hoja de papel que le tendía y deslizarla en el interior de su bolsillo, Francesca contuvo el impulso de comentar que *Delta Blood* no sonaba precisamente como una superproducción.

—Ha sido un placer hablar con usted, Lloyd, pero me temo que no soy actriz.

Lloyd colocó sus manos, una con su bebida y la otra con su boquilla, tapándose los oídos, de modo que parecía una especie de criatura espacial humeante.

—¡Nada de pensamientos negativos! Tú eres lo que yo te diga que eres. Una mente creativa no puede permitirse pensamientos negativos. Llámame antes de mediodía, querida. ¡Simplemente tengo que tenerte en la película!

Sin más, Lloyd la dejó y regresó hacia Miranda. Mientras lo miraba, Francesca sintió que una mano se posaba en su hombro, y una voz le susurró al oído:

—Él no es el único que te tiene que tener.

—Nicky Gwynwyck, eres un horrible maníaco sexual —dijo

Francesca, girando sobre sus talones para plantar un beso fugaz en su mandíbula suavemente afeitada—. Acabo de conocer a un hombrecillo de lo más divertido. ¿Lo conoces?

Nicholas asintió con la cabeza.

—Es uno de los amigos de Miranda. Ven al comedor, querida. Quiero enseñarte el nuevo de De Kooning.

Francesca inspeccionó obedientemente el cuadro, y luego conversó con varios de los amigos de Nicky. Se olvidó de Lloyd Byron hasta que Miranda Gwynwyck la abordó justo cuando ella y Nicholas se disponían a salir.

—Felicidades, Francesca —le dijo Miranda—. Ya me he enterado de la maravillosa noticia. Pareces tener un talento especial para aterrizar de pie. Igual que un gato...

A Francesca no le caía nada bien la hermana de Nicholas. Encontraba a Miranda seca y frágil como la pequeña ramita marrón a la que tanto se parecía, y ridículamente sobreprotectora hacia su hermano, que era lo suficientemente mayor como para cuidar de sí mismo. Las dos mujeres habían renunciado hacía mucho tiempo a realizar cualquier intento de mantener algo más que una superficial cortesía entre ambas.

—Hablando de gatos —respondió, utilizando un tono agradable—, tienes un aspecto divino, Miranda. Qué inteligente por tu parte esa forma de combinar rayas y cuadros. Pero ¿de qué noticia maravillosa me estás hablando?

—¿Cómo que de qué noticia? La película de Lloyd, por supuesto. Antes de irse, me ha dicho que tenía para ti un papel importante. Todos se mueren de envidia.

—¿Y de verdad le has creído? —inquirió Francesca, alzando una ceja.

—¿Acaso no debería haberlo hecho?

—Por supuesto que no. Todavía no me he visto reducida a actriz de películas de cuarta fila.

La hermana de Nicholas echó la cabeza atrás y se rio. Sus ojos emitían un brillo poco común.

—Pobre Francesca. De cuarta fila, desde luego que sí. Pensaba que conocías a todo el mundo. Obviamente no estás tan al día como quieres hacer creer a la gente.

Francesca, que se consideraba a sí misma la persona más al día de todas las que conocía, apenas pudo disimular su enfado.

—¿Qué quieres decir con eso?

—Lo siento, querida, no pretendía ofenderte. Solo es que me sorprende que no hayas oído hablar de Lloyd. Ganó la Palma de Oro en Cannes hace cuatro años, ¿no lo recuerdas? Los críticos se vuelven locos con él, todas sus películas son maravillosas alegorías, y todo el mundo está convencido de que su nueva producción será un éxito inmenso. Solo trabaja con los mejores.

Francesca sintió un pequeño escalofrío de excitación cuando Miranda pasó a enumerar a todos los actores famosos con los que Byron había trabajado. A pesar de sus ideas políticas, Miranda Gwynwyck era una auténtica esnob, y puesto que ella consideraba a Lloyd Byron un director respetable, Francesca decidió que necesitaba meditar su oferta un poco más de lo que lo había hecho en un principio.

Desgraciadamente, en cuanto salieron de la casa de su hermana, Nicky la llevó a un club privado que acababa de abrir en Chelsea. Permanecieron hasta casi la una, y entonces él volvió a declararse y tuvieron otra discusión terrible, la última por lo que a ella respectaba, así que no se fue a dormir hasta muy tarde. El resultado fue que ya hacía un buen rato que había pasado el mediodía cuando se despertó al día siguiente, y se levantó entonces solo porque Miranda la llamó para hacerle una pregunta absurda sobre un modista.

Dio un salto para salir de la cama, maldijo a la criada de Cissy por no haberla despertado antes y echó a correr por el suelo alfombrado del dormitorio de huéspedes, dejando, con el movimiento, abierta la cinta delantera de su camisón de salmón Natori. Se bañó a toda prisa, se puso unos pantalones negros de lana y un suéter amarillo y carmesí de Sonia Rykiel. Después de aplicarse la cantidad mínimamente indispensable de colorete, sombra de ojos y pintalabios, se puso un par de botas altas y salió disparada hacia el hotel de Byron, donde el recepcionista la informó de que el director ya se había marchado.

—¿Ha dejado algún mensaje? —preguntó, tamborileando con sus uñas impacientemente sobre el mostrador.

—Déjeme comprobarlo.

El recepcionista regresó un momento después con un sobre. Francesca lo abrio y leyó rápidamente el mensaje:

¡Hosanna, querida Francesca!

Si estás leyendo esto, es que has recuperado el sentido común, aunque ha sido totalmente inhumano por tu parte no llamarme antes de irme. Tienes que estar en Louisiana este viernes como muy tarde. Vuela hasta Gulfport, Mississippi, y alquila un coche con conductor que te lleve a la plantación Wentworth siguiendo las direcciones que incluyo en el sobre. Mi ayudante te proporcionará el permiso de trabajo, el contrato y demás cuando llegues, y te reembolsará también los gastos del viaje. Envía tu confirmación de que aceptas el papel inmediatamente a la dirección indicada, para que pueda volver a respirar tranquilo.

¡Ciao, mi nueva y hermosa estrella!

Francesca metió la dirección en su bolso junto con la nota de Byron. Recordó lo magnífica que había aparecido Marisa Berenson en *Cabaret* y en *Barry Lyndon* y la envidia que ella había sentido al ver esas películas. ¡Qué modo más perfectamente maravilloso de hacer dinero!

Y entonces frunció el ceño al recordar el comentario de Byron acerca de que le reembolsarían los gastos del viaje. Ojalá hubiera llegado antes para que él se hubiera encargado de arreglar lo del billete de avión. Ahora tendría que pagárselo ella misma, y estaba casi segura de que no tenía suficiente dinero en su cuenta como para hacerlo. Todas aquellas ridículas tonterías sobre sus tarjetas de crédito habían supuesto el cierre temporal de ese grifo, y después de lo de la noche anterior se negaba en redondo a hablar con Nicky. Así pues, ¿de dónde iba a sacar el dinero para pagarse un billete de avión? Miró el reloj que había detrás del mostrador de recepción y vio que se le estaba haciendo tarde para su cita en la peluquería. Dejó escapar un suspiro y se colocó el bolso bajo el brazo. Tendría que encontrar el modo de hacerlo.

—Perdone, señor Beaudine. —Una azafata de la compañía Delta, de busto amplio, se detuvo junto al asiento de Dallie—. ¿Le importaría firmarme un autógrafo para mi sobrino? Juega en el equipo de golf de su instituto. Su nombre es Matthew, y es un gran fan suyo.

Dallie le dirigió una sonrisa hacia sus pechos y levantó luego la mirada hasta su cara, que no era tan atractiva como el resto de ella, pero aun así seguía siendo bastante aceptable.

—Será un placer —dijo, tomando el bloc y el bolígrafo que la mujer le tendía—. Espero que juegue mejor de lo que lo he estado haciendo yo últimamente.

—El copiloto me ha comentado que tuvo usted algún problema en Firestone hace unas semanas.

—Cielo, yo fui quien inventó la palabra «problema» en Firestone.

Ella le rio con gusto la gracia y luego bajó la voz de modo que solo él pudiera oírla.

—Apostaría a que has inventado problemas en muchos sitios además de en los campos de golf.

—Hago lo que puedo —dijo, dedicándole una amplia sonrisa.

—Búscame la próxima vez que estés en Los Ángeles, ¿de acuerdo? —Garabateó algo en el bloc que él le había devuelto, arrancó la hoja, y se la entregó con otra sonrisa.

Cuando se alejó, Dallie metió el papel en el bolsillo de sus vaqueros, donde había ya otra nota, la que la chica del mostrador de Avis le había dado al salir de Los Ángeles.

Skeet le dedicó un gruñido desde el asiento de la ventanilla.

—Apuesto a que ni siquiera tiene un sobrino, o que, si lo tiene, el chaval nunca ha oído hablar de ti.

Dallie abrió un ejemplar de *El desayuno de los campeones*, de Vonnegut, y comenzó a leer. Hablar con Skeet en los aviones era una de las cosas que más odiaba. A Skeet no le gustaba viajar a menos que lo hiciera sobre cuatro neumáticos Goodyear y por una autopista interestatal. Las pocas veces que habían tenido que dejar el nuevo Riviera de Dallie para cruzar el país en avión para ir a jugar un torneo (como ese viaje de Atlanta a Los Ángeles y vuelta), el temperamento de Skeet, espinoso ya de por sí en el mejor de los casos, se volvía completamente agrio.

Ahora miró a Dallie echando chispas por los ojos.

—¿Cuándo llegamos a Mobile? Odio estos malditos aviones, y no se te ocurra empezar otra vez con ese rollo de las leyes de la física. Sabes tan bien como yo que no hay más que aire entre nosotros y el suelo, y no se puede pretender que el aire pueda sostener un aparato tan grande como este.

Dallie cerró ojos y dijo, con voz suave:

—Cierra la boca, Skeet.

—No te me duermas. ¡Maldita sea, Dallie, lo digo en serio! Sabes cuánto odio volar. Lo menos que podías hacer es mantenerte despierto y hacerme compañía.

—Estoy cansado. Anoche no dormí lo suficiente.

—No es de extrañar. Estuviste de juerga hasta las dos de la mañana y luego te trajiste ese perro sarnoso contigo.

Dallie abrió los ojos y miró de soslayo a Skeet.

—No creo que a Astrid le guste que la llamen perro sarnoso.

—¡Ella no! ¡El perro, idiota! Maldita sea, Dallie, podía oír a ese perro callejero gimoteando a través de la pared del motel.

—¿Qué se suponía que tenía que hacer? —contestó Dallie, girándose en el asiento para afrontar el semblante ceñudo de Skeet—. ¿Dejarlo muriéndose de hambre al lado de la autopista?

—¿Cuánto les has dado esta mañana en la recepción del motel cuando nos íbamos?

Dallie murmuró algo que Skeet no pudo oír bien.

—¿Qué has dicho? —volvió a preguntar Skeet, con tono agresivo.

—¡Cien, he dicho! Cien ahora y otros cien el próximo año cuando vuelva, si encuentro al perro en buen estado.

—Condenado idiota —masculló Skeet—. Tú y tus perros callejeros. Has dejado perros sarnosos a cargo de directores de moteles en treinta estados. Ni siquiera entiendo cómo puedes acordarte ni de la mitad. Perros callejeros. Chicos fugados...

—Chico. Solo fue uno, y lo metí en un autobús Trailways el mismo día.

—Tú y tus malditos perros callejeros.

Dallie recorrió lentamente a Skeet con la mirada, de los pies a la cabeza.

—Sí —dijo—. Yo y mis malditos perros callejeros.

Eso hizo que Skeet permaneciera un rato callado, que era precisamente lo que Dallie había pretendido. Abrió el libro por segunda vez, y tres hojas azules dobladas por la mitad cayeron sobre su regazo. Las desplegó, advirtiendo la hilera de Snoopys retozando al principio y la otra de X al final, y empezó a leer:

Querido Dallie,

Estoy tumbada junto a la piscina de Rocky Halley con solo una pulgada y media de bikini púrpura separándome de la mala reputación. ¿Recuerdas a Sue Louise Jefferson, la chica que trabajaba en el Dairy Queen y traicionó a sus padres al irse al norte a la Universidad de Purdue en lugar de a la Bautista del Este de Texas porque quería ser la niña bonita de los Boilermakers, pero en vez de eso se quedó embarazada de un defensa del equipo de Ohio tras un partido? (Purdue perdió 21 a 13.) Sea como sea, he estado pensando en un día hace unos años, cuando Sue Louise estaba todavía en Wynette y creía que el instituto de Wynette y su novio le estaban resultando más de lo que podía soportar. Sue Louise levantó la mirada para mirarme (yo había pedido un batido de vainilla y chocolate) y dijo: «Creo que la vida es como un helado Dairy Queen, Holly Grace. O sabe tan bien que te dan escalofríos, o se te derrite en la mano.»

La vida se está derritiendo, Dallie.

Después de conseguir un cincuenta por ciento por encima de la cuota para esas sanguijuelas de *Sports Equipment International*, la semana pasada me abordó el nuevo vicepresidente en la oficina y me dijo que van a ascender a otra persona a director regional de ventas del sudoeste. Y como esa otra persona resulta que es un hombre y que apenas alcanzó la cuota durante el año pasado, puse el grito en el cielo y le dije al vicepresidente que estaba dando pie a una demanda por trato discriminatorio. Él respondió: «Venga, venga, cariño. Vosotras, las mujeres, sois demasiado sensibles en lo referente este tipo de cosas. Quiero que confíes en mí». Llegados a ese punto le contesté que no confiaba en él para nada y que no me extrañaría que tuviera una erección en una residencia de ancianas. A eso le siguieron palabras igual de fuertes, por eso es por lo que ahora mismo estoy tumbada al lado de la piscina del número 22, en lugar de pasarme la vida de aeropuerto en aeropuerto.

Pasando a noticias más alegres: me he cortado el pelo a lo Farrah Fawcett y ahora lo tengo poco menos que espectacular, y el Firebird funciona de maravilla. (Era el carburador, justo lo que tú habías dicho.)

No hagas inversiones absurdas, y sigue haciendo esos *birdies*.

Te quiero.

HOLLY GRACE

P.D.: Me he inventado parte de la historia de Sue Louise Jefferson, así que si la ves la próxima vez que pases por Wynette, no le menciones nada del defensa de Ohio.

Dallie sonrió para sí mismo, dobló la carta en cuartas y se la guardó en el bolsillo de la camisa, el lugar más cercano a su corazón que pudo encontrar.

6

La limusina era un Chevrolet de 1971 sin aire acondicionado. Eso era especialmente molesto para Francesca, porque el calor, espeso y pesado, parecía haberse concentrado a su alrededor. Aunque sus anteriores viajes a Estados Unidos se habían limitado a Nueva York y los Hamptons, estaba demasiado preocupada por su error de cálculo como para mostrar el más mínimo interés en el extraño paisaje por el que habían pasado desde que salieron de Gulfport hacía una hora. ¿Cómo podía haberse equivocado tanto con la ropa? Con profundo disgusto, miró sus gruesos pantalones de lana blancos y su suéter de cachemira verde apio de manga larga, que se le pegaba de manera tan incómoda a la piel. ¡Era uno de octubre! ¿Quién podría haberse imaginado que haría tanto calor?

Después que casi veinticuatro horas de viaje, sus párpados se cerraban de cansancio y su cuerpo estaba cubierto de mugre. Había volado desde Gatwick al JFK, después a Atlanta, y de allí a Gulfport, donde la temperatura era de treinta y tres grados centígrados a la sombra, y donde el único conductor que pudo encontrar para llevarla tenía un coche sin aire acondicionado. Ahora, en lo único en lo que podía pensar era en llegar a su hotel, pedir una deliciosa ginebra con quinina, tomar una ducha larga y fría, y pasarse durmiendo las siguientes veinticuatro horas. Eso sería exactamente lo que haría en cuanto hubiera hablado con la productora de la película y supiera dónde iba a alojarse.

Se apartó el suéter del pecho empapado y trató de pensar en algo agradable hasta que llegara al hotel. Aquella iba a ser una aventura absolutamente increíble, se dijo. Aunque no tenía experiencia como actriz, siempre se le había dado muy bien imitar a otros, y se esforzaría mucho en la película para que los críticos la considerasen maravillosa y todos los grandes directores de cine quisieran trabajar con ella. Iría a fiestas fantásticas y tendría una carrera genial y ganaría enormes cantidades de dinero. Aquello era lo que había estado faltando en su vida, ese algo esquivo que nunca había sido capaz de definir. ¿Por qué no se le había ocurrido antes?

Con la punta de los dedos, se retiró el pelo de las sienes y se felicitó a sí misma por haber podido solventar tan limpiamente el obstáculo de obtener el dinero para el pasaje de avión. Había sido fácil en realidad, una vez que había superado el shock inicial ante la idea. Mucha gente de la alta sociedad llevaba sus vestidos a tiendas que compraban ropa de marca para revenderla después; no sabía cómo no se le había pasado mucho antes por la cabeza. El dinero obtenido había servido para comprar un billete de primera clase y para pagar sus deudas más apremiantes. Ahora comprendía la innecesaria complejidad que las personas daban a los asuntos económicos, cuando lo único que hacía falta para solucionar los problemas era adoptar un poco de iniciativa. De todos modos, detestaba tener que llevar ropa de la temporada anterior, así que empezaría a comprar todo un vestuario nuevo en cuanto la productora cinematográfica le reembolsara el dinero del billete.

El coche giró para adentrarse por un largo sendero flanqueado de robles. Estiró el cuello al doblar una curva y vio enfrente una vieja casa restaurada, una estructura de tres plantas de ladrillo y madera con seis columnas estriadas elegantemente dispuestas a lo largo del porche. A medida que se iban acercando, vio un gran número de camiones y furgonetas estacionados junto a la casa. Los vehículos parecían tan fuera de lugar como los miembros del equipo, que iban de un lado a otro en pantalones cortos, los hombres con camisetas abiertas dejando el pecho al descubierto, y las mujeres con tops atados al cuello que dejaban sus espaldas a la vista.

El conductor detuvo el coche y se volvió hacia ella. Tenía un pin de gran tamaño del Bicentenario Americano en el cuello de su camisa de faena color café. En él había escrito «1776-1976» en la parte superior, con «AMÉRICA» y «TIERRA DE OPORTUNIDADES» en el centro y en la parte inferior. Desde que había aterrizado en el aeropuerto JFK, Francesca había visto carteles del Bicentenario Americano por todas partes. Las tiendas de souvenirs estaban llenas de pins conmemorativos y estatuas de la libertad de plástico. Cuando habían pasado por Gulfport, había visto bocas de incendio pintadas como soldados de la revolución en miniatura. Para alguien que venía de un país tan antiguo como Inglaterra, tanta celebración por unos míseros doscientos años le resultaba excesiva.

—Cuarenta y ocho dólares —le informó el taxista, con un acento tan marcado que apenas pudo entenderle.

Rebuscó entre el cambio en dólares que había comprado con sus libras esterlinas al llegar al JFK y le dio la mayor parte de lo que tenía, junto con una generosa propina y una sonrisa. Luego bajó del coche, llevándose su bolsa de maquillaje.

—¿Francesca Day? —Una mujer joven con el pelo encrespado y pendientes largos que se balanceaban al ritmo de sus pasos se le acercó a través del césped.

—¿Sí?

—Hola. Soy Sally Calaverro. Bienvenida al centro mismo de ninguna parte. Me temo que voy a necesitarte en vestuario enseguida.

El conductor dejó la maleta Vuitton a los pies de Francesca, que examinó con la mirada la arrugada falda india de algodón de Sally y su top marrón ajustado que, imprudentemente, se había puesto sin sujetador.

—Eso es imposible, señorita Calaverro —contestó—. En cuanto haya visto al señor Byron, me iré a mi hotel y después a la cama. En las últimas veinticuatro horas solo he podido dormir un poco en el avión, y estoy tremendamente agotada.

La expresión de Sally no varió un ápice.

—Bueno, me temo que voy a tener que retenerte un poco más, pero intentaré hacerlo lo más rápido posible. Lord Byron ha cambiado el horario previsto de rodaje, y tenemos que tener tu vestido preparado para mañana por la mañana.

—¡Pero eso es absurdo! Mañana es sábado. Necesitaré unos

pocos días para aclimatarme. ¡No puede esperar que me ponga a trabajar nada más llegar!

La agradable expresión en el rostro de Sally se desvaneció.

—Esto es el cine, cariño. Llama a tu agente. —Echó una mirada a las maletas Vuitton y llamó a alguien que estaba detrás de Francesca—: Eh, Davey, coge el equipaje de la señorita Day y llévalo al gallinero, ¿te importa?

—¡Gallinero! —exclamó Francesca, comenzando a sentirse verdaderamente asustada—. No sé de qué va todo esto, pero quiero ir a mi hotel inmediatamente.

—Sí, eso nos gustaría a todos. —Sally le dedicó una sonrisa que bordeaba la insolencia—. No te preocupes, no es realmente un gallinero. La casa en la que nos alojamos todos está justo al lado de esta finca. Era una residencia de reposo hace unos años; las camas todavía tienen manivelas. La llamamos «el gallinero» porque eso es lo que parece. Si no te molestan unas pocas cucarachas, no está mal.

Francesca se negó a picar el anzuelo. Se dio cuenta de que aquello era lo que le pasaba por ponerse a discutir con subordinados.

—Quiero ver al señor Byron inmediatamente —dijo.

—Está rodando dentro de la casa, pero no le gusta que le interrumpan. —Los ojos de Sally la analizaron de manera grosera, y Francesca pudo notar cómo evaluaba la ropa arrugada y lo inadecuado de aquellas prendas invernales.

—Asumiré el riesgo —contestó sarcásticamente, mirando a la encargada de vestuario fijamente durante un tenso instante más, antes de echarse el pelo hacia atrás y apartarse de ella.

Sally Calaverro la observó mientras se alejaba. Estudió su cuerpo diminuto y esbelto, recordando su maquillaje perfecto y su magnífica melena. ¿Cómo conseguía moverla así con un simple gesto? ¿Acaso las mujeres hermosas recibían clases de cómo mover el pelo o qué? Sally cogió un mechón de su propio pelo, seco y abierto en las puntas por culpa de una mala permanente. Todos los heteros de la compañía empezarían a comportarse como niños de doce años en cuanto la vieran, pensó. Estaban acostumbrados a ver a actrices guapas, pero esta era algo más que eso, con ese repelente acento inglés y su manera de mirarte fijamente, haciéndote recordar que tus padres habían cruzado el océano en la entrecubierta de un barco. Durante innumerables horas en demasiados bares para solteros, Sally había observado que algunos hombres se volvían locos con esa porquería de superioridad y condescendencia.

—Mierda —murmuró, sintiéndose una giganta fofa y desaliñada, firmemente atrincherada en el lado equivocado de los veinticinco años. La señorita Superior y Poderosa tenía que estar asfixiándose bajo su suéter de cachemira de doscientos dólares, pero parecía tan fresca y estupenda como la modelo de un anuncio en una revista. A Sally le parecía que algunas mujeres habían sido puestas en la Tierra para ser odiadas por las demás, y Francesca Day era desde luego una de ellas.

Dallie sintió que se apoderaba de él un Lunes Espantoso, a pesar de que solo era sábado y de que el día anterior había conseguido una espectacular marca de 64 golpes en dieciocho hoyos jugando con aficionados en un campo de Tuscaloosa. Lunes Espantosos era el nombre que les había dado a los períodos de malhumor que le atormentaban con más frecuencia de lo que le habría gustado reconocer, clavándole los dientes y sacándole todo el jugo. Por lo general, los Lunes Espantosos le fastidiaban muchísimo más que sus golpes largos.

Se inclinó sobre su taza de café y miró hacia el aparcamiento a través del ventanal del restaurante Howard Johnson. El sol todavía no había salido del todo y el restaurante estaba prácticamente vacío, a excepción de unos pocos camioneros con ojos somnolientos. Trató de deshacerse de su pésimo humor aplicando la lógica. Se recordó a sí mismo que no había sido una mala temporada. Había ganado unos cuantos torneos y él y el comisionado de la PGA, Deane Beman, no habían charlado más que dos o tres veces sobre el tema favorito del comisionado: la conducta impropia de un golfista profesional.

—¿Qué va a ser? —dijo la camarera que se acercó a su mesa, con un pañuelo naranja y azul metido en el bolsillo. Era una de esas mujeres pulcras y obesas, repeinadas y bien maquilladas, la clase de mujer que se cuidaba y te hacía pensar que tenía una cara agradable debajo de toda esa grasa.

—Filete y patatas fritas caseras —dijo, devolviéndole la carta del menú—. Dos huevos poco hechos, y otros tres litros de café.

—¿Lo quieres en una taza o te lo inyecto directamente en las venas?

El se rio entre dientes.

—Tú solo encárgate de ir trayéndomelo, cielo, y yo buscaré la forma de tomármelo. —Le encantaban las camareras, maldita sea. Eran las mejores mujeres del mundo. Eran listas y descaradas, y cada una de ellas tenía una historia.

Aquella en particular le miró largamente antes de retirarse, examinando su cara bonita, se imaginó. Sucedía todo el tiempo, y, por regla general, a él no le importaba, a menos que también le dirigieran esa mirada hambrienta que significa que querían algo más, algo que él no podía darles.

El Lunes Espantoso regresó con toda su fuerza. Esa misma mañana, justo después de arrastrarse fuera de la cama, estaba en la ducha intentando mantener abiertos sus ojos inyectados en sangre cuando el Oso se había colocado a su lado y le había susurrado al oído: «Es casi Halloween, Beaudine. ¿Dónde vas a esconderte este año?» Dallie había abierto el grifo del agua fría al máximo, pero el Oso siguió pinchándole. «¿Qué demonios hace un miserable inútil como tú en el mismo planeta que yo?»

Dallie apartó el recuerdo de su mente cuando llegaron, al mismo tiempo, la comida y Skeet, que se deslizó en el asiento. Dallie empujó el plato del desayuno hacia Skeet y miró a otro lado mientras su amigo cogía su tenedor y lo hundía en el filete poco hecho.

—¿Cómo te sientes hoy, Dallie?

—No me puedo quejar.

—Anoche bebiste bastante.

Dallie se encogió de hombros.

—He corrido unos pocos kilómetros esta mañana y he hecho unas cuantas flexiones para sudar el alcohol.

Skeet levantó la mirada, sosteniendo el cuchillo y el tenedor en sus manos.

—Oh, oh.

—¿Qué demonios se supone que significa eso?

—No significa nada, Dallie, solo que creo que el Lunes Espantoso te ha dado otra vez.

Dallie dio un sorbo de su taza de café.

—Es natural sentirse deprimido a final de temporada: demasiados moteles, demasiado tiempo en la carretera.

—Especialmente cuando no has podido ni acariciar la victoria en ninguno de los Grandes.

—Un torneo es un torneo.

—Mierda de caballo. —Skeet volvió a concentrarse en el filete y transcurrieron unos minutos de silencio, hasta que, finalmente, Dallie volvió a hablar.

—Me pregunto si Nicklaus tendrá alguna vez el Lunes Espantoso.

Skeet golpeó con el tenedor sobre la mesa.

—¡Ya está bien, no empieces a pensar otra vez en Nicklaus! Siempre que empiezas a pensar en él, tu juego se va directamente al infierno.

Dallie empujó su taza de café a un lado y cogió la cuenta.

—Dame un par de pastillas, ¿de acuerdo?

—¡Venga, Dallie! Pensaba que ibas a dejarte de esas cosas.

—¿Quieres que esté hoy en el grupo de cabeza o no?

—Claro que quiero que estés en cabeza, pero no de la forma en que lo has estado haciendo últimamente.

—¡Déjame en paz y dame las malditas pastillas!

Skeet sacudió la cabeza e hizo lo que Dallie le pedía, llevándose la mano al bolsillo y pasándole las pastillas negras por encima de la mesa. Dallie las cogió con un gesto de rabia. Mientras se las tragaba, no se le pasó por alto la irónica contradicción que había entre el cuidado con el que trataba su cuerpo de atleta y el abuso al que lo sometía en forma de noches de juerga, la bebida y esa farmacia ambulante que hacía llevar a Skeet en los bolsillos. Sin embargo, en realidad no tenía importancia. Dallie echó un vistazo al dinero que había tirado sobre la mesa. Cuando eras un Beaudine, estabas predestinado a no morir de viejo.

—¡Este vestido es horroroso!

Francesca estudió su reflejo en el largo espejo colocado al fondo del remolque que servía como camerino provisional. Sus ojos se habían acentuado para la pantalla con sombra de color ámbar y unas pestañas gruesas, la habían peinado con raya en el centro, alisado sobre las sienes y recogido en tirabuzones sobre las orejas. El peinado de época era bonito y favorecedor, por lo que no había tenido problema alguno con el peluquero, pero el vestido era otra historia. A su ojo entendido en moda, el insípido tafetán rosa con volantes erizados de encaje blanco rodeando la falda parecía un merengue de fresa, nata y azúcar. El corpiño le quedaba tan ajustado que apenas podía respirar, y el corsé levantaba tanto sus pechos que lo único que no quedaba a la vista eran sus pezones. El vestido resultaba zalamero y vulgar, desde luego no comparable a los vestidos que Marisa Berenson había llevado en *Barry Lyndon*.

—No es para nada lo que tenía pensado, y no me lo pienso poner —dijo, con rotundidad—. Tendrás que hacer algo al respecto.

Sally Calaverro cortó con los dientes un trozo de hilo rosa utilizando para ello más fuerza de la necesaria.

—Este es el vestido que se diseñó para esta toma.

Francesca se reprochó no haberle prestado más atención al vestido el día anterior cuando Sally se lo estaba probando. Pero el cansancio y el hecho de que Lloyd Byron su hubiera mostrado tan irracionalmente terco ante sus quejas en relación con el alojamiento la habían mantenido distraída y apenas se había fijado en cómo le quedaba. Ahora tenía menos de una hora por delante antes de presentarse en el set para rodar la primera de sus tres escenas. Por lo menos, los hombres de la compañía habían sido útiles y le habían encontrando una habitación más cómoda, con baño privado, y le habían servido una bandeja de comida y esa estupenda ginebra con quinina con la que había estado soñando. Aunque el gallinero, con sus ventanas pequeñas y sus muebles de contrachapado, era una abominación, había dormido como una bendita y había sentido un pequeño arranque de felicidad al despertarse esa mañana... hasta que había visto cómo le quedaba el vestido.

Después de girarse para ver la espalda del vestido, decidió apelar al sentido de juego limpio de Sally.

—Seguro que tienes algún otro vestido. Nunca visto de rosa.

—Este es el vestido al que Lord Byron le dio el visto bueno, y yo no puedo hacer nada al respecto. —Sally abrochó el último de los corchetes que tenía el vestido por detrás y alisó la tela con más brusquedad de la necesaria.

Francesca contuvo el aliento ante la incómoda sensación de constricción.

—¿Por qué lo llamas siempre Lord Byron? Suena ridículo.

—Si tienes que hacerme esa pregunta es que no debes de conocerlo muy bien.

Francesca se negó a permitir que la encargada de vestuario o el vestido mismo la desanimasen. A fin de cuentas, la pobre Sally tenía que trabajar en ese asqueroso remolque todo el día. Eso amargaría a cualquiera. Francesca se recordó a sí misma que le habían dado un papel en una película de prestigio. Además, su atractivo sobresalía por encima de cualquier vestido, incluso aquel. Aunque, de todas maneras, todavía tenía que hacer algo para conseguir un hotel. No tenía intención de pasar otra noche en un lugar que no tenía personal de servicio.

Los tacones franceses de sus zapatos crujieron en la grava mientras cruzaba el sendero y se dirigía a la casa, con el miriñaque de la falda oscilando de lado a lado. Esta vez no iba a repetir el error del día anterior de intentar negociar con subordinados. En esta ocasión iba directamente al productor para presentarle su lista de quejas. Lloyd Byron le había dicho que quería que los actores y los trabajadores de la compañía estuvieran alojados en el mismo lugar para crear espíritu de equipo, pero Francesca sospechaba que lo que estaba haciendo era ahorrar dinero. Por lo que a ella respectaba, el hecho de aparecer en una película de prestigio no incluía tener que vivir como una salvaje.

Después de preguntar aquí y allá, finalmente localizó a Lew Steiner, el productor de *Delta Blood*. Estaba en el vestíbulo de la mansión Wentworth, frente al salón en el que se estaba preparando la escena que se iba a rodar. Le sorprendió su aspecto desaseado. Gordito y sin afeitar, con un cordón de oro colgando dentro del cuello abierto de su camisa hawaiana, tenía el aspecto de un vendedor de relojes robados del Soho. Francesca pasó por encima de los cables eléctricos que serpenteaban a través de la alfombra del vestíbulo y se presentó. En cuanto él levantó la vista de su carpeta sujetapapeles, ella dio comienzo a su letanía de quejas, apañándoselas en todo momento para mantener una sonrisa en su voz.

—Así que ya ve, señor Steiner, por nada del mundo puedo pasar otra noche en ese espantoso lugar; estoy segura de que lo entiende. Necesito una habitación de hotel antes de que se haga de noche. —Le dirigió una mirada seductora y añadió—: Resulta tan difícil dormir cuando una está preocupada de que puedan devorarla las cucarachas...

Steiner dedicó unos momentos a admirar sin el menor disimulo sus pechos elevados, luego cogió una silla de tijera que estaba apoyada en la pared y se sentó en ella, separando tanto las piernas que la tela caqui se tensó sobre sus muslos.

—Lord Byron me dijo que eras una auténtica belleza, pero no le creí. Eso demuestra lo inteligente que soy. —Hizo un desagradable ruido con la boca—. Solo el protagonista masculino y la protagonista femenina tienen habitaciones de hotel, bomboncito, y eso es porque lo pone en sus contratos. El resto de los labriegos tiene que vivir donde buenamente se pueda.

—«Labriegos» es parte del vocabulario cinematográfico, ¿verdad? —le espetó Francesca, olvidando de golpe cualquier esfuerzo por mostrarse conciliadora. ¿Es que toda la gente relacionada con el mundillo cinematográfico era así de sórdida? Sintió un fogonazo de irritación hacia Miranda Gwynwyck. ¿Habría sabido ella lo desagradables que eran las condiciones de trabajo?

—Tú no quieres el trabajo —dijo Lew Steiner, encogiéndose de hombros—. Tengo una docena de bombones que pueden estar aquí esta misma tarde para ocupar tu puesto. Su ilustrísima fue quien te contrató, no yo.

¡Bombones! Francesca sintió que una neblina roja se formaba detrás de sus párpados, pero justo cuando abría la boca para estallar, una mano se posó en su hombro.

—¡Francesca! —exclamó Lloyd Byron, haciéndola girar hacia

él y dándole un beso en la mejilla, lo que la distrajo de su arranque de rabia—. ¡Estás absolutamente arrebatadora! ¿No es maravillosa, Lew? ¡Esos ojos verdes de gato! ¡Esa boca increíble! ¿No te había dicho que era perfecta para Lucinda? Vale cada uno de los peniques que ha costado traerla hasta aquí.

Francesca iba a empezar a recordarle que era ella quien había pagado esos peniques y que quería cada uno de ellos de vuelta, pero antes de que pudiera decir nada, Lloyd Byron continuó:

—El vestido es brillante. Inocentemente infantil, pero sensual. Me encanta tu pelo. ¡Atención todo el mundo, esta es Francesca Day!

Francesca agradeció la presentación, y a continuación Byron la llevó a un aparte, sacó un pañuelo amarillo pálido del bolsillo de sus pantalones cortos hechos a medida y lo apretó suavemente contra su frente.

—Rodaremos tus escenas hoy y mañana, y mi cámara va a quedarse embelesada contigo. No tienes ninguna línea, así que no hay razón para que estés nerviosa.

—No estoy para nada nerviosa —afirmó Francesca. Por Dios, ¡había salido con el príncipe de Gales! ¿Cómo podía a nadie ocurrírsele que algo como aquello pudiera ponerla nerviosa?—. Lloyd, este vestido...

—Espléndido, ¿verdad que sí? —La guio hacia el salón, haciéndola pasar entre dos cámaras y un bosque de focos hasta quedar delante del decorado, que había sido amueblado con sillas Hepplewhite, un sofá de tapizado de damasco, y flores frescas en viejos jarrones de plata—. En la primera escena estarás delante de esas ventanas. Voy a iluminarte desde atrás, así que lo único que tienes que hacer es adelantarte cuando yo te lo diga y dejar que esa maravillosa cara tuya entre lentamente en el cuadro.

La referencia a su cara maravillosa alivió parte del resentimiento que sentía por cómo la estaban tratando, así que miró a Byron con más amabilidad.

—Piensa en la fuerza de la vida —le urgió él—. Has visto las películas de Fellini con personajes que no hablan. Aunque Lucinda no dice nunca ni una palabra, su presencia debe salirse fuera de la pantalla y agarrar a los espectadores por la garganta. Ella es un símbolo de lo inasible. ¡La vitalidad, el resplandor, la magia! —Byron frunció los labios—. Dios, espero que esto no resulte tan esotérico como para que los cretinos de la audiencia no pillen la idea.

Durante la hora siguiente, Francesca permaneció quieta para que se calibrase bien la intensidad de la luz y luego se concentró en un ensayo general mientras se hacían los últimos ajustes. Le presentaron a Fletcher Hall, un actor oscuro, bastante siniestro, vestido con chaqué, que era el protagonista masculino principal. Aunque se mantenía al corriente de los rumores sobre las estrellas de cine, nunca había oído hablar de él, y de nuevo se vio asaltada por la inquietud. ¿Por qué no le sonaba el nombre de ninguna de aquellas personas? Quizás había cometido un error al no buscar más información acerca de la producción antes de unirse a ella tan a ciegas. Tal vez debería haber pedido ver el guión... Pero había leído su contrato el día anterior, se recordó a sí misma, y todo parecía estar en orden.

Sus inquietudes se desvanecieron gradualmente cuando hizo fácilmente la primera toma, colocándose delante de la ventana y siguiendo las instrucciones de Lloyd.

—¡Hermosa! —El director no dejaba de animarla—. ¡Maravillosa! Tienes un don natural, Francesca.

Los cumplidos la apaciguaron, y a pesar de la creciente incomodidad del vestido, fue capaz de relajarse entre toma y toma y de coquetear con algunos de los miembros del equipo que se habían mostrado tan atentos con ella la noche anterior.

Lloyd la grabó caminando por la habitación, haciendo una profunda reverencia a Fletcher Hall, y respondiendo a sus frases con miradas melancólicas dirigidas directamente a su cara. A la hora de comer, cuando le quitaron el vestido durante una hora, descubrió que se estaba divirtiendo. Después del descanso, Lloyd le hizo colocarse en diferentes puntos del salón para filmar primeros planos desde todos los ángulos.

—¡Eres preciosa, querida! —le dijo—. Dios, esa cara en forma de corazón y esos ojos maravillosos son sencillamente perfectos. ¡Soltadle el pelo! ¡Preciosa! ¡Preciosa!

Cuando anunció una nueva interrupción, Francesca se estiró, como un gato al que acabasen de rascarle la espalda.

Avanzada la tarde, su sensación de bienestar había sucumbido ante el calor asfixiante del clima y de los focos de iluminación. Los ventiladores repartidos alrededor del decorado hacían poco para refrescar el ambiente, sobre todo porque tenían que ser apagados cada vez que las cámaras se ponían en funcionamiento. El corsé ajustado y las múltiples capas de enaguas debajo de su vestido atrapaban el calor junto a su piel hasta que empezó a pensar que iba a desmayarse.

—Es de todo punto imposible que pueda hacer más hoy —dijo al fin, mientras el encargado de maquillaje le retocaba las diminutas perlas de sudor que se habían comenzado a formar de la manera más repugnante cerca del punto donde le nacía el pelo—. Voy a morir por culpa del calor, Lloyd.

—Solo una escena más, querida. Solo una más. Mira el ángulo de la luz que entra por la ventana. Tu piel resplandecerá de un modo espectacular. Por favor, Francesca, has sido una princesa. ¡Mi exquisita y perfecta princesa!

Ante eso, ¿cómo podía negarse?

Lloyd la llevó hacia una marca que se había colocado en el piso, no lejos de la chimenea. El principio de la película, por lo que había entendido, se centraba en la llegada de una joven estudiante inglesa a una plantación de Mississippi, donde se convertiría en la prometida de su dueño, un hombre aislado de la sociedad que Francesca imaginaba basado en el Rochester de *Jane Eyre*, aunque Fletcher Hall le parecía un poco demasiado grasiento para ser un héroe romántico. Desafortunadamente para la estudiante, pero afortunadamente para Francesca, Lucinda iba a morir de forma trágica ese mismo día. Francesca podía imaginar una espléndida escena de su muerte, que pensaba rodar con la cantidad apropiada de pasión. Todavía tenía que averiguar qué tenían que ver exactamente Lucinda y el dueño de la plantación con el cuerpo principal de la historia, que estaba situado en el presente y parecía implicar a un amplio número de actrices, pero puesto que ella ya no participaría en esa parte de la película, no parecía importar.

Lloyd enjugó su frente con un pañuelo limpio y se dirigió a Fletcher Hall.

—Quiero que aparezcas detrás de Francesca, le pongas las manos en los hombros y le subas el pelo por un lado de manera que puedas besarle el cuello. Francesca, tú recuerda que has estado muy sobreprotegida toda tu vida. Su toque te estremece, pero también te gusta. ¿Comprendes?

Francesca sintió una gota de sudor deslizándose entre sus pechos.

—Por supuesto que lo entiendo —contestó, de mal humor.

El encargado de maquillaje se acercó y le empolvó el cuello. Ella le hizo sostener en alto un espejo para poder comprobar el trabajo.

—Recuerda, Fletcher —prosiguió Lloyd—. no quiero que le beses realmente el cuello, solo anticipa el beso. De acuerdo, entonces; hagámoslo.

Francesca se puso en su sitio, solo para sufrir otro retraso interminable mientras se realizaban nuevos ajustes de iluminación. Después alguien advirtió una mancha de humedad en la espalda del chaqué de Fletcher, producida por el sudor, y Sally tuvo que ir a buscar una chaqueta de recambio al remolque de vestuario.

Francesca dio un golpe con el pie.

—¿Cuánto tiempo más esperas mantenerme aquí? ¡No lo aguantaré! ¡Te doy exactamente cinco minutos más, Lloyd, y después me voy!

El director le dirigió una mirada gélida.

—Vamos, Francesca, tenemos que ser profesionales. Toda esta otra gente también está cansada.

—Toda esta otra gente no lleva encima cinco kilos de ropa. ¡Me gustaría ver lo profesionales que serían si se estuvieran asfixiando hasta morir!

—Solo unos minutos más —dijo Lloyd, con tono conciliador, y luego cerró sus manos en puños e hizo un gesto dramático apretándolos contra su propio pecho—. Utiliza la tensión que estás sintiendo, Francesca. Utiliza la tensión en tu escena. Pásale tu tensión a Lucinda: una joven enviada a una tierra desconocida para casarse con un hombre que es un extraño. Todo el mundo en silencio. Silencio, silencio, silencio. Dejad que Francesca sienta su tensión.

El encargado de la grúa para la cámara, que había estado concentrado en el pronunciado escote de Francesca durante la mayor parte del día, se inclinó hacia el cámara.

—Me gustaría sentir su tensión.

—Quieto ahí, colega.

Por fin apareció el chaqué nuevo y la escena se rodó.

—¡No te muevas! —gritó Lloyd en cuanto hubieron terminado—. Lo único que necesitamos ahora es un primer plano de Fletcher besando a Francesca en el cuello y habremos acabado por hoy. Solo tardaremos un segundo. ¿Todos preparados?

Francesca refunfuñó, pero se quedó en su sitio. Había aguantado el sufrimiento durante mucho tiempo, así que unos pocos minutos más no importarían. Fletcher le puso las manos en los hombros y le retiró el pelo. Ella odió que aquel hombre la tocara. Era un tipo definitivamente ordinario, en absoluto la clase de hombre que a ella le atraía.

—Dobla el cuello un poco más, Francesca —ordenó Lloyd—. Maquillaje, ¿dónde estás?

—Aquí mismo, Lloyd.

—Venga, entonces.

El encargado de maquillaje parecía desconcertado.

—¿Qué necesitas?

—¿Qué necesito? —Lloyd levantó las manos en un gesto dramático de frustración.

—Ah, de... de acuerdo. —El encargado de maquillaje hizo una mueca de disculpa, y luego llamó a Sally, que estaba detrás de la cámara—. Eh, Calaverro, mete la mano en mi caja, ¿quieres? Y me pasas los colmillos de Fletcher.

«¿Los colmillos de Fletcher?»

Francesca sintió un nudo en el estómago.

7

—¡Colmillos! —chilló Francesca—. ¿Por qué tiene que llevar Fletcher colmillos?

Sally le puso al encargado de maquillaje los dichosos objetos en la mano.

—Es una película de vampiros, querida. ¿Qué esperas que lleve, un tanga?

Francesca se sintió como si acabara de penetrar en una horrible pesadilla. Se apartó de Fletcher Hall y se encaró con Byron:

—¡Me mentiste! —gritó—. ¿Por qué no me dijiste que esto era una película de vampiros? De todas las cosas miserables y podridas... Dios mío, te demandaré por esto; te demandaré hasta quitarte todo lo que tengas en tu ridícula vida. ¡Si piensas por un momento que permitiré que mi nombre aparezca en... en...! —¡No podía volver a decir la palabra otra vez, absolutamente no podía! En su mente surgió una imagen de Marisa Berenson, la exquisita Marisa escuchando lo que le había pasado a la pobre Francesca Day y riéndose hasta que las lágrimas rodaban por sus mejillas de alabastro. Apretó los puños y continuó gritando—: ¡Dime ahora mismo de qué va exactamente esta odiosa película!

Lloyd se sorbió la nariz, claramente ofendido.

—Es una historia sobre la vida y la muerte, la transmisión de sangre, la esencia misma de la vida pasando de una persona a otra. Acontecimientos metafísicos de los que tú, aparentemente, no sabes nada. —Byron salió de la estancia hecho una furia.

Sally dio un paso adelante y cruzó sus brazos sobre el pecho, disfrutando visiblemente de la situación.

—La película trata de un grupo de azafatas que alquilan una mansión que se supone que está embrujada. El antiguo dueño, el bueno de Fletcher, que se ha pasado más o menos un siglo entero echando de menos a su amor perdido, que es Lucinda, les va chupando la sangre una a una. Hay un argumento secundario con una vampiresa y un *stripper*, pero eso está más cerca del final de la película.

Francesca no se quedó para oír nada más. Lanzándoles a todos los presentes una mirada furiosa, salió a toda prisa del set. El miriñaque de su falda se mecía de lado a lado y la sangre le hervía en las venas cuando salió de la mansión y se dirigió hacia los remolques en busca de Lew Steiner. ¡Le habían tomado el pelo! ¡Había vendido sus vestidos y había atravesado medio mundo para tener un papel secundario en una película de vampiros!

Temblando por la rabia, encontró a Steiner sentado a una mesa de metal bajo los árboles cerca del camión de catering. Su miriñaque se inclinó hacia arriba por detrás al detenerse de repente y dar un puntapié a la pata de la mesa.

—¡Acepté este trabajo porque oí que el señor Byron tenía reputación de director de calidad! —le espetó, acuchillando el aire con un gesto brusco en dirección a la casa de la plantación.

Steiner levantó la vista del bocadillo de jamón con pan de centeno que se estaba comiendo.

—¿Quién te dijo eso?

Ante los ojos de Francesca apareció la imagen de la cara de Miranda Gwynwyck, satisfecha y pagada de sí misma, y todo resultó cegadoramente claro. Miranda, que se suponía que era una feminista, había saboteado a otra mujer en un equivocado intento de proteger a su hermano.

—¡Me dijo que iba a hacer un alegato espiritual! —exclamó—. ¿Qué tiene nada de esto que ver con alegatos espirituales... o con la fuerza vital de Fellini, por el amor de Dios?

Steiner sonrió burlonamente.

—¿Por qué crees que le llamamos Lord Byron? Porque hace que la basura suene a poesía. Por supuesto, sigue siendo basura cuando ha terminado, pero eso no se lo decimos. Cobra poco y trabaja rápido.

Francesca intentó descubrir algún malentendido, el pequeño rayo de esperanza que su alma optimista demandaba.

—¿Qué hay de la Palma de Oro? —preguntó, con la voz tensa.

—¿La qué de oro?

—La Palma. —Se sentía como una tonta—. El Festival de Cine de Cannes.

Lew Steiner la miró un momento fijamente antes de soltar una carcajada que trajo consigo un trocito de jamón.

—Cariño, la única posibilidad de que Lord Byron estuviera en ese lugar sería limpiando los aseos. La última película que hizo para mí fue *Masacre mixta*, y antes de esa, *La Prisión de Mujeres de Arizona*. Funcionó realmente bien en los autocines.

Francesca apenas podía formular las palabras:

—¿Y realmente esperaba que yo fuera a salir en una película de vampiros?

—Estás aquí, ¿no es cierto?

Francesca tomó una decisión de forma inmediata:

—¡No por mucho tiempo! Estaré de vuelta con mi maleta exactamente en diez minutos, y espero que tenga un cheque esperándome que cubra mis gastos y un conductor que me lleve al aeropuerto. Y si utilizas un solo plano de lo que se ha filmado hoy, te demandaré hasta quitarte todo lo que posees.

—Firmaste un contrato, así que no tendrás mucha suerte.

—Firmé un contrato con engaños.

—¡Tonterías! Nadie te mintió. Y puedes ir olvidándote del dinero hasta que hayas terminado de rodar.

—¡Exijo que me pague todo lo que me debe! —Se sentía como una espantosa pescadera vendiendo desde su puesto en una esquina—. Me tiene que pagar el viaje. ¡Teníamos un acuerdo!

—No verás un centavo hasta mañana, cuando hayas filmado tu última escena. —Steiner la recorrió de forma desagradable con los ojos—. Esa es la que Lloyd quiere que hagas desnuda. La desfloración de la inocencia, la llama.

—¡Lloyd me verá desnuda el mismo día que gane la Palma de

Oro! —Giró sobre sus tacones, empezó a retirarse, pero uno de los volantes de aquella falda odiosa se quedó enganchado en una esquina de la mesa metálica. Dio un tirón para liberarla, rompiéndolo al hacerlo.

Steiner se levantó de un salto.

—¡Oye, ten cuidado con ese vestido! ¡Esas cosas me cuestan dinero!

Francesca cogió el bote de mostaza de la mesa y vertió un gran chorro sobre la falda.

—¡Qué espanto! —se mofó—. ¡Parece que esta necesita un lavado!

—¡Zorra! —le gritó Steiner a su espalda, mientras ella se alejaba—. ¡Nunca volverás a trabajar! Me aseguraré de ello, nadie te contratará ni para tirar la basura.

—¡Genial! —respondió ella—. ¡Porque ya he tenido toda la basura que puedo soportar! —Sujetó los volantes de la falda con sus manos y se la subió hasta las rodillas, atravesó el césped y se dirigió al gallinero. Jamás, absolutamente nunca en toda su vida la habían tratado de un modo tan miserable. Haría pagar a Miranda Gwynwyck por aquella humillación aunque fuera lo último que hiciera. ¡En cuanto regresase a Inglaterra se casaría con Nicholas Gwynwyck!

Cuando llegó a su cuarto, estaba pálida por la rabia, y la visión de la cama deshecha alimentó aún más su furia. Cogió una horrible lámpara de color verde del tocador, la lanzó por los aires, y se rompió al estrellarse contra la pared. La destrucción no la ayudó; seguía sintiéndose como si alguien la hubiera golpeado en el estómago. Arrastró su maleta hasta la cama y metió en ella las pocas prendas que se había molestado en sacar la noche anterior, luego la cerró de un golpe y se sentó encima. Para cuando logró ajustar bien los cierres, no quedaba rastro de su delicado peinado y tenía el pecho empapado en sudor. Entonces recordó que aún llevaba puesto el atroz vestido rosa.

A punto estuvo de echarse a llorar por la frustración al tener que abrir la maleta otra vez. ¡Todo aquello era culpa de Nicky! ¡Cuando estuviera de vuelta en Londres, le obligaría a llevarla a la Costa del Sol y se pasaría el día tumbada en la playa ideando cientos de maneras de hacerle la vida miserable! Se llevó las manos a la espalda y empezó a forcejear con los nudos que mantenían el corpiño cerrado, pero los habían hecho dobles, y el material de que estaban hechos estaba tan tenso que no podía asirlo para aflojarlos. Se retorció un poco más, soltando un juramento excesivamente grosero, pero los nudos no cedían. Cuando ya se había hecho a la idea de buscar a alguien que la ayudara, recordó la expresión en la cara gorda y complacida de Lew Steiner cuando se había echado la mostaza sobre la falda. Poco le faltó para echarse a reír en voz alta. «Veamos lo complacido que se muestra cuando vea que su precioso vestido desaparece de su vista», pensó, dejándose llevar por un estallido de malicioso júbilo.

No había nadie cerca para echarle una mano, así que tuvo que llevar la maleta ella misma. Cargando con su maleta Vuitton en una mano y su bolso de maquillaje en la otra, se encaminó como pudo por el sendero que llevaba a donde estaban aparcados los vehículos, solo para descubrir al llegar allí que nadie estaba dispuesto a llevarla a Gulfport.

—Lo lamento, señorita Day, pero nos han dicho que necesitan todos los coches —murmuró uno de los hombres, sin atreverse a mirarla a los ojos.

Francesca no le creyó ni por un momento. ¡Aquello era cosa de Lew Steiner, su última ofensa hacia ella!

Otro miembro del equipo se mostró más útil.

—Hay una gasolinera no muy lejos, por la carretera. —Le indicó la dirección moviendo la cabeza—. Desde allí podrá llamar por teléfono para que alguien la recoja.

La idea de recorrer el sendero ya la intimidaba bastante como para valorar siquiera la opción de llegar caminando hasta la gasolinera. Justo cuando comprendía que tendría que tragarse su orgullo y volver al gallinero para quitarse el vestido, Lew Steiner salió de uno de los remolques Airstream y le dirigió una mueca de desprecio. Francesca decidió en ese momento que preferiría morir antes que dar un paso atrás. Le lanzó una mirada feroz, volvió a coger su maleta y su bolso y echó a caminar a través del césped hacia la salida.

—¡Eh! ¡Párate ahí ahora mismo! —gritó Steiner, corriendo

tras ella—. ¡No des un solo paso más hasta que me hayas devuelto ese vestido!

Francesca se dio la vuelta para encararse con él.

—¡Si se le ocurre tocarme, le denuncio por asalto!

—¡Y yo te denunciaré a ti por robo! ¡Ese vestido es mío!

—Y estoy segura de que le sienta estupendamente. —A propósito, le dio un golpe en las rodillas con su bolso de maquillaje al girar para marcharse. Steiner aulló de dolor, y Francesca sonrió para sí misma, deseando haberle golpeado más fuerte.

Tardaría mucho tiempo en volver a sentir una satisfacción como aquella.

—Te has pasado el desvío —reprendió Skeet a Dallie desde el asiento trasero del Buick Riviera—. Ruta noventa y ocho, te lo dije. De la noventa y ocho a la cincuenta y cinco, de la cincuenta y cinco a la doce, y luego piloto automático hasta Baton Rouge.

—Decírmelo hace una hora y echarte acto seguido a dormir no es que sea una gran ayuda —se quejó Dallie. Llevaba puesta una gorra nueva, azul oscuro con una bandera americana en la parte frontal, pero no le servía de mucho contra el sol de media tarde, así que cogió un par de gafas de espejo del salpicadero y se las puso. A ambos lados de la carretera de doble carril se divisaban grandes extensiones de matorrales y monte bajo.

Durante kilómetros, no había visto nada aparte de unos pocos coches oxidados, y su estómago había empezado a protestar.

—A veces eres un inútil —masculló.

—¿Tienes chicles? —preguntó Skeet.

A lo lejos, una mancha de color captó de repente la atención de Dallie, un remolino rosa brillante balanceándose lentamente por uno de los lados de la carretera. A medida que se iban acercando, la figura fue haciéndose más nítida.

Dallie se quitó las gafas de sol.

—No puedo creérmelo. ¿Estás viendo lo mismo que yo?

Skeet se inclinó hacia delante, apoyó el antebrazo en el respaldo del asiento del pasajero, y se hizo visera sobre los ojos para poder ver.

—¡Vaya por Dios! ¿No supera esto todo lo que puedas imaginarte? —dijo, sin poder contener la risa.

Francesca se obligaba a seguir adelante, moviendo laboriosamente un pie tras otro, luchando para respirar contra la presión a la que la sometía su corsé. El polvo impregnaba sus mejillas, la parte superior de sus pechos brillaba de sudor, y, no hacía ni quince minutos, se le había salido un pezón. Como un tapón de corcho que sale a la superficie de una ola, el pezón había asomado por encima del escote de su vestido. Rápidamente, había puesto la maleta en el suelo y había vuelto a taparse, pero el simple recuerdo hacía que se estremeciese. Si pudiera echar marcha atrás y cambiar una sola cosa de su vida, pensó por enésima vez en tan solo unos pocos minutos, cambiaría el momento en que había decidido marcharse de la plantación Wentworth con aquel vestido puesto.

El miriñaque parecía ahora una salsera, sobresaliendo por delante y por detrás y chafado en los lados por la presión combinada de la maleta en su mano derecha y el bolso de maquillaje en su izquierda. Ambos objetos pesaban tanto que sentía como si le fueran a dislocar los hombros. Con cada nuevo paso, su cara se contraía en un gesto de dolor. Sus diminutos zapatos de tacón le habían producido ampollas en los pies, y cada soplo caprichoso de aire caliente mandaba otra nube de polvo directamente a su rostro.

Quería sentarse en el arcén y romper a llorar, pero no estaba segura de ser capaz de volver a levantarse si lo hacía. Si al menos no estuviera tan asustada, las molestias físicas serían más fáciles de soportar. ¿Cómo podía haberle sucedido eso a ella? Había recorrido varios kilómetros sin encontrar ni rastro de la gasolinera. O bien no existía, o bien se había equivocado de dirección, porque no había visto más que una señal desvencijada de madera que anunciaba una tienda de verduras que nunca había llegado a materializarse. Pronto sería oscuro, estaba en un país extranjero, y no tenía la menor idea de qué horrendas hordas de bestias acechaban en los terrenos que circundaban la carretera. Se obligó a sí misma a fijar la mirada en el frente. Lo único que le impedía regresar a la plantación Wentworth era la certeza absoluta de que no podría recorrer de nuevo una distancia tan grande.

Aquella carretera debía llevar a algún sitio, se dijo. Ni siquiera en América construirían carreteras que no llevasen a ningún sitio, ¿no es cierto? La idea resultaba tan aterradora que empezó a hacer juegos mentales para no venirse abajo. Mientras apretaba los dientes en respuesta al dolor que sentía en varias partes de su cuerpo, imaginó sus lugares favoritos, todos ellos a años luz de las polvorientas carreteras de Mississippi. Visualizó Liberty's, en Regent Street, con sus listones de madera llenos de nudos y sus maravillosas joyas de Arabia, los perfumes de Sephora en la Rue de Passy, y todo lo que había en Madison Avenue, desde Adolfo a Yves Saint Laurent. En su mente surgió la imagen de un vaso helado de Perrier con una pequeña rodaja de lima. La imagen se sostenía en el aire caliente, delante de ella, tan real que casi le parecía que pudiera estirar el brazo y alcanzar el vaso, sentir el cristal húmedo en la palma de la mano. Comenzaba a tener alucinaciones, se dijo, pero la imagen era tan agradable que no trató de deshacerla.

El Perrier se evaporó de repente en el aire caliente del Mississippi cuando advirtió el sonido de un automóvil que se aproximaba por detrás de ella y a continuación el chirrido suave de los frenos. Antes de que pudiera equilibrar el peso de su equipaje para darse la vuelta en dirección al sonido, oyó una voz suave que hablaba arrastrando las palabras, desde el otro lado de la carretera.

—Oye, querida, ¿no te ha dicho nadie que Lee ya se ha rendido?

Al girarse hacia la voz, la maleta le dio de plano en las rodillas y el aro de la falda botó hacia arriba por detrás de ella. Equilibró su peso y parpadeó dos veces, incapaz de dar crédito a la visión que se había presentado directamente delante de sus ojos.

En el lado opuesto de la carretera, asomado a la ventanilla de un automóvil verde oscuro, con el antebrazo apoyado sobre la puerta, había un hombre tan increíblemente guapo, tan tremendamente atractivo, que por un momento pensó que podría formar parte de la misma alucinación que el Perrier y la rodaja de lima. Mientras el asa de su maleta se le clavaba en la palma de la mano, se fijó en las líneas clásicas de su cara, sus pómulos moldeados y su marcada mandíbula, la nariz recta y perfecta, y luego sus ojos, que eran de un azul brillante como los de Paul Newman y con unas pestañas tan espesas como las de la propia Francesca. ¿Cómo podía un hombre mortal tener aquellos ojos? ¿Cómo podía tener un hombre esa boca de labios tan generosos y seguir siendo tan masculino? El pelo intensamente rubio se le rizaba hacia arriba desde los bordes de una gorra azul con una bandera americana sobre la visera. Francesca podía ver parte de unos hombros anchos y robustos, los músculos bien formados del antebrazo bronceado por el sol, y, durante un instante de irracionalidad, sintió una loca puñalada de pánico.

Al fin había encontrado a alguien tan atractivo como ella.

—¿Llevas algún secreto confederado debajo de esas faldas? —inquirió el hombre, con una sonrisa que dejaba a la vista la clase de dientes que aparecían en las páginas de las revistas y que hacían que la gente tratase de hacer memoria y recordar la última vez que se había limpiado con hilo dental.

—Creo que los yanquis le han cortado la lengua, Dallie.

Por primera vez, Francesca se percató de que había otro hombre, este inclinado sobre la ventanilla trasera. Al ver su cara siniestra y sus amenazadores ojos entrecerrados, en su cabeza empezaron a sonar campanadas de alarma.

—O eso o es una espía del norte —siguió diciendo Skeet—. Nunca he conocido a una mujer del sur que permaneciera callada tanto tiempo.

—¿Eres una espía yanqui, preciosa? —preguntó Don Guaperas, mostrando aquellos dientes increíbles—. ¿Has estado fisgoneando los secretos de los Confederados con esos bonitos ojos verdes?

De repente, Francesca era consciente de su vulnerabilidad: la carretera desierta, la menguante luz del día, dos hombres desconocidos, el hecho de que estaba en América, no a salvo en casa, en Inglaterra. En América, la gente llevaba armas hasta para ir a la iglesia, y los criminales vagaban por las calles con total libertad. Miró, nerviosa, al hombre que iba en el asiento trasero. Parecía un hombre capaz de torturar animales pequeños por pura diversión. ¿Qué debería hacer? Nadie la oiría si gritaba, y no tenía forma de protegerse.

—Para, Skeet, la estás asustando. Mete esa fea cara tuya dentro, haz el favor.

La cabeza de Skeet desapareció en el interior, y el hombre atractivo con aquel nombre extraño que Francesca no había llegado a entender bien, enarcó una de sus cejas perfectas, esperando a que ella dijese algo. Francesca decidió echarle valor, mostrarse enérgica, pragmática, y no permitir que notaran lo desesperada que estaba en realidad.

—Me temo que me he metido en un pequeño lío —dijo, dejando la maleta en el suelo—. Parece que me he perdido. Un fastidio atroz, desde luego.

Skeet volvió a sacar la cabeza por la ventana. Don Guaperas esbozó una amplia sonrisa.

Ella continuó, tenaz:

—Quizá puedan decirme ustedes a qué distancia está la próxima gasolinera. O cualquier sitio en el que pueda encontrar un teléfono, en realidad.

—Eres inglesa, ¿verdad? —preguntó Skeet—. Dallie, ¿oyes ese gracioso acento con el que habla? Es una *lady* inglesa, eso es lo que es.

Francesca observó cómo Don Guaperas (¿podía alguien llamarse realmente Dallie?) deslizaba su mirada por los volantes rosas y blancos del vestido.

—Apuesto a que tienes una historia increíble que contar, cariño. Venga, sube. Te llevaremos al teléfono más cercano.

Ella dudó. Subirse a un coche con dos hombres desconocidos no se le antojaba la decisión más inteligente que podía tomar, pero no se le ocurría alternativa alguna.

Se quedó quieta, con los volantes de la falda rozando el polvo del suelo y la maleta a sus pies, mientras una mezcla extraña de miedo e incertidumbre le hacía sentir náuseas.

Skeet sacó la cabeza por completo por la ventana y miró a Dallie.

—Teme que seas un asqueroso violador preparándose para arruinarle la vida. —Luego se volvió hacia ella—. Eche un buen vistazo a la cara bonita de Dallie, señora, y después dígame si le parece que un hombre con esa cara tiene que recurrir a forzar a mujeres.

Desde luego, tenía cierta razón con ese argumento, pero, de algún modo, Francesca no se sintió reconfortada. El hombre que atendía al nombre de Dallie no era exactamente la persona que más le preocupaba.

Dallie pareció leerle la mente, lo cual, debido a las circunstancias, no parecía algo demasiado difícil de hacer.

—No te preocupes por Skeet, cariño —dijo—. Skeet es un auténtico misógino de pura cepa, eso es lo que es.

Esa palabra, saliendo de la boca de alguien que, a pesar de su increíble belleza, tenía el acento y las maneras de un total analfabeto, la sorprendió. Dudaba todavía cuando la puerta del coche se abrió y un par de botas de vaquero cubiertas de polvo pisaron el asfalto. Dios santo... Tragó saliva con dificultad y miró hacia lo alto... muy hacia lo alto.

Su cuerpo era tan perfecto como su cara.

Llevaba una camiseta azul marino que le marcaba los músculos del pecho, perfilando bíceps y tríceps y todo tipo de otras cosas increíbles, y unos pantalones vaqueros desgastados hasta ser blancos por todas partes menos en las costuras deshilachadas. Su vientre era liso, las caderas, estrechas; era delgado y de piernas largas, varios centímetros por encima del metro ochenta y cinco, y le quitó el aliento a Francesca. «Debe ser cierto», pensó ella, completamente arrebatada, lo que todos decían acerca de los americanos y las píldoras de complejos vitamínicos.

—El maletero está lleno, así que voy a tener que meter tu equipaje en el asiento trasero con Skeet.

—No importa. En cualquier sitio me vale.

Cuando él avanzaba hacia ella, Francesca le dedicó toda la fuerza de su sonrisa. No pudo evitarlo; era una respuesta automática, programada en sus genes Serritella. No poder mostrarse en las mejores condiciones ante un hombre tan espectacular, incluso aunque se tratase de un paleto, de repente le pareció más doloroso que las ampollas que tenía en los pies. En ese momento hubiera dado todo lo que poseía por poder pasarse media hora delante del espejo con su bolsa de maquillaje y por llevar puesto el vestido de lino blanco de Mary Mcfadden que estaba colgado en una tienda de segunda mano de Picadilly junto a su pijama lila.

Dallie se detuvo y la miró fijamente.

Por primera vez desde que había salido de Londres, Francesca se sintió como si hubiera llegado a territorio conocido. La expresión que había en su cara le confirmó un hecho que había descubierto hacía tiempo: los hombres eran hombres en cualquier parte del mundo. Alzó sus ojos, con una mirada inocente y resplandeciente en ellos.

—¿Ocurre algo?

—¿Siempre haces eso?

—¿Hago qué? —El hoyuelo de su mejilla se acentuó.

—Hacerle proposiciones a un hombre menos de cinco minutos después de haberlo conocido.

—¡Proposiciones! —Francesca no podía creer lo que acababa de oír, así que exclamó, indignada—: Por supuesto que no estaba haciéndote proposiciones.

—Cariño, si esa sonrisa no era una proposición, entonces no sé cuál lo es. —Dallie recogió el equipaje y lo llevó al otro lado del coche—. Normalmente no me importaría, ya me entiendes, pero me parece algo temerario poner un anuncio así cuando estás en medio de ninguna parte con dos hombres a los que no conoces y que podrían ser unos pervertidos, por lo poco o nada que tú sabes de ellos.

—¡Un anuncio! —Francesca dio un fuerte pisotón en el suelo—. ¡Vuelve a poner mis cosas donde estaban ahora mismo! No iría contigo a ninguna parte aunque mi vida dependiera de ello.

Dallie echó un vistazo a su alrededor, la maleza y la carretera desierta.

—Me da en la nariz que no falta mucho para eso.

Francesca no sabía qué hacer. Necesitaba ayuda, pero la conducta de aquel tipo era insufrible, y odiaba la idea de degradarse entrando en el coche. Dallie tomó la decisión por ella al abrir la puerta trasera y lanzar el equipaje al interior, al lado de Skeet.

—¡Ten cuidado con eso! —gritó ella, corriendo hacia el coche—. ¡Son Louis Vuitton!

—Esta vez has recogido a una verdadera loca, Dallie —murmuró Skeet desde el asiento trasero.

—Ya lo he notado —contestó Dallie. Se colocó al volante,

cerró la puerta con un fuerte golpe, y asomó la cabeza por la ventanilla para mirarla—. Si quieres seguir conservando tu equipaje, preciosa, más vale que subas rápido, porque exactamente dentro de diez segundos voy a poner este viejo Riviera en marcha, y el señor *Viton* y yo no seremos para ti más que un recuerdo lejano.

Cojeando, Francesca dio la vuelta al coche por detrás, hasta la puerta del pasajero, notando cómo las lágrimas luchaban por salir a la superficie. Se sentía humillada, asustada, y, lo peor de todo, impotente. Una horquilla se deslizó hacia abajo por su nuca y cayó sobre el polvo que cubría el suelo.

Por desgracia, su turbación no había hecho otra cosa que comenzar. Enseguida descubrió que los miriñaques no habían sido diseñados para sentarse en un automóvil moderno. Se negó a mirar a ninguno de sus rescatadores para ver cómo reaccionaban ante sus problemas, y finalmente entró en el coche de espaldas, metiendo primero el trasero y recogiendo como mejor pudo el poco manejable volumen de la falda sobre su regazo.

Dallie liberó la palanca de cambios de la tela del vestido.

—¿Siempre te vistes así para estar cómoda?

Francesca le lanzó una mirada encolerizada, abriendo la boca al mismo tiempo para darle unas de sus famosas e ingeniosas réplicas, pero solo para descubrir que no se le ocurría nada que decir. Viajaron durante un tiempo en silencio mientras ella miraba obstinadamente hacia delante, con sus ojos apenas asomando por encima de la montaña de faldas, con las ballenas de su corpiño clavándosele en la cintura. A pesar de estar agradecida por poder darles un descanso a sus pies, su postura en el asiento hacía que la constricción del corsé fuese aún más insoportable. Intentó respirar hondo, pero sus pechos subieron de un modo tan alarmante que tuvo que conformarse con inspiraciones leves y acompasadas. Un simple estornudo, se dijo a sí misma, y montaría un auténtico espectáculo.

—Me llamo Dallas Beaudine —dijo el hombre que iba al volante—. Los amigos me llaman Dallie. El que va ahí atrás es Skeet Cooper.

—Francesca Day —contestó ella, permitiendo que su voz sonara con un pequeño y leve deshielo.

Tenía que recordar que los americanos eran notoriamente informales. Lo que se consideraba grosero en un inglés, era un comportamiento normal en Estados Unidos. Además, no se podía resistir a poner a aquel increíblemente atractivo paleto de rodillas, por lo menos parcialmente. Era algo que se le daba bien, algo en lo que no podía fallar en aquel día en el que todo le había ido mal.

—Te agradezco que me hayas rescatado —dijo, sonriéndole por encima de la falda—. Me temo que he sufrido unos días realmente brutales.

—¿Tienes inconveniente en contárnoslo? —le preguntó Dallie—. Últimamente, Skeet y yo hemos hecho muchos kilómetros y estamos cansados de hablar entre nosotros.

—Bueno, en realidad es bastante ridículo. Miranda Gwynwyck (la de la familia dueña de las destilerías, ya sabes), una mujer totalmente repelente, me persuadió para marcharme de Londres y aceptar un papel en una película que están rodando en la plantación Wentworth.

La cabeza de Skeet se asomó por detrás del hombro izquierdo de Francesca, y sus ojos brillaban de curiosidad.

—¿Eres una estrella de cine? —preguntó—. Hay algo en ti que me resulta familiar, pero no consigo saber qué es exactamente.

—No, la verdad. —Francesca pensó un instante en mencionar su parecido con Vivien Leigh, pero optó por no hacerlo.

—¡Ya lo tengo! —exclamó Skeet—. Sabía que te había visto en algún sitio. ¡Dallie, nunca adivinarías quién es esta chica!

Francesca lo miró con cautela.

—¡Esta de aquí es «la afligida Francesca»! —declaró Skeet con un estruendo de carcajadas—. Sabía que la había reconocido. Acuérdate, Dallie. La que salía con todas esas estrellas de cine.

—No bromees —dijo Dallie.

—Cómo diablos... —empezó Francesca, pero Skeet la interrumpió.

—Oye, me supo muy mal lo de tu madre y ese taxi.

Francesca lo miró fijamente, incapaz de hablar.

—Skeet es un lector compulsivo de tabloides —explicó Dallie—. A mí no me gustan, pero te hacen pensar en el poder de la comunicación de masas. Cuando era niño, teníamos un viejo libro azul de geografía, y el primer capítulo se llamaba «Nuestro mundo se encoge». Eso prácticamente lo dice todo, ¿no? ¿Tenías libros de geografía como ese en Inglaterra?

—No... no creo —contestó Francesca, débilmente. Se produjo un momento de silencio, durante el que tuvo la terrible sensación de que los dos hombres quizás estuvieran esperando que les contara detalles de la muerte de Chloe. La sola idea de compartir algo tan íntimo con unos desconocidos la horrorizó, así que volvió rápidamente al tema del que hablaban antes como si no la hubieran interrumpido—. He cruzado medio mundo, he pasado una noche absolutamente horrenda en uno de los alojamientos más horribles que podáis imaginar, y me han obligado a ponerme este vestido absolutamente espantoso. Entonces he descubierto que me habían engañado al hablarme de la película.

—¿Una porno? —preguntó Dallie.

—¡Desde luego que no! —exclamó ella. ¿Es que aquellos americanos paletos no dedicaban ni un breve segundo a pensar antes de abrir la boca?—. En realidad, era una de esas películas horribles de... —le repugnaba el simple hecho de decir la palabra—: vampiros.

—¡No bromees! —La admiración de Skeet era evidente—. ¿Conoces a Vincent Price?

Francesca cerró con fuerza sus ojos por un momento y luego los volvió a abrir.

—No he tenido el placer.

Skeet le dio unos golpecitos a Dallie en el hombro.

—¿Recuerdas al viejo Vincent cuando salía en *Hollywood Squares*? A veces su esposa trabajaba con él. ¿Cuál era su nombre? También era una de esas actrices inglesas sofisticadas. Quizá Francie lo sepa.

—Francesca —le espetó ella—. Detesto que me llamen de otra manera.

Skeet se echó hacia atrás en el asiento y ella se dio cuenta de que lo había ofendido, pero no le importó. Su nombre era su nombre, y nadie tenía derecho a alterarlo, especialmente ese día, cuando su asidero en el mundo parecía tan precario.

—Entonces, ¿qué planes tienes ahora? —preguntó Dallie.

—Volver a Londres tan pronto como me sea posible. —Pensó en Miranda Gwynwyck, en Nicky, en la imposibilidad de continuar tal y como había sido hasta entonces—. Y, después, casarme.

—Sin darse cuenta de ello, había tomado su decisión, y la había tomado simplemente porque no lograba ver otra alternativa. Después de lo que había soportado durante las últimas veinticuatro horas, verse casada con un cervecero rico ya no le parecía un destino tan terrible. Pero ahora que las palabras habían sido dichas, en lugar de aliviada, se sentía deprimida. Se le cayó otra horquilla; esta le cayó por delante y se quedó en uno de los volantes. Se distrajo de sus pensamientos sombríos pidiéndole a Skeet su bolsa de maquillaje. El otro se la pasó sin pronunciar una palabra. Francesca la colocó sobre los pliegues de su falda y abrió la tapa.

—Dios mío... —poco le faltó para echarse a llorar al ver su cara. ¡El espeso color de ojos se antojaba grotesco a la luz natural, el pintalabios había desaparecido, su peinado estaba hecho un desastre, y estaba sucia! ¡Nunca en sus veintiún años se había acicalado delante de un hombre que no fuera su peluquero, tenía que intentar recomponerse, volver a ser capaz de reconocerse a sí misma!

Cogió una botella de loción limpiadora y se puso manos a la obra para reparar el desastre. Cuando se quitó la capa de maquillaje, sintió la necesidad de distanciarse de los dos hombres, de hacerles entender que ella pertenecía a un mundo diferente.

—En serio, estoy horrible. Todo este viaje ha sido una absoluta pesadilla. —Se quitó las pestañas postizas, se humedeció los párpados, y realzó ligeramente los pómulos con colorete, y los ojos con sombra gris y un toque suave de rímel—. Normalmente utilizo un rímel alemán maravilloso llamado Ecarte, pero la criada de Cissy Kavendish, una mujer realmente imposible de las Antillas, se olvidó de meterlo en la maleta, así que me las tengo que arreglar con una marca inglesa.

Sabía que estaba hablando demasiado, pero no podía pararse. Pasó una brocha sobre un colorete color café y se puso un poco de sombra en la zona debajo de sus pómulos.

—En este momento daría casi cualquier cosa por una buena limpieza facial. Hay un lugar maravilloso en Mayfair que utiliza calor térmico y todo tipo de cosas increíbles, combinadas con masajes. Lizzy Arden hace lo mismo.

Se perfiló rápidamente los labios con un lápiz, los retocó con brillo beis rosáceo, y comprobó el resultado del conjunto. No era espectacular, pero al menos casi se parecía a ella misma otra vez.

El creciente silencio en el coche le hacía sentirse cada vez más inquieta, así que continuó hablando para llenarlo:

—Siempre es complicado, cuando estás en Nueva York, tratar de decidir entre Arden y Janet Sartin. Naturalmente, me refiero a Janet Sartin de Madison Avenue. Quiero decir, una puede ir a su salón en Park Avenue, pero no es exactamente lo mismo, ¿verdad?

El silencio fue total durante un momento.

Finalmente, Skeet habló.

—¿Dallie?

—¿Sí?

—¿Te parece que ya ha terminado?

Dallie se quitó sus gafas de sol y volvió a colocarlas en el salpicadero.

—Tengo el presentimiento de que está precalentando.

Francesca lo miró, avergonzada de su propio comportamiento y enfadada por el de él. ¿No podía ver que estaba teniendo el día más horrendo de su vida e intentar hacerle las cosas un poco más fáciles? Odiaba el hecho de que no pareciera impresionado con ella, odiaba el hecho de que no tratase de impresionarla él a ella. De algún modo extraño que no era capaz de definir claramente, la falta de interés de aquel hombre parecía desorientarla más que cualquier otra cosa que le hubiera sucedido.

Volvió a dirigir su atención al espejo y empezó a quitarse los ganchos del pelo, diciéndose a sí misma en silencio que debía dejar de preocuparse por la opinión de Dallas Beaudine. En cualquier momento llegarían a la civilización. Ella llamaría un taxi para que la llevara al aeropuerto de Gulfport y compraría un billete en el siguiente vuelo a Londres. De repente recordó su bochornosa situación financiera, y, después, con idéntica rapidez, encontró la solución: simplemente llamaría a Nicholas y haría que le enviase el dinero para su billete de avión.

Sentía la garganta seca y le picaba. Tosió.

—¿Podrías subir las ventanillas? Este polvo es espantoso. Y me encantaría algo de beber. —Le echó el ojo a una pequeña nevera de poliestireno que había en la parte de atrás—. Supongo que no habrá ahí una botella de Perrier.

Un embarazoso silencio llenó el interior del Riviera.

—Lo sentimos, señora, se nos ha acabado —dijo Dallie, finalmente—. Me temo que Skeet se terminó la última botella justo después de que atracásemos aquella licorería de Meridian.

8

Dallie era el primero en admitir que no siempre trataba bien a las mujeres. En parte era culpa suya, pero también en parte la culpa era de ellas. Le gustaban las mujeres hogareñas, mujeres con las que pasar buenos ratos, mujeres degeneradas. Le gustaban las mujeres con las que podía beber, las mujeres que podían contar chistes verdes sin bajar la voz sentadas a una mesa llena de jarras de cerveza y servilletas arrugadas, con música de *blues* sonando, sin que les importara un comino si alguna dama pudiera estar escuchándoles. Le gustaban las mujeres que no montaban escenitas con lágrimas y discusiones porque él se pasara todo su tiempo golpeando cientos de pelotas con su palo tres en el campo de prácticas en lugar de llevarlas a un restaurante donde sirvieran caracoles. De hecho, le gustaban las mujeres que fueran parecidas a los hombres. Pero que fueran hermosas. Porque, por encima de todo, a Dallie le gustaban las mujeres hermosas. No las modelos falsamente hermosas, con todo ese maquillaje y esos cuerpos huesudos que le producían escalofríos, sino las que eran realmente hermosas. Le gustaban los pechos y las caderas, los ojos que sonrieran y los dientes que resplandeciesen, los labios con vida propia. Le gustaban las mujeres a las que pudiera amar y dejar. Así era él, y eso era lo que le hacía comportarse de manera ruin con todas las mujeres que alguna vez le habían importado. Pero Francesca Day iba a ser la excepción. Ella le hacía ser ruin por el simple hecho de estar allí.

—¿Eso de ahí es una gasolinera? —preguntó Skeet, y su voz pareció alegre por primera vez en varios kilómetros.

Francesca miró hacia delante y murmuró para sus adentros una oración de agradecimiento a la vez que Dallie reducía la velocidad. No es que se hubiera creído realmente ese cuento acerca del atraco a la tienda de licores, pero tenía que ir con cuidado. Se pararon delante de un desvencijado edificio de madera con la pintura desconchada y con un letrero escrito a mano en el que se leía «Cebo bibo» apoyado contra un surtidor oxidado. Las ruedas hicieron crujir la grava y lanzaron una nube de polvo que se coló por la ventanilla del coche. Francesca se sentía como si hubiera estado viajando durante una eternidad; tenía una sed tremenda, se estaba muriendo de hambre y necesitaba ir al aseo.

—Fin de trayecto —dijo Dallie, apagando el motor—. Ahí dentro habrá un teléfono. Puedes llamar a uno de tus amigos.

—Oh, no voy a llamar a un amigo —contestó ella, sacando un pequeño bolso de piel de becerro de su bolsa de maquillaje—. Voy a llamar un taxi para que me lleve al aeropuerto de Gulfport.

Desde atrás brotó un sonoro gruñido. Dallie se desplomó en su asiento y se tapó los ojos con su gorra.

—¿Ocurre algo? —preguntó Francesca.

—No sé ni por dónde empezar —murmuró Dallie.

—No digas ni una palabra —dijo Skeet—. Solo deja que se baje, pon el coche en marcha, y larguémonos. El empleado de la gasolinera podrá hacerse cargo. Lo digo en serio, Dallie. Solo un tonto se propondría hacer doble *bogey* a propósito.

—¿Qué es lo que pasa? —volvió a preguntar Francesca, empezando a alarmarse.

Dallie se echó la gorra hacia atrás con el dedo pulgar.

—Para empezar, Gulfport está a dos horas en dirección contraria. Ahora estamos en Louisiana, a medio camino de Nueva Orleáns. ¿Si querías ir a Gulfport, por qué ibas hacia el oeste en vez de hacia el este?

—¿Cómo se supone que iba a saber yo que iba hacia el oeste? —contestó ella, indignada.

Dallie golpeó el volante con las palmas de sus manos.

—¡Porque el maldito sol estaba delante de tus ojos, por eso!

—Ah. —Francesca pensó un momento. No había razón para dejarse llevar por el pánico; simplemente encontraría otro modo de salir de allí—. ¿No hay aeropuerto en Nueva Orleáns? Puedo volar desde allí.

—¿Cómo piensas llegar hasta allí? ¡Y si vuelves a mencionar un taxi otra vez, juro por Dios que tiraré esas dos maletas de «Louie Viton» a esos arbustos de ahí! Estás en medio de ninguna parte, guapa, ¿no entiendes eso? ¡Aquí no hay taxis! ¡Esto es un rincón perdido de Louisiana, no París, Francia!

Francesca se enderezó en el asiento y se mordió el interior del labio.

—Entiendo —dijo lentamente—. Bueno, quizá podría pagarte para que me llevases el resto del camino. —Echó un vistazo en su bolso, frunciendo la frente con una mueca de preocupación. ¿Cuánto dinero le quedaba en efectivo? Lo mejor sería llamar a Nicholas enseguida para que pudiera encargarse de que hubiera dinero esperándola en Nueva Orleáns cuando llegase allí.

Skeet abrió la puerta y bajó del coche.

—Voy a comprar una botella de Dr Pepper mientras solucionas esto, Dallie. Pero te advierto una cosa: si ella está todavía en el coche cuando vuelva, te puedes empezar a buscar a otro que te lleve tus Spaldings el lunes por la mañana. —Cerró dando un portazo.

—Ese hombre es imposible —dijo Francesca, con un suspiro. Miró a Dallie. Él no la abandonaría allí, ¿o sí, solo porque a ese horrible amigo suyo no le gustaba? Se volvió hacia él, hablando ahora con un tono conciliador—. Permíteme solo hacer una llamada telefónica. No tardaré ni un minuto.

Salió del coche con toda la elegancia con que le fue posible y se dirigió al interior del desvencijado edificio con los aros del vestido oscilando a su alrededor. Abrió el bolso, sacó su cartera y contó rápidamente el dinero. No tardó mucho en hacerlo. Notó una sensación incómoda en la base de su espina dorsal. Solo le quedaban dieciocho dólares... Dieciocho dólares entre ella y la inanición.

El teléfono estaba pegajoso de mugre, pero lo descolgó sin prestar atención y marcó el cero. Cuando consiguió por fin entrar en contacto con un operador para llamadas internacionales, le dijo el número de Nicholas y solicitó que el cobro fuera revertido. Mientras esperaba que la llamada fuese respondida al otro lado, trató de distraerse de su creciente sensación de intranquilidad mirando cómo Dallie salía del coche y se dirigía al encargado de la gasolinera, que estaba cargando unos neumáticos viejos en la parte de atrás de una camioneta destartalada y observaba al grupo con interés. «Qué desperdicio —pensó, volviendo a posar sus ojos en Dallie—, ponerle una cara como esa a un paleto ignorante.»

Por fin, el criado de Nicholas contestó al teléfono, pero las esperanzas de Francesca de ser rescatada duraron poco, pues el sirviente rechazó la llamada alegando que el señor estaba fuera de la ciudad y tardaría varias semanas en volver. Se quedó mirando fijamente el aparato y luego realizó otra llamada, ahora a Cissy Kavendish. Cissy contestó, pero mostró la misma nula disposición a hablar con Francesca que el criado de Nicholas. «¡Zorra asquerosa!», bramó Francesca al oír que se cortaba la línea.

Comenzando a sentirse verdaderamente asustada, repasó mentalmente su lista de conocidos para acabar dándose cuenta de que en los últimos meses no había mantenido muy buenas relaciones ni tan siquiera con los más leales de entre sus admiradores. La única otra persona que quizá le prestaría dinero era David Graves, pero estaba en algún lugar de África, rodando una película. Apretó los dientes y realizó una tercera llamada a cobro revertido, esta a Miranda Gwynwyck. En cierto modo para su sorpresa, la llamada fue aceptada.

—Francesca, qué agradable saber de ti, aunque sea más de medianoche y estuviera profundamente dormida. ¿Cómo va tu carrera cinematográfica? ¿Te está tratando bien Lloyd?

Francesca casi podía oírla ronronear, lo que le hizo apretar el auricular con más fuerza.

—Todo va genial, Miranda. No puedo agradecértelo lo suficiente... pero tengo una pequeña emergencia, y necesito ponerme en contacto con Nicky. ¿Me puedes dar su número?

—Lo siento, querida, pero está actualmente ilocalizable, con una vieja amiga, una preciosa matemática rubia que lo adora.

—No te creo.

—Francesca, incluso Nicky tiene sus límites, y creo que tú finalmente los has sobrepasado. Pero dame tu número y le diré que te llame cuando vuelva dentro de dos semanas, para que te lo diga él mismo.

—¡Dentro de dos semanas no me sirve! Tengo que hablar con él ahora mismo.

—¿Por qué?

—Es algo privado —le espetó.

—Lo siento, no puedo ayudarte.

—¡No me hagas esto, Miranda! Debo absolutamente...

La línea se cortó en el mismo momento en que el dueño de la gasolinera entraba por la puerta y ajustaba el dial de una radio de plástico, blanca y cubierta de grasa. Los oídos de Francesca se llenaron de repente con la voz de Diana Ross, preguntándole si sabía adónde iba.

—Oh, Dios... —murmuró para sí.

Entonces levantó la vista y vio que Dallie daba la vuelta al coche y se dirigía hacia el lado del conductor.

—¡Espera! —dejó caer el teléfono y salió corriendo por la puerta, con el corazón latiéndole tan fuerte que le golpeaba contra las costillas, aterrorizada ante la idea de que Dallie se marchara y la dejase allí.

Dallie se paró y se recostó contra el capó, cruzando los brazos sobre el pecho.

—No me lo digas —dijo—. No había nadie en casa.

—Bueno, sí... no. Verás, Nicky, mi prometido...

—No importa. —Se quitó la gorra y se pasó la mano por el pelo—. Te llevaré hasta el aeropuerto. Lo único que tienes que hacer es prometer que no abrirás la boca durante el trayecto.

Francesca se enfureció, pero antes de tener tiempo de contestar, él le hizo una seña con el dedo hacia la puerta del pasajero.

—Sube. Skeet quería estirar las piernas, así que le recogeremos un poco más abajo.

Tenía que utilizar el lavabo antes de ir a ningún sitio, y se moriría si no se cambiaba de ropa.

—Necesito unos minutos —dijo—. Estoy segura de que no tienes inconveniente en esperar. —Como en realidad no estaba segura en absoluto de nada de eso, se esforzó en poner en práctica todo su encanto: ojos verdes, felinos, boca suave, una mano pequeña, desvalida, apoyada en el brazo de Dallie.

Lo de la mano fue un error. Dallie la miró como si se tratase de una serpiente.

—Tengo que decirte, Franci... que hay algo en tu forma de conseguir las cosas que me repele de un modo que no puedes ni imaginarte.

Francesca retiró inmediatamente la mano.

—¡No me llames así! Mi nombre es Francesca. Y tampoco te vayas a pensar que me he enamorado de ti.

—No creo que estés enamorada de nadie, excepto de ti misma. —Sacó un chicle del bolsillo de su camisa—. Y del señor *Viton*, por supuesto.

Francesca le dirigió la mirada más despectiva de la que fue capaz, y luego fue a la puerta trasera del coche y la abrió para sacar su maleta, porque absolutamente nada (ni la más abismal de las miserias, ni la traición de Miranda, ni la insolencia de Dallie Beaudine) iba a conseguir que siguiera llevando puesto aquel odioso vestido rosa ni un segundo más.

Dallie desenvolvió lentamente el chicle mientras la observaba luchar con la maleta.

—Si la tumbas sobre el lado, Francie, creo que será más fácil sacarla.

Francesca apretó los dientes con fuerza para controlar el impulso de llamarle todas las palabras horribles que había en su vocabulario, y le dio un fuerte tirón a la maleta, haciéndola golpear contra la manivela de la puerta, de modo que se produjo un rasgón en el cuero. «Lo mataré —pensó, mientras arrastraba la maleta hacia una señal oxidada, azul y blanca, que indicaba los aseos—. Lo mataré y luego pisotearé su cadáver.» Asió un pomo astillado de porcelana que colgaba suelto de su base, y empujó la puerta, pero esta se negó a moverse. Repitió el intento dos veces antes de que la puerta se abriera un poco hacia dentro, emitiendo un chirrido de sus bisagras. Y entonces se atragantó.

El lugar era horrible. La débil luz de una bombilla desnuda que colgaba de un cable del techo mostraba charcos de agua sucia en las hendiduras de las baldosas rotas del suelo. El retrete tenía incrustada una capa de suciedad, la tapa había desaparecido y el asiento estaba partido por la mitad. Mientras contemplaba aquella estancia repulsiva, las lágrimas que habían estado amenazando todo el día finalmente se abrieron paso a la superficie. Tenía hambre y sed, tenía que ir al aseo, no tenía dinero y quería irse a casa. Dejó caer la maleta al suelo, se sentó en ella y empezó a llorar. ¿Cómo podía estar pasándole eso a ella? ¡Era una de las diez mujeres más hermosas de Gran Bretaña!

Un par de botas de vaquero aparecieron a su lado, sobre el polvo. Empezó llorar más fuerte, enterrando la cara entre las manos y sollozando de tal manera que todo su cuerpo, desde la punta misma de sus pies, se estremeció. Las botas avanzaron unos pocos pasos, luego comenzaron a dar impacientes golpecitos en el suelo.

—¿Va a durar mucho más esta pataleta, Francie? Quiero recoger a Skeet antes de que se lo zampen los caimanes.

—Salí con el príncipe de Gales —lloriqueó ella, alzando al fin la mirada hacia él—. ¡El príncipe se enamoró de mí!

—Oh, oh. Bueno, dicen que hay mucha endogamia...

—¡Podría haber sido reina! —La palabra sonaba como un gemido mientras las lágrimas goteaban de sus mejillas a sus pechos—. Él me adoraba, todo el mundo lo sabía. Fuimos a bailes y a la ópera...

Dallie entornó los ojos ante el sol, que descendía en el horizonte.

—¿Crees que podrías saltarte esa parte e ir al grano?

—¡Tengo que ir al aseo! —Lloró, señalando con un dedo tembloroso la señal cubierta de herrumbre.

Dallie fue a echar un vistazo y reapareció un momento después.

—Ya veo a lo que te refieres. —Sacó dos pañuelos de papel arrugados del bolsillo y los dejó caer en su regazo—. Creo que lo mejor será que te vayas detrás del edificio.

Francesca bajó la mirada hacia los pañuelos y volvió a levantarla luego hacia él, y empezó sollozar otra vez.

Dallie masticó ruidosamente su chicle.

—Es muy cierto que ese rímel nacional tuyo no cumple su función.

Francesca se levantó de un salto de la maleta, dejando caer los pañuelos al suelo, y empezó a gritarle:

—Te parece que todo esto es divertido, ¿verdad? Te parece histéricamente gracioso que esté atrapada en este vestido atroz y que no me pueda ir a casa y que Nicky se haya ido con una asquerosa matemática que Miranda dice que es preciosa...

—Oh, oh. —La maleta cayó hacia delante bajo el empuje de la punta de la bota de Dallie. Antes de que Francesca tuviera oportunidad de protestar, él se había puesto en cuclillas y había abierto los cierres—. Vaya un desorden —dijo al ver el caos que había en el interior—. ¿Tienes unos vaqueros aquí dentro?

—Debajo del Zandra Rhodes.

—¿Qué es un *zanderoads*? No importa, ya he encontrado los vaqueros. ¿Qué tal una camiseta? ¿Te pones camisetas, Francie?

—Hay una blusa —repuso ella, sorbiéndose la nariz—. Color gris-beis con ribetes de chocolate, una Halston. Y un cinturón de Hermes con una hebilla de *art déco*. Y mis sandalias de Bottega Veneta.

Dallie apoyó un brazo en su rodilla y alzó la vista hacia ella.

—Me estás empezando a provocar otra vez, ¿verdad, preciosa?

Francesca se limpió las lágrimas con el dorso de la mano y se le quedó mirando, sin tener la más remota idea de a qué venía aquello. Él soltó un bufido y se puso de pie.

—Mejor ocúpate tú misma de encontrar lo que quieres. Yo vuelvo tranquilamente al coche y te espero allí. Intenta no tardar demasiado. El viejo Skeet estará ya más caliente que un tamal de Texas.

Cuando se dio la vuelta marcharse, Francesca se sorbió de nuevo la nariz y se mordió el labio.

—¿Señor Beaudine? —Él se volvió y ella se hundió las uñas en las palmas de las manos—. ¿Sería posible...? —¡Dios santo, aquello resultaba humillante!—. Es decir, quizá podrías... En realidad, parece que... —¿Qué le estaba pasando?¿Cómo había logrado un paleto ignorante intimidarla hasta tal punto que parecía ser incapaz de formular una sencilla frase?

—Escúpelo, cariño. Tengo mis esperanzas puestas en que se encuentre una curación para el cáncer antes de que termine la década, o al menos en estar tomándome una Lone Star bien fría y un perrito con chile viendo a los Dallas Cowboys cuando salgan al campo para jugar el partido.

—¡Basta! —gritó ella, dando un fuerte pisotón en el suelo—. ¡Basta ya! ¡No tengo ni idea de lo que estás hablando, e incluso un idiota ciego podría ver que no puedo quitarme este vestido yo sola, y si me pides mi opinión, te diré que la persona que habla demasiado aquí eres tú!

Dallie sonrió, y de repente ella se olvidó de su miserable situación a causa de aquella arrebatadora sonrisa, que le formaba arrugas en las comisuras de la boca y de los ojos. Lo que provocaba su diversión parecía estar situado en las profundidades de su interior, y al mirarle, Francesca tuvo la absurda sensación de que un mundo entero de diversión había logrado esquivarla de algún modo. La idea le hizo sentirse más deprimida que nunca.

—¿Puedes darte prisa? —le espetó—. Casi no puedo respirar.

—Date la vuelta, Francie. Tengo un talento especial para desnudar a mujeres. Se me da mejor aún que mi golpe para salir de un *bunker*.

—No me vas a desnudar —farfulló ella, girándose para darle la espalda—. No hagas que parezca algo sórdido.

Las manos de Dallie se quedaron quietas sobre los ganchos de la parte posterior de su vestido.

—¿Cómo lo llamarías tú exactamente a esto?

—Realizar una función útil.

—¿Algo como lo que hace una criada? —Comenzó a soltar la hilera de ganchos.

—Algo así, sí. —Francesca tenía la incómoda sensación de que había dado otro gigantesco paso en la dirección equivocada. Oyó una risita vagamente malévola que confirmaba sus temores.

—Hay algo en ti que empieza a calarme, Francie. No sucede con frecuencia que la vida te dé la oportunidad de conocer a alguien que es historia viva.

—«Historia viva».

—Seguro. La Revolución francesa, la vieja María Antonieta. Todo ese rollo de «dejad que coman bizcocho».

—¿Qué —preguntó ella, en el momento en que el último de los ganchos se abría— puede saber alguien como tú de María Antonieta?

—Hasta hace poco más de una hora —contestó él—, no mucho.

Recogieron a Skeet unos tres kilómetros más adelante, y tal y como Dallie había predicho, no estaba muy contento. Francesca descubrió que estaba desterrada al asiento trasero, donde bebió de una botella de algo llamado Yahoo Chocolate Soda, que había cogido de la nevera de poliestireno sin esperar invitación. Bebió y meditó, guardando silencio, como le habían pedido, durante todo el camino hasta Nueva Orleáns. Se preguntó qué diría Dallie si supiera que no tenía billete de avión, pero se negó a considerar siquiera la posibilidad de decirle la verdad. Se entretuvo despegando la esquina de la etiqueta de la botella con la uña del pulgar, mientras daba vueltas al hecho de que no tenía madre, ni dinero, ni hogar, ni prometido. Todo lo que le quedaba era un pequeño resto de orgullo, y quería con todas sus fuerzas sacarlo a relucir al menos una vez antes de que terminase el día. Por alguna razón, el orgullo era cada vez más importante para ella en lo que respectaba a Dallie Beaudine.

Ojalá no fuera tan imposiblemente atractivo, y ojalá no estuviera tan poco impresionado por ella. Esa situación la enfurecía... Y al mismo tiempo le resultaba irresistible. Nunca se había rendido ante un desafío que tuviera que ver con un hombre, y le molestaba enormemente verse obligada a tener que rendirse ante este. El sentido común le decía que tenía problemas más importantes de los que preocuparse, pero una parte más visceral le decía que si no podía lograr atraer la admiración de Dallie Beaudine habría perdido un trozo más de sí misma.

Cuando terminó el refresco de chocolate, pensó cómo podía obtener el dinero que necesitaba para su billete a casa. ¡Por supuesto! La idea era tan absurdamente sencilla que debería habérsele ocurrido enseguida. Miró su maleta y frunció el ceño al ver el rasgón en el lado. Aquella maleta había costado algo así como mil ochocientas libras cuando la había comprado hacía menos de un año. Abrió la bolsa de maquillaje, rebuscó entre el contenido una cajita de sombra de ojos aproximadamente del mismo tono ambarino que el cuero. Cuando la encontró, quitó la tapa y aplicó suavemente la sustancia sobre el rasgón. Resultaba todavía ligeramente visible cuando hubo terminado, pero se sintió satisfecha, convencida de que solo se descubriría el desperfecto si se realizase una inspección de cerca.

Con ese problema resuelto y la primera señal que indicaba el aeropuerto ya a la vista, volvió a dirigir sus pensamientos a Dallie Beaudine, tratando de entender su actitud hacia ella. El verdadero problema, la única razón por la que todo iba tan mal entre ellos, era que ella estaba horrible. Eso lo había puesto a él, temporalmente, en una posición de superioridad. Permitió que los párpados se le cerraran y dejó que en su mente surgiera una fantasía en la que ella se presentaría ante él bien descansada, con el pelo recién peinado en rizos brillantes de color castaño, con el maquillaje impecable, con ropa maravillosa. Lo tendría a su merced en cuestión de segundos.

La discusión que tenía lugar en aquel momento, en lo que parecía ser parte de algo repetitivo entre Dallie y ese horrible compañero suyo, la sacó de su ensoñación.

—No puedo entender por qué estás tan empeñado en llegar a Baton Rouge esta noche —se quejó Skeet—. Tenemos mañana todo el día para llegar a Lake Charles con tiempo para tu ronda del lunes por la mañana. ¿Qué diferencia hace una hora extra?

—La diferencia es que no quiero conducir el domingo ni un minuto más de lo necesario.

—Conduciré yo. Solo es una hora extra, y está ese motel agradable en el que nos alojamos el año pasado. ¿No tienes que comprobar allí el estado de algún perro o algo?

—¿Desde cuándo te importan lo más mínimo ninguno de mis perros?

—Un lindo perrito callejero con una mancha negra sobre un ojo, ¿no era ese? Tenía algún problema en una pata.

—Ese estaba en Vicksburg.

—¿Estás seguro?

—Por supuesto que estoy seguro. Escucha, Skeet, si quieres pasar esta noche en Nueva Orleáns para pasarte por el Blue Choctaw y ver a esa camarera pelirroja, ¿por qué no te dejas de tonterías y lo dices de una vez, en lugar de hablar de perros y problemas en la pata como un maldito hipócrita?

—Yo no he dicho nada de una camarera pelirroja ni de querer ir al Blue Choctaw.

—Ya. Bueno, yo no voy contigo. Ese lugar es una invitación a una pelea, especialmente un sábado por la noche. Las mujeres se parecen a las luchadoras en el barro y los hombres son peores. Poco faltó para que me rompieran una costilla la última vez que estuve allí, y he tenido ya suficientes molestias por un día.

—Te dije que la dejaras con el tipo de la gasolinera, pero no me hiciste caso. Nunca me haces caso. Igual que el jueves pasado. Te dije que la distancia hasta el *green* era de ciento veinte metros; lo había medido con mis pasos, y te lo dije, pero me ignoraste y cogiste el hierro ocho como si yo no hubiera dicho ni una palabra.

—Para ya con eso de una vez, ¿quieres? ¡Ya te dije entonces que me había equivocado, y al día siguiente te volví a decir que me había equivocado, y te lo he estado diciendo dos veces al día desde entonces, así que cállate!

—Eso es un fallo de novato, Dallie, no confiar en tu caddie para calcular la distancia. A veces pienso que tratas de perder los torneos a propósito.

—¿Francie? —dijo Dallie por encima del hombro—. ¿No tienes alguna otra historia fascinante sobre el rímel que quieras contarme?

—Lo siento —dijo dulcemente—. Se me han acabado. Además, se supone que no puedo hablar. ¿Recuerdas?

—Es demasiado tarde, de todos modos, supongo —suspiró Dallie, deteniendo la marcha frente a la terminal principal del aeropuerto. Con el motor todavía encendido, salió del coche y rodeó el vehículo para abrirle la puerta—. Bueno, Francie, no puedo decir que no haya sido interesante. —Una vez que ella hubo bajado, Dallie cogió el equipaje del asiento de atrás y lo dejó a su lado en la acera—. Buena suerte con tu prometido, con el príncipe y con todos esos otros ricachones entre los que te mueves.

—Gracias —dijo ella, con la voz tensa.

Dallie mordisqueó un par de veces su chicle y dibujó en sus labios una amplia sonrisa.

—Buena suerte también con esos vampiros.

Francesca le hizo frente a la mirada divertida de él con una de gélida dignidad.

—Adiós, señor Beaudine.

—Adiós, señorita Pantalones Elegantes.

Él había tenido la última palabra. Francesca se quedó en la acera, delante de la terminal, encarando el hecho innegable de que aquel atractivo paleto había ganado el último punto en un juego que ella había inventado. Un patán de campo, ignorante, probablemente ilegítimo, había sido más listo y le había ganado a los puntos a la incomparable Francesca Serritella Day, dejándola con la palabra en la boca.

Lo que quedaba aún en pie de su espíritu se rebeló con vehemencia inusitada, levantó la mirada hacia él, con ojos que mostraban párrafos enormes de la literatura prohibida a lo largo de la historia.

—Lástima que no nos hayamos encontrado en circunstancias diferentes. —Sus labios perfectos se curvaron en una aviesa sonrisa—. Estoy absolutamente segura de que tendríamos toneladas de cosas en común.

Y entonces se puso de puntillas, se inclinó hacia su pecho, y alzó sus brazos hasta rodearle el cuello, sin dejar en ningún momento de mirarle directamente a los ojos. Levantó su cara perfecta y ofreció su boca suave como un cáliz adornado con joyas. Con suavidad, tiró del cuello de Dallie con las palmas de sus manos y colocó sus labios sobre los de él, y, después, los abrió lentamente para que Dallie Beaudine pudiera dar un largo e inolvidable trago.

Dallie ni siquiera titubeó. La besó como si ya lo hubiera hecho anteriormente, aportando toda la experiencia que había ido reuniendo a lo largo de los años y uniéndola a la de ella. El beso era perfecto, caliente y sensual, dos profesionales haciendo lo que mejor sabían hacer, provocando un hormigueo que se extendía hasta la misma punta de los pies. Ambos poseían demasiada experiencia como para entrechocar sus dientes, aplastar la nariz del uno contra el otro o cometer cualquiera de esas otras torpezas que hombres y mujeres con menos práctica son propensos a hacer. La Maestra de la Seducción había encontrado al Maestro, y para Francesca la experiencia fue la más cercana a la perfección que había sentido jamás, completándose con la piel de gallina y una encantadora sensación de flojera en las rodillas, un beso espectacularmente perfecto que resultaba aún más perfecto por la tranquilidad de no tener que pensar ni por un momento en las consecuencias de haber prometido implícitamente algo que en realidad no tenía intención de entregar.

La presión del beso se relajó, y Francesca deslizó la punta de su lengua por el labio inferior de Dallie. A continuación, se apartó lentamente.

—Adiós, Dallie —dijo suavemente, con sus ojos sesgados de gato mirándolo con un brillo travieso—. Búscame la próxima vez que vayas a Cap Ferret.

Justo antes de girarse, tuvo el placer de distinguir cómo una expresión levemente desconcertada se apoderaba del magnífico rostro de Dallie.

—Ya debería estar acostumbrado —decía Skeet cuando Dallie volvió a ponerse al volante—. Debería estar acostumbrado, pero no lo estoy. Todas caen a tus pies. Las ricas, las pobres, las feas, las elegantes. Da igual cómo sean. Parecen una bandada de palomas volando en círculos a tu alrededor para posarse sobre ti. Tienes pintalabios en la boca.

Dallie se pasó el dorso de la mano por los labios y contempló la pálida mancha.

—Definitivamente, importado —murmuró.

Desde el lado interior de la puerta de la terminal, Francesca vio cómo el Buick se alejaba y reprimió una absurda punzada de remordimiento. En cuanto el coche desapareció de la vista, cogió su maleta y volvió a salir. Se dirigió a una parada de taxis en la que solamente había un coche amarillo. El conductor salió y metió su maleta en el maletero, mientras ella se sentaba detrás. Cuando se puso al volante, el hombre se giró hacia ella:

—¿Adónde, señorita?

—Sé que es tarde —dijo ella—, pero ¿cree usted que podría encontrar una tienda de segunda mano que esté todavía abierta?

—¿Una tienda de segunda mano?

—Sí. Alguna en la que compren ropa de marca... Y una maleta realmente extraordinaria.

9

Nueva Orleáns, la ciudad de «Stella, Stella, Stella de estrella», de hierro forjado que parece de encaje y de *Old Man River*, jazmín confederado y oliva dulce que huele mejor que la madreselva, noches ardientes, jazz ardiente, mujeres ardientes, situada al final del Mississippi como una joya manchada. En una ciudad famosa por ser original, el Blue Choctaw lograba parecer ordinario. Gris y mugriento, con un par de anuncios de cerveza en carteles de neón que parpadeaban penosamente en una ventana empañada por el humo, el Blue Choctaw podría haber estado situado cerca de la parte más sórdida de cualquier ciudad americana, cerca de los muelles, las fábricas, el río, en los límites de los barrios más miserables. Estaba en el peor de los lugares posibles, lindaba con la zona en la que nadie debería aventurarse de noche, con las aceras cubiertas de suciedad, las farolas rotas, la zona donde las chicas buenas no estaban permitidas.

El Blue Choctaw tenía una especial aversión a las chicas buenas. Ni siquiera podía decirse que las mujeres que los hombres habían dejado en casa fueran muy buenas, y, desde luego, ellos no querían descubrir que las que estaban sentadas en los taburetes de vinilo rojo del local eran mejores. Querían encontrar a chicas como Bonni y Cleo, semiprostitutas que llevaban perfume fuerte y lápiz de labios rojo, que hablaban de manera tosca y pensaban del mismo modo y ayudaban a un hombre a olvidarse de que Jimmy *Capullo* Carter iba a ser casi seguro elegido presidente y les daría todos los puestos de trabajo que merecían la pena a los negros.

Bonni dio vueltas a la espada de plástico amarilla en su mai-tai y miró a través del ruidoso gentío a su amiga y rival Cleo Reznyak, que restregaba sus tetas contra Tony Grasso mientras el tipo insertaba un cuarto de dólar en la máquina de discos y pulsaba con brusquedad la canción C-24. Esa noche, en el ambiente cargado de humo del Blue Choctaw se respiraba una atmósfera mezquina, más mezquina de lo habitual, aunque Bonni no quiso molestarse en averiguar el motivo. Quizá fuera el calor pegajoso que no te soltaba; quizá fuera el hecho de que Bonni había cumplido los treinta la semana anterior y sus últimas ilusiones prácticamente se habían evaporado. Sabía que no era inteligente, que no era lo bastante guapa como para vivir de su atractivo físico, y no tenía la energía necesaria para mejorar ninguna de esas dos cosas. Vivía en un aparcamiento de remolques averiados, contestaba el teléfono en la peluquería Gloria's Hair Beautiful, y nada de eso iba a cambiar a mejor.

Para una chica como Bonni, el Blue Choctaw representaba un billete para pasarlo bien, unas pocas risas, de vez en cuando un hombre dispuesto a gastarse el dinero que le pagaría los mai-tais, la llevaría a la cama y dejaría a la mañana siguiente un billete de cincuenta dólares en el tocador. Uno de esos hombres estaba sentado en el otro extremo de la barra... con los ojos fijos en Cleo.

Cleo y ella tenían un acuerdo. Hacían frente común ante cualquier otra que quisiera hacerse un hueco en el Blue Choctaw, y no se pisaban el terreno la una a la otra. No obstante, el hombre de la barra la tentaba. Tenía una barriga grande y los brazos suficientemente fuertes, lo que era una prueba de que tenía un trabajo fijo, quizás en alguno de los pozos de perforación mar adentro; un hombre con la idea de pasárselo bien. Cleo había tenido últimamente una ración más numerosa de lo normal en lo que se refería a hombres, incluido Tony Grasso, y Bonni estaba harta.

Se le acercó y deslizó su trasero sobre el taburete de al lado.

—Hola —dijo—. Eres nuevo por aquí, ¿no?

El tipo la miró, analizando su cuidadosamente arreglada mata de pelo rubio, su sombra de ojos color ciruela, y sus pechos grandes y generosos. Asintió con la cabeza y Bonni percibió que ya se había olvidado de Cleo.

—He estado unos años en Biloxi —contestó—. ¿Qué bebes?

Ella le dedicó una sonrisa coqueta.

—Me gustan los mai-tais. —El hombre le hizo un gesto al camarero para pedir su bebida y ella cruzó las piernas—. Mi ex marido estuvo algún tiempo en Biloxi. Supongo que no te cruzarías con él, un asqueroso hijo de puta llamado Ryland.

Él negó con la cabeza, no conocía a nadie con ese nombre, y movió el brazo de modo que rozó sus pechos. Bonni decidió que iban a llevarse bien, y giró el cuerpo lo justo para no tener que ver la expresión acusadora en los ojos de Cleo.

Una hora después estaban las dos discutiendo en el servicio de señoras. Cleo estuvo un rato echándoselo en cara, mientras se peinaba con fuerza el pelo negro y se ajustaba los cierres de su mejor par de pendientes de rubíes falsos. Bonni se disculpó y le dijo que no se había dado cuenta de que Cleo estuviera interesada en aquel tipo.

Cleo le dirigió una mirada de desconfianza.

—Sabes que me estoy cansando de Tony. No hace más que quejarse de su esposa. Mierda, no me he reído con él desde hace semanas.

—El tipo de la barra, se llama Pete, tampoco es que sea muy divertido —admitió Bonnie. Sacó un frasco de Tabú de su bolso y se roció generosamente—. Este lugar se está yendo a pique.

Cleo se retocó los labios y se echó hacia atrás para analizar el resultado.

—Tú lo has dicho, querida.

—Quizá deberíamos irnos al norte. A Chicago o algo así.

—Yo he estado pensando en ir a Saint Louis. A algún sitio donde los jodidos hombres no estén todos casados.

Aquel era un tema que habían discutido ya muchas veces, y continuaron discutiéndolo mientras salían de los aseos, considerando las ventajas del desarrollo petrolífero de Houston, del clima de Los Ángeles, del dinero de Nueva York, siendo conscientes en todo momento de que nunca saldrían de Nueva Orleáns.

Las dos mujeres se abrieron paso entre el grupo de hombres congregados cerca de la barra, con los ojos ocupados, sin prestarse ya atención la una a la otra a pesar de seguir hablando. Mientras buscaban a sus respectivas presas, Bonni comenzó a darse cuenta de que algo había cambiado. Todo parecía más silencioso, aunque el local seguía estando lleno y la gente continuaba hablando y la máquina de discos atronaba con los acordes de *Rubí*. Entonces advirtió que muchas cabezas estaban giradas hacia la puerta.

Pellizcó a Cleo con fuerza en el brazo y le hizo un gesto con la cabeza.

—Allí —dijo.

Cleo miró en la dirección que Bonni indicaba y se paró de golpe.

—¡Cristo!

La odiaron a primera vista. Ella era todo lo que ellas no eran: una mujer emergida de las revistas de moda, hermosa como una modelo de Nueva York, incluso llevando puestos unos vaqueros; con aspecto de gastarse un dineral en arreglarse, elegante, presumida, con una expresión en la cara como si le acabase de llegar un mal olor, y ese olor era el de ellas dos. Era la clase de mujer que no pertenecía para nada a un lugar como el Blue Choctaw, una invasora hostil que hacía que ellas se sintieran feas, mezquinas y desgastadas. Y entonces vieron a los dos hombres a los que habían dejado hacía menos de diez minutos caminando directamente hacia ella.

Bonni y Cleo se miraron un momento antes de lanzarse en la misma dirección, con los ojos entrecerrados y el estómago encogido por la tensión.

Francesca no se percató de la llegada de las dos mujeres, concentrada como estaba su mirada inquieta en el ambiente hostil del Blue Choctaw y enfocada toda su atención en tratar de distinguir entre el espeso humo y los cuerpos de la clientela la figura de Skeet Cooper. Un músculo diminuto tembló nerviosamente en su sien, y las palmas de las manos le sudaban. Nunca se había sentido tan fuera de su elemento como en aquel tenebroso bar de Nueva Orleáns.

El sonido de risas roncas y de música estridente se le metía en los oídos. Sentía sobre ella ojos hostiles que la escudriñaban, y asió con más fuerza su pequeño neceser de Vuitton, tratando de no recordar que contenía todo lo que le quedaba en el mundo. Intentó borrar de su mente los horribles lugares a los que el taxista la había llevado, cada uno más repulsivo que el anterior, para nada parecidos a la tienda de segunda mano de Picadilly, donde los empleados vestían ropa original de marca y les servían té a sus clientes. Había pensado que era buena idea vender sus vestidos; no se había imaginado que acabaría dejando su maravillosa maleta y el resto de sus ropas en una espantosa casa de empeños a cambio de trescientos cincuenta dólares, que le servirían para pagarle la carrera al taxista y quedarse con lo suficiente para sobrevivir unos pocos días hasta que pudiera contactar con Nicky. ¡Una maleta de Louis Vuitton llena de vestidos originales de marca cambiada por trescientos cincuenta dólares! Con esa cantidad no podría pasar ni dos noches en un hotel decente.

—Hola, corazón.

Francesca se estremeció cuando dos hombres malencarados se le acercaron, uno con una barriga que le estiraba los botones de su camisa a cuadros, y el otro un personaje de aspecto grasiento y la cara llena de granos.

—Da la impresión de que te vendría bien algo de beber —dijo el gordo.

—Mi amigo Tony y yo estaríamos encantados de invitarte a unos mai-tais.

—No, gracias —contestó ella, buscando ansiosamente a Skeet. ¿Por qué no estaba allí? Sintió un aguijonazo de rencor. ¿Por qué no le había dado Dallie el nombre de su motel en vez de obligarla a entrar en aquel espantoso lugar, cuyo nombre apenas había sido capaz de encontrar después de pasarse veinte minutos buscándolo en la guía telefónica? La evidencia de que necesitaba encontrarlo se había grabado de forma indeleble en su cerebro mientras realizaba otra serie de llamadas inútiles a Londres para tratar de localizar a Nicky o a David Graves o a cualquiera de sus anteriores conquistas. Todos ellos parecían estar de viaje, de luna de miel o simplemente no respondían al teléfono.

Dos mujeres de hosco semblante avanzaron furtivamente hasta los hombres que se habían colocado delante de ella. Su hostilidad saltaba a la vista. La rubia se inclinó hacia el hombre de la tripa enorme.

—Eh, Pete, vamos a bailar.

El tal Pete no apartó sus ojos de Francesca.

—Más tarde, Bonni.

—Me apetece bailar ahora —insistió Bonni, con una mueca frunciendo sus labios.

La mirada de Pete reptó sobre Francesca.

—He dicho más tarde. Baila con Tony.

—Tony va a bailar conmigo —dijo la mujer de pelo negro, poniendo sus uñas púrpuras y cortas sobre el brazo peludo del hombre—. Vamos, cariño.

—Lárgate, Cleo. —Tony se sacudió de encima las uñas púrpuras y apoyó la mano en la pared, junto a la cabeza de Francesca, y se inclinó hacia ella—. ¿Eres nueva en la ciudad? No recuerdo haberte visto antes por aquí.

Francesca cambió el peso del cuerpo de una pierna a otra e intentó descubrir la cinta roja que Skeet llevaba en la cabeza, mientras esquivaba el desagradable olor del whisky mezclado con una loción barata de afeitado.

La mujer llamada Cleo esbozó una sonrisa de desprecio y dijo:

—No creerás que una ramera engreída como esta te va a alegrar el día, ¿verdad, Tony?

—Te he dicho que te pierdas. —Tony le dedicó a Francesca una sonrisa aceitosa—. ¿Seguro que no te apetece una bebida?

—No tengo sed —dijo Francesca, con la voz embadurnada de tensión—. Estoy esperando a alguien.

—Pues parece que te han dejado colgada —ronroneó Bonni—. Así que ¿por qué no te largas?

La puerta se abrió y una explosión de aire cálido le dio en la espalda empapada de sudor de su blusa. Entraron tres hombres de aspecto rudo, ninguno de los cuales era Skeet. La inquietud de Francesca fue en aumento. No podía quedarse en la puerta toda la noche, pero le daba pavor la sola idea de dar un paso más hacia el interior. ¿Por qué no le había dicho Dallie dónde iba a alojarse?

No podía quedarse sola en Nueva Orleáns con solo trescientos cincuenta dólares separándola de la indigencia, mientras esperaba a que Nicky diese por terminada su aventura amorosa. ¡Necesitaba encontrar a Dallie ya, antes de que se marchara!

—Disculpen —dijo, con tono cortante, y se deslizó entre Tony y Pete.

Oyó una risa breve y desagradable, emitida por una de las mujeres, y a continuación un bisbiseo de Tony.

—La culpa es tuya, Bonni —se quejó—. Tú y Cleo la habéis espantado... —El resto de la frase no llegó a sus oídos, pues se alejó entre la multitud, hacia el fondo del local, buscando una mesa donde pasar desapercibida.

—Oye, cariño...

Una mirada rápida por encima de su hombro le advirtió que Pete iba detrás de ella. Se puso de lado para pasar entre dos mesas, notó que una mano le rozaba el trasero y se encaminó velozmente hacia los servicios. Una vez dentro, se derrumbó contra la puerta, apretando su neceser contra el pecho. Desde el exterior le llegó el sonido de cristales rotos y dio un respingo. ¡Qué lugar más abominable! La opinión que tenía de Skeet Cooper cayó a un nivel aún más bajo. De repente recordó el comentario de Dallie sobre una camarera pelirroja. Aunque no había visto a nadie que encajase en esa descripción, en realidad no había estado fijándose. Quizás el barman pudiera darle alguna información.

La puerta que tenía al lado se abrió bruscamente, y las dos mujeres de antes entraron.

—Mira lo que tenemos aquí, Bonni Lynn —dijo con desdén la que se llamaba Cleo.

—Vaya, si es Miss Zorra Rica —contestó Bonni—. ¿Qué te pasa, bonita? ¿Te has cansado de trabajar en los hoteles y has decidido darte una vueltecita por los barrios bajos?

Francesca apretó la mandíbula. Aquellas horribles mujeres se estaban pasando de la raya. Levantó el mentón y clavó su mirada en la horrenda sombra de ojos color ciruela de Bonni.

—¿Eres así de grosera desde que naciste o es algo que te ha ocurrido más recientemente?

Cleo se rio y se giró hacia Bonni.

—Vaya por Dios. Acaba de cerrarte el pico. —Miró con interés el neceser de Francesca—. ¿Qué es lo que tienes ahí que es tan importante?

—Nada que te interese.

—¿Tienes tus joyas ahí, guapa? —sugirió Bonni—. ¿Los zafiros y los diamantes que tus novios te compran? Dime, ¿cuánto cobras por comerte una piruleta?

—¡Una piruleta! —A Francesca no se le escapó el significado de aquella expresión y, antes de poder detenerse, su mano salió disparada y abofeteó a la mujer en la mejilla—. Nunca te atrevas...

No pudo decir más. Con un grito de rabia, Bonni contrajo los dedos como si fueran garras y los lanzó por los aires para atenazar dos puñados de pelo de Francesca, que, en un gesto instintivo, empujó su neceser hacia delante, utilizándolo para bloquear el ataque de la mujer. El neceser golpeó a Bonni en la cintura, dejándola sin aliento y haciéndola balancearse un momento sobre sus zapatos de imitación de cocodrilo antes de perder el equilibrio. Cuando se cayó al suelo, Francesca experimentó un instante de primitiva satisfacción por haber sido al fin capaz de castigar a alguien por todas las cosas horribles que le habían pasado aquel día. La satisfacción se esfumó al ver la expresión en la cara de Cleo, y se dio cuenta de que se había puesto a sí misma en una situación de verdadero peligro.

Salió corriendo, pero Cleo la alcanzó y la cogió de la muñeca antes de que llegara hasta la máquina de discos.

—No, no te vas a ir, zorra —gruñó, tirando de ella para arrastrarla de vuelta a los servicios.

—¡Socorro! —gritó Francesca, viendo su vida entera pasar ante sus ojos—. ¡Por favor, que alguien me ayude!

Oyó una desagradable risa masculina y, al tiempo que Cleo la empujaba hacia delante, comprendió que nadie iba a salir en su defensa. ¡Aquellas dos mujeres horribles planeaban agredirla en el aseo, y a nadie parecía importarle! Presa del pánico, lanzó un golpe lateral con el neceser en un intento de quitarse a Cleo de encima, pero acertando en cambio a un tatuaje. El dueño del tatuaje soltó un grito de dolor.

—Quítale ese neceser —pidió Cleo, con la voz áspera por la rabia—. Acaba de abofetear a Bonni.

—Bonni se lo estaba buscando —dijo Pete, alzando la voz por encima de los últimos acordes de la canción *Rhinestone Cowboy* y de los comentarios de los curiosos.

Francesca vio con enorme alivio que avanzaba hacia ella, obviamente dispuesto a rescatarla. Y entonces se dio cuenta de que el hombre del tatuaje en el brazo al que acababa de golpear tenía otros planes.

—¡No te metas en esto! —le dijo a Pete al tiempo que le arrancaba el neceser de las manos—. Esto es algo entre las chicas.

—¡No! —gritó Francesca—. No es algo entre las chicas. En realidad, ni siquiera conozco a esta persona, y yo... —Aulló de dolor cuando Cleo hundió sus manos en su melena y le hizo girar la cabeza hacia los aseos. Sus ojos comenzaron a llenarse de lágrimas y el cuello le dolió al doblarse hacia atrás. ¡Aquello era una salvajada! ¡Tremendo! ¡Iban a matarla!

En ese preciso instante, sintió que varios mechones de su pelo eran arrancados. ¡Su hermoso pelo castaño! Toda capacidad de razonar la abandonó, y una furia ciega se apoderó de ella. Perdió el control, soltó un grito salvaje y repelió el ataque. Cleo dejó escapar un gruñido cuando el puño de Francesca le golpeó en el abdomen, un abdomen que había perdido su tono. La presión en la cabellera de Francesca se aflojó inmediatamente, pero solo tuvo un momento para recobrar el aliento antes de ver que Bonni se abalanzaba hacia ella, preparada para continuar donde Cleo lo había dejado. Cerca de ellas, una mesa chocó contra el suelo, produciendo un estruendo de vasos rotos. Francesca era vagamente consciente de que la pelea se había propagado, y de que Pete había salido en su defensa, ¡el maravilloso Pete con su camisa de cuadros y su barriga cervecera, Pete el magnífico, maravilloso y adorable!

—¡Zorra! —gritó Bonni, intentando alcanzar cualquier cosa de la que agarrarla, que resultaron ser los botones de perla del ribete color chocolate de su blusa Halston. La parte frontal cedió, la costura del hombro se rompió. De nuevo sintió que la agarraban del pelo, y de nuevo contraatacó, poniendo su mano en la cabeza de Bonni y agarrándola también ella del pelo.

De repente parecía que la pelea la había rodeado: sillas tiradas por el suelo, una botella volando por los aires, alguien gritando. Sintió que se le rompía una uña de la mano derecha. De su blusa colgaban tiras de tela que dejaban a la vista su sostén de encaje beis, pero no tuvo tiempo de preocuparse por su dignidad, porque los afilados anillos de Bonni le hacían cortes en el cuello. Francesca apretó los dientes para soportar el dolor y tiró más fuerte. Al mismo tiempo tuvo la repentina y horrorosa certeza de que ella, Francesca Serritella Day, la más hermosa de la alta sociedad internacional, la favorita de los periodistas, casi princesa de Gales, estaba en el corazón, en el centro mismo, en el núcleo absoluto de una pelea de taberna.

En el otro extremo del local, la puerta del Blue Choctaw se abrio y entró Skeet, seguido por Dallie Beaudine.

Dallie se quedó allí quieto un momento, observó lo que ocurría, vio a las personas implicadas en la pelea y meneó la cabeza con indignación.

—¡Demonios! —Con un largo suspiro, empezó a abrirse paso a codazos entre la gente.

Jamás en toda su vida se había alegrado Francesca tanto de ver a nadie, aunque al principio no se dio cuenta de quién era. Cuándo él le tocó el hombro, ella soltó a Bonni, se giró, y lo golpeó con tanta fuerza como pudo en el pecho.

—¡Eh! —gritó Dallie, frotando el lugar donde había recibido el golpe—. Estoy de tu lado... Supongo.

—¡Dallie! —exclamó Francesca, y se lanzó a sus brazos—. ¡Oh, Dallie, Dallie, Dallie! ¡Mi maravilloso Dallie! ¡No puedo creer que seas tú!

Él la apartó ligeramente.

—Calma, Francie, todavía no estás fuera de aquí. ¿Por qué diablos...?

No llegó a terminar la frase. Un tipo que parecía un extra en alguna de las viejas películas de Steve Reeves fue hacia él y le propinó un gancho de derecha, y Francesca vio con espanto cómo Dallie caía redondo al suelo. Descubrió su neceser cerca de la máquina de discos, lo recogió y lo utilizó para golpear a aquel tipo en la cabeza. Para su horror, el cierre cedió, y vio con impotencia que sus maravillosos coloretes y las sombras de ojos y las cremas y las lociones volaban por todo el local. Una caja de su mezcla especial de colorete traslúcido mandó por los aires una nube perfumada que enseguida provocó que todos empezaran a toser y a resbalarse, y apaciguó rápidamente la pelea.

Dallie se puso laboriosamente en pie, repartió un par de puñetazos y la cogió del brazo.

—Vamos. Salgamos de aquí antes de que decidan comerte de aperitivo.

—¡Mi maquillaje!

Gateó hacia una caja de sombra de ojos color melocotón, aunque era consciente de que era algo absurdo teniendo la blusa hecha jirones, un arañazo que le sangraba en el cuello, dos uñas rotas y su propia vida en peligro. Pero recuperar la sombra de ojos era de repente más importante para ella que cualquier otra cosa en el mundo, y estaba dispuesta a luchar contra todos para conseguirla.

Dallie la rodeó por la cintura con el brazo y la levantó en vilo.

—¡Al infierno tu maquillaje!

—¡No! ¡Déjame!

Necesitaba tener la sombra de ojos. Poco a poco, le estaban arrebatando todas y cada una de las cosas que poseía, y si permitía que una sola cosa más desapareciera, si solo otra de sus pertenencias se deslizaba lejos de su vida, ella misma podría desaparecer también, desvaneciéndose como el gato de Cheshire hasta que no quedara nada, ni tan siquiera los dientes.

—¡Vamos, Francie!

—¡No! —Luchó con Dallie como había luchado con los demás, agitando las piernas en el aire, pateando sus pantorrillas, desgañitándose—: ¡Lo quiero! ¡Necesito tenerlo!

—¡Te vas a ganar una buena!

—Por favor, Dallie —suplicó Francesca—. ¡Por favor!

La palabra mágica nunca le había fallado antes, y no lo hizo tampoco ahora. Murmurando para sí, Dallie se inclinó hacia delante sin soltarla a ella y cogió la sombra de ojos. Al recuperar la verticalidad, Francesca le cogió la cajita de la mano y luego se estiró, logrando asir la tapa abierta de su neceser antes de que Dallie la sacara de allí. Para cuando cerró la tapa, había perdido un frasco de loción hidratante de almendras y se había roto una tercera uña, pero había logrado quedarse con su cartera de piel de becerro y con los trescientos cincuenta dólares que había en su interior. Y tenía su preciosa caja de sombra de ojos color melocotón.

Skeet sostuvo la puerta abierta y Dallie cargó con Francesca al exterior. Cuando la puso en el suelo, ella oyó sirenas. Inmediatamente volvió a levantarla en brazos y la llevó hacia el Riviera.

—¿Ni siquiera puede andar por sí sola? —preguntó Skeet, cogiendo las llaves que Dallie le tiraba.

—Le gusta discutir. —Dallie miró las luces intermitentes, que no estaban demasiado lejos—. El comisionado Deane Beman y la PGA van a tener que soportar ya bastantes cosas por mi parte este año, así que larguémonos de aquí cuanto antes. —La empujó sin demasiada suavidad al asiento de atrás, subió de un salto detrás de ella y cerró la puerta.

Viajaron en silencio durante varios minutos. A consecuencia de la pelea, a Francesca comenzaron a castañetearle los dientes, y las manos le temblaron al intentar unir los trozos de su blusa y enganchar alguno de los jirones dentro de su sostén. No tardó mucho en darse cuenta de que era un esfuerzo inútil. Se le formó un nudo en la garganta. Cruzó los brazos sobre su pecho y deseó ardientemente ver una expresión de compasión, alguna muestra de preocupación por su estado, una pequeña señal de que alguien se interesaba por ella.

Dallie se agachó y sacó de debajo del asiento que tenía delante una botella sin abrir de whisky escocés. Rompió el sello con la uña de su pulgar, desenroscó el tapón, dio un largo trago y después se quedó pensativo. Francesca se preparó para las preguntas que suponía que Dallie iba a hacerle y decidió responderlas con toda la dignidad que pudiera. Se mordió el labio inferior para impedir que siguiera temblando.

Dallie se inclinó hacia Skeet.

—Yo no he visto a esa camarera pelirroja. ¿Has tenido oportunidad de preguntar por ella?

—Sí. El barman me ha dicho que se largó a Bogalusa con un tipo que trabaja para la compañía eléctrica.

—Vaya fastidio.

Skeet lo miró por el espejo retrovisor:

—Parece que el tipo solo tenía un brazo.

—¿Bromeas? ¿Te ha contado el barman cómo pasó eso?

—Un accidente laboral. Hace algunos años trabajaba en una

fábrica de herramientas cerca de Shreveport y se pilló el brazo con una prensa. Se le quedó más aplastado que un panqueque.

—Supongo que eso no cambió para nada su vida amorosa con esa camarera tuya. —Dallie dio otro trago—. Las mujeres son muy raras con cosas de ese estilo. Acuérdate de aquella a la que conocimos el año pasado en San Diego, después del Abierto Andy Williams...

—¡Parad ya! —gritó Francesca, incapaz de refrenar su protesta—. ¿Sois tan insensibles que no tenéis ni la decencia de preguntarme si estoy bien? ¡Eso era una horrible pelea de taberna! ¿No os dais cuenta de que me podrían haber matado?

—Probablemente no —dijo Dallie—. Lo más seguro es que alguien lo hubiera parado antes.

Francesca echó la mano hacia atrás y le golpeó en el brazo con tanta fuerza como pudo.

—¡Au! —Dallie se frotó el punto donde había recibido el golpe.

—¿Te acaba de pegar? —preguntó Skeet indignadamente.

—Sí.

—¿Se lo vas a devolver?

—Lo estoy pensando.

—Yo lo haría si fuese tú.

—Sé que lo harías. —Dallie la miró y sus ojos se oscurecieron—. Yo lo haría, también, si pensara que ella iba a formar parte de mi vida durante más de dos minutos y medio.

Ella lo miró fijamente, deseando poder borrar el impulsivo golpe que acababa de darle, incapaz de creer lo que había oído.

—¿Qué es lo que estás diciendo exactamente? —preguntó.

Skeet aceleró para cruzar un semáforo en ámbar.

—¿A qué distancia está el aeropuerto de aquí?

—Ataja a través de la ciudad. —Dallie se inclinó hacia delante y puso la mano sobre el respaldo del asiento—. En caso de que no prestaras antes atención, el motel está pasando el siguiente semáforo y luego una manzana más.

Skeet pisó el acelerador y el Riviera salió disparado, tirando a Francesca contra el asiento. Miró, encolerizada, a Dallie, tratando de hacerle avergonzarse para que le ofreciera una disculpa, de modo que ella pudiera perdonarle en un gesto de magnanimidad. Esperó en vano durante el resto del camino hasta el motel.

Entraron en el aparcamiento, bien iluminado, y Skeet giró a un lado y paró delante de una hilera de puertas de metal pintadas con colores brillantes y estampadas con números negros. Apagó el motor, y él y Dallie bajaron del coche. Francesca se quedó mirando con incredulidad cómo primero se cerraba una puerta y después la otra.

—Te veo por la mañana, Dallie.

—Nos vemos, Skeet.

Francesca bajó detrás de ellos, con su neceser en una mano, intentando sin éxito mantener cerrada la blusa.

—¡Dallie!

Él sacó una llave del bolsillo de sus vaqueros y se volvió. A Francesca, la seda color crudo de la blusa se le resbaló entre los dedos al cerrar la puerta del coche. ¿Acaso no veía lo indefensa que estaba? ¿No veía cuánto le necesitaba?

—Tienes que ayudarme —dijo ella, mirándole fijamente con ojos lastimeros tan grandes que parecían dominar la totalidad de su pequeña cara—. He arriesgado mi vida en ese bar por ir a buscarte.

Dallie miró sus pechos y el sostén de seda beis. Se quitó su camiseta azul desteñido y se la lanzó.

—Aquí tienes mi camiseta, cariño. No me pidas nada más.

Francesca vio con incredulidad cómo echaba a andar hacia su habitación y cerraba la puerta, ¡le cerraba la puerta en las narices! El pánico que había estado formándose en su interior a lo largo del día encontró al fin vía libre e inundó cada rincón de su cuerpo. Nunca había experimentado un miedo semejante, no sabía cómo hacerle frente, así que lo transformó en algo que pudiera entender: un estallido de cólera al rojo vivo. ¡Nadie podía tratarla de aquella forma! ¡Nadie! ¡Le obligaría a hablar con ella! ¡Se lo haría pagar!

Se abalanzó hacia la puerta y arremetió con el neceser contra ella, golpeando una vez, dos veces, deseando que fuera su cara horrible y fea lo que estaba golpeando. Le dio patadas, la maldijo, permitió que su rabia saliera a la superficie, dejó que prendiera para montar una inolvidable demostración del genio que había hecho de Francesca Serritella una leyenda.

La puerta se abrió de repente y Dallie apareció al otro lado, con el pecho desnudo y el ceño fruncido. ¡Ella le demostraría lo que era fruncir el ceño! ¡Le demostraría que jamás había podido imaginar cómo se fruncía el ceño de verdad!

—¡Bastardo! —exclamó, y entró como poseída en el cuarto, lanzando el neceser por los aires, pero fue directo a la televisión, reventando la pantalla con una explosión de cristales—. ¡Depravado bastardo, idiota! —Pateó una silla y la hizo caer al suelo—. ¡Insensible hijo de puta! —Volcó la maleta de Dallie. Y acto seguido se dejó llevar por la rabia. Gritó insultos y acusaciones, tiró ceniceros y almohadas, lanzó lámparas contra las paredes, sacó los cajones del escritorio. Cada una de las humillaciones que había sufrido en las últimas veinticuatro horas, cada uno de los ultrajes de que había sido víctima, salió a la superficie: el vestido rosa, el Blue Choctaw, la sombra de ojos melocotón... Castigó a Chloe por morir, a Nicky por abandonarla, agredió a Lew Steiner, atacó a Lloyd Byron, mutiló a Miranda Gwynwyck, y, por encima de todos ellos, aniquiló a Dallie Beaudine. Dallie, el hombre más guapo que jamás había conocido, el único hombre que no se había sentido impresionado ante ella, el único hombre que le había cerrado una puerta en las narices.

Dallie contempló un momento la escena, con las manos en la cintura. Un bote de espuma de afeitar pasó volando a su lado y se estrelló contra el espejo.

—Increíble —murmuró. Asomó la cabeza por la puerta y llamó—: ¡Skeet! Ven aquí. Tienes que ver esto.

Skeet ya estaba dirigiéndose hacia allí.

—¿Qué pasa? Suena como... —Se detuvo en seco frente a la puerta abierta, mirando fijamente la destrucción que tenía lugar delante de sus ojos—. ¿Por qué lo está haciendo?

—Que me aspen si lo sé. —Tuvo que agacharse para esquivar un ejemplar volador de la guía telefónica de Nueva Orleáns—. Es la mayor locura que he visto en mi vida.

—Quizá se cree que es una estrella de rock. ¡Eh, Dallie! ¡Que va a coger tu palo tres!

Dallie se movió como el deportista que era, y en dos largas zancadas había llegado hasta ella y la tenía cogida.

Francesca sintió que la volteaban. Por un momento sus piernas colgaron en el aire, y luego algo se le clavó con fuerza en el estómago, cuando Dallie se la cargó al hombro.

—¡Bájame! ¡Bájame, bastardo!

—Ni pensarlo. Ese es el mejor palo tres que he tenido en mi vida.

Se pusieron en movimiento. Francesca gritó cuando él la sacó de la habitación, sujetándola con el brazo por la parte interior de las rodillas; sintió que el hombro de Dallie se le hundía en el estómago, oyó voces y fue levemente consciente de puertas que se abrían y cuerpos envueltos en batas que se asomaban a ver qué ocurría.

—Nunca había visto una mujer que se pusiera tan histérica por un simple ratón —dijo Dallie en voz alta.

Francesca le golpeó en la espalda desnuda con sus puños.

—¡Haré que te arresten! —chilló—. ¡Te demandaré! ¡Bastardo! Te demandaré y te quitaré cada penique...

Dallie giró bruscamente hacia la derecha y Francesca vio una valla de hierro forjado, una puerta, unos focos sumergidos...

—¡No! —Francesca soltó un grito escalofriante cuando Dallie la arrojó en la parte más profunda de la piscina del motel.

10

Skeet se colocó al lado de Dallie, y los dos hombres permanecieron en el borde de la piscina, observando a Francesca. Finalmente, Skeet hizo un comentario:

—No es que esté subiendo muy rápido que digamos.

Dallie se metió un pulgar en el bolsillo de los vaqueros.

—Parece que no sabe nadar. Debí habérmelo imaginado.

Skeet se giró hacia él.

—¿Te has fijado en la forma tan rara que tiene de decir «bastardo»? Algo así como «basss-tardo». No puedo decirlo como ella. Lo hace de un modo muy peculiar.

—Sí. Ese extravagante acento suyo hace que las buenas palabrotas americanas pierdan todo su jugo.

El chapoteo en la piscina comenzó gradualmente a ralentizarse.

—¿Vas a tirarte y salvarla en algún momento, durante este siglo o el que viene? —preguntó Skeet.

—Supongo que será lo mejor. A menos que quieras hacerlo tú.

—Ni hablar, yo me voy a la cama.

Skeet se dio la vuelta y salió por la puerta de la valla que circundaba la piscina, y Dallie se sentó en una tumbona para quitarse las botas. Miró un momento para ver cuánto tiempo más podría ella seguir aguantando, y cuando consideró que ya estaba a punto de rendirse, caminó hasta el borde y se zambulló.

Francesca acababa de darse cuenta de las pocas ganas que tenía de morir. A pesar de la película, de su pobreza, de la pérdida de todas sus pertenencias, era aún demasiado joven. Su vida entera desfiló ante ella. Pero cuando el peso atroz del agua la envolvió, comprendió que era precisamente eso lo que estaba pasando. Sus pulmones ardían y sus extremidades no respondían ya a sus órdenes. Se estaba muriendo, cuando aún no había vivido.

¡De repente algo la agarró alrededor del pecho y empezó arrastrarla hacia arriba, sujetándola con fuerza, impidiendo que se hundiera, tirando de ella hacia la superficie, salvándola! Su cabeza emergió y boqueó para llenar sus pulmones de aire. Inspiró, tosiendo y convulsionándose, agarrando los brazos que la sujetaban por miedo a que la soltaran, gimiendo y llorando de pura alegría por seguir viva.

Sin ser muy consciente de cómo había sido llevada hasta allí, se encontró tumbada en el borde de la piscina, con los últimos jirones de su blusa flotando en el agua. Pero ni siquiera al sentir el sólido cemento bajo su cuerpo, soltó a Dallie.

Cuando al fin fue capaz de hablar, sus palabras brotaron en jadeos entrecortados:

—Nunca te perdonaré... Te odio... —Se adhirió a su cuerpo, se pegó como una capa de pintura a su pecho desnudo y le pasó los brazos por los hombros, aferrándose a él como nunca en su vida se había aferrado a nada ni a nadie—. Te odio —dijo, antes de volver a atragantarse—. No dejes que me hunda.

—Pensabas que no salías de esta, ¿eh, Francie?

Pero ella era incapaz de contestarle. Lo único que podía hacer era mantenerse aferrada a la vida. Se aferró a él mientras la llevaba de vuelta a la habitación, se aferró a él mientras Dallie hablaba con el director del motel, que los estaba esperando, se aferró a él mientras Dallie cogía el neceser de entre el desastre, lo atravesaba a trompicones y la llevaba a otra habitación.

Dallie se inclinó para tumbarla en la cama.

—Puedes dormir aquí por...

—¡No! —La ya conocida oleada de pánico volvió a apoderarse de ella.

Dallie trató de liberarse de sus brazos.

—Oh, venga, Francie, son casi las dos de la mañana. Quiero dormir al menos unas pocas horas antes de que tenga que levantarme.

—¡No, Dallie! —Había empezado a llorar, mirando directamente aquellos ojos azules idénticos a los de Paul Newman—. No me dejes. Sé que te irás con el coche si te suelto. Me despertaré por la mañana y tú ya no estarás y yo no sabré qué hacer.

—No me marcharé hasta que haya hablado contigo —dijo finalmente Dallie, apartando sus brazos de su cuello.

—¿Lo prometes?

Dallie le quitó las sandalias Bottega Veneta, empapadas, que habían permanecido milagrosamente en sus pies, y las tiró al suelo junto con la camiseta seca que había traído consigo.

—Sí, lo prometo.

A pesar de que le había dado su palabra, su voz había sonado reticente, por lo que Francesca emitió un sonido inarticulado de protesta cuando Dallie salió por la puerta. ¿No prometía ella todo tipo de cosas y luego se olvidaba inmediatamente de cumplirlas? ¿Cómo sabía que él no haría lo mismo?

—¿Dallie?

Pero ya se había ido.

Consiguió encontrar en algún lugar de su ser la energía suficiente para quitarse los vaqueros y la ropa interior, todo mojado, y los dejó caer en un montón al lado de la cama antes de deslizarse bajo las sábanas. Apoyó la cabeza en la almohada, cerró los ojos, y un instante antes de dormirse pensó si no habría sido mejor que Dallie la hubiera dejado en el fondo de la piscina.

Su sueño fue profundo, pero aun así se despertó de sopetón apenas cuatro horas después, cuando las primeras luces del alba se colaron a través de las pesadas cortinas. Echó a un lado las sábanas, se levantó de la cama y se puso inestablemente en pie, luego se arrastró desnuda hacia la ventana, sintiendo el dolor de cada uno de los músculos de su cuerpo. Solo después de correr las cortinas y asomarse al sombrío y lluvioso exterior, su estómago se tranquilizó. El Riviera seguía estando allí.

Sus latidos recuperaron el ritmo normal, y avanzó lentamente hacia el espejo, haciendo instintivamente lo que había hecho todas las mañanas de su vida desde que podía recordar, contemplar su reflejo para cerciorarse de que el mundo no había cambiado durante la noche, de que todavía orbitaba en una pauta predeterminada alrededor del sol de su propia belleza.

Soltó un grito ahogado de desesperación.

Si hubiera dormido algo más, podría haber manejado mejor el golpe, pero en aquel momento apenas acertó a comprender lo que veía. Su hermoso pelo caía como trozos enredados de felpudo sobre su cara, un largo arañazo deslucía la elegante curva del cuello, su cuerpo estaba cubierto de magulladuras, y su labio inferior... su perfecto labio inferior... estaba inflamado como una tartaleta.

Dominada por el pánico, se abalanzó sobre su neceser e hizo inventario de sus posesiones: una botellita de viaje de gel de baño Rene Garraud, pasta dentífrica (sin cepillo de dientes), tres lápices de labios, su sombra de ojos color melocotón, y la inútil caja de píldoras anticonceptivas que la criada de Cissy había metido en su equipaje. De su bolso añadió dos coloretes, su monedero de piel de lagarto y un vaporizador de Femme. Esas, junto con la desteñida camiseta azul que Dallie le había tirado la noche anterior y el pequeño montón de prendas empapadas tirado en el suelo, eran sus posesiones... todo lo que le quedaba en el mundo.

La enormidad de sus pérdidas era demasiado devastadora para asimilarla, así que se metió corriendo en la ducha, donde le sacó todo el partido que pudo a una botella marrón de champú del motel. Luego utilizó los pocos cosméticos que le quedaban para tratar de reconstruir a la persona que había sido anteriormente. Después de ponerse sus vaqueros, incómodos por lo empapados que estaban, y las sandalias mojadas, se echó Femme bajo los brazos y se puso la camiseta de Dallie. Miró la palabra escrita en letras blancas sobre su pecho izquierdo y se preguntó qué significaría «Aggies». Otro misterio, otra cosa desconocida para hacerle sentirse como una intrusa en una tierra extraña. ¿Por qué nunca se había sentido así en Nueva York? Sin cerrar los ojos, podía verse a sí misma recorriendo a toda prisa la Quinta Avenida, cenando en La Caravelle, atravesando el vestíbulo del Pierre, y cuanto más pensaba en el mundo quc había dejado atrás, más desconectada se sentía del mundo en el que había entrado. Sonó un golpe en la puerta, y Francesca se peinó rápidamente con los dedos, sin atreverse a mirarse otra vez en el espejo.

Dallie estaba apoyado contra el marco de la puerta, con una

cazadora azul celeste perlada con gotas de lluvia y unos vaqueros gastados con un agujero deshilachado junto a una de las rodillas. Tenía el pelo empapado y rizado en las puntas. Era del color del aguachirle, pensó Francesca, despectivamente, no verdaderamente rubio. Y necesitaba un buen corte. Y necesitaba también un vestuario nuevo. Los hombros le tiraban de las costuras de la cazadora, y sus vaqueros habrían deshonrado a un mendigo de Calcuta.

Era inútil. Por mucho que ella viera con toda claridad sus desperfectos, por más que necesitara reducirlo ante sus propios ojos a lo ordinario, seguía siendo el hombre más increíblemente atractivo que había visto jamás.

Dallie puso una mano en la pared y la miró.

—Francie, desde ayer, he estado tratando de hacerte ver de todas las maneras posibles que no estoy interesado en escuchar tu historia, pero puesto que tú pareces empeñada en contarla y yo estoy prácticamente desesperado por deshacerme de ti, hagámoslo ahora. —Una vez dicho eso, entró en el cuarto, se dejó caer en una silla de respaldo recto y levantó las botas para apoyarlas en el borde de la mesa—. Me debes cerca de doscientos pavos.

—Doscientos...

—Anoche destrozaste la habitación. —Se echó hacia atrás en la silla hasta que solo las patas traseras se apoyaban en el suelo—. Una televisión, dos lámparas, unos cuantos cráteres en el Pladur, una ventana de cinco por cuatro. El total ascendió a quinientos sesenta dólares, y eso porque le he prometido al encargado que jugaré dieciocho hoyos con él la próxima vez que venga por aquí. Solo había poco más de trescientos en tu cartera... no lo suficiente para pagar la deuda.

—¿Mi cartera? —Francesca tiró de los cierres del neceser para abrirlo—. ¡Me has abierto la cartera! ¿Cómo has podido hacer algo así? Es mía. Nunca debiste... —Para cuando sacó la cartera, las palmas de sus manos estaba tan húmedas y frías como sus vaqueros. La abrió y comprobó el contenido. Cuando finalmente pudo hablar, su voz era apenas un murmullo—. Está vacía. Has cogido todo mi dinero.

—Cuentas como esa hay que pagarlas rápido a menos que quieras atraer la atención de la policía local.

A Francesca se le doblaron las piernas y se sentó en el borde de la cama, con una sensación de pérdida tan agobiante que su cuerpo entero parecía haberse quedado entumecido. Había tocado fondo. En aquel preciso instante. Justo entonces. Lo había perdido todo: los cosméticos, las ropas, el último dinero que le quedaba. No tenía ya nada. El desastre que había estado fraguándose desde la muerte de Chloe había estallado finalmente.

Dallie dio unos golpecitos sobre la mesa con un bolígrafo de propaganda del motel.

—Francie, no pude evitar ver que no tienes tarjetas de crédito en esa cartera tuya... ni ningún billete de avión. Ahora quiero oír cómo me dices que tienes ese billete de vuelta a Londres guardado en algún lugar dentro del señor *Viton*, y que el señor *Viton* está guardado en una de esas taquillas a veinticinco centavos que hay en el aeropuerto.

Ella se envolvió con sus propios brazos y miró fijamente la pared.

—No sé qué hacer —dijo con voz ahogada.

—Eres una persona adulta, así que más te vale que pienses algo rápido.

—Necesito ayuda. —Se giró hacia él, suplicando un poco de comprensión—. No puedo solucionar esto por mí misma.

Las patas delanteras de la silla de Dallie golpearon con estruendo el suelo.

—¡Ah, no, no la necesitas! Este es tu problema, bonita, no trates de pasármelo a mí. —Su voz sonó dura y áspera, no como el gracioso que la había recogido en la carretera ni como el caballero de brillante armadura que la había rescatado de una muerte segura en el Blue Choctaw.

—Si no querías ayudarme —gritó ella —, no deberías haberte ofrecido a llevarme. Me podías haber dejado tirada, igual que todos los demás.

—Quizás harías mejor en empezar a pensar por qué todos quieren perderte de vista.

—No es culpa mía, ¿no lo ves? Son las circunstancias. —Comenzó a contárselo todo, empezando por la muerte de Chloe, hablando a borbotones por miedo a que Dallie se marchase. Le contó cómo había vendido todo para pagar su billete, solo para darse cuenta de que, incluso si disponía de billete, no podía volver a Londres sin dinero, sin ropa, con la noticia de su humillación en esa terrible película de boca en boca y siendo el hazmerreír de todos. Había comprendido entonces que tenía que quedarse donde estaba, donde nadie la conocía, hasta que Nicky volviera de su sórdida aventura con la matemática rubia y tuviera una oportunidad para hablar con él por teléfono. Por eso había ido en busca de Dallie al Blue Choctaw—. ¿Acaso no lo ves? No puedo volver a Londres hasta que sepa que Nicky estará en el aeropuerto esperándome.

—Creía que me habías dicho que era tu prometido.

—Y lo es.

—Entonces ¿por qué tiene una aventura con una matemática rubia?

—Está enfadado conmigo.

—Jesús, Francie...

Francesca se abalanzó hacia él para arrodillarse a su lado y mirarle con aquellos ojos capaces de detener los latidos de cualquier corazón.

—La culpa no es mía, Dallie. De verdad. La última vez que lo vi, tuvimos una discusión espantosa simplemente porque rechacé su propuesta de matrimonio. —El rostro de Dallie pareció petrificarse, y ella se dio cuenta de que había malinterpretado sus palabras—. ¡No, no es lo que estás pensando! ¡Nicky se casará conmigo! Nos hemos peleado centenares de veces y siempre me lo acaba volviendo a proponer. Solo tengo que conseguir hablar con él por teléfono y decirle que le perdono.

Dallie sacudió la cabeza.

—Pobre hijo de puta.

Francesca intentó fulminarlo con la mirada, pero sus ojos estaban demasiado llenos de lágrimas, así que se puso de pie y le dio la espalda, luchando por controlarse.

—Lo que necesito, Dallie, es alguna forma de aguantar aquí unas pocas semanas hasta que pueda hablar con Nicky. Pensé que podrías ayudarme, pero anoche no quisiste hablar conmigo e hiciste que me enfadase, y ahora me has quitado el dinero. —Se volvió hacia él, con la voz convertida apenas en un sollozo—. ¿No lo ves, Dallie? Si hubieras sido razonable, nada de esto habría sucedido.

—¡No me lo puedo creer! —Las botas de Dallie golpearon el suelo—. Estás tratando de echarme a mí la culpa, ¿no? Jesús, odio a las personas como tú. No importa lo que te pase, siempre te las ingenias para echarle la culpa a otra persona.

Ella saltó.

—¡No tengo por qué escuchar esto! Lo único que quería era un poco de ayuda.

—Y también una pequeña cantidad de dinero.

—Podré devolverte cada centavo en unas pocas semanas.

—Si Nicky te acepta de nuevo —dijo Dallie, estirando otra vez las piernas y poniendo un pie sobre el otro—. Francie, no pareces darte cuenta de que soy un completo desconocido para ti y que no tengo ninguna obligación hacia ti. Ni siquiera se me da bien cuidar de mí mismo, así que no voy a encargarme de ti por nada del mundo, ni siquiera por unas pocas semanas. Si te digo la verdad, ni siquiera me gustas.

Ella lo miró, la perplejidad pintada en su cara.

—¿No te gusto?

—De verdad que no, Francie. —Su ataque de rabia se había desvanecido, ahora hablaba con calma y con tanta convicción que Francesca supo que estaba siendo sincero—. Mira, cielo, eres una auténtica preciosidad con esa carita que tienes y, a pesar de que tiras a enclenque, besas de primera. No puedo negar que he pensado un poco en lo que tú y yo podríamos haber sido capaces de hacer debajo de las sábanas, y si tuvieras una personalidad diferente podría verme perdiendo la cabeza por ti durante unas cuantas semanas. Pero la cuestión es que no tienes una personalidad diferente, y la manera que tienes de ser es una especie de combinación de todas las cualidades negativas de todos los hombres y todas las mujeres a los que he conocido en mi vida, con ninguna cualidad positiva para equilibrar el resultado.

Francesca se sentó en la cama, dolida por cada una de aquellas palabras.

—Entiendo —dijo, casi sin voz.

Dallie se puso en pie y sacó su cartera.

—No llevo mucho dinero encima ahora mismo. Pagaré el resto de la cuenta del motel con la tarjeta y te dejaré cincuenta dólares para que aguantes unos días. Si llegas algún día a devolvérmelo, envíame un cheque a mi nombre a Wynette, Texas. Si no me lo devuelves, sabré que las cosas no habrán llegado a cuajar entre Nicky y tú, y esperaré a que la vida mejore pronto para ti.

Después de la última palabra, tiró la llave del motel sobre la mesa y salió por la puerta.

Francesca estaba finalmente sola. Bajó la mirada hacia una mancha oscura que había en la alfombra y que parecía la silueta de Capri. Entonces era cuando realmente había tocado fondo.

Skeet se asomó por la ventanilla del pasajero cuando Dallie se acercó al Riviera.

—¿Quieres que conduzca yo? —preguntó—. Puedes tumbarte atrás e intentar dormir unas cuantas horas.

Dallie abrió la puerta de conductor.

—Tú conduces condenadamente despacio, y ahora mismo no me apetece dormir.

—Como quieras. —Skeet se acomodó en su asiento y le entregó a Dallie una taza de café en un vaso de poliestireno con la tapa todavía cerrada. Después le dio un trozo de papel rosa—. El número de teléfono de la recepcionista.

Dallie arrugó el papel y lo tiró en el cenicero, donde fue a unirse con otros dos.

—¿Alguna vez has oído hablar de *Pigmalión*, Skeet?

—¿Es el tipo que jugó de extremo derecho para el instituto Wynette?

Dallie utilizó los incisivos para quitar la tapa de su taza de café mientras giraba la llave de contacto.

—No, ese era Pygella, Jimmy Pygella. Se mudó a Corpus Christi hace unos años y abrió una tienda de silenciadores Midas. *Pygmalion* es una obra de teatro escrita por George Bernard Shaw sobre una chica de los barrios bajos de Londres que es transformada en toda una dama. —Puso en marcha los limpiaparabrisas.

—No suena demasiado interesante, Dallie. La que me gustó fue *Oh! Calcuta!*, aquella que vimos en Saint Louis. Esa sí que era verdaderamente buena.

—Ya sé que te gustó esa obra, Skeet. A mí también me gustó, pero comprende que no es considerada una gran obra literaria. No dice gran cosa acerca de la condición humana, si me entiendes. *Pygmalion*, por otro lado, dice que las personas pueden cambiar... Que pueden mejorar si reciben unas pocas directrices. —Dio marcha atrás y salió del aparcamiento—. Dice también que la persona que dirige ese cambio no obtiene nada, excepto una gran dosis de sufrimiento.

Francesca, con ojos llorosos y angustiados, estaba en la puerta abierta de su habitación con el neceser bien sujeto contra su pecho, como un oso de peluche, y vio cómo el Riviera salía de su plaza de aparcamiento. Dallie iba a hacerlo. Iba a marcharse y a dejarla sola, a pesar de haber admitido que se le había pasado por la cabeza acostarse con ella. Hasta entonces, eso siempre habría sido suficiente para retener a cualquier hombre a su lado, pero de repente ya no lo era. ¿Cómo era posible? ¿Qué le estaba sucediendo a su mundo? El desconcierto acentuó su temor. Se sentía como una niña que hubiera aprendido mal los colores y acabase de descubrir que el rojo era en realidad amarillo, el azul era verde... solo que ahora que sabía qué era lo que estaba mal, no sabía qué hacer al respecto.

El Riviera giró hacia la salida, esperó a que hubiera un hueco en el tráfico para salir, y comenzó entonces a moverse hacia la carretera mojada. Francesca sentía las puntas de sus dedos entumecidas y las piernas débiles, como si todos sus músculos hubieran perdido la fuerza. La llovizna mojaba su camiseta, un mechón de pelo le caía sobre la mejilla.

—¡Dallie! —Echó a correr tan rápido como pudo.

—La cuestión es —dijo Dallie, mirando por el espejo retrovisor— que ella no piensa en nadie más que en sí misma.

—Es la mujer más egocéntrica que he conocido en mi vida —corroboró Skeet.

—Y no sabe hacer nada, aparte quizá de ponerse el maquillaje.

—Lo que es seguro es que no sabe nadar.

—No tiene ni un ápice de sentido común.

—Ni un ápice.

Dallie pronunció un juramento verdaderamente grosero y pisó bruscamente el freno.

Francesca alcanzó el coche, sin aliento, jadeando entre sollozos.

—¡No te vayas! ¡No me dejes sola!

La fuerza de la cólera de Dallie la cogió desprevenida. Salió de un salto del coche, le arrancó el neceser de las manos, y la hizo retroceder hasta darse con el coche de modo que la manivela de la puerta se le clavó en la cadera.

—¡Ahora me vas a escuchar, y me vas a escuchar bien! —gritó—. ¡Te llevaré bajo coacción, pero tienes que dejar ese lloriqueo ahora mismo!

Francesca sollozó, parpadeando contra la llovizna.

—Pero estoy...

—¡He dicho que pares! No quiero hacer esto, me produce muy malas sensaciones, así que desde este mismo instante, será mejor que hagas lo que yo diga. Todo lo que yo diga. No me hagas preguntas. No me hagas comentarios. Y si te vuelves a comportar una sola vez como lo has hecho hasta ahora, te saco del coche a patadas.

—Vale —gimió, con su orgullo hecho un guiñapo y con la voz estrangulada por la humillación—. ¡Vale!

Dallie la miró con un desprecio que no se esforzó en disimular, y abrió de golpe la puerta trasera. Ella se dio la vuelta para entrar, pero justo cuando se inclinaba hacia delante, Dallie le arreó una fuerte palmada en el trasero.

—Todavía me quedan ganas de darte unas cuantas más —dijo—, y mi mano ya está preparada para la siguiente.

Cada kilómetro del camino hacia Lake Charles parecía ser cien. Francesca giró su cara hacia la ventana y trató de hacerse invisible, pero cuando notaba que los ocupantes de los otros coches con los que se cruzaban la miraban, no podía apartar de su mente la ilógica sensación de que todos sabían lo que le había sucedido, que podían percibir cómo había sido reducida a suplicar ayuda, que veían que por primera vez en su vida había recibido un golpe como aquel. «No pensaré en ello —se dijo mientras atravesaban campos de arroz inundados y terrenos pantanosos cubiertos de algas verdes—. Lo pensaré mañana, o la semana que viene, lo haré cuando sea, pero no cuando solo de pensarlo empiece otra vez a llorar y él pare el coche y me deje tirada en mitad de la carretera.» Pero no podía evitar pensarlo, así que se mordió la zona interior de su ya dolorido labio inferior para ahogar cualquier sonido.

Vio una señal que indicaba Lake Charles, y a continuación cruzaron un gran puente curvado. En los asientos delanteros, Skeet y Dallie hablaban a ratos entre ellos, sin prestarle a ella la más mínima atención.

—El motel está justo ahí —le indicó Skeet a Dallie—. ¿Te acuerdas de cuando Holly Grace se presentó aquí el año pasado con aquel vendedor de Chevys de Tulsa?

Dallie respondió algo con un gruñido que Francesca no logró entender, mientras entraba en el aparcamiento, que no se diferenciaba gran cosa del que habían dejado atrás menos de cuatro horas antes, y giraba en dirección a la oficina de recepción. El estómago de Francesca emitió una sonora protesta, y cayó en la cuenta de que no había comido nada desde la hamburguesa que había comprado la tarde anterior después de empeñar su maleta. Nada de comer... Y nada de dinero para comprar comida. Y entonces se le ocurrió preguntarse quién sería Holly Grace, pero estaba demasiado desmoralizada para sentir más que una simple curiosidad pasajera.

—Francie, ya casi había agotado el límite de mi tarjeta de crédito antes de tropezarme contigo, y esa locura tuya de ayer fue la última puntilla, así que vas a tener que compartir habitación con Skeet.

—¡No!

—¡No!

Dallie soltó un bufido y apagó el motor.

—Está bien. Skeet, tú y yo compartiremos cuarto hasta que nos deshagamos de Francie.

—De eso nada —repuso Skeet, al tiempo que abría la puerta del Riviera—. No he compartido cuarto contigo desde que te hiciste profesional, y no pienso empezar a hacerlo ahora. Te pasas despierto la mitad de la noche y luego haces el suficiente ruido por las mañanas para despertar a los muertos. —Salió del coche y se dirigió hacia la oficina, girando la cabeza para seguir hablando por encima de su hombro—. Ya que eres tú el que se ha empeñado en traer a doña Fran-chess-ka con nosotros, puedes ser tú mismo el que duerma con ella.

Dallie no paró de maldecir mientras descargaba su maleta y la llevaba al interior del edificio. Francesca se sentó en el borde de una de las dos camas dobles que había en el cuarto, con la espalda recta, un pie al lado del otro, las rodillas juntas, como una niña demostrando su buen comportamiento en una fiesta de adultos. Desde la habitación de al lado se oyó a un presentador de televisión informando de la protesta realizada por un grupo antinuclear en un emplazamiento de misiles; luego alguien cambió de canal para poner un partido de béisbol y sonó el himno nacional de Estados Unidos. La amargura se apoderó de ella al recordar el pin redondo que había visto en la camisa del taxista: AMÉRICA, TIERRA DE OPORTUNIDADES. ¿Qué clase de oportunidad? ¿La oportunidad de pagar con su cuerpo la comida y una cama en una sórdida habitación de un motel? Nada era del todo gratis, ¿verdad? Y su cuerpo era todo lo que le quedaba. Al entrar en aquel cuarto con Dallie, ¿no estaba prometiendo implícitamente darle algo a cambio?

—¡Puedes hacer el favor de cambiar esa cara de una vez! —exclamó Dallie, tirando su maleta sobre la cama—. Créeme, señorita Pantalones Elegantes, no tengo el menor interés en tu cuerpo. Quédate en tu lado del cuarto, tan fuera de mi vista como te sea posible, y así estaremos bien. Pero antes quiero que me devuelvas los cincuenta pavos.

Francesca tenía que salvar aunque fuera una porción mínima de dignidad al devolverle el dinero, así que levantó la cabeza, echando el pelo por encima de sus hombros como si no tuviera absolutamente nada de lo que preocuparse.

—Me ha parecido entender que eres jugador de golf —comentó, en un intento de demostrarle que su acritud no le afectaba—. ¿Es una profesión o un pasatiempo?

—Más bien una adicción, supongo. —Dallie sacó un par de pantalones sueltos de su maleta y se llevó la mano a la cremallera de sus vaqueros.

Francesca se giró, dándole rápidamente la espalda.

—Me... me parece que voy a estirar un poco las piernas; voy a dar una vuelta por el aparcamiento.

—Sí, hazlo.

Dio dos vueltas al aparcamiento, leyendo las pegatinas colocadas en los parachoques y los titulares de los periódicos a través de las puertas de cristal de las máquinas dispensadoras, mirando sin ver la fotografía de primera plana de un hombre de pelo rizado que aparecía gritándole a alguien. Dallie no parecía estar esperando que ella fuera a acostarse con él. Eso era un alivio. Miró fijamente la señal de neón del motel, y cuanto más la miraba, más se preguntaba por qué aquel hombre no la deseaba. ¿Qué era lo que fallaba? La pregunta se repetía una y otra vez, como una sensación de picor insoportable. Podía haber perdido sus vestidos, su dinero, todas sus pertenencias, pero todavía tenía su belleza, ¿no era así? Aún poseía su atractivo. ¿O también lo había perdido de algún modo, junto con el equipaje y su maquillaje?

Ridículo. Estaba agotada, eso era todo, y no podía pensar con tranquilidad. En cuanto Dallie se marchase al campo de golf, ella se acostaría y dormiría hasta que volviera a ser ella misma otra vez. Unas pequeñas chispas de optimismo chisporrotearon en su interior. Solo estaba cansada. Si lograba dormir una noche entera, todo volvería a la normalidad.

11

Naomi Jaffe Tanaka golpeó con la palma de la mano sobre la superficie de cristal de su escritorio.

—¡No! —exclamó al teléfono, mientras sus ojos de intenso color castaño mostraban claramente su disgusto—. Esa chica ni siquiera se aproxima a lo que tenemos en mente para Chica Indomable. Si no podéis darme algo mejor, encontraré una agencia de modelos que sí pueda.

La voz al otro lado de la línea respondió con sarcasmo:

—¿Quieres que te pase algunos números de teléfono, Naomi? Estoy segura de que la gente de Wilhelmina tendrá algo maravilloso para ti.

La gente de Wilhelmina se negaba a mandarle a Naomi a nadie más, pero no tenía la menor intención de compartir esa información con la mujer con la que estaba hablando por teléfono. Con un gesto de impaciencia, se atusó el pelo oscuro, que un famoso peluquero de Nueva York le había cortado muy corto y liso, como un chico, con el propósito de redefinir la palabra «chic».

—Solo sigue buscando —dijo, apartando de un manotazo el último número de *Advertising Age*—. Y la próxima vez intenta encontrar a alguien que tenga algo de personalidad en su cara.

Cuando colgó el receptor, sonaron sirenas de bomberos cruzando la Tercera Avenida, ocho plantas por debajo de su oficina en Blakemore, Stern and Rodenbaugh, pero Naomi no les prestó atención. Había vivido con los ruidos de Nueva York toda su vida y no había prestado atención a ninguna sirena desde que el invierno anterior los dos miembros gays del Ballet de Nueva York que vivían en el apartamento encima del suyo colocaron su fondue demasiado cerca de unas cortinas de cretona de Scalamandre. El que era su marido en aquel tiempo, un brillante bioquímico japonés llamado Tony Tanaka, la había culpado sin lógica alguna por el incidente y se negó a hablar con ella el resto del fin de semana. Se divorció de él poco después; no solo por su reacción ante el incendio, sino porque vivir con un hombre que no compartía el más elemental de sus sentimientos se había vuelto demasiado doloroso para una rica chica judía de la zona de Upper East Side de Manhattan que en la inolvidable primavera de 1968 había participado en la toma de la oficina del decano de la Universidad de Columbia.

Naomi se tiró del collar de diminutas cuentas negras y plateadas que llevaba con una blusa de seda y un traje gris de franela, prendas que habría desdeñado en aquella época ardiente y feroz con Huey, Rennie y Abbie, cuando su pasión estaba más enfocada a la anarquía que al mercado financiero. En las últimas semanas, con los reportajes en las noticias sobre su hermano Gerry y su última correría antinuclear, su mente se había llenado de recuerdos sueltos de aquellos tiempos, como fotografías viejas, y se encontró a sí misma experimentando una vaga nostalgia de la chica que había sido, la hermana pequeña que había intentado con tanto empeño ganarse el respeto de su hermano mayor, que había realizado sentadas, meditación en grupo, y había llegado a ser condenada a treinta días de prisión.

Mientras su hermano, con veinticuatro años, estaba gritando proclamas de revolución desde las escaleras del Sproal Hall de Berkeley, Naomi comenzaba su primer año de estudiante en Columbia, a casi cinco mil kilómetros de distancia. Ella había sido el orgullo de sus padres (guapa, popular, buena estudiante), su premio de consolación por haber engendrado «al otro», al hijo cuyas payasadas los habían deshonrado y cuyo nombre nunca debía volver a ser mencionado. Al principio, Naomi se había concentrado en sus estudios, manteniéndose lejos de los estudiantes radicales de Columbia. Pero, entonces, Gerry había llegado al campus y la había hipnotizado, a ella y al resto del alumnado.

Ella siempre había adorado a su hermano, pero nunca tanto como aquel día de invierno al verlo en lo alto de las escaleras de la biblioteca, como un joven guerrero en pantalones vaqueros, intentando cambiar el mundo con su discurso apasionado. Contempló aquellos marcados rasgos semíticos, enmarcados por una gran aureola de pelo negro rizado, sin poder creerse que los dos hubieran salido del mismo vientre materno. Gerry tenía labios gruesos y una nariz grande y pronunciada que no había sido modelada por el cirujano plástico que sí había retocado la de Naomi. Todo en él era excepcional, mientras que ella se sentía completamente común. Gerry había levantado sus fuertes brazos por encima de su cabeza, lanzando los puños al aire y echando la cabeza hacia atrás, dejando que sus dientes brillasen como estrellas blancas contra su piel aceitunada. Nunca en su vida había visto nada más admirable que a su hermano mayor exhortando a las masas a la rebelión aquel día en Columbia.

Antes de que acabase el año, ya se había unido al grupo de estudiantes militantes de Columbia, un hecho que finalmente le había granjeado la aprobación de su hermano pero que también había tenido como resultado un doloroso alejamiento de sus padres. Poco a poco, la desilusión había ido haciendo mella en ella durante los siguientes años, al sufrir el incontrolado machismo del Movimiento, su desorganización y su paranoia. En su tercer año en la universidad, cortó toda relación con los líderes, cosa que Gerry nunca le había perdonado. Se habían visto una sola vez en los dos últimos años, y se habían pasado todo el rato discutiendo. Ahora Naomi se pasaba los días rezando por que Gerry no hiciera algo irremediable y que en la agencia no averiguaran que era su hermano. No podía imaginar que una firma tan conservadora como BS&R fuera a designar a la hermana de un radical conocido en todo el país su primera mujer vicepresidenta.

Apartó su vida anterior de sus pensamientos y se centró en su vida actual: el diseño que tenía sobre su mesa. Como siempre, sintió la punzada de satisfacción que le confirmaba que había realizado un buen trabajo. Su ojo experto aprobó el diseño de la botella de Chica Indomable, una lágrima de vidrio esmerilado coronada con un tapón azul marino con forma de ola. El frasco de perfume iría dentro de una elegante caja azul con las letras fucsia del slogan que ella misma había creado: «¡INDOMABLE! Solo para espíritus libres.» Los signos de admiración enmarcando el nombre del producto habían sido idea suya, algo de lo que se sentía especialmente satisfecha. Todavía, a pesar del éxito del envase y el slogan, el espíritu de la campaña se perdería porque Naomi no había sido capaz de realizar una tarea sencilla: no había sido capaz de encontrar a la Chica Indomable.

Su intercomunicador emitió un pitido, y su secretaria le recordó que tenía una reunión con Harry R. Rodenbaugh, vicepresidente primero y miembro de la junta directiva de BS&R. El señor Rodenbaugh había solicitado expresamente que llevara consigo el nuevo diseño. Naomi refunfuñó para sí misma. Como una de las dos directoras creativas de BS&R, llevaba años a cargo de proyectos de perfumes y cosméticos y nunca había tenido tantos problemas. ¿Por qué tenía que ser precisamente el proyecto de Chica Indomable el que Harry Rodenbaugh había elegido como su favorito? Harry, que quería desesperadamente conseguir un último premio Clio antes de jubilarse, insistía en que fuera una cara fresca la que anunciase el nuevo producto, una modelo que fuese espectacular, pero a la que los lectores de las revistas de moda no reconocieran.

—Quiero personalidad, Naomi, no simplemente otra cara de modelo de serie que no dice nada —le había dicho la semana anterior sobre la alfombra persa de su despacho—. Quiero una belleza americana, una rosa con unas cuantas espinas. Esta campaña va enfocada al espíritu libre de la mujer americana, y si no puedes encontrar nada que se acerque más a eso que esas caras sobre utilizadas de niña que me has estado poniendo delante de las narices durante las tres últimas semanas, no veo cómo vas a poder manejar el puesto de vicepresidenta de BS&R.

Astuto viejo bastardo.

Naomi recogió sus papeles de la misma manera que lo hacía todo, con movimientos rápidos y concentrados. Mañana empezaría a contactar con todas las agencias de teatro y buscaría a una actriz en lugar de una modelo. Peores machistas que Harry R. Rodenbaugh habían tratado de hundirla y ni uno solo lo había conseguido.

Al pasar junto al escritorio de su secretaria, Naomi se detuvo para recoger un paquete que acababa de llegar y, al hacerlo, tiró una revista al suelo.

—Ya la cojo yo —dijo su secretaria, agachándose.

Pero Naomi ya lo había hecho, y su ojo crítico se había posado sobre la serie de fotografías que había en la página por la que la revista se había quedado abierta. Sintió un cosquilleo recorriéndole la nuca, una reacción instintiva que le decía con más claridad que cualquier comité de marketing que tenía algo grande entre las manos. ¡Su Chica Indomable! De perfil, de rostro entero, tres cuartos... Cada fotografía era mejor que la anterior. Había encontrado su rosa, su belleza americana, tirada en el suelo del despacho de su secretaria.

Leyó con avidez el título del artículo: la chica no era una modelo profesional, pero eso no era necesariamente algo malo. Miró la portada e hizo una mueca.

—Esta revista es de hace seis meses.

—Estaba limpiando uno de mis cajones y...

—No importa. —Volvió a las fotografías y dio unos golpecitos con su dedo índice sobre ellas—. Haz algunas llamadas mientras estoy en la reunión y mira a ver si puedes localizarla. No contactes con ella, solo quiero que averigües dónde está.

Pero cuando Naomi salió de su reunión con Harry Rodenbaugh se encontró con que su secretaria no había podido conseguir nada.

—Parece que se la haya tragado la tierra, señora Tanaka. Nadie sabe dónde está.

—Nosotras la encontraremos —dijo Naomi. Los engranajes de su mente ya se habían puesto en funcionamiento para registrar mentalmente su lista de contactos. Echó un vistazo a su Rolex y calculó la diferencia horaria. Luego cogió otra vez la revista y se dirigió a su despacho. Mientras marcaba en su teléfono, mantuvo la mirada fija en las fotografías—. Te voy a encontrar —le dijo a la hermosa mujer que le devolvía la mirada desde la revista—. Te voy a encontrar, y cuando lo haya hecho, tu vida nunca volverá a ser la misma.

El gato estrábico siguió a Francesca de vuelta al motel. Tenía el pelo de un gris apagado con calvas alrededor de sus hombros huesudos de alguna pelea antigua. Tenía un lado de la cara aplastado, y un ojo deformado, en el que el iris se había vuelto hacia dentro de modo que solo se veía un color blanco lechoso. Como añadidura a su repugnante apariencia, también le faltaba la punta de una oreja. Francesca deseó que el animal hubiera escogido a otra persona a la que seguir por la carretera, y apresuró el paso al doblar hacia el aparcamiento. La fealdad implacable del gato la perturbaba. Tenía aquella ilógica sensación que le hacía no querer estar cerca de nada que fuera tan feo, por si se le acababa pegando algo de esa fealdad, pues consideraba que la gente es juzgada por la compañía que frecuenta.

—¡Lárgate! —le ordenó.

El animal le lanzó una mirada ligeramente malévola, pero no alteró su camino. Francesca suspiró. Con la suerte que estaba teniendo últimamente, ¿qué esperaba?

Se había pasado durmiendo su primera tarde y toda la noche en Lake Charles, siendo solo levemente consciente del alboroto que montó Dallie al regresar a la habitación, y del otro alboroto que organizó por la mañana al irse de nuevo. Cuando se despertó por completo, ya hacía varias horas que él se había marchado. Casi desmayada de hambre, se aseó con rapidez y se tomó luego la libertad de utilizar los productos de limpieza de Dallie. Entonces cogió los cinco dólares que Dallie le había dejado para comida y, mirando fijamente el billete, tomó una de las decisiones más difíciles de su vida.

Ahora llevaba en su mano una pequeña bolsa de papel que contenía dos bragas baratas de nylon, un tubito de rímel económico, la botella más pequeña de quitaesmalte que pudo encontrar, y un paquete de limas de uñas. Con los pocos centavos sobrantes, había comprado el único alimento que se pudo permitir, una chocolatina Milky Way. Gruesa y pesada, podía sentir su agradable peso en el fondo de la bolsa. Hubiera querido comida de verdad, pollo, arroz, una ración de ensalada con aliño de queso azul, una porción de pastel de trufa, pero necesitaba bragas, rímel y algo con lo que salvar sus uñas vergonzosas. Mientras iba andando por la carretera hasta el motel, pensaba en todo el dinero que había despilfarrado a lo largo de los años. Zapatos de cien dólares, vestidos de mil dólares, dinero que salía volando de sus manos como naipes de las puntas de los dedos de un ilusionista. Por el precio de una simple bufanda de seda, podría haber comido como una reina.

Puesto que no tenía el dinero para comprarse una bufanda, había decidido que su momento culinario fuera lo mejor posible, por muy humilde que fuese. Al lado del motel había un árbol que daba sombra, y junto a él una oxidada silla de jardín. Iba a sentarse en esa silla, a disfrutar del calor de la tarde, y a comerse la chocolatina bocado a bocado, saboreando cada pequeño trozo para que durase lo máximo posible. Pero primero tenía que deshacerse del gato.

—¡Fuera! —siseó, dando un fuerte pisotón en el asfalto. El gato ladeó su cabeza asimétrica para mirarla, pero se mantuvo en su sitio—. Lárgate, bicho asqueroso, y búscate otra persona a la que incordiar.

Como el animal no se movía, resopló con hastío y se dirigió hacia la silla. El gato la siguió. Francesca lo ignoró, negándose a permitir que aquel feo animal arruinase su gozo con el primer alimento que ingería desde el sábado por la tarde.

Al sentarse, se despojó de sus sandalias y se refrescó las plantas de los pies en la hierba mientras buscaba en la bolsa la chocolatina. Era tan valiosa como un lingote de oro en sus manos. La desenvolvió con cuidado y se humedeció el dedo para recoger unos trocitos errantes de chocolate que se cayeron en sus vaqueros. Ambrosía... Deslizó la esquinita de la barra en su boca, hundió los dientes en el caparazón de chocolate y en el interior y arrancó el primer trozo. Mientras masticaba, supo que nunca en su vida había probado nada tan maravilloso. Tuvo que obligarse a dar otro mordisco pequeño en lugar de engullirla entera.

El gato emitió un sonido profundo y áspero, que Francesca interpretó como una pervertida forma de maullido.

Miró al animal, que se había colocado junto al tronco del árbol y la contemplaba con su único ojo bueno.

—Olvídalo, bestia. Lo necesito más que tú. —Dio otro mordisco—. No me gustan los animales, así que deja de mirarme de ese modo. No siento ningún aprecio por nada que tenga patas y no sepa limpiar.

El animal no se movió. Francesca notó lo marcadas que tenía las costillas y la falta de brillo de su pelo. ¿Era su imaginación o veía una cierta y triste resignación en aquella cara fea y tuerta? Dio otro mordisquito. El chocolate ya no le sabía tan bien como antes. ¡Ojalá no hubiera sabido lo terribles que eran las punzadas producidas por el hambre!

—¡Maldita sea! —Arrancó un pedazo de la barra, lo rompió en trocitos pequeños, y los puso encima del envoltorio. Cuando lo puso todo en el suelo, le dirigió al gato una mirada fulminante—. Espero que estés satisfecho, gato miserable.

El gato se acercó a la silla, bajó la cabeza hacia el chocolate y se lo comió todo como si le estuviera haciendo un favor.

Esa tarde, Dallie regresó del campo de golf después de las siete. Para entonces, ella se había arreglado las uñas, había contado los ladrillos de las paredes del cuarto y se había leído el Génesis. Cuando él entró por la puerta, estaba tan desesperada por tener compañía humana que se levantó de un salto de la silla, conteniéndose justo en el último momento para no echarse en sus brazos.

—Ahí fuera está el gato más feo que he visto en toda mi vida —dijo Dallie, tirando las llaves encima de la mesa—. Maldición, odio los gatos. El único animal en el mundo que no puedo soportar es el gato. —Como en ese momento Francesca tampoco era demasiado partidaria de la especie, no le rebatió—. Toma —añadió, tendiéndole una bolsa—, te he traído algo de cena.

Ella soltó un pequeño chillido al coger la bolsa y abrirla.

—¡Una hamburguesa! ¡Oh, Dios...! ¡Patatas, deliciosas patatas fritas! Te adoro.

Sacó las patatas fritas de la bolsa e inmediatamente se metió dos en la boca.

—Santo Dios, Francie, no tienes que actuar como si estuvieras muerta de hambre. Te dejé dinero para almorzar.

Sacó una muda de su maleta y desapareció en el cuarto de baño para darse una ducha. Cuando estuvo de vuelta, con su uniforme de costumbre compuesto de vaqueros y camiseta, ella había apaciguado su hambre, pero no su deseo de compañía. Sin embargo, vio con alarma que Dallie se preparaba para salir otra vez.

—¿Ya te vas?

—Skeet y yo tenemos una cita con un tipo llamado Pearl —respondió, sentándose en el borde de la cama para ponerse las botas.

—¿A esta hora?

—El señor Pearl tiene un horario muy flexible —dijo Dallie, riéndose entre dientes.

Francesca tuvo la sensación de que se había perdido algo, pero no podía imaginarse de qué se trataba. Apartó a un lado los envoltorios de la comida y se puso de pie.

—¿Podría ir contigo, Dallie? Puedo esperar en el coche mientras tienes tu reunión.

—Me temo que no, Francie. Esta clase de reunión puede alargarse a veces hasta la madrugada.

—No me importa. De verdad que no me importa. —Se repudiaba a sí misma por insistir de aquel modo, pero no creía que fuera a poder soportar más tiempo encerrada en la habitación sin nadie con quien hablar.

—Lo siento, Pantalones Elegantes. —Dallie se guardó la cartera en el bolsillo trasero de sus vaqueros.

—¡No me llames así! ¡Lo odio! —Él levantó una ceja al mirarla, y ella cambió rápidamente de tema—. Háblame del torneo de golf. ¿Cómo te ha ido?

—Hoy era simplemente una ronda de entrenamiento. El Pro-Am es el miércoles, pero el torneo de verdad no empieza hasta el jueves. ¿Has hecho algún progreso para contactar con Nicky?

Francesca negó con la cabeza, con pocas ganas de tocar ese tema en particular.

—¿Cuánto ganarías si vencieras en este torneo?

Dallie cogió su gorra y se la puso en la cabeza, de manera que la bandera americana sobre la visera la miraba a ella de frente.

—Solo unos diez mil. No es que sea un gran torneo, pero el club es de un amigo mío, así que vengo a jugar todos los años.

Una cantidad que ella habría considerado insignificante un año antes le parecía de repente una fortuna.

—Pero eso es maravilloso. ¡Diez mil dólares! Tienes que ganar, Dallie.

El hombre la miró con una curiosa expresión en su rostro.

—¿Y eso por qué?

—Pues para que consigas el dinero, por supuesto.

Dallie se encogió de hombros.

—Mientras el Riviera siga funcionando, no me importa demasiado el dinero, Francie.

—Eso es ridículo. A todo el mundo le importa el dinero.

—A mí no. —Salió por la puerta y reapareció casi al instante—. ¿Por qué está el envoltorio de la hamburguesa aquí fuera, Francie? ¿No habrás estado alimentando a ese gato asqueroso, verdad?

—No seas ridículo. Detesto los gatos.

—Bien, esa es la primera cosa sensata que te he oído decir desde que te conozco. —Le dirigió un gesto mínimo de asentimiento con la cabeza y cerró la puerta. Ella pateó la silla de escritorio con la punta de su sandalia y empezó una vez más a contar los ladrillos.

—¡Pearl es una cerveza! —gritó cinco días más tarde cuando Dallie regresó al atardecer después de jugar la ronda semifinal del torneo. Agitó delante de su cara el brillante anuncio que había encontrado en una revista—. Todas estas noches que me has abandonado en este agujero dejado de la mano de Dios sin otra cosa aparte de la televisión para hacerme compañía, te las has pasado en un sórdido bar bebiendo cerveza.

Skeet dejó los palos de Dallie en un rincón.

—Hay que ser muy astuto para poder tomarle el pelo a la señorita Fran-chess-ka. No deberías haber dejado tus viejas revistas por ahí tiradas, Dallie.

Dallie hizo un mohín y se frotó un músculo dolorido en el brazo izquierdo.

—¿Quién iba a imaginarse que supiera leer?

Skeet se rio entre dientes y salió del cuarto. A Francesca la atravesó una puñalada de dolor al escuchar el comentario de Dallie. En su mente surgieron incómodos recuerdos de las poco amables observaciones que ella había hecho en el pasado, observaciones que entonces le habían parecido ingeniosas, pero que ahora se le antojaban meramente crueles.

—Te parezco terriblemente tonta, ¿verdad? —susurró, con voz queda—. Disfrutas gastándome bromas que no entiendo y haciendo referencias que no puedo pillar. No tienes ni siquiera la decencia de ridiculizarme a mis espaldas; te burlas de mí en mi propia cara.

Dallie se desabrochó su camisa y contestó:

—Cielo santo, Francie, no hagas de esto un drama tan grande.

Ella se desplomó en el borde de la cama. Dallie no la había mirado... Ni una vez desde que había entrado en la habitación la había mirado, ni siquiera cuando estaba hablando con ella. Se había hecho invisible para él... asexual e invisible. Sus temores de que estuviera esperando que se acostase con él a cambio de compartir el cuarto ahora le parecían absurdos. No se sentía atraído hacia ella para nada. Ni siquiera le gustaba. Cuando se desabrochó la camisa, Francesca observó fijamente su pecho, levemente cubierto de vello y bien musculado. La nube de depresión que la llevaba siguiendo durante días se hizo aún más densa.

Él se quitó su camisa y la lanzó sobre la cama.

—Escucha, Francie, no te gustaría la clase de lugares que Skeet y yo frecuentamos. No hay manteles, y todos los alimentos son fritos.

Ella pensó en el Blue Choctaw y supo que probablemente tenía razón. Luego desvió la mirada a la pantalla encendida de la televisión, donde estaban comenzando a emitir un programa llamado *Sueño con Jeannie* por segunda vez ese día.

—No me importa, Dallie. Me encanta la comida frita, y los manteles están pasados de moda, de todos modos. De hecho, el año pasado mi madre hizo una fiesta para Nureyev y utilizó manteles individuales.

—Apuesto a que no tenían un mapa de Louisiana pintado en ellos.

—No creo que Porthault haga mapas.

Él resopló y se rascó el pecho. ¿Por qué no la miraría? Francesca se puso en pie.

—Era un chiste, Dallie. Yo también sé contar chistes.

—No te ofendas, Francie, pero tus chistes no son muy graciosos.

—Lo son para mí. Lo son para mis amigos.

—¿Sí? Bueno, eso es otra cosa. Tenemos gustos diferentes en lo que respecta a los amigos, y sé que no te gustarían mis compañeros de copas. Algunos de ellos son jugadores de golf, otros son tipos que viven por aquí, la mayoría de ellos dice a menudo cosas como «ya te digo». No son la clase de gente con la que tú te mezclas.

—Para ser totalmente honesta —dijo, con la mirada fija en la pantalla de la televisión—, cualquiera que no duerma con una botella me vale.

Dallie sonrió ante aquellas palabras y desapareció en el cuarto de baño para darse su ducha. Diez minutos más tarde, la puerta se abrió de repente y entró en el dormitorio con una toalla anudada alrededor de las caderas y la cara visiblemente enrojecida bajo su bronceado.

—¿Por qué está mi cepillo de dientes mojado? —rugió, sacudiendo el objeto delante de su cara.

Su deseo se había hecho realidad. Ahora la estaba mirando, atravesándola de hecho con sus ojos... y a Francesca no le gustó en absoluto esa mirada. Dio un paso hacia atrás y se mordió el labio inferior en un gesto que esperaba que resultase encantadoramente culpable.

—Me temo que he tenido que cogerlo prestado.

—¡Prestado! Esa es la cosa más repugnante que he oído jamás.

—Sí, bueno, es que parece que he perdido el mío, y yo...

—¡Lo has cogido prestado! —Ella se echó aún más hacia atrás al ver que el enfado de Dallie iba en aumento—. ¡No estamos hablando de un poquito de azúcar, nena! ¡Estamos hablando de un jodido cepillo de dientes, el objeto más personal que una persona puede poseer!

—Lo he estado desinfectando.

—Lo has estado desinfectando —repitió él, con un tono inquietante—. Ese tiempo verbal implica que no ha sido una única vez. El participio implica que tenemos toda una historia de uso prolongado.

—No muy prolongado, en realidad. Solo nos conocemos desde hace unos pocos días.

Dallie le tiró el cepillo de dientes, golpeándola en el brazo.

—¡Cógelo! ¡Coge el maldito cepillo! ¡He pasado por alto el hecho de que te pones mi ropa, que me has jodido mi maquinilla de afeitar, que no le has puesto el tapón a mi desodorante! He pasado por el alto el desorden en el que has convertido este lugar, pero, ¡maldita sea!, esto no voy a pasarlo por alto.

Francesca comprendió entonces que estaba verdaderamente enojado con ella, y que, sin querer, había rebasado una línea invisible. Por alguna razón que se le escapaba, aquel asunto del cepillo de dientes era lo suficientemente importante como para que él hubiera decidido hacer un drama de ello. Sintió una oleada de puro pánico extendiéndose dentro de ella. Había ido demasiado lejos y ahora él la echaría a patadas. En cuestión de unos segundos, él levantaría la mano, señalaría con el dedo hacia la puerta y le ordenaría salir de su vida para siempre jamás.

Atravesó la habitación a la carrera.

—Dallie, lo siento. De verdad que lo siento.

Él le dirigió una mirada dura como una piedra. Ella levantó las manos y las apretó levemente contra su pecho, extendiendo los dedos, con las uñas cortas y algo amarillentas por haber estado escondidas durante años bajo capas de laca de uñas. Inclinó la cabeza hacia arriba y le miró directamente a los ojos.

—No te enfades conmigo. —Se acercó aún más para que sus piernas tocaran las de él, y hundió la cabeza en su pecho, apoyando la mejilla contra su piel desnuda. Ningún hombre podía resistírsele. No podía. No cuando ella se lo proponía. Lo que ocurría era que hasta ese momento no se lo había propuesto, eso era todo. ¿Acaso no la había criado Chloe para encantar a los hombres?

—¿Qué estás haciendo? —preguntó Dallie.

No contestó; se limitó a seguir inclinaba sobre él, suave y dúctil como un gatito adormilado. Olía a limpio, a jabón, e inhaló su aroma. No iba a echarla a patadas. Ella no se lo permitiría. Si la echaba, no le quedaría nada ni nadie. Desaparecería. En aquel instante, Dallie Beaudine era todo lo que tenía en el mundo, y haría lo que fuera para mantenerlo. Sus manos se deslizaron por su pecho. Se puso de puntillas y le rodeó el cuello con sus brazos, rozó con los labios la línea de su mandíbula y apretó sus senos contra su pecho. Percibió cómo él experimentaba una erección bajo la toalla, y sintió que se renovaba su propio poder.

—Exactamente, ¿adónde quieres ir a parar con todo esto? —preguntó Dallie—. ¿Un revolcón bajo las sábanas?

—Es inevitable, ¿no crees? —Francesca se esforzó por sonar desenvuelta—. No es que tú hayas sido un perfecto caballero, pero estamos compartiendo la misma habitación.

—Tengo que decirte, Francie, que no pienso que sea buena idea.

—¿Por qué no? —Puso en juego sus pestañas, todo lo bien que se lo permitía el rímel barato, y acercó aún más sus caderas a las de él. La coqueta perfecta, una mujer creada solo para el placer de los hombres.

—¿Resulta bastante obvio, no te parece? —Dallie rodeó con su mano la cintura de ella y sus dedos sobaron suavemente su piel—. No nos gustamos el uno al otro. ¿Quieres tener sexo con un hombre al que no le gustas, Francie? ¿Un hombre que no sentirá ningún respeto por ti por la mañana? Porque así es como esto acabará si sigues moviéndote contra mí de esa forma.

—Ya no te creo. —Su antigua confianza volvió con un agradable arrebato—. Me parece que te gusto más de lo que quieres admitir. Creo que por eso te has estado esforzando tanto en evitarme durante toda esta semana, y por eso no me miras.

—Eso no tiene nada que ver con que me gustes —dijo Dallie

con voz baja y ronca, mientras con su otra mano le acariciaba la cadera—. Tiene que ver con la proximidad física.

Bajó la cabeza, y Francesca pudo sentir que se preparaba para besarla. Se escurrió de entre sus brazos y sonrió seductoramente.

—Dame solo unos minutos. —Se alejó de él y se dirigió hacia el cuarto de baño.

En cuanto estuvo dentro, se recostó contra la puerta y tomó aire profundamente, temblando, tratando de reprimir su nerviosismo por lo que se disponía a hacer. Aquel era el momento. Era su oportunidad de atar a Dallie fijamente a ella, de tener la certeza de que no la echase, de asegurarse de que le continuase proporcionando comida y cuidando de ella. Pero era más que eso. Hacer el amor con Dallie le permitiría sentirse como ella misma otra vez, aunque ya no estaba muy segura de quién era en realidad.

Deseó tener a mano uno de sus camisones de Natori. Y champán, y un hermoso dormitorio con un balcón que diera al mar. Vio su imagen en el espejo y se acercó un poco más. Estaba horrible. Su pelo estaba demasiado despeinado, y su cara demasiado pálida. Necesitaba ropa, necesitaba maquillaje. Se puso un poco de pasta dentífrica en el dedo y se lo pasó por dentro de la boca para refrescar su aliento. ¿Cómo iba a permitir que Dallie la viera con aquellas espantosas bragas de mercadillo? Con dedos temblorosos, tiró del botón de sus vaqueros y se los bajó. Dejó escapar un ligero gemido al ver las marcas rojas en la piel, cerca del ombligo, donde la cinturilla le había apretado demasiado. No quería que Dallie la viera con marcas. Se frotó con los dedos, tratando de hacerlas desaparecer, pero solo consiguió que su piel se enrojeciese aún más. Decidió que apagaría las luces.

Rápidamente, se quitó la camiseta y el sujetador y se envolvió con una toalla. Su respiración estaba muy acelerada. Al quitarse las bragas de nailon, distinguió una zona con vello cerca de su entrepierna que se le había pasado al depilarse las piernas. Apoyó la pierna en el asiento del retrete, y deslizó la hoja de la maquinilla de afeitar de Dallie sobre aquella zona. Así, eso estaba mejor. Intentó pensar qué más podía hacer para mejorar su aspecto. Retocó sus labios y los secó con una hoja de papel higiénico para que no se extendiese cuando se besasen. Reforzó su confianza recordándose a sí misma los magníficos besos que sabía dar.

Algo en su interior se deshinchó como un globo viejo, dejándola fláccida y deforme. ¿Y si no le resultaba atractiva? ¿Y si ella no era buena en la cama, como no lo había sido para Evan Varian ni para aquel escultor en Marrakech? ¿Y si...? Sus ojos verdes le devolvieron la mirada desde el espejo al tiempo que se le ocurría una espantosa idea. ¿Y si olía mal? Ella, Francesca. Cogió el vaporizador de Femme de encima de la cisterna del retrete, abrió las piernas y se perfumó.

—¿Qué diablos crees que estás haciendo?

Giró sobre sí misma y vio a Dallie allí de pie, dentro del aseo, con una mano en la cadera cubierta por la toalla. ¿Cuánto tiempo llevaba plantado ahí? ¿Qué había visto? Se irguió con aire de culpabilidad.

—Nada. Nada... no estoy haciendo nada.

Dallie miró la botella de Femme que colgaba de su mano como un peso muerto.

—¿No hay nada en ti que sea de verdad?

—No... no sé a qué te refieres.

Él dio un paso más hacia el interior del cuarto de baño.

—¿Estás probando nuevos usos para el perfume, Francie? ¿Es eso lo que estás haciendo? —Apoyó la palma de la mano contra la pared y se inclinó hacia ella—. Tienes tus pantalones vaqueros de marca, tus zapatos de marca, tus maletas de marca. Ahora, la señorita Pantalones Elegantes se ha conseguido su propio coño de marca.

—¡Dallie!

—Eres el colmo del consumismo, cariño... el sueño de cualquier publicista. ¿Vas a ponerte iniciales doradas y pequeñitas de diseñador?

—No tiene gracia. —Devolvió la botella a su sitio y aferró con fuerza la toalla. La vergüenza hacía que su piel ardiese.

Dallie sacudió la cabeza en un gesto de impotencia que ella encontró insultante.

—Venga, Francie, vístete. Dije que no lo haría, pero no puedo evitarlo. Te voy a llevar esta noche conmigo.

—¿A qué se debe este magnánimo cambio de opinión? —le espetó.

Él se dio la vuelta y regresó al dormitorio, de modo que sus palabras flotaron en el aire por encima de su hombro.

—Lo cierto, cariño, es que tengo miedo de que si no dejo que veas pronto una porción del mundo real, vas a acabar haciéndote daño de verdad.

12

The Cajun Bar and Grill era una clara mejoría con respecto al Blue Choctaw, aunque seguía sin ser el tipo de lugar que Francesca habría escogido como el sitio al que ir con sus amigos. Estaba situado a unos diez kilómetros al sur de Lake Charles, al lado de una carretera de dos carriles en medio de ninguna parte. Tenía una puerta mosquitera que producía un estruendo cada vez que alguien entraba y un ventilador chirriante con una de las aspas doblada. Detrás de la mesa en la que se sentaron, había un pez espada azul iridiscente clavado a la pared junto con todo un surtido de calendarios y un anuncio de pan de Evangeline Maid. Los manteles individuales eran exactamente como Dallie los había descrito, aunque no había mencionado los bordes dentados y la leyenda impresa en rojo bajo el mapa de Louisiana: «El país de Dios.»

Una camarera guapa de ojos marrones, con vaqueros y un top de tirantes, se acercó a la mesa e inspeccionó a Francesca con una mezcla de curiosidad y mal disimulada envidia, y luego se giró hacia Dallie.

—Eh, Dallie. He oído que estás a solo un golpe del primer puesto. Enhorabuena.

—Gracias, cariño. Se me ha dado bien el campo esta semana.

—¿Dónde está Skeet? —preguntó la chica.

Francesca miró inocentemente el azucarero de cristal cromado que había en el centro de la mesa.

—Algo le ha sentado mal y ha decidido quedarse en el motel.

—Dallie lanzó a Francesca una mirada dura y le preguntó si quería algo de comer.

Una letanía de platos maravillosos cruzó su mente: consomé de langosta, paté de pato con pistachos, ostras glaseadas... pero ahora era mucho más sabia que cinco días atrás.

—¿Qué me recomiendas? —preguntó a Dallie.

—Los perritos con chili están buenos, pero los cangrejos de río están mejor.

¿Qué diablos eran los cangrejos de río?

—Cangrejos de río, entonces —dijo, rezando por que no estuvieran refritos—. ¿Y podrías recomendarme algo verde para acompañarlos? Estoy empezando a preocuparme por el escorbuto.

—¿Te gusta la tarta de lima?

Francesca lo miró atónita.

—Eso es un chiste, ¿no?

Él le sonrió y se volvió a la camarera.

—Tráele a Francie un buen plato de ensalada, por favor, Mary Ann, y con rodajas de tomate. Para mí, bagre frito y pepinillos en vinagre, igual que ayer.

En cuanto la camarera se hubo marchado, dos hombres bien arreglados, con pantalones de pinzas y polos, se les acercaron desde la barra. Enseguida resultó evidente, por su conversación, que eran jugadores profesionales de golf que participaban en el torneo con Dallie y que se habían unido a ellos para que les presentase a Francesca. Se pusieron cada uno a un lado de ella y empezaron casi de inmediato a lanzarle pomposos cumplidos mientras le enseñaban cómo extraer la carne del cangrejo de río hervido que le habían servido en una gran fuente blanca. Se rio de todas sus anécdotas, los aduló de un modo escandaloso y, en resumidas cuentas, los tuvo comiendo de su mano antes de que se hubieran terminado la primera cerveza. Se sentía maravillosa.

Dallie, mientras tanto, estaba ocupado en una mesa cercana con un par de aficionadas que le dijeron que trabajaban de secretarias en una de las plantas petroquímicas que había en Lake Charles. Francesca observaba de reojo cómo hablaba con ellas, su silla apoyada solamente sobre las dos patas traseras, la gorra azul marino puesta del revés sobre su rubia cabeza, el botellín de cerveza apoyado sobre el pecho, y aquella sonrisa perezosa que se extendía por toda su cara cuando una de las chicas le decía algo subido de tono. No tardaron en lanzarse a una serie de nauseabundas expresiones con doble sentido acerca de su palo de golf.

Aunque ambos estaban manteniendo conversaciones separadas, Francesca comenzó a tener la sensación de que había algún tipo de conexión entre ellos, de que él era tan consciente de ella como ella lo era de él. O quizá no era más que una ilusión. Su encuentro con él en el motel la había conmocionado. Al arrojarse en sus brazos, había hecho que traspasasen una barrera invisible, y ahora ya era demasiado tarde para dar marcha atrás, aunque estuviera segurísima de querer hacerlo.

Tres musculosos granjeros a los que Dallie presentó como Louis, Pat y Stoney acercaron sus sillas para unirse a ellos. Stoney no podía apartar sus ojos de Francesca y le llenaba continuamente el vaso con una botella de Chablis malo que uno de los jugadores de golf le había comprado. Ella coqueteó con él descaradamente, mirándole a los ojos con una intensidad que había hecho ponerse de rodillas a hombres mucho más sofisticados. El tipo cambiaba una y otra vez de posición en su silla, tirando inconscientemente del cuello de su camisa de algodón a cuadros mientras trataba de comportarse como si las mujeres hermosas coquetearan con él todos los días de su vida.

Finalmente, las conversaciones individuales se extinguieron y todos los componentes del grupo se unieron para contar historias graciosas. Francesca se rio con todas aquellas anécdotas y se bebió otro vaso de Chablis. Se vio envuelta en una cálida neblina provocada por el alcohol y una sensación generalizada de bienestar. Se sentía como si los jugadores de golf, las secretarias de la petroquímica y los granjeros fueran los mejores amigos que hubiera tenido jamás. La admiración de los hombres le hacía entrar en calor, y la envidia de las mujeres renovaba su hundida confianza en sí misma, y la presencia de Dallie a su lado le daba energías. Él les hizo reír a todos con la historia de un encuentro inesperado con un caimán en un campo de golf de Florida, y de repente Francesca quiso poder devolverles algo a todos ellos, una pequeña parte de sí misma.

—Yo también tengo una historia de animales —dijo, radiante, a sus nuevos amigos. Todos la miraron expectantes.

—Oh, Dios —murmuró Dallie a su lado.

Ella no le hizo caso. Apoyó un brazo en el borde de la mesa y compuso su deslumbrante sonrisa del tipo espera-a-que-hayas-oído-esto.

—Un amigo de mi madre acababa de abrir un nuevo y encantador hotel cerca de Nairobi... —empezó a decir. Cuando se percató de las expresiones de ignorancia en varias de las caras que la rodeaban, puntualizó—: Nairobi... en Kenia. África. Un grupo de amigos volamos hasta allí para pasar una semana, más o menos. Era un lugar genial. Había una larga y encantadora galería que daba a una hermosa piscina, y servían el mejor ponche que podáis imaginaros. —Con un elegante gesto de la mano, trazó la silueta de una piscina y una fuente de ponche—. El segundo día que estuvimos allí, algunos de nosotros nos montamos en uno de los Land Rovers y salimos de la ciudad con nuestras cámaras para hacer unas fotos. Llevábamos alrededor de una hora en marcha cuando el conductor tomó una curva... No iba demasiado rápido, la verdad... y un jabalí apareció delante de nosotros. —Hizo una pausa teatral—. Bien, se produjo un ruido tremendo cuando el Land Rover golpeó al pobre animal y lo dejó tirado en la carretera. Todos saltamos fuera, por supuesto, y uno de los hombres, un violonchelista francés realmente odioso llamado Raoul —aquí puso sus ojos en blanco para que entendieran qué tipo de persona era ese tal Raoul— sacó su cámara y tomó una fotografía de aquel pobre y feo bicho. Entonces, no sé cómo se le ocurrió, pero mi madre le dijo a Raoul: «¡Sería graciosísimo si le hicieras una foto con tu chaqueta de Gucci!» —Ella misma se rio al recordar aquel episodio—. Naturalmente, todos pensaron que sería divertido, y como no había sangre en el animal que fuera a echar a perder la chaqueta, Raoul estuvo conforme. Así que, entre él y otros dos lc pusieron la chaqueta al bicho. Era algo espantosamente insensible, claro, pero todos se rieron con la imagen de aquel pobre animal muerto vestido con aquella maravillosa chaqueta de Gucci.

Poco a poco fue tomando consciencia del silencio reinante a su alrededor y de que las expresiones de incredulidad de todos los que estaban sentados a la mesa no habían cambiado. Su falta de respuesta hizo que se sintiera aún más decidida a conseguir que les gustara su historia, que les gustara ella misma. Su voz se volvió más enérgica, y sus gestos más descriptivos.

—Así que allí estábamos todos nosotros, de pie en la carretera mirando a la pobre criatura. Excepto... —Hizo otra pausa momentánea, se mordió el labio inferior para aumentar el suspense, y luego prosiguió—: Justo cuando Raoul levantaba su cámara para tomar la foto, el bicho se puso de pie, se sacudió y echó a correr hacia los árboles. —Se rio triunfalmente después de la última frase, y ladeó la cabeza esperando a que los demás se unieran a ella.

Todos sonrieron cortésmente.

Su propia risa se apagó al darse cuenta de que no habían pillado la gracia de la anécdota.

—¿No lo veis? —exclamó, con un ligero toque de desesperación en la voz—. ¡En algún lugar de Kenia hay un pobre jabalí corriendo por una reserva de animales, y va vestido de Gucci!

La voz de Dallie se hizo finalmente oír por encima del silencio que había caído de manera irreparable.

—Sí, está bien tu historia, Francie. ¿Qué dices de bailar conmigo? —Antes de que ella pudiera protestar, la agarró con poca delicadeza del brazo y la llevó a un pequeño cuadrado de linóleo delante de la máquina de discos. Mientras comenzaba a moverse al compás de la música, le dijo en voz baja—: Una regla básica para convivir con gente normal, Francie, es que nunca termines una frase con la palabra «Gucci».

Una sensación de terrible pesadez pareció instalarse en su pecho. Había querido gustarles, y lo único que había conseguido era quedar como una tonta. Había contado una historia que los demás no habían encontrado graciosa, una historia que, viéndola ahora a través de los ojos de los otros, nunca debería haber contado.

Su serenidad se había mantenido colgando de un simple hilo, y ahora se rompió.

—Discúlpame —dijo, con una voz que incluso a ella le sonó ronca.

Antes que Dallie pudiera tratar de detenerla, atravesó el laberinto de mesas y cruzó la puerta. El aire fresco le dio en la nariz, un húmedo aroma nocturno mezclado con el olor del gasóleo, del alquitrán y de la comida frita de la cocina que había en el fondo del local. Tropezó, todavía mareada a causa del vino, y recuperó el equilibrio apoyándose contra el lateral de una camioneta con las ruedas cubiertas de barro y un soporte para armas en la parte trasera. De la máquina de discos llegaban los acordes de *Behind Closed Doors*.

¿Qué le estaba pasando? Recordaba lo mucho que se había reído Nicky cuando le había contado la anécdota del jabalí, y cómo Cissy Kavendish había tenido que enjugarse las lágrimas de la risa con un pañuelo de Nigel MacAllister. La invadió una tremenda oleada de nostalgia. Había intentado localizar de nuevo a Nicky por teléfono, pero no había contestado nadie, ni siquiera el criado. Trató de imaginarse a Nicky sentado en el Cajun Bar and Grill, y no lo consiguió. Entonces trató de imaginarse a sí misma sentada a la mesa Hepplewhite en el salón comedor de Nicky, llevando puestas las esmeraldas de la familia Gwynwyck, y eso sí lo logró hacer sin dificultad alguna. Pero cuando se imaginó el extremo opuesto de la mesa, el lugar donde debería estar Nicky, vio a Dallie Beaudine en su lugar. Dallie, con sus vaqueros gastados, con sus camisetas demasiado ajustadas, con su cara de estrella de cine, dueño y señor de todo, devolviéndole la mirada por encima de la mesa de comedor del siglo XVIII de Nicky Gwynwyck.

La puerta sonó con fuerza al volver a abrirse, y Dallie salió. Caminó hasta ella y le tendió su bolso.

—Eh, Francie —dijo, con voz queda.

—Eh, Dallie. —Cogió el bolso y levantó la mirada hacia el cielo nocturno, salpicado de estrellas.

—Te has portado realmente bien ahí dentro.

Francesca soltó una carcajada corta y amarga.

Dallie se puso un palillo de dientes entre los labios.

—No, te lo digo de verdad. Una vez que te has dado cuenta de que has hecho el burro, has reaccionado por fin con un poco de dignidad. Nada de escenas en la pista de baile, te has limitado a marcharte en silencio. Todos estaban realmente impresionados. Querían que volvieras adentro.

—Mentira —dijo ella en tono de mofa.

Él se rio entre dientes en el mismo instante que la puerta se abría y aparecían dos hombres.

—Eh, Dallie —lo saludaron.

—Eh, K. C., Charlie.

Los hombres subieron a un Jeep Cherokee desvencijado y Dallie se volvió otra vez hacia ella.

—Me parece, Francie, que no me caes tan mal como antes. Quiero decir, sigues siendo todavía la mayor parte del tiempo como un grano en el trasero, y, en líneas generales, no eres mi tipo de mujer, pero tienes tus momentos. Le has puesto ganas a ese cuento del jabalí. Me ha gustado la forma que has tenido de contar la historia, incluso después de que fuera obvio que te estabas cavando una fosa bien profunda.

En el interior del local se oyó un estrépito de platos cuando en la máquina de discos sonaron las últimas estrofas de *Behind Closed Doors*. Francesca hundió el tacón de su sandalia en la grava.

—Quiero ir a casa —dijo bruscamente—. Odio esto. Quiero volver a Inglaterra, allí comprendo las cosas. Quiero mi ropa y mi casa y mi Aston Martin. Quiero tener dinero de nuevo y amigos a los que les guste.

Quería también a su madre, pero eso no lo dijo.

—Sientes verdadera lástima por ti misma, ¿no es verdad?

—¿No la sentirías tú si estuvieras en mi lugar?

—Es difícil decirlo. Supongo que no puedo imaginarme siendo feliz llevando ese tipo de vida tuya tan sibarita.

Ella no sabía exactamente qué significaba eso de «sibarita», pero cogió más o menos la idea, y la irritó que alguien cuya gramática hablada podría ser caritativamente descrita como de calidad inferior a la media utilizara una palabra que ella no entendía del todo.

Dallie apoyó el codo en la furgoneta.

—Dime algo, Francie. ¿Tienes algo remotamente parecido a un plan sobre qué hacer con tu vida dentro de esa cabecita tuya?

—Pienso casarme con Nicky, por supuesto. Ya te lo he dicho antes. —¿Por qué aquella idea la deprimía tanto?

Él se sacó el palillo de dientes de la boca y lo tiró lejos.

—Oh, déjate ya de esa historieta, Francie. Tienes las mismas ganas de casarte con Nicky que de tener el pelo sucio y desgreñado.

Francesca se encaró con él.

—¡No tengo opción, ¿no lo ves?, puesto que no tengo ni dos chelines en el bolsillo! Tengo que casarme con él. —Vio que él abría la boca, preparado para soltar otro de sus odiosos tópicos de clase baja, y lo cortó antes de que lo hiciera—: ¡No lo digas, Dallie! Algunas personas están en el mundo para ganar dinero y otras para gastarlo, y yo estoy en ese último grupo. Si te soy absolutamente sincera, no tengo la más mínima idea de cómo mantenerme. Ya has oído lo que me pasó cuando probé a ser actriz, y soy demasiado baja para ganarme la vida como modelo de pasarela. Si todo se reduce a elegir entre trabajar en una fábrica o casarme con Nicky Gwynwyck, puedes tener bien claro qué opción elegiré.

Dallie meditó un momento y después dijo:

—Por lo que parece, si consigo hacer dos o tres *birdies* en la ronda final de mañana, ganaré algo de dinero. ¿Quieres que te compre ese billete de avión de vuelta a Inglaterra?

Lo miró, allí, tan cerca de ella, con los brazos cruzados en el pecho, solo visible esa fabulosa boca bajo la sombra que proyectaba la visera de su gorra.

—¿Harías eso por mí?

—Ya te lo dije, Francie. Mientras pueda pagar la gasolina del coche y pagar mis cervezas en el bar, el dinero no significa nada para mí. Ni siquiera me gusta. Para serte sincero, aunque me considero un verdadero patriota americano, soy bastante marxista.

Ella se rio ante esa noticia, una reacción que le dijo con más claridad que cualquier otra cosa que llevaba demasiado tiempo en su compañía.

—Te agradezco la oferta, Dallie, pero a pesar de que me encantaría aceptarla, necesito quedarme por aquí un poco más de tiempo. No puedo volver a Londres así. Tú no conoces a mis amigos. Disfrutarían durante semanas comentando mi transformación en una indigente.

Dallie se recostó contra la camioneta.

—Qué grupo más agradable de amigos tienes allí, Francie.

Francesca sintió como si Dallie hubiera golpeado con sus nudillos una cavidad dentro de ella, un lugar en el que nunca se había permitido a sí misma internarse.

—Vuelve dentro —dijo—. Yo voy a quedarme aquí fuera un rato.

—Creo que no. —Giró su cuerpo hacia ella, de manera que su camiseta rozó el brazo de Francesca. Una luz amarilla lanzó una sombra ocre y oblicua en su rostro, transformando sutilmente sus facciones, haciéndolo parecer más viejo pero no menos espléndido—. Creo que tú y yo tenemos algo más interesante que hacer esta noche, ¿no es cierto?

Sus palabras produjeron un incómodo revoloteo en el estómago de Francesca, pero su timidez formaba parte de ella tanto como los pómulos Serritella. Pese a que una parte de ella quería salir corriendo y esconderse en los servicios del Cajun Bar and Grill, esbozó una sonrisa inocente e inquisitiva.

—¿Ah, sí? ¿Y de qué se trata?

—¿Un pequeño revolcón, tal vez? —Su boca se curvó en una sonrisa lenta y sensual—. ¿Por qué no te subes al Riviera y nos ponemos en camino?

No quería subir al Riviera. O quizá sí quería. Dallie le producía en el cuerpo unas sensaciones poco conocidas, unas sensaciones que habría estado dispuesta a satisfacer si hubiera sido una de esas mujeres que tenían experiencia en el sexo, una de esas mujeres a las que no les importaba que el sudor de otra persona gotease sobre su cuerpo. No obstante, incluso por mucho que quisiera, no podía echarse atrás ahora sin quedar como una tonta. Mientras se dirigía hacia el coche y abría la puerta, trató de convencerse de que, puesto que ella no sudaba, quizás un hombre tan magnífico como Dallie tampoco lo hiciera.

Lo observó rodeando el Riviera, silbando una melodía desafinada y sacando las llaves de su bolsillo trasero. No parecía tener ninguna prisa. No había ningún pavoneo de macho en su caminar, ni un indicio del engreimiento que había advertido en el escultor de Marrakech antes de que la llevase a la cama. Dallie se comportaba con normalidad, como si acostarse con ella fuera algo cotidiano, como si no significase gran cosa para él, como si ya lo hubiera hecho miles de veces y ella solo fuera un cuerpo femenino más.

Dallie entró en el Riviera, puso el motor en marcha y empezó a toquetear el dial de la radio.

—¿Te gusta la música country, Francie, o te va mejor algo más ligero? Maldita sea. Me he olvidado de darle a Stoney el pase que le había prometido para mañana. —Abrió la puerta—. Vuelvo en un minuto.

Francesca lo miró atravesar el aparcamiento y notó que seguía moviéndose sin la menor prisa. La puerta del local se abrió y los jugadores de golf salieron. Dallie se paró y habló con ellos, metiendo un pulgar en el bolsillo trasero de sus vaqueros y apoyando la bota sobre el escalón de cemento. Uno de los otros dibujó un arco imaginario en el aire, y después un segundo justo debajo del primero. Dallie negó con la cabeza, hizo una especie de pantomima del swing, y a continuación dibujó sus propios arcos imaginarios.

Se hundió con desánimo en el asiento. Ciertamente, Dallie Beaudine no parecía un hombre consumido por una pasión desenfrenada.

Cuando finalmente volvió al coche, estaba tan aturdida que no pudo ni siquiera mirarlo. ¿Acaso las mujeres que había habido en su vida eran tan magníficas que ella era solo una más entre una multitud? Un baño lo arreglaría todo, se dijo cuando Dallie puso en marcha el coche. Pondría el agua tan caliente como pudiera para que el cuarto de aseo se llenase de vapor y la humedad formase en su pelo esas pequeñas y suaves guedejas alrededor de su cara. Se pondría un toque de pintalabios y algo de colorete, rociaría las sábanas con perfume, y cubriría una de las lámparas con una toalla para que la luz se atenuase y...

—¿Pasa algo malo, Francie?

—¿Por qué lo preguntas? —repuso ella, rígida.

—Porque te falta poco para quedarte pegada a la manija de la puerta.

—Estoy bien así.

Dallie volvió a mover el dial de la radio.

—Como quieras. ¿Qué va a ser, entonces? ¿Country o algo más suave?

—Ninguna de las dos. Me apetece rock. —Tuvo una inspiración repentina, y la puso en marcha de inmediato—. Desde que puedo recordar, me ha encantado el rock. Los Rolling Stones son mi grupo favorito. La mayoría de la gente no lo sabe, pero Mick escribió tres canciones para mí después de que pasáramos algún tiempo juntos en Roma.

Dallie no pareció especialmente impresionado, así que decidió embellecer un poco la historia. A fin de cuentas, no era una mentira muy exagerada, puesto que Mick Jagger la conocía lo suficiente como para saludarla. Bajó la voz para convertirla en un susurro, como quien se dispone a confiar un secreto.

—Estuvimos en un apartamento maravilloso con vistas a la Villa Borghese. Todo fue absolutamente genial. Teníamos una intimidad completa, hasta el punto de que podíamos incluso hacer el amor en la terraza. No duró mucho, por supuesto. Tiene un ego terrible... por no mencionar a Bianca, y además conocí al príncipe. —Hizo una breve pausa—. No, no fue así. Primero conocí a Ryan O'Neal, y después al príncipe.

Dallie la miró, se sacudió la cabeza como si estuviera intentando sacarse agua de los oídos y volvió a concentrarse en la carretera.

—Te gusta hacer el amor al aire libre, ¿no, Francie?

—Claro, ¿acaso no le gusta a la mayoría de las mujeres? —En realidad, no podía imaginarse nada peor.

Recorrieron varios kilómetros en silencio, y, de repente, Dallie tomó un desvío a la derecha y se adentró por un estrecho camino de tierra que se dirigía directamente a una zona de cipreses que parecían cubiertos de largas barbas de musgo.

—¿Qué haces? ¿Adónde vas? —exclamó Francesca—. ¡Da la vuelta al coche inmediatamente! Quiero volver al motel.

—Creo que este lugar te puede gustar, con ese carácter tuyo tan aventurero y sexual y todo eso. —Metió el vehículo entre los cipreses y apagó el motor. Extraños sonidos de insectos se colaban por la ventanilla abierta.

—Eso parece ser una ciénaga —gimió Francesca, desesperada.

Él miró a través del parabrisas.

—Creo que tienes razón. Será mejor que no nos alejemos del coche; la mayoría del los caimanes se alimentan de noche. —Se quitó la gorra y la puso en el salpicadero, luego se giró hacia ella y la miró expectante.

Ella se apretó un poco más contra su puerta.

—¿Quieres empezar tú o prefieres que lo haga yo? —preguntó Dallie al fin.

Ella se mantuvo cauta.

—¿Empezar qué?

—Precalentamiento. Ya sabes: el juego previo. Como has tenido todos esos amantes de alto nivel, me tienes un tanto intimidado. Quizá sería mejor que marcases tú el ritmo.

—Vamos... vamos a olvidarnos de esto. Cr... creo que he cometido un error. Volvamos al motel.

—No es buena idea, Francie. Una vez que has traspasado la frontera con la Tierra Prometida, no puedes echarte atrás sin que la situación se vuelva incómoda.

—Oh, no creo que sea así. No creo que sea incómodo en absoluto. En realidad no se trataba de la Tierra Prometida, sino solo de un pequeño flirteo. Quiero decir que... no será incómodo para mí, y estoy segura de que no será tampoco incómodo para...

—Sí, lo será. Será tan incómodo que no creo que sea capaz de jugar mañana ni siquiera medianamente bien. Soy un deportista profesional, Francie. Los deportistas profesionales tienen cuerpos en perfecta forma, como motores bien engrasados. Una pequeña mota de incomodidad lo tiraría todo por la borda. A la basura. Me podrías costar unos cinco golpes mañana, nena.

Su acento se había vuelto increíblemente grave, y Francesca se dio de pronto cuenta de que le estaba tomando el pelo.

—¡Maldita sea, Dallie! No me hagas esto. Ya estoy suficientemente nerviosa como para que encima te burles de mí.

Él se echó a reír, le pasó la mano por el hombro y tiró de ella para darle una especie de abrazo amistoso.

—¿Por qué no me dices simplemente que estás nerviosa en lugar de contarme todas esas chorradas extravagantes? Tú misma te complicas la vida.

Se sentía bien entre sus brazos, pero no podía perdonarle por burlarse de ella.

—Eso es fácil para ti. Seguro que tú estás cómodo en cualquier tipo de cama, pero yo no. —Tomó aire y soltó sin rodeos lo que realmente le preocupaba—: La verdad es que... ni siquiera me gusta el sexo.

Ya estaba. Lo había dicho. Ahora podría reírse a gusto de ella.

—¿Y eso, por qué? Una cosa tan agradable como el sexo y que además no cuesta dinero tendría que ser justo lo que más te gustase.

—No soy una persona deportista.

—Oh, oh. Bien, eso lo explica, vale.

Francesca no podía apartar de su cabeza el recuerdo de la cercanía del pantano.

—¿Podríamos volver al motel, Dallie?

—Creo que no, Francie. En cuanto lleguemos, te encerrarás en el baño, preocupada por tu maquillaje, y cogerás tu botellita de perfume. —Le retiró el pelo del cuello e, inclinándose hacia ella, le acarició la piel con los labios—. ¿Nunca te has dado el lote en el asiento trasero de un coche?

Ella cerró los ojos ante la deliciosa sensación que su roce le había provocado.

—¿Cuenta una de las limusinas de la familia real?

Él le atrapó con suavidad el lóbulo de la oreja entre sus dientes.

—No, a menos que las ventanas quedaran empañadas.

Francesca no sabría decir quién de los dos se movió primero, pero, de algún modo, la boca de Dallie estaba sobre la suya. Sus manos se movieron hacia arriba por la nuca de ella y se internaron en su pelo, esparciéndolo sobre sus antebrazos desnudos. Aprisionó su cabeza con las palmas de sus manos y la inclinó un poco más hacia atrás para que su boca se abriera involuntariamente. Ella esperó la invasión de su lengua, pero no llegó a producirse. En lugar de eso, Dallie se entretuvo jugueteando con su labio inferior. Las manos de ella recorrieron sus costillas hasta llegar a su espalda e, inconscientemente, se deslizaron por debajo de su camiseta para acariciar su piel desnuda. Sus bocas siguieron rozándose y Francesca perdió todo deseo de mantener la voz cantante. Poco después, se encontró recibiendo la lengua de él con placer, su hermosa lengua, su hermosa boca, su hermosa piel, tensa bajo sus manos. Se entregó al beso, concentrándose solo en las sensaciones que él despertaba en ella sin pensar en que ocurriría a continuación. Él apartó su boca de la de ella y se desplazó a su cuello. Francesca dejó escapar una risita.

—¿Tienes algo que quieras compartir con el resto de la clase —murmuró él sobre su piel— o es un chiste privado?

—No, solamente me estoy divirtiendo. —Sonrió cuando él la besó en el cuello y tiró del nudo que se había hecho en la camiseta a la altura de la cintura—. ¿Qué es un Aggies?

—¿Un Aggie? Alguien que ha estudiado en la Universidad de Texas A&M es un Aggie, como yo.

Ella se echó bruscamente para atrás, y su asombro quedó patente en el arco perfecto que dibujaron sus cejas.

—¿Tú has ido a una universidad? ¡No me lo creo!

Dallie la miró con una expresión ligeramente ofendida.

—Tengo una licenciatura en Literatura Inglesa. ¿Quieres ver mi diploma o podemos seguir por donde íbamos?

—¿Literatura inglesa? —Francesca estalló en carcajadas—. ¡Oh, Dallie, eso es increíble! Si apenas dominas la lengua.

Entonces Dallie estaba claramente molesto.

—Vaya, eso es realmente agradable por tu parte. Eso es algo muy agradable para decírselo a cualquiera.

Todavía riéndose, Francesca se tiró en sus brazos, pero lo hizo tan de improviso que lo desequilibró y le hizo golpearse contra el volante. Entonces dijo algo totalmente inesperado:

—Podría comerte entero, Dallie Beaudine.

Ahora le tocaba a él reírse, pero no pudo hacerlo apenas porque la boca de ella estaba sobre la suya. Francesca se olvidó de su temor y de que no se le daba bien el sexo; se puso de rodillas y se inclinó hacia él.

—Me estoy quedando sin espacio para maniobrar, nena —dijo él al fin. Apartándose un poco, abrió la puerta del Riviera y salió. Luego le tendió la mano a ella.

Ella permitió que la ayudara a salir, pero en vez de abrir la puerta trasera para que pudieran acomodarse en un lugar más espacioso, Dallie le sujetó las caderas con sus muslos contra el lateral del coche y la besó de nuevo. La luz que había quedado encendida al estar la puerta abierta, producía un área débilmente iluminada alrededor del coche que hacía que la oscuridad que había más allá resultase aún más impenetrable. La imagen de sus sandalias descubiertas y los caimanes que pudieran estar al acecho debajo del coche cruzó por un instante su mente. Sin desperdiciar un solo momento del beso, enlazó sus brazos sobre los hombros de él y cruzó una pierna alrededor de la de él, al tiempo que plantaba el otro pie firmemente encima de su bota de cowboy.

—Me gusta tu forma de besar —murmuró Dallie. Su mano izquierda ascendió por su espalda desnuda y desabrochó su sujetador, mientras la derecha se abría paso entre sus cuerpos para abrir el botón de sus vaqueros.

Francesca sintió que los nervios volvían a apoderarse de ella, y esta vez no era a causa de los caimanes.

—Vamos a comprar una botella de champán, Dallie. Creo... creo que un poco de champán me ayudará a relajarme.

—Yo te relajaré. —Le abrió el botón y pasó a la cremallera.

—¡Dallie! —exclamó Francesca—. Estamos al aire libre.

—Oh, oh. Solos tú y yo, y el pantano. —La cremallera cedió bajo su presión.

—Yo... creo que no estoy preparada para esto.

Metiendo la mano por debajo de su camiseta suelta, Dallie cubrió uno de los pechos de Francesca con su mano, y al mismo tiempo sus labios trazaron un camino desde la mejilla a la boca. El pánico empezó a crecer dentro de ella. Dallie frotó su pezón con el pulgar y ella gimió suavemente. Quería que él pensara de ella que era una amante maravillosa, espectacular... pero ¿cómo podía conseguirlo en medio de un pantano?

—Nece... necesito champán. Y luces tenues. Necesito sábanas, Dallie.

Él retiró la mano de su pecho y la puso con suavidad en su cuello. Mirándola a los ojos, susurró:

—No, no necesitas nada de eso, nena. No necesitas nada más que a ti misma. Tienes que empezar a comprender eso, Francie. Tienes que empezar a depender de ti misma y no de todos esos absurdos accesorios que crees que necesitas establecer a tu alrededor.

—Estoy asustada. —Trató de hacer que sus palabras sonaran desafiantes, pero no lo logró. Se soltó de su abrazo y se bajó de su bota, y lo confesó todo—: Puede que te parezca una tontería, pero Evan Varian dijo que yo era frígida, y un escultor sueco en Marrakesh...

—¿Te importa dejar esa parte para otro momento?

Francesca sintió que volvía su espíritu guerrero, y lo miró con rabia.

—Me has traído aquí a propósito, ¿verdad? Me has traído aquí porque sabías que odiaría este lugar. —Retrocedió varios pasos y señaló con un dedo tembloroso el Riviera—. No soy el tipo de mujer a la que le puedes hacer el amor en el asiento de atrás de un coche.

—¿Quién ha dicho nada acerca de hacerlo en el asiento de atrás?

Ella lo miró un momento fijamente y exclamó:

—¡Ah, no! Yo no me acuesto en este suelo infestado de bichos. Te lo digo en serio, Dallie.

—A mí tampoco me atrae mucho el suelo.

—Entonces, ¿cómo? ¿Dónde?

—Venga, Francie. Deja ya de tramar y planificar, de tratar siempre de asegurarte de que tienes tu mejor lado girado hacia la cámara. Simplemente, besémonos un poco y dejemos que las cosas sigan su curso natural.

—Quiero saber dónde, Dallie.

—Ya lo sé, cariño, pero no te lo voy a decir, porque empezarías a preocuparte de si los colores combinan bien o no. Por una vez en tu vida, prueba a hacer algo sin preocuparte de si tu aspecto es el mejor posible.

Francesca se sintió como si él hubiera sostenido un espejo delante de ella, un espejo no muy grande ni tampoco opaco, pero un espejo al fin y al cabo. ¿Era tan superficial como Dallie parecía creer? ¿Tan calculadora? No quería pensar que fuera así, y sin embargo... Levantó el mentón y empezó a bajarse los pantalones.

—Está bien, lo haremos a tu manera. Pero no esperes nada

espectacular por mi parte. —Las perneras de sus pantalones quedaron enganchadas en sus sandalias. Se inclinó para forcejear con la tela, pero los tacones se atascaron entre los pliegues. Dio otro tirón de los vaqueros y lo que consiguió fue apretar aún más el enredo—. ¿Esto te pone, Dallie? —Se enfureció—. ¿Te gusta mirarme? ¿Te excitas al mirarme? ¡Maldita sea! ¡Malditos sean estos pantalones!

Él empezó a avanzar hacia ella, pero Francesca lo miró a través del velo que formaba su pelo y le mostró los dientes.

—No te atrevas a tocarme. Te lo advierto. Lo haré sola.

—No es que esto pueda llamarse un comienzo muy prometedor que digamos, Francie.

—¡Vete al infierno! —Cojeando, por culpa de los vaqueros enredados en sus tobillos, dio tres pasos hasta alcanzar el coche, se sentó en el asiento delantero, y, finalmente, consiguió desprenderse de los pantalones. Entonces se puso otra vez en pie, vestida ya solo con la camiseta, las bragas y las sandalias—. ¡Ya está! Y no me voy a quitar nada más hasta que sienta realmente que me apetece hacerlo.

—Me parece justo —dijo Dallie, abriendo sus brazos para envolverla en ellos—. ¿Quieres acurrucarte aquí un segundo para recobrar el aliento?

Ella lo hizo. Lo hizo con auténticas ganas.

—Sí.

Se apoyó contra su pecho. Dallie la abrazó un instante, y después le echó la cabeza hacia atrás y comenzó a besarla otra vez. Francesca sentía su autoestima tan baja que no pretendió impresionarle; se limitó a dejarle hacer. Después de un rato, se dio cuenta de que la sensación era agradable. La lengua de Dallie tocaba la suya y su mano extendida se paseaba por la piel desnuda de su espalda. Ella levantó los brazos y los enlazó alrededor de su cuello. Él metió de nuevo las manos por debajo de la camiseta y sus pulgares empezaron a juguetear con sus senos, para pasar acto seguido a sus pezones. ¡La sensación era tan buena...! Cálida y escalofriante al mismo tiempo. ¿Había jugueteado el escultor con sus senos? Seguramente, pero no lo recordaba. Y entonces Dallie le subió la camiseta por encima de sus pechos y empezó a acariciarla con su boca... con aquella boca hermosa y maravillosa. Francesca dejó escapar un suspiro cuando él le chupó suavemente un pezón y luego el otro. Con algo de sorpresa, se dio cuenta de que sus propias manos estaban también debajo de la camiseta de él, acariciando su pecho desnudo. Dallie la levantó en vilo, avanzó unos pasos con ella encogida en sus brazos, y luego la tumbó.

Sobre el capó de su Riviera.

—¡No, absolutamente no! —exclamó Francesca.

—Solo pruébalo.

Ella abrió la boca para decirle que nada en el mundo la convencería para ser poseída encima del capó de un coche y llenarse de magulladuras, pero él pareció interpretar su boca abierta como una invitación. Antes de que pudiera articular sus palabras, la estaba besando de nuevo. Sin ser muy consciente de cómo había llegado a ocurrir, se oyó a sí misma gemir a medida que sus besos se hicieron más intensos, más cálidos. Arqueó el cuello hacia él, abrió la boca, lanzó su lengua hacia delante y se olvidó por completo de su humillante postura. Dallie extendió su brazo y le cogió un tobillo con los dedos para tirar con suavidad de su pierna.

—Directamente aquí —canturreó dulcemente—. Pon tu pie justo aquí, sobre la matrícula, nena.

Ella obedeció.

—Mueve las caderas un poco hacia delante. Así está bien. —Su voz sonaba ronca, en contraposición a su calma habitual, y su respiración estaba agitada mientras la hacía cambiar de postura. Francesca tiró de su camiseta, deseando sentir la piel desnuda sobre sus senos.

Él se la quitó y empezó luego a tirar de sus bragas.

—Dallie...

—No pasa nada, nena, no pasa nada. —Sus bragas desaparecieron y sus nalgas quedaron apoyadas sobre el metal frío y cubierto de granos de arena del polvo de la carretera—. Francie, esa caja de píldoras anticonceptivas que vi en tu neceser no es solo un elemento decorativo, ¿verdad?

Ella negó con la cabeza, queriendo evitar que se rompiera el hechizo si le ofrecía una explicación demasiado extensa. Hacía unos meses, sus períodos habían cesado de forma sorprendente y su médico le había dicho que dejara de tomar las píldoras hasta que volviera a tenerlos. Le había asegurado que no podría quedarse embarazada hasta entonces, y en ese instante eso era lo único que importaba.

La mano de Dallie se deslizó por el interior de uno de sus muslos. Lo separó suavemente del otro y empezó a acariciarle la piel con extrema delicadeza, acercándose cada vez más a la única parte de su cuerpo que ella no consideraba hermosa, la parte de ella que siempre se había empeñado en mantener escondida, pero que ahora sentía caliente, palpitante y extraña.

—¿Y si viene alguien? —gimió cuando él frotó su cuerpo contra el de ella.

—Ojalá alguien lo haga —contestó Dallie con voz ronca. Y, entonces, dejó de acariciarla, dejó de bromear y la tocó... La tocó como nadie la había tocado. Por dentro.

—Dallie... —Su voz era en parte un gemido, en parte un grito.

—¿Te gusta? —murmuró él, deslizando suavemente los dedos hacia delante y hacia atrás.

—Sí. Sí.

Mientras él continuaba, ella cerró sus ojos ante la media luna de Louisiana que tenía encima, para que nada la distrajera de las maravillosas sensaciones que se extendían por todo su cuerpo. Giró la cara y no sintió siquiera el roce de la tierra del capó contra la piel de su mejilla. Los movimientos de las manos de Dallie se hicieron más impacientes. Le separó más las piernas y tiró de sus caderas para acercarla más al borde. Sus pies encontraron un precario equilibrio en el parachoques, separados por una matrícula de Texas y una porción de metal polvoriento. Él se llevó una mano a la bragueta de sus vaqueros y Francesca oyó que la cremallera cedía. Dallie le levantó las caderas.

Cuando sintió que empujaba dentro de ella, dejó escapar un leve jadeo. Él se inclinó sobre ella, con los pies todavía en el suelo, pero enseguida se apartó un poco.

—¿Te estoy haciendo daño?

—Oh, no... Está muy bien así.

—Esa es la idea, cariño.

Francesca quería que él creyera que era una amante maravillosa, hacerlo todo bien, pero el mundo entero parecía estar deslizándose lejos de ella, todo se deformaba, ondulaba y se volvía pastoso por aquella sensación de calor que la invadía. ¿Cómo podía ella concentrarse en nada mientras él la tocaba de aquella manera y se movía de aquel modo? De repente, quiso sentir más de él. Levantó un pie del parachoques y le rodeó las caderas con la pierna, mientras con la otra envolvía la de Dallie, empujó luego hasta que absorbió tanto de él como le fue posible.

—Despacio, nena —dijo él—. Tómate tu tiempo. —Empezó a moverse dentro de ella con lentitud, besándola, y haciéndola sentir mejor de lo que nunca se había sentido en su vida—. ¿Estás conmigo, cariño? —murmuró suavemente en su oído, con voz ronca.

—Oh, sí... Sí. Dallie... Mi maravilloso Dallie... Mi encantador Dallie... —Una cacofonía de sonidos pareció estallar dentro de su cabeza mientras la inundaba una oleada de placer al llegar al orgasmo. Una y otra vez.

Él la penetró ahora con fuerza, y dejó escapar una mezcla de gemido y gruñido. El sonido le proporcionó a Francesca una sensación de poder, llevándola a un estado de increíble excitación, y produciéndole otro orgasmo. Él se estremeció sobre ella durante un momento maravillosamente interminable y luego se dejó caer.

Ella giró la mejilla para apretarla contra su cabello, lo sentía cercano y hermoso y auténtico contra su piel, dentro de ella. Notó que la piel de los dos se pegaba la una a la otra y que la espalda de Dallie estaba húmeda bajo sus manos. Sintió una pequeña gota de sudor de él cayendo sobre su brazo desnudo y se dio cuenta de que no le importaba. Era eso lo que significaba estar enamorada?, se preguntó ensimismada. Sus párpados se abrieron. Estaba enamorada. Por supuesto que lo estaba. ¿Por qué no se había dado cuenta mucho antes? Eso era lo que la había puesto tan nerviosa. Esa era la razón por la que se había sentido tan infeliz. Estaba enamorada.

—¿Francie? —murmuró Dallie.

—¿Sí?

—¿Estás bien?

—Oh, sí.

Él se apoyó en un brazo y le sonrió.

—Entonces, ¿qué te parece si volvemos al motel y probamos de nuevo entre esas sábanas que tanto parecen gustarte?

Durante el trayecto de regreso, Francesca se sentó en medio del asiento delantero y apoyó la mejilla contra el hombro de Dallie mientras masticaba un trozo de chicle y fantaseaba con el futuro.

13

Naomi Jaffe Tanaka entró en su apartamento, con un maletín de Mark Cross en una mano y una bolsa de Zabar enganchada en la cadera opuesta. En el interior de la bolsa había un envase con higos dorados, un Gorgonzola dulce y una barra crujiente de pan francés, todo lo que necesitaba para una perfecta cena de trabajo. Dejó el maletín en el suelo y colocó la bolsa en la encimera de granito negro de su cocina, apoyándola contra la pared, que estaba pintada en un tono similar al vino tinto. El apartamento era caro y elegante, exactamente el tipo del lugar donde debería vivir la vicepresidenta de una importante agencia de publicidad.

Frunció el ceño al sacar el Gorgonzola y ponerlo en un plato de porcelana rosa. Solo un pequeño obstáculo la separaba de la vicepresidencia que tanto ansiaba: encontrar a la Chica Indomable. Esa misma mañana, Harry Rodenbaugh le había enviado un memorándum amenazándola con pasarle el proyecto a «alguno de los hombres más agresivos» de la agencia si ella era incapaz de encontrar a su Chica Indomable en las semanas siguientes.

Se quitó los zapatos de ante gris y les dio un puntapié mientras sacaba el resto de la compra de la bolsa. ¿Cómo podía ser tan difícil encontrar a una simple persona? Tanto su secretaria como ella misma llevaban días haciendo docenas de llamadas telefónicas, pero ni una de ellas les había servido para encontrar la menor pista sobre el paradero de la chica. Estaba en algún lugar, Naomi lo sabía, pero ¿dónde? Se frotó las sienes, aunque el gesto no sirvió para aliviar el dolor de cabeza que la había estado incordiando todo el día.

Después de dejar los higos en la nevera, recogió los zapatos y salió de la cocina. Se daría una ducha, se pondría su vieja bata de baño, y se serviría un vaso de vino antes de centrarse en el trabajo que se había llevado consigo a casa. Con una mano, empezó a desabrocharse los botones de perla de su vestido, mientras con el codo del otro brazo encendía la luz de la sala de estar.

—¿Qué tal estás, hermanita?

Naomi gritó y giró hacia el lugar del que había brotado la voz de su hermano, con el corazón a punto de salírsele del pecho.

—¡Dios mío!

Gerry Jaffe estaba recostado en el sofá, y sus vaqueros raídos y su camisa azul quedaban fuera de lugar contra la sedosa tapicería rosa. Aún llevaba el pelo negro a lo afro. Tenía una pequeña cicatriz en el pómulo izquierdo y marcas de cansancio en torno a sus labios gruesos, que solían tener embelesadas de lujuria a todas sus amigas. La nariz era la misma de siempre, grande y curva como la de un águila. Y sus ojos eran pequeñas y profundas pepitas negras que todavía llameaban con el fuego del entusiasmo.

—¿Cómo has entrado? —exigió saber Naomi, con el corazón desbocado por el susto. Se sentía a un tiempo enojada y vulnerable. Lo último que necesitaba en su vida en aquel preciso momento era otro problema, y la reaparición de Gerry solo podía significar problemas. Odiaba también el sentimiento de ineptitud que siempre experimentaba cuando estaba con Gerry: una hermana pequeña que en cierta ocasión no había conseguido situarse al nivel de su hermano.

—¿No le das un beso a tu hermano mayor?

—No te quiero aquí.

Tuvo la impresión de que Gerry estaba enormemente agotado, pero la sensación fue muy breve y desapareció casi de inmediato. Siempre había sido un buen actor.

—¿Por qué no has llamado primero? —le espetó. Y entonces recordó que Gerry había sido fotografiado por los periódicos unas pocas semanas antes en el exterior de la base naval en Bangor, Maine, encabezando una manifestación contra el estacionamiento del submarino nuclear Trident allí—. Te han detenido otra vez, ¿verdad?

—Oye, ¿qué significa una detención más en la Tierra de los Libres, en el Hogar de los Valientes? —Se levantó del sofá, extendió los brazos hacia ella y le dirigió su más encantadora sonrisa de flautista de Hamelín—. Venga, chica, ¿no vas a darme un besito?

Se parecía tanto al hermano mayor que le compraba chocolatinas cuando sufría sus ataques de asma que casi sonrió. Pero fue un error. Con un rugido monstruoso, Gerry saltó por encima de la mesita de centro de cristal y mármol y se abalanzó sobre ella.

—¡Gerry! —Naomi se echó hacia atrás, pero él siguió avanzando, mostrándole los dientes, con las manos transformadas en garras y dando bandazos hacia ella al estilo de Frankenstein.

—¡El Fantasma de Cuatro Ojos y Colmillos Afilados vuelve al ataque! —bramó.

—¡He dicho que pares! —su voz subió de tono hasta hacerse chillona. No podía tratar con el Fantasma de los Colmillos Afilados ahora... no con la Chica Indomable y la vicepresidencia y su dolor de cabeza amargándole la existencia. A pesar de los años transcurridos, su hermano nunca cambiaba. Era el mismo Gerry de siempre, exagerado y extravagante como siempre había sido. Pero ahora ella ya no se sentía tan encandilada por él como antes.

Él continuó avanzando hacia ella, con la cara retorcida en una expresión cómica, los ojos en blanco, haciendo aquella imitación de monstruo de película con la que la había asustado desde que Naomi era niña.

—El Fantasma de Colmillos Afilados se alimenta de la carne de jóvenes vírgenes —dijo con lascivia.

—¡Gerry!

—¡Jóvenes y suculentas vírgenes!

—¡Para!

—¡Jóvenes y jugosas vírgenes!

A pesar de su irritación, Naomi no pudo evitar reírse tontamente.

—¡Gerry, ya basta! —Retrocedió hacia el pasillo, sin quitarle los ojos de encima mientras él avanzaba inexorablemente hacia ella.

Con un chillido inhumano, Gerry lanzó su ataque. Ella chilló cuando su hermano la atrapó entre sus brazos y empezó a girar con ella. «¡Mamá! —quiso gritar Naomi—. ¡Mamá, Gerry está molestándome!» En una repentina oleada de nostalgia, quiso pedirle protección a la mujer que ahora apartaba la cara cada vez que se mencionaba el nombre de su hijo mayor.

Gerry hundió sus dientes en el hombro de ella y le mordió lo suficientemente fuerte para que gritara otra vez, pero no lo bastante para hacerle daño. Luego se puso tenso.

—¿Qué es esto? —gruñó con tono de incredulidad—. Este material es horrible. Esta no es carne de una virgen. —La llevó hasta el sofá y la soltó sin delicadeza alguna—. Mierda. Ahora tendré que conformarme con una pizza.

Naomi lo adoró y lo odió a la vez, y quiso abrazarlo tanto que saltó del sofá y le arreó un buen puñetazo en el brazo.

—¡Ay! Eh, nada de violencia, hermanita.

—¡Nada de violencia, y una porra! ¿Qué demonios te pasa, irrumpiendo aquí de esa forma? Eres un maldito irresponsable. ¿Cuándo vas a crecer?

Gerry no dijo nada; se limitó a quedarse allí, mirándola. El frágil paréntesis de buen humor entre ellos se desvaneció. Sus ojos de Rasputín examinaron su vestido caro y los elegantes zapatos que habían caído al suelo. Sacó un cigarrillo y lo encendió, sin dejar de observarla. Siempre había tenido la habilidad de hacer que se sintiera incómoda, personalmente responsable por los pecados del mundo, pero Naomi se negó a achicarse ante la mueca de desaprobación que gradualmente fue formándose en la cara de su hermano mientras inspeccionaba los diversos artículos materiales que componían su mundo.

—Lo digo en serio, Gerry. Quiero que te vayas.

—El viejo al fin debe de estar orgulloso de ti —dijo él, sin tono alguno en su voz—. Su pequeña Naomi se ha vuelto una fina cerda capitalista, como todos los demás.

—No empieces a atacarme con eso.

—Nunca me contaste cómo se lo tomó cuando te casaste con ese japo —siguió Gerry, con una carcajada cínica—. Solo mi hermana Naomi podría casarse con un japo llamado Tony. Dios, qué país.

—La madre de Tony es americana. Y él es uno de los bioquímicos más destacados del país. Su trabajo ha sido publicado en las revistas más importantes... —Se interrumpió al darse cuenta de que estaba defendiendo a un hombre que ya ni siquiera le gustaba. Aquel era exactamente el tipo de reacción que Gerry siempre provocaba en ella.

Se giró lentamente para encararle, tomándose su tiempo para estudiar con detenimiento su expresión. La fatiga que creía haber distinguido hacía unos minutos parecía haberse asentado de nuevo en él, y tuvo que recordarse a sí misma que no era más que otra pose de su hermano.

—Estás otra vez en apuros, ¿no?

Gerry se encogió de hombros.

Parecía realmente cansado, pensó Naomi, y ella seguía siendo hija de su madre.

—Ven a la cocina. Te prepararé algo de comer. —Incluso si un ejército de Cosacos estuviera intentando reventar la puerta de la casa, las mujeres de su familia harían que todos se sentaran a disfrutar de una cena de cinco platos.

Mientras Gerry fumaba, le preparó un sándwich de rosbif, añadiéndole una loncha extra de queso suizo, justo como a él le gustaba, y le dio una ración de los higos que había comprado para ella misma. Le puso la comida delante y se sirvió un vaso de vino para ella, observándole de reojo mientras comía. Saltaba a la vista que estaba hambriento, y también que él no quería que viera exactamente hasta qué punto lo estaba, y Naomi se preguntó cuánto tiempo haría desde la última vez que había podido comer decentemente. Había mujeres que se ponían en fila solo para tener el honor de alimentar a Gerry Jaffe. Naomi imaginó que todavía lo hacían, pues su hermano continuaba teniendo un gran atractivo sexual. En el pasado solía enfurecerla ver la total indiferencia con la que él trataba a las mujeres que se enamoraban de él.

Le hizo otro bocadillo, que él se zampó tan rápidamente como se había comido el primero. Se sentó en un taburete junto a él y experimentó una ilógica punzada de orgullo. Su hermano había sido el mejor de todos ellos, dotado del sentido del humor de Abbie Hoffman, la disciplina de Tom Hayden y la feroz verborrea de Stokely Carmichael. Pero ahora Gerry era un dinosaurio, un radical de los años sesenta trasladado a una época muy diferente. Atacaba almacenes de misiles nucleares con un martillo de goma y lanzaba proclamas a favor de darle el poder al pueblo, pero ese mismo pueblo al que se refería no podía oírle porque tenía los oídos tapados por los auriculares de sus Walkman de Sony.

—¿Cuánto pagas por esta casa? —preguntó Gerry mientras hacía una bola con su servilleta y se levantaba para ir a la nevera.

—No es asunto tuyo. —No pensaba escuchar su discurso sobre el número de niños hambrientos que podría alimentar con el dinero que empleaba en pagar su alquiler.

Gerry sacó un cartón de leche y cogió un vaso de la alacena.

—¿Cómo está mamá? —su pregunta parecía carente de verdadero interés, pero a ella no la engañaba.

—Tiene un pequeño problema con la artritis, pero aparte de eso, está bien. —Gerry enjuagó el vaso después de haberlo utilizado y lo puso en la bandeja superior del lavaplatos. Siempre había sido más ordenado que ella—. Papá también está bien —dijo, incapaz de pronto de obligarle a formular la pregunta—. Ya sabes que se jubiló el verano pasado.

—Sí, lo sé. ¿Alguna vez te preguntan por...?

Naomi no pudo contenerse. Se levantó del taburete y se le acercó para colocar su mejilla contra el brazo de su hermano.

—Sé que ellos piensan en ti, Ger —dijo suavemente—. Es solo que... ha sido duro para ellos.

—Se suponía que estarían orgullosos —dijo Gerry, con amargura.

—Sus amigos hablan —contestó ella, sabiendo que era una excusa muy débil.

Él la envolvió en un abrazo breve e incómodo y luego se retiró rápidamente para volver a la sala de estar. Naomi lo encontró frente a la ventana, apartando las cortinas con una mano y encendiendo un cigarrillo con la otra.

—Dime por qué estás aquí, Gerry. ¿Qué es lo que quieres?

Durante un momento, su hermano contempló fijamente la silueta de los edificios de Manhattan. Después se puso el cigarrillo en la comisura de la boca, juntó las palmas de sus manos en actitud de orar e hizo una pequeña reverencia ante ella.

—Solo un pequeño santuario, hermanita. Solo un pequeño refugio.

Dallie ganó el torneo de Lake Charles.

—Por supuesto que has ganado el maldito torneo —masculló Skeet cuando los tres entraban en la habitación del motel el domingo por la noche, con un trofeo plateado con forma de urna y un cheque por diez mil dólares—. Este torneo no tiene la menor importancia, así que tenías que jugar en él tu mejor golf de los últimos dos meses. ¿Por qué no puedes hacer ese tipo de cosas en Firestone o en cualquier otro torneo en el que haya una cámara de televisión que pueda fijarse en ti, puedes decírmelo?

Francesca se quitó las sandalias y se sentó en el borde de la cama. Le dolían hasta los huesos. Había recorrido a pie los dieciocho hoyos del campo de golf para animar a Dallie y también para desalentar a cualquier secretaria petroquímica que pudiera intentar acercársele demasiado. Había decidido que todo cambiaría para Dallie ahora que ella lo amaba. Empezaría a jugar para ella, tal y como lo había hecho ese día, ganando torneos, y ganando también muchísimo dinero para mantenerlos. Hacía menos de un día que eran amantes, así que era consciente de que la idea de que Dallie la mantuviera era algo prematura, pero no podía evitar pensar en ello.

Dallie se sacó la camisa de la cinturilla de sus pantalones grises.

—Estoy cansado, Skeet, y me duele la muñeca. ¿Te importa que dejemos esto para más tarde?

—Eso es lo que dices siempre. Pero nunca lo dejamos para después, porque nunca quieres hablar de ello. Sigues...

—¡Para ya! —Francesca se levantó de un salto de la cama y se encaró con Skeet—. Déjalo en paz, ¿me oyes? ¿No ves lo cansado que está? Te comportas como si hubiera perdido el maldito torneo en vez de haberlo ganado. Ha estado magnífico.

—¡Magnífico y una mierda! —repuso Skeet, arrastrando las palabras—. Este chico no ha jugado ni tres cuartas partes de lo bien que podría hacerlo, y él lo sabe mejor que nadie. ¿Qué tal si tú te preocupas de tu maquillaje, señorita Fran-chess-ka, y dejas que yo me haga cargo de Dallie? —Se lanzó hacia la puerta y salió dando un portazo.

Francesca miró a Dallie.

—¿Por qué no lo despides? Es una persona insoportable, Dallie. Te hace la vida más difícil.

Dallie suspiró y se quitó la camisa.

—Déjalo, Francie.

—Ese hombre es tu empleado, y sin embargo se comporta como si tú trabajaras para él. Necesitas ponerle fin a esto. —Le observó mientras cogía una bolsa de papel que había llevado consigo a la habitación y sacaba de ella un paquete de seis latas de cerveza. Francesca se había dado cuenta de que bebía demasiado, aunque nunca parecía mostrar señales de ello. También le había visto tomar unas pastillas que dudaba que fueran vitaminas. En cuanto viera la oportunidad, le persuadiría de que dejase de hacer ambas cosas.

Él cogió una de las cervezas, tiró de la anilla y dio un trago.

—Intentar meterte entre Skeet y yo no es una buena idea, Francie.

—No quiero meterme en medio. Solo quiero hacerte las cosas más fáciles.

—¿Sí? Bueno, pues olvídalo. —Terminó la cerveza y se levantó—. Voy a darme una ducha.

Francesca no quería que se enfadase con ella, así que dibujó en su boca una sonrisa irresistible.

—¿Necesitas ayuda para enjabonarte las partes de tu cuerpo a las que no alcanzas?

—Estoy cansado —repuso Dallie, visiblemente irritado—. Déjame un rato a solas.

Se metió en el cuarto de baño y se encerró dentro, pero no sin ver antes en los ojos de Francesca el daño causado.

Se quitó la ropa y abrió al máximo el grifo. El agua cayó sobre su hombro dolorido como si se hubieran abierto las compuertas de una presa. Cerró los ojos y agachó la cabeza bajo el chorro, pensando en aquella mirada enamorada que había descubierto en la cara de Francesca. Debería haberse imaginado que empezaría a creerse que estaba enamorada de él. Para ella, el envoltorio lo era todo. Era exactamente el tipo de mujer que no podía ver más allá de una cara bonita. Maldición, debería haber dejado las cosas tal y como estaban entre ellos, pero llevaban compartiendo la misma habitación una semana y su accesibilidad lo había estado volviendo loco. ¿Qué otra cosa podía esperar de sí mismo? Además, había algo en ella que no conseguía quitarse de la cabeza desde la noche anterior, después del estúpido cuento del jabalí africano.

Aun así, debería haber mantenido su bragueta cerrada. Ahora se adheriría a él como un mal presagio, esperando corazones y flores y todo ese tipo de tonterías que él no tenía la más mínima intención de darle. De ninguna manera, no cuando estaban tan cerca de Wynette y Halloween ya estaba llamando a su puerta, y no cuando podía pensar en una docena de mujeres que le gustaban mucho más que ella. No obstante, aunque no tenía intención de decírselo, ella era una de las mujeres más hermosas que había conocido en su vida. Aunque sabía que era un error, sospechaba que volvería a llevarla a la cama antes de que pasara mucho tiempo.

«Eres un auténtico bastardo, ¿no es verdad, Beaudine?»

El Oso surgió desde los recovecos del cerebro de Dallie con una aureola de luz en torno a su cabeza. El maldito Oso.

«Eres un perdedor, amigo —cuchicheó a su oído arrastrando las palabras con aquella voz plana típica del medioeste—. Un perdedor a gran escala. Tu padre lo sabía y yo lo sé. Y la víspera de Halloween está a la vuelta de la esquina, por si lo habías olvidado...»

Dallie golpeó el grifo de agua fría con el puño y ahogó el resto de la frase del Oso.

Pero las cosas con Francesca no se suavizaron, y al día siguiente su relación no mejoró en absoluto cuando, justo al otro lado de la frontera entre Louisiana y Texas, Dallie empezó a quejarse de un ruido extraño que percibía en el coche.

—¿Qué crees que es eso? —le preguntó a Skeet—. No hace ni tres semanas que pusieron el motor a punto. Además, parece que viene de atrás. ¿Lo oyes?

Skeet estaba absorto leyendo un artículo sobre Ann-Margret en el último número de la revista *People* y negó con la cabeza.

—Quizá sea el tubo de escape. —Dallie miró por encima del hombro a Francesca—. ¿Oyes algo ahí atrás, Francie? ¿Un ruido como de algo raspando?

—Yo no oigo nada —se apresuró a contestar.

Justo en ese momento un sonido de arañazo invadió el interior del Riviera. Skeet levantó su cabeza.

—¿Qué ha sido eso?

Dallie blasfemó.

—Conozco ese sonido. Maldita sea, Francie. Has metido a ese asqueroso gato estrábico ahí detrás contigo, ¿verdad?

—Dallie, no te enfades —suplicó ella—. No tenía intención de traerlo. Me ha seguido y se ha metido en el coche y no he podido sacarlo.

—¡Claro que te ha seguido! —gritó Dallie, mirándola a través del espejo retrovisor—. Has estado dándole de comer, ¿o no? Aunque te dije que no lo hicieras, has estado alimentando al condenado gato.

Ella trató de hacerle comprender.

—Es que... Se le notan las costillas y se me hace difícil comer cuando sé que él tiene hambre.

Skeet se rio por lo bajo en el asiento del pasajero y Dallie se volvió hacia él.

—¿Qué te hace tanta gracia, te importa decírmelo?

—Nada en absoluto —contestó Skeet, sonriendo—. Nada de nada.

Dallie desvió el coche hacia el arcén de la carretera interestatal y abrió su puerta. Se inclinó hacia la derecha y miró detrás del asiento para descubrir al gato acurrucado en el suelo al lado de la nevera portátil.

—Sácalo de ahí ahora mismo, Francie.

—Lo atropellará algún coche —protestó ella, no muy segura de por qué aquel gato, que no le había dado ninguna muestra de afecto, se había ganado su protección—. No podemos dejarlo en mitad de la autopista. Lo matarán.

—Si eso ocurre, el mundo será un lugar mejor —replicó Dallie.

Ella lo fulminó con la mirada. Él se inclinó sobre el asiento y le dio un golpe al gato. El animal arqueó la espalda, siseó y hundió los dientes en el tobillo de Francesca, que soltó un aullido de dolor y le gritó a Dallie:

—¡Mira lo que has hecho! —Dobló la pierna para ponerle el pie en el regazo e inspeccionar el tobillo herido y volvió a gritar, esta vez al gato—: ¡Maldito ingrato! Espero que te tire delante de un jodido autobús Greyhound.

El semblante ceñudo de Dallie se convirtió en una amplia sonrisa. Después de pensar un instante, volvió a su asiento e intercambió una mirada con Skeet.

—Creo que tal vez deberíamos permitir que Francie se quede con su gato, después de todo. Sería una lástima romper una pareja tan bien conjuntada.

Para aquellos a quienes les gustaran los pueblos pequeños, Wynette, en Texas, era un buen lugar para vivir. San Antonio, con sus luces de gran ciudad, quedaba a poco más de dos horas hacia el sudeste, siempre y cuando la persona que fuera al volante no prestase mucha atención a las señales del ridículo límite de velocidad que los burócratas de Washington habían puesto en las narices de los ciudadanos de Texas. Las calles de Wynette recibían la sombra de los árboles de zumaque, y en el parque había una fuente de mármol con cuatro chorros para beber. La gente era robusta. Eran rancheros y granjeros, tan honrados como era posible, siendo texanos, y se aseguraban de que la alcaldía estuviera controlada por baptistas y demócratas lo suficientemente conservadores como para mantener alejadas a las etnias que únicamente buscaban los subsidios del gobierno. En resumidas cuentas, una vez que la gente se establecía en Wynette, tendía a quedarse allí.

Antes de que la señorita Sybil Chandler se hubiese hecho cargo de ella, la casa de la calle Cherry no había sido más que otra pesadilla victoriana. Durante el transcurso de su primer año allí, había pintado los tristes y grises adornos de ebanistería en tonos pastel con forma de huevos de Pascua, y había colgado helechos por todo el porche delantero, en maceteros de macramé hechos por ella misma. Aún no satisfecha, había fruncido sus delgados labios de profesora de escuela y había pintado una hilera de liebres dando saltos, del color naranja más pálido posible, alrededor de los marcos de las ventanas de la fachada delantera. Cuando hubo terminado, había firmado su trabajo con pequeñas letras rodeando la ranura del buzón que había en la puerta. Le había complacido tanto el resultado que había añadido todo un currículo resumido en el panel de la puerta debajo del buzón:

Trabajo realizado por la señorita Sybil Chandler
Maestra de escuela jubilada
Presidenta de Los Amigos de la Biblioteca Pública de Wynette
Amante apasionada de W. B. Yeats, E. Hemingway y otros
Rebelde

Y después, pensando que todo aquello sonaba muy parecido a un epitafio, había tapado lo que había escrito con otra liebre más, contentándose con dejar a la vista solo la primera línea.

No obstante, la última palabra que había pintado había permanecido en su memoria, e incluso ahora aún la llenaba de placer. «Rebelde», del latín *rebellis*. Qué sonido más adorable tenía, y qué maravilla si esa palabra realmente llegara a aparecer en su lápida. Solo su nombre, las fechas de su nacimiento y de su muerte (esta última dentro de mucho tiempo, esperaba), y aquella simple palabra, «Rebelde».

Cuando pensaba en los grandes rebeldes literarios del pasado, sabía que era muy poco probable que una palabra de tanta importancia se le pudiera aplicar a ella. Después de todo, ella solo había empezado su rebelión doce años antes, cuando, a los cincuenta y cuatro años de edad, había renunciado al trabajo docente que había realizado durante treinta y dos años en una prestigiosa escuela de chicas de Boston, había empaquetado sus pertenencias y se había marchado a Texas. Cómo habían cotilleado y sonreído sus amigas a sus espaldas, convencidas de que había perdido el juicio, además de una buena porción de su pensión. Pero la señorita Sybil no le había prestado atención a nadie, pues la sofocante previsibilidad de su vida la estaba matando.

En el avión de Boston a San Antonio, se había cambiado de ropa en el aseo, se había quitado el traje de lana de su delgado y esmirriado cuerpo y se había soltado el nudo que le sujetaba el pelo, que ya había comenzado a poblarse de canas. Vestida con sus primeros pantalones vaqueros y un dashiki de cachemira, había regresado a su asiento y se había pasado el resto del vuelo admirando sus altas botas rojas de cuero y leyendo a Betty Friedan.

Sybil había escogido Wynette cerrando los ojos y dejando caer su dedo índice sobre un mapa de Texas. La junta directiva de la escuela la había contratado sin entrevistarla, basándose solo en su currículo, ilusionados por el mero hecho de que una maestra tan aclamada quisiera un puesto en su pequeño instituto. No obstante, cuando se presentó para su entrevista inicial con un vestido hawaiano, pendientes de siete centímetros de largo y sus botas rojas de cuero, el director había considerado la posibilidad de despedirla tan rápidamente como la había contratado. En vez de eso, ella le tranquilizó, fulminándolo con la mirada y asegurándole que no permitiría vagos en su clase. Una semana más tarde empezó a trabajar, y tres semanas después tuvo su primer encontronazo con el consejo por haber eliminado *El guardián entre el centeno* de la colección de ficción de la biblioteca.

J. D. Salinger reapareció en los estantes de la biblioteca, la clase de Lengua mejoró su nota en los exámenes orales más de cien puntos sobre la del año anterior, y la señorita Sybil Chandler perdió su virginidad con B. J. Randall, el dueño de la tienda de electrodomésticos que había en la ciudad, que pensaba que ella era la mujer más maravillosa del mundo.

Todo le fue bien a Sybil hasta que B. J. falleció y ella se vio obligada a retirarse de la enseñanza a los sesenta y cinco años. A partir de entonces, se encontró vagando lánguidamente por su pequeño apartamento con demasiado tiempo libre, poco dinero, y nadie a quien querer. Una noche, ya tarde, rebasó los confines de su apartamento para adentrarse en el centro del pueblo. Así fue cómo Dallie Beaudine la encontró sentada en la cuneta entre Main y Elwood en medio de una tormenta y vestida solo con un camisón.

Miró el reloj tras dar por terminada la conversación a larga distancia que mantenía semanalmente con Holly Grace, y llevó una regadera de latón a la sala de estar de la casa victoriana de huevos de Pascua de Dallie para atender las plantas. Solo unas pocas horas más y sus chicos estarían en casa. Pasó por encima de uno de los dos perros mestizos de Dallie, dejó en el suelo la regadera y se acomodó con su trabajo de costura en un asiento junto a una ventana soleada, y permitió que su mente se remontase años atrás hasta el invierno de 1965.

Acababa de terminar de preguntar a un estudiante de segundo año en la clase de recuperación de Lengua sobre Julio César, cuando la puerta del aula se abrió y entró un joven desgarbado al que no había visto antes. Pensó inmediatamente que era demasiado guapo para su propio bien, con su caminar jactancioso y su expresión insolente. El chico dejó una tarjeta de registro sobre el escritorio de la profesora y, sin esperar invitación alguna, se dirigió hacia el fondo del aula y se dejó caer en una silla libre, estirando sus largas piernas en el pasillo. Los chicos lo miraron con cautela; las chicas se rieron por lo bajo y doblaron el cuello para tener un mejor ángulo de visión. Él le sonrió a varias de ellas, evaluando sin disimulo el tamaño de sus senos. Luego se reclinó en su silla y se echó a dormir.

Sybil esperó hasta que sonó la campana y entonces le pidió que se acercase a su escritorio. El chico se plantó ante ella, con un pulgar metido en el bolsillo delantero de sus vaqueros y una expresión en su cara de total aburrimiento. Ella examinó la tarjeta para ver su nombre, verificó su edad, casi dieciséis, y le informó de las normas vigentes en el aula:

—No tolero que nadie llegue tarde, chicles, ni tampoco vagos. Me vas a escribir una pequeña redacción presentándote a ti mismo y la quiero sobre mi mesa mañana por la mañana.

El chico la miró durante un momento y luego retiró el pulgar del bolsillo de sus vaqueros.

—Que la jodan, señora.

Naturalmente, aquella declaración de intenciones la cogió por sorpresa, pero antes de que pudiera responder, él había salido pavoneándose del aula. Mientras contemplaba la puerta vacía, Sybil sintió que el entusiasmo la inundaba por dentro. Había percibido una llamarada de inteligencia brillando en aquellos tristes ojos azules. ¡Asombroso! Inmediatamente, se dio cuenta de que había algo más que simple insolencia devorando a aquel muchacho. ¡Era otro rebelde, como ella misma!

Justo a las siete y media de esa tarde, llamó a la puerta de un dúplex desvencijado y se presentó ante el hombre que aparecía en la tarjeta de inscripción como el tutor del chico, un personaje de aspecto siniestro que no podía tener más de treinta años. Le explicó la situación y el hombre sacudió la cabeza con gran desánimo.

—Dallie está empezando a torcerse —le dijo—. Los primeros meses que pasamos juntos, se portaba muy bien, pero el chico necesita una casa y una familia. Por eso le dije que nos estableceríamos una temporada aquí en Wynette. Pensé que haciéndole ir a la escuela de forma regular quizás ayudaría a que se calmase, pero le castigaron el primer día por golpear al profesor de Gimnasia.

La señorita Sybil se sorbió la nariz y dijo:

—Un hombre aborrecible. Dallas hizo una elección excelente. —Oyó un leve ruido a su espalda y se apresuró a suavizar lo que acababa de decir—: No es que apruebe la violencia, por supuesto, pero puedo imaginarme que a veces aporta una gran sensación de satisfacción. —A continuación, se giró y le dijo al chico larguirucho y excesivamente guapo que estaba en la entrada que había ido a supervisar sus deberes.

—¿Y si le digo que no voy a hacerlos? —repuso él, con tono burlón.

—Supongo que en ese caso tu tutor tendría algo que decir sobre tu actitud —al decirlo, miraba a Skeet—. Dígame, señor Cooper, ¿qué opinión tiene usted con respecto a la violencia física?

—No me preocupa —contestó.

—¿Cree usted que sería capaz de obligar físicamente a Dallas si él no hace lo que le pido?

—No sé qué decirle. Le supero en peso, pero él me sobrepasa en altura. Y si está demasiado dolorido, no será capaz de ganarles a los chicos del club de golf este fin de semana. Así que creo que mi respuesta sería que no...

Sybil no perdió la esperanza.

—De acuerdo, en ese caso, Dallas, te pido que hagas tu tarea voluntariamente. Simplemente para satisfacer a tu alma inmortal.

El muchacho negó con la cabeza y se llevó un palillo de dientes a la boca.

Sybil estaba realmente desilusionada, pero escondió sus sentimientos rebuscando en la bolsa de tela que había llevado con ella y sacando un libro de pastas blandas.

—Muy bien, entonces. He visto tus intercambios de miradas con las chicas hoy en clase y he llegado a la conclusión de que alguien tan obviamente interesado en la actividad sexual como tú debería leer a uno de los escritores más geniales del mundo hablando acerca de ello. Esperaré una reseña inteligente de tu parte en dos días.

Dicho lo cual, le dejó un ejemplar de *El amante de lady Chatterley* en la mano y se marchó.

Durante casi un mes, se obstinó en frecuentar el pequeño apartamento, llevándole libros prohibidos a aquel estudiante rebelde y atosigando a Skeet para que le apretara más las riendas al chico.

—Usted no lo entiende —protestó finalmente Skeet, frustrado—. Sin mencionar el hecho de que nadie quiere que vuelva, Dallas se fugó de su casa y yo no soy su tutor legal. Soy un ex convicto al que recogió en los servicios de una gasolinera, y en realidad él es quien me cuida a mí y no al revés.

—No obstante —dijo ella—, usted es un adulto y él es todavía un menor.

Gradualmente, la inteligencia de Dallie triunfó sobre su hosquedad, aunque luego insistiera en que ella simplemente le había socavado su resistencia con todos aquellos libros guarros. Ella le apoyaba en la escuela, lo metió en su clase de preparación para los exámenes de acceso a la universidad y le daba clases privadas cuando no estaba jugando al golf. Gracias a sus esfuerzos, Dallie se graduó con honores a la edad de dieciocho años y fue aceptado en cuatro universidades diferentes.

Cuando él se marchó a la de Texas A&M, Sybil lo echó terriblemente de menos, aunque él y Skeet hicieron de Wynette su base de operaciones y Dallie iba a verla durante las vacaciones, cuando no jugaba al golf. Poco a poco, sin embargo, sus responsabilidades le hicieron ir más lejos y durante períodos más largos de tiempo. En una ocasión, estuvieron sin verse el uno al otro durante casi un año entero. Estaba tan aturdida que apenas lo había reconocido la noche que él la encontró sentada bajo la tormenta en la cuneta entre Main y Elwood, vestida con su camisón.

Francesca se había imaginado que Dallie viviría en un apartamento moderno construido junto a un campo de golf en vez de en una vieja casa victoriana con un torreón central y pintada en tonos pastel. Contempló con incredulidad las ventanas de la casa cuando el Riviera dobló una curva y se adentró por un estrecho camino de grava.

—¿Eso son conejos?

—Doscientos cincuenta y seis en total —dijo Skeet—. Cincuenta y siete si tenemos en cuenta el que hay en la puerta principal. Mira, Dallie, ese arcoíris del garaje es nuevo.

—Un día de estos se romperá el cuello subiendo por esas escaleras —refunfuñó Dallie, y luego se giró hacia Francesca para decirle—: Ten cuidado ahora con tus modales. Te lo digo muy en serio, Francie. No quiero ver ninguna de tus tonterías.

Le hablaba como si fuera una niña en lugar de su amante, pero antes de que pudiera replicar nada, la puerta trasera se abrió de golpe y apareció ante ellos una señora con un aspecto increíble. Con su coleta gris volando al viento y un par de gafas de leer balanceándose arriba y abajo de la cadena de oro que le colgaba del cuello sobre su chándal amarillo narciso, corrió hacia ellos gritando:

—¡Dallas! ¡Ay, por fin, por fin! ¡Skeet! ¡Cielo santo!

Dallie salió del coche y envolvió su diminuto y enjuto cuerpo en un abrazo de oso. Luego Skeet hizo lo propio, acompañado por un nuevo coro de «cielos santos» y «dios míos».

Francesca surgió del asiento trasero y observó la escena con curiosidad. Dallie había dicho que su madre estaba muerta, así que ¿quién era aquella mujer? ¿Una abuela? Por lo que ella sabía, Dallie no tenía más parientes que una mujer llamada Holly Grace. ¿Era esa Holly Grace? Sin saber exactamente por qué, Francesca dudaba que fuera así. Tenía la impresión de que Holly Grace era la hermana de Dallie. Además, no podía imaginarse a aquella señora mayor de apariencia tan excéntrica presentándose en un motel con un comerciante de Chevys de Tulsa. El gato se bajó del asiento, echó una mirada a su alrededor con desdén con su único ojo bueno y desapareció bajo los escalones que llevaban a la casa.

—¿Y quién es esta, Dallas? —preguntó la mujer, mirando a Francesca—. Por favor, preséntame a tu amiga.

—Esta es Francie... Francesca —dijo Dallie—. El viejo F. Scott la habría adorado, señorita Sybil, así que si te causa algún problema, házmelo saber. —Francesca le lanzó una mirada airada, pero él la ignoró y continuó con su presentación—: Señorita Sybil Chandler... Francesca Day.

Unos pequeños ojos castaños la escrutaron, y Francesca de repente sintió que su alma estaba siendo examinada.

—¿Cómo está usted? —contestó, resistiendo a duras penas la tentación de contonearse hacia ella—. Es un placer conocerla.

A la señorita Sybil se le iluminó el rostro al escuchar su acento, y extendió la mano para ofrecerle un afectuoso saludo.

—¡Francesca, eres inglesa! Qué sorpresa más agradable. No hagas caso a Dallas. Puede encantar a los muertos, por supuesto, pero es un completo sinvergüenza. ¿Has leído a Fitzgerald?

Francesca había visto la película *El Gran Gatsby*, pero sospechaba que eso no contaría.

—Lo lamento, no —dijo—. No suelo leer mucho.

La señorita Sybil esbozó una sonrisa de desaprobación.

—Bien, pronto le pondremos remedio a eso, ¿verdad que sí? Traed las maletas adentro, chicos. Dallas, ¿estás masticando chicle?

—Sí, señora.

—Por favor, deshazte de él y también de tu gorra antes de entrar.

Francesca se echó a reír cuando la mujer desapareció en el interior de la casa, y Dallie tiró su chicle en un arbusto de hortensias.

—Espera y verás —le dijo a Francesca de forma siniestra.

Skeet se rio entre dientes.

—Me parece que nuestra querida Francie nos va a servir de escudo durante un tiempo.

Dallie le devolvió la sonrisa.

—Casi puedes ver a la señorita Sybil frotándose las manos

preparándose para lanzarse sobre ella, ¿verdad? —Miró ahora a Francesca—. ¿Hablabas en serio cuando has dicho que no habías leído a Fitzgerald?

Francesca comenzaba a sentirse como si hubiera confesado una serie de asesinatos en masa.

—No es un crimen, Dallie.

—Lo es aquí —repuso él, riéndose con malicia—. Nena, ¡la que te va a caer encima!

La casa de la calle Cherry tenía los techos altos, molduras de nogal y cuartos inundados de luz. El suelo de madera vieja estaba lleno de marcas en varios puntos, en las paredes de yeso había unas cuantas grietas, y la decoración mostraba una total ausencia de sentido de la combinación, pero, no obstante, la casa lograba proyectar una sensación de encanto fortuito. El empapelado a rayas coexistía con otro de diseño floral, y la mezcla de mobiliario anticuado quedaba animada por los cojines con funda de punto y las mantas afganas multicolores. Los rincones oscuros estaban ocupados por plantas colocadas en macetas de cerámica hechas a mano, las paredes estaban decoradas con cuadros de punto de cruz, y por todas partes aparecían trofeos de golf: haciendo las veces de topes de puertas, de sujetalibros, de pisapapeles sobre una pila de periódicos, o simplemente recibiendo un baño de luz del sol en el alféizar de una ventana.

Tres días después de su llegada a Wynette, Francesca salió a hurtadillas del dormitorio que la señorita Sybil le había asignado y avanzó con sigilo a través del pasillo. Debajo de una camiseta de Dallie que le llegaba hasta la mitad de los muslos, llevaba unas bragas negras se seda que habían aparecido milagrosamente entre el pequeño montón de ropa que la señorita Sybil le había prestado para complementar su vestuario. Se las había puesto media hora antes, cuando había oído que Dallie subía la escalera y entraba en su dormitorio.

Desde su llegada, apenas lo había visto. Se marchaba temprano al campo de prácticas, luego iba al campo de golf y después a Dios sabía dónde, dejándola con la única compañía de la señorita Sybil. Francesca no había estado en la casa ni tan siquiera un día entero antes de encontrarse con un volumen de *Suave es la noche* en sus manos y con una amistosa amonestación para que se abstuviera de hacer pucheros cuando las cosas no salían como ella pretendía. El abandono al que la sometía Dallie la enfadaba. Él actuaba como si nada hubiera sucedido entre ellos, como si no se hubieran pasado una noche haciendo el amor. Al principio había tratado de ignorarlo, pero ahora había decidido que tenía que empezar a luchar por lo que quería, y lo que quería era hacer más el amor.

Llamó suavemente con la punta de una de sus uñas sin pintar a la puerta enfrente de la suya, temiendo que la señorita Sybil pudiera despertarse y oírla. Se estremeció al pensar en lo que la desagradable mujer podría hacer si supiera que Francesca había ido al dormitorio de Dallie en busca de sexo ilícito. Probablemente, la echaría de la casa chillando «¡Ramera!» a pleno pulmón. Al no obtener respuesta desde el interior del cuarto, repitió la llamada un poco más fuerte.

Sin previo aviso, la voz de Dallie retumbó desde el otro lado de la puerta, como un cañón en la quietud de la noche:

—Si eres tú, Francie, entra de una vez y deja de hacer ese maldito ruido.

Ella entró a toda prisa, siseando como una rueda que pierde aire.

—¡Shh! Te va a oír, Dallie. Sabrá que estoy en tu cuarto.

Estaba completamente vestido, golpeando pelotas de golf con su *putter* sobre la alfombra hacia una botella de cerveza vacía.

—La señorita Sybil es excéntrica —dijo él, revisando la línea que dibujaba su palo—, pero no tiene nada de mojigata. Creo que se decepcionó cuando le dije que no íbamos a compartir habitación.

Francesca también se había quedado decepcionada, pero no iba a convertir eso en tema de discusión ahora, cuando su orgullo ya había sido herido.

—Apenas te he visto desde que hemos venido aquí. He llegado a pensar que tal vez siguieras enfadado conmigo por lo de *Bestia*.

—¿*Bestia*?

—Ese maldito gato. —Al hablar, en su voz quedó patente un rastro de rabia—. Ayer me mordió otra vez.

Dallie sonrió, y acto seguido respondió:

—En realidad, Francie, creo que sería mejor que nos mantuviéramos apartados una temporada.

Algo en el interior de Francesca dio un vuelco.

—¿Por qué? ¿Qué quieres decir?

El cristal de la botella hizo ruido al ser golpeado por la bola.

—Quiero decir que no creo que puedas manejar otro problema más ahora mismo en tu vida, y deberías saber que soy bastante informal en lo que a mujeres se refiere. —Utilizó la cabeza del *putter* para alcanzar otra pelota y colocarla en su sitio—. No es que esté orgulloso de ello, ya me entiendes, pero así son las cosas. Si has concebido sueños con un bonito bungalow lleno de rosas, y toallas de baño separadas para cada uno, más vale que vayas deshaciéndote de ellos...

Quedaba en ella todavía lo bastante de la orgullosa Francesca como para lograr que una carcajada condescendiente atravesase el nudo que se había formado en su garganta.

—¿Bungalows llenos de rosas? De verdad, Dallie, ¿en qué demonios estás pensando? Voy a casarme con Nicky, ¿recuerdas? Esta es mi última aventura antes de ponerme los grilletes permanentemente. —Excepto que no iba a casarse con Nicky. La noche anterior había hecho otra llamada, esperando que hubiera regresado ya y pudiera pedirle un pequeño préstamo para no tener que seguir dependiendo del dinero de Dallie. Su llamada despertó al criado, que dijo que el señor Gwynwyck estaba de luna de miel. Francesca se había quedado de pie con el auricular en la mano durante un buen rato antes de colgar el teléfono.

Dallie levantó los ojos.

—¿Me estás diciendo la verdad? ¿Nada de toallas bordadas con nuestros nombres? ¿Nada de planes a largo plazo?

—Por supuesto que digo la verdad.

—¿Estás segura? Hay algo en tu cara cuando me miras.

Francesca se sentó en una silla y paseó la mirada por el cuarto como si las paredes de color caramelo y las estanterías que iban desde el suelo hasta el techo fueran mucho más interesantes que el hombre que tenía delante.

—Fascinación, querido —dijo ella con aire despreocupado,

poniendo una pierna desnuda sobre el reposabrazos de la silla y arqueando el pie—. Después de todo, eres único.

—¿No es nada más que fascinación?

—¡Por Dios, Dallie! No pretendo ofenderte, pero no soy la clase de mujer que se enamoraría de un jugador profesional de golf de Texas sin un centavo en su cuenta corriente. —Y, para sus adentros, se dijo en silencio: «Sí, lo soy. Soy exactamente esa clase de mujer.»

—Ahí tienes algo de razón. Para serte sincero, no puedo imaginarte enamorada de nadie sin un centavo en su cuenta corriente.

Ella decidió que había llegado el momento de salvaguardar otro pequeño pedacito de su orgullo, así que se levantó, estirando todo su cuerpo y dejando a la vista el borde inferior de sus bragas negras de seda.

—Bueno, querido, creo que me voy a ir, parece que tienes cosas mejores con las que ocupar tu tiempo.

Dallie la miró largamente, como si estuviera meditando sobre algo. Luego gesticuló con su *putter* hacia el extremo opuesto de la habitación.

—En realidad, estaba pensando que tal vez quisieras ayudarme con una cosa. ¿Puedes colocarte ahí?

—¿Por qué?

—No te preocupes por eso. Yo soy el hombre. Tú eres la mujer. Haz lo que te digo.

Ella le hizo una mueca, y luego hizo lo que le había pedido, tomándose su tiempo.

—Ahora quítate esa camiseta —ordenó.

—¡Dallie!

—Vamos, esto es serio, y no tengo toda la noche.

Pese a sus palabras, no parecía hablar en serio en absoluto, así que se quitó obedientemente la camiseta, tomándose otra vez su tiempo y sintiendo una oleada de calor por todo su cuerpo al mostrarse desnuda ante él.

Dallie contempló sus senos desnudos y las bragas de seda negras. Después emitió un silbido de admiración.

—Uau, eso está muy bien, cariño. Eso inspiraría a cualquiera. Esto va a funcionar incluso mejor de lo que pensaba.

—¿Qué es lo que va a funcionar? —preguntó con cautela.

—Algo que todos los jugadores profesionales de golf hacemos para practicar. Tú acuéstate como yo te diga ahí sobre la alfombra. Cuando estés lista, te quitas esas bragas, nombras una parte específica de tu cuerpo, y yo intentaré acercarme lo máximo posible con un solo golpe. Es el mejor ejercicio del mundo para mejorar la concentración de un golfista.

Francesca sonrió y plantó una mano en su cadera desnuda.

—Puedo imaginar lo divertido que va a ser cuando llegue la hora de recoger todas las pelotas.

—Diablos, las inglesas sí que sois listas.

—Demasiado listas para permitirte salirte con la tuya.

—Me temía que dirías eso. —Dejó su *putter* apoyado contra una silla y comenzó a avanzar hacia ella—. Supongo que entonces tendremos que buscar otra forma de ocupar nuestro tiempo.

—¿Como qué?

Dallie extendió sus brazos hacia ella y la envolvió con ellos.

—No lo sé, pero estoy intentando que se me ocurra algo.

Más tarde, somnolienta entre sus brazos tras hacer el amor, Francesca pensó lo extraño que era que una mujer que había rechazado al príncipe de Gales se hubiera enamorado de Dallie Beaudine. Inclinó la cabeza para tocar con los labios su pecho desnudo y le besó suavemente la piel. Justo antes de dejarse arrastrar por el sueño, se dijo que conseguiría hacer que Dallie cuidara de ella. Se transformaría exactamente en la mujer que él quería que fuera, y entonces él la amaría tanto como ella lo amaba a él.

Dallie no consiguió conciliar tan fácilmente el sueño, ni esa noche ni durante las semanas siguientes. Podía sentir cómo Halloween se abatía sobre él, y yacía despierto en el lecho tratando de distraerse jugando un torneo de golf en su cabeza o pensando en Francesca. Para una mujer que se definía a sí misma como una de las mujeres más sofisticadas del mundo solo porque había recorrido Europa comiendo caracoles, en su opinión, la señorita Pantalones Elegantes habría aprendido muchísimo más si hubiera pasado algún que otro descanso de partidos sobre una manta bajo las gradas del estadio del instituto Wynette.

Ella no parecía haber pasado suficientes horas entre las sábanas de una cama para relajarse realmente con él, y Dallie podía percibir su preocupación por si no ponía sus manos en el lugar adecuado o si se movía de una manera que lo complaciera. Le resultaba difícil disfrutar con toda aquella firme dedicación que ella vertía sobre él.

Sabía que ella se había medio convencido a sí misma de que estaba medio enamorada de él, a pesar de que no tardaría más de veinticuatro horas en olvidarse de su nombre si estuviera en Londres. No obstante, tenía que admitir que cuando finalmente la subiera a ese avión, una parte de él iba a echarla de menos, pese al hecho de que aquella mujer tan batalladora no abandonaba fácilmente sus maneras estiradas. No podía pasar ante un espejo sin detenerse y dedicar una eternidad a mirarse, y lo dejaba todo hecho un desastre a su paso, como si esperara que algún sirviente fuera tras ella para limpiarlo. Aun así, tenía que admitir que parecía estar haciendo un esfuerzo. Iba al pueblo a realizar recados para la señorita Sybil, cuidaba del condenado gato estrábico y trataba de llevarse bien con Skeet contándole historias sobre todas las estrellas de cine a las que había conocido. Incluso había empezado a leer a J. D. Salinger. Y más importante que todo eso, por fin parecía estar haciéndose a la idea de que el mundo no se había creado solo para su beneficio.

De una cosa sí estaba completamente seguro. Le enviaría de vuelta al tal Nicky una mujer muchísimo mejor que la que Nicky le había enviado a él.

14

Naomi Jaffe Tanaka tuvo que contenerse para no saltar de su escritorio y bailar una giga cuando colgó el teléfono. ¡La había encontrado! ¡Después de un esfuerzo increíble, finalmente había encontrado a su Chica Indomable! A toda prisa, llamó a su secretaria y le dictó una lista de instrucciones.

—No intentes ponerte en contacto con ella; quiero hacerlo personalmente. Limítate a verificar mi información para estar seguras de que es correcta.

Su secretaria levantó la vista de su libreta.

—No crees que ella vaya a rechazar la oferta, ¿verdad?

—Lo dudo. No con la cantidad de dinero que le vamos a ofrecer. —Pero pese a toda aquella confianza, Naomi era pesimista por naturaleza, y sabía que no podría relajarse hasta que obtuviera una firma sobre la línea de puntos de un contrato bien blindado—. Quiero coger un vuelo tan rápido como sea posible. Avísame en cuanto esté todo preparado.

Cuando su secretaria salió de su despacho, Naomi titubeó un instante y luego marcó el número de su apartamento. El teléfono sonó una y otra vez, pero se negó a colgar. Él estaba allí; su suerte no era lo bastante buena como para hacerlo desaparecer por arte de magia. Nunca debería haber aceptado que se quedase en su apartamento. Si alguien en BS&R lo averiguaba...

—Contesta, ¡maldita sea!

Por fin se oyó algo al otro lado de la línea.

—Burdel y Crematorio de Saul. Lionel al aparato.

—¿Es que no puedes simplemente decir hola como una persona normal? —le espetó. ¿Por qué se metía ella en esto? La policía quería localizar a Gerry para interrogarle, pero él había recibido el chivatazo de que planeaban empapelarlo con falsas acusaciones de narcotráfico, por lo que se negaba a acudir a comisaría. Gerry ni siquiera fumaba hierba ya, ni mucho menos trapicheaba con drogas, y Naomi no había tenido voluntad para echarlo a la calle. Además, conservaba buena parte de su antigua desconfianza en la policía como para estar dispuesta a entregarlo a la imprevisibilidad del sistema legal.

—Háblame bien o te cuelgo —dijo él.

—Fabuloso —replicó—. ¿Si te hablo realmente mal, te marcharás de mi casa?

—Has recibido una carta de Save the Children para agradecerte tu contribución. Cincuenta jodidos dólares.

—¡Dios! No tienes ningún derecho a leer mi correo.

—¿Intentando comprar tu camino al cielo, hermanita?

Naomi se negó a picar el anzuelo. Hubo un momento de silencio, y luego él emitió una disculpa poco convincente:

—Lo siento. Estoy tan aburrido que no puedo ni soportarme a mí mismo.

—¿Les has echado un vistazo a esos papeles sobre la Facultad de Derecho que te dejé? —preguntó ella, como si tal cosa.

—¡Oh, mierda, no comiences con eso otra vez!

—Gerry...

—¡No me rindo!

—Solo piénsalo, Gerry. Ir a la Facultad de Derecho no es rendirse. Podrías hacer cosas mejores trabajando desde dentro del sistema...

—Déjalo, ¿vale, Naomi? Tenemos un mundo ahí fuera que está listo para explotar en pedazos. Añadir otro abogado al sistema no va a cambiar gran cosa.

A pesar de sus vehementes protestas, Naomi presintió que la idea de ir a la Facultad de Derecho no le resultaba tan desagradable como pretendía hacer ver. Pero sabía también que necesitaba tiempo para meditarlo, así que no le insistió.

—Escucha, Gerry, tengo que salir de la ciudad durante unos

días. Hazme un favor e intenta haberte ido para cuando regrese.

—¿Dónde vas?

Naomi miró el bloc de notas que había sobre su mesa y sonrió para sí misma. En veinticuatro horas, la Chica Indomable estaría firmada, sellada y entregada.

—Voy a un lugar llamado Wynette, Texas —contestó.

Vestida con vaqueros, sandalias y una de las blusas de algodón de brillantes colores de la señorita Sybil, Francesca se sentó al lado de Dallie en un local con música en vivo llamado Roustabout. Después de casi tres semanas en la ciudad, había perdido la cuenta del número de tardes que habían pasado en el centro neurálgico de las noches en Wynette. A pesar del estruendo que producía el grupo de música, la permanente nube de humo y las serpentinas naranjas y negras de Halloween que colgaban de la barra, había descubierto que en realidad le gustaba aquel sitio.

Todo el mundo en Wynette conocía al jugador de golf más famoso de la ciudad, así que siempre que entraban en el local les recibía un coro de «¡Eh, Dallie!» que se hacía oír desde los taburetes de cuero artificial y por encima del sonido vibrante de las guitarras eléctricas. Pero esa noche, por primera vez, se habían escuchado también unos cuantos «¡Eh, Francie!», que la habían alegrado de una forma desmesurada.

Una de las habituales del Roustabout se apartó su máscara de bruja para ponérsela encima de su cabeza y le plantó un tempestuoso beso a Skeet en la mejilla.

—Skeet, viejo oso, todavía acabaré llevándote al altar.

Skeet se rio entre dientes.

—Eres demasiado joven para mí, Eunice. No podría seguirte el ritmo.

—Qué cosas dices, cariño. —Eunice soltó un gritito de risa y se marchó con una amiga que había elegido imprudentemente un vestido típico de harén que dejaba su vientre rechoncho a la vista.

Francesca sonrió. Aunque Dallie llevaba toda la tarde de mal humor, ella se estaba divirtiendo. La mayor parte de la clientela del Roustabout llevaba su uniforme estándar de pantalones vaqueros y Stetsons, pero había también unos cuantos que llevaban disfraces de Halloween y todos los camareros se habían puesto gafas con narices de goma.

—¡Ven aquí, Dallie! —llamó una de las mujeres—. Vamos a coger manzanas con los dientes en un cubo lleno de cerveza.

Dallie dio un golpe en el suelo con las patas delanteras de su silla, agarró a Francesca por el brazo y murmuró:

—Cristo, eso es lo que estaba necesitando. Deja de hablar, maldita sea. Quiero bailar.

Ella no había estado hablando, pero el semblante de Dallie era tan agrio que no se molestó en señalárselo. Se limitó a levantarse y a seguirle. Mientras él la arrastraba hacia la máquina de discos, Francesca recordó la primera noche que la había llevado al Roustabout. ¿Solo habían pasado tres semanas?

Aquella noche, el recuerdo del Blue Choctaw todavía estaba muy fresco en su memoria y se había sentido nerviosa por lo que pudiera encontrarse. Dallie había tirado de ella hacia la pista de baile y, haciendo oídos sordos a sus protestas, había insistido en enseñarle a bailar el *Two Step* y el *Cotton-Eyed Joe*. Veinte minutos después, Francesca tenía la cara roja y la piel húmeda de sudor. Lo único que quería era escaparse al lavabo y reparar el desaguisado de su maquillaje.

—Ya he bailado bastante, Dallie —le había dicho.

Pero él la había hecho girar hacia el centro de la pista de baile.

—Solo estamos calentando.

—Yo ya estoy bastante caliente, gracias.

—¿Sí? Bueno, pero yo no.

El ritmo de la música se había acelerado y Dallie la había sujetado por la cintura con mayor fuerza. Francesca había comenzado a oír en su cabeza la voz de Chloe mofándose de la música country, diciéndole que nadie se sentiría atraído por ella si no estaba hermosa, y había sentido cómo la inquietud se extendía en su interior.

—No quiero bailar más —había insistido, intentando soltarse.

—Pues eso está realmente mal, porque yo sí.

Dallie había cogido su botella de Pearl cuando pasaban bailando junto a su mesa. Sin perder el paso, había dado un trago, luego se la había puesto a ella en los labios y la había inclinado.

—No quie... —había intentado decir Francesca, pero la cerveza le había inundado la boca y se había atragantado.

Luego Dallie se había llevado otra vez la botella a su boca y la había vaciado. Los rizos de Francesca se le habían adherido a sus mejillas y la cerveza le caía por la barbilla.

—Voy a dejarte —le había amenazado, alzando la voz—. Voy a irme de este local y de tu vida si no me dejas ir ahora mismo.

Él siguió sin prestarle atención. Había mantenido las manos húmedas de Francesca cogidas con las suyas y había presionado su cuerpo contra el suyo.

—¡Quiero sentarme! —había exigido ella.

—Realmente no me preocupa lo que quieras hacer. —Dallie había puesto sus manos por debajo de los brazos de ella, justo donde el sudor había empapado su blusa.

—¡Por favor, Dallie! —había gritado, mortificada.

—Cierra la boca y mueve los pies.

Ella había seguido suplicándole, pero él había seguido sin hacerle caso. Su lápiz de labios había desaparecido, sus axilas habían pasado a ser un objeto de vergüenza pública, y estaba completamente segura de que se iba a poner a llorar en cualquier momento.

Justo entonces, en el centro mismo de la pista de baile, Dallie había dejado de moverse. La había mirado, había agachado la cabeza y la había besado de lleno en la boca.

—Maldición, eres realmente preciosa —había susurrado.

Francesca recordó ahora aquellas deliciosas palabras mientras él tiraba de ella sin mucho cuidado a través de las serpentinas naranjas y negras hacia la máquina de discos. Después de tres semanas intentando hacer milagros con los cosméticos baratos del supermercado, solo en una ocasión había logrado sacarle a Dallie un piropo, y había sido precisamente cuando más desastroso era su aspecto.

En su camino hacia la máquina de discos, Dallie se chocó con dos hombres y no se molestó en pedir perdón. ¿Qué era lo que le pasaba?, se preguntó Francesca. ¿Por qué se comportaba de aquel modo tan brusco? El grupo de música había hecho una pausa, así que Dallie buscó una moneda en el bolsillo de sus vaqueros. Se oyó un coro de gruñidos y silbidos.

—¡No dejes que lo haga, Francie! —gritó Curtis Molloy.

Ella le respondió con una sonrisa pícara por encima de su hombro.

—Lo siento, cariño, pero es más grande que yo. Además, se pone terriblemente irascible si discuto con él. —La combinación de su acento británico con su lenguaje hizo que los demás se rieran, tal y como ella esperaba.

Dallie pulsó los dos mismos botones que llevaba pulsando toda la noche siempre que el grupo dejaba de tocar, y luego dejó su botella de cerveza sobre la máquina.

—No había oído a Curtis hablar tanto desde hacía años —le dijo a Francesca—. Te lo has metido en el bolsillo. Estás empezando a gustarles incluso a las mujeres. —Su tono parecía más de queja que de alegría.

Francesca ignoró su mal humor cuando comenzó a sonar la melodía.

—¿Y a ti? —preguntó descaradamente—. ¿Te gusto a ti también?

Dallie movió su cuerpo de atleta con los primeros acordes de *Born to Run,* bailando al ritmo de Bruce Springsteen con la misma soltura con la que bailaba el *Two Step*.

—Desde luego que me gustas —dijo, frunciendo el ceño—. No soy tan rastrero como para seguir acostándome contigo si no me gustaras mucho más de lo que me gustabas antes. ¡Dios, cómo me gusta esta canción!

Había esperado una declaración algo más romántica, pero con Dallie había aprendido a conformarse con lo que pudiera conseguir. Tampoco compartía su entusiasmo por la canción que tanto insistía en poner en la máquina. Aunque no lograba entender toda la letra, creía que la parte donde hablaba de «vagabundos como nosotros, que hemos nacido para correr» podía ser la clave de por qué a Dallie le gustaba tanto. Esa imagen no concordaba con su visión de la felicidad casera, así que se olvidó de la letra y se concentró en la música, ajustando sus movimientos a los de Dallie como había aprendido a hacer tan bien en sus bailes privados de dormitorio por las noches. Él la miró a los ojos y ella le devolvió la mirada, y la música los envolvió a los dos. Sintió que ambos estaban unidos por una suerte de cerrojo invisible, pero la sensación se rompió en pedazos al notar que su estómago se revolvía.

No estaba embarazada, se dijo. No podía estarlo. Su médico le había dicho muy claramente que no podría quedarse embarazada hasta que comenzara a tener sus períodos menstruales otra vez. Pero sus recientes náuseas la habían preocupado hasta el punto de que el día anterior, en la biblioteca, había echado un vistazo a un folleto de Planificación Familiar sobre el embarazo cuando la señorita Sybil no miraba. Para su consternación, había leído exactamente lo contrario a lo que el médico le había dicho, y se había puesto a contar desesperadamente hacia atrás, a aquella primera noche en la que Dallie y ella habían hecho el amor. Había sido casi exactamente un mes antes.

Bailaron otra vez y luego regresaron a su mesa, él con la palma de su mano posada sobre el trasero de ella. Le gustaba que la tocara, esa sensación de una mujer siendo protegida por el hombre que se preocupaba por ella. Quizá no fuese tan malo si estaba realmente embarazada, pensó al sentarse a la mesa. Dallie no era la clase de hombre que le daría unos cuantos cientos de dólares y la llevaría a que abortase. No es que estuviera deseando tener un bebé, pero comenzaba a aprender que todo tenía un precio. Tal vez el embarazo haría que él se comprometiese con ella, y una vez que él asumiera ese compromiso todo sería maravilloso. Ella lo animaría a dejar de beber tanto y a aplicarse con mayor ahínco. Empezaría a ganar torneos y obtendría bastante dinero para que pudieran comprar una casa en una ciudad en algún lugar. No sería el tipo de elegante vida internacional que había previsto para sí misma, pero ya no necesitaba todo eso, y sabía que sería feliz si Dallie la amaba. Viajarían juntos, él cuidaría de ella, y todo sería perfecto.

Pero la imagen no llegaba a cristalizar en su mente, así que dio un sorbo de su botella de Lone Star.

La voz de una mujer, que arrastraba las palabras con la misma lentitud con la que transcurrían los días del verano de Texas, interrumpió sus pensamientos:

—Eh, Dallie, ¿haces unos *birdies* para mí?

Francesca percibió el cambio que se producía en él, un estado de alerta que no había estado allí un momento antes, y levantó la cabeza para mirar a la recién llegada.

De pie junto a la mesa y mirando con unos pícaros ojos azules a Dallie estaba la mujer más hermosa que Francesca había visto en su vida. Dallie se puso en pie de un salto, soltó una suave exclamación y la envolvió en sus brazos. Francesca tenía la sensación de que el tiempo se había congelado al ver a aquellas dos criaturas deslumbrantemente rubias juntando sus cabezas, dos hermosos especímenes de pedigrí americano con pantalones tejanos y botas gastadas, seres extraordinarios que de repente la hicieron sentirse increíblemente pequeña y vulgar. La mujer llevaba un sombrero Stetson echado hacia atrás sobre una nube de pelo rubio que caía con un atractivo desorden hasta sus hombros, y había dejado abiertos tres botones de su camisa a cuadros para que resultase visible con nitidez el impresionante abultamiento de sus pechos. Un amplio cinturón de cuero rodeaba su pequeña cintura, y los vaqueros se ajustaban tanto a sus caderas que formaban una V en su entrepierna antes de adherirse a sus piernas casi infinitas.

La mujer miró a Dallie a los ojos y murmuró algo en voz tan baja que solo Francesca pudo oírlo:

—No pensarías que iba a dejarte solo en Halloween, ¿verdad, nene?

El miedo que había estado agarrando el corazón de Francesca como una mano gélida cesó bruscamente al caer en la cuenta de lo mucho que ambos se parecían. Por supuesto... No debería haberse sorprendido tanto. Por supuesto que se parecían mucho. Aquella mujer tenía que ser la hermana de Dallie, la evasiva Holly Grace.

Un instante más tarde, él confirmó su identidad. Liberando a aquella diosa de la belleza de su abrazo, se giró hacia Francesca.

—Holly Grace, esta es Francesca Day. Francie, quiero presentarte a Holly Grace Beaudine.

—¿Cómo estás? —Francesca le tendió su mano y esbozó una

cálida sonrisa—. Te habría identificado como hermana de Dallie en cualquier parte; os parecéis muchísimo.

Holly Grace se echó su Stetson un poco hacia delante y estudió a Francesca con sus ojos azul claro.

—Lamento mucho decepcionarte, dulzura, pero no soy la hermana de Dallie.

Francesca le dirigió una mirada interrogante.

—Soy la esposa de Dallie.

15

Francesca oyó que Dallie la llamaba. Comenzó a ir más rápido, con los ojos casi cegados por las lágrimas. Las suelas de sus sandalias resbalaban sobre la gravilla mientras atravesaba el aparcamiento en dirección a la carretera. Pero sus piernas cortas no eran rival para las de Dallie, y la alcanzó antes de que pudiera llegar al otro lado.

—¿Te importa decirme qué te pasa? —gritó, sujetándola por el hombro y obligándola a girarse—. ¿Por qué demonios sales corriendo así, despotricando contra mí de ese modo y poniéndote en ridículo delante de toda esa gente que empezaba a considerarte un auténtico ser humano?

Le gritaba como si ella fuera la que había hecho algo malo, como si fuera ella la mentirosa, la embustera, la serpiente traicionera que había convertido el amor en traición. Cogió impulso y le abofeteó con todas sus fuerzas.

Dallie se la devolvió.

Aunque estuviera lo bastante enfadado como para golpearla, no lo estaba lo suficiente como para querer hacerle daño, por lo que la golpeó solo con una pequeña porción de su fuerza. Sin embargo, ella era tan pequeña que perdió el equilibrio y se fue contra el lateral de un coche aparcado. Se agarró al espejo retrovisor con una mano y se presionó con la otra la mejilla.

—Jesús, Francie, apenas te he tocado. —Corrió hacia ella e intentó cogerla del brazo.

—¡Bastardo! —Francesca giró y volvió a pegarle, acertándole esta vez en la mandíbula.

Dallie le cogió de los brazos y la sacudió.

—Tranquilízate ahora mismo, ¿me oyes? Tranquilízate antes de que te hagas daño.

Francesca le pateó con fuerza en la espinilla, y el cuero de sus viejas botas no lo protegió de la afilada puntera de su sandalia.

—¡Joder! —gritó.

Ella echó la pierna hacia atrás para golpearle de nuevo, pero él la zancadilleó con la suya y la hizo caer a la gravilla.

—¡Bastardo asqueroso! —chilló Francesca, con las mejillas cubiertas de lágrimas y suciedad—. ¡Infiel y repugnante bastardo! ¡Pagarás por esto! —Sin hacer caso del escozor en las palmas de sus manos ni del polvo que embadurnaba sus brazos, comenzó a levantarse para ir otra vez a por él. No le importaba que él pudiera hacerle daño, ni que pudiera matarla. Deseaba que lo hiciera. Quería que la matara. De todos modos iba a morir a causa del horrible dolor que se extendía por su interior como un veneno mortal. Si él la mataba, al menos el dolor terminaría pronto.

—¡Para ya, Francie! —le gritó cuando ella se puso en pie, tambaleante—. No te acerques o te voy a hacer daño de verdad.

—Asqueroso bastardo —sollozó, limpiándose la nariz con la muñeca—. ¡Asqueroso bastardo casado! ¡Voy a hacértelo pagar! —Se abalanzó sobre él una vez más, como un mimoso gato doméstico inglés arremetiendo contra un león montañés americano.

Holly Grace estaba entre la muchedumbre que se había reunido en el exterior del Roustabout para observar la escena.

—No puedo creer que Dallie no le hablara de mí —le dijo a Skeet—. No suele llevarle más de treinta segundos mencionar mi existencia en cualquier conversación que pueda tener con una mujer por la que se siente atraído.

—No seas ridícula —gruñó Skeet—. Ella sabía de tu existencia. Hablamos de ti delante de ella cientos de veces... por eso Dallie está tan enfadado. Todo el mundo sabe que vosotros estáis casados desde que erais adolescentes. Esto es solamente un ejemplo más de lo idiota que es esa mujer. —La preocupación le hizo fruncir sus hirsutas cejas al ver que Francesca le asestaba otro golpe a su amigo—. Sé que él está intentando contenerla sin hacerle demasiado daño, pero si una de esas patadas le acierta cerca de su zona de peligro, Francie va a terminar en una cama de hospital y Dallie en la cárcel por agresión y lesiones. ¿Ves lo que te comenté sobre ella, Holly Grace? Nunca había conocido a ninguna mujer tan problemática como esta.

Holly Grace dio un trago de la botella de Pearl de Dallie, que había recogido de la mesa, y le comentó a Skeet:

—Si este altercado llega a oídos de Deane Beman, Dallie va a ver su culo fuera del circuito profesional. Al público no le gustan los jugadores de fútbol que golpean a las mujeres, y muchos menos los jugadores de golf.

Holly Grace vio las mejillas arrasadas en lágrimas de Francesca bajo los focos del aparcamiento. A pesar del esfuerzo de Dallie por mantener a rayar a aquella pequeña muchachita, ella seguía una y otra vez atacándole. Sospechó que aquella señorita Pantalones Elegantes podía tener más importancia de la que Skeet le había dado por teléfono. De todos modos, la mujer no parecía tener mucho sentido común. Solo una loca iría detrás de Dallas Beaudine sin llevar un arma cargada en una mano y un látigo en la otra. Dio un respingo al ver que una de las patadas de Francesca le acertaba en la cara interior de la rodilla. Él contraatacó y logró inmovilizarla parcialmente sujetándole los codos en la espalda y aprisionándola contra su propio pecho.

—Se está preparando para patearle otra vez —le dijo Holly Grace a Skeet—. Más vale que intervengamos antes de que esto vaya a mayores. —Le pasó la botella de cerveza al hombre que tenía al lado—. Tú cógela a ella, Skeet. Yo me encargaré de Dallie.

Skeet no protestó ante aquella distribución de tareas. Aunque no le atraía la idea de intentar calmar a la señorita Fran-chess-ka, era consciente de que Holly Grace era la única persona que podía manejar a Dallie cuando perdía el control. Cruzaron rápidamente el aparcamiento, y cuando llegaron hasta los dos contendientes en la pelea, Skeet dijo:

—Dámela a mí, Dallie.

Francesca soltó un ahogado sollozo de dolor. Su cara estaba aplastada contra la camiseta de Dallie. Sus brazos, retorcidos detrás de su espalda, le dolían como si estuvieran a punto de dislocarse. No la había matado. A pesar del dolor, no la había matado.

—¡Déjame en paz! —gritó en el pecho de Dallie. A nadie se le ocurrió pensar que en realidad le gritaba a Skeet.

Dallie no se movió. Le lanzó a Skeet una mirada helada por encima de la cabeza de Francesca.

—Ocúpate de tus malditos asuntos.

Holly Grace dio un paso adelante.

—Venga, cariño —dijo con tono alegre—. Tengo miles de cosas que me he estado reservando para contarte. —Comenzó a acariciar el brazo de Dallie con el gesto familiar propio de la mujer que sabe que tiene el derecho de tocar a un hombre de la manera que ella quiera—. Te vi por televisión en Kaiser. Tus golpes largos eran realmente buenos, para variar. Si alguna vez aprendes cómo realizar uno en corto, podrías ser capaz hasta de jugar un golf medio decente.

Gradualmente, la sujeción de Dallie sobre Francesca se fue aflojando, y Skeet, con cautela, extendió sus brazos para apartarla de él. Pero en el mismo instante en que Skeet la tocaba, Francesca hundió sus dientes en la carne del pecho de Dallie, aferrándose a su músculo pectoral.

Dallie soltó un alarido y Skeet aprovechó para tirar de Francesca hacia sus propios brazos.

—¡Zorra loca! —gritó Dallie, preparando su puño y abalanzándose hacia ella. Holly Grace se interpuso delante de él, usando su propio cuerpo como escudo, pues no podía soportar la idea de que Dallie fuera expulsado del circuito profesional. Él se detuvo, puso una mano sobre el hombro de su esposa y se frotó el pecho dolorido con el puño cerrado. En su sien palpitaba una vena hinchada—. ¡Llévatela fuera de mi vista! ¡Lo digo en serio, Skeet! ¡Cómprale un billete de avión de vuelta a su casa, y jamás me permitas volver a verla!

Justo antes de que Skeet se la llevase de allí, Francesca pudo escuchar el eco de la voz de Dallie, mucho más suave ahora, y más amable.

—Lo siento —decía.

«Lo siento...» Las palabras se repetían en su cabeza como un amargo estribillo. Solamente aquellas dos míseras palabras para compensar la destrucción de lo que quedaba de su vida. Y en ese momento escuchó el resto de lo que estaba diciendo:

—Lo siento, Holly Grace.

Francesca dejó que Skeet la llevara a su Ford y se quedó inmóvil en el asiento delantero mientras él ponía el coche en marcha y abandonaba el aparcamiento en dirección a la autopista.

Se mantuvieron en silencio durante varios minutos hasta que, finalmente, Skeet dijo:

—Mira, Francie, vamos a la gasolinera que hay más abajo y llamo a una de mis amigas, que trabaja en el despacho del secretario del condado, a ver si puede darte alojamiento esta noche. Es una mujer realmente simpática. Mañana por la mañana vendré con tus cosas y te llevaré al aeropuerto de San Antonio. Estarás en Londres antes de que te des cuenta.

Ella no emitió respuesta alguna y Skeet la miró con inquietud. Por primera vez desde que la había conocido, sintió lástima por ella. Era una preciosidad cuando no hablaba, y saltaba a la vista que estaba muy herida.

—Escucha, Francie, no había ninguna razón para que te pusieras así por lo de Holly Grace. Dallie y Holly Grace son una de esas certezas de la vida, igual que la cerveza y el fútbol. Pero ambos dejaron de juzgar a las parejas de cama del otro hace ya mucho tiempo, y si no hubieras montado toda esta paranoia, seguramente Dallie te habría permitido quedarte por aquí algo más de tiempo.

Francesca se estremeció. Dallie le habría permitido quedarse... como a uno de sus perros callejeros. Tragó lágrimas y bilis al pensar hasta qué punto se había humillado.

Skeet pisó el acelerador y unos minutos más tarde llegaron a la gasolinera.

—Quédate aquí un momento, yo vuelvo enseguida.

Francesca esperó a que Skeet hubiera entrado en el edificio para salir del coche y echar a correr. Corrió por la carretera, esquivando las luces de los coches, atravesando la noche como si pudiera huir de sí misma. Finalmente, un pinchazo insistente en el costado la forzó a reducir el paso, pero continuó adelante sin detenerse.

Vagó durante horas por las calles desiertas de Wynette, sin saber en qué dirección iba, y sin que eso le importase en absoluto. Mientras pasaba frente a tiendas cerradas y casas envueltas en la quietud de la noche, sintió que la última parte de la antigua Francesca había muerto... la mejor parte, la luz eterna de su propio optimismo. No importaba cuántas cosas tristes le habían sucedido desde la muerte de Chloe, siempre había creído que sus dificultades eran solo algo temporal. Ahora por fin entendía que no lo eran, para nada.

Su zapato resbaló sobre la pulpa sucia de una lámpara de calabaza tirada en la calle y se cayó, golpeándose la cadera contra el pavimento. Se quedó allí un momento, con la pierna torcida incómodamente bajo su propio cuerpo, con el jugo de la calabaza mezclándose con la sangre seca de los rasguños que tenía en su antebrazo. No era el tipo de mujer al que los hombres abandonan; ella era la que solía abandonarlos a ellos. Las lágrimas comenzaron a brotar de sus ojos. ¿Qué había hecho ella para merecer eso? ¿Tan terrible era? ¿Había hecho tanto daño a la gente que ahora ese debía ser su castigo? Un perro ladró a lo lejos, y un poco más allá una luz parpadeó en la ventana de un cuarto de baño.

No sabía qué podía hacer, así que permaneció allí, tumbada sobre el polvo y la pulpa de calabaza y lloró. Todos sus sueños, todos sus proyectos, todo... había desaparecido. Dallie no la amaba. No iba a casarse con ella. No iban a vivir juntos ni serían felices por siempre jamás.

No recordaba haber tomado la decisión de comenzar a andar otra vez, pero al cabo de un rato se dio cuenta de que sus pies se movían y de que se estaba adentrando por otra calle. Y después, en la oscuridad, tropezó con el borde de la acera y levantó la mirada para descubrir que estaba ante la casa de huevos de Pascua de Dallie.

Holly Grace detuvo el Riviera en el sendero de entrada de la casa y apagó el motor. Eran casi las tres de la madrugada. Dallie estaba tumbado en el asiento del pasajero, pero aunque tenía los ojos cerrados, Holly Grace no creía que estuviera dormido. Salió del coche y lo rodeó para abrir la puerta del otro lado. Con temor a que se cayera al suelo, la abrió con cuidado, sujetándola con su cadera, pero él permaneció quieto.

—Venga, cariño —le dijo, cogiéndole del brazo y tirando de él—. Vamos a meterte en la cama.

Dallie murmuró algo ininteligible y sacó una pierna del coche.

—Eso es —lo animó—. Venga, vamos.

Él se puso en pie y le pasó el brazo por los hombros como había hecho tantas veces en el pasado. Una parte de Holly Grace quería apartarse de él y deseaba que se cayera al suelo, plegado sobre sí mismo como un viejo acordeón, pero el resto de su ser no le dejaría ir por nada del mundo (ni por la oportunidad de conseguir el puesto de directora de ventas de la región del sudoeste, ni por la posibilidad de cambiar su Firebird por un Porsche, ni siquiera por una cita en un dormitorio con los cuatro miembros de los Statler Brothers al mismo tiempo), porque Dallie Beaudine casi era la persona a la que ella más amaba en el mundo. Casi, pero no a la que más, porque la persona a quien más amaba era ella misma. Dallie le había enseñado eso hacía mucho tiempo. Dallie le había enseñado hacía mucho tiempo que debía ser así. En realidad, le había enseñado muchas cosas buenas que él nunca había sido capaz de aplicarse a sí mismo.

De pronto, Dallie se soltó de ella y comenzó a rodear la casa hasta la parte delantera. Sus pasos eran algo inestables, pero teniendo en cuenta todo lo que había bebido, lo hacía bastante bien. Holly Grace lo observó un momento. Habían pasado ya seis años, pero él se obstinaba en no dejar marchar a Danny.

Dobló la esquina justo a tiempo para verlo caer en el último escalón del porche.

—Ya puedes irte a casa de tu madre —dijo Dallie.

—Me quedo, Dallie. —Ella subió los escalones, se quitó el sombrero y lo lanzó sobre el columpio que había en el porche.

—Vete ya. Mañana me pasaré a verte.

Hablaba con más claridad de la habitual, lo que indicaba lo borracho que estaba. Holly Grace se sentó a su lado y contempló fijamente la oscuridad, decidida a obligarle a tocar el tema del que quería hablar.

—¿Sabes en lo que he estado pensando hoy? —le preguntó—. Recordaba cómo solías ir por ahí con Danny encima de tus hombros, y él se agarraba a tu pelo y chillaba. Y de vez en cuando, su pañal chorreaba y cuando lo bajabas, tenías un círculo mojado en la parte de atrás de la camiseta. Solía pensar que era muy gracioso: mi maridito bonito yendo por ahí con pipí de bebé en la camiseta. —Dallie no respondió. Ella esperó un momento y luego lo intentó otra vez—. ¿Recuerdas aquella terrible pelea que tuvimos cuando lo llevaste a la peluquería y le cortaron sus ricitos? Te tiré aquel libro tuyo sobre la civilización en occidente, y después hicimos el amor en el suelo de la cocina... solo que como ninguno de los dos había barrido desde hacía una semana, todos los restos de los cereales de Danny se me clavaron en la espalda, por no mencionar en unos cuantos sitios más.

Dallie estiró las piernas y apoyó los codos sobre sus rodillas, inclinando la cabeza. Ella tocó su brazo y le habló con voz suave.

—Piensa en los buenos momentos, Dallie. Han pasado ya seis años. Tienes que olvidar lo malo y pensar en lo bueno.

—Fuimos unos pésimos padres, Holly Grace.

Ella aumentó la presión de su mano sobre su brazo.

—No, no lo fuimos. Amábamos a Danny. Nunca ha habido un niño que fuera tan amado como él. ¿Recuerdas cómo solíamos llevarlo a la cama con nosotros por las noches, pese a que todos nos decían que lo estábamos malcriando?

Dallie levantó su cabeza y al hablar su voz sonó llena de amargura.

—Lo que recuerdo es que salíamos de noche y lo dejábamos solo con todas aquellas niñeras de doce años. O nos lo llevábamos con nosotros cuando no podíamos encontrar a nadie que se quedara con él... colocábamos su sillita en un rincón de cualquier bar y le dábamos patatas fritas, o le poníamos 7Up en el biberón si comenzaba a llorar. Dios...

Holly Grace se encogió de hombros y apartó su mano.

—No teníamos ni diecinueve años cuando Danny nació. No éramos más que unos niños. Lo hicimos lo mejor que supimos.

—¿En serio? ¡Joder, pues no fue lo suficiente!

Holly no hizo caso de su arrebato de rabia. Ella había llegado a aceptar mejor que Dallie la muerte de Danny, aunque todavía tenía que desviar la mirada siempre que veía a una madre cogiendo en brazos a un niño muy rubio. Halloween era lo más difícil para Dallie, porque ese era el día en que Danny había muerto, pero, para ella, lo más difícil era el cumpleaños de Danny. Fijó la mirada en las siluetas oscuras y frondosas de los árboles y recordó cómo había sido aquel día.

Aunque era semana de exámenes en la A&M y Dallie tenía un trabajo que redactar, estaba en el campo de golf intentando ganar a unos granjeros del algodón para conseguir dinero para comprar una cuna. Cuando ella rompió aguas, le había dado miedo ir sola al hospital, así que le había pedido prestado un viejo Ford Fairlane al estudiante de ingeniería que vivía al lado de su casa. Pese a que había colocado una toalla de baño en el asiento, lo había empapado todo.

El encargado había ido a buscar a Dallie y había vuelto con él en menos de diez minutos y cuando Dallie la había visto apoyada en el Fairlane, con manchas de humedad en la ropa, había saltado del carrito eléctrico y había ido corriendo hacia ella.

—Jesús, Holly Grace —había dicho—. Acabo de meter la bola en el *green* del ocho, a menos de cinco centímetros del hoyo. ¿No podías haberte esperado un poco más? —Luego se había echado a reír y la había levantado en vilo, con ropa mojada y todo, y la había apretado contra su pecho hasta que una contracción la había hecho gritar de dolor.

Pensando en ello ahora, notó que se le formaba un nudo en la garganta.

—Danny era un bebé precioso —susurró—. ¿Recuerdas lo asustados que estábamos cuando le trajimos a casa del hospital?

La respuesta de Dallie fue seca y cortante:

—La gente necesita una licencia para tener un perro, pero te permiten llevarte a un bebé del hospital sin hacerte una sola pregunta.

Holly Grace se puso en pie de un salto y exclamó:

—¡Maldita sea, Dallie! Quiero llorar a nuestro bebé. Quiero llorar contigo esta noche, no escuchar cómo lo haces todo más amargo de lo que ya es.

Él se inclinó un momento hacia delante y dejó caer la cabeza.

—No deberías haber venido. Ya sabes cómo me pongo en esta época del año.

Ella posó la palma de su mano sobre la coronilla de Dallie como si se dispusiera a bautizarlo.

—Déjale ir este año.

—¿Podrías dejarle ir tú si fueras la que le mató?

—Yo también sabía lo de la tapa del pozo.

—Y me dijiste que la arreglara. —Dallie se levantó lentamente y caminó hacia la barandilla del porche—. Me dijiste dos veces que la bisagra estaba rota y que los muchachos del vecindario levantaban la tapa para tirar piedras dentro. No fuiste tú la que se quedó en casa con él esa tarde. No eras tú la que se suponía que debía cuidar de él.

—Dallie, estabas estudiando. No es que estuvieras tirado borracho en el suelo cuando Danny salió de casa. —Cerró los ojos. No quería pensar en aquella parte, en su pequeño bebé de dos años gateando por el patio hacia aquel pozo, asomándose al agujero con su curiosidad sin límites. Perdiendo el equilibrio. Cayendo al vacío. No quería imaginarse su pequeño cuerpo luchando por salvarse en el agua estancada, llorando. ¿En qué había pensado su bebé al final, cuando todo lo que podía ver era un lejano círculo de luz por encima de su cabeza? ¿Había pensado en ella, su madre, que no estaba allí para salvarlo y cogerlo en sus brazos, o había pensado en su papá, que le besaba y compartía sus juegos con él y lo abrazaba con tanta fuerza que le hacía chillar? ¿En qué había pensado en aquel último momento cuando sus pequeños pulmones se habían llenado de agua?

Parpadeando contra el escozor de las lágrimas, se acercó a Dallie y rodeó su cintura desde atrás, apoyando la frente sobre su hombro.

—Dios nos da la vida como un regalo —dijo—. No tenemos ningún derecho a poner nuestras propias condiciones.

Dallie comenzó a temblar, y ella se aferró a él como mejor pudo.

Francesca los observaba resguardada en la oscuridad bajo el árbol que se alzaba al lado del porche. La noche era silenciosa, y había podido escuchar cada una de sus palabras. Se sintió mareada... peor aún que cuando había salido corriendo del Roustabout. Su propio dolor se le antojaba una frivolidad comparado con el de ellos. No conocía a Dallie en absoluto. Nunca había visto en él nada más que a un tejano divertido y bromista que se negaba a tomarse la vida en serio. Le había ocultado la existencia de una esposa... y la muerte de su hijo. Al contemplar a aquellas dos figuras desbordadas por la pena que estaban de pie en el porche, le pareció que la intimidad que había entre ellos era tan sólida como la casa misma, una intimidad creada por haber vivido juntos, por haber compartido la felicidad y la tragedia. Comprendió entonces que ella y Dallie no habían compartido nada excepto sus cuerpos, y que el amor alcanzaba profundidades que ella nunca se había imaginado.

Observó cómo Dallie y Holly Grace desaparecían en el interior de la casa. Por una fracción de segundo, lo mejor que había en ella deseó que pudieran encontrar consuelo el uno en el otro.

Naomi nunca había ido a Texas antes y, si por ella fuera, nunca volvería otra vez. Cuando una furgoneta de reparto la adelantó por el carril derecho a más de ciento veinte kilómetros por hora, decidió que algunas personas no estaban hechas para aventurarse más allá de los predecibles atascos de tráfico de la ciudad y del confortable aroma de los tubos de escape de los taxis amarillos que se arrastraban por las calles. Ella era una chica de ciudad; las carreteras en campo abierto la ponían nerviosa. O, quizás, esa sensación no se debiera en absoluto a la carretera. Tal vez fuera el hecho de tener a Gerry acurrucado en el asiento del pasajero de su Cadillac alquilado, frunciendo el ceño como un crío malhumorado.

Cuando había vuelto a su apartamento la noche anterior para prepararse la maleta, Gerry le había anunciado que se iba a Texas con ella.

—Tengo que salir de este sitio antes de que me vuelva loco

—había exclamado, pasándose una mano por el pelo—. Me voy a México una temporada... a vivir en la clandestinidad. Volaré a Texas contigo esta noche, la policía del aeropuerto no estará buscando a una pareja, y luego haré preparativos para cruzar la frontera. Tengo unos amigos en Del Río. Ellos me ayudarán. Estaré bien en México. Reorganizaremos el grupo.

Naomi le había dicho que no podía ir con ella, pero Gerry no le había hecho caso, y, puesto que no podía retenerlo físicamente, se había encontrado a sí misma embarcando en el vuelo de Delta Airlines a San Antonio con Gerry a su lado, cogiéndola del brazo.

Se estiró en el asiento del conductor, pisando sin darse cuenta el pedal del acelerador y haciendo que el coche aumentara ligeramente de velocidad. A su lado, Gerry hundió las manos en los bolsillos de unos pantalones grises de franela que había conseguido agenciarse de algún modo. La ropa se suponía que tenía la función de hacerle parecerse a un respetable hombre de negocios, pero el efecto no llegaba a producirse porque se había negado a cortarse el pelo.

—Relájate —dijo Naomi—. Nadie se ha fijado en ti desde que hemos llegado aquí.

—Los polis no me dejarán escapar así de fácil —repuso él, mirando nervioso por encima de su hombro por enésima vez desde que habían salido del garaje del hotel en San Antonio—. Están jugando conmigo. Dejarán que me acerque a la frontera tanto como para que pueda olerla, y luego se echarán sobre mí. Putos cerdos.

La paranoia de los años sesenta. Naomi casi había olvidado esa sensación. Cuando Gerry se había enterado de las escuchas del FBI, había creído que en cada sombra se ocultaba un poli, que cada nuevo miembro del grupo era un topo infiltrado, que el mismísimo J. Edgar Hoover en persona buscaba evidencias de actividades subversivas en las compresas que las mujeres del movimiento antibélico tiraban a la basura. Aunque en aquella época había habido razones para ser precavidos, al final el miedo había resultado más agotador que la propia realidad.

—¿Estás seguro de que a la policía realmente le importa lo que hagas? —dijo Naomi—. Nadie te ha mirado al subir al avión.

Gerry le dirigió una mirada airada y Naomi supo que lo había insultado por despreciar su importancia como fugitivo: Gerry el macho, el John Wayne de los radicales.

—Si hubiera ido solo me habrían detectado enseguida.

Naomi lo dudaba. Pese a la insistencia de Gerry en que la policía estaba buscándolo, lo cierto era que no parecían esmerarse mucho. Esa idea la hizo sentirse extrañamente triste. Recordaba la época en la que la policía había estado realmente interesada en las actividades de su hermano.

El Cadillac alcanzó la cima de una pendiente y vio una señal que anunciaba la salida para la ciudad de Wynette. Notó una ráfaga de entusiasmo recorriendo su cuerpo. Después de tanto tiempo, por fin iba a ver a su Chica Indomable. Esperaba no haber cometido un error por no haberla llamado antes, pero su instinto le decía que la primera toma de contacto debía ser en persona. Además, las fotografías a veces resultaban engañosas. Tenía que ver a aquella chica cara a cara.

Gerry miró el reloj digital que había en el salpicadero.

—Todavía no son ni las nueve. Probablemente aún esté en la cama. No entiendo por qué hemos tenido que salir tan temprano.

Su hermana no se molestó en contestar. Nada tenía la menor importancia para Gerry excepto su propia misión de salvar el mundo sin ayuda de nadie. Paró en una estación de servicio y preguntó la dirección. Gerry se encogió en el asiento, ocultándose tras un mapa de carreteras desplegado como si el muchacho con la cara llena de acné que atendía los surtidores de gasolina fuera en realidad un agente del gobierno a la caza y captura del Enemigo Público Número Uno.

Al volver a la carretera, Naomi le dijo:

—Gerry, tienes treinta y dos años. ¿No estás cansado de vivir así?

—No voy a darme por vencido, Naomi.

—Si quieres mi opinión, huir a México se parece más a una rendición que quedarte e intentar trabajar desde dentro del sistema.

—Déjalo ya, ¿quieres?

¿Eran solo imaginaciones suyas o Gerry parecía menos seguro de sí mismo?

—Serías un abogado estupendo —insistió—. Valiente e incorruptible. Como un caballero medieval luchando por la justicia.

—Lo pensaré, ¿vale? —gruñó Gerry—. Lo pensaré cuando haya conseguido llegar a México. Recuerda que prometiste dejarme cerca de Del Río antes de que se haga de noche.

—Dios, Gerry, ¿no puedes pensar en nada más que en ti mismo?

Su hermano la miró con rabia.

—El mundo está a punto de saltar por los aires, y por lo único que tú te preocupas es por vender perfumes.

Naomi se negó a enzarzarse en otra discusión a gritos con él, así que continuaron en silencio hasta llegar a la casa. Cuando detuvo el Cadillac, Gerry registró nerviosamente con la mirada la extensión de la calle. Al ver que no había nada sospechoso, se relajó lo bastante como para echarse hacia delante y estudiar la casa.

—¡Oye, me gusta este sitio! —exclamó, señalando las liebres pintadas—. Da buenas vibraciones.

Naomi recogió su bolso y el maletín, y cuando se disponía a abrir la puerta del coche, Gerry la cogió del brazo.

—Esto es importante para ti, ¿verdad, hermanita?

—Sé que no lo entiendes, Gerry, pero me encanta mi trabajo.

Él asintió con la cabeza y le sonrió.

—Buena suerte, nena.

El sonido producido por una puerta de coche al cerrase despertó a Francesca. Al principio no podía recordar dónde se encontraba, y luego se dio cuenta de que, del mismo modo que un animal que entra en una cueva para morir solo, ella se había metido en el asiento trasero del Riviera y se había quedado dormida. Los recuerdos de la noche anterior regresaron a su mente, trayendo consigo una nueva oleada de dolor. Se desperezó y gimió cuando los músculos de varias partes de su cuerpo protestaron por el cambio de postura. El gato, que se había enroscado en el suelo debajo del asiento, levantó su cabeza deforme y maulló.

Entonces vio el Cadillac.

Contuvo la respiración. Hasta donde alcanzaban sus recuerdos, los coches grandes y caros siempre habían traído cosas maravillosas a su vida: hombres adinerados, lugares elegantes, fiestas deslumbrantes. Un rayo irracional de esperanza la atravesó de lado a lado. Tal vez uno de sus amigos la había localizado y acudía para llevarla de vuelta a su antigua vida. Se retiró el pelo de la cara con una mano sucia y temblorosa, se bajó del coche y caminó con cautela hacia la entrada principal de la casa. En aquel momento no podría hacerle frente a Dallie, y en especial no podría hacerle frente a Holly Grace. Mientras subía, casi arrastrándose, los escalones que llevaban a la puerta, se dijo que debía mantener bajo control sus ilusiones, que el coche podría haber llevado a un periodista que quisiera entrevistar a Dallie, o incluso a un vendedor de seguros... pero todas las partículas de su cuerpo se tensaron por la esperanza. Oyó la voz de una mujer desconocida y se echó a un lado para poder escuchar sin que la vieran.

—... estado buscándola por todas partes —decía la mujer—. Finalmente pude localizarla al realizar unas averiguaciones acerca del señor Beaudine.

—¿Tantas molestias por un anuncio en una revista? —murmuró la señorita Sybil.

—Oh, no —protestó la otra mujer—. Esto es mucho más importante. Blakemore, Stern & Rodenbaugh es una de las agencias de publicidad más importantes de Manhattan. Tenemos planeada una campaña de gran envergadura para el lanzamiento de un perfume nuevo, y necesitamos a una mujer extraordinariamente hermosa para hacer de nuestra Chica Indomable. Saldrá en televisión, en vallas de anuncios. Hará apariciones públicas por todo el país. Planeamos convertirla en una de las caras más reconocidas de toda América. Todo el mundo conocerá a la Chica Indomable.

Francesca sintió que acaban de devolverle su vida. ¡La Chica Indomable! ¡La estaban buscando! Una oleada de alegría corrió por sus venas como adrenalina cuando comprendió con repentina sorpresa que podría dejar a Dallie con la cabeza bien alta. Esta Hada Madrina de Manhattan estaba a punto de devolverle su amor propio.

—Pero me temo que no tengo la menor idea de dónde está —dijo la señorita Sybil—. Siento darle una decepción después de haber conducido desde tan lejos, pero si me deja una tarjeta de visita, se la daré a Dallas y él se encargará de pasársela a ella.

—¡No! —Francesca cogió el pomo de la mosquitera y tiró de ella, con un pánico ilógico a que la mujer se desvaneciera en el aire antes de que pudiera hablar con ella. Al precipitarse al interior, vio a una mujer delgada, de cabello oscuro, con un traje azul marino, de pie al lado de la señorita Sybil—. ¡No! —repitió—. ¡Estoy aquí! Estoy justo...

—¿Qué ocurre? —inquirió una voz gutural, arrastrando las palabras—. Eh, ¿cómo está, señorita Sybil? No tuve oportunidad de saludarla anoche. ¿Hay café hecho?

Francesca se quedó congelada en el umbral al ver que Holly Grace Beaudine bajaba las escaleras, con sus interminables piernas desnudas asomando por debajo de una de las camisas azul pálido de Dallie. Dejó escapar un bostezo, y los sentimientos altruistas que Francesca había experimentado hacia ella la noche anterior desaparecieron. Incluso sin maquillaje y con el pelo revuelto por estar recién levantada, su aspecto era extraordinario.

Francesca se aclaró la garganta y entró en la sala de estar, haciendo que todos se percataran de su presencia.

La mujer del traje azul marino jadeó de forma claramente audible.

—¡Dios mío! Las fotografías no te hacían justicia. —Dio un paso al frente, sonriendo ampliamente—. Déjame ser la primera en felicitar a nuestra nueva y hermosa Chica Indomable.

Y entonces le ofreció su mano a Holly Grace Beaudine.

16

Dada la nula atención que recibió, Francesca podría haber sido perfectamente invisible. Permaneció anonadada en el umbral del salón mientras la mujer de Manhattan cloqueaba alrededor de Holly Grace, hablando de contratos exclusivos y horarios de trabajo y de una serie de fotografías que le habían hecho al presentarse en una gala de beneficencia en Los Ángeles acompañando a un famoso jugador de fútbol.

—Pero yo vendo artículos deportivos —exclamó Holly Grace en un momento dado—. Al menos lo hacía hasta que me vi implicada en una pequeña discusión de trabajo hace unas semanas y abandoné la empresa en el acto. Pareces no darte cuenta de que no soy modelo.

—Lo serás cuando haya terminado contigo —insistió la mujer—. Solo prométeme que no desaparecerás otra vez sin dejar un número de teléfono. De ahora en adelante, avisa siempre a tu agente de dónde se te puede localizar.

—No tengo agente.

—También me encargaré de ese punto.

Francesca comprendió que no habría ninguna Hada Madrina para ella. Nadie que cuidara de ella. Ningún mágico contrato de modelo apareciendo en el último instante para salvarla. Vio su propio reflejo en un espejo que la señorita Sybil había enmarcado con conchas marinas. Estaba despeinada y tenía la cara sucia y magullada. Bajó la mirada y vio la suciedad y la sangre seca que cubría sus brazos. ¿Cómo se le había ocurrido pensar en algún momento que podría valerse en la vida exclusivamente gracias a su belleza? Si se comparaba con Holly Grace y con Dallie, quedaba relegada a una segunda clase. Chloe estaba equivocada. Ser hermosa no era suficiente... siempre habría alguien que lo fuera más.

Se dio la vuelta y salió de la casa sin hacer ruido.

Pasó casi una hora antes de que Naomi Tanaka se marchara y Holly Grace entrara en el dormitorio de Dallie. Se había producido alguna confusión con respecto al coche de alquiler de Naomi, que parecía haber desaparecido mientras ella estaba en la casa, y la señorita Sybil había acabado teniendo que llevarla al único hotel de Wynette. Naomi había prometido darle a Holly Grace hasta el día siguiente para que revisase el contrato y consultase con su abogado. No es que Holly Grace tuviera la menor duda en firmar, pues la cantidad de dinero que le ofrecían era increíble: cien mil dólares por no hacer nada más que moverse delante de una cámara y estrechar manos en los departamentos de perfumería de los grandes almacenes. Recordó sus días en Bryan, Texas, viviendo con Dallie en un alojamiento de estudiantes y esforzándose por reunir dinero suficiente para comprar comida.

Todavía vestida con la camisa azul de Dallie y una taza de café en cada mano, cerró la puerta del dormitorio empujando con la cadera. La cama parecía una zona de guerra, con todas las sábanas revueltas y enredadas alrededor de la cintura del jugador de golf. Incluso dormido, parecía que Dallie no podía encontrar paz alguna. Holly Grace dejó una taza de café sobre la mesita y dio un sorbo de la otra.

La Chica Indomable. Le sonaba estupendamente. Incluso el momento era el ideal. Estaba harta de combatir con los chicos buenos en Sports Equipment International, cansada de tener que trabajar el doble que ellos para conseguir el mismo reconocimiento. Estaba preparada para un cambio en su vida, una oportunidad de ganar mucho dinero. Hacía mucho tiempo había decidido que cuando la oportunidad llamara a su puerta, ella estaría preparada para cogerla.

Con el café en la mano, fue al viejo sillón y se sentó, descansando un pie sobre su rodilla desnuda. La pulsera dorada que tenía en el tobillo reflejó la luz del sol, lanzando un destello zigzagueante hacia el techo. Su mente se llenó de imágenes brillantes: vestidos de diseñador, abrigos de piel, restaurantes famosos de Nueva York. Después de trabajar tanto, todos aquellos años de golpearse la cabeza contra paredes de piedra, la posibilidad de una vida mejor había caído finalmente directa en su regazo.

Con las manos enlazadas alrededor de la taza caliente, dirigió su mirada hacia Dallie. La gente que estaba al corriente de que mantenían vidas separadas y de que tenían direcciones distintas siempre les preguntaba por qué no se habían divorciado. No podían entender que a Holly Grace y a Dallie todavía les gustara estar casados el uno con el otro. Eran familia.

Su mirada recorrió la larga y dura curva de su pantorrilla, cuya visión había producido en el pasado tantos estremecimientos de lujuria en su interior. ¿Cuándo había sido la última vez que habían hecho el amor? No podía recordarlo. Lo único que sabía era que en el mismo instante en que Dallie y ella se acostaban juntos en una cama, todos sus antiguos problemas volvían para atormentarlos. Holly Grace volvía a ser otra vez una muchacha joven y desvalida con necesidad de protección, y Dallie volvía a transformarse en un marido adolescente que intentaba desesperadamente mantener a su familia mientras el fracaso se cernía sobre él como una nube de tormenta. Ahora que habían decidido mantenerse cada uno alejado de la cama del otro, habían descubierto la sensación de alivio que les producía el deshacerse de su pasado. Al final habían decidido que resultaba fácil encontrar docenas de amantes, pero los buenos amigos eran mucho más difíciles de hallar.

Dallie emitió un gemido y se giró para ponerse boca abajo. Holly Grace permaneció un momento más en silencio mientras él enterraba la cara en la almohada y estiraba las piernas. Luego, se levantó y fue a sentarse en el borde de la cama. Dejó su taza en la mesita y cogió la otra.

—Te he traído café. Bébetelo y te garantizo que volverás a sentirte casi como un ser humano durante toda la semana que viene.

Dallie se acomodó sobre las almohadas colocadas contra el cabezal de la cama y, con los ojos todavía entrecerrados, alargó la mano. Ella le entregó la taza y le retiró un mechón de pelo rubio que le caía sobre la frente. Incluso con el pelo desgreñado y barba incipiente en el mentón, siempre estaba atractivo. Su aspecto mañanero solía impresionarla en sus primeros tiempos de casados. Ella se despertaba como si hubiera sido víctima de la ira de Dios, y él parecía una estrella de cine. Él siempre le decía que por las mañanas era cuando más hermosa estaba, pero ella nunca lo creyó. Dallie no era objetivo en lo que a ella se refería. Pensaba que era la mujer más hermosa del mundo, por muy desarreglada que estuviera.

—¿Has visto a Francie esta mañana? —preguntó.

—La he visto durante aproximadamente tres segundos en la sala de estar, hace un rato, y luego se ha ido corriendo. Dallie, no pretendo criticar tu gusto en lo que concierne a mujeres, pero esta en particular me parece frívola. —Holly Grace se recostó sobre las almohadas y dobló las rodillas, riéndose por lo bajo al recordar la escena en el aparcamiento del Roustabout—. Te dio fuerte anoche, ¿verdad? Tengo que concederle su mérito en eso. La única otra mujer que conozco que podría plantarte batalla así soy yo.

Dallie giró su cabeza y la miró encolerizado.

—¿Sí? Pues eso no es lo único que las dos tenéis en común. Las dos habláis demasiado por las mañanas.

Holly Grace no hizo caso de su mal carácter. Cuando acababa de despertarse, Dallie era un auténtico gruñón, pero a ella le gustaba hablar por las mañanas. A veces podía sonsacarle cosas interesantes si le insistía antes de que estuviera totalmente consciente.

—Tengo que decirte que creo que ella es la más interesante que has recogido de la calle desde hace bastante tiempo, casi mejor que aquella enana que solía viajar con el rodeo. Skeet me contó cómo destrozó tu habitación en un motel de Nueva Orleáns. Me hubiera encantado verlo. —Apoyó su codo sobre la almohada al lado de la cabeza de Dallie y cambió de posición—. Solo por curiosidad, ¿por qué no le hablaste de mí?

Él la miró un momento fijamente por encima de su taza y luego la apartó de su boca sin llegar a beber.

—No seas ridícula. Ella sabía de tu existencia. Hablé de ti delante de ella todo el tiempo.

—Eso es lo que Skeet dijo, pero me pregunto si en alguna de esas conversaciones usaste claramente la palabra «esposa».

—Desde luego que lo hice. O Skeet lo hizo. —Se pasó los dedos por el pelo—. No sé... alguien lo hizo. Tal vez la señorita Sybil.

—Lo siento, cariño, pero me dio la impresión de que la primera vez que lo oyó fue cuando yo lo dije.

Dallie dejó su taza sobre la mesita con impaciencia.

—Demonios, ¿y cuál es la diferencia? Francie está demasiado enamorada de sí misma para sentir nada por nadie más. Por lo que a mí respecta, ya es historia pasada.

A Holly Grace no le sorprendía aquello. La pelea de la noche anterior en el aparcamiento había parecido una separación definitiva... a menos que los dos contrincantes se amasen el uno al otro hasta el extremo de la desesperación, de la misma manera que ella y Dallie solían amarse.

Dallie apartó bruscamente las sábanas y salió de la cama sin llevar puesto más que sus calzoncillos blancos de algodón. Holly Grace se regodeó en la visión de aquellos músculos que se agolpaban a lo largo de sus hombros y en el vigor que se percibía en la cara interior de sus muslos. Se preguntó a qué hombre se le había podido ocurrir creer que las mujeres no disfrutaban con la visión de cuerpos masculinos. Probablemente a algún listillo profesor de Filosofía, con cuatro papadas y una barriga enorme.

Dallie se dio la vuelta y la pilló mirándole. Frunció el ceño, aunque ella intuía que lo más probable era que le gustase saberse admirado.

—Tengo que localizar a Skeet y asegurarme de que le diera dinero para un billete de avión. Si está por ahí sola mucho tiempo, se meterá en más problemas de los que puede solucionar.

Holly Grace lo miró más detenidamente, sintiendo una inusual punzada de celos. Había pasado mucho tiempo desde que le molestara que Dallie tuviera otras mujeres, sobre todo porque ella misma conseguía un número envidiable de conquistas. Pero no le gustaba la idea de que él se interesase demasiado por una mujer que no contaba con su aprobación, lo cual dejaba claro exactamente hasta qué punto era estrecha de mente.

—Realmente te gustaba, ¿verdad?

—No era mala chica —contestó él, evasivamente.

Holly Grace quería saber más, como por ejemplo lo buena que la señorita Pantalones Elegantes podía ser en la cama si Dallie ya había probado lo mejor de lo mejor en ese aspecto. Pero sabía que él la acusaría de ser hipócrita, así que dejó de momento a un lado su curiosidad. Además, ahora que estaba por fin despierto del todo, podía contarle las noticias verdaderamente importantes. Cruzó las piernas y le contó lo ocurrido aquella mañana.

Él reaccionó más o menos del modo que había imaginado.

Ella le dijo que podía irse directamente al diablo.

Él dijo que se alegraba por lo del trabajo, pero que le molestaba su actitud.

—Mi actitud es asunto mío, joder —le espetó ella.

—Un día de estos comprenderás que la felicidad no viene envuelta en un billete, Holly Grace. Es más complicado que eso.

—¿Desde cuándo eres tú un experto en felicidad? Debería resultar bastante evidente para cualquiera que no tenga el cerebro inservible que es mejor ser rico que pobre y que solo porque tú tengas la intención de ser un fracasado toda tu vida no significa que yo vaya a serlo también.

Siguieron haciéndose daño el uno al otro durante un buen rato, después estuvieron varios minutos dando vueltas por la habitación sin hablarse. Dallie llamó por teléfono a Skeet; Holly Grace fue al cuarto de baño y se vistió. En los viejos tiempos habrían roto aquel silencio haciendo el amor de manera salvaje, intentando en vano utilizar sus cuerpos para solucionar todos los problemas que sus mentes no eran capaces de manejar. Pero ahora no se tocaron, y poco a poco su rabia se fue diluyendo. Finalmente, bajaron juntos y compartieron el resto del café de la señorita Sybil.

El hombre que iba al volante del Cadillac asustaba a Francesca, a pesar de que era atractivo en un sentido algo aterrador. Tenía el pelo negro y rizado, un cuerpo compacto y ojos oscuros y como enfadados que no cesaban de lanzar nerviosas miradas por el espejo retrovisor. Tenía la incómoda sensación de que ya había visto esa cara en algún lugar antes, pero no podía recordar dónde. ¿Por qué no se había parado a pensar con tranquilidad cuando se había ofrecido a llevarla, en vez de subirse corriendo al Cadillac? Como una idiota, apenas lo había mirado; se había subido al coche sin más. Le había preguntado qué estaba haciendo delante de la casa de Dallie, y él había dicho que era un chófer y que la persona que lo había contratado ya no necesitaba sus servicios.

Intentó liberar sus pies de debajo del gato, pero el animal plantó todo su peso con firmeza sobre ellos y Francesca se dio por vencida. El hombre la miró a través de la nube de humo de su cigarrillo y acto seguido volvió a echar un vistazo por el espejo retrovisor. Su nerviosismo la molestaba. Se comportaba como si fuera algún tipo de fugitivo. Francesca se estremeció. Quizá no fuera de verdad un chófer. Quizás el coche era robado. Si le hubiera permitido a Skeet que la llevara al aeropuerto de San Antonio eso no habría ocurrido. Otra vez había escogido la opción equivocada. Dallie había tenido razón cada una de la docena de veces que le había dicho que no tenía el más mínimo sentido común.

Dallie... Se mordió el labio y aferró su neceser. Mientras ella permanecía sentada en la cocina, embobada, la señorita Sybil había ido a la planta de arriba y había recogido sus cosas. Luego le había dado un sobre en el que había dinero suficiente para comprar un billete de avión de vuelta a Londres, y un poco extra para que pudiera adecentar su aspecto. Francesca había mirado el sobre, consciente de que no podía cogerlo, no ahora que había comenzado a pensar en cosas como orgullo y amor propio. Si cogía el sobre no sería más que una puta siendo pagada por los servicios prestados. Si no lo cogía...

Había cogido el sobre y había sentido que algo puro e inocente había muerto para siempre en sus entrañas. No pudo mirar a la señorita Sybil a los ojos mientras metía el dinero dentro del neceser. Lo cerró y su estómago pareció rebelarse. Dios santo, ¿y si realmente estaba embarazada? Solo obligándose a tragar pudo comerse la tostada que la señorita Sybil le había obligado a tomar.

La anciana se había mostrado más amable que de costumbre al decirle que Skeet la llevaría al aeropuerto.

Francesca había negado con la cabeza y había anunciado con voz altiva que ya había hecho planes. A continuación, antes de que pudiera humillarse más adhiriéndose al delgado pecho de la señorita Sybil y pidiéndole que le dijera qué podía hacer, había cogido su neceser y había salido corriendo por la puerta.

El Cadillac pisó un bache, lanzándola hacia un lado, y comprendió que habían salido de la autopista. Miró fijamente el camino sin asfaltar y lleno de socavones que se extendía ante ellos como una cinta polvorienta en medio del desolador paisaje. Habían dejado el terreno montañoso atrás hacía algún tiempo. ¿No deberían haber estado ya cerca de San Antonio? El nudo que sentía en su estómago dio una vuelta más. El Cadillac se balanceó otra vez, y el gato se movió sobre los pies de Francesca y levantó la vista hacia ella con un fulgor funesto, como si ella fuera personalmente responsable del ajetreado paseo. Unos cuantos kilómetros después, se decidió a preguntar:

—¿Usted cree que vamos bien? Este camino no tiene aspecto de ser muy transitado.

El hombre encendió un nuevo cigarrillo con la colilla del anterior y cogió el mapa que había dejado en el asiento entre ambos.

Francesca era más sabia entonces de lo que lo había sido un mes antes, así que se fijó en las sombras proyectadas por unos cactus.

—¡Oeste! —exclamó un momento después—. Vamos hacia el oeste. Esta no es la dirección a San Antonio.

—Es un atajo —dijo él, tirando al suelo el mapa.

Francesca sintió como si la garganta se le cerrase. Violación... asesinato... un presidiario fugado y un cuerpo de mujer mutilado y abandonado en una cuneta del camino. No podía aguantar más. Estaba profundamente desilusionada y agotada, y no le quedaban fuerzas para hacer frente a otra catástrofe. Buscó infructuosamente otro coche en el horizonte. Lo único que alcanzaba a ver era el diminuto y esquelético dedo de una antena de radio a kilómetros de distancia.

—Quiero que me deje bajarme —dijo, intentando mantener su tono normal, como si ser asesinada por un fugitivo enloquecido en un paraje desierto fuera en lo que menos pensara en aquel preciso momento.

—No puedo hacer eso —dijo el hombre, mirándola con sus ojos como pedazos de mármol negro—. Tienes que quedarte conmigo hasta que estemos más cerca de la frontera con México, y luego te dejaré marchar.

El temor se enroscó como una serpiente en su estómago.

El tipo dio una profunda calada a su cigarrillo.

—Mira, no voy a hacerte daño, así que no hace falta que te pongas nerviosa. Estoy en contra de la violencia. Solo tengo que llegar a la frontera, y quiero que haya dos personas en el coche en vez de una sola. Antes había una mujer conmigo, pero mientras la esperaba, ha aparecido un coche de policía por la calle. Y entonces te he visto caminando por la acera con esa maleta en la mano...

Si había pretendido tranquilizarla con su explicación, no lo consiguió. Francesca comprendió que realmente era un fugitivo, tal como había temido. Intentó suprimir el histerismo que se adueñaba de ella, pero no lograba controlarlo. Cuando el tipo redujo la marcha al aproximarse a otro bache, ella sujetó la manija de la puerta.

—¡Eh! —Él pisó el freno y la cogió del brazo. El coche patinó hasta detenerse por completo—. No hagas eso. No voy a hacerte daño.

Ella intentó liberarse, pero los dedos del otro se le clavaron en el brazo. Francesca gritó. El gato saltó desde el suelo, aterrizando con su grupa sobre la pierna de ella y sus patas delanteras sobre el asiento.

—¡Déjeme salir! —chilló Francesca.

Él la retuvo rápidamente, hablando con el cigarrillo entre los labios.

—¡Eh, tranquila! Solamente tengo que llegar más cerca la frontera antes de...

A Francesca sus ojos se le antojaron oscuros y amenazantes.

—¡No! —volvió a chillar—. ¡Quiero salir! —Sus dedos se habían vuelto torpes a causa del miedo y la manija de la puerta se negaba a moverse. Empujó más fuerte, intentando lanzar el peso de todo su cuerpo contra ella. El gato, enfurruñado por todo aquel ajetreo, arqueó su espalda y siseó para hundir a continuación sus garras en el muslo del hombre.

El tipo soltó un alarido de dolor y empujó al animal, ante lo cual, el gato maulló feroz y hundió sus uñas más profundamente.

—¡Déjelo en paz! —gritó Francesca, volviendo su atención de la puerta al golpe que había recibido su gato. Le dio un tortazo con la mano al hombre en el brazo mientras el gato mantenía las uñas clavadas en su pierna, siseando y gruñendo sin parar.

—¡Quítamelo de encima! —gritó el hombre. Trató de defenderse con el codo y sin querer hizo caer el cigarrillo de su boca. Antes de que pudiera cogerlo, el cigarrillo se deslizó por el cuello abierto de su camisa. Intentó apagarlo dándose palmadas, gritando otra vez mientras la punta encendida comenzaba a chamuscarle la piel.

Su codo golpeó el claxon.

Francesca le atizó en el pecho.

El gato comenzó a subírsele por el brazo.

—¡Sal de aquí! —gritó él.

Ella agarró la manija. Esta vez cedió bajo su mano, y cuando se abrio la puerta, saltó afuera, seguida por el gato.

—¡Estás como una cabra! ¿lo sabes, señorita? —le gritó el hombre, sacándose el cigarrillo de la camisa con una mano y frotándose la pierna con la otra.

Francesca vio su neceser, abandonado sobre el asiento, y se abalanzó con el brazo extendido para cogerlo. Él vio lo que pretendía hacer e inmediatamente se deslizó sobre el asiento para cerrar la puerta antes de que ella pudiera alcanzarlo.

—¡Deme mi neceser! —exigió Francesca.

—Cógelo tú misma. —Le mostró su dedo corazón, metió la marcha y pisó el acelerador. Los neumáticos giraron, lanzando al aire una gran nube de polvo que inmediatamente la envolvió.

—¡Mi neceser! —gritó, mientras él se perdía en la lejanía—. ¡Necesito mi neceser!

Echó a correr detrás del Cadillac, tosiendo por el polvo y dando gritos. Corrió hasta que el coche quedó reducido a un pequeño punto negro en el horizonte. Entonces se derrumbó de rodillas en mitad del sendero.

Su corazón bombeaba como un pistón en su pecho. Tomó aliento y se echó a reír, una carcajada rota y salvaje que apenas era humana. Lo había hecho. Lo había hecho de verdad. Y esta vez no había ningún apuesto salvador rubio que fuera a acudir en su rescate. Un gruñido ronco sonó a su lado. Estaba sola, con un gato estrábico como única compañía.

Comenzó a temblar y cruzó los brazos sobre su pecho como si así pudiera mantener todos los pedazos de su cuerpo unidos. El gato se dirigió a un lado del camino y comenzó a adentrarse sigilosamente entre la maleza. Un conejo salió corriendo de unos arbustos secos. Francesca sintió como si diversos trozos de su cuerpo volaran hacia el cielo ardiente y sin nubes, partes de sus brazos y sus piernas, de su pelo, de su cara... Desde que había llegado a aquel país, lo había perdido todo. Todo lo que tenía. Todo lo que era. Lo había perdido todo, y ahora ella misma estaba perdida...

Unos versos de la Biblia invadieron su cerebro, versos que había medio aprendido como fragmentos de nanas olvidadas hacía ya tiempo, algo sobre Saúl en el camino a Damasco, abatido en el suelo, ciego y posteriormente renacido de nuevo. En aquel momento Francesca quería renacer. Sintió el polvo bajo sus manos y quiso que se produjera un milagro que la rehiciera de nuevo, un milagro de proporciones bíblicas... una voz divina que la llamara para darle un mensaje. Esperó, y ella, que nunca había imaginado que llegase a rezar, comenzó a hacerlo:

—Por favor, Dios... haz un milagro por mí. Por favor, Dios... envíame una señal. Envíame un mensajero...

Su rezo era feroz y enérgico, su fe, la fe de la desesperación, inmediata e ilimitada. Dios le contestaría. Dios debía contestarle. Esperó a que apareciera su mensajero con traje blanco y que le mostrara con una voz seráfica el camino a una vida nueva.

—He aprendido mi lección, Dios. De verdad la he aprendido. Nunca volveré a ser engreída y egoísta.

Esperó, con los ojos fuertemente cerrados, con las lágrimas dibujando surcos en sus mejillas manchadas de polvo. Esperó a que apareciera el mensajero, y una imagen comenzó a formarse en su mente, borrosa al principio, pero luego haciéndose cada vez más sólida. Se esforzó por adentrarse en los rincones más ocultos de su conciencia, se esforzó por ver con claridad a su mensajero. Se concentró y logró ver...

A Scarlett O'Hara.

Vio a Scarlett cubierta de suciedad, su silueta recortada contra la ladera de una colina en tecnicolor. Scarlett gritando: «Pongo a Dios por testigo de que nunca volveré a pasar hambre.»

Francesca se ahogó entre lágrimas y una carcajada histérica brotó de su pecho. Cayó hacia atrás y, poco a poco, dejó que la risa se apoderase de ella. «Qué típico —pensó—. Y qué apropiado.» Otra gente rezaba y conseguía rayos y ángeles. Ella conseguía a Scarlett O'Hara.

Se levantó y comenzó a andar, sin saber hacia dónde, simplemente moviéndose. El polvo se le metía en las sandalias y entre los dedos de los pies. Notó que tenía algo en el bolsillo trasero y metió la mano para investigar, y sacó un cuarto de dólar. Contempló la moneda en la palma de su mano. Sola en un país extranjero, sin hogar, posiblemente embarazada (no debía olvidar esa probable calamidad), estaba de pie en mitad de un camino en alguna parte de Texas, solo con la ropa que llevaba puesta, veinticinco centavos en la mano y una imagen de Scarlett O'Hara en la cabeza.

Una extraña sensación de euforia comenzó a adueñarse de ella... una temeridad, la idea de disponer de posibilidades ilimitadas. Aquello era América, la tierra de las oportunidades. Estaba harta de sí misma, cansada de la persona en la que se había convertido, estaba preparada para comenzar de nuevo. Y, a lo largo de toda la historia de la civilización, ¿alguna vez había tenido alguien una oportunidad semejante para empezar de nuevo como la que ella tenía ahora ante sí en aquel preciso momento?

La hija de BlackJack contempló la moneda que tenía en su mano, calculó su peso y meditó sobre su futuro. Si aquel iba a ser un nuevo principio, no llevaría consigo ningún equipaje del pasado. Sin concederse la posibilidad de reconsiderarlo, echó el brazo hacia atrás y lanzó la moneda lejos.

Aquel país era tan enorme, el cielo estaba tan alto, que ni siquiera la oyó caer.

17

Holly Grace se sentó en el banco verde de madera en el campo de prácticas y observó a Dallie ensayando golpes con su hierro dos. Iba por su cuarta cesta de pelotas, y todas ellas seguían desviándose a la derecha, no a propósito, sino como consecuencia de golpes defectuosos. Skeet estaba sentado en el otro extremo del banco, con los hombros caídos y su viejo Stetson inclinado sobre los ojos para no tener que mirar.

—¿Qué diablos le pasa? —preguntó Holly Grace, colocándose las gafas de sol sobre la cabeza—. Lo he visto jugar con resaca muchas veces, pero no así de mal. Ni siquiera intenta corregirse; no hace más que repetir el mismo golpe una y otra vez.

—Tú eres la que puede leer su mente —gruñó Skeet—. Dímelo tú.

—¡Eh, Dallie! —gritó Holly Grace—. Esos son los peores golpes con un hierro dos de la historia del golf. ¿Por qué no te olvidas de esa pequeña inglesita y te concentras en ganarte la vida?

Dallie colocó otra pelota en posición con la punta del palo.

—¿Y qué tal si tú te ocupas de tus propios asuntos?

Ella se levantó y se metió la camisola blanca de algodón en la cinturilla de sus vaqueros antes de empezar a caminar hacia él. La cinta rosada que colgaba del cuello de la camisola se levantó con la brisa y fue a colarse en el hueco entre sus pechos. Al pasar por detrás de la hilera de jugadores que estaban practicando, un tipo que ya había comenzado el movimiento de sus brazos para golpear, se le quedó mirando y acabó golpeando el aire, dejando la pelota donde estaba. Ella le dedicó una sonrisa descarada y le dijo que le saldría mejor el golpe si mantenía la cabeza agachada.

El cuerpo de Dallie se recortaba contra el sol de primera hora de la tarde, y su cabello parecía de oro bajo aquella luz. Holly Grace entrecerró los ojos para mirarlo.

—Esos granjeros de Dallas van a darte un buen repaso este fin de semana, cariño. Voy a darle a Skeet un billete nuevecito de cincuenta dólares para que lo apueste todo contra ti.

Dallie se inclinó hacia delante y cogió la botella de cerveza que había dejado entre un montón de pelotas.

—Lo que realmente me gusta de ti, Holly Grace, es la forma que tienes de animarme.

Ella fue hacia él y le dio un abrazo amistoso, disfrutando de su particular aroma masculino, una combinación de la camisa sudorosa y el olor húmedo del cuero del mango de los palos de golf.

—Te estoy diciendo lo que veo, mi amor, y ahora mismo tu juego está siendo horrible. —Se separó un poco y lo miró directamente a los ojos—. Estás preocupado por ella, ¿verdad?

Dallie miró hacia la señal de 250 metros y luego a Holly Grace.

—Me siento responsable de ella; no lo puedo evitar. Skeet no debería haberla dejado irse así. Él sabe cómo es esa chica: se deja enredar en películas de vampiros, pelea en bares, vende su ropa a prestamistas. Cristo, me atizó bien anoche en el aparcamiento, ¿verdad?

Holly Grace estudió las finas cintas blancas de cuero de sus sandalias, que se entrecruzaban sobre sus dedos del pie y luego lo miró pensativamente.

—Un día de estos, vamos a tener que divorciarnos.

—No veo por qué. No estarás planeando casarte otra vez, ¿verdad?

—Por supuesto que no. Es solo que... tal vez no sea bueno para ninguno de los dos, continuar así, utilizando nuestro matrimonio para mantenernos a salvo de cualquier otra implicación emocional.

Dallie la miró con suspicacia.

—¿Has estado leyendo el *Cosmopolitan* otra vez?

—¡Ya está bien! —Se colocó las gafas de sol sobre los ojos y regresó enfurecida hacia el banco para recoger su bolso—. Es imposible hablar contigo. Eres de mente estrecha.

—Te recogeré en casa de tu madre a las seis —le dijo Dallie cuando ella ya se dirigía hacia el aparcamiento—. Puedes llevarme a una barbacoa.

Cuando el Firebird de Holly Grace estaba saliendo del aparcamiento, Dallie le entregó el palo a Skeet.

—Vamos al campo a jugar unos cuantos hoyos. Y si en algún momento tienes la más ligera impresión de que pretendo usar ese palo, saca una pistola y pégame un tiro.

Pero incluso sin aquel palo, Dallie continuó jugando igual de mal. Él sabía cuál era el problema, y no tenía nada que ver con su *backswing* o con su manera de golpear. Tenía a demasiadas mujeres en su cabeza, ese era el problema. Se sentía mal por lo ocurrido con Francie. Por mucho que lo intentara, en realidad no podía recordar haberle dicho que estaba casado. De todos modos, eso no era excusa para justificar la manera en la que ella se había comportado la noche anterior en el aparcamiento, actuando como si ya se hubieran hecho análisis de sangre y hubieran empezado a pagar los anillos de boda. «¡Maldita sea!», él le había advertido que no iría en serio. ¿Qué les pasaba a las mujeres, que les podías decir directamente a la cara que nunca te casarías con ellas, y asentían sonrientes y respondían que lo entendían, que pensaban exactamente igual, pero sin embargo no dejaban de fantasear dentro de sus cabecitas? Ese era uno de los motivos por los que no quería divorciarse. Eso y el hecho de que él y Holly Grace formaban una familia.

Después de realizar dos *double-bogeys* seguidos, Dallie decidió dar por finalizadas las prácticas de ese día. Se deshizo de Skeet y vagó por el campo un rato, metiéndose entre la maleza con un hierro ocho y buscando pelotas perdidas, como hacía cuando era niño. Mientras sacaba una de la marca Top-Flite de debajo de unas hojas caídas, se dio cuenta de que debían de ser casi las seis, y todavía tenía que ducharse y cambiarse de ropa antes de ir a recoger a

Holly Grace. Llegaría tarde, y ella se iba a enfadar. Se le había hecho tarde tantas veces que Holly Grace había terminado por dejar de discutir con él sobre ello. Hacía seis años también había llegado tarde. Se suponía que debían haber estado a las diez en la Funeraria para elegir un ataúd de tamaño infantil, pero él no se había presentado hasta el mediodía.

Parpadeó con fuerza. A veces el dolor todavía le atravesaba como el filo de un cuchillo. A veces su mente le jugaba malas pasadas y veía la cara de Danny con tanta nitidez como la suya propia. Y luego veía la boca de Holly Grace retorciéndose en una mueca horrible cuando le decía que su bebé estaba muerto, que él había dejado morir a su pequeño y dulce bebé rubio.

Echó hacia atrás el brazo y arrancó una mata de malas hierbas con un golpe de su hierro ocho. No pensaría en Danny. Pensaría en Holly Grace. Pensaría en aquel lejano otoño cuando los dos tenían diecisiete años, el otoño en el que ambos se prendieron fuego el uno al otro...

—¡Aquí viene! ¡Santo cielo, Dallie, mira qué tetas! —Hank Simborski se apoyó contra la pared de ladrillo detrás del taller donde la pandilla de gamberros del instituto Wynette se juntaba cada día a la hora del almuerzo para fumar. Hank se puso una mano en el corazón y le dio con el codo a Ritchie Reilly—. ¡Me muero, Señor, me muero! ¡Déjame tocar esas tetas una sola vez y moriré feliz!

Dallie encendió su segundo Marlboro con la colilla del primero y miró a través de la nubecilla de humo a Holly Grace Cohagan, que caminaba hacia ellos con su cabeza alta y aferrando su libro de Química contra su blusa barata de algodón. Llevaba el pelo retirado de la cara con una cinta amarilla. Vestía con una falda azul marino y medias blancas con un estampado de diamantes iguales que las que Dallie había visto sobre unas piernas de plástico en el escaparate de Woolworth's. No le gustaba Holly Grace Cohagan, por mucho que fuese la chica más guapa del instituto Wynette. Se comportaba como si se creyese superior al resto del mundo, lo cual a él le hacía gracia, pues todos sabían que ella y su madre vivían de la caridad de su tío Billy T. Denton, el farmacéutico. Dallie y Holly Grace eran los únicos estudiantes realmente pobres de la escuela preparatoria, pero ella se comportaba como si encajase con los demás, mientras que él se juntaba con tipos como Hank Simborski y Ritchie Reilly para que todo el mundo supiera que le importaba bien poco lo que pudieran pensar de él.

Ritchie se apartó de la pared y se adelantó para atraer su atención, hinchando su pecho para compensar el hecho de que ella le sacaba una cabeza.

—Eh, Holly Grace, ¿quieres un cigarrillo?

Hank también dio unos pasos adelante, intentando adoptar una pose atractiva, pero sin conseguirlo del todo, porque su cara había comenzado a ponerse roja.

—Coge uno de los míos —le ofreció, sacando un paquete de Winston.

Dallie observó cómo Hank se inclinaba sobre las puntas de sus pies para aparentar ser un par de centímetros más alto, aunque eso seguía sin ser lo suficiente para igualar la altura de una amazona como Holly Grace Cohagan.

Ella los miró a ambos como si fueran un montón de mierda de perro y siguió andando sin detenerse. Su actitud molestó a Dallie. Solo porque Ritchie y Hank se metieran de vez en cuando en problemas y no estuvieran en la escuela preparatoria no tenía derecho a tratarlos como si fueran gusanos o algo peor, sobre todo cuando ella misma llevaba unas medias de supermercado y una falda azul raída que ya le había visto al menos doscientas veces antes. Con el cigarrillo colgando de la comisura de su boca, Dallie se adelantó, con los hombros encorvados bajo su chaqueta vaquera, los ojos entrecerrados por efecto del humo y una mueca hostil y dura en su rostro. Incluso sin los cinco centímetros de los tacones de sus desgastadas botas camperas, era el único chico de la clase lo bastante alto como para que Holly Grace Cohagan tuviera que levantar la mirada.

Se interpuso directamente en su camino y torció el labio superior en una expresión de desprecio para que ella supiera exactamente con qué clase de tipo trataba.

—Mis colegas te han ofrecido un cigarrillo —dijo, con un tono verdaderamente suave y bajo.

Ella imitó su mueca con los labios y replicó:

—Lo he rechazado.

Él entrecerró un poco más los ojos y endureció su mirada. Había llegado la hora de que ella comprendiera que estaba en la parte trasera de la escuela con un hombre de verdad, y que ninguno de aquellos muchachos elegantemente vestidos de la escuela que siempre babeaban a su alrededor iba a acudir a rescatarla.

—No te he oído decir «no, gracias» —dijo él, arrastrando las palabras.

Ella levantó la barbilla y lo miró directamente a los ojos.

—He oído decir que eres marica, Dallie. ¿Es verdad? Alguien dijo que eres tan guapo que te van a nominar como reina de belleza en la fiesta del instituto.

Hank y Ritchie se rieron disimuladamente. Ninguno de ellos tenía agallas para gastarle bromas a Dallie sobre su físico desde que les había dado una zurra la primera vez que lo habían intentado, pero eso no significaba que no pudieran pasárselo en grande viendo a otra persona haciéndolo. Dallie apretó los dientes. Odiaba su cara, y hacía todo lo posible para arruinar su atractivo poniendo en ella una expresión agresiva. Hasta ahora, solo la señorita Sybil Chandler había sido capaz de ver en su interior. Y tenía la intención de que siguiera siendo así.

—No deberías creer esos chismes —se mofó—. Yo no presté atención cuando oí decir que te lo habías estado haciendo con todos los chicos ricos de la clase. —Era mentira. Parte del atractivo de Holly Grace radicaba en que nadie había logrado pasar de unos cuantos toqueteos y algunos besos con lengua con ella.

Sus nudillos se pusieron blancos al aferrar con más fuerza su libro de Química, pero, aparte de eso, no dejó que se trasluciera ninguna emoción ante lo que Dallie acababa de decir.

—Lástima que tú nunca llegarás a ser uno de ellos —replicó.

Su actitud lo enfureció. Le hizo sentir pequeño e insignificante, menos que un hombre. Ninguna mujer le habría hablado jamás de aquel modo a su viejo, Jaycee Beaudine, y ninguna mujer iba a hablarle así a él. Se acercó para cernirse sobre ella y que Holly Grace sintiera la amenaza de su metro ochenta y tres de sólido acero masculino preparado para atropellarla. Ella se apartó rápidamente a un lado, pero él era demasiado veloz. Tiró su cigarrillo al asfalto, se movió en la misma dirección que ella y se acercó aún más, para que ella tuviera que retirarse o chocar contra él. Poco a poco, la fue acorralando contra la pared de ladrillo.

A su espalda, Hank y Ritchie chasquearon la lengua y emitieron varios silbidos, pero Dallie los ignoró por completo. Holly Grace todavía aferraba su libro de Química, de modo que Dallie no sintiera sus senos contra su pecho, sino solo los bordes del libro y los contornos de sus nudillos. Él apoyó sus manos en la pared a ambos lados de su cabeza y se inclinó hacia ella, fijando sus caderas a la pared empujando con las suyas e intentando no prestar atención al dulce aroma de su larga melena rubia, un aroma que le recordaba las flores y el aire fresco de la primavera.

—Tú no sabrías qué hacer con un hombre de verdad —dijo, burlón, al tiempo que movía sus caderas contra ella—. Y estás demasiado ocupada intentando quitarles los pantalones a esos chicos ricos como para averiguarlo. —Esperaba que se viniera abajo, que apartase de él aquellos ojos azul claro y pareciese molesta para que pudiera dejara ir.

—¡Eres un cerdo! —escupió ella, mirándolo desafiante.

—Y tú eres demasiado ignorante para saber lo patética que eres.

Ritchie y Hank comenzaron a aullar. Dallie sintió ganas de atizarles... de atizarla a ella... ¡Él le enseñaría lo que era un hombre!

—¿Ah, sí?

Bruscamente, deslizó su mano hasta alcanzar el dobladillo de su falda azul, manteniendo su cuerpo atrapado contra la pared para que no pudiera escaparse. Ella parpadeó. Sus párpados se abrieron y volvieron a cerrarse una vez, dos veces. No dijo nada, no trató de defenderse. Él introdujo su mano bajo su vestido y tocó su pierna a través de las medias blancas con dibujos de diamantes, sin permitirse a sí mismo pensar en lo mucho que había deseado tocar aquellas piernas, cuánto tiempo había pasado soñando con ellas.

Ella apretó la mandíbula y los dientes, y no dijo una palabra. Era dura como el acero, preparada para aplastar a cualquier hombre que se dignara mirarla. Dallie pensó que probablemente podría forzarla allí mismo, directamente contra la pared. Ni siquiera estaba tratando de resistirse. Tal vez era eso lo que ella quería. Eso era lo que Jaycee le había dicho: que a las mujeres les gustaba un hombre que tomaba lo que quería cuando quería. Skeet decía que eso no era cierto, que las mujeres querían a un hombre que las respetara, pero quizá lo que ocurría era simplemente que Skeet era demasiado blando.

Holly Grace lo miró con rabia y algo golpeó con fuerza dentro de su pecho. Movió su mano más cerca de la cara interior de su muslo. Ella no se movió. Su cara era la viva imagen del desafío. Todo en ella dejaba claro lo dura que era: sus ojos, las ventanas de su nariz, la tensión de su mandíbula. Todo excepto el ligero temblor que había comenzado a deshacer la mueca que había puesto en su boca.

De repente, Dallie se echó atrás, metió las manos en los bolsillos de sus vaqueros y encorvó los hombros. Ritchie y Hank volvieron a reírse disimuladamente. Demasiado tarde, Dallie comprendió que debería haberse movido más despacio. Ahora parecía como si ella le hubiera vencido, como si él fuera el que se había retirado. Holly Grace le dirigió una mirada de desprecio, como si fuera un insecto al que acabase de aplastar con el pie, y se marchó.

Hank y Ritchie comenzaron a burlarse de él, y él respondió alardeando de que ella prácticamente se lo había pedido y de lo afortunada que sería si él alguna vez se decidía a darle su merecido. Pero mientras hablaba, su estómago no paraba de retorcerse como si hubiera comido algo en mal estado, y no podía quitarse de la cabeza ese temblor que había aparecido en la comisura de la boca de Holly Grace.

Aquella tarde se descubrió a sí mismo perdiendo el tiempo en el callejón que había detrás de la farmacia donde ella trabajaba para su tío al salir del instituto. Apoyó los hombros contra la pared de la tienda y clavó el talón de su bota en la tierra pensando en que en aquel momento debía encontrarse con Skeet en el campo para practicar unos golpes con su madera tres. Pero en ese momento no le importaba un rábano su madera tres. No le importaba el golf ni ganarles a los muchachos del club de campo ni ninguna otra cosa aparte de intentar redimirse a los ojos de Holly Grace Cohagan.

Había una rejilla de ventilación en la pared exterior de la tienda, a algo más de un metro por encima de su cabeza. De tanto en tanto oía un sonido que procedía de la trastienda que había al otro lado del muro: una caja siendo dejada en el suelo, Billy T dando una orden, el timbrazo distante del teléfono. Gradualmente, los sonidos se fueron apagando a medida que se acercaba la hora del cierre, y ahora pudo oír la voz de Holly Grace con tanta claridad que supo que debía estar justo debajo de la rejilla.

—Márchate tú, Billy T. Ya cierro yo.

—No tengo ninguna prisa, bollito.

En su imaginación, Dallie podría ver a Billy T con su bata blanca de farmacéutico y su cara rojiza con su gran nariz aplastada mirando por encima del hombro a los muchachos del instituto cuando iban a comprar condones. Billy T cogería un paquete de preservativos Trojans del estante que había a su espalda, los pondría sobre el mostrador, y luego, como un gato que juega con un ratón, los cubriría con su mano y diría:

—Si los compras, se lo diré a tu madre.

Billy T había intentado esa chorrada con Dallie la primera vez que había entrado en la tienda. Dallie le había mirado directamente a los ojos y le había dicho que los iba a comprar para poder tirarse a su madre. Eso le había cerrado la boca al viejo Billy T.

La voz de Holly Grace le llegó por la rejilla de ventilación.

—Me voy a casa, entonces, Billy T. Tengo un montón de cosas que estudiar para mañana. —Su voz sonó extraña, tensa y exageradamente cortés.

—Todavía no, querida —contestó su tío, con la voz resbaladiza como el aceite—. Has estado escabulléndote de mí toda la semana. La puerta delantera ya está cerrada. Ven aquí, ahora.

—No, Billy T, no... —La frase quedó interrumpida bruscamente, como si algo o alguien le cerrase la boca.

El cuerpo de Dallie se tensó contra la pared, con el corazón desbocado en su pecho. Oyó el sonido inequívoco de un gemido y cerró los ojos con fuerza. Dios santo... Por eso era por lo que Holly Grace rechazaba a todos los que pretendían salir con ella. Se lo hacía con su tío. Con su propio tío.

Una sensación de rabia candente se apoderó de él. Sin la menor idea de qué planeaba hacer una vez que estuviera dentro, corrió hacia la puerta trasera y la abrió. Las paredes del pasillo estaban cubiertas de cajas vacías y paquetes de toallas de papel y rollos de papel higiénico. Parpadeó para que sus ojos se acostumbraran a la penumbra. El almacén estaba a su izquierda y la puerta estaba entornada, y podía oír la voz de Billy T en el interior:

—Eres tan bonita, Holly Grace. Sí... Oh, sí...

Las manos de Dallie se cerraron en puños. Fue hacia la puerta y miró hacia dentro. Se sintió enfermo.

Holly Grace estaba tumbada sobre un viejo sofá desgastado, las medias blancas de Woolworth's enrolladas en sus tobillos, Billy T tenía una de sus manos debajo de su falda. Billy T se arrodilló delante del sofá, resoplando y resoplando como un motor a vapor mientras intentaba quitarle del todo las medias y manosearla al mismo tiempo. Estaba de espaldas a la entrada, de modo que no podía ver a Dallie observándoles. Holly Grace estaba con la cabeza vuelta hacia la puerta, con los ojos cerrados, como si no quisiera perderse nada de lo que el viejo Billy T le estaba haciendo.

Dallie no podía apartar su mirada y, mientras contemplaba la escena, se desvanecía cualquier interés romántico que pudiera haber tenido en relación con ella. Billy T terminó de quitarle las medias y comenzó a luchar con los botones de su blusa. Finalmente la abrió y le subió el sujetador. Dallie vislumbró uno de los pechos de Holly Grace. Estaba deformado por la presión del aro del sostén, pero aun así pudo ver que era redondo y grande, justo como lo había imaginado, con un pezón oscuro y pequeño.

—Oh, Holly Grace —gimió Billy T, todavía arrodillado en el suelo delante de ella. Le subió la falda hasta la cintura y hurgó en la parte frontal de su pantalón—. Dime lo mucho que lo deseas. Dime lo bueno que soy.

Dallie creyó que iba a vomitar, pero no pudo moverse. No podía apartar la vista de aquellas preciosas piernas largas extendidas de manera tan incómoda sobre el sofá.

—Dime... —seguía diciendo Billy T—. Dime cuánto me necesitas, pastelito.

Holly Grace no abrió los ojos, no dijo una palabra. Se limitó a enterrar su rostro en el cojín a cuadros que había en el sofá. Dallie sintió un escalofrío recorriendo su espina dorsal, la piel poniéndosele de gallina, como si alguien acabase de pisar su tumba.

—¡Dímelo! —dijo Billy T, esta vez en voz alta. Y entonces, de improviso, levantó el puño y la golpeó en el estómago.

Ella soltó un grito ahogado y terrible, y su cuerpo se convulsionó. Dallie sintió como si el puño de Jaycee acabase de aterrizar en su propio estómago, y una bomba explotó en su cabeza. Saltó hacia delante, con cada uno de los nervios de su cuerpo listo para dispararse. Billy T oyó un sonido y se dio la vuelta, pero antes de que pudiera moverse, Dallie lo había lanzado contra el suelo de cemento. Billy T alzó la vista hacia él, con su gordo rostro contraído por la incredulidad como si fuera algún villano salido de un cómic. Dallie cogió impulso y le dio una fuerte patada en el estómago.

—¡Ca... brón! —jadeó Billy T, cubriéndose el vientre e intentando hablar al mismo tiempo—. Comemierda cabrón...

—¡No! —gritó Holly Grace al ver que Dallie le pateaba otra vez. Se levantó de un salto del sofá, corrió hacia Dallie y le sujetó por el brazo—. ¡No, no lo hagas! —Una mueca de terror le cubría la cara mientras intentaba tirar de él hacia la puerta—. No lo entiendes. ¡Solo lo estás empeorando!

Dallie le habló con total calma.

—Recoge tu ropa y sal al pasillo, Holly Grace. Billy T y yo vamos a mantener una pequeña charla.

—No... por favor...

—Sal, ahora.

Ella no se movió. Aunque a Dallie no había nada que le apeteciera más que mirar su hermoso y angustiado rostro, se obligó a sí mismo a mirar a Billy T. Si bien el tipo pesaba más de cuarenta kilos más que él, el farmacéutico era todo grasa y Dallie no creía que tuviera muchos problemas en dejarlo reducido a un amasijo sangriento de carne apaleada.

Billy T también parecía ser consciente de ello, porque sus pequeños ojos de cerdo mostraban el miedo que sentía mientras trataba de subirse la cremallera de los pantalones y ponerse en pie.

—Sácalo de aquí, Holly Grace —jadeó—. Sácalo de aquí o te haré pagar por esto.

Holly Grace le agarró del brazo, tirando con tanta fuerza hacia la puerta que a Dallie le costó mantener el equilibrio.

—Márchate, Dallie —le suplicó, boqueando asustada—. Por favor... por favor, vete...

Estaba descalza, con la blusa desabotonada. Al liberarse de su agarre, Dallie distinguió una contusión amarillenta en la curva interior de su pecho, y se le secó la boca al revivir la antigua sensación de miedo de su infancia. Extendió el brazo y le apartó a un lado la blusa, murmurando un exabrupto al ver la maraña de cardenales que cubrían su piel, algunos ya viejos y descoloridos, otros recientes. Sus ojos le miraban abiertos de par en par, atormentados, suplicándole que no dijera nada. Pero cuando Dallie miró fijamente todas aquellas marcas, la súplica desapareció y fue sustituida por una mirada de desafío. Se cerró la blusa de un tirón y lo miró como si acabase de sorprenderlo echando una ojeada a su diario personal.

La voz de Dallie fue apenas un susurro.

—¿Él te ha hecho eso?

Las ventanas de la nariz de Holly Grace comenzaron a temblar.

—Me caí. —Se pasó la lengua por los labios y parte de su gesto desafiante se disipó al dirigir sus ojos hacia su tío—. Es... Está bien, Dallie. Billy T y yo... Todo... Todo está bien.

De repente, su máscara pareció deshacerse y Dallie pudo percibir el peso de su miseria como si fuera suya. Dio un paso para separarse de ella y para ir hacia Billy T, que se había levantado, aunque todavía estaba doblado hacia delante, con las manos enlazadas sobre su barriga de cerdo.

—¿Qué le dijiste que le harías si hablaba? —preguntó Dallie—. ¿Con qué la amenazaste?

—Nada que sea de tu maldita incumbencia —repuso Billy T, intentando avanzar hacia la puerta.

Dallie le bloqueó el camino.

—¿Qué te dijo que te haría, Holly Grace?

—Nada. —Su voz sonó agotada y carente de tonalidad alguna—. No me dijo nada.

—Como digas una sola palabra de esto, me encargaré de que el sheriff vaya a por ti —le chilló Billy T a Dallie—. Diré que entraste a robar en mi tienda. Toda la ciudad sabe que eres un indeseable, y será tu palabra contra la mía.

—¿Eso harás? —Sin previo aviso, Dallie cogió una caja marcada como frágil y la lanzó con todas sus fuerzas contra la pared detrás de Billy T. El estruendo de cristal al romperse resonó por todo el almacén. Holly Grace contuvo el aliento y Billy T comenzó a maldecir.

—¿Qué te dijo que te haría, Holly Grace? —volvió a preguntar Dallie.

—No... no lo sé. Nada.

Dallie arrojó otra caja contra la pared. Billy T soltó un grito de furia, pero era demasiado cobarde para hacer frente a la juventud y la fuerza física de Dallie.

—¡Ya basta! —chilló—. ¡Para esto ahora mismo! —El sudor se había extendido por toda su cara, y su voz se había vuelto aguda por la impotencia—. ¡Para de hacer eso!, ¿me oyes?

Dallie quería hundir sus puños en aquel tipo grasiento, machacar a Billy T hasta que no quedase nada de él, pero algo en su interior le hizo contenerse. Algo en su interior sabía que el mejor modo de ayudar a Holly Grace era romper la conspiración de silencio que Billy T utilizaba para retener a su presa.

Cogió otra caja y la balanceó levemente en sus manos.

—Tengo el resto de la noche, Billy T, y tú tienes una tienda entera para que la destroce.

Lanzó la caja contra la pared. Se abrió y una docena de botellas se rompió en pedazos, esparciendo por el aire un olor acre a alcohol.

Holly Grace había estado conteniéndose demasiado tiempo y fue la primera en estallar:

—¡Para, Dallie! ¡No más! Te lo diré, pero tienes que prometerme que te marcharás. ¡Prométemelo!

—Te lo prometo —mintió él.

—Es... es mi madre. —La expresión de su cara le suplicaba que entendiera a lo que se refería—. ¡Hará que ingresen a mi madre en un asilo si hablo! Lo hará. Tú no lo conoces.

Dallie había visto algunas veces a Winona Cohagan en el centro, y siempre le recordaba a Blanche DuBois, un personaje de una de las obras que la señorita Chandler le había dado para que leyera durante el verano. Despistada y guapa, aunque de un modo algo descolorido, Winona se agitaba al hablar, se le caían las cosas, olvidaba los nombres de la gente, y, en resumidas cuentas, se comportaba como una retrasada incompetente. Él sabía que era la hermana de la esposa inválida de Billy T, y había oído que cuidaba de la señora Denton mientras Billy T estaba trabajando.

Holly Grace continuó, soltando un torrente de palabras. Como el agua de una presa que se hubiera roto, ya no pudo contenerse más.

—Billy T dice que mi madre no está bien de la cabeza, pero es mentira. Solo es un poco voluble. Pero él dice que si no hago lo que él quiere, la encerrará, la internará en un hospital psiquiátrico del Estado. Una vez que la gente entra en uno de esos sitios, ya no vuelve a salir. ¿Lo entiendes? No puedo dejar que le haga eso a mi madre. Ella me necesita.

Dallie odió ver aquella mirada desvalida en sus ojos, y estrelló otra caja contra la pared, porque solo tenía diecisiete años y no estaba seguro de cómo podría hacerla desaparecer. Pero se dio cuenta de que la destrucción no ayudaba, así que empezó a gritarle a Holly Grace:

—No seas tan estúpida otra vez, ¿me oyes, Holly Grace? No va a encerrar a tu madre. No va a hacer nada, porque si lo hace, lo mataré con mis propias manos.

Ella dejó de parecer un cachorro apaleado, pero Billy T la había intimidado durante demasiado tiempo y todavía no podía confiar del todo en Dallie.

Dallie pasó por encima del estropicio y agarró a Billy T por los hombros de su bata de farmacéutico. El tipo gimoteó y levantó sus manos para protegerse la cabeza. Dallie lo sacudió.

—Nunca volverás a tocarla, ¿verdad que no, Billy T?

—¡No! —balbuceó—. ¡No, no la tocaré! Suéltame. ¡Haz que me suelte, Holly Grace!

—Sabes que si alguna vez la vuelves a tocar, vendré a por ti, ¿verdad?

—Sí... Lo...

—Sabes que te mataré si la tocas otra vez.

—¡Lo sé! Por favor...

Dallie hizo lo que había querido hacer desde que había mirado por primera vez al interior del almacén. Levantó el puño y lo estampó contra la gorda cara de cerdo de Billy T. Luego le golpeó media docena de veces más hasta que vio la sangre suficiente como para sentirse mejor. Paró antes de que Billy T perdiera el conocimiento, y acercó su cara a la de él.

—Ve y llama a la policía para que vengan a por mí, Billy T. Haz que me detengan, porque mientras esté en esa celda en la oficina del sheriff, voy a contarle a todo el mundo los sucios jueguecitos que has estado realizando aquí. Voy a contárselo a todos los policías que vea, a todos los abogados que me encuentre. Se lo voy a decir a la gente que limpie mi celda y al oficial de menores que se encargue de mi caso. No pasará mucho tiempo antes de que el rumor se extienda. La gente fingirá no creérselo, pero pensarán en ello siempre que te vean y se preguntarán si es cierto.

Billy T no dijo nada. Permaneció gimoteando y cubriéndose la cara empapada de sangre con las palmas de sus rechonchas manos.

—Vámonos, Holly Grace. Tú y yo tenemos que hablar con cierta persona. —Recogió los zapatos y las medias y la cogió con delicadeza del brazo para sacarla del almacén.

Si había esperado alguna muestra de gratitud por su parte, enseguida pudo comprobar lo equivocado que estaba. Cuando Holly Grace oyó lo que pretendía hacer, empezó a gritarle:

—¡Me lo has prometido, mentiroso! ¡Me has prometido que no se lo dirías a nadie!

Él no respondió, no intentó explicarse, porque podía ver el

miedo en sus ojos y se imaginó que si él estuviera en su lugar, también estaría asustado.

Winona Cohagan retorció las manos sobre los volantes de su delantal rosa, sentada en la sala de estar de la casa de Billy T mientras escuchaba el relato de Dallie. Holly Grace estaba al pie de las escaleras, con los labios blancos de tanto apretarlos, como si quisiera morirse de vergüenza. Por primera vez, Dallie cayó en la cuenta de que no había llorado ni una vez. Desde el momento en que él había irrumpido en el almacén, ella no había derramado ni una sola lágrima.

Winona no perdió el tiempo haciéndoles ninguna pregunta, por lo que Dallie pensó que en lo profundo de su ser ya sospechaba que Billy T era un pervertido. Pero la tristeza infinita que vio en sus ojos le hizo saber que no había tenido la menor idea de que su hija había sido su víctima. También vio inmediatamente que Winona amaba a Holly Grace y que no iba a permitir que nadie le hiciera daño a su hija, sin que le importara lo que eso pudiera costarle. Cuando finalmente se dirigió hacia la puerta para marcharse, imaginó que Winona, pese a su carácter volátil, haría lo debía hacerse.

Holly Grace no lo miró cuando se fue, y tampoco le dio las gracias.

Durante varios días no fue al instituto. Dallie, Skeet y la señorita Sybil realizaron una visita a la farmacia fuera del horario comercial. Dejaron que la señorita Sybil llevara la mayor parte de la conversación, y cuando terminó, Billy T había asumido la idea de que no podía permanecer en Wynette por más tiempo.

Cuando Holly Grace finalmente volvió a clase, actuó como si Dallie no existiera. Él no quería que ella supiera lo mucho que le dolía su actitud, así que empezó a coquetear con su mejor amiga y a asegurarse de estar rodeado de chicas guapas siempre que creía que podía cruzarse con ella. No funcionó como hubiera querido, pues siempre que la veía Holly Grace tenía a alguno de los chicos ricos de los cursos superiores a su lado. Sin embargo, a veces creía ver un destello de algo triste y viejo en sus ojos, por lo que al final se tragó su orgullo y le preguntó si quería ir al baile con él. Se lo preguntó como si no le importara mucho su respuesta, como si le estuviera haciendo un gran favor por el simple hecho de preguntárselo. Quería asegurarse de que, cuando ella lo rechazara, comprendiera que no le importaba un pimiento y que solo se lo había preguntado porque no tenía otra cosa mejor que hacer.

Ella dijo que sí.

18

Holly Grace echó un vistazo al reloj de péndulo que había en la repisa de la chimenea y maldijo entre dientes. Dallie llegaba tarde, como de costumbre. Sabía que ella se iba a ir a Nueva York dentro de dos días y que no se verían durante un tiempo. ¿No podía ser puntual por una sola vez? Se preguntó si habría ido en busca de la chica inglesa. Sería típico de él eso de marcharse sin previo aviso.

Para la velada, se había vestido con una blusa de seda color melocotón con el cuello vuelto, y la había conjuntado con unos vaqueros elásticos nuevos. Los pantalones tenían piernas de pitillo cuya longitud Holly Grace había acentuado con un par de tacones de cinco centímetros. Nunca se ponía joyas, porque le parecía que ponerse pendientes o collares cerca de su gran melena rubia era un caso claro de adornar lo que no necesita de ningún adorno.

—Holly Grace, cariño —dijo Winona, desde su sillón al otro lado de la sala de estar—, ¿has visto mi revista de crucigramas? La tenía justo aquí, y ahora parece que no puedo encontrarla.

Holly Grace sacó la revista de debajo del periódico vespertino y se sentó en el reposabrazos del sillón de su madre para ayudarle con el veintitrés horizontal. No es que su madre necesitara su ayuda, ni tampoco que hubiera perdido su revista de crucigramas, pero a Holly Grace no le molestaba prestarle la atención que ella deseaba. Mientras examinaban juntas el pasatiempo, puso su brazo sobre los hombros de Winona y se inclinó para apoyar su mejilla sobre sus rizos descoloridos, inspirando el débil aroma del champú Breck y la laca Aqua Net. En la cocina, Ed Graylock, el marido de Winona desde hacía tres años, trataba de arreglar una tostadora rota y canturreaba *You Are So Beautiful,* que en ese momento sonaba en la radio. Su voz desaparecía inevitablemente en las notas más altas, pero reaparecía con fuerza en cuanto Joe Cocker volvía a situarse en su mismo registro. Holly Grace sintió que su corazón rebosaba de amor hacia aquellas dos personas: el grandullón de Ed Graylock, que le había dado a Winona por fin la felicidad que tanto se merecía, y su hermosa y voluble madre.

El reloj de péndulo dio las siete. Cediendo ante la vaga sensación de nostalgia que la había estado persiguiendo todo el día, Holly Grace se puso en pie y le dio un beso en la mejilla a Winona.

—Si Dallie acaba por aparecer, dile que estoy en el instituto. Y no me esperes despierta; probablemente llegaré tarde. —Cogió su bolso y se dirigió a la puerta, avisando a Ed a gritos de que invitaría a Dallie a desayunar por la mañana.

El instituto estaba cerrado a aquella hora de la noche, pero golpeó la verja metálica hasta que el vigilante la dejó entrar. Sus tacones resonaron sobre la rampa de cemento que conducía al vestíbulo trasero, y al mismo tiempo que los viejos olores se le metían en la nariz, sus pasos parecieron marcar el ritmo de *R-E-S-P-E-CT,* con la reina del soul aullándole directamente al oído. Holly Grace comenzó a tararear la canción en voz baja, pero antes de darse cuenta había pasado a tararear *Walk Away Renee* y había doblado la esquina para ir al gimnasio, y entonces los Young Rascals cantaban *Good Lovin* y volvía a encontrarse en la fiesta de 1966...

Holly Grace apenas había intercambiado más de tres palabras con Dallie Beaudine desde que la había recogido para ir al partido de fútbol en un Cadillac El Dorado de 1964 color borgoña que ella sabía, con toda certeza, que no era suyo. Tenía asientos de terciopelo mullidos, ventanas automáticas y una radio estéreo AM/FM que retumbaba al ritmo de *Good Love...* Quería preguntarle de dónde lo había sacado, pero no estaba dispuesta a ser la primera en hablar.

Se recostó en el asiento y cruzó las piernas, intentando dar la impresión de que ella montaba en aquel tipo de coches todo el tiempo, como si El Dorado hubiera sido inventado para que ella se montara en él. Pero era difícil aparentar algo así con lo nerviosa que sentía y con su estómago protestando porque lo único que había tomado de cena era medio bote de sopa de pollo con fideos Campbell. No es que le importase. Winona no podría cocinar nada más complicado que eso en el calientaplatos ilegal que tenían en la pequeña habitación que le habían alquilado a Agnes Clayton el día que habían abandonado la casa de Billy T.

En el horizonte que se extendía delante de ellos, el cielo nocturno brillaba con una mancha de luz. El instituto Wynette se enorgullecía de ser el único de todo el condado con un estadio dotado de luz artificial. Todos los aficionados de las ciudades de los alrededores acudían a ver jugar al equipo de Wynette los viernes por la noche una vez había terminado el partido de su propio instituto. Como esa noche se celebraba el baile y además los Wynette Broncos jugaban contra los campeones regionales del año anterior, la multitud era aún más grande de lo habitual. Dallie aparcó su El Dorado a varias manzanas del estadio.

No dijo nada mientras avanzaban por la acera, pero cuando alcanzaron el instituto, se llevó la mano al bolsillo de una cazadora azul que parecía nueva y extrajo un paquete de Marlboro.

—¿Quieres un cigarrillo?

—No fumo. —Su voz brotó cargada de desaprobación, como la de la señorita Chandler cuando hablaba de la incorrección de las frases en las que aparecían dos negaciones. Holly Grace deseó poder echar marcha atrás y decir algo como «claro, Dallie, me encantaría fumarme un cigarrillo. ¿Por qué no enciendes uno para mí?».

Al internarse en el aparcamiento, divisó a algunos de sus amigos y saludó con la cabeza a uno de los muchachos, al que había rechazado cuando le había pedido una cita para el baile. Se percató de que las otras chicas llevaban faldas de lana nuevas o vestidos estupendos que se habían comprado para la ocasión, junto con zapatos de pequeños tacones cuadrados, con anchos lazos de cinta sobre los dedos. Holly Grace llevaba la falda negra de pana que había llevado a clase al menos una vez a la semana desde el curso anterior y una blusa de algodón a cuadros. También se percató de que todos los otros muchachos cogían de la mano a sus acompañantes, pero Dallie se había metido las manos en los bolsillos de sus pantalones. «No por mucho tiempo», pensó con amargura. Antes de que la tarde llegase a su fin, aquellas manos se lanzarían sobre ella.

Se unieron al gentío que avanzaba por el aparcamiento hacia el estadio. ¿Por qué le había tenido que decir que sí cuando le había pedio que saliera con él? ¿Por qué había dicho que sí cuando sabía perfectamente lo que él quería de ella, un chico con la reputación de Dallie Beaudine, que había visto lo que había visto?

Pasaron al lado de la mesa donde el Club de Fans vendía enormes crisantemos amarillos con diminutos balones de fútbol colgando de cintas en granate y blanco. Dallie la miró y le preguntó, de mala gana:

—¿Quieres una flor?

—No, gracias —respondió, y su voz volvió hacia ella como un eco distante y arrogante.

Dallie se paró tan repentinamente que el chico que iba detrás de él se chocó contra su espalda.

—¿Crees que no puedo permitírmelo? —preguntó con desprecio—. ¿Crees que no tengo suficiente dinero para comprarte una jodida flor de tres dólares? —Sacó una cartera vieja color marrón que había adoptado la forma de su cadera y plantó un billete de cinco dólares sobre la mesa—. Quiero una de esas de ahí —le dijo a la señora Good, la consejera del Club de Fans—. Quédese con el cambio. —Le entregó la flor a Holly Grace. Dos de los pétalos amarillos flotaron hasta posarse sobre el puño de su blusa.

Algo se rompió dentro de ella. Le devolvió con un gesto brusco la flor y respondió a su ataque con un susurro lleno de rabia:

—¿Por qué no me la pones tú mismo? Para eso me la has comprado, ¿no es eso? ¡Para poder tocarme sin necesidad de esperar hasta el baile!

Se interrumpió, horrorizada por su arrebato, y se clavó las uñas en la palma de su mano libre. Se descubrió a sí misma rezando en silencio por que Dallie entendiera cómo se sentía y le dirigiese una de aquellas miradas capaces de derretir a cualquiera que le había visto dirigir a otras chicas, que le dijera que lo sentía y que no era por sexo por lo que la había invitado al baile. Que le dijera que a él ella le gustaba tanto como a ella le gustaba él y que no la culpaba por lo que había visto a Billy T haciéndole.

—¡No tengo por qué aguantar tus chorradas! —Dallie le arrebató la flor de la mano, se dio la vuelta y se alejó de ella de regreso hacia la calle.

Holly Grace miró la flor tirada en la gravilla, con sus cintas cubiertas de polvo. Cuando se agachó para recogerla, Joanie Bradlow pasó junto a ella a toda velocidad con un jersey color caramelo y unos zapatos marrón oscuro de marca. Durante el primer mes de clases, Joanie prácticamente se había lanzado a por Dallie sin ningún miramiento. Holly Grace la había oído reírse y hablar sobre él en los aseos: «Sé que se junta con la gente equivocada, pero, oh, Dios, es tan guapo. ¡Se me cayó el lápiz en clase de español y él lo recogió y pensé "oh, Dios, me voy a morir"!»

La tristeza formó un nudo dentro de Holly Grace, allí sola, con la flor desastrada aferrada en su mano, mientras la gente avanzaba a empujones hacia el estadio. Algunos de sus compañeros de clase la saludaban y ella les respondía con una sonrisa brillante y un gesto alegre de su mano, como si su cita acabase de dejarla un momento para ir al servicio y fuera a volver en cualquier instante. Su vieja falda de pana colgaba de sus caderas como una cortina hecha de plomo, y ni siquiera el hecho de saber que era la chica más hermosa de último curso hizo que se sintiera algo mejor. ¿Qué tenía de positivo ser preciosa cuando no tenías ropa bonita que ponerte y toda la ciudad sabía que tu madre se había pasado la mayor parte de la tarde anterior sentada en un banco de madera en la oficina de bienestar social del estado?

Sabía que no podía quedarse allí con aquella estúpida sonrisa en la cara, pero tampoco podía entrar en el estadio, no podía hacerlo sola precisamente la noche del baile. Y no podía regresar a la pensión de Agnes Clayton hasta que todos hubieran ocupado ya sus localidades. Cuando nadie la miraba, rodeó el edificio y luego entró por la puerta que había en la verja metálica.

El gimnasio estaba vacío. Una lámpara de techo giratoria proyectaba franjas de sombras a través del entramado de serpentinas granates y blancas que colgaban lánguidamente de las vigas, esperando a que comenzara el baile. Holly Grace entró en la estancia. A pesar de la decoración, el olor era el mismo de siempre: décadas de clases de gimnasia y de partidos de baloncesto, montones de justificantes de ausencias y amonestaciones por llegar tarde, polvo, zapatillas viejas. Le encantaba la clase de Gimnasia. Era una de las mejores atletas de la escuela, la primera a la que escogían para formar un equipo. Le encantaba estar en el gimnasio. Allí todo el mundo vestía igual.

Una voz beligerante la sobresaltó.

—¿Quieres que te lleve a casa, es eso lo que quieres?

Giró sobre sus talones para ver a Dallie apoyado contra el poste que separaba las dos hojas de la puerta. Sus largos brazos colgaban rígidos a ambos lados de su cuerpo y la miraba con el ceño fruncido. Holly Grace se percató de que sus pantalones eran demasiado cortos y que dejaban a la vista un par de centímetros de sus calcetines oscuros. Aquellos pantalones mal ajustados hicieron que se sintiera un poco mejor.

—¿Tú quieres? —preguntó ella.

Dallie cambió el peso de su cuerpo de un pie al otro.

—¿Tú quieres?

—No sé. Puede. Supongo.

—Si quieres que te lleve a casa, simplemente dilo.

Holly Grace se miró las manos, en las que sostenía la cinta sucia de la flor entrelazada entre los dedos.

—¿Por qué me pediste que saliera contigo?

Él no dijo nada, por lo que ella levantó la cabeza y lo miró. Dallie se encogió de hombros.

—Sí, de acuerdo —dijo entonces ella—. Puedes llevarme a casa.

—¿Por qué dijiste que saldrías conmigo?

Ahora fue ella la que se encogió de hombros.

Él se miró la punta de los zapatos. Después de una pequeña pausa, habló en voz tan baja que ella apenas pudo oír lo que decía.

—Siento lo del otro día.

—¿A qué te refieres?

—A lo de Hank y Ritchie.

—Ah.

—Sé que no es verdad lo de ti y todos esos otros tipos.

—No, no lo es.

—Lo sé. Me hiciste enfadar.

Una pequeña llama de esperanza se encendió dentro de ella.

—No pasa nada, está bien.

—No, no lo está. No debería haber dicho lo que dije. No debería haberte tocado la pierna así. Fue solo que me enfadó tu actitud.

—No pretendí... hacerte enfadar. A veces das algo de miedo.

Dallie levantó la mirada hacia ella, y por primera vez en toda la tarde, pareció estar satisfecho.

—¿En serio?

Ella no pudo evitar sonreír.

—No te enorgullezcas tanto. No das tanto miedo.

Dallie también sonrió, y la sonrisa era tan hermosa que Holly Grace sintió que se le secaba la boca.

Se miraron el uno al otro durante un momento, pero entonces ella se acordó de Billy T y de lo que Dallie había visto y lo que seguramente esperaba de ella. Su breve arrebato de felicidad se desvaneció. Avanzó hacia la primera fila de gradas y se sentó.

—Sé lo que piensas, pero no es verdad. Yo... no podía evitar lo que Billy T me hacía.

Dallie la miró como si le hubieran salido cuernos en la cabeza.

—Ya lo sé. ¿Pensabas que de verdad creía que disfrutabas con lo que él te hacía?

Sus palabras brotaron atropelladas.

—Pero hiciste que pareciera muy fácil conseguir que parase. Le dijiste unas pocas palabras a mi madre y todo se acabó. Pero para mí no era fácil. Estaba asustada. No paraba de hacerme daño, y tenía tanto miedo de que se lo hiciera también a mi madre antes de hacer que la encerraran. Me decía que nadie me creería si lo contaba, que mi madre me odiaría.

Dallie se le acercó y se sentó a su lado. Holly Grace vio que en varios puntos de las punteras de sus zapatos el cuero estaba roto y que había intentado pulirlos para ocultar las marcas. Se preguntó si él odiaría ser pobre tanto como lo hacía ella, si la pobreza le producía la misma sensación de desamparo que a ella.

Dallie se aclaró la garganta.

—¿Por qué has dicho antes eso de que te pusiera la flor? ¿Lo de tocarte? ¿Crees que soy así por cómo te hablé el otro día delante de Hank y Ritchie?

—No exactamente.

—Entonces ¿por qué?

—Me imaginé que... tal vez después de lo que viste con Billy T, tal vez esperarías que yo... ya sabes, que tal vez... me acostase contigo esta noche.

La cabeza de Dallie se alzó y la miró indignado.

—Entonces, ¿por qué dijiste que saldrías conmigo? Si creías que eso es todo lo que quiero de ti, ¿por qué demonios dijiste que saldrías conmigo?

—Supongo que porque, en mi interior, deseaba estar equivocada.

Él se puso en pie y le lanzó una mirada de cólera.

—¿Sí? Bien, pues te aseguro que lo estabas. ¡Por supuesto que estabas equivocada! No sé qué diablos pasa contigo. Eres la chica más guapa del instituto Wynette. Y además eres inteligente. ¿No sabes que me has gustado desde el primer día en la clase de Lengua?

—¿Cómo se supone que iba a saberlo si siempre fruncías el ceño cuando me mirabas?

Dallie no se atrevía a mirarla a los ojos.

—Solo deberías haberlo sabido, eso es todo.

Ninguno de los dos dijo nada más. Salieron del edificio y atravesaron el aparcamiento en dirección al estadio. Una gran aclamación brotó del graderío y el locutor anunció: «Primer punto para Wynette.»

Dallie le cogió la mano a Holly Grace y se la metió, junto con la suya, en el bolsillo de su cazadora azul marino.

—¿Estás enfadada conmigo por llegar tarde?

Holly Grace se giró hacia la puerta del gimnasio. Por una fracción de segundo se sintió desorientada al mirar fijamente al Dallie de veintisiete años que se apoyaba contra el poste central de la puerta, más alto y más corpulento, mucho más atractivo que el chico malhumorado de diecisiete años del que ella se había enamorado. Se recompuso rápidamente.

—Desde luego que estoy enfadada. De hecho, le he dicho a Bobby Fritchie que saldría con él esta noche en lugar de quedarme esperándote a ti. —Se quitó el bolso del hombro y lo dejó balanceándose de sus dedos—. ¿Has averiguado algo sobre esa pequeña inglesita?

—Nadie la ha visto. No creo que siga en Wynette. La señorita Sybil le dio el dinero que le dejé, así que debería estar ya de camino a Londres.

Holly Grace notó que seguía estando preocupado.

—Creo que te importa más de lo que quieres admitir. Aunque, para serte sincera, aparte del hecho de que es realmente guapa, no entiendo muy bien por qué.

—Ella es diferente, eso es todo. Te diré una cosa: nunca en toda mi vida me había liado con una mujer que fuera tan distinta a mí. Los polos opuestos pueden atraerse en un primer momento, pero no pegan demasiado bien.

Ella lo miró con los ojos impregnados de una fugaz tristeza.

—A veces las personas que se parecen mucho tampoco funcionan bien juntas.

Dallie avanzó hacia ella, moviéndose de aquel modo lento y sensual que solía hacer que se le derritieran los huesos. La cogió entre sus brazos y empezaron a bailar, tarareando *You've Lost That Lovin Feelin* en su oído. Incluso con aquella música improvisada, sus cuerpos se movían perfectamente acompasados, como si hubieran estado bailando el uno con el otro durante un millón de años.

—Maldita sea, con esos zapatos estás muy alta —se quejó Dallie.

—Te pone nervioso tener que mirarme de frente, ¿verdad?

—Si Bobby entra y te ve con esos tacones tan altos sobre su pista nueva de baloncesto, te apañas tú sola con él.

—Todavía se me hace complicado pensar en Bobby Fritchie

como el entrenador de baloncesto del instituto. Recuerdo pasar por delante del despacho mientras vosotros dos estabais dentro castigados.

—Eres una mentirosa, Holly Grace Beaudine. A mí nunca me castigaron a quedarme en el despacho. Lo que hacían era darme azotes.

—También te castigaron, y lo sabes. La señorita Sybil montaba tanto alboroto siempre que alguno de los profesores te azotaba que todos se cansaron de tener que discutir con ella.

—Tú lo recuerdas a tu manera, y yo a la mía. —Dallie apoyó su mejilla contra la de ella—. Verte aquí me hace recordar nuestro primer baile. Creo que no había sudado tanto en mi vida. Durante todo el tiempo que estuvimos bailando, tuve que poner cada vez más espacio entre nosotros por culpa del efecto que tenías en mí. En lo único que podía pensar era en tenerte a solas en aquel El Dorado que había cogido prestado, excepto que sabía que aunque me quedase contigo a solas no podría tocarte por todo lo que habíamos hablado antes. Fue la noche más triste que he pasado en toda mi vida.

—Según recuerdo, tus noches tristes no duraron mucho tiempo. Debo de haber sido la muchacha más fácil de todo el condado. Demonios, me ponías tanto que no podía pensar en nada aparte de en tener sexo contigo. Necesitaba quitarme de encima el recuerdo de Billy T encima de mí y estaba dispuesta a ir al mismo infierno para estar contigo...

Holly Grace yacía sobre la estrecha cama de la destartalada habitación de Dallie, con los ojos cerrados mientras él introducía su dedo dentro de ella. Dallie gimió y se frotó contra el muslo de ella. El tacto de la tela de sus vaqueros contra la piel desnuda de su pierna fue áspero. Sus bragas estaban tiradas en el suelo de linóleo al lado de la cama, junto con sus zapatos, pero seguía más o menos vestida con el resto de su ropa: la blusa blanca estaba desabotonada hasta la cintura, el sujetador suelto y echado a un lado, la falda de lana ocultaba los movimientos de la mano de Dallie mientras se aventuraba entre sus piernas.

—Por favor... —susurró Holly Grace. Arqueó su cuerpo contra la palma de la mano de Dallie, cuya respiración sonaba ronca y ahogada en su oído, y cuyas caderas se movían rítmicamente contra su muslo. Pensaba que no podría soportarlo más. Durante los dos últimos meses, sus sesiones de toqueteos se habían ido poniendo más y más calientes hasta que ya no podían pensar en nada más. Pero aun así continuaban conteniéndose; Holly Grace porque no quería que él pensara que era una chica fácil, y Dallie porque no quería que ella pensara que él era como Billy T.

De repente, Holly Grace cerró su mano para formar un puño y le golpeó en el hombro. Él se apartó, con los labios mojados de tanto besarla y la barbilla roja.

—¿Por qué haces eso?

—¡Porque no puedo soportar esto más! —exclamó—. ¡Quiero hacerlo! Sé que es un error. Sé que no debería dejarte hacerlo, pero no puedo soportarlo más. Estoy ardiendo. —Trató de explicarse—: Todos aquellos meses, Billy T me obligaba a hacerlo. Todos aquellos meses me hacía daño. ¿No tengo derecho, por una vez, a escoger por mí misma?

Dallie la miró durante un buen rato para asegurarse de que hablaba en serio.

—No quiero que pienses... Te amo, Holly Grace. Te amo más de lo que he amado a nadie en toda mi vida. Y te seguiré amando incluso si dices que no quieres hacerlo.

Holly Grace se sentó para quitarse la blusa y el sujetador.

—Estoy harta de decir que no.

Aunque se habían tocado el uno al otro por todas partes, habían mantenido la regla de quedarse con la mayor parte de la ropa puesta, así que aquella era la primera vez que él la veía desnuda de cintura para arriba. La miró con temor y luego extendió la mano y acarició suavemente con su dedo uno de sus pechos.

—Eres tan hermosa, nena —le dijo, con voz sofocada.

Una oleada de felicidad la inundó al ver la emoción en su rostro y supo que quería darle todo lo que tenía a aquel muchacho que la trataba con tanta ternura. Se inclinó hacia delante, introdujo los pulgares en los bordes de sus medias y se las quitó. Después desató el cierre de su falda y, levantando las caderas, la deslizó hacia sus pies. Dallie se quitó la camiseta y los vaqueros, y, por último, los calzoncillos. Holly Grace absorbió la belleza de su cuerpo joven y delgado mientras él se tumbaba a su lado y enredaba sus dedos suavemente en su pelo. Ella le levantó la cabeza de la almohada y le besó, deslizando la lengua en su boca. Él gimió y la aceptó. Sus besos se fueron haciendo más intensos hasta que ambos gemían y le chupaban los labios y la lengua al otro, sus largas piernas se entrelazaban y su cabello rubio se humedecía con el sudor.

—No quiero que te quedes embarazada —susurró él en su boca—. Solo voy... solo voy a entrar un momentito.

Pero no fue solo un momentito, y fue lo mejor que ella había sentido en su vida. Al llegar al orgasmo, un gemido brotó de la profundidad de su garganta y él la siguió rápidamente, estremeciéndose en sus brazos como si le hubiera atravesado una bala. Habían aguantado menos de un minuto.

Cuando llegó el día de la graduación ya habían pasado a usar preservativos, pero para entonces ella estaba ya embarazada y él se negó a ayudarla a conseguir el dinero necesario para un aborto.

—¡El aborto es un error cuando dos personas están enamoradas! —gritó, apuntándole con el dedo. Luego su voz se había dulcificado—. Sé que planeamos esperar hasta que yo me graduara de A&M, pero nos casaremos ahora. Si exceptuamos a Skeet, tú eres la única cosa buena que me ha pasado en la vida.

—No puedo tener un bebé ahora —replicó ella—. ¡Solo tengo diecisiete años! Me voy a ir a San Antonio a buscar un trabajo. Quiero llegar a hacer algo con mi vida. Tener un bebé ahora me arruinaría la vida entera.

—¿Cómo puedes decir eso? ¿No me quieres, Holly Grace?

—Por supuesto que te quiero. Pero el amor no siempre es suficiente.

Al distinguir la agonía que había en los ojos de Dallie, la sensación de impotencia que tan familiar le resultaba se apoderó de ella. Y continuó así durante la boda en el estudio del reverendo Leary.

Dallie dejó de tararear a mitad del estribillo de *Good Vibrations* y se detuvo justo en la línea de tiros libres.

—¿Realmente le has dicho a Bobby Fritchie que saldrías con él esta noche?

Holly Grace había estado canturreando una melodía muy elaborada, y siguió cantando unas estrofas sin él antes de responder:

—No exactamente. Pero lo he pensado. Me enfado mucho cuando llegas tarde.

Dallie la soltó y la miró durante un largo rato.

—Si realmente quieres el divorcio, sabes que lo aceptaré.

—Lo sé. —Fue hacia las gradas y se sentó, estirando las piernas y haciendo un pequeño arañazo en el parquet nuevo del entrenador Fritchie con el tacón de su zapato—. Ya que no tengo ningún proyecto de casarme otra vez, estoy feliz con las cosas tal y como están.

Dallie sonrió y avanzó hasta donde ella estaba para sentarse a su lado.

—Espero que Nueva York te siente bien, nena. De verdad. Sabes que quiero verte feliz más que cualquier otra cosa en el mundo.

—Claro que lo sé. Y tú sabes que yo siento lo mismo por ti.

Comenzó a hablar sobre Winona y Ed, sobre la señorita Sybil y sobre todas las cosas de las que solían conversar siempre que estaban juntos en Wynette. Dallie solo la escuchaba con la mitad de su capacidad de atención. La otra mitad estaba ocupada recordando a dos adolescentes con pasados turbulentos, un bebé y nada de dinero. Ahora se daba cuenta de que no habían tenido ninguna posibilidad, pero se habían amado el uno al otro y habían presentado batalla...

Skeet aceptó un empleo como albañil en Austin para ayudar en todo cuanto estuviera en su mano, pero no era un trabajo sindicado, así que no estaba bien pagado. Cuando no estaba en clase, Dallie trabajaba para un instalador de tejados o intentaba conseguir algún dinero extra en el campo de golf. También tenían que enviarle dinero a Winona, y nunca había suficiente.

Dallie había convivido con la pobreza durante tanto tiempo que aquella situación no le importó demasiado, pero para Holly Grace era diferente. En su mirada se instaló un destello de pánico e impotencia que le llegaba a las venas y le helaba la sangre. A Dallie eso le hizo pensar que le estaba fallando, y comenzó a discutir con ella, amargos enfrentamientos en los que él la acusaba de no poner de su parte. Le decía que no mantenía la casa lo suficientemente limpia, o le decía que era demasiado perezosa para prepararle una buena comida. Ella contraatacaba acusándolo de no ganar lo suficiente para mantener a su familia, insistiendo en que debía dejar de jugar al golf y centrarse en estudiar.

—¡No quiero ser ingeniero! —repuso Dallie en un momento dado, durante una pelea especialmente feroz. Golpeó con uno de sus libros la superficie llena de arañazos de la mesa de la cocina y añadió—: ¡Quiero estudiar literatura, y quiero jugar al golf!

Ella le lanzó el paño de cocina.

—Si tanto quieres jugar al golf, ¿por qué tiras el dinero estudiando literatura?

Él le lanzó de vuelta el paño de cocina.

—¡Nadie en mi familia se ha licenciado jamás en la universidad! Yo seré el primero que lo haga.

Danny comenzó a llorar ante el estruendo de la voz de su padre. Dallie lo cogió en brazos y hundió su rostro en los rizos rubios del bebé, evitando cruzar su mirada con la de Holly Grace. ¿Cómo podía conseguir explicarle que tenía algo que demostrar cuando ni él mismo no sabía qué era ese algo?

Por mucho que se parecieran en tantas y tantas cosas, ambos querían cosas diferentes de la vida. Sus peleas comenzaron a intensificarse hasta que llegaron a atacar los puntos más vulnerables del otro, y luego se sentían horriblemente por dentro al ver el modo en que se hacían daño mutuamente. Skeet dijo que se peleaban porque los dos eran tan jóvenes que se estaban criando a sí mismos al mismo tiempo que a Danny. Y era cierto.

—Me gustaría que dejaras de tener esa mirada hostil en tu cara todo el tiempo —le dijo Holly Grace un día, mientras le aplicaba Clearasil sobre una de las espinillas que todavía de vez en cuando aparecían en la barbilla de Dallie—. ¿No entiendes que el primer paso para ser un hombre es dejar de fingir que ya lo eres?

—¿Qué sabes tú de lo que es ser un hombre? —contestó, cogiéndola de la cintura y haciéndola sentarse sobre su regazo.

Hicieron el amor, pero unas horas más tarde él la regañaba por no andar erguida:

—Andas siempre con los hombros encorvados solo porque piensas que tus pechos son demasiado grandes.

—No es verdad —replicó Holly Grace, con vehemencia.

—Sí, lo haces y lo sabes. —Dallie le levantó la barbilla para que ella lo mirara directamente a los ojos—. Nena, ¿cuándo vas a dejar de culparte por lo que el viejo Billy T te hizo?

Con el tiempo, las palabras de Dallie surtieron efecto y Holly Grace dejó por fin atrás el pasado.

Por desgracia, no todas sus discusiones terminaron tan bien.

—Tienes un problema de actitud —la acusó Dallie después de haber estado varios días discutiendo por dinero—. Nada es suficiente para ti.

—¡Quiero ser alguien! Yo soy la que se queda aquí atrapada con un bebé mientras tú te vas a la universidad.

—En cuanto termine yo, puedes ir tú. Lo hemos hablado cientos de veces.

—Para entonces será muy tarde. Ya habré perdido la mitad de mi vida.

Su matrimonio ya hacía aguas, y luego Danny murió.

El sentimiento de culpa de Dallie después de la muerte de Danny parecía un cáncer que creciera a toda velocidad. Enseguida se marcharon de la casa donde había ocurrido, pero noche tras noche él soñaba con la tapa del pozo. En sus sueños veía el gozne roto e iba hacia el viejo garaje de madera para coger sus herramientas y poder arreglarlo. Pero nunca llegaba al garaje. En lugar de eso, se encontraba de vuelta en Wynette o junto al remolque a las afueras de Houston donde había vivido mientras crecía. Sabía que tenía que regresar al pozo, arreglar la tapa, pero algo seguía impidiéndoselo.

Se despertaba cubierto de sudor, con las sábanas enredadas en su cuerpo. A veces Holly Grace ya estaba despierta, temblando, con la cara enterrada en la almohada para amortiguar el sonido de su llanto. En todo el tiempo que la conocía, nunca había habido nada que la hiciera llorar. Ni cuando Billy T la golpeó en el estómago con su puño; ni cuando estaba asustada porque eran solamente unos críos y no tenían dinero; ni siquiera durante el entierro de Danny, cuando se había sentado como si estuviera tallada en piedra mientras él lloraba como un bebé. Pero ahora que estaba llorando, Dallie supo que aquel era el sonido más terrible que jamás había oído.

Su culpa era una enfermedad que le iba devorando. Siempre que cerraba los ojos, veía a Danny corriendo hacia él con sus rechonchas piernecitas, con un tirante de su peto vaquero colgándole del hombro, los rizos rubios brillando al ser iluminados por el sol. Veía aquellos ojos azules ensanchándose de asombro y las largas pestañas que se rizaban sobre sus mejillas cuando dormía. Oía el chillido de Danny al reírse, y recordaba el modo en que se chupaba el dedo cuando estaba cansado. Veía a Danny en su mente, y luego oía llorar a Holly Grace, y mientras los hombros de ella se estremecían desamparados, el sentimiento de culpa de Dallie se intensificaba hasta que pensaba que podría morirse con Danny.

Finalmente, ella le dijo que iba a dejarlo, que todavía le amaba pero que le habían ofrecido un trabajo como comercial de productos deportivos y que por la mañana se iría a Fort Worth. Esa noche, el sonido de su llanto le despertó otra vez. Se quedó allí un rato con los ojos abiertos, luego tiró de ella para apartarla de la almohada y la abofeteó. Primero una vez, y después otra. Acto seguido, se puso los pantalones y salió corriendo de la casa para que en los años que tenían por delante Holly Grace Beaudine recordara que tenía por marido a un hijo de puta que le había pegado, y no a un crío estúpido que la había hecho llorar porque había matado a su bebé.

Cuando ella se marchó, Dallie pasó varios meses tan borracho que no podía ni jugar al golf, pese a que se suponía que debía estar preparándose para clasificarse y pasar al circuito profesional. Al final, Skeet llamó a Holly Grace, y ella fue a ver a Dallie.

—Yo soy feliz por primera vez en mucho tiempo —le dijo—. ¿Por qué no puedes serlo tú también?

Les había llevado años aprender a quererse de un modo nuevo. Al principio volvían a acabar acostándose juntos, solo para verse envueltos en viejas peleas. De vez en cuando habían intentado vivir otra vez juntos, pero cada uno quería cosas diferentes de la vida y la convivencia nunca había llegado a funcionar. La primera vez que Dallie la vio con otro hombre, quiso matarlo. Pero una preciosa secretaria atrajo su atención y decidió contenerse.

Con el paso de los años, hablaron de divorcio, pero ninguno de los dos llegó a dar el paso. Skeet lo era todo para Dallie. Holly Grace amaba a Winona con todo su corazón. Pero los dos juntos, Dallie y Holly Grace, formaban una verdadera familia, y la gente con infancias tan problemáticas como las suyas no rompía los lazos familiares fácilmente.

[illegible]

[illegible]

[illegible] Polly [illegible]

[illegible] problema [illegible] como las suyas no [illegible]

[illegible]

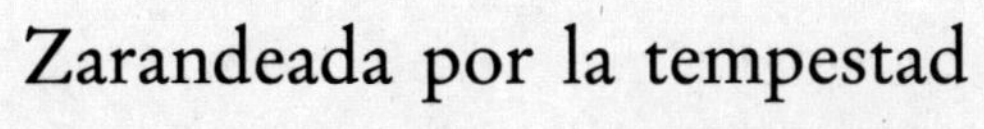

Zarandeada por la tempestad

19

El edificio era un rectángulo blanco achaparrado de hormigón con cuatro coches cubiertos de polvo aparcados en uno de los laterales, junto a un contenedor de basura. Detrás del contenedor había una caseta cerrada con candado, y cincuenta metros más allá se alzaba la fina antena de radio hacia la que Francesca había estado caminando durante casi dos horas. Al tiempo que *Bestia* se marchaba a explorar, Francesca subió los dos escalones que conducían a la puerta principal. Su superficie de cristal era casi opaca a causa del polvo y las innumerables manchas de huellas dactilares que había en ella. La mayor parte del lado izquierdo de la puerta estaba cubierta por carteles que anunciaban la Cámara de Comercio de Sulphur City, la United Way, y varias asociaciones de emisoras, mientras que en el centro estaban las letras doradas de KDSC. Faltaba la mitad inferior de la C, de manera que podría haber sido una G, pero Francesca sabía que no lo era porque había visto la C en el buzón que había a la entrada del camino.

Aunque podría haberse colocado delante de la puerta para examinar su reflejo, no se molestó en hacerlo. En lugar de eso, se pasó el dorso de la mano por la frente, para apartar los húmedos mechones de pelo que tenía pegados, y se sacudió los vaqueros como mejor pudo. No había nada que hacer con los arañazos de los brazos, así que optó por ignorarlos. Su euforia anterior se había desvanecido, dejando tras ella agotamiento y una terrible aprensión.

Empujó la puerta y se encontró en un vestíbulo de recepción

atestado con seis escritorios desordenados, casi el mismo número de relojes, un surtido de tablones de anuncios, calendarios, carteles y viñetas pegadas a las paredes con cinta adhesiva amarilla. Un moderno sofá con rayas marrones y doradas quedaba a su izquierda, con el asiento central cóncavo por haber sido demasiado utilizado. La estancia tenía solo una ventana, una grande que daba a un estudio donde un locutor con auriculares puestos estaba sentado delante de un micrófono. Su voz se filtraba en la oficina por un altavoz colgado de la pared con el volumen bastante bajo.

Una mujeruca rechoncha y pelirroja, con aspecto de ardilla, miró a Francesca desde el único escritorio ocupado del vestíbulo.

—¿Puedo ayudarla?

Francesca se aclaró la garganta mientras su mirada pasaba de las cruces de oro que colgaban de las orejas de la mujer sobre su blusa de poliéster al teléfono negro que tenía junto a su muñeca. Una llamada a Wynette y sus problemas más inmediatos se acabarían. Tendría comida, ropa para cambiarse y un techo sobre su cabeza. Pero la idea de acudir a Dallie en busca de ayuda ya no le resultaba tan atractiva como antes. A pesar de su cansancio y de su miedo, algo había cambiado irreparablemente en su interior en aquella sucia y polvorienta carretera. Estaba harta de ser un bonito objeto de adorno que cualquier corriente de aire podía llevar de un lado a otro. Para bien o para mal, iba a asumir el mando de su propia vida.

—Me pregunto si podría hablar con la persona que esté a cargo —le dijo a la ardilla. Habló con cuidado, esforzándose por parecer competente y profesional y no como alguien con la cara sucia y polvorienta, con sandalias en los pies y sin un centavo en el bolsillo.

La combinación del aspecto sudoroso de Francesca y su acento británico de clase alta captaron el interés de la mujer.

—Soy Katie Cathcart, la encargada. ¿Podrías decirme de qué asunto se trata?

¿Podría una encargada de oficina ayudarla? Francesca no tenía ni idea, pero decidió que se entendería mejor con el hombre que estuviera al mando. Mantuvo su tono amistoso, pero firme.

—Es más bien personal.

La mujer vaciló un instante, y luego se levantó y entró en la oficina que tenía a su espalda. Reapareció poco después.

—Siempre y cuando no lleve demasiado tiempo, la señorita Padgett la atenderá. Es la directora de la emisora.

El nerviosismo de Francesca dio un salto cuántico. ¿Por qué tenía que haber una mujer a cargo de la dirección de la emisora? Con un hombre, habría tenido alguna posibilidad. Pero entonces se recordó a sí misma que aquello era una oportunidad de comenzar de cero: una nueva Francesca, una que no iba a intentar deslizarse por la vida usando los viejos ardides que utilizaba la Francesca anterior. Enderezó los hombros y entró en el despacho de la directora.

Una placa metálica de color dorado sobre el escritorio advertía de la presencia de Clare Padgett, un nombre elegante para una mujer poco elegante. Recién rebasados los cuarenta, tenía una cara masculina con la mandíbula cuadrada, suavizada únicamente por los restos de un lápiz de labios rojo. Su pelo castaño, que ya se iba tiñendo de canas, era de longitud media, y el corte, cuadrado. Parecía como si la única atención que la mujer le dedicara a su cabello fuera lavarlo con champú. Sujetaba un cigarrillo como un hombre, en el espacio entre el índice y el dedo corazón de su mano derecha, y cuando se lo llevó a la boca, en lugar de inhalar el humo se lo tragó.

—¿De qué se trata? —le preguntó con cierta brusquedad. Hablaba con la voz de una locutora profesional, rica y resonante, pero sin el más mínimo rastro de amabilidad. Del altavoz colgado de la pared detrás del escritorio llegaba el sonido débil del locutor leyendo un resumen de noticias locales.

A pesar de que no la había invitado a hacerlo, Francesca ocupó la única silla libre que había en el despacho, decidiendo en un instante que Clare Padgett no parecía el tipo de persona que respetaría a alguien a quien pudiera pasarle por encima. Mientras decía su nombre, se sentó en el borde de la silla.

—Lamento presentarme sin una cita, pero quería preguntar si disponían de alguna vacante. —Su voz sonó dubitativa en vez de firme. ¿Qué había ocurrido con toda aquella arrogancia que solía llevar consigo como una nube de perfume?

Después de una breve inspección del aspecto de Francesca, Clare Padgett volvió a dirigir su atención a sus papeles.

—No tengo ninguna vacante.

Francesca no había esperado que su respuesta fuese otra, pero sintió que le faltaba el aire. Pensó en aquella carretera polvorienta que se perdía en el horizonte de Texas. Sintió la lengua seca e hinchada en su boca.

—¿Está absolutamente segura de que no tiene nada? Estoy dispuesta a hacer lo que sea.

Padgett chupó el cigarrillo y dio unos golpecitos con su bolígrafo sobre la hoja de papel.

—¿Qué tipo de experiencia tienes?

Francesca pensó con rapidez.

—He hecho algo de interpretación. Y tengo mucha experiencia en... eh... moda. —Cruzó los pies e intentó colocar las puntas de sus desgastadas sandalias Bottega Veneta detrás de la pata de la silla.

—Eso no te califica precisamente para trabajar en una emisora de radio, ¿verdad? Ni siquiera en una porquería de emisora como esta. —Los golpecitos de su bolígrafo se hicieron un poco más fuertes.

Francesca cogió aire y se dispuso a saltar en aguas demasiado profundas para alguien que no sabía nadar.

—En realidad, señorita Padgett, no tengo ninguna experiencia en radio. Pero trabajo duro, y estoy dispuesta a aprender. —¿Trabajar duro? Nunca había trabajado duro en su vida.

En cualquier caso, Clare no quedó impresionada. Levantó sus ojos y miró a Francesca con abierta hostilidad.

—Me quitaron de las emisiones en directo de una cadena de televisión de Chicago por culpa de alguien como tú, una preciosidad que no sabía la diferencia entre las noticias de primera plana y la talla de sus bragas. —Se echó hacia atrás en su silla, entrecerrando sus ojos con desencanto—. A las mujeres como tú las llamamos *twinkis*: monadas que no tienen ni idea de lo que es una emisora, pero que piensan que sería «superexcitante» trabajar en la radio.

Seis meses antes, Francesca habría salido del despacho con una rabieta, pero ahora colocó las manos unidas sobre su regazo y levantó ligeramente la barbilla.

—Estoy dispuesta a hacer cualquier cosa, señorita Padgett: responder al teléfono, hacer recados...—No podía explicarle a aquella mujer que no era un trabajo en la radio lo que la atraía. Si aquel edificio hubiera albergado en su interior una fábrica de fertilizantes, también estaría allí pidiendo un trabajo.

—El único puesto que tengo es para encargarse de la limpieza y de algunos trabajos sueltos.

—¡Lo acepto! —Dios santo, ¡limpieza!

—No creo que seas la persona adecuada.

Francesca no hizo caso al sarcasmo de su voz.

—Ah, pero lo soy. Soy una limpiadora maravillosa.

Había conseguido volver a atraer la atención de Clare Padgett otra vez, y la mujer parecida divertida.

—En realidad, mi idea era contratar a una mexicana. ¿Tienes la ciudadanía?

Francesca negó con la cabeza.

—¿Tienes la *green card*?

De nuevo negó con la cabeza. Tenía tan solo una vaga idea de lo que era la *green card*, pero estaba absolutamente segura de que no tenía una y no quería comenzar su nueva vida con una mentira. Quizá su franqueza impresionase a aquella mujer:

—Ni siquiera tengo pasaporte. Me lo han robado hace unas horas en la carretera.

—Qué mala suerte. —Clare Padgett ya no realizaba el menor esfuerzo por disimular lo mucho que estaba disfrutando de la situación. A Francesca se le antojaba como un gato con un pájaro desvalido atrapado en la boca. Obviamente, Francesca, a pesar de su desastrosa situación, iba a tener que pagar por todo el desprecio que la directora de la emisora había sufrido durante años a manos de mujeres hermosas—. En ese caso, te pondré en nómina con sesenta y cinco dólares a la semana. Tendrás libre un sábado de cada dos. El resto del tiempo estarás aquí, desde que salga el sol hasta que se ponga, las mismas horas que emitimos. Y te pagaremos en efectivo. Hay montones de mexicanos que vienen todos los días a pedir trabajo, así que la primera vez que la jodas te vas a la calle.

La mujer pagaba salarios de esclavo. Aquel era el tipo de trabajo que aceptaban los inmigrantes ilegales porque no tenían otra opción.

—De acuerdo —dijo Francesca, porque tampoco ella tenía otra opción.

Clare Padgett sonrió sombríamente y condujo a Francesca de vuelta con la encargada.

—Carne fresca, Katie. Dale una fregona y enséñale dónde está el servicio.

Clare desapareció, y Katie miró a Francesca con compasión.

—No hemos tenido a nadie que limpie desde hace unas semanas. Está bastante sucio.

Francesca tragó saliva.

—No importa.

Pero sí importaba, desde luego. Estaba delante de un armarito en la diminuta cocina de la emisora, revisando un estante lleno de productos de limpieza que no tenía la menor idea de cómo utilizar. Ella sabía cómo jugar al baccarat, y podría nombrar a los *maîtres* de los restaurantes más famosos del mundo, pero no tenía la más mínima idea de cómo limpiar un cuarto de baño. Leyó las etiquetas tan rápido como pudo, y media hora más tarde Clare Padgett la encontró de rodillas delante de un retrete espantosamente sucio, echando un detergente en polvo azul sobre el asiento.

—Cuando friegues el suelo, asegúrate de llegar bien a los rincones, Francesca. Odio el trabajo mal hecho.

Francesca apretó los dientes y asintió. Su estómago se revolvió cuando se dispuso a limpiar la zona inferior del asiento. Espontáneamente, pensó en Hedda, su antigua ama de llaves. Hedda, con sus medias enrolladas y su dolor de espalda, que se había pasado su vida de rodillas limpiando detrás de Chloe y Francesca.

Clare dio una calada a su cigarrillo y luego deliberadamente lo dejó caer al suelo junto al pie de Francesca.

—Más vale que te des prisa, guapa. Estamos a punto de cerrar.

Francesca oyó una risita malévola mientras la mujer se alejaba.

Un poco más tarde, el locutor al que Francesca había visto al llegar asomó la cabeza en el cuarto de aseo y le dijo que tenía que cerrar. Su corazón le dio un vuelco. No tenía adónde ir, ninguna cama en la que dormir.

—¿Se han marchado todos?

El tipo asintió y la miró de arriba abajo, claramente impresionado por lo que veía.

—¿Necesitas que te acerque a la ciudad?

Ella se puso en pie y se retiró el pelo de delante de los ojos con el antebrazo, intentando aparentar normalidad.

—No. Vienen a recogerme. —Inclinó su cabeza hacia el retrete, abandonada ya su decisión de no comenzar su nueva vida con mentiras—. La señorita Padgett me ha dicho que tengo que terminar esto esta noche antes de marcharme. Ha dicho que podía cerrar yo. —¿Había parecido demasiado casual? ¿No lo bastante? ¿Qué haría si él se negaba?

—Como quieras —dijo el otro, y le dirigió una sonrisa.

Unos minutos más tarde, Francesca dejó escapar lentamente un suspiro de alivio al oír que se cerraba la puerta de la calle.

Pasó la noche en el sofá negro y dorado del vestíbulo, con *Bestia* acurrucada contra su estómago, habiendo comido ambos únicamente unos sándwiches de pan rancio y mantequilla de cacahuete que había encontrado en la pequeña cocina. El cansancio se le había metido en el tuétano de los huesos, pero aun así no podía conciliar el sueño. Permaneció con los ojos abiertos, con el pelo de *Bestia* entre sus dedos, pensando cuántos obstáculos más le aguardaban en su camino.

A la mañana siguiente, se despertó antes de las cinco e inmediatamente vomitó en el retrete que tan minuciosamente había limpiado la noche anterior. Durante el resto del día, intentó convencerse a sí misma de que solo era una reacción a la mantequilla de cacahuete.

—¡Francesca! Maldita sea, ¿dónde está? —Clare salió de su oficina justo en el mismo momento que Francesca lo hacía de la sala de redacción, donde acababa de entregar un paquete de periódicos vespertinos al director de las noticias.

—Estoy aquí, Clara —dijo, con voz fatigada—. ¿Qué ocurre?

Habían pasado ya seis semanas desde que había comenzado a trabajar en la KDSC, y su relación con la directora de la emisora no había mejorado. Según los chismorreos que había oído a los miembros del personal de la KDSC, la carrera de Clare en la radio había empezado en una época en la que pocas mujeres podían conseguir puestos en ese campo. La contrataban porque era inteligente y agresiva, y luego la despedían por la misma razón. Finalmente se había pasado a la televisión, donde había librado amargas batallas por el derecho a presentar noticias serias en lugar de las historias suaves consideradas apropiadas para ser narradas por mujeres.

Irónicamente, fue derrotada por la Ley de Igualdad de Oportunidades. En los primeros años setenta, cuando las empresas se vieron obligadas a contratar a mujeres, evitaron a las veteranas con cicatrices de guerra como Clare, con sus lenguas afiladas y opiniones cínicas, y se decantaron por caras más nuevas, más frescas, recién salidas de los campus de las universidades: chicas bonitas y maleables graduadas en Artes de la Comunicación. Las mujeres como Clare tuvieron que conformarse con lo que quedaba: puestos para los que estaban sobrecualificadas, como emisoras de radio en lugares remotos. Como consecuencia de todo ello, fumaban demasiado, cada vez estaban más amargadas, y le hacían la vida imposible a cualquier mujer de la que sospecharan que quisiera prosperar a costa de una cara bonita.

—Acabo de recibir una llamada del idiota del Banco de Sulphur City —le espetó Clare a Francesca—. Quiere las promociones navideñas hoy en vez de mañana. —Señaló hacia una caja de adornos de árboles con forma de campana, con el nombre de la emisora de radio en un lado y el nombre del banco en el otro—. Llévaselos enseguida, y no utilices todo el día como la última vez.

Francesca se abstuvo de señalar que no habría tardado tanto esa vez si cuatro empleados no le hubieran encargado que hiciera unos recados adicionales, desde entregar facturas pendientes por la emisión en directo hasta la colocación de una nueva bomba de agua en el destartalado coche propiedad de la emisora. Se puso el abrigo de cuadros rojo y negro que se había comprado en una tienda Goodwill por cinco dólares y cogió las llaves del Dart de un gancho que había al lado de la ventana del estudio. Dentro, Tony March, el pinchadiscos de tarde, estaba anunciando un disco. Aunque no llevaba mucho tiempo en la KDSC, todos sabían que se marcharía pronto. Tenía una buena voz y personalidad. Para los locutores como Tony, la KDSC, con su señal de 500 vatios de poco alcance, era simplemente un escalón de paso hacia cosas mejores. Francesca ya había descubierto que los únicos que se quedaban en la KDSC mucho tiempo eran los que, como ella, no tenían ninguna otra opción.

El coche arrancó después de solo tres intentos, lo cual era casi un récord. Dio marcha atrás y salió del aparcamiento. Un vistazo al espejo retrovisor le mostró su piel pálida, el pelo sin brillo, recogido con una goma detrás del cuello, y la nariz enrojecida a causa del último de una serie de resfriados. El abrigo le quedaba demasiado grande, y no tenía ni el dinero ni la energía para mejorar su aspecto. Al menos así no tenía que rechazar muchos acercamientos de los empleados masculinos de la emisora.

Durante aquellas seis semanas había tenido pocos éxitos, pero sí muchos desastres. Uno de los peores había tenido lugar el día antes de Acción de Gracias, cuando Clare había descubierto que dormía en el sofá de la emisora y le había gritado delante de todos hasta que las mejillas de Francesca ardían a causa de la vergüenza. Ahora, ella y *Bestia* vivían en una habitación que era a la vez cocina y dormitorio, situada sobre un taller en Sulphur City. Estaba llena de corrientes de aire, era pequeña y estaba pobremente amueblada con muebles desvencijados y una cama doble llena de bultos, pero el precio del alquiler era barato y podía pagarlo por semanas, así que intentó sentirse agradecida por cada uno de sus horribles centímetros cuadrados. También se había ganado la posibilidad de utilizar el coche de la emisora, un Dodge Dart, aunque Clare le hacía pagar la gasolina incluso cuando alguien más lo cogía. Era una existencia agotadora en la que apenas ingresaba lo justo para subsistir, sin espacio para ahorrar ni para cubrir posibles urgencias económicas ni personales, y absolutamente sin ningún espacio para un embarazo no deseado.

Sus manos aferraron el volante. Al ir tirando prácticamente sin más gastos de los estrictamente necesarios, había logrado reunir los ciento cincuenta dólares que la clínica de abortos de San Antonio le cobraría por deshacerse del bebé de Dallie Beaudine. Se negaba a pensar en las ramificaciones de su decisión; sencillamente era demasiado pobre y estaba demasiado desesperada como para considerar la moralidad de aquel acto. Después de su cita del sábado, habría esquivado otro desastre. Esa era toda la reflexión que se permitió realizar.

Terminó de hacer sus recados en poco más de una hora y volvió a la emisora, solo para tener que soportar a Clare gritándole por haberse marchado sin limpiar primero las ventanas de su despacho.

El sábado siguiente se levantó al amanecer e hizo el trayecto de dos horas hasta San Antonio. La sala de espera de la clínica de abortos estaba escasamente amueblada, pero limpia. Se sentó en una silla de plástico, con las manos sujetando su bolsa de lona negra y sus piernas fuertemente apretadas la una contra la otra como si intentaran inconscientemente proteger el pequeño pedazo de protoplasma que pronto sería arrancado de su cuerpo. En la habitación había otras tres mujeres. Dos eran mexicanas y la otra era una chica con el pelo de un rubio desgastado, con la cara llena de acné y mirada desesperada. Todas ellas eran pobres.

Una mujer de mediana edad y de aspecto hispano con una blusa blanca y una falda oscura apareció en la puerta y dijo su nombre en un inglés ligeramente acentuado.

—Francesca, soy la señora García. ¿Me acompañas, por favor?

Con las piernas entumecidas, Francesca la siguió a un pequeño despacho revestido en imitación a caoba. La señora García tomó asiento detrás de su escritorio e invitó a Francesca a hacer lo propio en otra silla de plástico, que solo se diferenciaba en el color de la que había usado en la sala de espera.

Se mostró agradable y eficiente mientras le explicaba los formularios que Francesca tenía que firmar. Después pasó a detallar el procedimiento que se llevaría a cabo en una de las salas quirúrgicas que había al final del pasillo. Francesca se mordió el labio e intentó no prestar demasiada atención. La señora García hablaba despacio y con calma, usando siempre la palabra «tejido», nunca «feto». Francesca experimentó una distante sensación de gratitud.

Desde que había comprendido que estaba embarazada, se había negado a personificar al inoportuno visitante que se había alojado en su vientre. Se negaba a conectarlo en su mente con aquella noche en un pantano de Louisiana. Su vida había sido reducida al hueso, al tuétano, y no había espacio en ella para los sentimientos, ni para imaginar románticas escenas de mejillas rechonchas y rosadas y pelo rizado y suave, no había en su vida ninguna necesidad de usar la palabra «bebé», ni siquiera en sus pensamientos. La señora García comenzó a hablar de «aspirar» y Francesca pensó en la vieja aspiradora que pasaba cada tarde por la alfombra de la emisora de radio.

—¿Tienes alguna pregunta?

Negó con la cabeza. Las caras tristes de las tres mujeres de la sala de espera parecían haberse clavado en su mente; eran mujeres sin futuro, sin esperanzas. La señora García deslizó un folleto por encima de la superficie metálica del escritorio.

—Este folleto contiene información sobre el control de la natalidad que deberías leer antes de volver a mantener relaciones sexuales.

¿Otra vez? Los recuerdos de los besos profundos y cálidos de Dallie se precipitaron en su mente, pero ahora le parecía que las caricias íntimas que habían puesto todos sus sentidos en llamas le habían pasado a alguna otra, no a ella. No podía imaginar que fuera a sentirse así de bien otra vez.

—No puedo tener este... este tejido —dijo de pronto, interrumpiendo a la mujer a mitad de frase mientras le mostraba un diagrama de los órganos reproductivos femeninos.

La señora García dejó de hablar e inclinó la cabeza para escuchar, obviamente acostumbrada a que compartieran con ella todo tipo de revelaciones privadas por encima de su mesa.

Francesca sabía que no tenía ninguna necesidad de justificar sus acciones, pero no era capaz de detener el torrente de palabras.

—¿No ve usted que es imposible? —Sus puños se cerraron sobre su regazo—. No soy una persona horrible. No soy insensible. Pero apenas me valgo para cuidar de mí y de un gato estrábico.

La mujer le dirigió una mirada de comprensión.

—Por supuesto que no eres insensible, Francesca. Se trata de tu cuerpo, y solo tú puedes decidir qué es lo mejor.

—He tomado una decisión —contestó, con tono de enfado, como si la mujer le hubiera llevado la contraria—. No tengo marido ni dinero. Sobrevivo gracias a un trabajo en el que la jefa me odia. Ni siquiera tengo forma de pagar mis facturas médicas.

—Entiendo. Es difícil...

—¡Usted no lo entiende! —Francesca se inclinó hacia delante, con los ojos resecos y con una mirada furiosa en ellos, cada palabra brotaba de su boca dura, crujiente—. Toda mi vida he vivido a costa de otras personas, pero no voy a hacerlo más. ¡Voy a hacer algo por mí misma!

—Creo que tu ambición es admirable. Obviamente, eres una joven competente...

Otra vez Francesca desechó su empatía, intentando explicarle a la señora García (y a sí misma) qué la había llevado a aquella clínica de abortos hecha de ladrillos rojos en la zona más humilde de San Antonio. El despacho era cálido, pero se envolvió con sus propios brazos como si estuviera helada.

—¿Ha visto usted alguna vez ese tipo de cuadros pintados sobre un fondo de terciopelo negro con pequeñas chinchetas e hilos de diferentes colores, cuadros de puentes y mariposas, y cosas así? —La señora García asintió. Francesca miró fijamente el revestimiento de madera de falsa caoba sin verlo en realidad—. Tengo uno de esos horribles cuadros pegado en la pared, justo encima de mi cama, un cuadro horrible de hilos rosas y naranjas que pretende ser una guitarra.

—Creo que no entiendo muy bien...

—¿Cómo puede alguien traer un bebé al mundo cuando vive en un lugar con un cuadro de hilos de una guitarra en la pared? ¿Qué tipo de madre expondría deliberadamente a su pequeño e inocente bebé a algo tan terrible? —«Bebé». Había dicho la palabra. Dos veces la había dicho. Las lágrimas se amontonaban detrás de sus párpados, pero se negó a permitir que se derramasen. Durante el año anterior, había derramado demasiadas lágrimas inservibles, lágrimas de autocompasión que podían llenar una vida entera, y ya no iba a llorar más.

—¿Sabes, Francesca? Un aborto no tiene por qué ser el fin del mundo. En el futuro, las circunstancias pueden ser diferentes para ti... el momento puede ser más conveniente.

La última palabra pareció quedarse colgando en el aire. Francesca se hundió en su silla después de haber sacado de su interior toda su rabia. ¿Era eso en lo que se resumía una vida humana, se preguntó, una cuestión de mera conveniencia? ¿Era inoportuno que tuviera un bebé en aquel momento, así que simplemente se deshacía de él? Levantó la vista para mirar a la señora García.

—Mis amigas de Londres solían programar sus abortos para que no tuvieran que perderse ningún baile ni ninguna fiesta.

Por primera vez, la señora García se molestó visiblemente.

—Las mujeres que vienen aquí no están preocupadas por perderse una fiesta, Francesca. Son muchachas de quince años con la vida entera por delante, o mujeres casadas que ya tienen demasiados hijos y cuyos maridos no están con ellas. Son mujeres desempleadas y sin ninguna esperanza de conseguir un trabajo.

Pero ella no era como las demás, se dijo Francesca. Ella ya no estaba desvalida y desmoralizada. Durante los últimos meses se lo había demostrado a sí misma. Había limpiado retretes, había aguantado el menosprecio de su jefa, y se había pagado la comida y un techo con un sueldo miserable. La mayoría de la gente se habría venido abajo, pero ella no. Ella había sobrevivido.

Se había transformado en una nueva y tentadora visión de sí misma. Se sentó más erguida en la silla, y sus puños fueron gradualmente abriéndose sobre su regazo. La señora García habló con tono vacilante.

—Tu vida parece bastante precaria en estos momentos.

Francesca pensó en Clare, en su horrible cuarto encima del taller, en el cuadro de hilos con forma de guitarra, en su imposibilidad de llamar a Dallie para pedirle ayuda a pesar de que la necesitaba desesperadamente.

—Es precaria —confirmó. Se inclinó hacia delante y recogió su bolsa de lona. Luego se puso en pie. Su parte impulsiva y optimista, la misma que creía que había muerto meses atrás, parecía haber tomado el control de sus pies, parecía estar obligándola a hacer algo que solo podría conducirla al desastre, algo ilógico, absurdo...

Algo maravilloso.

—¿Puede devolverme mi dinero, por favor, señora García? Descuente lo que considere oportuno para compensar el tiempo que me ha dedicado.

La señora García pareció preocupada.

—¿Estás segura de tu decisión, Francesca? Estás de diez semanas. No tienes mucho más tiempo para realizarte un aborto sin riesgo. ¿Estás absolutamente segura?

Francesca no había estado nunca menos segura de nada en su vida, pero asintió con la cabeza.

Se lanzó a una pequeña carrera al salir de la clínica, y después pasó a dar una serie de brincos para recorrer los últimos metros que la separaban del Dart. Su boca se curvó para formar una sonrisa. De todas las cosas estúpidas que había hecho a lo largo de su vida, aquella era la más estúpida de todas. Su sonrisa se hizo más amplia. Dallie había acertado de pleno con ella: no tenía ni un gramo de sentido común. Era más pobre que un ratón de iglesia, su educación dejaba mucho que desear, y vivía a cada instante al borde del desastre. Pero ahora mismo, en aquel preciso momento, nada de eso tenía importancia, porque algunas cosas en la vida son más importantes que el sentido común.

Francesca Serritella Day había perdido la mayor parte de su dignidad y todo su orgullo. Pero no iba a perder a su bebé.

20

Francesca descubrió algo bastante maravilloso sobre sí misma a lo largo de los meses siguientes. Con la espalda apretada contra la pared, una pistola apuntando a su frente, una bomba de relojería haciendo tictac-tictac en su vientre, descubrió que era bastante inteligente. Entendía las nuevas ideas con facilidad, retenía lo que aprendía y, al haber recibido tan pocos prejuicios académicos por parte de sus profesores, nunca permitía que las nociones preconcebidas limitaran sus pensamientos. Con sus primeros meses de embarazo a sus espaldas, también descubrió una capacidad aparentemente infinita para trabajar duro, de la que comenzó a sacar ventaja trabajando hasta altas horas de la noche, leyendo periódicos y revistas sobre radiodifusión, escuchando cintas y preparándose para dar un pequeño paso adelante.

—¿Tienes un minuto, Clare? —preguntó, asomando la cabeza en el almacén donde se guardaban todos los discos, con una pequeña cinta de casete en la palma húmeda de su mano. Clare estaba hojeando uno de los libros de consulta de *Billboard* y no se dignó ni mirarla.

El almacén no era en realidad nada más que un armario grande con álbumes apilados sobre los estantes, con cintas de colores colocadas en sus lomos para indicar si pertenecían a la categoría de cantantes masculinos, cantantes femeninas o grupos. Francesca había escogido intencionadamente aquel lugar porque era territorio neutral, y no quería darle a Clare la ventaja adicional de poder sentarse como una diosa detrás de su mesa mientras decidía el destino de la otra persona, que solo podía sentarse en la silla barata frente a ella.

—Tengo todo el día —contestó Clara con sarcasmo, mientras seguía hojeando el libro—. De hecho, he estado sentada aquí durante horas solo para mover mis pulgares y esperar a que alguien viniera a interrumpirme.

No es que fuera el principio más prometedor, pero Francesca ignoró el sarcasmo de Clare y se colocó en el centro mismo del umbral. Llevaba puesta la prenda más nueva de su vestuario: una sudadera gris de hombre que colgaba formando holgados pliegues hasta más allá de sus caderas. Debajo de la sudadera y fuera de la vista, tenía los vaqueros desabrochados, unidos burdamente con un pedazo de cuerda cosida a través de las presillas. Miró a Clare directamente a los ojos.

—Me gustaría que me concedieras una prueba en el puesto de Tony cuando él se marche.

Las cejas de Clare se elevaron hasta la mitad de su frente.

—Estás de broma.

—No lo estoy. —Francesca levantó la barbilla y continuó como si tuviera toda la confianza del mundo—: He pasado mucho tiempo ensayando, y Jerry me ha ayudado a hacer una cinta de prueba. —Le tendió la cinta que llevaba en la mano—. Creo que puedo hacerlo.

Una sonrisa cruel y divertida apareció en las comisuras de la boca de Clare.

—Una ambición interesante, considerando el hecho de que tienes un acento británico muy marcado y no has estado delante de un micrófono en tu vida. Claro que la pequeña animadora que me sustituyó en Chicago no había estado tampoco nunca en directo, y sonaba como si fuera Betty Boop, así que quizá debería andarme con cuidado.

Francesca tuvo que hacer un esfuerzo para controlarse.

—De todos modos, me gustaría que me dieras una oportunidad. Mi acento británico me aportará un sonido diferente al de todos los demás.

—Tú limpias retretes —se mofó Clare, encendiendo un cigarrillo—. Ese es el trabajo para el que fuiste contratada.

Francesca se negó a alterarse.

—Y lo he hecho bien, ¿no es cierto? He hecho un buen trabajo limpiando retretes y cualquier otra asquerosa tarea que se te ha ocurrido. Ahora dame una oportunidad de hacer también esto.

—Ni lo sueñes.

Francesca no podía ya echarse atrás. Tenía que pensar en su bebé, en su futuro.

—¿Sabes? En realidad, estoy empezando a compadecerme de ti, Clare.

—¿Qué quieres decir con eso?

—¿Alguna vez has oído ese viejo refrán que dice que no entenderás a otra persona hasta que no hayas recorrido un kilómetro con sus zapatos? Te entiendo, Clare. Sé exactamente lo que es que te discriminen por ser quien eres, sin que importe lo duro que trabajes. Sé lo que es que te nieguen una oportunidad para demostrar tu valía, no porque no puedas hacerlo, sino por los prejuicios personales de tu superior.

—¡Prejuicios! —Una nube de humo surgió como el fuego de un dragón de la boca de Clare—. Nunca he prejuzgado a nadie en mi vida. He sido víctima de prejuicios.

No era momento de retroceder, así que Francesca insistió un poco más:

—Ni siquiera te vas a dignar escuchar quince minutos de mi cinta. Yo a eso lo llamaría prejuicios, ¿tú no?

La mandíbula de Clare se tensó.

—De acuerdo, Francesca, te concederé tus quince minutos. —Le arrebató la cinta de la mano—. Pero no te molestes en contener la respiración.

Durante el resto del día, Francesca estuvo hecha un flan. Tenía que conseguir aquel puesto. No solo porque necesitaba desesperadamente el dinero, sino porque necesitaba tener éxito en algo. La radio era un medio que funcionaba sin imágenes, un medio en el cual sus bonitos ojos verdes y su perfil perfecto no tenían ninguna relevancia. La radio era su campo de pruebas, su oportunidad para demostrarse a sí misma que nunca tendría que volver a depender de su belleza física para salir adelante.

A la una y media, Clara asomó la cabeza por la puerta de su

oficina y le hizo un gesto a Francesca, que dejó los folletos que había estado apilando en una caja e intentó aparentar confianza. Aunque no lo consiguió del todo.

—La cinta no es terrible —dijo Clare, sentándose—. Pero tampoco es que sea demasiado buena. —Empujó el casete por encima de la mesa. Francesca la miró, intentando ocultar la aplastante decepción que sentía—. Tu voz suena demasiado velada —continuó Clare, con tono enérgico e impersonal—. Hablas demasiado rápido y le das énfasis a las palabras que te viene en gana. Tu acento británico es lo único que tienes a tu favor. Por lo demás, suenas como una mala imitación de cualquiera de los mediocres pinchadiscos que hemos tenido en esta emisora.

Francesca trató de distinguir algún rastro de animosidad personal en su voz, algún indicio de que Clare se estuviera vengando de ella. Pero lo único que oía era la evaluación desapasionada de una profesional.

—Déjame grabar otra cinta —suplicó—. Déjame intentarlo otra vez.

Clare se recostó y su silla emitió un crujido bajo su peso.

—No quiero escuchar otra cinta; otra cinta no me hará cambiar de opinión. Las emisoras de AM se basan en las personas. Si los oyentes quieren escuchar música, buscan una emisora de FM. La AM tiene que ser una radio de personalidad, incluso en una emisora de mierda como esta. Si quieres triunfar en AM, tienes que recordar siempre que les estás hablando a personas, no a un micrófono. De lo contrario, serás otra vulgar *twinki* más.

Francesca recogió la cinta y se giró hacia la puerta, con su capacidad de autocontrol a punto de venirse abajo. ¿Cómo se le había ocurrido pensar ni por un momento que podría entrar en la radio sin ninguna preparación? Otra desilusión más. Otro castillo de arena que había construido demasiado cerca de la orilla.

—Lo mejor que puedo darte es el puesto de locutora suplente los fines de semana por si alguien no puede venir.

Francesca se dio la vuelta.

—¡Locutora suplente! ¿Me utilizarás como una locutora suplente?

—Jesús, Francesca. No te comportes como si te estuviera haciendo un gran favor. Lo único que significa eso es que terminarás haciendo un turno de tarde el Domingo de Resurrección, cuando no hay oyentes.

Pero Francesca se negó a permitir que la irascibilidad de Clare desinflara su alegría, y soltó un aullido de felicidad.

Esa noche, sacó un bote de comida para gatos de la única alacena que había en su cocina y empezó su conversación nocturna con *Bestia*.

—Voy a llegar a ser alguien —le dijo—. No me importa lo duro que tenga que trabajar o lo que tenga que hacer. Voy a ser la mejor locutora que la KDSC haya tenido jamás. —*Bestia* levantó su pata trasera y comenzó a lamerse. Francesca lo miró con el ceño fruncido—. Ese es el hábito más desagradable que tienes, y si crees que lo vas a seguir haciendo delante de mi hija, ya puedes ir pensándotelo mejor.

Bestia no le hizo caso. Francesca cogió un abrelatas oxidado y lo colocó sobre la tapa del bote, pero no comenzó a hacerlo girar inmediatamente. En cambio, fantaseó con su futuro. Por intuición, sabía que iba a tener una hija, una pequeña tan americana como la bandera de barras y estrellas a la que le enseñaría desde el principio a confiar en algo más que en la belleza física que estaba predestinada a heredar de sus padres. Su hija sería la cuarta generación de mujeres Serritella... y la mejor. Francesca juró que enseñaría a su hija todas las cosas que ella se había visto obligada a aprender por sí misma, todas las cosas que una cría tenía que saber para no terminar tirada en medio de una carretera polvorienta preguntándose cómo demonios había llegado allí.

Bestia interrumpió su ensoñación dándole con su pata en la zapatilla para recordarle su cena, y Francesca comenzó a abrir el bote.

—He decidido llamarla Natalie. Es un nombre precioso, femenino pero fuerte. ¿Qué te parece?

Bestia miraba fijamente el tazón de comida que Francesca estaba colocando en el suelo con excesiva lentitud, toda su atención enfocada en su cena. Un pequeño nudo se formó en la garganta de Francesca cuando dejó finalmente el tazón en el suelo. Las mujeres no deberían tener bebés cuando solo tenían un gato con quien compartir sus sueños de futuro. Pero se deshizo de esa autocompasión. Nadie la había obligado a tener al bebé. Había tomado la decisión por sí misma, y no iba a comenzar a lloriquear por ello ahora. Se agachó y se sentó en el suelo de linóleo con las piernas cruzadas al lado del tazón del gato, y estiró el brazo para acariciarlo.

—Adivina lo que ha ocurrido hoy, *Bestia*. Ha sido algo maravilloso. —Sus dedos se deslizaron sobre el suave pelo del animal—. He sentido cómo se movía mi bebé...

A las tres semanas de su entrevista con Clare, una epidemia de gripe afectó a tres locutores de la KDSC y la directora se vio obligada a permitirle a Francesca hacerse cargo del turno del miércoles por la mañana.

—Trata de recordar que hablas para la gente —le ladró, mientras Francesca se dirigía al estudio con el corazón latiéndole tan rápido que le daba la impresión de que se había convertido en las aspas de un helicóptero.

El estudio era pequeño y hacía mucho calor en él. Había una mesa de control pegada a la pared, perpendicular a la ventana del estudio, y en el lado opuesto había unos casilleros con los discos que iban a ponerse esa semana. También había un estante giratorio de madera para cartuchos de cinta, un gran archivador gris para anuncios comerciales actuales y, pegados en cualquier superficie plana, toda una serie de anuncios y advertencias.

Francesca se sentó frente a la mesa de control y se colocó torpemente los auriculares sobre las orejas. Sus manos no dejaban de temblar. En pequeñas emisoras como la KDSC, no había ningún ingeniero de sonido para manejar la tabla de control; eran los propios locutores los que tenían que hacerlo. Francesca había pasado horas aprendiendo a poner discos, cómo manejar los interruptores del micrófono, el volumen de voz, y a usar los tres cartuchos de cintas (el carrito), aunque solo alcanzaba dos de ellos desde el taburete en el que se sentaba delante del micrófono.

Cuando las noticias de la Asociación de Prensa llegaban a su fin, miró la hilera de cuadrantes que tenía en la mesa de control.

Por culpa de su nerviosismo, parecían cambiar de forma delante de ella, derritiéndose como los relojes de Dalí hasta que no pudo recordar para qué servía ninguno de ellos. Se obligó a concentrarse. Su mano pulsó el selector de la Asociación de Prensa. Empujó el interruptor que abría su micrófono y aumentó el volumen en el cuadrante que había justo debajo. Una gota de sudor se deslizó por su canalillo. Tenía que hacerlo bien. De lo contrario, Clare nunca le daría una segunda oportunidad.

Cuando abrió la boca para hablar, su lengua pareció pegársele al paladar:

—¡Hola! —graznó—. Os habla Francesca Day desde la KDSC con música para un miércoles por la mañana.

Hablaba demasiado rápido, uniendo todas las palabras unas con otras, y no podía pensar en ninguna otra cosa que decir pese a que había ensayado aquel momento en su mente cientos de veces. Presa del pánico, soltó el disco que sujetaba en el primer plato y subió el volumen, pero había puesto la aguja demasiado cerca del comienzo de la canción y se oyó un chirrido. Francesca gimió de forma audible, y luego se dio cuenta de que no había apagado el interruptor de su micrófono y su gemido había salido en directo. Toqueteó los mandos.

En el vestíbulo de recepción, Clare la observaba a través de la ventana, y meneó su cabeza con visible disgusto. Francesca se imaginó la palabra «*twinki*» atravesando las paredes insonorizadas.

Finalmente, sus nervios se calmaron y lo hizo mejor, pero había escuchado suficientes cintas de buenos locutores durante los últimos meses para comprender lo mediocre que era ella. Comenzó a dolerle la espalda a causa de la tensión. Cuando su turno terminó y salió del estudio, cojeando por el agotamiento, Katie le dedicó una sonrisa amistosa y murmuró algo acerca de los nervios de los principiantes. Clare salió de su despacho dando un portazo y anunció que la epidemia de gripe se había extendido a Paul Maynard, por lo que tendría que poner a Francesca en el aire otra vez al día siguiente por la tarde. Habló tan mordazmente que Francesca no tuvo ninguna duda acerca de cómo se sentía con respecto a aquella situación.

Esa noche, mientras utilizaba uno de sus cuatro tenedores doblados para mover unos huevos revueltos demasiado hechos por su plato, trató por milésima vez de entender qué era lo que hacía mal. ¿Por qué no podía hablar ante un micrófono de la misma forma que hablaba a las personas?

Personas. Dejó el tenedor al ocurrírsele una idea repentina. Clare seguía hablando de la gente, pero ¿dónde estaba esa gente? Llevada por un impulso, se levantó de un salto de la mesa y comenzó a hojear las revistas que se había llevado de la emisora. Finalmente, recortó cuatro fotografías de personas que se parecían al tipo de gente que podría estar escuchándola al día siguiente: una madre joven, una señora mayor de pelo blanco, una esteticista y un camionero con sobrepeso de esos que atravesaban el condado por la autopista estatal y recibían la señal de la KDSC durante aproximadamente sesenta kilómetros. Los miró fijamente durante el resto de la tarde, inventando biografías imaginarias y debilidades personales. Ellos serían su audiencia para el programa del día siguiente. Solo aquellas cuatro personas.

A la tarde siguiente, pegó las fotografías en el borde de la mesa de control, dejando caer dos veces a la señora mayor porque sus dedos temblaban demasiado. El pinchadiscos del turno de mañana dio paso a las noticias de la Asociación de Prensa, y ella se sentó para ajustarse los auriculares. No más imitaciones de pinchadiscos. Iba a hacerlo a su manera. Miró las fotografías que tenía delante: la joven madre, la mujer mayor, la esteticista y el camionero. «Háblales a ellos, ¡maldita sea! Sé tú misma y olvídate de todo lo demás.»

Las noticias terminaron. Fijó su mirada en los amistosos ojos marrones de la madre joven, encendió el interruptor de su micrófono y respiró hondo.

—Hola a todos, aquí está Francesca para traeros algo de música y un poco de conversación para una tarde de jueves. ¿Estáis pasando un día absolutamente maravilloso? Espero que sí. Si no, tal vez podamos hacer algo para remediarlo. —Dios, sonaba como Mary Poppins—. Estaré con vosotros toda la tarde, para bien o para mal, dependiendo de si puedo encontrar el interruptor adecuado de mi micrófono. —Eso estaba mejor. Podía sentirse un poco más relajada—. Vamos a comenzar nuestra tarde juntos con música. —Miró a su camionero. Parecía un tipo que a Dallie le gustaría, un bebedor de cerveza que disfrutaba con el fútbol y los chistes verdes. Le dirigió una sonrisa—. Os voy a poner una canción absolutamente insulsa de Debby Boone. Prometo que las canciones irán mejorando a medida que avancemos.

Puso en movimiento el primer plato giratorio, bajó el volumen de su micrófono y, cuando la voz dulce de Debby Boone brotó del monitor, echó un vistazo hacia la ventana del estudio. Vio tres rostros sobrecogidos: el de Katie, el de Clare y el del director de noticias. Francesca se mordió el labio, preparó su primer anuncio grabado y comenzó a contar. No había llegado a diez cuando Clare abrió de golpe la puerta del estudio.

—¿Se te ha ido la cabeza? ¿Qué querías decir con eso de que es una canción insulsa?

—Radio con personalidad —dijo Francesca, lanzándole a Clare una mirada inocente y un gesto despreocupado con su mano, como si todo aquello no fuera nada más que una payasada.

Katie asomó la cabeza por la puerta.

—Las líneas telefónicas comienzan a encenderse, Clare. ¿Qué quieres que haga?

Clare pensó un momento y luego se enfrentó a Francesca.

—Bien, Señorita Personalidad. Atiende las llamadas en directo. Y mantén el dedo en el botón de dos segundos de retraso, porque los oyentes no siempre controlan su lenguaje.

—¿En directo? ¡No puedes hablar en serio!

—Has sido tú la que ha decidido hacerse la simpática. No te acuestes con marineros si tienes miedo de coger ladillas. —Clare salió del estudio y se colocó al otro lado de la ventana, donde podía fumar y escuchar.

Debby Boone cantó los acordes finales *You Light Up My Life* y Francesca puso una cuña publicitaria de treinta segundos de un almacén de madera local. Cuando hubo acabado, abrió su micrófono. «Personas —se dijo—. Estás hablando a personas.»

—Las líneas telefónicas están abiertas. Francesca al habla. ¿Qué tienes en mente?

—Creo que eres una adoradora del diablo —dijo la voz de una mujer malhumorada al otro lado de la línea—. ¿No sabes que Debby Boone escribió esa canción pensando en el Señor?

Francesca miró la imagen de la señora de pelo blanco pegada a la mesa de control. ¿Cómo podía aquella dulce señora atacarla de aquel modo? Se encrespó.

—¿Eso te lo dijo Debby en persona?

—No seas impertinente —replicó la voz—. Tenemos que escuchar todas esas canciones que hablan de sexo, sexo y sexo, y por fin suena algo agradable y tienes que burlarte de ello. Alguien a quien no le gusta esa canción no ama al Señor.

Francesca miró encolerizada la fotografía de la señora mayor.

—Esa es una actitud terriblemente intolerante, ¿no le parece?

La mujer colgó, y el golpe del receptor sonó como un disparo atravesando sus auriculares. Con algo de retraso, Francesca recordó que aquellos eran sus oyentes y que se suponía que ella tenía que ser agradable con ellos. Le hizo una mueca a la fotografía de la madre joven.

—Lo siento. Quizá no debería haber dicho eso, pero sonaba como una persona realmente espantosa, ¿verdad? —Por el rabillo del ojo, pudo ver a Clare bajar la cabeza y llevarse la mano a la frente. Se apresuró a corregirse—: Desde luego, en el pasado yo misma he sido terriblemente intolerante. Así que no debería ponerme a lanzarle piedras a nadie. —Pulsó el interruptor telefónico—. Francesca al habla. ¿Qué tienes en mente?

—Sí... eh. Soy Sam. Te llamo desde la parada de camioneros Diamond en la US90. Escucha... eh... Me alegro de que hayas dicho eso sobre esa canción.

—¿A ti tampoco te gusta, Sam?

—Qué va. Por lo que a mí respecta, es la mayor mierda de canción...

Francesca apretó el interruptor de retraso justo a tiempo. Habló casi sin aliento.

—Estás siendo grosero, Sam. Te voy a cortar.

El incidente la puso nerviosa, y tiró al suelo el montón perfectamente apilado de anuncios en el mismo momento en que su siguiente oyente se identificaba como Sylvia.

—Si piensas que *Light Up My Life* es tan mala, ¿por qué la has puesto? —preguntó Sylvia.

Francesca decidió que la única manera de que pudiera tener éxito en aquello era ser ella misma, para bien o para mal. Miró a su esteticista.

—En realidad, Sylvia, al principio me gustaba la canción, pero he acabado cansándome de ella de tanto escucharla todos los días. Es parte de nuestra política de programación. Si no la pongo una vez durante mi turno, podría perder mi empleo, y para serte totalmente sincera, a mi jefa tampoco le caigo muy bien...

La boca de Clare se abrió en un grito silencioso al otro lado de la ventana.

—Sé exactamente a lo que te refieres —contestó la oyente. Y entonces, para sorpresa de Francesca, Sylvia le confesó que su último jefe le había hecho la vida imposible también a ella. Francesca le hizo algunas preguntas amistosas, y Sylvia, que obviamente era del tipo que disfrutaba hablando, contestó con sinceridad. Una idea comenzó a formarse en su cabeza. Francesca comprendió que, sin pretenderlo, había dado en la tecla, y rápidamente pidió a otros oyentes que telefoneasen para hablar sobre sus experiencias con sus jefes.

Las líneas permanecieron encendidas durante buena parte de las dos horas siguientes.

Cuando su turno terminó, Francesca salió del estudio con la sudadera pegada al cuerpo y la adrenalina todavía bombeando por sus venas. Katie, con una expresión ligeramente perpleja, hizo un gesto con la cabeza en dirección a la oficina de la directora de la emisora.

Francesca se cuadró con resolución y entró. Clare estaba hablando por teléfono.

—Desde luego, entiendo su postura. Absolutamente. Y gracias por llamar... Ah, sí, por supuesto que hablaré con ella. —Devolvió el aparato a su sitio y miró encolerizada a Francesca, cuyo sentimiento de alegría había comenzado a disolverse—. Este era el último caballero con el que has hablado en antena —dijo Clare—. El que has dicho a los oyentes que era del tipo despreciable que le pega a su esposa y luego la envía a comprar cerveza. —Se echó hacia atrás en su sillón y cruzó los brazos sobre su pecho plano—. Ocurre que este «tipo despreciable» es uno de nuestros más importantes patrocinadores. Al menos solía ser uno de nuestros patrocinadores más importantes.

Francesca se sintió mareada. Se había pasado. Estaba tan entusiasmada siendo ella misma y hablándoles a sus fotografías que se había olvidado de controlar su lengua. ¿Es que no había aprendido nada en aquellos últimos meses? ¿Estaba predestinada a continuar así siempre, imprudente e irresponsable, yendo hacia delante sin parase ni una vez a considerar las consecuencias? Pensó en el pequeño pedazo de vida que anidaba dentro de ella. Instintivamente, una de sus manos se posó sobre su cintura.

—Lo siento, Clare. No quería fallarte. Me temo que me he dejado llevar. —Giró hacia la puerta con la intención de salir de allí y buscar un sitio donde poder lamer sus heridas, pero no se movió con bastante rapidez.

—¿Adónde crees que vas?

—A... al servicio.

—¡Dios! La *twinki* se desinfla ante el primer indicio de dificultades.

Francesca se dio la vuelta.

—¡Maldita sea, Clare!

—¡Maldita sea, y una mierda! Te dije después de escuchar tu cinta que hablabas demasiado rápido. Ahora, maldita sea, quiero que hables más lentamente antes de mañana.

—¿Hablar demasiado rápido? —Francesca no daba crédito. Acababa de hacer que la KDSC perdiera un patrocinador, ¿y Clare le gritaba porque hablaba al micrófono demasiado rápido? Y entonces el resto de lo que Clare había dicho caló en su cerebro—. ¿Mañana?

—Puedes apostar tu dulce trasero.

Francesca la miró fijamente.

—Pero ¿qué pasa con el patrocinador, el hombre que acaba de llamarte?

—Que le jodan. Siéntate, chica. Vamos a montar un programa de radio.

En el plazo de dos meses, el programa de entrevistas y charlas de noventa minutos de Francesca se había establecido firmemente como lo más cercano a un éxito que la KDSC había tenido en su historia, y la hostilidad de Clare hacia ella se había ido gradualmente suavizando hasta quedar reducida al cinismo informal que adoptaba con el resto de los locutores. Siguió reprendiendo a Francesca prácticamente por todo, por hablar demasiado rápido, por pronunciar incorrectamente algunas palabras, por colocar dos anuncios uno inmediatamente detrás de otro... pero, por terribles que fueran los comentarios que Francesca pudiera hacer en directo, Clare nunca la censuró. Incluso a pesar de que la espontaneidad de Francesca a veces causaba problemas, Clare sabía al oírla que se trataba de radio de calidad. No tenía la menor intención de matar a la gallina que de forma tan inesperada estaba poniendo un pequeño huevo de oro para su emisora de mala muerte. Los patrocinadores comenzaron a exigir tiempo en antena durante el transcurso de su programa, y el sueldo de Francesca subió rápidamente hasta los ciento treinta y cinco dólares semanales.

Por primera vez en su vida, Francesca descubrió la satisfacción que se obtiene al hacer un buen trabajo, y le supuso un enorme placer darse cuenta de que les caía bien al resto de sus compañeros. Un grupo de Girl Scouts le pidió que diera un discurso en su banquete anual de madres e hijas, y habló de la importancia del esfuerzo y el trabajo duro. Adoptó otro gato vagabundo y se pasó casi todo un fin de semana escribiendo una serie de anuncios para el Refugio de Animales de Sulphur City. Cuanto más se abría a otras personas, mejor se sentía consigo misma.

La única nube que se cernía en su horizonte era su preocupación por que Dallie pudiera escuchar su programa mientras viajaba por la US90 y decidiera buscarla. Solo de pensar en lo tonta que había sido mientras había estado con él se le ponía la piel de gallina. Él se había reído de ella, la había tratado con condescendencia, como a un adulto algo retrasado, y ella había respondido metiéndose en la cama con él y autoconvenciéndose de que estaba enamorada. ¡Qué tonta había sido! Pero se dijo a sí misma que ya no lo era, y si Dallie Beaudine tenía el valor de volver a meterse en su vida, lo lamentaría. Esa era su vida, su bebé, y cualquiera que se cruzara en su camino iba a tener que luchar contra ella con uñas y dientes.

Dejándose llevar por una corazonada, Clare comenzó a establecer transmisiones en directo del programa de Francesca desde lugares tan diversos como la ferretería local y la comisaría. En la ferretería, aprendió a utilizar correctamente una taladradora eléctrica. En la comisaría, retransmitió un encarcelamiento ficticio. Ambas difusiones fueron un absoluto éxito, principalmente porque Francesca no pretendió ocultar en ningún momento cuánto detestaba cada una de aquellas experiencias. Le aterrorizaba que la taladradora eléctrica se le resbalara y le cortara la mano. Y la celda en la que montaron el equipo para el programa estaba llena de los bichos más horribles que jamás había visto.

—¡Oh, Dios mío, hay uno que tiene tenazas! —gimió a sus oyentes al tiempo que levantaba los pies del agrietado suelo de linóleo—. Odio este lugar, de verdad que lo odio. No me extraña que los criminales se muestren tan incivilizados.

El sheriff local, que estaba sentado al otro lado del micrófono y la miraba como un corderito enfermo de amor, aplastó al bicho con su bota.

—Tranquila, señorita Francesca, estos bichos apenas cuentan. Es con los ciempiés con los que tiene que tener cuidado.

Los oyentes de KDSC escucharon algo parecido a la mezcla de un gemido y un chillido, y rieron para sí mismos. Francesca tenía un modo simpático de reflejar sus propias debilidades humanas. Decía lo que se le pasaba por la cabeza y, con sorprendente frecuencia, también lo que se pasaba por las suyas, aunque la mayor parte de ellos no tuvieran la valentía suficiente de reconocer sus defectos en público del modo que ella lo hacía. No había más remedio que admirar a alguien así.

Las audiencias continuaron subiendo, y Clare Padgett se frotaba mentalmente las manos con regocijo.

Usando una parte de su aumento de su sueldo, Francesca compró un ventilador eléctrico para intentar suavizar el sofocante calor que hacía por las tardes en su apartamento del taller, adquirió un póster de un cuadro de Cezanne para sustituir el de la de guitarra, y realizó el primer pago para un Ford Falcon de seis años cubierto de óxido. El resto lo metió en la primera cuenta de ahorros que tenía en su vida.

Aunque sabía que su aspecto había mejorado ahora que comía mejor y se preocupaba menos, le prestó poca atención al saludable color que había vuelto a su piel y al brillo que había recuperado su cabello. No tenía ni tiempo ni ganas de entretenerse delante de un espejo, un pasatiempo que había demostrado ser completamente inútil para su supervivencia.

El aeropuerto de Sulphur City anunció un club de paracaidismo, y el carácter normalmente irritable de Clare dio un giro a peor. Era capaz de reconocer una buena idea para el programa en cuanto la veía, pero ni siquiera ella podía pedirle a una mujer embarazada de ocho meses que saltara de una avioneta. El embarazo de Francesca incomodaba profundamente a Clare, y solo se doblegaba a hacerle las concesiones más inevitables.

—Programaremos el salto para dos meses después de que tu niño haya nacido. Eso te dará tiempo de sobra para recuperarte. Usaremos un micrófono inalámbrico para que los oyentes puedan oírte gritar mientras caes.

—¡No saltaré de un avión! —exclamó Francesca.

Clare señaló el montón de formularios que había sobre su escritorio, que formaban parte de su intento de arreglar la situación de Francesca en relación a la Oficina Nacional de Naturalización e Inmigración.

—Si quieres que rellene y firme estos formularios, lo harás.

—Eso es chantaje.

Clare se encogió de hombros.

—Soy realista. Probablemente no estarás por aquí mucho tiempo, chica, pero mientras estés voy a sacarte hasta la última gota de tu sangre.

Aquella no era la primera vez que Clare aludía a su futuro, y cada vez que lo hacía, Francesca se sentía dominada por una oleada de anticipación. Conocía la norma tan bien como cualquiera: los buenos no se quedaban en la KDSC mucho tiempo; se marchaban a emisoras y audiencias más grandes.

Ese día, salió de la oficina de Clare satisfecha consigo misma. Su programa había ido bien, tenía casi quinientos dólares en el banco, y un futuro brillante parecía estar esperándola en un horizonte no demasiado lejano. Sonrió para sus adentros: todo lo que se necesitaba para tener éxito en la vida era una pizca de talento y mucho trabajo duro. Y entonces vio que una figura que le resultaba familiar avanzaba hacia ella desde la puerta principal, y fue como si la luz se apagase de pronto.

—¡Oh, maldita sea! —exclamó Holly Grace Beaudine desde el centro del vestíbulo de recepción, arrastrando las palabras—. Ese estúpido hijo de puta te hizo un bombo.

21

La burbuja de autosatisfacción que Francesca había formado a su alrededor se reventó bruscamente. Holly Grace plantó cinco uñas de color malva en la cadera de unos elegantes pantalones blancos de verano y sacudió la cabeza con indignación.

—Ese hombre sigue teniendo el mismo poco sentido común que el día que me casé con él.

Francesca hizo una mueca al ver que todos los presentes en la oficina giraban sus cabezas en su dirección. Sintió que sus mejillas se llenaban de color y tuvo la imperiosa necesidad de cruzar las manos sobre su abultado abdomen.

Clare estaba en el umbral de su despacho, disfrutando visiblemente del pequeño drama que se desarrollaba ante sus ojos.

—Chicas, ¿queréis utilizar mi despacho para charlar?

Holly Grace se percató enseguida de que Clare era la persona de mayor autoridad entre los presentes y anunció:

—Vamos a salir un momento a tomar una bebida fría. Es decir, si a usted no le importa.

—Por supuesto —repuso Clare, señalando con un gesto de la mano la puerta—. Espero que estés dispuesta a compartir parte de este asunto vuestro con tus oyentes mañana, Francesca. Estoy segura de que les fascinará.

Francesca permaneció varios pasos por detrás de Holly Grace mientras ambas cruzaban el aparcamiento hacia un Mercedes color plateado. No le apetecía lo más mínimo ir a ninguna parte con Holly Grace, pero no podía permitir que aquella escena tuviera lugar delante de sus compañeros de trabajo. Los músculos de sus hombros se habían tensado, e intentó relajarlos. Si dejaba que Holly Grace la intimidara con tanta facilidad, nunca podría recuperarse.

El Mercedes tenía un interior de cuero de color gris perla que olía a dinero nuevo. Cuando entró, Holly Grace le dio al volante una palmadita cariñosa y sacó un par de gafas de sol de un bolso que Francesca reconoció al instante como un Hermès. Absorbió cada detalle del vestuario de Holly Grace, desde la maravillosa blusa de seda color turquesa que se cruzaba en la espalda antes de desaparecer en la esbelta cintura de los pantalones de corte impecable, hasta la despampanante pulsera de plata de Peretti y los zapatos plateados de Ferragamo. Los anuncios de Chica Indomable estaban por todas partes, así que a Francesca no le sorprendió lo bien que le iba a Holly Grace. Con toda la normalidad que le fue posible, Francesca cubrió con su brazo la mancha de café que había en la parte de delante de su deformado vestido premamá de algodón amarillo.

Mientras se dirigían en silencio hacia Sulphur City, en su estómago se iba formando un nudo de temor. Ahora que se había enterado de su embarazo, Holly Grace iría seguramente a contárselo a Dallie. ¿Y si él intentaba reclamarle el bebé? ¿Qué haría ella en ese caso? Miró fijamente hacia delante y se concentró en intentar pensar.

En las afueras de Sulphur City, Holly Grace redujo la velocidad ante un par de cafeterías, las inspeccionó con la mirada y luego siguió adelante. Solo cuando llegó a la tercera, que era la de peor aspecto, pareció darse por satisfecha.

—Parece que en este sitio sirven buen Tex-Mex. Cuento seis furgonetas y tres Harleys. ¿Qué dices?

La sola idea de comer le producía náuseas a Francesca; lo único que quería era terminar de una vez con aquel encuentro.

—Cualquier lugar me parece bien. No tengo mucha hambre.

Holly Grace tamborileó con sus uñas sobre el volante.

—Las furgonetas son una buena señal, pero de las Harleys no siempre te puedes fiar. Algunos de esos moteros están tan colocados que no serían capaces de distinguir entre un buen Tex-Mex y la suela de un zapato.

Otra furgoneta entró en el aparcamiento, y Holly Grace se decidió. Metió el coche en una plaza libre y apagó el motor.

Unos minutos más tarde, las dos mujeres ocuparon una mesa al fondo del restaurante, Francesca con algo de torpeza, golpeándose la tripa contra el borde, mientras Holly Grace lo hacía con la elegancia de una modelo. En la pared, por encima de ellas, había clavada una cornamenta de buey y una piel de serpiente de cascabel, junto con todo un surtido de viejas matrículas de Texas. Holly Grace se puso las gafas de sol sobre la cabeza e hizo un gesto en dirección a la botella de Tabasco que había en el centro de la mesa.

—Este lugar va a ser verdaderamente bueno.

Se les acercó una camarera y Holly Grace pidió un combinado de tamal, taco y enchilada, y Francesca únicamente un té helado. Holly Grace no hizo ningún comentario sobre su falta de apetito. Se reclinó en el asiento, se atusó el pelo y tarareó en voz baja la canción que sonaba en la máquina de discos. Francesca experimentó una vaga sensación de familiaridad, como si Holly Grace y ella ya hubieran hecho aquello antes. Había algo en su forma de inclinar la cabeza, en la manera perezosa de poner su brazo sobre el borde del respaldo y en el modo en que la luz incidía en su cabello. Comprendió entonces que Holly Grace le recordaba a Dallie.

El silencio entre ambas se alargó hasta que Francesca no pudo soportarlo más. Decidió que su única defensa era un buen ataque.

—Este bebé no es de Dallie.

Holly Grace la miró con escepticismo.

—Se me da muy bien hacer cuentas.

—No lo es —insistió Francesca, mirándola con frialdad a través de la mesa—. No trates de crearme problemas. Mi vida no es asunto tuyo.

Holly Grace jugueteó con su pulsera Peretti.

—Pillé tu programa de radio cuando iba por la noventa en dirección a Hondo para ver a un antiguo novio que tuve, y me cogió tan de sorpresa oírte que casi me salgo de la carretera. Haces un programa verdaderamente bueno. —Alzó la vista de la pulsera y la miró con sus claros ojos azules—. Dallie se quedó muy preocupado cuando desapareciste de aquel modo. Aunque no puedo culparte por enfadarte al enterarte de mi existencia, no deberías haberte marchado sin hablar primero con él. Dallie es una persona sensible.

Por la cabeza de Francesca pasó un buen número de respuestas ante aquello, pero las desechó todas. El bebé le dio una fuerte patada por debajo de las costillas.

—¿Sabes, Francie? Dallie y yo tuvimos también un bebé, pero murió. —En su rostro no resultaba visible ninguna emoción, se limitaba a manifestar un hecho.

—Lo sé. Lo siento —sus palabras parecieron tensas e inapropiadas.

—Si tienes el bebé de Dallie y no se lo dices, en mi opinión serías una mierda.

—No es su bebé —dijo Francesca—. Tuve un lío en Inglaterra, justo antes de venirme aquí. Es su bebé, pero se casó con una matemática antes de saber que yo estaba embarazada. —Esa era la historia que se había inventado precipitadamente en el coche, la mejor que se le había ocurrido con tan poco tiempo para pensar, y la única que Dallie podría aceptar cuando se enterara. Logró componer para Holly Grace una de sus antiguas poses arrogantes—. Por Dios, ¿cómo puedes pensar que tendría el bebé de Dallie sin exigirle algún tipo de apoyo financiero? No soy estúpida.

Notó que había dado en una cuerda sensible y que Holly Grace ya no estaba tan convencida de sus sospechas. Le sirvieron su té helado y dio un sorbo, luego lo removió con su pajita para intentar ganar tiempo. ¿Debería dar más detalles sobre Nicky para cimentar su mentira o sería mejor guardar silencio? Tenía que hacer creíble la historia de algún modo.

—A Dallie le encantan los bebés —dijo Holly Grace—. No está a favor del aborto, sean cuales sean las circunstancias, lo cual es exactamente el tipo de hipocresía que detesto en un hombre. De todas maneras, si él se enterara de que estás esperando un hijo suyo, probablemente me pediría el divorcio y se casaría contigo.

Francesca sintió un ataque de cólera.

—No necesito caridad de nadie. No necesito que Dallie se case conmigo —dijo, y luego se obligó a hablar con más calma—: Además, a pesar de todo lo que puedas pensar de mí, no soy la clase de mujer que engañaría a un hombre para que se responsabilizara del niño de otro.

Holly Grace jugueteó con el envoltorio de la pajita.

—¿Por qué no has abortado? Yo lo habría hecho en tu situación.

Francesca se sorprendió de la facilidad con la que pudo esconderse otra vez detrás de su vieja fachada de niña rica. Hizo un mohín de desidia.

—¿Quién se acuerda de mirar un calendario de un mes al siguiente? Cuando comprendí qué era lo que ocurría, ya era demasiado tarde.

Apenas hablaron mucho más hasta que llegó la comida de Holly Grace en un plato tan grande como el oeste de Texas.

—¿Estás segura de que no quieres un poco? Se supone que tengo que perder dos kilos antes de volver a Nueva York.

Si Francesca no hubiera estado tan nerviosa, se habría reído al ver la comida rebosando por los bordes del plato y formando charcos en la mesa. Intentó cambiar la dirección de la conversación preguntando a Holly Grace sobre su carrera de modelo.

Holly Grace atacó justo por el centro mismo de su enchilada.

—¿Has oído alguna vez algún programa de esos en los que entrevistan a modelos famosas y todas dicen que es un trabajo encantador, pero que también es muy duro? Por lo que te puedo decir, todas mienten como bellacas, porque nunca en mi vida había hecho tanto dinero con tanta facilidad. En septiembre haré una prueba para un programa de televisión. —Hundió su tenedor para poder amontonar salsa de chile verde sobre todo (excepto sus zapatos de Ferragamo). Se apartó el pelo de la cara y cogió su taco, pero no se lo llevó a la boca. En lugar de eso, fijó su mirada en Francesca—. Es una pena que seas tan bajita. Conozco al menos a una docena de fotógrafos que pensarían que han muerto y han ido al cielo si fueras diez centímetros más alta... y no estuvieras embarazada, por supuesto.

Francesca no dijo nada, y Holly Grace optó por callarse también. Dejó en el plato el taco sin probar y metió el tenedor en un montón de judías fritas, moviéndolo hacia delante y hacia atrás hasta conseguir una marca con forma de ala de ángel.

—Por lo general, Dallie y yo nos mantenemos fuera de la vida amorosa del otro, pero me parece que no puedo hacerlo en este caso. No estoy absolutamente segura de que me estés diciendo la verdad, pero tampoco se me ocurre una buena razón para que mientas.

Francesca sintió una punzada de esperanza, pero se esforzó por mantener su rostro inexpresivo.

—En realidad no me preocupa si me crees o no.

Holly Grace siguió moviendo su tenedor hacia delante y hacia atrás en el montoncito de judías, transformando el ala del ángel en un círculo.

—Dallie es muy sensible en lo que respecta a los niños. Si me estás mintiendo...

Con un nudo en el estómago, Francesca tomó un riesgo calculado.

—Supongo que me iría mejor si te dijera que es hijo suyo. Me vendría bien algo de dinero en efectivo.

Holly Grace arremetió como una leona que defendiera a sus crías.

—No se te ocurra exprimirle, porque juro por Dios que declararé en el tribunal todo lo que me has dicho hoy. No pienses ni por un segundo que me mantendré al margen mientras veo cómo Dallie te pasa dinero para ayudarte a criar al niño de otro hombre. ¿Lo pillas?

Francesca disimuló su alivio detrás de un aristocrático arqueo de sus cejas y un suspiro aburrido, como si todo aquello fuera también demasiado aburrido para decirlo con palabras.

—Dios, a los americanos os van los melodramas.

La mirada de Holly Grace se volvió dura como el zafiro.

—No intentes jugársela con esto, Francie. Puede que Dallie y yo tengamos un matrimonio poco ortodoxo, pero eso no significa que no nos dejaríamos la piel el uno por el otro.

Francesca sacó su propio armamento y vació el cargador.

—Tú eres la que ha forzado este encuentro, Holly Grace. Haz lo que quieras. —«Yo me cuido a mí misma —pensó con ferocidad—. Y cuido lo que es mío.»

Holly Grace no la miró exactamente como si la respetara más que antes, pero tampoco dijo nada. Cuando acabaron, Francesca insistió en pagar la cuenta, aunque no podía permitírselo. Durante los días siguientes, vigiló con inquietud la puerta de la emisora, pero al ver que Dallie no aparecía, llegó a la conclusión de que Holly Grace había mantenido su boca cerrada.

Sulphur City era una ciudad pequeña y sin ningún atractivo, cuya única fama se debía a sus celebraciones del 4 de Julio, que eran consideradas las mejores del condado, principalmente porque la Cámara de Comercio alquilaba un tiovivo del espectáculo itinerante del Salvaje Oeste del Gran Dan y lo colocaba en el centro del rodeo. Además del tiovivo, se montaban tiendas y puestos rodeando el perímetro del rodeo y hasta en el aparcamiento de gravilla que había más allá. Bajo un toldo a rayas verdes y blancas, las damas Tupperware exponían recipientes color pastel para la lechuga, mientras que en la tienda de al lado la Asociación del Pulmón del Condado presentaba fotografías de órganos afectados por la enfermedad. Los cultivadores de nueces pecanas atosigaban a los pentecosteses, que repartían folletos con dibujos de monos en las portadas, y los niños corrían de un puesto a otro coleccionando chapas y globos que enseguida abandonaban al lado de los corrales de los animales para prender tracas y cohetes.

Francesca avanzó torpemente entre la muchedumbre hacia la tienda montada por la KDSC, con los dedos de sus pies sobresaliendo ligeramente de sus sandalias, la mano en los riñones, que le llevaban doliendo desde la tarde anterior. Aunque apenas eran las diez de la mañana, el mercurio ya había alcanzado los treinta y cinco grados, y el sudor ya corría entre sus pechos. Miró con anhelo la máquina de helados, pero tenía que estar en el aire en diez minutos para entrevistar a la ganadora del concurso de belleza de Sulphur City y no tenía tiempo para pararse. Un granjero de mediana edad con patillas canosas y nariz gruesa redujo el ritmo de sus pasos para mirarla con detenimiento y descaro. Ella lo ignoró. Con una barriga de nueve meses que sobresalía delante de ella como el dirigible Hindenburg, difícilmente podía resultar sexualmente atractiva para nadie. Obviamente, aquel tipo era algún tipo de pervertido al que le iban las mujeres embarazadas.

Casi había alcanzado la tienda de la KDSC cuando le llegó el sonido de una trompeta desde la zona próxima a los corrales, donde los miembros de la banda del instituto estaban ensayando. Giró la cabeza para ver a un muchacho joven y alto con un mechón de pelo castaño cayéndole sobre los ojos y una trompeta en la boca. Cuando el chico empezó a hacer sonar los acordes de *Yankee Doodle Dandy,* giró a un lado y el sol incidió sobre la campana del instrumento. El resplandor le molestó a Francesca en los ojos, pero no pudo apartar la mirada de la escena.

El momento quedó suspendido en el tiempo mientras el sol de Texas ardía en lo alto, blanco y despiadado. El olor de las palomitas de maíz recién hechas se mezclaba con el del polvo y el del estiércol y el de los gofres. Dos mujeres mexicanas pasaron charlando en español con niños pequeños sujetos a sus cuerpos rechonchos con mantones llenos de volantes. El tiovivo rechinaba al girar, y las mujeres mexicanas se reían, y una ristra de petardos explotó a su lado y Francesca comprendió que estaba totalmente integrada en aquel ambiente.

Se quedó totalmente quieta mientras los olores y el paisaje la absorbían. De algún modo, sin haberse percatado de ello, ya formaba parte del enorme y vulgar crisol que era aquel país, un lugar habitado por personas rechazadas y desarraigadas. Una brisa cálida le levantó el pelo y lo agitó sobre su cabeza como si fuera una bandera color castaño. En aquel preciso momento, se sintió más en casa, más completa, más viva de lo que se había sentido nunca en Inglaterra. Sin saber exactamente cómo había pasado, había sido absorbida por aquella mezcolanza, había sido transformada hasta que, en cierto modo, también ella era ahora parte de aquella chusma americana, batalladora y firme.

—Será mejor que te resguardes de este sol, Francie, antes de que sufras un golpe de calor.

Francesca se dio la vuelta para ver a Holly Grace caminando hacia ella, con unos vaqueros de marca y comiéndose un helado de uva. El corazón se le subió a la garganta. No había vuelto a ver a Holly Grace desde que habían almorzado juntas dos semanas antes, pero había pensado en ella casi sin cesar.

—Pensaba que ya estarías de vuelta en Nueva York —dijo con cautela.

—De hecho estoy a punto de marcharme, pero decidí pasarme por aquí para ver cómo te va.

—¿Está Dallie contigo? —Francesca paseó rápidamente la mirada por entre la muchedumbre que había detrás de Holly Grace. Para alivio suyo, Holly Grace negó con la cabeza.

—Decidí no decirle nada. Juega un torneo dentro de una semana, y no le vendría bien ninguna distracción. Parece que vas a estallar de un momento a otro.

—Me siento como si fuera a hacerlo, desde luego. —De nuevo, se pasó la mano por los riñones para intentar aliviar la sensación de dolor, y, puesto que Holly Grace parecía comprensiva y ella se sentía muy sola, añadió—: El doctor piensa que me queda otra semana más.

—¿Estás asustada?

Francesca se colocó la mano en un lado de su barriga, donde un piececito le estaba presionando desde dentro.

—Me han pasado tantas cosas este último año, que no puedo imaginarme que el parto pueda ser peor. —Miró hacia la tienda de la KDSC y vio que Clare le estaba haciendo gestos insistentes para que fuera hasta allí, así que, tirando de ironía, dijo—: Además, estoy deseando poder tumbarme por unas horas.

Holly Grace se rio por lo bajo y se puso a caminar a su lado.

—¿No te parece que deberías dejar ya de trabajar y relajarte un poco?

—Me gustaría, pero mi jefa no me va a dar más que un mes libre con paga, y no quiero que el reloj empiece a contar hasta que el bebé haya nacido.

—Esa mujer parece que come maquinaria electrónica para desayunar.

—Solo los tornillos.

Holly Grace se rio, y Francesca sintió una sorprendente sensación de camaradería con ella. Siguieron caminando juntas hacia la tienda, conversando sobre el tiempo que hacía. Una ráfaga de aire caliente aplastó su vestido suelto de algodón contra su prominente barriga. Una sirena de bomberos comenzó a sonar, y el bebé le dio tres fuertes patadas.

De repente, una llamarada de dolor le cruzó la espalda, un dolor tan feroz que le hizo doblar las rodillas. Instintivamente, buscó el apoyo de Holly Grace para no caerse.

—¡Oh, Dios mío...!

Holly Grace dejó caer su helado y la sujetó por la cintura.

—Aguanta, aguanta.

Francesca gimió y se inclinó hacia delante tratando de recobrar el aliento. Un chorrito de líquido amniótico resbaló por la cara interior de sus muslos. Se apoyó en Holly Grace y dio medio paso, mientras aquella humedad repentina alcanzaba sus sandalias. Se agarró la barriga con las manos y jadeó.

—Oh, Natalie... no te estás comportando... como una... como una pequeña dama.

Desde los corrales, sonaron los platillos y el muchacho de la trompeta giró otra vez la campana de su instrumento bajo el ardiente sol de Texas y tocó con todas sus ganas:

I'm a Yankee Doodle Dandy,
Yankee Doodle do or die,
A real live nephew of my Uncle Sam,
Born on the Fourth of July...

Encendiendo la lámpara

22

Se apretó contra la pared del apartamento, con la navaja automática sujeta con fuerza en su puño, el pulgar justo al lado del botón. No quería matar. No sentía ningún placer al derramar sangre humana, en especial sangre femenina, pero siempre llegaba un momento en el que no había más remedio que hacerlo. Ladeó la cabeza al oír el sonido que había estado esperando, el chirrido suave de las puertas del ascensor al abrirse. Una vez que la mujer saliera de la cabina, sus pisadas serían absorbidas por la espesa alfombra de color melón que cubría el pasillo en aquel edificio de lujo de Manhattan, así que comenzó a contar para sus adentros, con cada uno de los músculos de su cuerpo en tensión, listo para pasar a la acción.

Acarició el botón de la navaja con la yema del pulgar, sin la fuerza suficiente como para pulsarlo, solo para calmarse. La ciudad era una selva para él, y él era un gato salvaje, un depredador silencioso que hacía lo que tenía que hacer.

Nadie recordaba el nombre con el que había nacido, el tiempo y la brutalidad lo habían borrado. Ahora el mundo lo conocía solo como Lasher.

Lasher *el Grande*.

Continuó contando, habiendo calculado ya previamente el tiempo que la mujer necesitaría para alcanzar el recodo del pasillo donde estaba agazapado contra el papel de la pared. Y entonces captó el débil aroma de su perfume. Se colocó en posición para saltar. Era hermosa, famosa... ¡y pronto estaría muerta!

Se abalanzó hacia delante con un rugido al sentir la llamada de la sangre en su cabeza.

Ella gritó y se tambaleó hacia atrás, dejando caer su bolso. Él accionó el botón de su navaja con una mano y, levantando la vista hacia ella, se volvió a colocar con la otra las gafas sobre el puente de la nariz.

—¡Estás muerta, Pistola de Porcelana! —dijo con desprecio Lasher *el Grande*.

—¡Y tú eres tonto del culo, Theodore Day! —Holly Grace Beaudine se inclinó para darle una palmada en el trasero de sus pantalones de camuflaje, y luego se llevó la mano al corazón por debajo de la chaqueta—. Te lo juro por Dios, Teddy, la próxima vez que me hagas esto seré yo la que te clave una navaja.

Teddy, que tenía un coeficiente intelectual próximo al ciento setenta, según los resultados de un examen realizado en su antiguo colegio en un elegante suburbio de Los Ángeles, no la creyó ni por un instante. Pero, por si las moscas, le dio un abrazo, algo que no le molestaba en absoluto, ya que quería a Holly Grace casi tanto como quería a su propia madre.

—Tu actuación de anoche fue genial, Holly Grace. Me encantó la manera en la que utilizaste esos luchacos. ¿Me enseñarás a hacerlo? —Cada martes por la noche le permitían quedarse despierto hasta tarde para ver *Pistola de Porcelana*, a pesar de que su madre pensaba que era un programa demasiado violento para un niño impresionable de nueve años como él—. Mira mi navaja nueva, Holly Grace. Mamá me la compró la semana pasada en Chinatown.

Holly Grace se la cogió, la examinó y luego la pasó por el mechón de pelo castaño que le caía sobre la frente.

—Parece más un peine que una navaja, coleguita.

Teddy le dirigió una mirada de enfado y reclamó su arma. Se subió de nuevo sus gafas de montura plástica sobre la nariz, y se volvió a desordenar el mechón de pelo que ella acababa de ponerle bien.

—Ven a ver mi habitación. Ya está puesto el nuevo papel con naves espaciales. —Sin mirar hacia atrás, echó a correr por el pasillo, volando en sus zapatillas deportivas, con la cantimplora balanceándose en su costado y su camiseta de Rambo metida en los pantalones de camuflaje, que llevaba sujetos con un cinturón muy por encima de la cintura, tal y como a él le gustaba.

Holly Grace lo miró y sonrió. Dios, adoraba a aquel crío. La había ayudado a sobrellevar el dolor horrible que sentía por Danny y que pensaba que nunca podría superar. Pero ahora, mientras veía al chico desaparecer por el pasillo, otro dolor se instaló en ella. Era diciembre de 1986. Dos meses antes, había cumplido los treinta y ocho. ¿Cómo se había permitido llegar a los treinta y ocho sin tener otro hijo?

Al agacharse para recoger el bolso que había dejado caer, recordó el horroroso 4 de Julio en el que Teddy nació. El aire acondicionado no funcionaba en el hospital ni en la sala en la que pusieron a Francesca junto con otras cinco mujeres que gritaban y sudaban. Francesca estaba tumbada en una cama estrecha, con la cara de una palidez enfermiza, la piel húmeda por el sudor, y soportando en silencio las contracciones que martirizaban su pequeño cuerpo. Fue aquel sufrimiento silencioso lo que finalmente conmovió a Holly Grace: la callada dignidad de su resistencia. Fue en ese momento cuando Holly Grace decidió quedarse con ella. Ninguna mujer debería tener un bebé a solas, especialmente alguien tan decidido a no pedirle ayuda a nadie.

Durante el resto de la tarde y el comienzo de la noche, Holly Grace secó el sudor de la frente de Francesca con paños fríos y empapados. Sostuvo su mano y se negó a dejarla sola cuando la llevaron a la sala de partos. Finalmente, ese 4 de Julio, justo antes de medianoche, nació Theodore Day. Las dos mujeres habían mirado fijamente aquella criatura pequeña y arrugada y luego habían intercambiado sonrisas. En aquel preciso instante, había surgido entre ambas un lazo de cariño y amistad que duraba ya casi diez años.

El respeto de Holly Grace hacia Francesca había ido aumentando lentamente a lo largo de aquellos años hasta que ahora no podía pensar en ninguna otra persona a la que admirara más que a ella. Para una mujer que había comenzado en la vida con tantos defectos en su carácter, Francesca había logrado todo lo que se había propuesto. Se había labrado un camino desde la radio hasta la televisión local, avanzando gradualmente desde audiencias pequeñas a otras más grandes, hasta alcanzar la de Los Ángeles, donde su programa matutino había acabado por llamar la atención del mundillo. Ahora era la estrella de *Hoy, Francesca*, un programa de entrevistas realizado en Nueva York los miércoles por la noche, que llevaba dos años en la lista Nielsen como uno de los de mayor audiencia de la televisión.

A los espectadores no les había llevado mucho tiempo enamorarse del excéntrico estilo que tenía Francesca para realizar sus entrevistas, un estilo que, por lo que Holly Grace podía entender, se basaba casi exclusivamente en su total falta de interés por cualquier cosa que se asemejase a la objetividad periodística. A pesar de su sobrecogedora belleza y de los persistentes restos de su acento británico, de algún modo lograba recordarles a los espectadores a sí mismos. Los otros presentadores, Barbara Walters, Phil Donahue, e incluso Oprah Winfrey, siempre mantenían el control. Francesca, como muchos de los millones de americanos que la veían, casi nunca lo hacía. Ella simplemente saltaba al ruedo y se esforzaba al máximo por no perder el hilo, dando como resultado el programa de entrevistas más espontáneo que los americanos habían visto desde hacía años.

La voz de Teddy sonó desde el apartamento:

—¡Date prisa, Holly Grace!

—Ya voy, ya voy. —Mientras Holly Grace avanzaba hacia el apartamento de Francesca, sus pensamientos vagaron a través de los años hasta el día en que Teddy cumplía seis meses, cuando ella había volado a Dallas, donde Francesca acababa de conseguir un empleo en una de las emisoras de radio de la ciudad. Aunque habían hablado por teléfono, aquella era la primera vez que las dos mujeres se veían desde el nacimiento de Teddy. Francesca le dio a Holly Grace la bienvenida a su nuevo apartamento con un chillido agudo acompañado por un ruidoso beso en la mejilla. Acto seguido había colocado con gesto orgulloso un bulto que no paraba de menearse en las brazos de Holly Grace. Cuando esta había contemplado la pequeña y solemne cara del bebé, cualquier duda que pudiera haber tenido en su subconsciente sobre el parentesco de Teddy se evaporó. Ni con la imaginación más fantasiosa podría creer que su atractivo marido tenía algo que ver con el niño que sostenía en sus brazos. Teddy era adorable, y Holly Grace lo había amado al instante con todo su corazón, pero era el bebé más feo que había visto en su vida. Desde luego, no se parecía en absoluto a Danny. Dallie Beaudine no podía ser el padre de aquella criatura feúcha.

Con el transcurso de los años, la edad había mejorado algo el aspecto físico de Teddy. Su cabeza estaba bien formada, pero aún seguía siendo demasiado grande para su cuerpo. Tenía el pelo castaño, fino y lacio, las cejas y las pestañas tan pálidas que eran casi invisibles, y unos pómulos que siempre parecían demasiado pronunciados para su cara. A veces, cuando giraba la cabeza de cierta manera, Holly Grace pensaba que vislumbraba cómo sería su rostro cuando fuera un hombre: fuerte, con personalidad, no carente de atractivo. Pero hasta que no adquiriera definitivamente esa cara, ni siquiera su propia madre cometía el error de jactarse de la belleza de Teddy.

—¡Venga, Holly Grace! —La cabeza de Teddy volvió a asomarse por la puerta—. ¡Mueve el culo!

—Ya te daré yo a ti —gruñó ella, pero recorrió el resto del camino con más rapidez. Cuando entró en el vestíbulo, se quitó la chaqueta y se subió las mangas de su chándal blanco, cuyas perneras se introducían en un par de botas italianas hechas a manos con flores de cuero color bronce. Su característica cabellera rubia le caía más allá de los hombros, y su color quedaba destacado por mechas plateadas. Su maquillaje se reducía a un poco de rímel marrón y un ligero toque de colorete. Consideraba que las finas líneas que habían comenzado a formarse en los extremos de sus ojos le imprimían carácter. Además, era su día libre y no tenía paciencia para perder el tiempo arreglándose.

La sala de estar del apartamento de Francesca tenía las paredes amarillo pálido, molduras color melocotón y una exquisita alfombra Heriz en tonos azul marino. Con sus toques de jardín inglés de cretona de algodón y seda de damasco, el cuarto era exactamente la clase de lugar con gusto elegante y extravagantemente caro que a las revistas como *Casa y Jardín* les gustaba mostrar en sus páginas, pero Francesca rechazaba la idea de criar a un niño dentro de un escaparate y, como quien no quiere la cosa, había saboteado parte del trabajo de su decorador. El paisaje de Hubert Robert sobre la repisa de mármol italiano de la chimenea había cedido paso a un dibujo a lápiz minuciosamente enmarcado de un dinosaurio rojo brillante (Theodore Day, *circa* 1981). Un baúl italiano del siglo XVII había sido apartado de su lugar original para hacer sitio al puf de vinilo naranja favorito de Teddy, y sobre el baúl reposaba un teléfono de Mickey Mouse que Teddy y Holly Grace habían comprado como regalo para Francesca en su trigésimo primer cumpleaños.

Holly Grace entró, dejó su bolso sobre un ejemplar del *New York Times*, y saludó a Consuelo, la mujer hispana que cuidaba maravillosamente de Teddy pero dejaba todos los platos sucios para que Francesca los fregara cuando volvía a casa. Al darle la espalda a Consuelo, Holly Grace descubrió a una chica acurrucada en el sofá, absorta en una revista. La muchacha tendría alrededor de dieciséis o diecisiete años, el pelo mal teñido y una contusión antigua en la mejilla. Holly Grace se quedó paralizada y se volvió hacia Teddy, susurrándole con tono vehemente:

—Tu madre lo ha hecho otra vez, ¿verdad?

—Mamá me dijo que te dijera que no la asustes.

—Esto es lo que me pasa por irme tres semanas a California. —Holly Grace cogió a Teddy del brazo y tiró de él hacia su dormitorio, donde podrían hablar sin ser escuchados. En cuanto cerró la puerta, exclamó con frustración—: ¡Maldita sea!, creía que ibas a hablar con ella. No puedo creer que lo haya hecho otra vez.

Teddy cogió la caja de zapatos que contenía su colección de sellos y jugueteó con la tapa.

—Su nombre es Debbie, y es bastante agradable. Pero el departamento de bienestar le ha encontrado por fin una casa de acogida, así que se marcha en unos días.

—Teddy, esa chica es una prostituta. Seguramente tendrá marcas de agujas en el brazo. —El niño comenzó a hinchar y deshinchar sus mejillas, una costumbre que tenía cuando no quería hablar de algo. Holly Grace dejó escapar un gemido de frustración—. Cariño, ¿por qué no me llamaste enseguida a L. A.? Sé que solo tienes nueve años, pero ese coeficiente de genio que tienes conlleva algunas responsabilidades, y una de ellas es la de intentar mantener a tu madre al menos parcialmente en contacto con la realidad. Sabes que ella no tiene un gramo de sentido común con este tipo de cosas, acogiendo en su casa a fugitivos, enredándose con prostitutas. Se deja llevar por su corazón en lugar de por su cabeza.

—Me gusta Debbie —dijo Teddy, con terquedad.

—También te gustaba aquella tal Jennifer, y te robó cincuenta pavos de tu hucha de Pinocho antes de largarse.

—Me dejó una nota diciéndome que me lo devolvería, y fue la única que se ha llevado algo.

Holly Grace vio que estaba librando una batalla perdida.

—Al menos deberías haberme llamado.

Teddy cogió la tapa de la caja de zapatos y se la puso sobre la cabeza, dando por terminada definitivamente la conversación. Holly Grace soltó un suspiro. A veces Teddy era sensato, y otras veces se comportaba exactamente igual que Francesca.

Media hora más tarde, Teddy y ella avanzaban lentamente por las calles atestadas de tráfico hacia Greenwich Village. Al detenerse en un semáforo en rojo, Holly Grace pensó en el delantero de los Rangers de Nueva York con el que había quedado para cenar esa noche. Estaba segura de que sería fabuloso en la cama, pero la deprimía el hecho de que no podría aprovecharse de ello. El SIDA la asustaba de verdad. Justo cuando las mujeres estaban finalmente tan liberadas sexualmente como los hombres, tenía que presentarse aquella horrible enfermedad y ponerle punto y final a la diversión. Ella solía disfrutar de sus conquistas de una sola noche. Disfrutaba con los mejores trucos de su amante y luego lo echaba antes de que al tipo se le ocurriera pensar que iba a hacerle el desayuno. Quienquiera que hubiera dicho que el sexo con un extraño era una degradación, había tenido que ser alguien a quien le gustase hacer el desayuno. Con resolución, apartó de su mente la obstinada imagen de un hombre de cabello moreno cuyo desayuno le había gustado mucho preparar. Aquel lío había sido una locura pasajera por su parte... un caso desastroso de hormonas fuera de control cegándole el juicio.

Holly Grace apretó el claxon cuando la luz del semáforo cambió y un idiota en un Dodge Daytona se le cruzó por delante, pasando a milímetros del guardabarros de su nuevo Mercedes. Le daba la impresión de que el SIDA había afectado a todo el mundo en algún sentido. Incluso su ex marido había sido sexualmente monógamo durante todo el año anterior. Frunció el ceño, todavía enfadada con él. Desde luego, ella no tenía nada en contra de la monogamia en aquellos tiempos, pero lamentablemente Dallie la estaba practicando con alguien que se hacía llamar Bambi.

—¿Holly Grace? —dijo Teddy, mirándola desde las acolchadas profundidades del asiento del pasajero—. ¿Crees que está bien que una profesora suspenda a un niño simplemente porque quizás ese niño no hace un absurdo proyecto de ciencia para su clase de superdotados como se supone que debería?

—Eso no suena exactamente como una pregunta teórica —contestó Holly Grace, con sequedad.

—¿Qué significa eso?

—Significa que deberías haber hecho tu proyecto de ciencia.

—Es que era un proyecto absurdo —respondió Teddy, frunciendo el ceño—. ¿Por qué querría nadie ir por ahí matando bichos y pegándolos a una tabla con alfileres? ¿No te parece absurdo?

Holly Grace comenzaba a entender el sentido de aquella pregunta. A pesar de la inclinación de Teddy hacia los juegos de guerra y a que llenaba todas las hojas de papel que caían en sus manos con dibujos de pistolas y cuchillos, la mayor parte de ellos manchados de sangre, en el fondo era un pacifista. Una vez le había visto bajar una araña diecisiete pisos en el ascensor para poder liberarla en la calle.

—¿Has hablado con tu mamá de esto?

—Sí. Llamó a mi profesora para preguntarle si podía dibujar los bichos en vez de matarlos, pero cuando la señorita Pearson dijo que no, empezaron a discutir y la señorita Pearson acabó colgando el teléfono. A mamá no le gusta la señorita Pearson. Piensa que nos pone demasiada presión. Al final, dijo que ella se encargaría de matar a los bichos por mí.

Holly Grace puso los ojos en blanco ante la idea de que Francesca matara a algún bicho. Si alguien tenía que hacerlo, tenía una noción bastante clara de quién terminaría siendo la ejecutora.

—Eso parece solucionar tu problema, entonces, ¿verdad?

Teddy la miró, transformado en la viva imagen de la dignidad ofendida.

—¿Qué tipo de idiota crees que soy? ¿Qué diferencia habrá si los bichos los mato yo o lo hace ella? Seguirán estando muertos por culpa mía.

Holly Grace lo miró y sonrió. Adoraba a aquel niño con todas sus fuerzas.

Naomi Jaffe Tanaka Perlman tenía una casa pequeña y antigua en una pequeña calle empedrada de Greenwich Village que conservaba uno de los pocos faroles *bishop's crook* que seguía habiendo en Nueva York. Los postigos verdes y los ladrillos pintados de blanco de la casa estaban cubiertos por unas vides de glicina desnudas a causa del invierno. Naomi había comprado aquella casa con los beneficios de la agencia de publicidad que había abierto cuatro años antes. Vivía allí con su segundo marido, Benjamin R. Perlman, un profesor de ciencias políticas en la Universidad de Columbia. Por lo que Holly Grace podía ver, aquel era un matrimonio bendecido por el cielo; un cielo de izquierdas, eso sí. Daban dinero para cualquier causa humanitaria que surgiese en su camino, celebraban cócteles con gente que quería desarticular a la CIA y colaboraban en un comedor de beneficencia una vez a la semana para relajarse. Holly Grace tenía que admitir que Naomi nunca había parecido más feliz. Le había dicho que, por primera vez en su vida, sentía como si todas las piezas de su ser encajaran las unas con las otras.

Naomi los condujo a su acogedora sala de estar, imitando los andares de un pato algo exageradamente, pues solo estaba embarazada de cinco meses. Holly Grace odiaba la constante envidia que se instalaba en ella siempre que veía a Naomi andar de aquel modo, pero no podía hacer nada por evitarlo, aun cuando Naomi era una de sus mejores amigas desde los lejanos tiempos de la Chica Indomable. Pero siempre que la miraba, no podía dejar de pensar que si ella no tenía pronto un bebé, perdería para siempre la posibilidad de tenerlo.

—... así que me va a suspender en Ciencias —concluyó Teddy en la cocina, adonde Naomi y él habían ido a por refrescos.

—Pero eso es una barbaridad —contestó Naomi. La licuadora rugió durante unos momentos y luego se paró—. Creo que deberías presentar una protesta oficial. Eso tiene que ser una violación de tus derechos civiles. Voy a consultarlo con Ben.

—No te preocupes —dijo Teddy—. Creo que mamá ya me ha metido en suficientes problemas con la profesora.

Un instante después ambos salieron de la cocina, Teddy con una botella de refresco de fruta natural en su mano y Naomi llevando un daiquiri de fresa para Holly Grace.

—¿Te has enterado de ese extraño proyecto de asesinato de insectos en la escuela de Teddy? —preguntó—. Si yo fuera Francesca, los demandaría. En serio.

Holly Grace dio un sorbo de su daiquiri.

—Creo que Francesca tiene cosas más importantes en mente ahora mismo.

Naomi sonrió y echó un vistazo hacia Teddy, que desaparecía en el dormitorio en busca del juego de ajedrez de Ben.

—¿Crees que lo hará? —susurró.

—Es difícil de decir. Cuando ves a Francesca tirada en el suelo con sus vaqueros y riéndose con Teddy como una loca, parece bastante imposible. Pero cuando alguien la hace enfadar, y pone esa expresión altiva en su cara, entonces sabes que algunos de sus antepasados debieron tener sangre azul, y llegas a la conclusión de que es una posibilidad real.

Naomi se sentó frente a la mesita de café, flexionando las piernas de modo que acabó pareciendo un Buda embarazado.

—Estoy en contra de las monarquías por principios, pero tengo que admitir que «princesa Francesca Serritella Day Brancuzi» suena estupendamente.

Teddy volvió con el juego de ajedrez y comenzó a prepararlo sobre la mesita.

—Concéntrate esta vez, Naomi. Eres casi tan fácil de ganar como mamá.

De repente todos se sobresaltaron al escuchar tres golpes agudos en la puerta principal.

—Oh, Dios mío —dijo Naomi, dirigiéndole una mirada aprensiva a Holly Grace—. Solo conozco a una persona que llama así.

—¡No dejes que entre estando yo aquí! —Holly Grace brincó hacia delante, salpicando de daiquiri de fresa la sudadera de su chándal blanco.

—¡Gerry! —gritó Teddy, corriendo hacia la puerta.

—No abras —le pidió Holly Grace, poniéndose en pie de un salto—. ¡No, Teddy!

Pero era demasiado tarde. No había demasiados hombres en la vida de Teddy Day como para que dejara pasar la posibilidad de estar con uno de ellos. Antes de que Holly Grace pudiera pararlo, ya había abierto la puerta de par en par.

—¡Eh, Teddy! —dijo Gerry Jaffe, ofreciéndole las palmas de sus manos—. ¿Cómo está mi hombrecito?

Teddy le chocó ambas manos.

—¡Eh, Gerry! No te he visto en un par de semanas. ¿Dónde has estado?

—En el tribunal, chico, defendiendo a unos que montaron un poco de alboroto en la central nuclear de Shoreham.

—¿Ganaste?

—Se podría decir que la cosa terminó en empate.

Gerry nunca había lamentado la decisión que había tomado en México diez años atrás, la de regresar a Estados Unidos, presentarse ante los polis de Nueva York y afrontar la trampa que le habían tendido para acusarle con cargos por drogas, y después, una vez que su nombre quedó limpio, entrar en la Facultad de Derecho. Uno a uno, había visto a los líderes del Movimiento cambiando de dirección: el alma de Eldridge Cleaver ya no estaba hecho un témpano de hielo, sino que ahora estaba dedicado a la religión; Jerry Rubin se había pasado al capitalismo; Bobby Seale vendía salsa barbacoa; Abbie Hoffman andaba todavía por ahí, pero últimamente estaba comprometido con causas medioambientales, lo que dejaba a Gerry Jaffe, el último de los radicales de los sesenta, a cargo de apartar la atención del mundo de las máquinas de acero inoxidable y de las pizzas de diseño y combatir la amenaza de un invierno nuclear. Con todo su corazón, Gerry creía que el futuro dependía de él, y cuanto más pesada era esa responsabilidad, más hacía el payaso.

Después de darle un beso en los labios a Naomi, se inclinó para hablarle directamente al vientre.

—Escucha, pequeñajo, te habla el tío Gerry. El mundo es un asco. Quédate ahí dentro todo el tiempo que puedas.

A Teddy aquello le pareció histéricamente gracioso y se tiró por el suelo, riéndose a carcajadas. Esa acción atrajo la atención de todos los adultos sobre él, así que se rio aún más fuerte, hasta que dejó de ser gracioso y pasó a ser simplemente molesto. Naomi creía que se debía permitir a los niños expresarse por sí mismos, así que no lo reprendió, y Holly Grace, que no compartía para nada su opinión, estaba demasiado distraída ante la visión de los impresionantes hombros de Gerry, que casi reventaban las costuras de su cazadora de cuero tipo aviador, como para decirle nada a Teddy.

En 1980, no mucho después de Gerry hubiera pasado el examen del Tribunal de Nueva York, había renunciado a su pelo afro, pero todavía lo llevaba algo largo, de forma que sus rizos oscuros, ahora ligeramente matizados de gris, le caían sobre el cuello. Bajo la cazadora de cuero, llevaba su atuendo habitual de trabajo: pantalón holgado caqui y un suéter de algodón. En la solapa de la chaqueta lucía una chapa de «No a la energía nuclear». Sus labios eran tan gruesos y sensuales como siempre, su nariz, prominente, y sus ojos llenos de entusiasmo todavía eran negros y ardientes. Eran exactamente los mismos ojos que se habían posado en Holly Grace Beaudine hacía un año, cuando ella y Gerry se habían encontrado aislados en un rincón durante una de las fiestas de Naomi.

Holly Grace todavía no conseguía explicarse qué había en Gerry Jaffe para que se hubiera enamorado de él. Desde luego no habían sido sus ideas políticas. Ella creía rotundamente en la importancia de una fuerte defensa militar para Estados Unidos, una opinión que a él lo sacaba de sus casillas. Habían tenido agrias discusiones sobre política, que por lo general terminaban manteniendo las relaciones sexuales más increíbles que Holly Grace había experimentado en años. Gerry, que tenía pocas inhibiciones en público, tenía incluso menos en el interior de un dormitorio.

Pero su atracción por él iba más allá de lo sexual. En primer lugar, era tan activo físicamente como ella. Durante los tres meses que había durado su romance, se habían apuntado a clases de paracaidismo juntos, habían hecho montañismo y hasta habían probado a volar en ala delta. Estar con él era como vivir una aventura interminable. Le gustaba su entusiasmo por todo lo que hacía. Le gustaban su pasión y su lealtad, el entusiasmo con el que comía, su risa sin inhibiciones, su sentimentalismo imperturbable. En una ocasión había entrado en una habitación y lo había descubierto llorando ante un anuncio de Kodak, y cuando había bromeado sobre ello, él no había tratado de poner ninguna excusa. Incluso había llegado a apreciar su machismo. A diferencia de Dallie, que, a pesar de comportarse como un chico de pueblo, era el hombre más liberal que jamás había conocido, en lo que concernía a las relaciones hombre-mujer Gerry se adhería a ideas más propias de los años cincuenta. Y siempre se quedaba pasmado cuando ella se enfrentaba a él por eso, abatido porque él, el más radical de los radicales, no parecía comprender uno de los principios más básicos de toda una gran revolución social.

—Hola, Holly Grace —dijo, avanzando hacia ella.

Ella se inclinó para dejar su pegajoso daiquiri de fresa sobre la mesa e intentó mirarlo como si no lograra recordar su nombre.

—Ah, hola, Gerry.

Su estratagema no funcionó. Gerry se acercó más, su cuerpo compacto avanzando con una determinación que le produjo un escalofrío de aprensión.

—No se te ocurra tocarme, terrorista comunista —le advirtió, poniendo la mano como si en ella tuviera un crucifijo que pudiera detenerlo.

Él rebasó la mesita de centro.

—Lo digo en serio, Gerry.

—¿De qué tienes miedo, nena?

—¡Miedo! —se burló ella, retrocediendo unos pasos—. ¿Yo? ¿Miedo de ti? En tus sueños, rojo.

—Dios, Holly Grace, menuda boca tienes. —Se detuvo delante de ella y, sin darse la vuelta, se dirigió a su hermana—. Naomi, ¿podríais tú y Teddy encontrar algo que hacer en la cocina durante unos minutos?

—Ni se te ocurra marcharte, Naomi —ordenó Holly Grace.

—Lo siento, Holly Grace, pero la tensión no es buena para una mujer embarazada. Ven, Teddy. Vamos a hacer palomitas de maíz.

Holly Grace respiró hondo. Esta vez no permitiría que Gerry consiguiera ganarle la batalla, por mucho que se esforzase. Su aventura había durado tres meses, y él los había aprovechado hasta el último segundo. Mientras ella se había enamorado, él simplemente había estado usando su fama como un modo de conseguir que su nombre apareciese en los periódicos para dar publicidad a sus actividades antinucleares. Holly Grace no podía creer lo tonta que había sido. Los viejos activistas nunca cambiaban. Solo se sacaban sus títulos de Derecho y actualizaban sus antiguos trucos.

Gerry alargó la mano para tocarla, pero el contacto físico con él tendía a nublar su capacidad de pensamiento, así que Holly Grace retiró su brazo antes de que él pudiera tocarlo.

—Mantén tus manos lejos de mí, embustero.

Había sobrevivido aquellos meses sin él muy a gusto, y no iba a sufrir ahora una recaída. Era demasiado mayor para que se le rompiera el corazón dos veces en un mismo año.

—¿No crees que esta separación ha durado ya mucho tiempo? —dijo él—. Te echo de menos.

Ella lo miró con altivez.

—¿Qué te pasa? ¿Ya no consigues que tu cara aparezca en televisión, ahora que no salimos juntos? —Le solía encantar la forma en que aquellos rizos oscuros le caían por la nuca. Recordaba su textura: suaves y sedosos. Solía enroscar sus dedos en ellos, tocarlos con sus labios.

—No comiences con eso, Holly Grace.

—¿No te dejan hacer discursos en las noticias de la noche, ahora que hemos roto? —dijo ella cruelmente—. Le sacaste partido a nuestra aventura, ¿verdad que sí? Mientras yo estaba embobada contigo, tú te dedicabas a lanzar comunicados de prensa.

—Realmente comienzas a hartarme. Te quiero, Holly Grace. Te quiero más de lo que nunca he querido a nadie en mi vida. Teníamos algo bueno.

Lo estaba haciendo. Le estaba rompiendo el corazón otra vez.

—Lo único bueno que tuvimos fue nuestra vida sexual —dijo con ferocidad.

—¡Teníamos mucho más que sexo!

—¿Como qué? No me gustan tus amigos, y te aseguro como que hay infierno que no me gustan tus ideas políticas. Además, sabes que odio a los judíos.

Gerry gimió y se dejó caer en el sofá.

—Oh, Dios, ya estamos otra vez.

—Soy una antisemita convencida. En serio, Gerry. Soy de Texas. Odio a los judíos, odio a los negros, y creo que todos los gays deberían ir a la cárcel. Así que ¿qué clase de futuro podría tener con un rojo como tú?

—No odias a los judíos —dijo Gerry con calma, como si le estuviera hablando a un niño—. Y hace tres años firmaste una petición a favor de los derechos de los homosexuales que fue publicada en todos los periódicos de Nueva York, y un año después de eso tuviste un lío del que se habló mucho con cierto jugador de los Pittsburgh Steelers.

—Tenía la piel muy clara —repuso Holly Grace—. Y votaba siempre a los republicanos.

Lentamente, Gerry se levantó del sofá, con el semblante a un tiempo preocupado y tierno.

—Mira, nena, no puedo dejar mis ideas políticas, ni siquiera por ti. Sé que no apruebas nuestro punto de vista...

—Todos vosotros sois unos malditos santurrones —siseó Holly Grace—. Tratáis a todos los que no están de acuerdo con vuestros métodos como si fueran belicistas. Pues bien, tengo noticias para ti, amigo. Ninguna persona en su sano juicio quiere convivir con armas nucleares, pero no todo el mundo considera que sea buena idea deshacernos de nuestros misiles mientras los soviéticos sigan manteniendo los suyos.

—¿No creerás que los soviéticos...?

—No te escucho. —Cogió su bolso y llamó a Teddy. Dallie

tenía razón todas las veces que le había dicho que el dinero no podía comprar la felicidad. Tenía treinta y siete años y quería echar raíces. Quería tener un bebé mientras todavía pudiera, y quería un marido que la amara por ella misma, no solo por la publicidad que llevaba consigo.

—Holly Grace, por favor...

—Que te jodan.

—¡Maldita sea! —Gerry la agarró, la envolvió en sus brazos, y presionó su boca contra la de ella en un gesto que no era tanto un beso como una manera de distraer su deseo de zarandearla hasta hacer que le rechinasen los dientes. Eran de la misma altura, y Holly Grace practicaba ejercicio levantando pesas, así que Gerry tuvo que usar una fuerza considerable para sujetarle los brazos a los lados. Ella finalmente dejó de resistirse y él pudo besarla de la manera que quería... la manera que a ella le gustaba. Finalmente los labios de Holly Grace se separaron lo suficiente para que él pudiera deslizar su lengua dentro de su boca—. Venga, nena —susurró—. Ámame de nuevo.

Ella lo hizo, solamente durante un instante, hasta que comprendió lo que estaba haciendo. Cuando Gerry notó que se ponía rígida, inmediatamente deslizó la boca a su cuello para darle un largo chupetón.

—Me lo has vuelto a hacer otra vez —gritó ella, retorciéndose y apartándose de él mientras se tapaba el cuello con la mano.

Gerry le había dejado su marca en el cuello deliberadamente y no le pidió disculpas por haberlo hecho.

—Siempre que veas esa marca, quiero que recuerdes que estás tirando por la borda lo mejor que nos ha pasado nunca a ninguno de los dos.

Holly Grace le lanzó una mirada encolerizada y se volvió hacia Teddy, que acababa de entrar en la sala con Naomi.

—Ponte el abrigo y despídete de Naomi.

—Pero, Holly Grace... —protestó el niño.

—¡Ahora! —Envolvió a Teddy en su abrigo, cogió luego el suyo y salió sin siquiera mirar atrás.

Cuando desaparecieron, Gerry evitó el reproche que había en los ojos de su hermana fingiendo estudiar una escultura metálica sobre la repisa de la chimenea. Por mucho que tuviera cuarenta y dos años, no estaba acostumbrado a ser la parte más madura de una pareja. Estaba acostumbrado a las mujeres con instinto maternal, que estaban de acuerdo con sus opiniones, que limpiaban su apartamento. No estaba acostumbrado a una belleza tejana llena de espinas que sería capaz de beber más que él cualquier día de la semana y que se reiría en su cara si le pedía que le hiciera la colada. La amaba tanto que sentía como si una parte de él se hubiera marchado de la casa con ella. ¿Qué iba a hacer? No podía negar que había aprovechado la publicidad que le había supuesto su relación. Era algo instintivo, su manera de hacer las cosas. Durante los últimos años, los medios de comunicación habían ignorado todos sus esfuerzos por llamar la atención hacia la causa, y no formaba parte de su naturaleza el darle la espalda a un poco de publicidad gratuita. ¿Por qué no podía ella entender que aquello no tenía nada que ver con su amor por ella, que él solamente se limitaba a aprovechar las ocasiones que se le presentaban como siempre había hecho?

Su hermana pasó a su lado, y Gerry volvió a inclinarse para hablarle a su barriga.

—Te habla tu tío Gerry. Si eres un niño, cuida bien de tus pelotas, porque aquí fuera hay cerca de un millón de mujeres esperando para cortártelas.

—No bromees con eso, Gerry —dijo Naomi, sentándose en uno de los sillones.

Él hizo una mueca y replicó:

—¿Por qué no? Tienes que admitir que todo este asunto con Holly Grace es jodidamente gracioso.

—Lo estás echando a perder —dijo ella.

—Resulta imposible discutir con alguien que no quiere entender —replicó él, ahora con tono beligerante—. Ella sabe que la quiero, y que no es porque sea famosa.

—Ella quiere un bebé, Gerry —dijo Naomi, en voz baja.

Su hermano se puso rígido.

—Solo cree que quiere un bebé.

—Eres un auténtico idiota. Siempre que estáis juntos, discutís sin parar sobre vuestras diferencias políticas y sobre quién está utilizando a quién. Solamente por una vez, me gustaría oír que uno de los dos admite que el motivo por el que no podéis estar juntos es porque ella quiere desesperadamente tener un bebé y tú todavía no has crecido lo bastante para convertirte en padre.

Él la fulminó con la mirada.

—No tiene que ver con ser adulto o no serlo. Me niego a traer un niño a un mundo que tiene una nube en forma de hongo cerniéndose sobre él.

Naomi lo miró con tristeza, con una mano descansando sobre su estómago.

—¿A quién crees que estás engañando, Gerry? Tienes miedo de ser padre. Tienes miedo de hacerlo todo tan mal con tu propio hijo como papá lo hizo contigo, que Dios lo tenga en su gloria.

Gerry no dijo nada, y se iría al mismísimo infierno antes de permitir que Naomi le viera con lágrimas en los ojos, así que le dio la espalda y salió precipitadamente de la casa.

23

Francesca sonrió directamente a la cámara cuando la sintonía de *Hoy, Francesca* fue apagándose y el programa comenzó.

—¡Hola a todos! Espero que tengan unos aperitivos a mano y que hayan terminado cualquier asunto urgente en el cuarto de baño, porque les garantizo que no van a querer moverse de sus asientos en cuanto les haya presentado a nuestros cuatro jóvenes invitados de esta tarde.

Inclinó la cabeza hacia la luz roja que se había encendido en uno de los lados de la cámara número dos.

—Esta noche emitimos el último de nuestra serie dedicada a la nobleza británica. Como todos saben, hemos tenido nuestros puntos álgidos y nuestros puntos bajos desde que hemos venido a Gran Bretaña, ni yo misma voy a pretender ocultar que nuestro último programa fue bastante aburrido, pero esta noche vamos a compensarlo con creces.

Por el rabillo del ojo, vio que su productor, Nathan Hurd, se ponía las manos en las caderas, un signo inequívoco de que estaba disgustado. Odiaba que Francesca reconociera en directo que uno de sus programas no había sido bueno, pero lo cierto era que el famoso invitado de la realeza del último programa había sido tan soso que ni tan siquiera sus preguntas más impertinentes habían logrado animarlo. Desafortunadamente, ese programa, a diferencia del que iban a hacer ahora, se había emitido en directo y no habían podido retocarlo.

—Conmigo esta tarde tengo a cuatro atractivos jóvenes, todos ellos hijos de famosos miembros del reino británico. ¿Alguna vez se han preguntado qué se sentiría al crecer sabiendo que su vida entera ya ha sido planeada de antemano? ¿Los jóvenes miembros de la realeza tienen alguna vez deseos de rebelarse? Preguntémosles a ellos.

Francesca presentó a sus cuatro invitados, que estaban cómodamente sentados en la elegante sala de estar que se asemejaba a la del estudio de Nueva York donde normalmente se grababa el programa. Luego centró su atención en la hija única de uno de los duques más conocidos de Gran Bretaña.

—Lady Jane, ¿ha pensado usted alguna vez en mandar al diablo la tradición familiar y fugarse con el chófer?

Lady Jane se rio primero y luego se sonrojó, y Francesca supo que aquel iba a ser un programa divertido.

Dos horas más tarde, con la grabación terminada y las respuestas de sus jóvenes invitados lo suficientemente animadas para mantener una buena audiencia, Francesca salió de su taxi y entró en el Connaught. La mayor parte de los americanos consideraban el Claridge como el mejor hotel de Londres, pero Francesca, que siempre quería sentirse cerca de su hogar, prefería el minúsculo Connaught, que solo tenía noventa habitaciones, el mejor servicio del mundo y una mínima posibilidad de tropezar con una estrella de rock en el pasillo.

Su pequeño cuerpo estaba envuelto desde la barbilla a los tobillos en una elegante marta cibelina de color negro, que parecía hecha a propósito para resaltar los pendientes de diamantes en forma de pera que brillaban entre sus cabellos castaños azotados por el viento. El vestíbulo, con sus alfombras orientales y sus paredes oscuras artesonadas, resultaba cálido y acogedor después de la humedad de las calles de Mayfair en diciembre. Una magnífica escalera cubierta por una alfombra con bordes de bronce ascendía seis pisos y su barandilla de caoba relucía recién pulida. Aunque estaba agotada tras una semana muy agitada, logró esbozar una sonrisa al portero. Todos los hombres presentes en el vestíbulo giraron la cabeza para mirarla mientras avanzaba hacia el pequeño ascensor que había junto al mostrador de recepción, pero ella no se percató.

Bajo la elegancia de la cibelina y los caros y deslumbrantes pendientes, la ropa de Francesca era francamente original. Se había cambiado su vestuario más conservador para trabajar ante la cámara para ponerse otra vez lo que había llevado por la mañana, unos pantalones de cuero negro ajustados y un suéter color frambuesa con un osito de peluche gris en el centro. Calcetines a juego color frambuesa, muy bien doblados por la parte de arriba, y unos zapatos planos de Susan Bennis. Era un atuendo que a Teddy le gustaba especialmente, ya que los osos y las pandillas de moteros con ropa de cuero estaban entre sus cosas favoritas. Se lo ponía con frecuencia cuando salían a pasar el día fuera, tanto para buscar algún juego de química en la famosa juguetería F. A. O. Schwarz, para visitar el Templo de Dendur en el Metropolitan o para visitar un puesto ambulante de Times Square en el que, según insistía Teddy, se conseguían las mejores rosquillas de Manhattan.

A pesar de su cansancio, pensar en Teddy le hizo sonreír. Lo echaba muchísimo de menos. Era horrible estar separada de su hijo, tanto que estaba pensando seriamente en reducir sus horarios de trabajo cuando llegase la hora de renovar su contrato en primavera. ¿Qué había de bueno en tener un hijo si no podía pasar tiempo con él? El velo de la depresión que había estado cerniéndose sobre ella durante meses se espesó un poco más. Últimamente había estado muy irritable, señal de que trabajaba demasiado. Pero detestaba bajar el ritmo cuando todo funcionaba tan bien.

Al salir del ascensor, echó un vistazo al reloj y realizó un cálculo rápido. El día anterior, Holly Grace había llevado a Teddy a casa de Naomi, y hoy se suponía que iban al Museo Seaport de South Street. Tal vez podría hablar con él antes de que se marcharan. Frunció el ceño al recordar que Holly Grace le había comentado que Dallas Beaudine iba a ir a Nueva York. Después de todos aquellos años, la idea de que Teddy y Dallie estuvieran en la misma ciudad seguía poniéndola nerviosa. No es que temiera que pudiera reconocerle; Dios sabía que no había nada en Teddy que pudiera recordarle a Dallie a sí mismo. Era, sencillamente, que no le gustaba la idea de que Dallie tuviera nada que ver con su hijo.

Colgó la marta en una percha forrada de raso y la colocó en el armario. Luego realizó una llamada a Nueva York. Para su alegría, fue Teddy quien contestó al otro lado:

—Residencia Day. Theodore al habla.

El simple sonido de su voz hizo que se le nublasen los ojos.

—¡Hola, cariño!

—¡Mamá! ¿Sabes qué, mamá? Ayer fui a casa de Naomi y apareció Gerry, y él y Holly Grace se pelearon otra vez. Hoy me va a llevar al Seaport de South Street, y luego iremos a su apartamento y pediremos comida china. ¿Y sabes que mi amigo Jason...?

Francesca sonrió mientras escuchaba el parloteo de Teddy. Cuando al fin hizo una pausa para coger aliento, ella aprovechó para decir:

—Te echo de menos, cariño. Recuerda, estaré de vuelta en unos días, y entonces tendremos dos semanas enteras de vacaciones juntos en México. Vamos a pasarlo genial. —Iban a ser sus primeras vacaciones de verdad desde que había firmado su contrato con la televisión, y los dos estaban deseándolo desde hacía meses.

—¿Esta vez te bañarás en el océano?

—Meteré los pies —concedió ella.

Teddy soltó un resoplido de desdén.

—Al menos métete hasta la cintura.

—Me comprometo a hacerlo hasta las rodillas, pero nada más.

—Realmente eres una gallina, mamá —dijo con tono solemne—. Mucho más gallina que yo.

—En eso tienes toda la razón.

—¿Estás estudiando para tu examen de ciudadanía? —preguntó Teddy—. La última vez que te hice las preguntas del test, te liaste con la parte de cómo los proyectos de ley son aprobados.

—Estudiaré en el avión —prometió ella. Solicitar la ciudadanía americana era algo que había pospuesto ya demasiado tiempo. Siempre había estado demasiado ocupada, demasiado corta de tiempo, hasta que un día cayó en la cuenta de que había vivido en el país durante diez años y nunca había votado. Se había avergonzado de sí misma y, con la ayuda de Teddy, había comenzado a preparar el largo proceso de solicitud esa misma semana.

—Te quiero un montón, cariño mío.

—Yo también a ti.

—Una cosa, ¿puedes ser especialmente agradable con Holly Grace esta noche? No espero que lo entiendas, pero ver a Gerry le afecta mucho.

—No sé por qué. Gerry es guay.

Francesca era demasiado sabia como para intentar explicarle las sutilezas de las relaciones entre hombres y mujeres a un niño de nueve años, sobre todo cuando este pensaba que todas las niñas eran tontas de remate.

—Solo te pido que seas cariñoso con ella esta noche, mi amor.

Cuando hubo terminado su llamada telefónica, se desnudó y comenzó a prepararse para la velada con el príncipe Stefan Marko Brancuzi. Envuelta en una bata de seda, fue al cuarto de aseo, cuya bañera estaba bordeada por enormes pastillas de su jabón favorito y el champú americano que acostumbraba utilizar. El Connaught se preocupaba de estar al corriente de las preferencias de sus mejores clientes en cuanto al aseo personal, así como qué periódicos leían, cómo les gustaba el café por la mañana, y, en el caso particular de Francesca, guardarle chapas de botellas para la colección de Teddy. Un surtido de chapas de las más variopintas marcas europeas de cerveza la esperaban en un paquete perfectamente atado cuando abandonaba el hotel. Ella nunca se había atrevido a decirles que la idea de Teddy de coleccionar chapas de botellas se basaba más en la cantidad que en la calidad, con las de Pepsi superando actualmente a las de Coca Cola por 394.

Se metió en el agua caliente y, cuando su piel se adaptó a la temperatura, se recostó y cerró los ojos. Dios, estaba exhausta. Necesitaba urgentemente unas vacaciones. Una vocecita comenzó a atormentarla, preguntándole cuánto tiempo más iba a continuar así, dejando a su niño para volar por todo el mundo, asistiendo a reuniones sin fin, releyendo pilas enteras de libros antes de dormirse. Últimamente, Holly Grace y Naomi habían estado con Teddy mucho más que ella.

Pensar en Holly Grace le hizo retroceder en sus recuerdos hacia Dallas Beaudine.

—¡Oh, vamos, Francie, han pasado diez años! —se había quejado Holly Grace la última vez que habían hablado de ello. Estaban almorzando en el recién inaugurado restaurante Aurora en la Cuarenta y Nueve Este, sentadas sobre un banco de cuero a un lado de la barra de granito con forma de herradura—. Dentro de unas semanas Dallie va a estar en la ciudad para hablar con la televisión sobre la posibilidad de colaborar esta primavera como comentarista para sus torneos de golf. ¿Qué tal si relajas tus reglas por una vez y dejas que me lleve a Teddy para que lo conozca? Teddy lleva oyendo historias sobre Dallie desde hace años, y Dallie siente curiosidad por Teddy después de oírme hablar tanto de él.

—¡Absolutamente no! —Francesca pinchó un trozo de pato confitado ligeramente cubierto con mantequilla de avellana de su ensalada y empleó la excusa a la que siempre recurría cuando surgía el tema, la única que Holly Grace parecía aceptar—. Aquel tiempo con Dallie fue el período más humillante de toda mi vida, y me niego a tener que volver a recordarlo todo otra vez. No volveré a tener ningún contacto con él jamás, y eso significa que tampoco Teddy lo tendrá. Sabes lo que opino de ello, Holly Grace, y me prometiste no volver a presionarme otra vez.

Holly Grace estaba claramente exasperada.

—Francie, ese chiquillo va a convertirse en un afeminado si no le permites tener más contacto con otros miembros del sexo masculino.

—Tú eres todo el padre que pueda necesitar un niño —contestó Francesca secamente, sintiendo al mismo tiempo exasperación y un profundo afecto por la mujer que la había apoyado tanto.

Holly Grace decidió tomarse la observación de Francesca en serio.

—Desde luego no he sido capaz de desarrollar su carrera deportiva. —Contempló con tristeza los globos de cristal que colgaban sobre la barra—. Honestamente, Francie, es aún más patoso que tú.

Francesca sabía que siempre estaba demasiado a la defensiva con respecto a la ausencia de un padre para Teddy, pero no podía evitarlo.

—Lo intenté, ¿verdad? Me hiciste lanzarle pelotas cuando tenía cuatro años.

—¡Y fue un gran momento para la historia del béisbol! —soltó Holly Grace con desdeñoso sarcasmo—. Helen Keller lanzando y el pequeño Stevie Wonder bateando. Vosotros dos sois las personas más descoordinadas...

—Pues tú no lo hiciste mucho mejor. Se cayó de aquel horrible caballo cuando lo llevaste a montar, y se rompió un dedo la primera vez que le lanzaste un balón de fútbol.

—Esa es una de las razones por las que quiero que conozca a Dallie. Ahora que Teddy se está haciendo un poco más mayor, tal vez Dallie tenga algunas ideas sobre qué hacer con él. —Holly Grace extrajo una hojita de berro de debajo de un pedazo de pescado ahumado y la masticó con gesto meditabundo—. No sé, puede que sea por toda esa sangre extranjera que tiene Teddy en sus venas. Maldita sea, si Dallie hubiera sido realmente su padre, no tendríamos ahora este problema. La coordinación está programada en todos los genes Beaudine.

«Si tú supieras», pensó Francesca con una risa irónica, mientras se enjabonaba los brazos y luego se pasaba la esponja por las piernas. A veces se preguntaba qué maravilloso y caprichoso cromosoma había producido a su hijo. Sabía que Holly Grace estaba decepcionada por que Teddy no fuera más guapo, pero Francesca siempre había considerado la cara dulce y poco agraciada de Teddy como un regalo. A él nunca se le ocurriría basarse en su físico para ganarse la vida. Él usaría su cerebro, su coraje y su corazón dulce y lleno de sentimientos.

El agua de la bañera se estaba quedando tibia, y se dio cuenta de que faltaban apenas veinte minutos para que el chófer llegara para llevarla al yate de Stefan a cenar. Aunque estaba cansada, estaba deseando pasar la noche con Stefan. Después de varios meses de llamadas telefónicas de larga distancia con solo unos cuantos y apresurados encuentros en persona, sentía que había llegado definitivamente el momento de profundizar en su relación. Desafortunadamente, trabajando catorce horas al día desde que había llegado a Londres la había dejado sin ningún tiempo libre para el jugueteo sexual. Pero, con el último programa ya grabado, lo único que le restaba por hacer al día siguiente era colocarse delante de varios monumentos británicos para una serie de fotografías que pensaban utilizar como colofón a la emisión. Se había prometido a sí misma que antes de volar de regreso a Nueva York, ella y Stefan iban a pasar al menos dos noches juntos.

Pese a la escasez de tiempo, cogió el jabón y lo frotó distraídamente sobre sus pechos. Sintió que un hormigueo los recorría, recordándole las ganas que tenía de dar por finalizado un año de celibato autoimpuesto. No es que hubiera planeado ser célibe durante tanto tiempo, sino que parecía ser psicológicamente incapaz de ir saltando de cama en cama. Holly Grace podía lamentarse por el fin de una de sus citas de una sola noche, pero independientemente de cuánto lo necesitara el cuerpo sano de Francesca, a ella el sexo que no iba acompañado de una relación emocional le resultaba un asunto árido e incómodo.

Hacía dos años, había estado a punto de casarse con un joven y carismático congresista de California. Tenía éxito, era guapo y maravilloso en la cama. Pero se volvía loco siempre que ella llevaba a casa a una de sus fugitivas, y casi nunca se reía de sus bromas, así que finalmente había dejado de verse con él. El príncipe Stefan Marko Brancuzi era el primer hombre que había encontrado desde entonces con el que se sentía lo suficientemente a gusto como para pensar en acostarse con él.

Se habían conocido varios meses atrás, cuando ella lo había entrevistado para su programa. Stefan le había parecido encantador e inteligente, y pronto se había mostrado como un buen amigo. Pero ¿realmente era el cariño lo mismo que el amor, se preguntaba, o solo intentaba encontrar una salida a la insatisfacción que había estado sintiendo en su vida?

Desprendiéndose de su melancólico estado de ánimo, se secó con una toalla y se puso la bata. Anudó el cinturón y se colocó delante del espejo para aplicarse el maquillaje de manera eficiente, sin concederse ningún momento para el examen o la admiración. Se preocupaba de cuidarse porque parte de su trabajo era tener un buen aspecto, pero cuando la gente alucinaba por sus hermosos ojos verdes, sus delicados pómulos o por el brillo de su pelo castaño, Francesca se descubría a sí misma distanciándose de ellos. La experiencia le había enseñado que haber nacido con una cara como la suya era más una responsabilidad que un punto a favor.

La fortaleza de carácter procedía del trabajo duro, no de la espesura y longitud de las pestañas.

La ropa, sin embargo, era una cuestión distinta.

Inspeccionó los cuatro vestidos de noche que había llevado consigo, desechó un Kamali plateado y un Donna Karan delicioso, decidiéndose en su lugar por un vestido de seda negra sin tirantes diseñado por Gianni Versace. El vestido dejaba al descubierto sus hombros, se ceñía a su cintura y caía escalonadamente hasta la mitad de sus pantorrillas. Se vistió con rapidez, recogió su bolso y su marta cibelina. Cuando sus dedos rozaron el suave cuello de piel, vaciló, deseando que Stefan no le hubiera regalado el abrigo. Pero él se había mostrado tan molesto cuando ella trató de rechazarlo que finalmente había dado su brazo a torcer. Sin embargo, detestaba la idea de todos esos animalillos peludos que habían tenido que morir para que ella pudiera vestirse a la moda. Además, la fastuosidad del regalo ofendía en cierto modo su sentido de la independencia.

Con una expresión de cabezonería, pasó por alto el abrigo de piel y cogió un chal color fucsia. Entonces, por primera vez esa tarde, se miró en el espejo. Vestido de Versace, pendientes de diamante con forma de pera, medias negras rociadas de una nube de diminutas cuentas doradas, zapatos italianos de tacón de aguja, todo ello eran lujos que se había comprado ella misma. Una sonrisa asomó en la comisura de sus labios al ponerse el chal sobre los hombros desnudos y comenzar a andar hacia el ascensor. «Que Dios bendiga América.»

24

—Te estás rindiendo, eso es lo que estás haciendo —le dijo Skeet a Dallie, que miraba con el ceño fruncido la nuca del conductor mientras el taxi avanzaba lentamente por la Quinta Avenida—. Puedes tratar de pintarlo de otra manera, hablando de grandes oportunidades y nuevos horizontes, pero lo que vas a hacer es rendirte.

—Lo que estoy haciendo es ser realista —contestó Dallie, algo irritado—. Si no fueras tan jodidamente ignorante, verías que esto es la oportunidad de mi vida. —Ir en un coche con alguien que no fuera él conduciendo siempre hacía que Dallie estuviera de mal humor, pero si además estaba metido en mitad de un atasco en Manhattan y el taxista solo era capaz de hablar persa, Dallie ya sobrepasaba el punto de ser buena compañía para nadie.

Skeet y él habían pasado las dos últimas horas en la Taberna del Green, siendo agasajados por el representante de la cadena de televisión, que quería que Dallie firmara un contrato exclusivo de cinco años para comentar torneos de golf. Había hecho algunos anuncios para ellos el año anterior, mientras se recuperaba de una fractura de muñeca, y la respuesta de la audiencia había sido tan favorable que la cadena había ido inmediatamente tras él. Dallie tenía en directo la misma actitud cómica e irreverente que Lee Trevino y Dave Marr, los comentaristas más entretenidos del momento. Pero, tal y como uno de los vicepresidentes de la cadena le había comentado a su tercera esposa, Dallie era mucho más guapo que cualquiera de los otros dos.

Dallie había hecho una concesión por la importancia de la ocasión y llevaba un traje azul marino, junto con una corbata de seda granate muy bien anudada en el cuello de su camisa azul pálido. Skeet, sin embargo, se había conformado con una chaqueta de pana de J. C. Penney y una corbata de lazo que había ganado en una feria en 1973, lanzando monedas de diez centavos al interior de unas peceras.

—Estás vendiendo el talento que Dios te ha dado —insistió Skeet, con terquedad.

Dallie se giró para mirarlo con gesto colérico.

—Eres un maldito hipócrita, eso es lo que eres. Desde que puedo recordar, has estado metiéndome delante de las narices a todos los agentes de talento de Hollywood que has podido encontrar y has intentando convencerme para que pose para las revistas llevando nada más que un taparrabos, pero, ahora que tengo una oferta con un mínimo de dignidad, te pones de los nervios.

—Esas otras ofertas no interferían con tu juego. Maldita sea, Dallie, no te habrías perdido un solo torneo si hubieras participado como invitado en *Vacaciones en el Mar* antes de empezar la temporada, pero ahora estamos hablando de algo completamente distinto. Ahora estamos hablando de sentarte en la cabina de periodistas para hacer comentarios estúpidos sobre las camisas rosadas de Greg Norman mientras él está en el campo haciendo historia en el golf. ¡Estamos hablando del final de tu carrera profesional! No he oído nada de que subieras a la cabina solo los días en los que no superes el corte, como hacen Niklaus y algunos de los otros. Ellos hablan de tenerte allí todo el tiempo. En el puesto de comentaristas, Dallie, no en el campo de golf.

Aquel era uno de los discursos más largos que Dallie había oído jamás por parte de Skeet, y el brutal aumento de volumen de su voz lo dejó momentáneamente perplejo. Pero entonces Skeet murmuró algo entre dientes que llevó a Dallie casi al límite de su aguante. Logró controlar su genio solo porque sabía que en aquellas últimas temporadas su juego casi le había roto el corazón a Skeet Cooper.

Todo había empezado unos años atrás, cuando regresaba a casa en coche tras salir de un bar en Wichita Falls y había estado a punto de matar a un adolescente que montaba en una bicicleta de diez marchas. Había dejado de tomar productos farmacéuticos ilegales a finales de los setenta, pero había continuado con su amistad con la cerveza hasta aquella noche. El muchacho acabó solo con una costilla rota, y la policía había sido más benevolente con Dallie de lo que este se merecía, pero el accidente le había impactado tanto que había dejado el alcohol de manera inmediata. No le había resultado fácil, lo que indicaba claramente hasta qué punto había llegado a engañarse a sí mismo con respecto a la bebida. Quizá nunca superaría el corte en el Masters o no obtendría la victoria en el Clásico de Estados Unidos, pero lo peor que podría pasarle sería matar a un niño porque había bebido demasiado.

Para su sorpresa, dejar la bebida había mejorado su juego, y un mes después había quedado tercero en el Bob Hope, ante las cámaras de televisión. Skeet estaba tan feliz que casi se había puesto a llorar. Aquella noche Dallie lo había oído hablando con Holly Grace por teléfono.

—Sabía que podía hacerlo —se jactaba Skeet—. Atiende. Ha llegado el momento, Holly Grace. Va a ser uno de los grandes. A partir de ahora todo le saldrá bien.

Pero no había sido así, no exactamente. Y eso era lo que le rompía el corazón a Skeet. Un par de veces por temporada, Dallie quedaba segundo o tercero en uno de los torneos importantes, pero resultaba bastante obvio para todos que, a los treinta y siete, sus mejores años ya estaban quedándose atrás y nunca ganaría uno de los grandes.

—Tienes capacidad —dijo Skeet, mirando a través de la sucia ventanilla del taxi—. Tienes capacidad y tienes talento, pero hay algo dentro de ti que te impide ser un verdadero campeón. Me encantaría saber qué es.

Dallie lo sabía, pero no lo dijo.

—Ahora escúchame, Skeet Cooper. Todo el mundo sabe que ver golf por televisión es casi tan interesante como mirar a alguien durmiendo. Esos tipos están dispuestos a pagarme una preciosa suma de dinero por animar un poco sus retransmisiones, y no veo ninguna necesidad de mandarlos a tomar viento.

—Esos tipos llevan colonia de pijos —se quejó Skeet, como si con eso lo dijera todo—. ¿Y desde cuándo te preocupas tanto por el dinero?

—Desde que miré el calendario y vi que tenía treinta y siete años, desde entonces. —Dallie se inclinó hacia delante y golpeó con brusquedad el cristal de separación con el conductor—. ¡Eh, oiga! Déjeme en la próxima esquina.

—¿Adónde crees que vas?

—A ver a Holly Grace, ahí voy. Y voy solo.

—No te servirá de nada. Ella te dirá lo mismo que te estoy diciendo yo.

Sin hacerle caso, Dallie abrió la puerta y se apeó del taxi delante de Cartier. El vehículo siguió su camino y él pisó directamente una plasta de perro. Le estaba muy bien empleado, pensó, por comer un almuerzo que costaba más que el presupuesto anual de la mayor parte de las naciones del Tercer Mundo.

Ignorando el interés que estaba provocando en varias transeúntes, comenzó a frotar la suela de su zapato contra el bordillo de la acera. Fue entonces cuando el Oso apareció a su espalda, allí mismo, en pleno centro de la ciudad. «Será mejor que firmes mientras todavía te quieran —dijo el Oso—. ¿Cuánto más vas a continuar engañándote a ti mismo?»

«No me estoy engañando a mí mismo.» Dallie comenzó a avanzar por la Quinta Avenida, dirigiéndose hacia el apartamento de Holly Grace.

El Oso permaneció junto a él, sacudiendo su gran cabeza rubia con gesto de decepción. «Pensaste que dejar la bebida te garantizaba hacer unos *eagles*, ¿verdad, muchacho? Pensaste que sería así de simple. ¿Por qué no le cuentas al viejo Skeet qué es realmente lo que te está conteniendo? ¿Por qué no le dices simple y llanamente que no tienes las suficientes agallas para ser un campeón?»

Dallie aceleró el paso, haciendo todo lo posible para perder al Oso entre la multitud. Pero el Oso era tenaz. Le llevaba siguiendo demasiado tiempo, y no iba a abandonar ahora.

Holly Grace vivía en el Museum Tower, los apartamentos de lujo construidos encima del Museo de Arte Moderno, lo que le llevaba a bromear con que dormía encima de algunos de los mejores pintores del mundo. El portero reconoció a Dallie y le permitió entrar al apartamento para esperarla allí. Dallie no había visto a Holly Grace desde hacía varios meses, pero hablaban por teléfono con frecuencia y no había nada que le ocurriera al uno o al otro que no comentaran entre ambos.

El apartamento no era del estilo de Dallie, había demasiados muebles blancos, sillas de estilos fantasiosos y que no encajaban con su cuerpo larguirucho, y alguna obra de arte abstracto que le hacía pensar en la superficie sucia y gelatinosa de una charca. Se quitó el abrigo y la corbata, y puso la cinta *Born in the USA* en un radiocasete que encontró en un pequeño armario que parecía diseñado para albergar el equipo de trabajo de un dentista. Pasó rápidamente la cinta hasta *Darlington County,* que, en su opinión, era una de las diez mejores canciones americanas jamás escritas. Mientras el Boss cantaba sus aventuras con Wayne, Dallie deambuló por la amplia sala de estar, deteniéndose finalmente delante del piano de Holly Grace. Desde la última vez que había estado allí, ella había añadido un grupo de fotografías en marcos de plata a la colección de pisapapeles de cristal que siempre había estado sobre el piano. Encontró entre ellas varias fotos de Holly Grace y su madre, un par de fotos de él mismo, algunas fotos de los dos juntos, y una fotografía de Danny que habían tomado en Sears en 1969.

Sus dedos se tensaron sobre el borde del marco al levantar la fotografía. La cara redonda de Danny le devolvía la mirada, con los ojos muy abiertos y sonriendo, una burbuja diminuta de baba congelada para siempre en el interior de su labio inferior. Si Danny viviera, ahora tendría dieciocho años. Dallie no podía imaginárselo. No podía imaginarse a Danny con dieciocho años, tan alto como él, rubio y ágil, tan guapo como su madre. En su mente, Danny siempre sería un niño que avanzaba tambaleante hacia su padre de veinte años con el pañal lleno y abultado alrededor de sus rodillas y sus bracitos rechonchos extendidos con total confianza.

Dejó en su sitio la fotografía y apartó la mirada. Después de todos aquellos años, el dolor continuaba estando allí, quizá no tan agudo, pero todavía seguía allí. Se distrajo contemplando una fotografía de Francesca con unos pantalones cortos rojo brillante y riéndose con picardía hacia la cámara. Estaba subida encima de una roca, apartándose el pelo de la cara con una mano y sujetando a un bebé gordinflón entre sus piernas con la otra. Dallie sonrió. Francesca parecía feliz en la imagen. Aquella temporada con Francesca había sido una buena época en su vida, semejante a vivir dentro de una broma privada. No obstante, tal vez la broma se la hubieran gastado a él.

¿Quién habría podido pensar que la señorita Pantalones Elegantes acabaría teniendo tanto éxito? Lo había conseguido ella sola, además; él lo sabía por medio de Holly Grace. Francesca había criado a un bebé sin que nadie la ayudara y se había labrado una carrera. Por supuesto, ya diez años atrás había habido algo especial en ella: un espíritu de lucha, su modo de ir por la vida directa a por lo que quería, sin pensar en las consecuencias. Por una fracción de segundo, surgió en su mente la idea de que Francesca había cogido la vida por los cuernos mientras él seguía esperando en el arcén.

Ese pensamiento no lo dejó satisfecho, así que volvió a rebobinar la cinta de Springsteen solo para distraerse. Entró en la cocina y abrió la nevera, dejando a un lado las cervezas Miller Lite de Holly Grace y cogiendo un Dr Pepper. Siempre había apreciado el hecho de que Francesca hubiera sido honesta con Holly Grace sobre el bebé. Había sido natural que él se preguntase si el bebé no sería suyo, y a Francesca no le habría costado mucho hacerle creer que el hijo de Nicky era en realidad suyo. Pero no lo había hecho, y la admiraba por ello.

Quitó la tapa de la botella de Dr Pepper y regresó al piano para buscar otra foto del hijo de Francesca, pero solo encontró la que ya había visto. Le molestaba el hecho de que siempre que el niño era mencionado en algún artículo sobre Francesca, lo identificaban como el producto de un matrimonio infeliz, tan desgraciado que ella se había negado a darle el apellido del padre. Por lo que Dallie sabía, Holly Grace, Skeet y él mismo eran las únicas personas que sabían que ese matrimonio nunca había existido, pero todos ellos sentían el suficiente respeto por lo que Francesca había conseguido para mantener sus bocas bien cerradas.

La inesperada amistad que se había desarrollado entre Holly

Grace y Francesca le parecía a Dallie una de las relaciones más interesantes de la vida, y le había mencionado a Holly Grace más de una vez que le gustaría pasarse por allí cuando estuvieran las dos juntas para ver cómo les iba.

—Simplemente, no puedo hacerme una idea —había dicho en una ocasión—. Lo único que puedo ver es a ti hablando sin parar del último partido de los Cowboys mientras Francie habla de sus zapatos Gucci y se mira una y otra vez en el espejo.

—Ella no es así, Dallie —le había contestado Holly Grace—. Quiero decir, habla de sus zapatos, pero también de muchas otras cosas.

—Me parece una ironía —repuso él— que alguien como ella esté criando a un niño. Te apuesto lo que quieras a que el chico será raro de mayor.

A Holly Grace no le había gustado aquella observación, así que había dejado de bromear, pero pudo ver que ella estaba preocupada por lo mismo. Por eso se había hecho a la idea de que el niño debía de ser algo afeminado.

Dallie había rebobinado *Born in the USA* por tercera vez cuando oyó una llave en la puerta. Holly Grace lo llamó:

—Eh, Dallie. El portero me ha dicho que te ha dejado entrar. Se suponía que no llegabas hasta mañana.

—Ha habido un cambio de planes. Maldita sea, Holly Grace, este lugar me recuerda a la consulta de un médico.

Holly Grace tenía una expresión peculiar en su rostro al atravesar el vestíbulo con el pelo rubio cayéndole sobre el cuello de su abrigo.

—Eso es exactamente lo que Francesca siempre dice. Francamente, Dallie, me pone los pelos de punta. A veces los dos me dais miedo.

—¿Y eso por qué?

Ella dejó su bolso sobre un sofá blanco de cuero.

—No vas a creértelo, pero tenéis semejanzas algo extrañas. Quiero decir, tú y yo, nos parecemos como dos guisantes en una misma vaina, ¿no? Nos parecemos físicamente, hablamos del mismo modo. Nos gustan las mismas cosas: los deportes, el sexo, los coches.

—Dime adónde quieres llegar, porque estoy empezando a tener hambre.

—A esto quiero llegar: a Francesca y a ti no os gustan las mismas cosas. A ella le gustan la ropa, las ciudades, la gente con glamour. Siente náuseas si ve a alguien sudando, y sus ideas políticas se hacen más liberales conforme pasa el tiempo, supongo que quizá porque es inmigrante. —Holly Grace se apoyó contra el sofá y lo miró con semblante pensativo—. Tú, por otro lado, no te preocupas mucho por el glamour, y te inclinas tanto a la derecha en tus ideas políticas que poco te falta para caerte por el otro lado. Mirando solo la superficie, dos personas no podrían ser más diferentes.

—Entiendo que eso es un eufemismo. —La cinta de Springsteen había alcanzado *Darlington County* otra vez, y Dallie siguió el ritmo con el pie mientras esperaba a que Holly Grace llegara a donde quería llegar.

—Excepto que sois iguales del modo más peculiar. Lo primero que dijo ella cuando vio este apartamento fue que le recordaba a la consulta de un médico. Y, Dallie, esa mujer te supera en lo de recoger a todo aquel que se cruza en su camino. Primero fueron gatos. Luego pasó a los perros, lo cual fue interesante, porque le dan un miedo atroz. Finalmente, comenzó a recoger a personas, muchachas adolescentes, de catorce, quince años, que se habían escapado de casa y vendían su cuerpo en la calle.

—¡No bromees! —exclamó Dallie, interesado de pronto—. ¿Qué hace con ellos una vez que...? —Pero entonces se interrumpió al ver que Holly Grace se quitaba el abrigo y dejaba al descubierto el chupetón de su cuello—. ¡Eh! ¿Qué es eso? Parece un chupetón.

—No quiero hablar de ello. —Se encorvó para ocultar la marca y se escapó hacia la cocina.

Él fue tras ella.

—Maldita sea, no había visto uno de esos desde hacía años. Recuerdo haberte hecho yo mismo unos cuantos. —Se apoyó en el quicio de la puerta de la cocina—. ¿Te apetece contármelo?

—Solo conseguiría que te pusieras a gritar.

Dallie soltó un bufido de descontento.

—Gerry Jaffe. Te has vuelto a ver con tu antiguo amante comunista.

—No es un comunista —dijo Holly Grace, mientras sacaba una cerveza de la nevera—. Solo porque no estés de acuerdo con las ideas políticas de alguien no significa que debas ir por ahí acusándolo de comunista. Además, no eres ni la mitad de conservador de lo que quieres hacer creer a la gente.

—Mis ideas políticas no tienen nada que ver con esto. Simplemente no quiero que te hagan daño otra vez, cariño.

Holly Grace desvió la conversación curvando sus labios en una sonrisa almibarada.

—Hablando de viejos amantes, ¿cómo está Bambi? ¿Ha aprendido ya a leer esas revistas de cine sin mover los labios?

—¡Oh, venga, Holly Grace!

Ella lo miró con desdén.

—Juro por Dios que nunca te habría concedido el divorcio si hubiera sabido que ibas a empezar a salir con mujeres con nombres terminados en «i».

—¿Has terminado ya? —Le molestaba que utilizara a Bambi para gastarle bromas, aun cuando tenía que admitir que la muchacha había sido un punto bajo en su biografía amorosa. De todos modos, Holly Grace no tenía que restregárselo todo el tiempo por la cara—. Para tu información, Bambi se casa dentro de unas semanas y se muda a Oklahoma, así que actualmente me encuentro buscando a quien la sustituya.

—¿Estás entrevistando aspirantes?

—Solo mantengo los ojos abiertos por lo que pueda pasar.

Oyeron una llave girando en la puerta y luego la voz de un niño, chillona y sin aliento, gritó desde el vestíbulo:

—¡Eh, Holly Grace, lo hice! ¡He subido todos los escalones!

—Bien por ti —dijo ella, distraídamente. Y luego contuvo el aliento—. Maldita sea, Francie me va a matar. Ese es Teddy, su hijo. Desde que se mudó a Nueva York, me hizo prometer que no dejaría que vosotros dos estuvierais juntos.

Dallie se ofendió.

—No soy un maltratador infantil. ¿Qué piensa que voy a hacerle? ¿Secuestrarlo?

—Se avergüenza, es todo.

La respuesta de Holly Grace no le aclaró a Dallie nada de nada, pero antes de que pudiera preguntarle al respecto, el muchacho irrumpió en la cocina, con su pelo castaño levantado con un remolino y un pequeño agujero en la costura del hombro de su camiseta de Rambo.

—¿Adivinas qué me he encontrado en la escalera? Un cerrojo realmente guay. ¿Podemos ir al Museo Seaport otra vez? Está todo muy ordenado y... —Se calló al descubrir a Dallie en un extremo de la cocina, con una mano sobre la encimera y la otra en su cadera—. Caramba... —Su boca se abrió y se cerró como la de un pececito.

—Teddy, este es el auténtico y único Dallas Beaudine —dijo Holly Grace—. Parece que finalmente ha llegado tu oportunidad de conocerlo.

Dallie sonrió al niño y le ofreció su mano.

—Hola, Teddy. He oído hablar mucho de ti.

—Caramba —repitió Teddy, sus ojos abriéndose con admiración—. Oh, caramba...—Y entonces se apresuró a devolverle el apretón de manos a Dallie, pero antes de hacerlo se olvidó de qué mano debía utilizar y se detuvo.

Dallie salió en su rescate agachándose y cogiéndole la mano derecha.

—Holly Grace me cuenta que vosotros dos sois buenos colegas.

—Te hemos visto jugar por la tele un millón de veces —dijo Teddy con entusiasmo—. Holly Grace me ha estado enseñando las reglas del golf y todo eso.

—Bien, eso está muy bien.

Realmente, el muchacho no era lo que se decía guapo, pensó Dallie, divertido por la expresión de admiración en la cara de Teddy, como si acabase de aterrizar en presencia del mismísimo Dios. Ya que su madre era terriblemente hermosa, el tal Nicky debía ser condenadamente feo.

Demasiado excitado para quedarse quieto, Teddy balanceó su peso de un pie a otro, sin apartar sus ojos de la cara de Dallie. Sus gafas se deslizaron por el puente de su nariz e intentó volver a colocárselas, pero estaba demasiado distraído por la presencia de Dallie para prestar atención a lo que hacía, así que acabó golpeando las patillas con el pulgar. Las gafas se ladearon y cayeron al suelo.

—¡Eh, cuidado! —exclamó Dallie, inclinándose para recogerlas.

Teddy también se agachó y los dos acabaron en cuclillas uno al lado del otro. Sus cabezas casi se tocaban, la pequeña color castaño y la otra más grande y rubia. Dallie recogió las gafas y se las tendió a Teddy. Sus caras estaban a menos de veinte centímetros de distancia. Dallie sintió el aliento de Teddy en su mejilla.

En el aparato de música de la sala de estar, el Boss cantaba que estaba ardiendo y un cuchillo le cortaba un valle de diez centímetros de largo a través de su alma. Y durante aquel pequeño espacio de tiempo en el que el Boss cantaba sobre cuchillos y valles, todo siguió estando en orden en el mundo de Dallie Beaudine. Y luego, en la siguiente fracción de segundo, con el aliento de Teddy rozándole como un susurro la mejilla, el fuego se extendió y lo envolvió a él también.

—Cristo.

Teddy miró a Dallie con ojos perplejos y luego se llevó las gafas a la cara.

La mano de Dallie salió disparada y sujetó a Teddy por la muñeca, haciendo que el niño se estremeciese.

Holly Grace se dio cuenta de que algo no iba bien y se puso rígida al ver a Dallie mirar de aquella forma tan glacial el rostro de Teddy.

—¿Dallie?

Pero él no la oía. El tiempo se había detenido para él. Había retrocedido a través de los años hasta que volvía a ser un niño otra vez, un niño que miraba fijamente el rostro furioso de Jaycee Beaudine.

Excepto que aquel rostro no era grande y abrumador, con mejillas sin afeitar y la mandíbula apretada.

El rostro era pequeño. Tan pequeño como el de un niño.

El príncipe Stefan Marko Brancuzi había comprado su yate, *Estrella del Egeo*, a un jeque saudí. Cuando Francesca subió a bordo y saludó al capitán del *Estrella*, tuvo la incómoda sensación de que el tiempo había retrocedido y tenía nueve años otra vez, y subía a bordo del yate de Onassis, el *Christina*, con cuencos de caviar esperándola y personas superficiales que tenían demasiado tiempo libre y nada que valiera la pena en lo que emplearlo.

Se estremeció, aunque podría haber sido una reacción a la noche húmeda de diciembre. El abrigo de piel habría sido definitivamente más adecuado para el tiempo que el chal fucsia. Un auxiliar la condujo a través de la cubierta de popa hacia las acogedoras luces del salón. Cuando entró en la opulenta estancia, Su Alteza Real, el príncipe Stefan Marko Brancuzi, fue hacia ella y la besó suavemente en la mejilla.

Stefan tenía el aspecto de alta alcurnia compartido por tantos miembros de la realeza europea, facciones finas y alargadas, nariz afilada, boca cincelada. Su rostro habría sido adusto de no haber sido agraciado con su sonrisa, tan dispuesta a dejarse ver. A pesar de su imagen de príncipe *playboy*, Stefan tenía una manera de ser a la antigua usanza que Francesca encontraba atractiva. Era también un trabajador duro que se había pasado los últimos veinte años transformando su pequeño y atrasado país en un moderno complejo turístico que rivalizaba con Mónaco en su opulencia. Ahora necesitaba a su propia Grace Kelly para poner la guinda a sus logros, y no pretendía mantener en secreto el hecho de que había seleccionado a Francesca para ese papel.

Sus ropas eran elegantes y caras: una chaqueta suelta de color marrón, pantalones oscuros de pinzas, una camisa de seda, abierta en el cuello. Tomó su mano y la guio hacia la barra de caoba, donde los esperaban dos copas de Baccarat con forma de tulipán.

—Discúlpame por no haber ido yo mismo a recogerte. Hoy mis compromisos han sido brutales.

—Los míos también —dijo ella, desprendiéndose de su chal—. No puedes imaginarte las ganas que tengo de marcharme a México con Teddy. Dos semanas sin otra cosa que hacer aparte de quitarme la arena de los pies. —Cogió su copa de champán y se sentó en uno de los taburetes de la barra. Sin querer, su mano acarició el suave cuero del asiento, y otra vez su mente vagó hacia atrás en el tiempo, al *Christina* y a otra hilera de taburetes.

—¿Por qué no, en vez de eso, traes a Teddy aquí? ¿No te gustaría navegar por las islas griegas durante unas semanas?

La oferta resultaba tentadora, pero Stefan la presionaba demasiado. Además, algo en su interior se oponía a la idea de ver a Teddy vagando por las distintas cubiertas del *Estrella del Egeo*.

—Lo siento, pero me temo que ya tengo los planes hechos. Quizás en otra ocasión.

Stefan frunció el ceño, pero no insistió. Hizo una seña para indicar un tazón de cristal tallado con diminutos huevos dorados.

—¿Caviar? Si no te gusta el osetra, pediré que nos traigan beluga.

—¡No! —la exclamación fue tan estridente que Stefan la miró con sorpresa. Ella le dirigió una sonrisa quebradiza—. Lo siento. No me gusta el caviar.

—Querida, pareces alterada esta noche. ¿Ocurre algo?

—Solo estoy un poco cansada. —Le sonrió e hizo una broma.

Poco después estaban enzarzados en una de esas conversaciones ligeras que se les daban tan bien. Cenaron corazones de alcachofa con salsa picante y olivas negras y alcaparras, seguido de pollo marinado con cilantro y enebro. Cuando llegó el turno de la carlota de frambuesa regada con crema de jengibre, estaba demasiado llena para comer más que unos pocos bocados. Mientras estaba allí sentada, bañada por la luz de las velas y por el afecto de Stefan, pensó en lo mucho que estaba disfrutando. ¿Por qué no le decía que se casaría con él? ¿Qué mujer en su sano juicio podría resistirse a la idea de ser una princesa? Para conservar su apreciada independencia, trabajaba demasiado duro y pasaba mucho tiempo lejos de su hijo. Adoraba su trabajo, pero comenzaba a darse cuenta de que quería más de la vida que liderar la lista Nielsen. Sin embargo, ¿era aquel matrimonio lo que realmente quería?

—¿Me estás escuchando, querida? Esta no es la respuesta más alentadora que he recibido jamás ante una oferta de matrimonio.

—Oh, querido, lo siento. Me temo que estaba soñando despierta. —Sonrió a modo de disculpa—. Necesito un poco más de tiempo, Stefan. Si te soy sincera, no estoy segura del todo de lo aconsejable que puedas ser tú para mi forma de ser.

Él la miró, perplejo.

—Qué cosa más curiosa acabas de decir. ¿Qué diantres significa exactamente?

No podía explicarle cuánto la asustaba la posibilidad de que, después de unos pocos años en su compañía, volviera al mismo punto desde el que había partido: mirándose sin cesar en los espejos y teniendo rabietas si su esmalte de uñas se astillaba. Se inclinó hacia delante y le besó, pellizcándole en el labio con sus dientes pequeños y afilados para distraerlo de su pregunta. El vino le había calentado la sangre, y la preocupación de Stefan hizo astillas las barreras que Francesca había construido alrededor de sí misma. Su cuerpo era joven y sano. ¿Por qué permitía que se secara como una hoja vieja? Volvió a besarle en los labios.

—En vez de una oferta, ¿qué tal una proposición?

Una combinación de diversión y deseo apareció en los ojos del príncipe.

—Supongo que dependería de la clase de proposición.

Ella le dedicó una sonrisa descarada.

—Llévame a tu dormitorio, y te lo mostraré.

Stefan cogió su mano y besó las yemas de sus dedos, un gesto tan cortés y elegante que bien podría haber estado conduciéndola a la pista de baile. Mientras avanzaban por el pasillo, se encontró envuelta en una neblina de vino y risas tan placentera que, cuando entraron en su opulento camarote, podría haber creído que estaba realmente enamorada si no se conociera mejor a sí misma. De todos modos, hacía tanto desde que ningún hombre la tenía en sus brazos que se permitió creérselo.

Stefan la besó, suavemente al principio y luego más apasionadamente, murmurando en su oído palabras extranjeras que la excitaban. Sus manos se deslizaron para desabrocharle la ropa.

—Si supieras cuánto tiempo llevo deseando verte desnuda... —murmuró. Bajó el corpiño de su vestido y hundió su rostro en el inicio de sus senos, que se asomaban por el encaje de su sujetador—. Son como melocotones calientes —murmuró—. Llenos, ricos y perfumados. Voy a chupar cada dulce gota de su jugo.

A Francesca su discurso se le antojó un poco cursi, pero su cuerpo no reaccionaba del mismo modo que su mente: podía sentir cómo su piel iba entrando en calor de forma deliciosa. Colocó su mano en la nuca del príncipe y arqueó el cuello. Los labios de él se deslizaron hacia abajo, buscando el pezón por debajo del encaje del sujetador.

—Ven aquí —dijo Stefan, apretándola contra él—. Oh, sí...

Sí, desde luego que sí. Francesca gimió al sentir la succión de la boca de Stefan y la deliciosa raspadura de sus dientes.

—Querida mía... Francesca... —El príncipe chupó con más fuerza, y ella comenzó a sentir que sus rodillas estaban a punto de doblarse.

Y entonces sonó el teléfono.

—¡Malditos imbéciles! —bramó Stefan en un idioma que ella no pudo entender—. Saben que nunca deben molestarme aquí.

Pero el ambiente se había roto, y Francesca se puso rígida. De repente se avergonzó de estar dispuesta a tener sexo con un hombre al que solo amaba ligeramente. ¿Qué era lo que le ocurría para que no pudiera enamorarse de él? ¿Por qué seguía considerando el sexo como algo tan importante?

El teléfono continuaba sonando. Stefan lo cogió y gritó en el auricular, escuchó luego un momento y después se lo entregó a ella, visiblemente irritado.

—Es para ti. Una emergencia.

Ella soltó un juramento puramente anglosajón, decidida a cortarle la cabellera a Nathan Hurd por aquello. Su productor no tenía derecho a interrumpirla aquella noche, fuera cual fuera su emergencia.

—Nathan, voy a... —Stefan golpeó una bandeja con una pesada licorera de brandy de cristal, y Francesca tuvo que taparse el oído libre para escuchar lo que le decían al teléfono—. ¿Qué? No te oigo bien.

—Soy Holly Grace, Francie.

Francesca se alarmó de inmediato.

—Holly Grace, ¿estás bien?

—La verdad es que no. Si no estás sentada, más vale que lo hagas.

Francesca se hundió en el borde de la cama, percibiendo cómo la aprensión crecía en su interior ante el subyugado tono de voz de Holly Grace.

—¿Qué ocurre? —exigió saber—. ¿Estás enferma? ¿Ha pasado algo con Gerry?

El malestar de Stefan se calmó al oír el tono preocupado de su voz, y se acercó para ponerse a su lado.

—No, Francie, no es nada de eso. —Holly Grace hizo una pausa antes de añadir—: Es Teddy.

—¿Teddy? —Una punzada de miedo ancestral atravesó su cuerpo, y su corazón se aceleró.

Las palabras de Holly Grace brotaron apresuradamente.

—Ha desaparecido. Esta noche, no mucho después de llevarlo a tu casa.

Un terror crudo se extendió por el cuerpo de Francesca con tal intensidad que todos sus sentidos parecieron sufrir un cortocircuito. Una serie de desagradables imágenes cruzaron por su mente, extraídas de programas que había realizado, y se sintió a punto de perder el conocimiento.

—Francie —continuó Holly Grace—. Creo que Dallie lo ha secuestrado.

Su primera sensación fue una entumecedora oleada de alivio. Las sombrías visiones de una tumba poco profunda y un cuerpo mutilado comenzaron a retroceder; pero entonces comenzaron a aparecer otras que apenas le permitieron respirar.

—Dios, Francie, lo siento. —Las palabras de Holly Grace se atropellaban entre sí—. No sé qué pasó exactamente. Se han encontrado hoy por casualidad en mi apartamento, y luego Dallie se ha presentado en tu casa alrededor de una hora después de que yo dejara a Teddy y le ha dicho a Consuelo que iba a recogerlo para que pasara la noche conmigo. Ella sabía quién era, claro, así que no ha pensado que sucediera nada raro. Dallie le ha dicho a Teddy que preparara una maleta, y desde entonces nadie sabe nada de ellos. He llamado a todas partes. Dallie se ha ido de su hotel, y Skeet no sabe nada. Se suponía que ellos dos se iban a Florida esta semana para un torneo.

Francesca sintió que su estómago se revolvía. ¿Por qué se habría llevado Dallie a Teddy? Solo se le ocurría una razón, pero era imposible. Nadie sabía la verdad; no se lo había contado a nadie. Sin embargo, era la única razón que se le ocurría. Una sensación amarga de rabia se instaló en sus entrañas. ¿Cómo podía hacer Dallie algo tan repugnante?

—Francie, ¿sigues ahí?

—Sí —respondió en un susurro.

—Tengo que preguntarte algo. —Se produjo otra larga pausa, y Francesca se preparó para lo que sabía que iba a escuchar a continuación—. Francie, tengo que preguntarte por qué haría Dallie algo así. Ha pasado algo extraño cuando vio a Teddy. ¿Qué está ocurriendo?

—No... no lo sé.

—Francie...

—¡No lo sé, Holly Grace! —exclamó—. No lo sé. —Y luego su voz se suavizó—. Tú lo conoces mejor que nadie. ¿Hay alguna posibilidad de que Dallie haga daño a Teddy?

—Por supuesto que no. —Pero luego dudó—. No físicamente, eso seguro. No puedo decir qué podría hacerle psicológicamente, ya que tú no me cuentas de qué va todo esto.

—Voy a colgar ahora e intentar conseguir un avión a Nueva York esta misma noche. —Francesca intentó parecer firme y eficiente, pero su voz era quebradiza—. ¿Puedes llamar a todo el mundo que se te ocurra que creas que podrían saber dónde se encuentra Dallie? Pero ten cuidado con lo que dices. Y hagas lo que hagas, no dejes que la prensa se entere. Por favor, Holly Grace, no quiero que conviertan a Teddy en una atracción de feria. Estaré allí tan pronto como pueda.

—Francie, tienes que decirme qué es lo que pasa.

—Holly Grace, te quiero... de verdad que te quiero. —Y después de decir eso, colgó.

Mientras sobrevolaba el Atlántico esa noche, Francesca contempló con expresión ausente la oscuridad impenetrable que se extendía al otro lado de la ventanilla. El miedo y la culpa la devoraban. Todo aquello era culpa suya. Si hubiera estado en casa, habría podido impedir que ocurriera. ¿Qué tipo de madre era para dejar que fueran otros los que criasen a su hijo? Todos los demonios nacidos del sentimiento de culpabilidad que aflige a las madres trabajadoras hincaron sus tridentes en su carne.

¿Y si sucedía algo terrible? Intentó convencerse de que por mucho que Dallie hubiera descubierto la verdad, nunca le haría daño a Teddy. Al menos, el Dallie que ella había conocido hacía diez años no lo habría hecho. Pero entonces recordó los programas que había hecho sobre parejas divorciadas que secuestraban a sus propios hijos y desaparecían con ellos durante años. Seguramente alguien con una carrera tan pública como Dallie no podría hacer algo así... ¿o sí podría? Una vez más, trató de desenredar el rompecabezas de cómo Dallie había descubierto que Teddy era hijo suyo (esa era la única explicación que podía encontrar para el rapto), pero la respuesta se le escapaba.

¿Dónde estaría Teddy en aquel preciso instante? ¿Estaría asustado? ¿Qué le habría dicho Dallie? Le había oído contar a Holly Grace historias de sobra como para saber que cuando Dallie estaba enfadado, era imprevisible, e incluso peligroso. Pero por mucho que hubiera cambiado con el paso de los años, no podía creer que le fuera a hacer daño a un niño pequeño.

Lo que le pudiera hacer a ella, sin embargo, era una cuestión diferente.

25

Teddy contemplaba fijamente la espalda de Dallie mientras los dos hacían cola ante el mostrador de un McDonald's en la I-81. Le hubiera gustado tener una camisa roja y negra de franela como la suya, con un cinturón de cuero ancho y unos pantalones vaqueros con un bolsillo roto. Su mamá tiraba sus vaqueros a la basura en cuanto tenían el más pequeño agujero en la rodilla, justo cuando comenzaban a ser cómodos. Teddy miró sus zapatillas de deporte y luego las botas camperas llenas de rozaduras de Dallie. Decidió que añadiría unas botas camperas a su carta de Navidad.

Cuando Dallie recogió la bandeja y fue hacia una mesa, Teddy trotó detrás de él, dando saltitos con sus pequeñas piernas para intentar seguir su ritmo. Al principio, cuando habían salido de Manhattan en dirección a Nueva Jersey, Teddy había intentado sonsacarle a Dallie si tenía un sombrero de vaquero o montaba a caballo, pero Dallie no había hablado apenas. Al final, Teddy se había quedado en silencio, a pesar de que había un millón de cosas que quería preguntarle.

Desde que Teddy podía recordar, Holly Grace le había contado historias sobre Dallie Beaudine y Skeet Cooper: cómo se habían encontrado cuando Dallie solo tenía quince años y había huido de los malos tratos de Jaycee Beaudine, y cómo habían viajado de un lado a otro intentando desplumar a los muchachos ricos en los clubs de campo. Le había hablado de peleas de bar y de un partido de golf que había jugado con su zurda y de milagrosas victorias en el último instante, arrebatadas de las garras de la derrota. En su mente, las historias de Holly Grace se mezclaban con las historias de sus cómics de Spiderman y con *La Guerra de las Galaxias* y con las leyendas que leía en el colegio sobre el Salvaje Oeste. Desde que se habían mudado a vivir a Nueva York, Teddy le había suplicado a su madre que le presentara a Dallie cuando este fuera a visitar a Holly Grace, pero ella siempre le salía con alguna excusa. Y ahora que por fin lo había conocido, Teddy sabía que aquel debería ser el día más apasionante de su vida.

Sin embargo, quería irse a casa, porque aquello no estaba resultando para nada como se había imaginado.

Desempaquetó la hamburguesa y levantó la cubierta de pan. Tenía ketchup. La volvió a empaquetar. De repente, Dallie se giró en su asiento y miró directamente a la cara de Teddy por encima de la mesa. Lo miró fijamente, sin decir una palabra. Teddy empezó a sentirse nervioso, como si hubiera hecho algo malo. Había imaginado que Dallie bromearía con él y le chocaría la mano tal y como hacía Gerry Jaffe. Había imaginado que diría: «Eh, colega, pareces el tipo de persona que a Skeet y a mí nos gustaría tener a nuestro lado cuando las cosas se ponen feas.» En su imaginación, él le gustaría a Dallie muchísimo más.

Cogió su Coca-Cola y fingió concentrarse en un anuncio que había en un extremo del local y que hablaba de desayunar en McDonald's. Le parecía extraño que Dallie le llevara tan lejos para encontrarse con su madre; de hecho, ni siquiera sabía que Dallie y su madre se conocían. Pero si Holly Grace le había dicho a Dallie que podía hacerlo, él no veía tampoco ningún problema en ello. No obstante, le hubiera gustado que su madre estuviera con ellos en aquel momento.

Dallie habló tan inesperadamente que Teddy dio un respingo.

—¿Siempre llevas esas gafas?

—No siempre. —Teddy se las quitó, dobló con cuidado las patillas y las puso en la mesa. El anuncio de desayunar en McDonald's se volvió borroso—. Mi mamá dice que lo que importa de una persona es lo que hay en su interior, no en el exterior, como si lleva gafas o no.

Dallie emitió una especie de ruido que no sonó muy agradable, y luego hizo un gesto con la cabeza para señalar la hamburguesa.

—¿Por qué no comes?

Teddy empujó el paquete con la punta del dedo.

—He dicho que quería una hamburguesa sin nada —murmuró—. Esta tiene ketchup.

En la cara de Dallie surgió una mueca.

—¿Y qué? Un poquito de ketchup no hace daño a nadie.

—Soy alérgico.

Dallie resopló, y Teddy comprendió que no le gustaba la gente que no tomaba ketchup o que tenía alergias. Pensó en comerse la hamburguesa de todos modos, solamente para demostrarle que podía hacerlo, pero ya sentía el estómago revuelto, y el ketchup le hacía pensar en sangre, en tripas y en comer globos oculares. Además, terminaría con un molesto sarpullido por todo su cuerpo.

Teddy intentó pensar en algo que decir para gustarle a Dallie. No estaba acostumbrado a tener que impresionar a un adulto. Con otros chicos de su edad, a veces pensaban que él era un idiota o él pensaba que lo eran ellos, pero no con adultos. Se mordió el labio inferior durante un momento, y luego dijo:

—Tengo un coeficiente ciento sesenta y ocho. Voy a una clase de superdotados.

Dallie resopló otra vez, y Teddy supo que había cometido otro error. Había sonado jactancioso, pero había creído que a Dallie podría interesarle.

—¿De dónde te viene ese nombre, Teddy? —preguntó Dallie. Pronunció el nombre de un modo curioso, como si no quisiera tenerlo demasiado tiempo en la lengua.

—Cuando nací, mi mamá leía una historia sobre un niño llamado Teddy, escrito por ese escritor famoso: J. R. Salinger. Es el diminutivo de Theodore.

La expresión de Dallie se volvió aún más agria.

—J. D. Salinger. ¿Alguien te llama Ted?

—Oh, sí —mintió—. Casi todo el mundo. Todos los niños y eso. Quiero decir, prácticamente todo el mundo menos Holly Grace y mamá. Tú puedes llamarme Ted si quieres.

Dallie se llevó la mano al bolsillo y sacó su cartera. Teddy percibió algo duro y frío en su cara.

—Levántate y ve a pedir otra hamburguesa como a ti te gusta.

Teddy miró el billete que Dallie le ofrecía y luego la hamburguesa que tenía en la mesa.

—Creo que esta estará bien —dijo, y empezó lentamente a desenvolverla otra vez.

La mano de Dallie se cerró de golpe sobre la hamburguesa.

—He dicho que vayas a comprarte otra, ¡maldita sea!

Teddy se sintió enfermo. A veces su madre le gritaba si él hacía un comentario impertinente o no hacía sus deberes, pero eso nunca hacía que su estómago se removiera como lo hacía ahora, porque sabía que su madre le amaba y no quería que se convirtiera en un idiota. Pero saltaba a la vista que Dallie no le amaba. Ni siquiera le gustaba. En el rostro de Teddy se formó una mueca de rebeldía.

—No tengo hambre, y me quiero ir a mi casa.

—Bueno, pues me temo que eso no va a poder ser. Vamos a estar en la carretera un buen rato, como ya te he dicho antes.

Teddy lo miró enrabietado.

—Quiero irme a mi casa. Tengo que ir al colegio el lunes.

Dallie se levantó de la mesa y señaló con la cabeza hacia la puerta.

—Vamos. Si vas a actuar como un mocoso consentido, puedes hacerlo mientras vamos en el coche.

Teddy se quedó rezagado mientras iban hacia la puerta. Ya no le importaban las viejas historias que le había contado Holly Grace. Por lo que a él concernía, Dallie era un auténtico tonto del culo. Se puso de nuevo las gafas y luego se metió la mano en el bolsillo. Su peine de juguete que hacía las veces de navaja resultaba cálido y tranquilizador en la palma de su mano. Deseó que fuera un arma de verdad. Si Lasher *el Grande* estuviera allí, podría encargarse de Dallie *Tonto del Culo* Beaudine.

En cuanto el coche entró en la interestatal, Dallie pisó el acelerador y se pasó al carril izquierdo. Sabía que estaba comportándose como un auténtico hijo de puta. Lo sabía, pero no podía dejar de hacerlo. La rabia no lo abandonaba, y sentía el deseo de golpear algo y destrozarlo como nunca había querido hacer ninguna otra cosa en su vida. Su cólera seguía devorándole, creciendo más y más y haciéndose más fuerte hasta que apenas podía contenerla. Sentía como si una parte de su hombría le hubiera sido arrebatada. Tenía treinta y siete años y nada en absoluto de lo que enorgullecerse. Era un jugador de golf de segunda fila. Había sido un fracaso como marido, un maldito criminal como padre. Y ahora esto.

Esa puta. Esa maldita puta, egoísta, malcriada niña rica. Había dado a luz a su hijo y jamás le había dicho una palabra. Todo aquello que le había contado a Holly Grace... todo era mentira. Él se lo había creído. Cristo, se había vengado de él, tal y como había dicho que haría aquella noche que se pelearon en el aparcamiento del Roustabout. Con un chasquido de sus dedos, le había dedicado el «que te jodan» más despectivo que una mujer podía dedicarle a un hombre. Le había privado del derecho de conocer a su propio hijo. Dallie echó un vistazo al niño que iba sentado a su lado, en el asiento del pasajero, el chico que era carne de su carne del mismo modo que Danny lo había sido. Francesca debía de haber descubierto ya que Teddy había desaparecido. Pensarlo le produjo una satisfacción momentánea y amarga. Esperaba que sufriera de verdad.

Wynette se parecía mucho a lo que Francesca recordaba, aunque algunas tiendas habían cambiado. Mientras observaba el pueblo a través del parabrisas de su coche alquilado, comprendió que la vida la había llevado en un remolino enorme de vuelta al punto donde todo había comenzado realmente para ella.

Encorvó los hombros en un vano intento de aliviar un poco la tensión que sentía en su cuello. Todavía no sabía si había hecho lo correcto abandonando Manhattan para volar a Texas, pero después de tres insoportables días de espera a que sonara el teléfono y de esquivar a los periodistas que querían entrevistarla acerca de su relación con Stefan, había llegado a un estado en el que necesitaba hacer algo.

Holly Grace le había sugerido que fuera a Wynette.

—Ahí es a donde Dallie siempre se dirige cuando está dolido —había dicho—. Y entiendo que ahora mismo está bastante dolido.

Francesca había intentado no hacer caso a la acusación que se percibía en la voz de Holly Grace, pero resultaba difícil. Después de diez años de amistad, su relación estaba seriamente en peligro. El día que Francesca había vuelto de Londres, Holly Grace le había anunciado:

—No te voy a dar la espalda, Francesca, porque así es como soy, pero va a pasar mucho tiempo antes de que vuelva a confiar en ti.

Francesca había intentado explicarse:

—No podía decirte la verdad. No, sabiendo lo cercana que estás a Dallie.

—¿Y entonces me mentiste? Me colaste ese estúpido cuento de que el padre de Teddy estaba en Inglaterra, y yo me lo he creído durante todos estos años. —El semblante de Holly Grace se había oscurecido de rabia—. ¿No entiendes que la familia significa mucho para Dallie? Con otros hombres quizá no importase, pero Dallie no es como otros hombres. Se ha pasado toda su vida intentando crear una familia a su alrededor: Skeet, la señorita Sybil, yo, todos esos vagabundos y fugitivos a los que ha ido recogiendo a lo largo de los años. Esto va a acabar con él. Su primer hijo falleció, y tú le has robado al segundo.

Una punzada de cólera había atravesado a Francesca, más afilada y dolorosa por el hecho de sentirse culpable.

—¡No me juzgues, Holly Grace Beaudine! Tú y Dallie tenéis unas ideas de moralidad terriblemente liberales, y no voy a aceptar que ninguno de vosotros me señale con el dedo. No sabes lo que es odiar quien eres... tener que rehacerte a ti misma. Hice lo que tenía que hacer en aquel momento, y si tuviera que pasar ahora por la misma situación, haría exactamente lo mismo.

Holly Grace no se había sentido conmovida por aquello.

—Entonces serías una zorra dos veces, ¿es eso?

Francesca parpadeó para retener las lágrimas al entrar en la calle en la que estaba la casa de huevos de Pascua de Dallie. Le dolía la incapacidad de Holly Grace para entender que el romance entre ella y Dallie no había sido para él nada más que una pequeña diversión sexual en su vida, desde luego nada tan importante que justificase el secuestro de un niño de nueve años. ¿Por qué

Holly Grace tomaba partido en contra de ella? Francesca se preguntó si hacía lo correcto al no implicar a la policía, pero no podía soportar la idea de ver el nombre de Teddy en los periódicos. «El hijo de una famosa presentadora de televisión secuestrado por su padre, jugador profesional de golf.» Podía verlo: pondrían fotografías de todos ellos. Su relación con Stefan se haría más pública, y los periodistas desenterrarían todas las viejas historias sobre Dallie y Holly Grace.

Francesca recordaba demasiado bien lo que había ocurrido después de que *Pistola de Porcelana* hubiera hecho famosa a Holly Grace. De repente, su insólito matrimonio con uno de los jugadores más atractivos del golf profesional se había convertido en carnaza para los medios de comunicación, y mientras cada nuevo detalle surgía inmediatamente después del anterior, ninguno de ellos podía ir a ningún sitio sin ser perseguido por los paparazzi. Holly Grace lo manejó mejor que Dallie, que estaba acostumbrado a los periodistas deportivos, pero no a la prensa sensacionalista. No le había llevado mucho tiempo comenzar a lanzar sus puños a diestro y siniestro, lo cual había terminado por atraer la atención del comisionado de la PGA. Después de un altercado especialmente desagradable en Albuquerque, Dallie había sido suspendido, no podía participar en ningún torneo durante varios meses. Holly Grace se había divorciado de él poco después para intentar hacer que sus vidas fueran más tranquilas.

La casa todavía era color lavanda y tenía la hilera de liebres saltando, aunque la pintura de mandarina había sido retocada por una mano menos hábil que la de la señorita Sybil. La vieja maestra recibió a Francesca en la puerta. Habían pasado diez años desde que se habían visto por última vez. La señorita Sybil se había encogido y sus hombros estaban más hundidos, pero su voz no había perdido ni un ápice de autoridad.

—Entra, querida, entra y resguárdate del frío. Dios mío, se podría pensar que esto es Boston en vez de Texas, por la manera en que han bajado las temperaturas. Querida, me has tenido en ascuas desde que me llamaste.

Francesca le dio un abrazo.

—Gracias por permitirme venir. Después de todo lo que le conté por teléfono, no estaba segura de que quisiera verme.

—¿No querer verte? Santo cielo, he estado contando las horas. —La señorita Sybil abrió el camino hacia la cocina y le pidió a Francesca que sirviera café para las dos—. No es que me queje, pero últimamente la vida no ha sido muy interesante. No puedo salir como solía hacer, y Dallas andaba en compañía de una joven realmente desagradable. No conseguí ni que se interesase siquiera en Danielle Steel, por no hablar de los clásicos. —Hizo gestos a Francesca para que se sentara en una silla enfrente de ella en la mesa de la cocina—. Dios mío, no puedo decirte lo orgullosa que estoy de ti. Cuando pienso en lo lejos que has llegado... —De pronto taladró a Francesca con su intimidante mirada de profesora—. Ahora cuéntame todo acerca de esta terrible situación en la que nos hallamos.

Francesca se lo contó, con todos los detalles. Para su alivio, la reacción de la señorita Sybil no fue tan negativa como la de Holly Grace. Pareció entender la necesidad de Francesca de establecer su propia independencia; sin embargo, estaba claramente preocupada por la reacción de Dallie al descubrir que tenía un hijo.

—Creo que Holly Grace tiene razón —dijo finalmente—. Dallas debe de estar en camino hacia aquí, y podemos estar completamente seguras de que no se ha tomado esto nada bien. Te quedarás en el cuarto de invitados, Francesca, hasta que él aparezca.

Francesca había planeado quedarse en el hotel, pero aceptó la invitación con gratitud. Mientras permaneciera en la casa, sentiría que de algún modo estaba más cerca de Teddy. Media hora más tarde, se encontró acostada bajo una vieja colcha de patchwork mientras la luz del sol invernal se filtraba a través de las cortinas y el radiador siseaba al emitir un flujo acogedor de calor. Se durmió casi al instante.

A mediodía del día siguiente, Dallie todavía no había aparecido y Francesca estaba casi al borde de un ataque de ansiedad. ¿Debería haberse quedado en Nueva York? ¿Y si él no iba a Wynette?

Entonces llamó Holly Grace y le dijo que Skeet había desaparecido.

—¿Qué significa que ha desaparecido? —exclamó—. Dijo que se pondría en contacto contigo si se enteraba de algo.

—Probablemente Dallie lo habrá llamado y le habrá dicho que mantenga la boca cerrada. Supongo que Skeet ha ido a reunirse con él.

Francesca se sintió enfadada e impotente. Si Dallie le pidiera a Skeet que se pusiera una pistola en la cabeza, también lo haría. A media tarde, cuando la señorita Sybil salió para ir a su clase de cerámica, Francesca estaba a punto de perder los nervios. ¿Por qué Dallie tardaba tanto? No quería salir de la casa por miedo a que Dallie apareciera mientras tanto, por lo que intentó estudiar sus apuntes de Historia Americana para su examen de ciudadanía, pero no podía concentrarse. Comenzó a pasear de un lado a otro por la casa y terminó en el dormitorio de Dallie, donde una colección de sus trofeos de golf estaba colocada en la ventana bajo la fina luz invernal. Cogió un ejemplar de una revista con una fotografía de Dallie en la portada. «Dallas Beaudine, siempre una Dama de Honor. Nunca la Novia.» Francesca notó que las líneas alrededor de sus ojos eran más profundas y sus rasgos se habían agudizado, pero la madurez no le había restado ni un ápice de su belleza. Era aún más atractivo de lo que recordaba.

Analizó su cara en busca de algún pequeño parecido con Teddy, pero no vio nada y, una vez más, se preguntó cómo había sabido que Teddy era su hijo. Dejó la revista y miró la cama, provocando que una lluvia de recuerdos cayera sobre ella. ¿Era allí donde Teddy había sido concebido, o había ocurrido antes, en un pantano de Louisiana cuando Dallie la había tumbado sobre el capó de aquel Buick Riviera?

El teléfono que estaba al lado de la cama sonó. Se golpeó el pie contra la pata de la cama al abalanzarse sobre el receptor.

—¡Hola! ¿Hola?

El silencio fue la única respuesta.

—¿Dallie? —El nombre brotó de sus labios como un sollozo—. Dallie, ¿eres tú?

Nada. Sintió un hormigueo en la nuca, y su corazón comenzó a acelerarse. Estaba segura de que había alguien al otro lado del hilo telefónico; aguzó el oído para tratar de captar algún sonido.

—¿Teddy? —susurró—. Teddy... soy mamá.

—Soy yo, señorita Pantalones Elegantes. —La voz de Dallie sonó cargada de amargura, haciendo que aquel antiguo apodo pareciera una obscenidad—. Tenemos una conversación pendiente. Encuéntrate conmigo en la cantera que hay al norte de la ciudad dentro de media hora.

Francesca percibió el carácter irrevocable de su voz y gritó:

—¡Espera! ¿Está Teddy contigo? ¡Quiero hablar con él!

Pero la línea ya se había cortado.

Corrió escaleras abajo, cogió su chaqueta de ante del armario del pasillo y se la puso sobre el suéter y los vaqueros. Esa mañana se había atado el pelo en la nuca con una bufanda, y ahora, con las prisas, tenía la fina seda liada en el cuello de la chaqueta. Sus manos temblaban al deshacer el enredo de la bufanda. ¿Por qué estaba Dallie haciendo eso? ¿Por qué no había llevado a Teddy a la casa? ¿Y si Teddy estaba enfermo? ¿Y si había ocurrido algo?

Respiraba agitada e irregularmente mientras se metía en el coche y lo sacaba marcha atrás a la carretera. Ignorando el límite de velocidad, condujo hasta la primera estación de servicio que pudo encontrar y preguntó cómo podía llegar hasta la cantera. Las instrucciones eran complejas, y se pasó de largo una señal que indicaba el norte de la ciudad, desviándose varios kilómetros antes de que encontrara el camino correcto. Le dolían las manos por la fuerza con la que apretaba el volante. Había pasado más de una hora desde su llamada. ¿La esperaría? Se dijo a sí misma que Teddy estaba a salvo: Dallie podría hacerle daño a ella, pero nunca se lo haría a un niño. Aquel pensamiento le produjo tan solo un pequeño consuelo.

La cantera se abría como una herida gigantesca, triste y desolada bajo la luz gris del invierno, sobrecogedora por su tamaño. Al parecer, el último turno de trabajadores había terminado ya, pues la enorme planicie que había en la parte delantera estaba desierta. Había pirámides de roca rojiza junto a camiones vacíos. Kilómetros de silenciosas cintas transportadoras llevaban a tolvas pintadas de verde que semejaban embudos gigantes alzándose por encima de la tierra. Francesca se dirigió a través del patio hacia un edificio de chapa ondulada, pero no vio ningún signo de vida, ningún otro vehículo aparte de los camiones aparcados. Llegaba demasiado tarde, pensó. Dallie ya se había marchado. Con la boca seca por la ansiedad, cruzó el patio y avanzó hacia el centro de la cantera.

En su agitado estado de ánimo, el lugar se le antojó como si un cuchillo gigantesco hubiera rajado la tierra, abriendo un camino directamente hacia el infierno. Desolado, misterioso, crudo, el cañón de la cantera empequeñecía todo lo que se veía en el horizonte. A lo lejos, unos pocos árboles dispersos con sus ramas desnudas parecían palillos de dientes, las colinas en la distancia no pasaban de ser las montañas de arena creadas por un niño. Incluso el cielo, que se oscurecía, ya no parecía tan grande; era más bien una tapa que hubiera sido colocada sobre un enorme caldero vacío. Francesca se estremeció al obligarse a sí misma a llegar hasta el borde, donde alrededor de setenta metros de granito rojo habían sido cortados capa por capa. Paradójicamente, el proceso de profanación revelaba los secretos de su creación.

Con la última luz del día, logró distinguir uno de los coches de juguete de Teddy en el fondo.

Por una fracción de segundo se sintió desorientada, y luego comprendió que el coche era de verdad, no un juguete. Era tan real como el Liliputiense que se apoyaba contra el capó. Francesca cerró un momento los ojos con fuerza, y su barbilla tembló. Dallie había escogido aquel lugar horrible a propósito, porque quería que ella se sintiera pequeña e impotente. Haciendo un esfuerzo para recuperar el control de sí misma, apartó el coche del precipicio y condujo después bordeándolo. Poco le faltó para pasarse un escarpado camino de grava que conducía a las profundidades de la cantera. Lentamente, comenzó su descenso.

A medida que las oscuras paredes de la cantera se iban elevando por encima de ella, fue tranquilizándose mentalmente. Durante años, había estado luchando con barreras aparentemente impenetrables, arremetiendo contra ellas hasta que cedían. Dallie era simplemente otra barrera que tenía que mover. Y contaba con una ventaja que él no podía prever. No importaba lo que Dallie hubiera planeado para aquel momento, él esperaba encontrarse a la muchacha que recordaba, a la señorita Pantalones Elegantes que había sido a los veintiún años.

Al mirar desde lo alto, había presentido que Dallie estaba solo. Al acercarse, no vio nada que la hiciera pensar de manera diferente. Teddy no estaba allí. Dallie quería hacerla sufrir antes de devolverle a su niño. Aparcó el coche en línea con el de él, pero a algo más de diez metros de distancia. Si aquello era un enfrentamiento, ella jugaría su propia guerra de nervios. La luz casi se había ido, por lo que dejó los faros del vehículo encendidos. Abrió la puerta y salió con parsimonia, sin ninguna prisa, sin ningún movimiento malgastado, ni el menor vistazo hacia las gigantescas paredes de granito. Fue hacia él lentamente, caminando por el sendero que abrían las luces de los faros, con los brazos en sus costados y la espalda recta. Una ráfaga de viento helado le levantó la bufanda y uno de los extremos le dio en la mejilla, lo que le hizo cerrar los ojos un instante.

Dallie estaba esperándola apoyado en el coche, las caderas inclinadas contra el capó, los tobillos cruzados, los brazos cruzados, todo su ser cerrado herméticamente. Llevaba la cabeza descubierta, y solo un chaleco sin mangas encima de su camisa de franela. Sus botas estaban cubiertas del polvo rojo de la cantera, como si hubiera estado allí durante algún tiempo.

Francesca se le acercó, con la barbilla erguida y la mirada firme. Solo cuando estuvo lo bastante cerca pudo distinguir su mal aspecto, para nada parecido al de la fotografía de la portada de la revista. Bajo el resplandor de los faros del coche, notó que su piel había adquirido un tono pálido y grisáceo, y su mandíbula estaba recubierta de barba de varios días. Solo aquellos ojos tan azules como los de Paul Newman le seguían siendo familiares, pero se habían vuelto tan fríos y duros como la roca que había bajo sus pies. Se detuvo enfrente de él.

—¿Dónde está Teddy?

Una ráfaga de viento barrió la cantera, levantándole a Dallie el pelo de la frente. Se retiró del coche y se irguió por completo. Se tomó su tiempo para responder. Se limitó a quedarse allí mirándola como si fuera un pedazo particularmente repugnante de desecho humano.

—Solo le he pegado a dos mujeres en mi vida —dijo al fin—. Y tú no cuentas porque fue más una acción refleja que otra cosa, ya que tú me diste primero. Pero tengo que decirte que desde que me he enterado de lo que me has hecho, he estado pensando en cogerte y darte una buena paliza.

Francesca necesitó toda su fuerza de voluntad para hablar con calma.

—Vamos a algún lugar donde podamos sentarnos y tomar una taza de café mientras hablamos de todo esto.

Dallie torció el gesto en una horrible mueca.

—¿No te parece que el momento de sentarse y tomar un café era hace diez años, cuando supiste que ibas a tener a mi hijo?

—Dallie...

Él levantó la voz.

—¿No crees que aquel era el momento de llamarme por teléfono y haberme dicho: «Oye, Dallie, tenemos un problemilla y creo que tal vez deberíamos sentarnos y hablar de ello»?

Francesca hundió sus puños en los bolsillos de su chaqueta y encorvó los hombros contra el frío, intentando no dejarle ver hasta qué punto la estaba asustando. ¿Dónde estaba el hombre que había sido su amante, aquel hombre de risa fácil, divertido ante las debilidades humanas, un hombre tan tranquilo como la melaza tibia?

—Quiero ver a Teddy, Dallie. ¿Qué has hecho con él?

—Es idéntico a mi viejo —afirmó Dallie, con ira—. Una réplica en miniatura de aquel viejo bastardo de Jaycee Beaudine. Jaycee también pegaba a las mujeres. Era verdaderamente bueno en ello.

Así era como se había enterado. Francesca hizo un gesto hacia su coche, decidida a no quedarse más tiempo en aquella oscura cantera oyéndole hablar de pegar a mujeres.

—Dallie, vamos a...

—No te imaginaste que Teddy pudiera parecerse a Jaycee, ¿verdad? Nunca pensaste que lo reconocería cuando planeaste esta pequeña guerra sucia entre tú y yo.

—No planeé nada. Y esto no es una guerra. Hice lo que tenía que hacer. Recuerda cómo era yo entonces. No podía volver corriendo a tus brazos y no madurar nunca.

—No era solamente decisión tuya —dijo él, con los ojos encendidos de rabia—. Y no quiero oír ninguna de esas chorradas feministas sobre que no tengo ningún derecho porque soy un hombre y tú eres una mujer, y que era tu cuerpo. Era mi cuerpo también. Me encantaría haber visto cómo habrías podido tener a ese niño sin mí.

Ella pasó al ataque.

—¿Qué habrías hecho si hace diez años hubiera ido a decirte que estaba embarazada? Estabas casado, ¿lo recuerdas?

—Casado o no, hubiera buscado la manera de cuidar de ti, eso es seguro, joder.

—¡Pero de eso se trata! Yo no quería que cuidaras de mí. Yo no tenía nada, Dallie. Era una cría idiota que pensaba que el mundo había sido inventado para ser mi juguete particular. Tuve que aprender a trabajar. Tuve que limpiar retretes y comer sobras y perder todo el orgullo que me quedaba antes de ganar algo de amor propio. No podía abandonar y regresar corriendo a tu lado para que me ayudaras. Tener al bebé yo sola era algo que tenía que hacer. Era la única forma de redimirme. —La expresión dura y obcecada en el rostro de Dallie no se suavizó, y ella estaba enfadada consigo misma por intentar hacerle entender sus propios actos—. Quiero a Teddy esta noche, Dallie, o voy a la policía.

—Si pensaras ir a la policía, ya lo habrías hecho.

—La única razón por la que no lo he hecho es porque no quiero esa publicidad para él. Pero, créeme, no lo retrasaré más. —Dio un paso para acercarse más a él, decidida a que viera que no estaba indefensa—. No me subestimes, Dallie. No me confundas con la chica a la que conociste hace diez años.

Dallie se quedó un momento en silencio. Giró la cabeza y miró fijamente la noche que se extendía a su alrededor.

—La otra mujer a la que golpeé fue Holly Grace.

—Dallie, no quiero oír...

Pero él lanzó su mano con rapidez y la cogió del brazo.

—Vas a escucharme, porque quiero que entiendas exactamente con qué clase de hijo de puta estás tratando. Le di una bofetada a Holly Grace después de que Danny muriera, ese es el tipo de hombre que soy. ¿Y sabes por qué?

—No lo hagas... —Francesca intentó soltarse, pero solo consiguió que él la sujetara con más fuerza.

—¡Porque lloraba! Por eso le di una bofetada. Pegué a esa mujer porque lloraba después de haber perdido a su bebé. —Los focos proyectaron franjas de sombra en su cara. Soltó el brazo de Francesca, pero su expresión continuaba siendo feroz—. ¿Te da eso una mínima idea de lo qué podría hacerte a ti?

Estaba mintiendo. Ella lo sabía. Lo sentía. Se había abierto en canal para que ella pudiera ver en su interior. Le había herido profundamente y había decidido castigarla por ello. Probablemente quería golpearla, pero no tenía estómago para hacerlo. También podía ver eso.

Con más claridad de la que hubiera deseado, finalmente entendió la profundidad del dolor que sentía Dallie. Lo pudo sentir a través de cada uno de sus sentidos porque reflejaba exactamente su propio dolor. Igual que él, ella rechazaba totalmente la idea de causarle dolor a otro ser vivo.

Dallie tenía a su hijo, pero sabía que no podría retenerlo por mucho tiempo. Deseaba golpearla, pero eso iba en contra de su propia naturaleza, así que buscaba otro modo de castigarla, otro modo de hacerla sufrir. Francesca sintió un gélido escalofrío. Dallie era inteligente, y si le daba tiempo a pensar acabaría encontrando un modo de vengarse. Tenía que detenerlo antes de que eso pasara. Por el bien de ambos, y por el bien de Teddy, no podía permitir que aquello fuera más allá.

—Aprendí hace mucho que la gente que tiene muchos bienes materiales gasta tanta energía en tratar de protegerlos que pierden de vista lo que realmente importa en la vida. —Dio un paso adelante, sin llegar a tocarlo, solo lo justo para poder mirarlo a los ojos—. Tengo una carrera de éxito, Dallie, una cuenta bancaria con siete cifras, una cartera de inversión asegurada. Tengo una casa y vestidos preciosos. Llevo pendientes de diamantes. Pero nunca olvido lo que es importante. —Levantó las manos para desabrocharse los pendientes y se quitó los diamantes de los lóbulos de las orejas. Los colocó en la palma de la mano, fríos como trocitos de hielo. Luego extendió la mano hacia él.

Por primera vez, Dallie pareció desconcertado.

—¿Qué haces? No los quiero. ¡No tengo al niño para pedir un rescate, por Dios santo!

—Ya lo sé. —Francesca hizo rodar los diamantes sobre la palma de su mano, dejando que el brillo de los focos se reflejara en ellos—. Ya no soy tu señorita Pantalones Elegantes, Dallie. Solamente quiero que comprendas cuáles son ahora mis prioridades, hasta dónde seré capaz de llegar para recuperar a mi hijo. Quiero que sepas a lo que te enfrentas. —Su mano se cerró sobre los diamantes—. Lo más importante de mi vida es mi hijo. Por lo que a mí respecta, todo lo demás es solo saliva.

Y, entonces, ante los ojos de Dallie, la hija de *BlackJack* Day lo hizo otra vez. Con un movimiento fuerte de su brazo, lanzó sus impecables pendientes de diamantes a lo lejos, a la zona más oscura de la cantera.

Dallie permaneció callado un momento. Levantó un pie y apoyó la bota sobre el parachoques del coche, mirando fijamente en la dirección hacia donde habían ido los diamantes y después volviendo a mirarla a ella.

—Has cambiado, Francie. ¿Lo sabes?

Ella asintió con la cabeza.

—Teddy no es un muchacho normal.

Por la manera en que lo dijo, ella supo que no se trataba de un cumplido.

—Teddy es el mejor niño del mundo —contestó con brusquedad.

—Necesita un padre. La influencia de un hombre para que se endurezca. Es un muchacho demasiado blando. Lo primero que tienes que hacer es hablarle de mí.

Quiso gritarle, decirle que nunca haría tal cosa, pero vio con dolorosa claridad que demasiadas personas sabían ya la verdad como para seguir manteniendo el secreto ante su hijo. Asintió de mala gana.

—Tienes demasiados años perdidos que compensarme —dijo Dallie.

—No tengo nada que compensarte.

—No voy a desaparecer de su vida. —De nuevo, su expresión se endureció—. Podemos arreglar esto entre nosotros, o puedo contratar a uno de esos abogados chupasangres para que se te pegue a los talones.

—No permitiré que Teddy sufra.

—Entonces más vale que lo arreglemos entre nosotros. —Quitó el pie del parachoques, fue hacia la puerta del conductor, la abrió y se montó en el coche—. Vuelve a la casa. Te llevaré al niño por la mañana.

—¿Mañana? ¡Lo quiero ahora! ¡Esta noche!

—Bueno, pues me temo que eso no va a poder ser —repuso él, con un mohín de burla. Y acto seguido cerró de golpe la puerta del coche.

—¡Dallie!

Corrió hacia él, pero el vehículo ya estaba en marcha y los neumáticos escupían grava al girar. Francesca gritó tras él hasta que comprendió lo inútil que era, y entonces echó a correr hacia su propio coche.

El motor no arrancó a la primera, y temió haber gastado la batería por dejar las luces encendidas. Cuando finalmente lo logró encender, Dallie ya había desaparecido. Subió la pendiente a toda velocidad, haciendo caso omiso al modo en que las ruedas traseras derrapaban sobre el terreno. Al llegar arriba, distinguió dos débiles puntos rojos a lo lejos. Sus neumáticos chirriaron al acelerar. ¡Si al menos no estuviera tan oscuro! Dallie abandonó el camino de tierra para entrar en la carretera y ella se lanzó tras él.

Siguió su ritmo durante varios kilómetros, haciendo caso omiso del chillido de sus ruedas al entrar en las curvas demasiado rápido y al llevar el coche a velocidades imprudentes cuando la carretera era recta. Él conocía perfectamente aquella carretera estrecha y ella no, pero se negó a pisar el freno. ¡No iba a permitirle que le hiciera eso! Sabía que le había hecho daño, pero eso no le daba derecho a aterrorizarla. Puso el velocímetro a ciento diez kilómetros por hora y luego a ciento veinte...

Si Dallie no hubiera apagado finalmente las luces de su coche, podría haberlo alcanzado.

26

Francesca se sentía entumecida cuando volvió a la casa de Dallie. Al salir, exhausta, del coche, se encontró a sí misma repasando de nuevo fragmentos y pedazos del encuentro en la cantera. La mayoría de los hombres se habrían alegrado de poder librarse de la carga de un niño no deseado. ¿Por qué no podía haber escogido a uno de esos?

—Eh... ¿Señorita Day?

El corazón de Francesca dio un vuelco al oír aquella voz femenina y joven que procedía de los árboles que había al lado del sendero. «No esta noche», pensó. No entonces, cuando sentía como si cargara con una tonelada de problemas sobre sus hombros. ¿Cómo se las ingeniaban siempre para encontrarla?

Incluso antes de darse la vuelta hacia la voz, sabía con lo que se encontraría: una cara desesperadamente joven, dura y triste, ropa barata indudablemente encabezada por pendientes llamativos. Incluso sabía la historia que oiría. Pero esa noche no escucharía. Esa noche tenía demasiados problemas nublando su propia vida como para aceptar los de nadie más.

Una muchacha vestida con vaqueros y una chaqueta rosa y sucia dio un paso para ponerse justo al borde de un charco de luz, frente a la ventana de la cocina. Llevaba demasiado maquillaje, y su pelo peinado con raya en el centro caía como una puerta de doble batiente sobre su cara.

—Yo... eh... La he visto antes, en la gasolinera. Al principio no me podía creer que fuera usted. Eh... oí... Una chica a la que conocí hace algún tiempo que... ya sabe... que usted podría... eh...

La radio macuto de los fugitivos. La había seguido de Dallas a Saint Louis, luego a Los Ángeles y Nueva York. Ahora parecía que su reputación de la tonta más grande del mundo se había extendido incluso a pequeñas ciudades como Wynette. Francesca deseó darse la vuelta y alejarse. Lo deseó, pero sus pies no se movieron.

—¿Cómo me has encontrado? —preguntó.

—He... he preguntado por ahí. Alguien me dijo que estaba alojada aquí.

—Dime tu nombre.

—Dora... Doralee. —La muchacha levantó el cigarrillo que tenía entre sus dedos y dio una calada.

—¿Podrías ponerte a la luz para que pueda verte?

Doralee hizo lo que le pedía, moviéndose de mala gana, como si levantar sus botas de lona rojas requiriera un esfuerzo sobrehumano. No tendría más de quince años, pensó Francesca, aunque insistiera en que tenía dieciocho. Acercándose más, estudió la cara de la muchacha. Sus pupilas no estaban dilatadas; al hablar lo había hecho con titubeos, pero no había articulado mal las palabras. En Nueva York, si sospechaba que una chica estaba enganchada a las drogas, la llevaba a una vieja casa de Brooklyn regentada por unas monjas especializadas en la ayuda a adolescentes adictos.

—¿Cuánto hace desde que has comido algo decente? —le preguntó.

—Yo como —dijo la muchacha, con tono desafiante.

Chocolatinas, supuso Francesca. Y magdalenas rellenas de sustancias químicas. A veces los niños de la calle reunían dinero y se atracaban de comida basura.

—¿Quieres venir adentro y conversar?

—Vale. —La chica se encogió de hombros y tiró el cigarrillo al suelo.

Mientras la conducía hacia la puerta de la cocina, Francesca casi podía oír a Holly Grace con su voz burlona: «¡Tú y tus putas adolescentes! Deja que el gobierno se encargue de esas niñas como se supone que debe hacer. Juro por Dios que no tienes el sentido común con el que se supone que naciste.» Pero Francesca sabía que el gobierno no tenía bastantes refugios para cuidar de todas aquellas niñas. Simplemente las enviaban de vuelta con sus padres, donde, con frecuencia, los problemas se reproducían otra vez.

La primera vez que Francesca se había implicado con una de esas chicas fue en Dallas, después de haber hecho uno de sus primeros programas para televisión. El tema había sido la prostitución infantil, y Francesca había quedado horrorizada ante el poder que los proxenetas ejercían sobre las muchachas, que eran, después de todo, todavía solo unas niñas. Sin saber exactamente cómo había ocurrido, se había encontrado llevando a dos de ellas a su casa y luego atosigando al sistema de asistencia social hasta que encontraron casas de acogida para ellas.

La voz se había corrido lentamente, y desde entonces cada pocos meses se encontraba con otra chica fugitiva en sus manos. Primero en Dallas, luego en Los Ángeles, después en Nueva York, volvía del trabajo de noche para encontrarse a alguien esperándola enfrente de su edificio, alguien que había oído en las calles que Francesca Day ayudaba a muchachas que estaban en problemas. Con frecuencia solamente querían comida, otras veces un lugar para esconderse de sus chulos. Raras veces hablaban mucho; habían sufrido demasiados rechazos. Solamente se presentaban ante ella como aquella muchacha, con su postura desgarbada y fumando un cigarrillo o mordiéndose las uñas y esperando que Francesca Day entendiera que era su última esperanza.

—Tengo que llamar a tu familia —anunció Francesca mientras calentaba un plato de sobras en el microondas y se lo ponía delante, junto con una manzana y un vaso de leche.

—A mi madre le importa una mierda lo que me pase —dijo Doralee, con los hombros tan inclinados hacia delante que las puntas de su pelo casi tocaban la mesa.

—Aun así tengo que llamarla —repuso Francesca, con firmeza. Mientras Doralee empezaba a comer, ella llamó al número de Nuevo México que la muchacha le había dado de mala gana. Era tal y como Doralee había dicho. A su madre le importaba una mierda.

Una vez que Doralee hubo terminado de comer, comenzó a

responder a las preguntas de Francesca. Había estado haciendo autostop cuando vio a Francesca parar en la estación de servicio para pedir la dirección de la cantera. Había vivido en las calles de Houston un tiempo y había pasado una temporada en Austin. Su chulo le pegaba porque no conseguía bastante dinero. Y comenzaba a preocuparse por el SIDA.

Francesca había oído todo aquello tantas veces antes... Aquellas pobres niñas, tristes, arrojadas demasiado jóvenes al mundo. Una hora más tarde, metió a la muchacha en la pequeña cama plegable en el cuarto de costura y luego despertó con cuidado a la señorita Sybil para contarle lo que había sucedido en la cantera.

La señorita Sybil permaneció levantada con ella durante varias horas hasta que Francesca le insistió para que volviera a la cama. Francesca sabía que ella no podría dormir, así que volvió a la cocina y enjuagó los platos sucios de la cena de Doralee para meterlos en el lavavajillas. Luego forró los cajones de la cocina con papel nuevo que encontró en la alacena. A las dos de la madrugada, comenzó a cocinar en el horno. Cualquier cosa para que las interminables horas de la noche pasaran más rápido.

—¿Qué es aquello de allí, Skeet? —preguntó Teddy, saltando en el asiento trasero y haciendo señas por la ventanilla del coche—. ¡Allí! ¡Aquellos animales que hay en las colinas!

—Creía que te había dicho que te pusieras el cinturón de seguridad —dijo Dallie, sentado al volante—. ¡Maldita sea! Teddy, no te quiero brincando de esa manera mientras estoy conduciendo. Ponte el cinturón ahora mismo o paro el coche.

Skeet miró con el ceño fruncido a Dallie y luego por encima de su hombro a Teddy, que hacía muecas a espaldas de Dallie exactamente del mismo modo que Skeet le había visto hacer a este con la gente que no le gustaba.

—Son cabras de angora, Teddy. La gente de por aquí las cría para tener lana y hacer jerseys elegantes.

Pero Teddy había perdido el interés por las cabras. Se rascaba el cuello y jugueteaba con un extremo del cinturón de seguridad.

—¿Te lo has puesto? —inquirió Dallie.

—Oh, oh. —Teddy se lo puso muy despacio.

—Sí, señor —le reprendió Dallie—. Cuando hables con adultos, dices «señor» y «señora». Solo porque vivas en el Norte no significa que no puedas tener modales. ¿Me entiendes?

—Oh, oh.

Dallie se giró hacia el asiento trasero.

—Sí, señor —masculló Teddy, de mal humor. Y luego miró a Skeet—. ¿Cuánto falta para que vea a mi madre?

—Ya no mucho —contestó Skeet—. ¿Por qué no buscas en esa nevera de ahí y miras a ver si puedes encontrar una Dr Pepper? —Mientras Teddy obedecía, Skeet encendió la radio y puso el sonido en los altavoces traseros, de modo que el chico no pudiera oír su conversación. Se inclinó hacia Dallie y le dijo—: Te estás comportando como un hijo de perra, ¿lo sabes?

—No te metas en esto —replicó Dallie—. Todavía no entiendo por qué te he llamado para que me acompañaras. —Se quedó en silencio un momento, y sujetó con más fuerza el volante—. ¿Te das cuenta de lo que ha hecho con él? Va por ahí tan tranquilo hablando de su coeficiente intelectual y de sus alergias. Y mira lo que ha pasado en el motel cuando he intentado jugar a lanzarle la pelota. Es el niño más torpe que he visto en toda mi vida. Si no puede manejar algo del tamaño de un balón de fútbol, imagínate lo que hará con una pelota de golf.

Skeet pensó en ello durante un instante.

—Los deportes no lo son todo.

Dallie bajó la voz.

—Lo sé. Pero el crío es raro. No puedes saber lo que está pensando detrás de esas gafas, y se sube los pantalones hasta los sobacos. ¿Qué clase de niño lleva los pantalones así?

—Probablemente tiene miedo de que se le caigan. Su cintura no es mucho más ancha que tu muslo.

—¿Sí? Eso es otra cosa más. Está esmirriado. Acuérdate de cómo era Danny de grande, desde el primer día.

—La madre de Danny era mucho más alta que la de Teddy.

La expresión de Dallie se volvió tensa y dura, y Skeet no dijo más.

En el asiento trasero, Teddy cerró un ojo y miró con el otro a las profundidades de su lata de Dr Pepper. Se rascó por debajo de la camiseta el sarpullido que le había salido en el estómago. Aunque no podía oír lo que decían, sabía que estaban hablando de él. Y no le importaba. Skeet era buen tipo, pero Dallie era un auténtico idiota. Un gran tonto del culo.

Las profundidades de Dr Pepper le nublaron la visión, y empezó a sentir como si tuviera una rana grande y verde y cubierta de fango en la garganta. El día anterior había dejado de fingir que todo iba bien, porque sabía que no era así. No creía que su madre le hubiera dicho a Dallie que se lo llevara de Nueva York, por mucho que eso fuera lo que Dallie decía. Se le ocurrió que quizá Dallie lo había secuestrado, e intentaba no estar asustado. Pero sabía que algo estaba mal, y quería estar con su madre.

La rana se hinchó en su garganta. Le aterraba ponerse a llorar como un niño pequeño e insoportable, así que echó un vistazo hacia el asiento delantero. Cuando se convenció de que la atención de Dallie estaba concentrada en la conducción, sus dedos se deslizaron hacia la hebilla del cinturón de seguridad. Silenciosamente, lo soltó. Ningún tonto del culo iba a decirle a Lasher *el Grande* qué tenía que hacer.

Francesca soñó con el trabajo de ciencia de Teddy. Estaba atrapada en una jaula de cristal con insectos arrastrándose por todo su cuerpo, y alguien usaba un alfiler gigantesco para intentar pinchar a los bichos uno a uno. Ella era la siguiente. Y entonces vio la cara de Teddy al otro lado del cristal, llamándola. Trató de llegar hasta él, de alcanzarlo...

—¡Mamá! ¡Mamá!

Se despertó de golpe, sentándose bruscamente en el lecho. Con la mente todavía brumosa por el sueño, sintió algo pequeño y sólido volando hacia ella, enredándose en las sábanas y en su bata.

—¡Mamá!

Durante unos pocos segundos, se mantuvo entre el sueño y la realidad, y luego sintió solo una penetrante sensación de alegría.

—¿Teddy? ¡Oh, Teddy! —Cogió su pequeño cuerpo y se lo puso encima, riendo y llorando—. Oh, mi niño...

Sentía su pelo frío contra su mejilla, como si acabara de entrar del exterior. Lo subió a la cama y cogió su cara entre las manos, besándolo una y otra vez. Se emocionó ante la familiar sensación de sus finos brazos alrededor de su cuello, su cuerpo apretado contra el de ella, aquel pelo fino, su olor a niño pequeño. Quería lamer sus mejillas, como haría una gata con sus crías.

Era vagamente consciente de la presencia de Dallie, apoyado en el marco de la puerta del dormitorio, observándolos, pero sentía tanta alegría por tener de nuevo a su hijo en los brazos que no le preocupaba. Una de las manos de Teddy estaba en su pelo. Había enterrado su cara en su cuello, y podía sentirlo temblar.

—Ya está, cariño —le susurró, con lágrimas corriendo por sus propias mejillas—. Ya está.

Cuando levantó la cabeza, involuntariamente sus ojos se encontraron con los de Dallie. Parecía tan triste y tan solo que, durante un segundo, sintió el impulso de tenderle su mano y hacer que se uniera a ellos dos en la cama. Dallie se dio la vuelta para salir del cuarto, y ella se sintió decepcionada consigo misma. Pero enseguida se olvidó de Dallie, porque Teddy reclamó toda su atención. Pasó un rato antes de que ninguno de los dos pudiera calmarse lo suficiente para hablar. Francesca notó que Teddy estaba cubierto de manchas rojas, y que no paraba de rascarse con sus uñas rechonchas.

—Has comido ketchup —le regañó con suavidad, subiéndole la camiseta para acariciarle la espalda—. ¿Por qué has comido ketchup, cariño?

—Mamá —murmuró él—, quiero irme a casa.

Sin soltar su mano, Francesca bajó las piernas de la cama. ¿Cómo iba a contarle a Teddy lo de Dallie? Por la noche, mientras forraba cajones y horneaba bizcochos, había decidido que lo mejor sería esperar hasta que estuvieran de regreso en Nueva York y todo hubiera vuelto a la normalidad. Pero ahora, mirando su pequeña cara recelosa, supo que el aplazamiento era imposible.

Mientras criaba a Teddy, nunca se había permitido recurrir a esas pequeñas mentiras que la mayoría de las madres les contaban a sus hijos para conseguir un poco de paz. Ni siquiera había sido capaz de mantener la historia acerca de Papá Noel con un mínimo grado de convicción. Pero ahora, la única mentira que le había dicho había sido descubierta, y era una mentira monstruosa.

—Teddy —dijo, cogiéndole sus pequeñas manos entre las suyas—. Hemos hablado mucho sobre lo importante que es decir la verdad. Sin embargo, a veces resulta difícil para una madre decir siempre la verdad, especialmente cuando su hijo es demasiado pequeño para entender.

Sin previo aviso, Teddy liberó sus manos y saltó de la cama.

—Tengo que ir a ver a Skeet —exclamó—. Le he dicho que volvería a bajar enseguida. Tengo que irme ya.

—¡Teddy! —Francesca se levantó de un salto y cogió su brazo antes de que el niño pudiera alcanzar la puerta—. Teddy, necesito hablar contigo.

—No quiero —murmuró él.

«Lo sabe —pensó Francesca—. En algún lugar de su subconsciente, él sabe que voy a decirle algo que no quiere escuchar.» Le puso las manos sobre los hombros.

—Teddy, es sobre Dallie.

—No quiero oírlo.

Pero ella lo sujetó con más fuerza, susurrando en su pelo:

—Hace mucho tiempo, Dallie y yo nos conocimos, cariño. Nos... nos quisimos. —Aquella mentira extra le hizo poner una mueca, pero pensó que era mejor eso que confundir a su hijo con detalles que no entendería—. Las cosas no salieron bien entre nosotros, cariño, y tuvimos que separarnos. —Se arrodilló delante de él para poder mirarle a la cara, y deslizó sus manos por sus brazos para coger sus pequeñas muñecas, porque él todavía intentaba soltarse—. Teddy, lo que te conté de tu padre... lo de cómo lo conocí en Inglaterra, y lo de que murió...

Teddy sacudió su cabeza, su cara pequeña y cubierta de manchas rojas se retorció en una expresión de tristeza.

—¡Tengo que irme! ¡Lo digo en serio, mamá! ¡Tengo que irme! ¡Dallie es un idiota! ¡Lo odio!

—¡Teddy...!

—¡No! —Usando toda su fuerza, consiguió soltarse y antes, de que ella pudiera cogerlo, había salido del cuarto a la carrera. Francesca oyó sus pisadas apresuradas escaleras abajo.

Se dejó caer hacia atrás. Su hijo, que adoraba a cada hombre adulto al que hubiera visto alguna vez en su vida, no soportaba a Dallie Beaudine. Por un efímero instante, sintió una pequeña punzada de satisfacción, pero enseguida, en un destello de comprensión, se dio cuenta de que, por mucho que ella pudiera detestar la situación, Dallie iba a ocupar un lugar relevante en la vida de Teddy. ¿Qué efecto tendría en su hijo el sentir aversión hacia el hombre al que, tarde o temprano, tendría que aceptar como su padre?

Se pasó las manos por el pelo, se levantó y cerró la puerta para poder vestirse. Mientras se ponía unos pantalones y un suéter, vio de nuevo en su mente la cara de Dallie hacía un momento, cuando los miraba. Había percibido algo familiar en su expresión, algo que le recordaba a las muchachas que la esperaban en el exterior del estudio de grabación por las noches.

Frunció el ceño ante su propio reflejo en el espejo. Era demasiado fantasiosa.

Dallie Beaudine no era un fugitivo adolescente, y Francesca se negaba a malgastar un instante compadeciéndose de un hombre que era poco mejor que un delincuente común.

Después de echar una ojeada al cuarto de costura para asegurarse de que Doralee continuaba durmiendo, se tomó unos minutos para recomponer su ánimo e hizo una llamada telefónica para solicitar una cita con uno de los trabajadores sociales del condado. Después, fue a buscar a Teddy. Lo encontró sentado en un taburete junto a un banco de trabajo en el sótano, donde Skeet se esmeraba en arreglar un palo de golf. Ninguno de ellos hablaba, pero el silencio parecía ser más amistoso que hostil. Vio unas líneas sospechosas que cruzaban en vertical las mejillas de su hijo y deslizó el brazo alrededor de sus hombros, sufriendo por él. No había visto a Skeet en diez años, pero él la saludó con un simple gesto, como si ese período de tiempo no fuera más que diez minutos. Ella devolvió el saludo del mismo modo. El conducto de la calefacción encima de su cabeza emitió una especie de repiqueteo.

—Teddy va a ser mi ayudante mientras les vuelvo a colocar una empuñadura a estos palos —anunció Skeet—. La mayoría de las veces ni se me ocurriría tener a un niño como ayudante, pero Teddy es el chico más responsable que he conocido en mi vida. Sabe cuándo hablar, y cuándo mantener la boca cerrada. Eso me gusta en un hombre.

Francesca podría haber besado a Skeet, pero ya que no podía hacer eso, posó sus labios en la coronilla de la cabeza de Teddy.

—Quiero irme a casa —dijo este, bruscamente—. ¿Cuándo podemos irnos? —Y en ese momento Francesca notó que se ponía tenso.

Percibió que Dallie había entrado en el taller antes incluso de oír su voz.

—Skeet, ¿qué tal si te llevas a Teddy a comer un poco de esa tarta de chocolate que hay en la cocina?

Teddy saltó del taburete con una rapidez que a su madre le hizo sospechar que se debía más a su deseo de alejarse de Dallie que a sus ganas de comer tarta de chocolate. ¿Qué había ocurrido entre ellos para que Teddy se comportase así? Siempre le habían gustado las historias de Holly Grace. ¿Qué le había hecho Dallie para enajenarlo de ese modo?

—Vamos, mamá —dijo Teddy, cogiéndola de la mano—. Vamos a comer tarta. Venga, Skeet. Vamos.

Dallie le tocó en el brazo y le dijo:

—Subid Skeet y tú. Quiero hablar con tu mamá un minuto.

Teddy apretó la mano de Francesca más fuerte y se giró hacia Skeet.

—Tenemos que arreglar esos palos, ¿verdad? Has dicho que teníamos que hacerlo. Vamos a hacerlo ahora mismo. Mi madre puede ayudarnos.

—Puedes hacerlo más tarde —dijo Dallie, con tono más firme—. Quiero hablar con tu madre.

Skeet dejó el palo que estaba sosteniendo.

—Ven conmigo, muchacho. Tengo unos trofeos de golf que quiero enseñarte.

A pesar de lo mucho que Francesca hubiera querido aplazarlo, sabía que no podía retrasar aquel encuentro. Soltándose con suavidad de la mano de Teddy, indicó con la cabeza hacia la puerta.

—Ve ahora, cariño. Yo subiré enseguida.

La mandíbula de Teddy se tensó en un gesto de cabezonería. Miró a su madre y luego a Dallie. Comenzó a alejarse, arrastrando los pies, pero antes de llegar a la puerta, se dio la vuelta y se encaró con Dallie.

—¡Será mejor que no le hagas daño! —le gritó—. ¡Si le haces daño, te mataré!

Francesca se quedó sobrecogida ante aquel arrebato, pero Dallie no dijo una palabra. Permaneció inmóvil, mirando a Teddy.

—Dallie no va a hacerme daño —se apresuró a decir Francesca—. Somos viejos amigos. —Las palabras estuvieron a punto de quedarse en su garganta, pero logró acompañarlas de una sonrisa forzada.

Skeet cogió el brazo de Teddy y lo llevó hacia la escalera, pero no antes de que el chico lanzara una mirada amenazadora por encima de su hombro.

—¿Qué le has hecho? —inquirió Francesca en cuanto Teddy ya no podía oírlos—. Nunca lo he visto actuar así con nadie.

—No intento ganar una competición de popularidad con él —dijo Dallie con frialdad—. Quiero ser su padre, no su mejor amigo.

Su respuesta la enfureció casi tanto como la asustó.

—No puedes presentarte en su vida después de nueve años y esperar que te acepte como su padre. En primer lugar, él no te quiere. Y en segundo lugar, yo no lo permitiré.

Un nervio palpitó en la sien de Dallie.

—Como te dije en la cantera, Francesca, podemos resolver esto nosotros, o podemos dejar que lo hagan las sanguijuelas. Los padres tienen derechos ahora, ¿o es que no lees los periódicos? Y estaría bien que te olvidases de cualquier intención de volver al Este en los próximos días. Necesitamos algún tiempo para arreglar todo esto.

En algún lugar de su subconsciente, ella había llegado a la misma conclusión, pero ahora lo miró con incredulidad.

—No tengo ninguna intención de permanecer aquí. Tengo que llevar a Teddy a la escuela. Nos vamos de Wynette esta misma tarde.

—No pienso que eso sea una buena idea, Francie. Tú has tenido tus nueve años. Ahora me debes unos días.

—¡Lo has secuestrado! —exclamó—. No te debo ni un maldito...

Dallie apuñaló el aire con su dedo como en uno de esos carteles de reclutamiento.

—Si no estás dispuesta a concederme un par de días para intentar llegar a un arreglo, entonces supongo que todo lo que me dijiste en la cantera sobre que sabías qué es lo más importante en la vida era una burda mentira, ¿verdad?

Su agresividad la puso furiosa.

—¿Por qué haces esto? Teddy no te importa lo más mínimo. Solamente utilizas a un niño para vengarte de mí por haber dañado tu ego de macho.

—No intentes practicar tu psicología barata conmigo, señorita Pantalones Elegantes —repuso Dallie con tono gélido—. Tú no tienes la menor idea de las cosas que a mí me importan.

Ella levantó la barbilla y lo miró furiosa.

—Lo único que sé es que has logrado que te odie un niño al que le gusta absolutamente todo el mundo, sobre todo si son de sexo masculino.

—¿Ah, sí? —se burló Dallie—. No es una sorpresa, porque nunca en mi vida había visto a un niño con tanta necesidad de tener la influencia de un hombre. ¿Has estado tan ocupada con tu maldita carrera que no podías encontrar unas horas para apuntarle a alguna competición deportiva o algo así?

Una rabia helada se abrió paso en el corazón de Francesca.

—Hijo de puta —siseó. Pasó a su lado y se dirigió rápidamente hacia las escaleras.

—¡Francie!

Ignoró su llamada. El corazón le retumbaba en el pecho, se dijo que era una verdadera estúpida por haber sentido, aunque solo fuera instante, compasión por él. Corrió hacia arriba y empujó la puerta que daba al pasillo trasero. Se prometió a sí misma que Dallie nunca volvería a estar cerca de su hijo otra vez, por mucho que quisiera contratar a todos los abogados del mundo y lanzarlos contra ella.

—¡Francie! —Oyó sus pasos en la escalera, pero apenas aceleró el ritmo de los suyos. Dallie la alcanzó enseguida y la cogió del brazo para obligarla a detenerse—. Escucha, Francie, no quería decir...

—¡No me toques! —Intentó soltarse de su mano, pero él la mantenía sujeta, decidido a acabar aquella conversación. Ella era vagamente consciente de que él intentaba disculparse, pero estaba demasiado alterada para atender a sus palabras.

—¡Francie! —La cogió más firmemente por los hombros y la miró a los ojos—. Lo siento.

Francesca lo empujó.

—¡Déjame ir! No tenemos nada más que hablar.

Pero él no la soltaba.

—Voy a hacer que me escuches aunque tenga que amordazarte...

Se interrumpió al sentir que, salido de ninguna parte, un pequeño tornado se abalanzó contra una de sus piernas.

—¡Te he dicho que no tocaras a mi madre...! —gritó Teddy, dando patadas y puñetazos con todas sus fuerzas—. ¡Tonto del culo! ¡Eres un tonto del culo!

—¡Teddy! —gritó Francesca, girando hacia él en cuanto Dallie la soltó.

—¡Te odio! —siguió gritando Teddy a Dallie, con el rostro encendido de rabia y las lágrimas derramándose por sus mejillas al tiempo que intensificaba su ataque—. ¡Te mataré si le haces daño!

—No voy a hacerle daño—dijo Dallie, intentando apartarse del alcance de los puños de Teddy—. ¡Teddy! No voy a hacerle daño.

—¡Para, Teddy! —gritó Francesca. Pero su voz sonó tan aguda que no hizo otra cosa que empeorar las cosas. Por un instante, sus ojos se encontraron con los de Dallie. Él parecía tan desvalido como ella.

—¡Te odio! ¡Te odio!

—¡Bueno, bueno, esto sí que no me lo esperaba! —dijo una voz femenina desde el otro extremo del pasillo, arrastrando las palabras.

—¡Holly Grace! —Teddy dio un empujón a Dallie y corrió hacia uno de los pocos puertos seguros en los que sabía que podía refugiarse en un mundo que cada vez resultaba más desconcertante.

—¡Eh, Teddy! —Holly Grace lo envolvió en sus brazos y apretó su pequeña cabeza contra su pecho. Luego le frotó cariñosamente entre los hombros—. Lo has hecho realmente bien, cariño. Dallie es un tipo grande, pero tú le has dado su merecido.

Francesca y Dallie estallaron al unísono.

—¿Qué demonios te pasa, diciéndole algo así?

—¡De verdad, Holly Grace!

Holly Grace los miró fijamente por encima de la cabeza de Teddy, fijándose en sus ropas ajadas y sus rostros enrojecidos. Luego meneó la cabeza.

—Maldita sea. Me parece que me he perdido la mejor reunión desde que Sherman se unió a Atlanta.

27

Francesca separó a Teddy de Holly Grace. Con su hijo pegado a su lado, cruzó el pasillo hacia la parte delantera de la casa, decidida a subir a su habitación, recoger sus cosas y abandonar Wynette para siempre. Pero al llegar a la puerta de la sala de estar, se detuvo en seco.

El mundo entero parecía haberse reunido allí para ver cómo se deshacía su vida. Skeet Cooper estaba junto a la ventana comiendo un trozo de tarta de chocolate. La señorita Sybil estaba sentada con Doralee en el sofá. La señora de la limpieza contratada para ayudar a la señorita Sybil acababa de entrar por la puerta principal. Y Gerry Jaffe paseaba de un lado a otro de la estancia.

Francesca se dio la vuelta para preguntarle a Holly Grace qué hacía Gerry allí, pero al mirar hacia atrás vio a su mejor amiga poniendo su brazo alrededor de la cintura de Dallie. Si había tenido alguna duda con respecto a quién apoyaría Holly Grace, su actitud protectora para con Dallie lo dejaba todo bien claro.

—¿Tenías que traer al mundo entero contigo? —le espetó.

Holly Grace miró más allá de Francesca, y al descubrir a Gerry por primera vez, soltó un juramento que Francesca deseó que Teddy no hubiera tenido que oír.

Gerry tenía aspecto de necesitar un buen descanso, e inmediatamente avanzó hacia Holly Grace.

—¿No podrías haberme llamado y decirme qué pasaba?

—¿Llamarte? —gritó Holly Grace—. ¿Por qué debería haberte llamado? ¿Y qué demonios estás haciendo aquí?

La señora de la limpieza se tomó su tiempo para colgar su abrigo mientras los miraba a todos con curiosidad mal disimulada. Dallie estudió a Gerry con una combinación de hostilidad e interés. Era la única persona aparte de él mismo que había sido capaz de meter a la bella Holly Grace Beaudine en barrena.

Francesca sintió una punzada de dolor en sus sienes.

—¿Qué quieres decir con eso de que qué hago aquí? —dijo Gerry—. Llamé a Naomi desde Washington y me contó que Teddy había sido secuestrado y que estabas completamente alterada. ¿Qué pretendías que hiciera? ¿Que me quedara en Washington y fingiera que no pasaba nada?

Al mismo tiempo que la discusión entre Holly Grace y Gerry subía de tono, comenzó a sonar el teléfono. Todos, incluida la señora de la limpieza, lo ignoraron. Francesca sentía que se asfixiaba. Lo único en lo que podía pensar era que tenía que sacar a Teddy de allí. El teléfono siguió sonando y la señora de la limpieza al final comenzó a moverse hacia la cocina para contestar. Holly Grace y Gerry se callaron, sumiéndose en un tenso silencio.

En ese momento, Dallie se fijó en Doralee.

—¿Y esta quién es? —preguntó, con un tono que apenas mostraba poco más que una mera curiosidad.

Skeet sacudió la cabeza y se encogió de hombros.

La señorita Sybil revolvió en su bolsa de costura buscando su labor de punto de cruz.

Holly Grace lanzó a Francesca una mirada airada.

Siguiendo la dirección de los ojos de su ex esposa, Dallie giró la cabeza hacia Francesca en espera de una explicación.

—Su nombre es Doralee —informó Francesca, con expresión rígida—. Necesita un lugar donde quedarse temporalmente.

Dallie meditó un momento, y luego asintió satisfecho.

—Hola, Doralee.

Los ojos de Holly Grace relampaguearon y sus labios se fruncieron en una mueca siniestra.

—¡No puedo con vosotros dos! ¿No tenéis ya suficientes problemas para buscaros más?

La señora de la limpieza asomó la cabeza desde la cocina.

—Hay una llamada telefónica para la señorita Day.

Francesca no le hizo caso. Aunque su cabeza hubiera comenzado a palpitar frenéticamente, decidió que ya le había aguantado bastante a Holly Grace.

—Cállate, Holly Grace Beaudine. Quiero saber qué haces tú aquí. Todo esto es ya bastante horrible como para tenerte también a ti agitando las alas alrededor de Dallie como una gallina ridícula con sus polluelos. ¡Ya es mayorcito! No te necesita para que libres tú sus batallas por él. Y desde luego no te necesita para protegerse de mí.

—Quizá no haya venido solo por él, ¿se te ha ocurrido pensar eso? —replicó Holly Grace—. Quizá no confiaba en que ninguno de vosotros tuviera bastante sentido común como para saber manejar esta situación.

—Ya he oído bastante de tu sentido común —contestó Francesca, fuera de sí—. Estoy harta de oír...

—¿Qué debo hacer con la llamada? —preguntó la señora de la limpieza—. El hombre dice que es un príncipe.

—¡Mamá! —gimoteó Teddy, rascándose el sarpullido del vientre y fulminando a Dallie con la mirada.

Holly Grace señaló con su dedo puntiagudo hacia Doralee.

—¡Ahí tenemos un ejemplo perfecto de lo que estoy diciendo! Nunca piensas. Tú solamente...

Doralee se levantó de un salto.

—¡No tengo que escuchar esta mierda!

—En realidad, esto no es asunto tuyo, Holly Grace —interrumpió Gerry.

—¡Mamá! —gimió Teddy otra vez—. ¡Mamá, me pica! ¡Quiero irme a casa!

—¿Va a hablar con este tal príncipe o no? —quiso saber la señora de la limpieza.

Un martillo neumático se puso en marcha dentro del cráneo de Francesca. Quería gritarles a todos que la dejaran en paz. Su amistad con Holly Grace se derrumbaba ante sus ojos; Doralee parecía lista para atacar a alguien; y Teddy estaba a punto de llorar.

—Por favor... —dijo. Pero nadie la oyó.

Nadie excepto Dallie.

Se inclinó hacia Skeet y le dijo en voz baja:

—¿Te importa sujetarme a Teddy?

Skeet asintió y se acercó al niño. Las voces aumentaron de volumen. Dallie dio un paso adelante y, antes de que nadie pudiera detenerle, levantó a Francesca en vilo y se la colocó sobre su hombro. Ella dejó escapar un jadeo al verse boca abajo.

—Lo siento, gente —dijo Dallie—. Pero cada uno va a tener que esperar su turno. —Y luego, antes de que nadie fuera capaz de reaccionar, salió con Francesca por la puerta.

—¡Mamá! —chilló Teddy.

Skeet agarró a Teddy antes de que pudiera echar a correr detrás de su madre.

—No te hagas mala sangre. Esta es la manera en que tu madre y Dallie se comportan siempre que están juntos. Más vale que te vayas acostumbrando.

Francesca cerró los ojos y apoyó la cabeza contra la ventanilla del coche de Dallie. Sentía el cristal frío contra su sien. Sabía que debería sentirse enfurecida y con razón, arremeter contra Dallie por su exagerada teatralidad de macho, pero en el fondo se alegraba por poner tierra de por medio con aquellas voces críticas y exigentes. No le gustaba dejar atrás a Teddy, pero sabía que Holly Grace se encargaría de tranquilizarlo.

En la radio comenzó a sonar una melodía de Barry Manilow. Dallie se inclinó para cambiar el dial, pero luego la miró a ella y cambió de opinión. Con el paso de los kilómetros, Francesca comenzó a sentirse más calmada. Dallie no dijo nada, pero teniendo en cuenta cómo habían sido sus últimas conversaciones, el silencio suponía un alivio. Había olvidado lo silencioso que Dallie podía ser cuando no hablaba.

Cerró los ojos y se permitió quedarse algo adormilada hasta que el coche se adentró por una callejuela estrecha que terminaba delante de una casa de piedra de dos plantas. La casita rústica estaba entre una arboleda de árboles florales con una línea de viejos cedros formando un parapeto por un lado y una hilera de colinas bajas y azuladas a lo lejos. Miró a Dallie cuando este detuvo el coche en el patio delantero.

—¿Dónde estamos?

Dallie apagó el motor y salió sin responder. Francesca lo observó con cautela rodeando el coche por delante y abriéndole la puerta. Dallie apoyó una mano en el techo del coche y la otra en el marco de la puerta y se inclinó hacia ella. Cuando miró aquellos fríos ojos azules, algo extraño sucedió dentro de ella. Se sintió de pronto como una mujer hambrienta a la que acabaran de ofrecerle un postre tentador. El momento de debilidad la avergonzó y frunció el ceño.

—Maldita sea, eres hermosa —dijo Dallie, suavemente.

—Ni la mitad de guapa que tú —le espetó ella, decidida a aplastar cualquier tipo de química que pudiera haber entre ellos—. ¿Dónde estamos? ¿De quién es esta casa?

—Es mía.

—¿Tuya? No podemos estar a más de veinte millas de Wynette. ¿Por qué tienes dos casas tan cerca?

—Después de lo que acaba de pasar en la otra, me sorprende que puedas hacerme esa pregunta. —Se echó a un lado para dejarla salir.

Francesca salió del coche y miró pensativamente el porche delantero.

—Es un escondrijo, ¿verdad?

—Supongo que podrías llamarlo así. Y te agradecería que no le dijeses a nadie que te he traído aquí. Todos saben que existe, pero hasta ahora han mantenido la distancia. Si averiguan que has estado aquí, se abrirá la veda, se pondrán en fila con sacos de dormir, bolsos de costura y neveras llenas de Dr Pepper.

Francesca fue hacia la puerta, curiosa por ver el interior, pero antes de que llegara a entrar, Dallie le tocó el brazo.

—¿Francie? La cuestión es que esta es mi casa, y no podemos pelearnos en ella.

Nunca antes había visto una expresión tan seria en su cara.

—¿Qué te hace pensar que quiero pelear?

—Supongo que está en tu naturaleza.

—¡Mi naturaleza! ¡Primero secuestras a mi hijo, y ahora me secuestras a mí, y encima tienes la cara de decir que yo quiero pelear!

—Llámame pesimista —dijo Dallie, y se sentó en el último escalón.

Francesca cruzó los brazos sobre su pecho, incómodamente consciente de que él la había superado en aquel intercambio de golpes. Empezó a temblar. Dallie la había sacado de la casa sin su chaqueta, y no podían estar a más de diez grados.

—¿Qué haces? ¿Por qué te sientas?

—Si vamos a discutir, vamos a hacerlo aquí fuera, porque una vez que entremos dentro de esta casa, vamos a comportarnos de forma educada el uno con el otro. Lo digo en serio, Francie, esta casa es mi refugio, y no voy a echarlo a perder con gritos e insultos.

—Eso es ridículo. —Sus dientes comenzaron a chocar—. Tenemos cosas importantes de las que hablar, y no creo que seamos capaces de hacerlo sin discutir.

Dallie dio una palmada en el escalón, a su lado.

—Me congelo —dijo ella, dejándose caer a su lado, pero a pesar de su queja, se sintió secretamente complacida por la idea de una casa donde no se permitían disputas. ¿Qué ocurriría con las relaciones humanas si hubiera más casas como aquella? Solo Dallie podría haber pensado algo tan interesante. Subrepticiamente, se acercó a él para sentir su calor. Había olvidado lo bien que olía Dallie siempre, a jabón y ropa limpia—. ¿Por qué no nos sentamos en el coche? —sugirió—. Solo llevas una camisa de franela. Tampoco tú puedes estar muy a gusto con este frío.

—Si nos quedamos aquí, acabaremos antes con esto —dijo él, y se aclaró la garganta—. Antes de nada, te pido perdón por hacer esa observación ofensiva sobre que tu carrera es más importante para ti que Teddy. Nunca he dicho que yo fuera perfecto, pero de todos modos, eso ha sido un golpe bajo y me avergüenzo de ello.

Francesca levantó las rodillas hacia su pecho y se inclinó hacia delante.

—¿Tienes idea de lo que supone para una madre trabajadora oír algo así?

—No pensaba lo que decía —masculló. Y después añadió, a la defensiva—: Pero maldita sea, Francie, desearía que no hicieras una montaña de un grano de arena cada vez que digo algo equivocado. Eres demasiado irascible.

Frustrada, Francesca hundió sus dedos en sus brazos. ¿Por qué los hombres siempre hacían eso? ¿Qué les hacía pensar que podían decir cualquier cosa a una mujer, cualquier ofensa, y luego esperar que ella mantuviese la calma? Se le pasaron por la cabeza un buen número de comentarios punzantes que querría hacer, pero se mordió la lengua para poder entrar en la casa.

—Teddy funciona al ritmo que marca su propio tambor —dijo, con firmeza—. No es como yo ni tampoco como tú. Es él y solo él.

—Eso lo he podido ver. —Dallie tenía las piernas separadas. Apoyó los antebrazos sobre las rodillas y clavó la mirada en el escalón durante unos momentos—. Es solo que no parece un niño normal.

Toda su inseguridad maternal chirrió como si fuera una melodía desacompasada. Por el simple hecho de que Teddy no era un niño deportista, Dallie no lo aprobaba.

—¿Cómo quieres que se comporte? —contraatacó airada—. ¿Quieres que vaya por ahí pegándoles a las mujeres?

Dallie se puso rígido, y Francesca deseó haber mantenido la boca cerrada.

—¿Cómo vamos a resolver esto? —preguntó él, en un susurro—. Peleamos como gatos y perros en cuanto nos acercamos el uno al otro. Tal vez sería mejor si le dejamos esto a los abogados.

—¿Es eso realmente lo que quieres hacer?

—Lo único que sé es que estoy cansado de pelear contigo, y no hemos estado juntos ni un día entero.

Sus dientes habían comenzado a castañetear de verdad.

—A Teddy no le gustas, Dallie. No voy a obligarle a pasar tiempo contigo.

—Teddy y yo hemos empezado con mal pie, eso es todo. Tendremos que resolverlo.

—No será tan fácil.

—Muchas cosas no son fáciles.

Francesca miró esperanzada hacia la puerta de la casa.

—Dejemos de hablar de Teddy y vayamos adentro durante

unos minutos. Cuando hayamos entrado un poco en calor, podemos salir y terminar la conversación.

Dallie asintió con la cabeza, se levantó y le ofreció su mano. Ella la aceptó, pero la sensación fue demasiado agradable, así que la soltó tan rápidamente como pudo, decidida a mantener el contacto físico entre ellos al mínimo. Por un instante, dio la impresión de que Dallie le hubiera leído el pensamiento, y luego se dio la vuelta para abrir la puerta.

—Has contraído un auténtico desafío con Doralee —comentó. Se apartó a un lado, invitándola con un gesto a entrar a un vestíbulo de terracota que quedaba iluminado por una ventana de arco—. ¿A cuántos como ella calculas que has recogido en estos diez años?

—¿Animal o humano?

Él rio entre dientes, y, mientras entraba en la sala de estar, Francesca recordó el maravilloso sentido del humor que tenía Dallie. En la estancia había una alfombra oriental descolorida, una colección de lámparas de metal y unas sillas acolchadas. Todo era cómodo e inclasificable, todo excepto los maravillosos cuadros que colgaban de las paredes.

—Dallie, ¿de dónde los has sacado? —le preguntó, acercándose a una pintura al óleo que representaba montañas sombrías y huesos descoloridos.

—Aquí y allá —dijo, como si no estuviera muy seguro.

—¡Son maravillosos! —Pasó a contemplar un lienzo de gran tamaño salpicado de flores exóticas abstractas—. No sabía que coleccionabas arte.

—No lo colecciono, solo voy comprando cosas que me gustan.

Francesca enarcó una ceja para dejarlo claro que no la engañaba en lo más mínimo. Los paletos no compraban pinturas como aquellas.

—Dallas, ¿sería posible que mantuviéramos una conversación sin que trataras de burlarte?

—Probablemente no. —Sonrió abiertamente y luego hizo un gesto en dirección al comedor—. Hay un acrílico ahí que puede que te guste. Lo compré en una pequeña galería en Carmel después de hacer un *double-bogey* dos días seguidos en el hoyo diecisiete, en

Pebble Beach. Estaba tan deprimido que o me emborrachaba o me compraba un cuadro. Tengo otro del mismo artista en mi casa de Carolina del Norte.

—No sabía que tenías una casa en Carolina del Norte.

—Es una de esas casas contemporáneas que parecen una cámara acorazada de un banco. En realidad, no me entusiasma demasiado, pero tiene bonitas vistas. La mayoría de las casas que he comprado últimamente son algo más tradicionales.

—¿Tienes más?

Él se encogió de hombros.

—Ya no podía soportar más moteles, y puesto que empecé a quedar en los primeros puestos en varios torneos y a ganar algo de dinero, necesitaba invertirlo de algún modo. Así que compré un par de casas en diferentes zonas del país. ¿Quieres algo de beber?

Francesca cayó entonces en la cuenta de que no había comido nada desde la noche anterior.

—Lo que realmente me gustaría es algo de comida. Y luego creo que lo mejor es que vuelva con Teddy. —«Y que llame a Stefan —se dijo para sus adentros—. Y que vea al trabajador social para hablar de Doralee. Y que hable con Holly Grace», pues era su mejor amiga.

—Mimas a Teddy demasiado —comentó Dallie, guiándola hacia la cocina.

Francesca se detuvo en seco. La frágil tregua que se había establecido entre ellos acababa de romperse. A él le llevó un instante percatarse de que ella no lo estaba siguiendo, y se dio la vuelta para ver qué pasaba. Cuando vio la expresión de su cara, soltó un suspiro y la cogió del brazo para llevarla de vuelta al porche. Ella trató de soltarse, pero él la sujetó con fuerza.

El aire frío la golpeó al verse de nuevo en el exterior. Giró sobre sus talones para mirarle a la cara.

—No me juzgues como madre, Dallie. Tú has pasado menos de una semana con Teddy, así que no comiences a imaginarte que tienes la menor autoridad en su educación. ¡Ni siquiera lo conoces!

—Sé lo que veo. Maldita sea, Francie, no pretendo herir tus sentimientos, pero Teddy es una decepción para mí, eso es todo.

Ella sintió una puñalada de dolor. Teddy, su orgullo y su alegría, sangre de su sangre, corazón de su corazón, ¿cómo podía ser una decepción para nadie?

—Eso no me importa lo más mínimo —dijo, con frialdad—. Lo único que me importa es la decepción que pareces ser tú para él.

Dallie se metió una mano en el bolsillo de sus vaqueros y miró hacia los cedros, sin decir nada. El viento le revolvió el flequillo, levantándoselo de la frente. Por fin, habló con tono calmado.

—Tal vez será mejor que regresemos a Wynette. Supongo que lo de venir aquí no ha sido una buena idea.

Francesca miró también hacia los árboles durante unos momentos antes de asentir con la cabeza y echar a andar de vuelta al coche.

Ahora en la casa solo estaban Teddy y Skeet. Dallie se marchó nada más llegar, sin decir adónde iba, y Francesca se llevó a Teddy consigo para dar un paseo. Intentó un par de veces introducir el nombre de Dallie en la conversación, pero él se resistía a sus esfuerzos y Francesca decidió no presionarlo. De todos modos, el pequeño no paraba de hablar de las virtudes de Skeet Cooper.

Cuando volvieron a la casa, Teddy se escabulló en busca de algo que comer y ella bajó al sótano, donde Skeet estaba dándole una mano de barniz al palo de golf que antes había estado arreglando. No alzó la vista cuando ella entró, y Francesca le observó durante unos minutos antes de hablar.

—Skeet, quiero agradecerte que seas tan agradable con Teddy. Necesita un amigo en este momento.

—No tienes que darme las gracias —contestó Skeet, con voz ronca—. Es un buen chico.

Francesca apoyó el codo encima de un mueble, disfrutando al contemplar cómo trabajaba Skeet. Los movimientos lentos y cuidadosos la calmaban y hacían que pudiera pensar con más claridad. Veinticuatro horas antes, lo único que había querido hacer era mantener a Teddy lejos de Dallie, pero ahora le tentaba la idea de reconciliarlos. Tarde o temprano, Teddy iba a tener que aceptar sus lazos con Dallie. Francesca no podía soportar la idea de que su hijo creciera con cicatrices emocionales porque odiara a su padre, y si pasar unos cuantos días en Wynette significaba ahorrarle esas cicatrices a Teddy, eso es lo que haría.

Tomada la decisión, se dirigió a Skeet.

—Teddy te cae bien de verdad, ¿no?

—Claro que me cae bien. Es la clase de niño con el que no tengo inconveniente en pasar el tiempo.

—Lástima que no todo el mundo piense igual —dijo ella, amargamente.

Skeet se aclaró la garganta.

—Dale tiempo a Dallie, Francie. Ya sé que eres impaciente por naturaleza, siempre queriendo precipitar las cosas, pero algunas cosas simplemente no pueden precipitarse.

—Se odian el uno al otro, Skeet.

Él giró el palo para inspeccionar el trabajo realizado y volvió a hundir la brocha en el bote de barniz.

—Cuando dos personas son tan parecidas la una a la otra, a veces es difícil que congenien.

—¿Parecidas? —Francesca lo miró fijamente—. Dallie y Teddy no se parecen en nada.

Skeet la miró como si fuera la persona más estúpida que hubiera visto en su vida, y luego sacudió la cabeza y volvió a concentrarse en barnizar el palo.

—Dallie es atractivo —argumentó Francesca—. Es atlético, guapísimo...

Skeet rio entre dientes.

—Teddy, desde luego, es un pequeño bicho feúcho. Es todo un misterio que dos personas tan hermosas como Dallie y tú pudierais engendrar a alguien así.

—Puede que sea algo feo por fuera —contestó ella, a la defensiva—. Pero es maravilloso por dentro.

Skeet rio entre dientes otra vez, mojó de nuevo la brocha en el barniz y luego levantó la mirada.

—No me gusta dar consejos, Francie, pero si yo fuera tú, me concentraría más en regañar a Dallie por su juego que en regañarlo por su comportamiento con Teddy.

Ella lo miró atónita.

—¿Por qué debería regañarlo por su juego?

—No vas a deshacerte de él. Lo entiendes, ¿verdad? Ahora que sabe que Teddy es su hijo, va a seguir apareciendo en tu vida, tanto si te gusta como si no.

Ella ya había llegado a la misma conclusión, y asintió de mala gana.

Skeet pasó la brocha a lo largo de la suave curva de la madera.

—Mi mejor consejo, Francie, es que utilices ese cerebro que tienes para buscar la forma de que Dallie juegue su mejor golf.

Francesca estaba completamente desconcertada.

—¿Qué intentas decirme?

—Exactamente lo que he dicho, eso es todo.

—Pero no sé nada sobre golf, y no veo qué tiene que ver el juego de Dallie con Teddy.

—Lo bueno de un consejo es que puedes seguirlo o ignorarlo.

Francesca le lanzó una mirada interrogante.

—Tú sabes por qué se muestra tan crítico con respecto a Teddy, ¿verdad?

—Tengo alguna idea.

—¿Es porque Teddy se parece a Jaycee? ¿Es eso?

Skeet resopló.

—Dale algo de crédito a Dallie, tiene más sentido común que eso.

—Entonces, ¿qué?

Skeet apoyó el palo sobre una barra para que se secara y puso la brocha en un tarro de aguarrás.

—Tú solo concéntrate en su golf, solo eso. Quizá tengas más suerte que la que yo he tenido.

Y después de eso no dijo nada más.

Cuando Francesca volvió arriba, vio a Teddy jugando con uno de los perros de Dallie en el patio. En la mesa de la cocina había un sobre con su nombre garabateado con la letra de Gerry. Lo abrió y leyó el mensaje:

Nena, Cariño, Corderita, Amor de Mi Vida,

¿Qué te parecería pasar esta noche conmigo? Te recogeré para cenar y celebrar una bacanal a las 7:00. Tu mejor amiga es la reina de las idiotas, y yo soy el zoquete más grande del mundo. Prometo no llorar sobre tu hombro nada más que la mayor parte de la velada. ¿Cuándo vas a dejar de ser tan cabezota e invitarme a tu programa de televisión?

Sinceramente, Zorro el Grande

P.D. Trae algún dispositivo para el control de la natalidad.

Francesca se echó a reír. A pesar de su mal principio en aquella carretera de Texas hacía diez años, Gerry y ella habían mantenido una buena amistad en los dos años que llevaba viviendo en Manhattan. Él se había pasado los primeros meses tras su reencuentro pidiéndole perdón por haberla dejado tirada, aun cuando Francesca insistía en que aquel día le había hecho un favor. Para su asombro, él le había entregado el viejo sobre amarillento con su pasaporte y los cuatrocientos dólares que había guardado en su neceser. Ella le había dado hacía ya mucho tiempo a Holly Grace el dinero para devolverle a Dallie lo que le debía, con lo que decidió invitar a Gerry y a la propia Holly Grace a una noche de fiesta en la ciudad con aquellos cuatrocientos dólares.

Cuando Gerry llegó para recogerla, llevaba puesta su cazadora de cuero con unos pantalones marrón oscuro y un suéter color crema. La abrazó con fuerza y le dio un beso amistoso en los labios, con brillo de malicia en sus ojos oscuros.

—Ey, preciosa. ¿Por qué no podría haberme enamorado de ti en vez de Holly Grace?

—Porque eres demasiado listo para cargar conmigo —dijo ella, riendo.

—¿Dónde está Teddy?

—Ha engañado a Doralee y a la señorita Sybil para que se lo llevasen a ver una horripilante película sobre saltamontes asesinos.

Gerry sonrió, pero enseguida borró aquella sonrisa de su cara y la miró con preocupación.

—¿Cómo estás, de verdad? Esto debe de estar resultándote difícil.

—He tenido semanas mejores —admitió ella. Hasta el momento, solo el asunto referente a Doralee estaba cerca de una solución. Esa tarde la señorita Sybil había insistido en ser ella misma la que llevara a la adolescente a las oficinas del condado, diciéndole de paso a Francesca que Doralee se quedaría con ella hasta que encontraran a una familia de acogida.

—He estado un rato con Dallie esta tarde —dijo Gerry.

—¿En serio? —Francesca estaba sorprendida. Se le hacía difícil imaginarse a los dos juntos.

Gerry sostuvo la puerta de la calle abierta para que ella saliera.

—Le di un consejo legal no muy amistoso y le dije que si alguna otra vez intenta algo similar con Teddy, me encargaré personalmente de echarle encima a todo el sistema legal.

—Puedo imaginarme cómo habrá reaccionado él a eso —contestó ella secamente.

—Te haré un favor y te ahorraré los detalles. —Avanzaron hacia el Toyota alquilado de Gerry—. ¿Sabes? Ha sido extraño. Una vez que hemos dejado de insultarnos, casi ha acabado por caerme bien ese hijo de puta. Quiero decir, odio pensar que él y Holly Grace estuvieron casados, y sobre todo odio el hecho de que todavía se tengan tanto cariño el uno por el otro, pero una vez que hemos comenzado a hablar, he tenido la extraña sensación de que Dallie y yo nos conocíamos desde hacía mucho. Es una locura.

—No te engañes —dijo Francesca cuando él le abrió la puerta del coche—. La única razón por la que te has sentido a gusto con él es porque Dallie se parece mucho a Holly Grace. Si te gusta uno de ellos, es bastante difícil que no te guste el otro también.

Comieron en un restaurante agradable que servía una ternera maravillosa. Antes de que hubieran terminado el plato principal, ya estaban otra vez enredados en su vieja discusión sobre por qué Francesca no invitaba a Gerry a su programa de televisión.

—Solo una vez, preciosa, eso es todo lo que te pido.

—Olvídalo. Te conozco. Te presentarías con quemaduras falsas de radiación por todo el cuerpo o anunciarías en directo que en ese mismo momento hay unos misiles rusos de camino hacia Nebraska.

—¿Y qué? Tienes millones de androides complacidos viendo tu programa que no entienden que vivimos en vísperas de la destrucción. Es mi deber concienciar a la gente.

—No en mi programa —dijo ella con firmeza—. Yo no manipulo a mis espectadores.

—Francesca, ahora no hablamos de un pequeño petardo de trece kilotones como el que tiramos sobre Nagasaki. Hablamos de megatones. Si caen veinte mil megatones en Nueva York, el resultado va a ser algo más que arruinar una fiesta en casa de Donald Trump. El efecto alcanzará a más de mil kilómetros cuadrados, y ocho millones de cuerpos fritos quedarán tirados y pudriéndose por todas partes.

—Estoy intentando comer, Gerry —protestó Francesca, dejando su tenedor.

Gerry había estado hablando de los horrores de una guerra nuclear durante tanto tiempo que podía echar a perder una cena de cinco platos mientras describía un caso terminal de envenenamiento por radiación y seguía con su patata al horno como si nada.

—¿Sabes cuál es el único bicho que tiene alguna posibilidad de supervivencia? Las cucarachas. Estarán ciegas, pero todavía serán capaces de reproducirse.

—Gerry, te quiero como a un hermano, pero no dejaré que conviertas mi programa en un circo. —Antes de que él pudiera lanzar su siguiente tanda de argumentos, cambió de tema—. ¿Has hablado con Holly Grace esta tarde?

Él dejó el tenedor y negó con la cabeza.

—He ido a casa de su madre, pero se ha escabullido por la puerta de atrás al verme llegar. —Apartó a un lado su plato y dio un sorbo de agua.

Parecía estar tan triste que Francesca se sentía dividida entre el deseo de consolarle y el impulso de darle una buena bofetada para ver si así le entraba un poco de sentido común. Gerry y Holly Grace obviamente se amaban, y Francesca deseaba que dejaran de camuflar sus problemas. Aunque Holly Grace casi nunca hablara de ello, Francesca sabía las ganas que tenía de ser madre, pero Gerry nunca aceptaba hablar del tema con ella.

—¿Por qué no intentáis llegar a algún tipo de compromiso entre los dos? —sugirió.

—Ella no entiende esa palabra —contestó Gerry—. Se le ha metido en la cabeza que me he estado aprovechando de su fama y...

Francesca gimió.

—Otra vez con eso no. Holly Grace quiere un bebé, Gerry. ¿Por qué ninguno de los dos admite de una vez cuál es el verdadero problema? Sé que no es asunto mío, pero creo que serías un padre maravilloso y...

—¡Jesús! ¿Es que Naomi y tú os habéis puesto de acuerdo para fastidiarme o qué? —exclamó, dándole un brusco empujón a su plato—. Vamos al Roustabout, ¿de acuerdo?

El Roustabout era el último lugar al que ella querría ir.

—No me apetece...

—Seguramente la vieja parejita del instituto estará allí. Entramos, hacemos como que no los vemos, y luego nos ponemos a hacer el amor encima de la barra. ¿Qué dices?

—Digo que no.

—Venga, preciosa. Los dos nos han estado echando una tonelada de mierda encima. Echémosles un poco nosotros a ellos.

Como era su costumbre, Gerry ignoró todas sus protestas y la sacó a rastras del restaurante. Quince minutos más tarde, cruzaban la puerta del bar. El local se parecía mucho a lo que Francesca recordaba, aunque la mayoría de los anuncios luminosos de cerveza Lone Star habían sido sustituidos por otros de Miller Lite, y en un rincón había unas máquinas de videojuegos. La clientela seguía siendo la misma.

—Vaya, mira quién acaba de entrar por la puerta —dijo una voz gutural a unos metros a su derecha—. Si es la reina de Inglaterra con el rey de los Bolcheviques andando a su lado. —Holly Grace estaba sentada con una botella de cerveza delante de ella, mientras a su lado Dallie bebía a sorbos de un vaso de agua de Seltz.

Francesca sintió de nuevo uno de esos pequeños nudos en el estómago al ver cómo la miraban aquellos hermosos ojos azules por encima del borde del vaso.

—No, me equivoco —continuó Holly Grace al fijarse en el vestido de Galanos estampado en negro y marfil que Francesca llevaba con una chaqueta larga color rojo oscuro—. No es la reina de Inglaterra. Es aquella luchadora de barro que vimos en Medina County.

Francesca cogió a Gerry del brazo.

—Vámonos.

Los gruesos labios de Gerry se tensaban más a cada segundo, pero se negó a moverse. Holly Grace se echó hacia atrás el Stetson, ignorándole a propósito mientras analizaba el vestuario de Francesca.

—Un Galanos en el Roustabout. Mierda. Te arriesgas a que nos echen a patadas. ¿No te cansas de ser siempre el centro de atención?

Francesca se olvidó de Gerry y Dallie y miró a Holly Grace realmente preocupada. Se estaba comportando como una auténtica arpía. Se soltó del brazo de Gerry, se acercó a la mesa y se sentó en la silla libre que había a su lado.

—¿Estás bien? —le preguntó.

Holly Grace frunció el ceño mirando su vaso de cerveza, pero permaneció en silencio.

—Vamos al aseo para que podamos hablar —susurró Francesca, y como Holly Grace no ofreció respuesta alguna, añadió con tono más tajante—: Ahora mismo.

Holly Grace le lanzó una mirada rebelde que se parecía a las de Teddy en sus peores momentos.

—No voy a ninguna parte contigo. Estoy todavía enfadada por no decirme la verdad sobre Teddy. —Se volvió hacia Dallie—. Baila conmigo, cariño.

Dallie había estado observándolas con interés y se levantó de la silla para poner su brazo alrededor de los hombros de Holly Grace cuando ella se levantó.

—Claro, cariño.

Los dos se dirigieron hacia la pista de baile, pero Gerry dio un paso adelante, bloqueándoles el paso.

—¿No es interesante la manera en que se cogen el uno al otro? —le dijo a Francesca—. Este es el caso más fascinante de desarrollo detenido que he visto en mi vida.

—Vete a bailar, Holly Grace —dijo Francesca, quedamente—. Pero mientras lo haces, piensa que en este momento tal vez yo te necesite tanto como Dallie.

Holly Grace vaciló un momento, pero luego se dejó de nuevo envolver en los brazos de Dallie y ambos fueron hasta la pista de baile.

En ese momento, uno de los clientes asiduos del Roustabout se acercó para pedirle un autógrafo a Francesca, y poco después se vio rodeada por admiradores. Charló con ellos mientras por dentro estaba llena de frustración. Por el rabillo del ojo, vio a Gerry hablar con una joven de pechos enormes en la barra. Holly Grace bailaba con Dallie, moviéndose los dos juntos como si tuvieran un solo cuerpo; su intimidad era tan absoluta que parecían estar aislados del resto del mundo. A Francesca comenzaron a dolerle las mejillas de tanto sonreír. Firmó más autógrafos y agradeció más elogios, pero los clientes del Roustabout se negaban a dejarla en paz. Estaban acostumbrados a ver a la estrella de *Pistola de Porcelana* en el bar, pero ver a la encantadora Francesca Day era algo completamente distinto. No había pasado mucho tiempo cuando vio que Holly Grace se escabullía sola por la puerta de atrás. Una mano le tocó en el hombro.

—Lo siento, amigos, pero Francie me había prometido este baile. ¿Todavía te acuerdas del *Two Step*, cariño?

Francesca se volvió hacia Dallie y, después de un ligero momento de duda, se dejó llevar por él, que la estrechó contra sí, y ella tuvo la perturbadora sensación de que había sido arrastrada diez años atrás en el tiempo, al momento en que aquel hombre era el centro de su mundo.

—Maldita sea, está bien bailar con una mujer que lleva puesto un vestido —dijo—. ¿Llevas hombreras en esa chaqueta?

Su tono era suave, dulce y divertido. Francesca se sentía muy a gusto estando cerca de él. Demasiado.

—No dejes que Holly Grace dañe tus sentimientos —dijo Dallie, en voz baja—. Solo necesita algo de tiempo.

Dadas las circunstancias, la compasión de Dallie la pilló por sorpresa.

—Su amistad significa mucho para mí —logró responder.

—Si quieres mi opinión, lo que realmente la tiene cabreada es la forma en que ese comunista se ha aprovechado de ella.

Francesca comprendió que Dallie no entendía la verdadera naturaleza del problema entre Holly Grace y Gerry, y decidió que no era a ella a quien le correspondía ponerlo al corriente.

—Tarde o temprano, volverá —prosiguió él—. Y sé que ella

apreciaría que cuando lo haga tú estés esperándola. Ahora, ¿puedes dejar de preocuparte por Holly Grace y tratar de concentrarte en la música para que podamos bailar un poco?

Francesca intentó hacerlo, pero la proximidad de Dallie la estaba afectando hasta tal punto que el baile quedaba fuera de su alcance. La música bajó el ritmo hasta convertirse en una balada country romántica. La barbilla de Dallie rozó la cabeza de Francesca.

—Esta noche estás tremendamente hermosa, Francie. —Su voz tenía un rastro de ronquera que la puso nerviosa. Él la apretó contra su propio cuerpo hasta no dejar ni un resquicio entre ambos—. Eres realmente pequeña. Me había olvidado de lo pequeña que eres.

«No trates de hechizarme —quiso suplicarle Francesca al sentir que el calor de su cuerpo penetraba en el suyo propio—. No te muestres dulce y sensual y me hagas olvidar todo lo que hay entre nosotros.» Tenía la desconcertante sensación de que los sonidos se iban desvaneciendo a su alrededor, de que la música se iba suavizando y de que el resto de las voces desaparecían como si los dos estuvieran solos en la pista de baile.

Dallie la apretó aún más y el ritmo de sus movimientos varió sutilmente, ya no era un baile, sino algo más semejante a un abrazo. Francesca sentía el cuerpo de Dallie duro y sólido contra el suyo, e intentó reunir la energía necesaria para luchar contra su atracción.

—Vamos a... vamos a sentarnos.

—De acuerdo.

Pero en lugar de dejarla ir, Dallie metió sus manos entrelazadas entre sus cuerpos. Su otra mano se deslizó por debajo de su chaqueta de forma que solo la seda de su vestido la separaba de sentir su tacto en su piel. De algún modo, la mejilla de ella encontró el hombro de él. Se reclinó contra él como si hubiera vuelto al hogar. Conteniendo el aliento, cerró los ojos y se dejó llevar.

—Francie —susurró Dallie en su pelo—, vamos a tener que hacer algo con esto.

Ella pensó por un momento en fingir que no entendía a qué se refería, pero no tenía ánimos para ponerse a coquetear.

—Es... Es solamente una simple atracción química. Si la ignoramos, acabará por desaparecer.

Él la acercó aún más.

—¿Estás segura de eso?

—Absolutamente. —Esperaba que él no hubiera notado el leve temblor de su voz. De repente, se sintió muy asustada y se oyó a sí misma diciendo—: En serio, Dallie, esto me ha pasado cientos de veces antes. Miles. Estoy segura de que a ti también te ha pasado.

—Sí —dijo él, con rotundidad—. Miles de veces. —Dejó de moverse con un gesto algo brusco y bajó los brazos—. Escucha, Francie, si a ti te da igual, no me apetece mucho seguir bailando.

—Bien. —Le dedicó su mejor sonrisa y ocupó sus manos en arreglarse la chaqueta—. Por mí estupendo.

—Te veo luego —dijo Dallie, y se dio la vuelta para marcharse.

—Sí, hasta luego —respondió ella, hablándole ya a su espalda.

Su separación fue cordial. No se había pronunciado ninguna palabra malsonante. No se había lanzado ninguna advertencia. Pero mientras lo veía desaparecer entre la gente, Francesca tuvo la vaga sensación de que un nuevo conjunto de líneas de batalla se había establecido entre ambos.

28

Aunque Dallie hizo varias tentativas poco entusiastas de suavizar su relación con Teddy, los dos eran como el aceite y el agua. Cuando su padre estaba cerca, Teddy chocaba con los muebles, rompía platos y estaba de mal humor. Dallie no tenía miramientos para criticar al niño, y ambos se sentían cada vez más amargados en compañía del otro. Francesca intentó actuar como mediadora, pero desde la tarde en la que habían bailado en el Roustabout se había creado tanta tensión entre ella y Dallie que lo único que consiguió fue perder también ella los nervios.

La tarde de su tercer y último día en Wynette, se enfrentó a Dallie en el sótano después de que Teddy hubiera salido corriendo y hubiera tirado una silla en la cocina.

—¿No podrías sentarte y hacer un rompecabezas con él o leer un libro juntos? —exclamó—. ¿Cómo diablos crees que puede aprender a jugar al billar si no paras de gritarle todo el tiempo?

Dallie miró encolerizado el rasgón en el tapete verde que cubría la mesa de billar.

—No le gritaba, y no te metas en esto. Te marchas mañana, y eso no me da mucho tiempo para compensar nueve años de excesiva influencia femenina.

—Una influencia solo parcialmente femenina —replicó ella—. No olvides que Holly Grace pasó también mucho tiempo con él.

Dallie entrecerró los ojos.

—¿Y qué demonios se supone que significa esa observación?

—Significa que ella ha sido mucho mejor padre de lo que tú nunca serás.

Dallie se alejó unos pasos, cada músculo de su cuerpo tenso de agresividad, pero enseguida volvió a acercarse a ella.

—Y otra cosa: pensaba que habíamos quedado en que hablarías con él, que le explicarías que soy su padre.

—Teddy no está de ánimos para atender a explicaciones. Es un niño inteligente. Lo entenderá cuando esté listo.

Dallie la miró de arriba abajo con deliberada insolencia.

—¿Sabes qué es lo que creo que pasa contigo? ¡Creo que sigues siendo una cría inmadura que no puede soportar que las cosas no se hagan como ella pretende!

Ella le devolvió la misma mirada insolente y respondió:

—¡Y yo creo que tú eres un descerebrado que no vale un pimiento sin un maldito palo de golf en las manos!

Se lanzaron insultos el uno al otro como si fueran misiles teledirigidos, pero incluso a pesar de que la hostilidad entre ambos no hacía otra cosa que ir en aumento, Francesca tenía la ligera sensación de que nada de lo que decían llegaba a acertar en el objetivo. Sus palabras eran simplemente una ineficaz cortina de humo que hacía poco para ocultar el hecho de que el espacio de aire que había entre ellos estaba al rojo vivo de lujuria.

—No me extraña que no te hayas casado. Eres la mujer más fría que he conocido en toda mi vida.

—Hay un buen número de hombres que no estarían de acuerdo con eso. Hombres de verdad, no meros chicos guapos de cara que llevan los vaqueros tan apretados que tienes que preguntarte qué es lo que intentan demostrar.

—Eso deja bien claro dónde has estado poniendo tus ojos.

—Eso deja bien claro hasta qué punto me he aburrido.

Las palabras pasaban rozando sus cabezas como balas, y dejaban a ambos totalmente frustrados, y a todos los demás al borde de los nervios.

Finalmente, Skeet Cooper decidió que ya había tenido bastante.

—Tengo una sorpresa para vosotros dos —les dijo, asomando la cabeza por la puerta del sótano—. Acompañadme arriba.

Sin mirarse el uno al otro, Dallie y Francesca subieron la escalera que llevaba a la cocina. Skeet los esperaba junto a la puerta trasera, con sus chaquetas en la mano.

—La señorita Sybil y Doralee van a llevar a Teddy a la biblioteca. Vosotros os venís conmigo.

—¿Adónde vamos? —preguntó Francesca.

—No estoy de humor —le espetó Dallie.

Skeet le lanzó una cazadora roja al pecho.

—Me importa un bledo si estás de humor o no, porque te garantizo que vas a tener que arreglártelas sin caddie si no estás dentro de mi coche en los próximos treinta segundos.

Mascullando para sí, Dallie siguió a Francesca al Ford de Skeet.

—Tú métete en el asiento de atrás —le dijo Skeet—. Francie se viene delante conmigo.

Dallie masculló un poco más, pero hizo lo que se le decía.

Francesca hizo todo lo posible para sacar a Dallie de sus casillas durante el trayecto charlando amigablemente con Skeet y dejándolo a él deliberadamente fuera de la conversación. Skeet ignoró las preguntas de Dallie acerca de adónde se dirigían, diciendo tan solo que tenía la solución para, al menos, algunos de sus problemas. Estaban ya casi a unos treinta kilómetros de Wynette, por una carretera que le resultaba vagamente familiar, cuando Skeet detuvo el coche en el arcén.

—Tengo algo verdaderamente interesante en el maletero del coche que quiero que los dos veáis. —Se inclinó a un lado para sacar una llave del bolsillo de sus pantalones y se la lanzó a Dallie—. Ve tú también con él, Francie. Creo que esto hará que os sintáis mucho mejor.

Dallie lo miró con suspicacia, pero abrió la puerta y salió. Francesca se subió la cremallera de la chaqueta y salió también. Caminaron cada uno por un lado del coche hasta llegar a la parte de atrás, y Dallie se inclinó con la llave hacia la cerradura del maletero. Sin embargo, antes de que pudiera tocarlo, Skeet pisó el acelerador y el coche se alejó a toda velocidad, dejándolos allí plantados.

Atónita, Francesca miró fijamente el coche, que desaparecía rápidamente.

—¿Qué...?

—¡Hijo de puta! —gritó Dallie, blandiendo su puño cerrado en el aire—. ¡Voy a matarlo! Cuando le ponga las manos encima, va a lamentar el día en que nació. Me lo tenía que haber imaginado... ¡Ese asqueroso sinvergüenza...!

—No entiendo —le interrumpió Francesca—. ¿Qué hace? ¿Por qué nos deja aquí?

—¡Porque no puede soportar seguir oyéndote discutir, por eso!

—¡A mí!

Hubo una breve pausa antes de que él la cogiera del brazo.

—Venga, vámonos.

—¿Adónde?

—A mi casa. Está cerca, a un kilómetro más o menos.

—Qué conveniente —dijo ella, secamente—. ¿Estás seguro de que no habéis planeado esto entre los dos?

—Créeme —gruñó Dallie, empezando a andar otra vez—, lo que menos me apetece en este mundo es estar atrapado en esa casa contigo. Ni siquiera hay teléfono.

—Mira el lado positivo —contestó Francesca, con sarcasmo—. Con esas reglas de cuento de hadas que has impuesto, no podemos discutir una vez que estemos dentro de la casa.

—Sí, bien, más te vale que te atengas a esas reglas o te encontrarás pasando la noche en el porche.

—¿Pasar la noche?

—No creerás que va a venir a buscarnos antes de mañana, ¿verdad?

—Estás de broma.

—¿Te parece que lo estoy?

Siguieron caminando, y, solamente para hacerle rabiar, Francesca comenzó a tararear una canción de Willie Nelson, *On the Road Again*. Dallie se paró y la miró encolerizado.

—Oh, no seas tan cascarrabias —le regañó ella—. Tienes que admitir que esto es, cuando menos, algo divertido.

—¡Divertido! ¡Me gustaría saber qué tiene esto de divertido! Sabes tan bien como yo lo que va a pasar esta noche entre nosotros en esa casa.

Un camión pasó a toda velocidad a su lado, sacudiendo el pelo de Francesca y lanzándolo contra su mejilla. Sintió que se le aceleraba el pulso.

—No sé nada de eso —contestó, con altanería.

Él le dirigió una mirada desdeñosa, diciéndole sin palabras que pensaba que era la mayor hipócrita del mundo. Ella lo miró con rabia, pero enseguida decidió que lo mejor era pasar al ataque y no dar un paso atrás.

—Incluso si tuvieras razón, que no la tienes, no tienes por qué comportarte como si fueras a ir a una operación a corazón abierto.

—Eso probablemente sería mucho menos doloroso.

Por fin una de sus pullas acertó en el blanco, y ahora fue ella ahora la que dejó de andar.

—¿Eso lo dices realmente en serio? —preguntó, ofendida.

Él metió una mano en el bolsillo de su cazadora y pateó una piedra.

—Desde luego que sí.

—No lo dices en serio.

—Te lo aseguro.

La cara de Francesca debió de parecer tan desolada como realmente se sentía por dentro, porque la expresión de Dallie se suavizó y dio un paso hacia ella.

—Venga, Francie...

Antes de que ninguno de ellos supiera lo que estaba ocurriendo, ella estaba en sus brazos y él inclinaba su boca hacia la suya. El beso empezó siendo suave y dulce, pero estaban tan hambrientos el uno del otro que cambió casi inmediatamente. Los dedos de Dallie se abrieron camino en el pelo de Francesca, apartándoselo de las sienes para que cayera sobre sus manos. Ella le rodeó el cuello con sus brazos y, poniéndose de puntillas, abrió los labios para darle la bienvenida a su lengua.

El beso los rompió en pedazos. Fue como un gran tifón que barriera con su ímpetu todas las diferencias que había entre ellos. Con una de sus manos, Dallie la cogió por debajo de las caderas y la levantó del suelo. Sus labios fueron de su boca a su cuello y de nuevo a su boca. Su mano encontró la piel desnuda allí donde la chaqueta y el suéter se habían levantado por encima de sus pantalones, y se deslizó hacia arriba a lo largo de su columna vertebral. En cuestión de segundos, ambos estaban acalorados y sudorosos, llenos de deseo, listos para comerse el uno al otro por completo.

Un coche pasó junto a ellos tocando el claxon, y a través de las ventanillas les llegaron aullidos burlones. Francesca retiró los brazos dcl cuello de Dallie.

—Para —gimió—. No podemos... Oh, Dios...

Él la bajó con cuidado al suelo. Su piel ardía.

Despacio, Dallie retiró su mano de debajo del suéter de ella y la dejó ir.

—La cuestión es —dijo, con la voz casi sin aliento— que cuando este tipo de cosas pasa entre la gente, esta clase de química sexual, desaparece el sentido común.

—¿Es que este tipo de cosas te ocurre a menudo? —le espetó ella, de repente tan nerviosa como un gato al que alguien le acaricia de mal modo.

—La última vez fue cuando tenía diecisiete años, y me prometí que aprendería la lección. Demonios, Francie, tengo treinta y siete años, y tú, ¿cuántos, treinta?

—Treinta y uno.

—Los dos somos bastante mayores para comportarnos con lógica, y aquí estamos, actuando como un par de adolescentes con las hormonas disparadas. —Sacudió su cabeza rubia con desdén—. Será un milagro si no terminas con un chupetón en el cuello.

—No me culpes a mí por lo que ha pasado —replicó ella—. Llevo tanto tiempo en ayunas que cualquier cosa me parece buena, incluso tú.

—Pensé que tú y ese tal príncipe Stefan...

—Lo haremos. Pero aún no hemos tenido ocasión.

—Probablemente algo así no deberías retrasarlo mucho más.

Comenzaron a andar otra vez, y al poco, Dallie la cogió de la mano y le dio un apretón cariñoso. Su gesto pretendía ser amistoso y conciliador, pero envió corrientes de calor por el brazo de Francesca, y ella creyó que la mejor forma de disipar la electricidad existente entre ellos era usar la fría voz de la lógica.

—Ya está todo demasiado complicado para nosotros. Esta... esta atracción sexual va a hacerlo imposible.

—Hace diez años besabas de maravilla, nena, pero desde entonces has pasado a jugar en las grandes ligas.

—No hago esto con todos —contestó ella, irritada.

—No te ofendas, Francie, pero recuerdo que cuando hace diez años comenzamos a entrar en materia, tú todavía tenías algunas cosas que aprender, y no digo que no fueras una estudiante excelente. Dime, ¿por qué tengo la impresión que desde entonces has pasado a matrícula de honor?

—¡No es cierto! Soy terrible en lo que se refiere al sexo. Me... me estropea el peinado.

Dallie se echó a reír.

—No creo que te preocupes ya tanto por tu peinado. No es que no lo lleves bien, y tu maquillaje también, de paso.

—Oh, Dios —gimoteó Francesca—. Tal vez deberíamos fingir que nada de esto ha pasado, y dejar las cosas tal y como estaban.

Él metió la mano, que aún tenía cogida la de ella, en el bolsillo de su cazadora.

—Cariño, hemos estado rondándonos desde el mismo momento en que nos hemos vuelto a encontrar, olfateándonos y gruñendo como un par de perros callejeros. Si no dejamos que las cosas sigan su curso natural pronto, vamos a terminar volviéndonos medio locos. —Hizo una pausa y añadió—: O ciegos.

En vez de estar en desacuerdo con él, como debería haber estado, Francesca se oyó a sí misma diciendo:

—Suponiendo que decidamos seguir adelante con esto, ¿cuánto tiempo crees que nos llevará... quemarnos del todo?

—No lo sé. Somos dos personas completamente diferentes. Mi opinión es que si lo hacemos dos o tres veces, el misterio se desvanecerá, y ese será más o menos el punto y final.

¿Tenía razón? Francesca se reprendió a sí misma. Por supuesto que tenía razón. Aquella clase de química sexual era como una llamarada, era poderosa y rápida, pero no duraba mucho tiempo encendida. Una vez más estaba dándole demasiada importancia al sexo. Dallie actuaba con completa normalidad con respecto al tema y ella debería hacer lo mismo. Era una oportunidad perfecta para sacarse a Dallie de sus entrañas sin perder la dignidad.

Realizaron el resto del camino hasta la casa en silencio. Cuando entraron, él llevó a cabo todos los rituales propios del perfecto anfitrión, colgando sus chaquetas, ajustando el termostato para que la atmósfera fuera acogedora, llenándole un vaso de vino de una botella que había cogido de la cocina. El silencio había comenzado a resultar opresivo, y Francesca se refugió en el sarcasmo.

—Si esa botella tiene tapón de rosca, no quiero.

—He sacado el corcho con mis propios dientes.

Ella contuvo una sonrisa y se sentó en el sofá, solo para descubrir que estaba demasiado nerviosa como para quedarse quieta. Se levantó de nuevo.

—Voy al aseo. Y, Dallie... No he... traído nada. Sé que es mi cuerpo, y me siento responsable de él, pero no había planeado acabar en tu cama, no es que haya decidido ya que vaya a hacerlo, pero si lo hago, si lo hacemos... si tú no has venido más preparado que yo, será mejor que me lo digas ahora mismo.

Dallie sonrió.

—Yo me encargaré de eso.

—Más te vale. —Le dirigió su mueca más feroz, porque todo iba demasiado rápido para ella. Sabía que se disponía a hacer algo que luego lamentaría, pero no parecía tener la fuerza de voluntad necesaria para detenerse. Era porque se había mantenido célibe durante un año, pensó. Esa era la única explicación posible.

Cuando regresó del cuarto de aseo, Dallie estaba sentado en el sofá, con una bota sobre la rodilla, bebiendo un vaso de zumo de tomate. Ella se sentó en el lado opuesto, sin apoyarse contra el reposabrazos precisamente, pero tampoco demasiado cerca de Dallie. Él la miró y le dijo:

—Santo Dios, Francie, relájate un poco. Estás empezando a ponerme nervioso.

—No me vengas con esas —replicó—. Estás tan nervioso como yo, solo que tú lo disimulas mejor.

Él no lo negó.

—¿Quieres que nos demos una ducha juntos para entrar en calor?

Negó con la cabeza.

—No quiero quitarme la ropa.

—Va a ser bastante difícil...

—No es eso lo que quiero decir. Probablemente me quitaré la ropa, al final lo haré, quizá, si es que decido hacerlo, es solo que pienso haber entrado ya en calor cuando lo haga.

Dallie sonrió abiertamente.

—¿Sabes una cosa, Francie? Es divertido esto de estar sentado aquí hablando de ello. Casi lamento empezar a besarte.

Pero entonces fue ella la que comenzó a besarlo a él, porque ya no podía soportar seguir hablando.

Ese beso fue aún mejor que el que se habían dado en la carretera. Sus prolegómenos verbales los habían puesto a ambos al límite y había una cierta brusquedad en sus caricias que parecía sin embargo apropiada para un encuentro que ambos sabían que era una insensatez. Mientras sus bocas se juntaban y sus lenguas se tocaban, Francesca tuvo otra vez la sensación de que el resto del mundo se desvanecía a su alrededor.

Ella metió las manos bajo la camisa de él. En cuestión de segundos, ya no llevaba puesto su suéter y los botones de su blusa de seda estaban siendo abiertos uno por uno. Su ropa interior era preciosa, dos copas de seda color marfil cubrían sus pechos. Dallie retiró una de ellas para encontrar el cremoso pezón y chuparlo.

Cuando no pudo soportarlo más, Francesca tiró de su cabeza hacia arriba y lanzó un ataque implacable sobre su labio inferior, perfilando la curva con su lengua, mordiéndole suavemente con sus dientes. Finalmente, deslizó sus dedos a lo largo de su espina dorsal y los introdujo dentro de la cinturilla de sus vaqueros. Él gimió y tiró de ella para ponerla en pie, luego le quitó los pantalones, y a continuación los zapatos y los calcetines.

—Quiero verte —dijo con voz ronca, apartando la blusa de seda de sus hombros. La tela cayó como una caricia por sus brazos. Dallie contuvo el aliento—. ¿Toda tu ropa interior parece sacada de un *striptease* de lujo?

—Toda. —Se elevó poniéndose de puntillas para darle un mordisco en la oreja. Los dedos de Dallie juguetearon con las dos pequeñas tiras que mantenían el diminuto triángulo de sus medias de seda en su lugar y dejaban la curva de su muslo desnudo. La piel de Francesca se estremeció—. Llévame arriba —susurró.

Él pasó su brazo por detrás de sus rodillas, la levantó y la sostuvo cerca de su pecho.

—Pesas menos que una bolsa llena de palos, nena.

El dormitorio era grande y cómodo, con una chimenea en uno dc los lados y una cama colocada bajo un techo abuhardillado. La dejó con cuidado encima de la colcha y luego centró su atención en los delicados lazos de las medias en sus caderas.

—No, no. —Francesca le apartó la mano y señaló hacia el centro de la habitación—. Quítatelo tú primero, soldado.

Dallie la miró con desconfianza.

—¿Qué me quite qué?

—Tu ropa. Entretén a las tropas.

—¿Mi ropa? —Frunció el ceño—. Pensaba que tal vez querrías hacerlo tú por mí.

Ella negó con la cabeza y se apoyó sobre un codo, dedicándole su sonrisa más pícara y maliciosa.

—Desnúdate.

—Eh, escucha, Francie...

Francesca alzó una mano lánguida y señaló otra vez hacia el centro de la estancia.

—Hazlo muy despacio, que resulte atractivo —ronroneó—. Quiero disfrutar cada segundo.

—¡Oh, Francie...! —Miró con ansia las copas idénticas de su sujetador y luego el pequeño triángulo de seda. Ella abrió ligeramente sus piernas para motivarle—. Me siento estúpido quitándome la ropa como si fuera un espectáculo —se quejó mientras se colocaba en el centro de la habitación.

Ella deslizó sus dedos con delicadeza sobre el triángulo de seda.

—Eso está muy mal. Por lo que a mí concierne, los hombres como tú fueron puestos en este mundo para entretener a mujeres como yo.

Los ojos de Dallie siguieron el movimiento de sus dedos.

—¿Ah, sí?

Ella jugó con el elástico de la cintura.

—Todo músculo, nada de cerebro, ¿para qué más sirves?

Dallie levantó la mirada y le lanzó una sonrisa perezosa, tras lo cual comenzó a desabotonar lentamente los puños de su camisa.

—Bueno, creo que estás a punto de averiguarlo.

Francesca sintió una oleada de calor recorriendo su sangre. El simple acto de desatar el puño de una camisa de repente le pareció lo más erótico que jamás había visto. Dallie debió de notar que su respiración se aceleraba, porque en la comisura de sus labios apareció una sonrisa que volvió a desaparecer enseguida al concentrarse en lo que estaba haciendo. Se tomó su tiempo para desabrochar el resto de los botones de la camisa y luego la dejó abierta un instante antes de quitársela por completo. Francesca separó ligeramente los labios y admiró sus músculos mientras se agachaba para quitarse las botas y los calcetines. Ya solo con los vaqueros y el ancho cinturón de cuero, Dallie se irguió y enganchó un pulgar en la presilla del pantalón.

—Quítate el sujetador —dijo—. No me pienso quitar nada más hasta que no vea algo que merezca la pena.

Ella fingió meditarlo un momento, pero luego, despacio, se llevó las manos a la espalda y desenganchó el pequeño cierre. Los tirantes cayeron de sus hombros, pero mantuvo las copas sobre sus pechos.

—Primero quítate el cinturón —dijo, con voz profunda y gutural—. Y luego bájate la bragueta.

Dallie tiró del cinturón para sacarlo de las presillas. Lo dejó colgar un momento, sujetando la hebilla con el puño. Entonces la sorprendió tirándolo a la cama, adonde fue a caer entre sus tobillos.

—Por si lo tengo que utilizar contigo —dijo, con tono sensualmente amenazador.

Francesca tragó saliva al tiempo que él empezaba a bajar lentamente la cremallera de los vaqueros, solo unos centímetros, lo justo para dejar a la vista su abdomen plano. Y luego detuvo el movimiento de su mano, esperando. Ella se quitó poco a poco el sujetador de encima de los pechos, arqueando con delicadeza la espalda para que él tuviera una buena visión. Ahora fue él quien tragó saliva.

—Los vaqueros, soldado —susurró ella.

Dallie terminó de bajar la cremallera, metió sus pulgares dentro de la cinturilla, cogió los vaqueros y los calzoncillos juntos y se los quitó. Finalmente quedó completamente desnudo ante ella.

Sin el menor atisbo de timidez, ella lo miró con fruición. Él estaba duro y soberbio, suave, brillante y hermoso. Ella echó la cabeza hacia atrás, sobre la almohada, con su cabello formando una suerte de corona, y le observó mientras caminaba hacia la cama. Dallie extendió el brazo y dibujó con el índice una línea desde su garganta a la cima del triángulo de sus bragas.

—Abre los lazos —le ordenó.

—Hazlo tú —replicó ella.

Él se sentó sobre el borde de la cama y cogió una de las cintas de satén, pero ella le agarró la mano.

—Con la boca.

Él rio entre dientes, y acto seguido se inclinó hacia delante e hizo lo que le ordenaba. Cuando le quitó la sedosa prenda de entre las piernas, la besó y comenzó a acariciarla por la cara interior de los muslos. Ella comenzó a su vez una misión de exploración, sus manos ansiosas por tocarlo. Después de unos minutos, él gimió y se apartó ligeramente para alcanzar el cajón de la mesita de noche. Al darle la espalda, ella se rio y se puso de rodillas para besuquearle el cuello.

—Nunca envíes a un hombre para hacer el trabajo de una mujer —susurró. Se deslizó junto a él y asumió su tarea, entreteniéndose y jugueteando hasta que su piel estuvo empapada de sudor.

—Maldita sea, Francie —dijo Dallie con voz ahogada—, sigue así y no conseguirás nada de este encuentro aparte de unos recuerdos aburridísimos.

Ella sonrió y volvió a recostarse sobre las almohadas, separando las piernas para él.

—Lo dudo.

Él tomó lo que ella le ofrecía, atormentándola con expertas caricias hasta que le suplicó que parara, y luego la besó hasta dejarla sin aliento. Cuando por fin entró en ella, Francesca clavó sus uñas en las caderas de él y gritó. Él se irguió, penetrándola más profundamente, y ambos comenzaron a hablar entrecortadamente.

—Por favor...

—Qué bueno...

—Sí... más fuerte...

—Suave...

Los dos estaban acostumbrados a ser amantes serenos, considerados con el otro, generosos, aunque siempre manteniendo el control. Pero ahora estaban calientes y húmedos, absorbidos por la pasión, ajenos a todo salvo al impulso irresistible de ofrecerse sus hermosos cuerpos mutuamente. Llegaron al orgasmo casi a la vez, con unos segundos de diferencia, entre jadeos, en un efusivo y ruidoso abandono, llenando el aire con gemidos, gritos y obscenidades.

Después, ninguno podría decir quién se sentía más avergonzado de los dos.

29

La comida fue tensa, ambos estuvieron gastándose bromas que no resultaban demasiado graciosas. Luego regresaron a la cama y volvieron a hacer el amor de nuevo. Con las bocas pegadas y sus cuerpos unidos no podían hablar, pero hablar era algo que no tenían muchas ganas de hacer. Durmieron agitadamente, despertando de madrugada para descubrir que todavía no habían tenido bastante el uno del otro.

—¿Cuántas veces llevamos? —gimió Dallie al terminar.

Ella le frotó la barbilla con su nariz.

—Eh... creo que cuatro.

Dallie la besó en la coronilla y refunfuñó:

—Francie, no creo que este fuego que hay entre nosotros vaya a ser tan fácil de apagar como pensábamos.

Habían pasado las ocho de la mañana del día siguiente antes de que ninguno de los dos comenzara a despertarse. Francesca se desperezó lentamente y Dallie tiró de ella para envolverla en sus brazos. Estaban empezando a tontear otra vez cuando oyeron pasos que subían por la escalera. Dallie masculló un improperio. Francesca levantó la cabeza para mirar hacia la puerta y vio con alarma cómo el pomo estaba girando. En su mente surgió una visión horrible en la que un ejército de ex novias de Dallie había entrado en la casa, cada una de ellas con una llave colgando de entre sus dedos.

—¡Oh, Dios...! —No pudo evitarlo: se deslizó bajo las sábanas y se cubrió la cabeza. En ese preciso momento, oyó que se abría la puerta.

Dallie pareció tibiamente exasperado al hablar.

—Por el amor de Dios, ¿no podías siquiera llamar a la puerta?

—Tenía miedo de derramar el café. Espero que esa de ahí abajo sea Francie o me voy a morir de vergüenza.

—De hecho, no es Francie —dijo Dallie—. Y deberías morirte de vergüenza.

El colchón se hundió cuando Holly Grace se sentó en un lado de la cama y sus caderas rozaron las piernas de Francesca. La suave fragancia del café penetró a través de la sábana.

—Lo menos que podrías haber hecho era traerme una taza a mí también —se quejó Dallie.

—No se me ha ocurrido —se disculpó Holly Grace—; tengo muchas cosas en mi mente. ¿Estás de broma, verdad, con eso de que no es Francie la que está aquí debajo?

Dallie le dio una palmada cariñosa a Francesca en la cadera por encima de las sábanas.

—Quédate aquí quietecita, Rosalita, mi amor. Esta chiflada se habrá largado dentro de unos minutos.

Holly Grace tiró de la sábana.

—Francie, tengo que hablar con vosotros dos.

Francesca agarró la sábana más fuerte y murmuró algo en español sobre que había que girar en la próxima esquina para llegar a la oficina de correos. Dallie se echó a reír.

—Vamos, Francie, sé que eres tú —dijo Holly Grace—. Tu ropa interior está desparramada por el suelo... Lo que queda de ella, al menos.

Francesca no vio ninguna forma elegante de salir de aquella situación. Con toda la dignidad que pudo reunir, bajó la sábana hasta su barbilla y miró encolerizada a Holly Grace, que llevaba puestos unos vaqueros viejos y una sudadera.

—¿Qué es lo que quieres? —exigió saber—. Durante tres días te has negado a hablar conmigo. ¿Por qué tienes que elegir precisamente esta mañana para volver a hacerlo?

—Necesitaba tiempo para pensar.

—¿No podías haber escogido un lugar más apropiado para que nos viéramos? —continuó Francesca. A su lado, Dallie se apoyó contra el cabezal de la cama y dio un sorbo al café de Holly

Grace, con aspecto de estar completamente relajado. Al ser la única que estaba tumbada, Francesca se sintió en desventaja. Dobló la sábana bajo los brazos, se tragó la vergüenza y se irguió hasta quedar sentada.

—¿Quieres un sorbo? —le preguntó Dallie, ofreciéndole la taza de café.

Ella se retiró el pelo de la cara y se lo agradeció con exagerada cortesía, decidida a aparentar más normalidad que ellos. Cuando cogió la taza, Holly Grace se puso de pie y fue hacia la ventana, pasando sus manos de los bolsillos delanteros de sus vaqueros a los traseros. Al ver ese gesto, Francesca comprendió que su amiga estaba más nerviosa de lo que quería aparentar. Mirándola más atentamente, percibió signos reveladores de tensión en la rigidez de sus hombros.

Holly Grace jugó con el borde de las cortinas.

—Mirad, la cuestión es que.... Esto que ha sucedido entre vosotros ha interrumpido ciertos planes que había hecho.

—¿Qué es «esto» que ha sucedido entre nosotros? —preguntó Francesca defensivamente.

—¿Qué planes? —preguntó Dallie.

Holly Grace se dio la vuelta para mirarlos.

—Francie, tienes que entender que no te estoy censurando. Durante años te he dicho que perdiste una gran oportunidad al no pasar más tiempo en la cama con Dallas Beaudine.

—¡Holly Grace! —protestó Francesca.

—Gracias, nena —dijo Dallie.

Francesca se dio cuenta de que estaban tomándole el pelo otra vez, y dio un lento y tranquilizador sorbo de café. Holly Grace regresó a los pies de la cama y miró fijamente a su ex marido.

—Dallie, mi reloj biológico está a punto de llegar a la medianoche. Estaba convencida de que más tarde o más temprano encontraría alguien con quien querría casarme. Incluso llegué a desear que Gerry y yo... Da igual, había planeado sentar la cabeza y hacer que los productores de *Pistola de Porcelana* me grabaran del pecho para arriba mientras tenía un par de bebés. Pero últimamente he comprendido que eso es una fantasía y la cuestión es... que siento dolor dentro de mí. —Fue ahora hacia el lado de la cama donde estaba Francesca, abrazándose a sí misma como si tuviera frío.

Francesca vio la tristeza en las hermosas y orgullosas facciones de su amiga, y se pudo imaginar lo que le había costado a Holly Grace mostrarse tan sincera acerca de esa necesidad de tener un hijo. Le pasó la taza de café a Dallie y dio una palmada sobre el colchón.

—Siéntate, Holly Grace, y dime qué ocurre.

Holly Grace se sentó, sus ojos azules fijos en los verdes de Francesca.

—Tú sabes cuánto quiero tener un bebé, Francie, y creo que lo que ha sucedido con Teddy me ha hecho pensar aún más en ello. Estoy cansada de poder solo querer a los hijos de los demás; quiero tener mis propios hijos. Dallie me ha estado diciendo durante años que no base todas mis esperanzas de ser feliz en el dinero, y al final he comprendido que tiene razón.

Francesca extendió la mano y le acarició compasivamente el brazo. Lamentaba que Gerry se hubiera marchado el día anterior, aunque después de tres días de tratar en vano de hablar con Holly Grace, no podía culparlo.

—Cuando estés de vuelta en Nueva York, tienes que reunirte con Gerry. Sé que le quieres, y él te quiere a ti, y...

—¡Olvídate de Gerry! —replicó Holly Grace—. Es Peter Pan. Nunca crecerá. Gerry me ha dejado claro que quiere casarse conmigo. Pero también me ha dejado claro que no desea tener hijos.

—Nunca me habías contado nada de esto —dijo Dallie, claramente sorprendido ante aquella revelación.

—Gerry y tú tenéis que empezar a sinceraros el uno con el otro —insistió Francesca.

—No voy a suplicarle. —Holly Grace enderezó su cuerpo, intentando mantener su dignidad—. Soy económicamente independiente, soy como mínimo medio madura, y no veo ninguna razón por la que tenga que atarme a mí misma en un matrimonio solamente para tener un hijo. Solo necesito tu ayuda.

—Haré todo lo que pueda, lo sabes. Después de lo que hiciste tú por mí cuando...

—¿Me puedes prestar a Dallie? —preguntó Holly Grace de sopetón.

Dallie dio un respingo en la cama.

—¡Eh, eh, espera ahí un momento!

—Dallie no me pertenece, no es algo que te pueda prestar —contestó Francesca, hablando muy lentamente.

Holly Grace no hizo caso a la indignación de Dallie. Sin retirar sus ojos de Francesca, dijo:

—Sé que hay docenas de hombres a los que podría preguntarles, pero no está en mi naturaleza tener un hijo con cualquiera. Quiero a Dallie, y todavía tenemos a Danny entre nosotros. Ahora mismo él es el único hombre en quien confío. —Miró a Francesca con una suave reprimenda en la mirada—. Él sabe que yo jamás intentaría quitarlo de en medio como tú hiciste. Entiendo lo importante que es la familia para él, y el bebé sería tan suyo como mío.

—Eso es algo entre vosotros dos —dijo Francesca firmemente.

Holly Grace miró alternativamente a Francesca y a Dallie.

—No lo creo. —Giró ahora su atención a Dallie—. Me doy cuenta de que puede ser algo espeluznante acostarme contigo después de todo este tiempo, casi como hacerlo con un hermano. Pero me figuro que si me tomara unos cuantos tragos y me imaginara que estoy con Tom Cruise...

Su frágil intento de bromear quedó en nada. Dallie parecía como si acabara de recibir un puñetazo en el estómago.

—¡Esto es el colmo! —Se incorporó y cogió una toalla que estaba sobre la alfombra al lado de la cama.

Holly Grace lo miró de modo suplicante.

—Sé que tú tienes algo que decir sobre todo esto, pero ¿podrías dejarnos a Francie y a mí a solas un momento para que hablemos?

—No, no puedo —contestó con frialdad—. No me puedo creer lo que estáis diciendo. Esto es un ejemplo perfecto de hasta qué punto se han descontrolado las mujeres de este país. Os comportáis como si los hombres no fueran más que meras formas de diversión, pequeños juguetes para manteneros entretenidas. —Bajo las sábanas, se puso la toalla alrededor de la cintura—. Y no me creo todo eso que dicen de que todo viene desde que las mujeres consiguieron el voto. Por lo que a mí concierne, creo que fue desde cuando aprendisteis a leer. —Se levantó de la cama, sujetándose más fuerte la toalla a la cintura—. ¡Y otra cosa: me estoy hartando de que me tratéis como un banco de esperma ambulante! —Con eso, se metió en el cuarto de baño y cerró de un portazo.

Poco impresionada por el arrebato de cólera de Dallie, Holly Grace miró a Francesca.

—Si consigo convencer a Dallie, ¿qué tendrías tú que decir sobre este asunto?

La idea incomodaba a Francesca más de lo que le gustaría admitir.

—Holly Grace —dijo—, solo porque Dallie y yo hayamos sucumbido a una noche de demencia transitoria no significa que yo tenga poder de decisión en este tema. Lo que tenga que ocurrir es algo entre vosotros dos.

Holly Grace miró la ropa interior de Francesca esparcida por el suelo.

—Hablando hipotéticamente, si estuvieras enamorada de Dallie, ¿qué sentirías en esta situación?

Había tal necesidad en la expresión de Holly Grace que Francesca decidió que tenía que contestar con total franqueza. Meditó durante unos momentos.

—Pese a todo lo que te quiero, Holly Grace, y pese a la compasión que sienta por tu deseo de tener un hijo, si realmente amase a Dallie, no te dejaría que lo tocaras.

Holly Grace tardó en contestar, y luego esbozó una sonrisa triste.

—Eso es exactamente lo que yo diría. A pesar de toda tu inconstancia, Francie, son momentos como este lo que me hace recordar por qué eres mi mejor amiga.

Holly Grace le apretó la mano, y Francesca se alegró al comprobar que finalmente había sido perdonada por mentirle sobre Teddy. Pero cuando miró la cara de su amiga, frunció el ceño.

—Holly Grace, aquí hay algo que no me cuadra del todo. Sabes muy bien que Dallie no va a estar de acuerdo. Ni siquiera estoy convencida de que tú quieras que lo esté.

—Puede que sí esté de acuerdo —repuso Holly Grace, a la defensiva—. Dallie está lleno de sorpresas.

Pero no aquella clase de sorpresa. Francesca no creía ni por un instante que él pudiera estar de acuerdo con la idea de Holly Grace, y dudaba que la propia Holly Grace lo creyera.

—¿Sabes lo que me pareces? —dijo Francesca pensativamente—. Me pareces alguien con un terrible dolor de muelas que se golpea en la cabeza con un martillo para no pensar en el dolor de su boca.

—Eso es ridículo —soltó Holly Grace, pero su respuesta fue tan rápida que Francesca supo que había acertado de pleno. Supo por qué Holly Grace estaba asustada. Estaba intentando agarrarse a cualquier cosa para aliviar el dolor de su corazón por haber perdido a Gerry. No había nada que Francesca pudiera hacer para ayudar a su amiga excepto darle un abrazo compasivo.

—Vaya, vaya, una imagen como esta debería calentar el corazón de un hombre —dijo Dallie, arrastrando las palabras, mientras salía del cuarto de baño abotonándose la camisa. Parecía haber estado hirviendo a fuego lento durante los últimos minutos, y enseguida resultó evidente que su cólera había pasado de una indignación justificada a todo un incendio fuera de control—. ¿Ya habéis decidido qué vais a hacer conmigo?

—Francie dice que no puedo tenerte —contestó Holly Grace.

Alarmada, Francesca chilló:

—¡Holly Grace, eso no es lo que he...!

—Ah, ¿eso dice? —Dallie se metió la camiseta por dentro de los vaqueros—. Maldita sea, de verdad que odio a las mujeres. —Señaló con el dedo a Francesca, en un gesto de rabia—. Solo porque anoche tirásemos un buen número de fuegos artificiales no significa que puedas tomar decisiones personales por mí.

Francesca se sentía ultrajada.

—No he tomado ninguna...

Dallie se volvió entonces hacia Holly Grace.

—Y si tú quieres tener un bebé, más vale que mires dentro de los pantalones de otro, porque te aseguro que no trabajo de semental.

Francesca sintió una oleada de cólera hacia él, aunque sabía que no era un sentimiento del todo razonable. ¿Acaso no podía ver que Holly Grace estaba sufriendo de verdad y que no era capaz de pensar con claridad?

—¿No crees que estás siendo un poco insensible? —le preguntó.

—¿Insensible? —Su cara palideció de rabia. Sus manos se cerraron en puños, dando la impresión de ser una persona dispuesta a destruir cualquier forma de vida que tuviera a su alcance.

Cuando avanzó hacia ellas, Francesca se encogió instintivamente bajo las sábanas, y hasta Holly Grace pareció retroceder. Dallie lanzó su mano hacia la cama. Francesca soltó un pequeño gemido de alarma solo para ver un segundo después que Dallie había cogido el bolso de Holly Grace del lugar donde ella lo había dejado. Lo abrió, vertió el contenido sobre el colchón y se apoderó de las llaves del coche.

Al hablar, su voz sonó desolada.

—Por lo que a mí respecta, las dos podéis iros al infierno.

Y tras decir eso, salió del cuarto.

Al oír, segundos más tarde, el sonido distante del coche alejándose, Francesca sintió una puñalada de pena por la pérdida de una casa en la que nunca se habían producido discusiones.

30

Seis semanas más tarde, Teddy salió del ascensor y avanzó por el pasillo hacia su apartamento, arrastrando su mochila todo el rato. Odiaba el colegio. Toda su vida le había gustado, pero ahora lo odiaba. Ese día la señorita Pearson había dicho en clase que tendrían que hacer un trabajo de Ciencias Sociales para finales de curso, y Teddy sabía que probablemente lo suspendería. A la señorita Pearson no le caía bien. Le había amenazado con echarle de la clase de superdotados si su actitud no mejoraba.

Lo que ocurría era que... desde que había vuelto de Wynette, nada parecía ya divertirle. Se sentía confuso todo el tiempo, como si hubiera un monstruo oculto en su armario dispuesto a saltar sobre él. Y ahora podría ser que lo expulsaran de su clase.

Teddy sabía que tenía que pensar en un proyecto realmente bueno de Ciencias Sociales, sobre todo después del desastre del trabajo de los bichos que había presentado para ciencias. Tenía que presentar un trabajo mejor que el de todos los demás; incluso mejor que el del tonto de Milton Grossman, que iba a escribirle al alcalde Ed Koch para preguntarle si podría pasar parte del día con él. A la señorita Pearson le había encantado la idea. Dijo que la iniciativa de Milton debería servir de inspiración para toda la clase. Teddy no entendía cómo alguien que se hurgaba la nariz y olía a bolas de naftalina podía ser una inspiración.

Cuando entró por la puerta, Consuelo salió a su encuentro.

—Ha llegado un paquete para ti. Está en tu habitación.

—¿Un paquete? —Teddy se fue quitando la chaqueta mientras

se adentraba por el pasillo. La Navidad ya había pasado, su cumpleaños no era hasta julio, y para el Día de San Valentín quedaban todavía dos semanas. ¿Quién le había enviado un paquete?

Al entrar en su dormitorio, vio en el suelo una enorme caja de cartón con el remite de Wynette, Texas. Dejó caer la chaqueta, se colocó las gafas sobre el puente de la nariz y se mordisqueó la uña del pulgar. Una parte de él quería que la caja fuera de Dallie, pero el resto de su ser odiaba siquiera pensar en Dallie. Siempre que lo hacía, parecía que el monstruo del armario estuviera de pie directamente detrás de él.

Cortó la cinta de embalar con sus tijeras más afiladas, separó las tapas de la caja y buscó en el interior alguna nota. Lo único que vio fue un montón de cajas más pequeñas y, una por una, comenzó a abrirlas. Cuando terminó, se sentía aturdido, mirando el botín que había a su alrededor, una serie de regalos tan apropiados para un chico de nueve años que era como si alguien le hubiera leído la mente.

A un lado había un pequeño montón de cosas maravillosamente asquerosas, como un estupendo cojín que, al sentarse sobre él, sonaba como una pedorreta, chicle de pimienta picante y una especie de cubito de hielo hecho de plástico con una mosca muerta en el interior. Algunos regalos apelaban a su intelecto: una calculadora programable y la colección completa de *Las crónicas de Narnia*. Otra caja contenía objetos que representaban un mundo entero de virilidad: una auténtica navaja del ejército suizo, una linterna con el mango de goma negra, un juego completo de destornilladores de Black & Decker. Pero su regalo favorito estaba en el fondo de la caja. Al quitar el envoltorio de papel, soltó un grito de placer al descubrir la sudadera más alucinante que jamás había visto.

En el pecho, de color azul marino, tenía el dibujo de un motorista barbudo de aspecto lascivo, con los globos oculares reventados y baba colgándole de la boca. Debajo del motorista estaba escrito el nombre de Teddy en letras naranjas fosforescentes y la inscripción: «Nacido para dar guerra.» Teddy abrazó la sudadera contra su pecho. Por una fracción de segundo se permitió pensar que había sido Dallie quien le había enviado todo aquello, pero entonces comprendió que aquellas no eran la clase de cosas que le envías a un niño del que piensas que es un enclenque, y puesto que sabía qué pensaba Dallie de él, supo también que los regalos tenían que ser cosa de Skeet. Apretó más fuerte la sudadera, y se dijo que tenía suerte de contar con un amigo como Skeet Cooper, alguien que podía ver más allá de sus gafas y de su aspecto exterior, directamente al niño que había en su interior.

¡Theodore Day, nacido para dar guerra! Le gustaba el sonido de esas palabras, el sentimiento que le provocaban, lo duras y desafiantes que sonaban y, sobre todo, la idea de que un niño como él, que era un completo inútil en deportes y podía ser expulsado de la clase de superdotados, hubiera nacido para ¡dar guerra!

Mientras Teddy admiraba su sudadera, Francesca estaba terminando de grabar su programa. Cuando la luz roja de la cámara se apagó, Nathan Hurd se acercó para felicitarla. Su productor era casi calvo y regordete, físicamente poco llamativo, pero mentalmente una dinamo. En cierto modo, le recordaba a Clare Padgett, que actualmente estaba a cargo del departamento de informativos en una cadena de televisión de Houston y tenía a sus empleados al borde del suicidio. Ambos eran verdaderos perfeccionistas, y ambos sabían exactamente qué tipo de cosas funcionaban con Francesca.

—Me encanta cuando se marchan del programa así —dijo Nathan, con la papada temblando de placer—. Lo emitiremos tal cual, y los índices de audiencia subirán hasta el techo.

Acababan de hacer un programa sobre el evangelismo electrónico en el cual el invitado de honor, el reverendo Johnny T. Platt, se había marchado enrabietado después de que ella le hubiera sonsacado más de lo que él hubiera deseado reconocer sobre sus varios matrimonios fracasados y su actitud de Neanderthal hacia las mujeres.

—Menos mal que solo quedaban unos pocos minutos por llenar; si no, hubiéramos tenido que grabarlo de nuevo —dijo Francesca mientras se desenganchaba el micrófono del pañuelo de seda que llevaba alrededor del cuello.

Nathan se puso a su lado y salieron juntos del estudio. Ahora que la grabación había terminado y Francesca no tenía que concentrar toda su atención en lo que hacía, la familiar sensación de pesadumbre cayó sobre ella. Habían pasado seis semanas desde que había regresado de Wynette. No había vuelto a ver a Dallie desde que se había marchado enrabietado de su casa. Parecía que con eso se habían acabado sus preocupaciones de cómo iba a poder acostumbrarse a que él se involucrase en la vida de Teddy. Se sentía tan confundida como una de sus chicas fugitivas. ¿Por qué algo que tendría que haber sido tan perjudicial para ella había parecido tan positivo? Y entonces se dio cuenta de que Nathan estaba hablándole.

—... y hoy se ha hecho público el comunicado de prensa sobre la ceremonia de la Estatua de la Libertad. Prepararemos un programa sobre la inmigración en mayo: ricos y pobres, ese tipo de cosas. ¿Qué te parece?

Francesca asintió con la cabeza. Había aprobado su examen de ciudadanía a principios de enero y, poco tiempo después, había recibido una carta de la Casa Blanca invitándola a participar en mayo en una ceremonia especial en la Estatua de la Libertad. Un buen número de personalidades públicas que habían solicitado recientemente la ciudadanía americana realizarían el juramento juntos. Además de Francesca, el grupo incluía a varios atletas hispanos, un diseñador de moda coreano, un bailarín de ballet clásico ruso y dos científicos de reconocido prestigio. Motivado por el éxito obtenido en 1986 en la reinauguración de la Estatua de Libertad, la Casa Blanca había planeado que el presidente hiciera un discurso de bienvenida, generando un poco de fervor patriótico y fortaleciendo su posición con los votantes étnicos.

Nathan se detuvo al llegar a su oficina.

—Tengo grandes proyectos para la próxima temporada, Francesca. Habrá más política. Tienes una forma endiablada de plantear las cosas...

—Nathan —Francesca vaciló un momento y luego, sabiendo que ya lo había aplazado demasiado tiempo, se decidió—, tenemos que hablar.

El productor le dirigió una mirada precavida antes de indicarle con un gesto que entrase en la oficina. Francesca saludó a la secretaria y luego pasó al despacho privado. Nathan cerró la puerta y apoyó una cadera rechoncha en el lateral de su mesa, forzando las costuras ya demasiado estiradas de sus pantalones de algodón.

Francesca respiró hondo y le comentó la decisión a la que había llegado después de meses de deliberación.

—Sé que no te va a gustar oír esto, Nathan, pero cuando llegue la hora de renovar mi contrato con la cadena en primavera, le he dicho a mi representante que lo renegocie.

—Por supuesto que renegociarás —dijo Nathan, con cautela—. Estoy seguro de que la cadena pondrá unos dólares extras encima de la mesa para endulzar el trato. Pero tampoco creas que serán demasiados.

El dinero no era el problema, así que ella negó con la cabeza.

—No voy a seguir haciendo un programa semanal, Nathan. Quiero reducirlo a doce programas especiales al año, uno al mes. —Sintió una sensación de alivio tras decir por fin esas palabras en voz alta.

Nathan dio un brinco.

—No te creo. La cadena no lo aceptará. Cometerás un suicidio profesional.

—Correré el riesgo. No voy a seguir así, Nathan. Estoy cansada de estar siempre cansada. Estoy harta de dejar que sean otros los que críen a mi hijo.

Nathan, que veía a sus propias hijas únicamente los fines de semana y había dejado toda la responsabilidad de criarlas en manos de su esposa, no parecía comprender de qué estaba hablando.

—Las mujeres te miran como un modelo a seguir —dijo él, decidido al parecer a atacar su conciencia política—. Dirán que te has rendido.

—Tal vez... No estoy segura. —Apartó a un lado un montón de revistas y se sentó en el sofá—. Creo que las mujeres se están dando cuenta de que quieren ser algo más que copias calcadas de los hombres. Durante nueve años lo he estado haciendo todo tal y como lo hacen los hombres. He dejado la crianza de mi hijo a cargo de otras personas, he mantenido unos horarios de trabajo tan intensos que cuando me despierto en la habitación de un hotel tengo que echar un vistazo a los membretes del folleto para recordar en qué ciudad me encuentro, y me voy a la cama con un nudo en el estómago de pensar todo lo que tengo que hacer al día siguiente. Estoy cansada de todo eso, Nathan. Me encanta mi trabajo, pero estoy harta de que me encante durante veinticuatro horas al día, siete días a la semana. Quiero a Teddy, y solo me quedan nueve años antes de que se marche a la universidad. Quiero pasar más tiempo con él. Esta es la única vida que me han dado, y para serte sincera, no me siento muy feliz con la forma en la que la he estado viviendo hasta ahora.

Él frunció el ceño.

—En el caso hipotético de que la cadena lo acepte, que lo dudo mucho, vas a perder mucho dinero.

—De acuerdo —se mofó Francesca—. Tendré que reducir mi presupuesto anual para ropa de veinte mil dólares a diez mil. Puedo imaginarme a un millón dc madres trabajadoras sin poder dormir mientras tratan de idear el modo de estirar su sueldo para poder comprarles zapatos nuevos a sus hijos. —¿Cuánto dinero se necesitaba?, se preguntó. ¿Cuánto poder? ¿Era ella la única mujer en el mundo que estaba harta de vivir según todos aquellos criterios masculinos de lo que era el éxito?

—¿Qué es lo que quieres realmente, Francesca? —preguntó Nathan, cambiando su táctica de la confrontación a la pacificación—. Quizá podamos llegar a algún tipo de acuerdo.

—Quiero tiempo —contestó Francesca, con voz fatigada—. Quiero ser capaz de leer un libro solo por el placer de leerlo, no porque el autor vaya a estar en mi programa al día siguiente. Quiero ser capaz de pasar una semana entera sin que alguien me ponga rulos calientes en el pelo. Quiero ir de acompañante a uno de los viajes del colegio de Teddy, por Dios. —Y entonces dio voz a una idea que había estado creciendo gradualmente en su interior—. Quiero utilizar algunas de las energías que dedico a mi trabajo para hacer algo importante por todas esas chicas de catorce años que venden sus cuerpos porque no tienen ningún lugar en este país al que ir.

—Haremos más programas sobre ellas —se apresuró a decir

Nathan—. Pensaré algo para que tengas más tiempo de vacaciones. Sé que te hemos estado exigiendo mucho, pero...

—No, Nathan —dijo, levantándose del sofá—. Voy a reducir la velocidad del tiovivo durante un tiempo.

—Pero, Francesca...

Ella le dio un beso rápido en la mejilla y salió del despacho antes de que él pudiera decir nada más. Sabía que su popularidad no era ninguna garantía para que la cadena no la despidiera si consideraban que se estaba comportando irrazonablemente, pero tenía que correr ese riesgo. Los acontecimientos de las seis últimas semanas le habían mostrado cuáles eran sus verdaderas prioridades, y también le habían enseñado algo importante sobre sí misma: ya no tenía nada que demostrar.

Cuando llegó a su propio despacho, Francesca encontró un montón de mensajes telefónicos esperándola. Cogió el primero, pero enseguida lo puso a un lado sin leerlo. Su mirada fue a posarse en la carpeta que había sobre su escritorio, que contenía un informe detallado de la carrera profesional de Dallas Beaudine. Al mismo tiempo que había estado intentando sacarse a Dallie de su mente, había estado recopilando información sobre él. Aunque jugueteó pensativamente con las hojas, no se molestó en releer de nuevo lo que ya había estudiado tan a fondo. Cada artículo, cada llamada telefónica que había hecho, cada nueva información que había sido capaz de reunir señalaba en la misma dirección. Dallas Beaudine tenía todo el talento necesario para ser un campeón; simplemente parecía no desearlo lo suficiente. Pensó en lo que Skeet le había dicho y se preguntó qué tenía todo aquello que ver con Teddy, pero la respuesta seguía escapándosele.

Stefan estaba en la ciudad y Francesca le había prometido ir con él a una fiesta privada esa noche en La Côte Basque. Durante lo que quedaba de la tarde, pensó en cancelarla, pero sabía que eso sería una cobardía. Stefan quería algo de ella que ahora Francesca comprendía que no le podría dar, y no era justo retrasar por más tiempo la hora de decírselo de una vez.

Stefan había estado en Nueva York dos veces desde que ella había vuelto de Wynette, y en ambas ocasiones se habían visto. Él estaba al corriente del secuestro de Teddy, por supuesto, por lo que se había visto obligada a contarle lo que había pasado en Wynette, aunque había evitado darle detalles sobre Dallie.

Examinó la fotografía de Teddy que había sobre su mesa. Aparecía flotando sobre un neumático de los Picapiedra, con sus piernas pequeñas y flacas brillando por el agua. Si Dallie no quería ponerse en contacto con ella otra vez, al menos debería haber intentado hacerlo con Teddy. Ella se sentía triste y desilusionada. Había pensado que Dallie era mejor persona de lo que había resultado ser. Al dirigirse a casa, se dijo que tenía que aceptar el hecho de que había cometido un gigantesco error y que debía olvidarse de ello.

Antes de vestirse para su cita con Stefan, se sentó con Teddy mientras el chico cenaba y pensó en lo despreocupada que había estado tan solo dos meses antes. Ahora se sentía como si cargara con todos los problemas del mundo sobre sus hombros. Nunca debería haber tenido aquel ridículo romance de una noche con Dallie, ahora estaba a punto de hacerle daño a Stefan, y la productora de su programa podría despedirla. Se sentía demasiado alicaída como para animar a Holly Grace, y además estaba terriblemente preocupada por Teddy. Se mostraba retraído y saltaba a la vista que era muy infeliz. Se negaba a hablar de lo que había sucedido en Wynette, y se resistía con todas sus fuerzas cuando ella trataba de sacarle información sobre sus problemas en la escuela.

—¿Cómo han ido hoy las cosas entre la señorita Pearson y tú? —le preguntó con tono casual, mientras le veía esconder con el tenedor los guisantes debajo de su patata al horno.

—Bien, supongo.

—¿Solo bien?

Teddy echó hacia atrás la silla, se levantó de la mesa y recogió su plato.

—Tengo deberes que hacer. Y no tengo mucha hambre.

Francesca frunció el ceño cuando él salió de la cocina. Preferiría que la profesora de Teddy no fuera tan rígida e intransigente. A diferencia de los antiguos profesores de Teddy, la señorita Pearson parecía más preocupada por las notas que por el estudio, una actitud que a Francesca le parecía desastrosa si se estaba trabajando con niños superdotados. Teddy nunca se había preocupado por sus notas hasta ese año, pero ahora parecía ser lo único en lo que pensaba. Mientras se ponía un vestido de Armani bordado con cuentas para su cita con Stefan, decidió pedir otra cita con el administrador de la escuela.

La fiesta en La Côte Basque estaba siendo muy animada, con una comida maravillosa y un gran número de caras famosas entre los asistentes, pero Francesca estaba demasiado distraída como para pasárselo bien. Un grupo de paparazzi esperaba en el exterior cuando Stefan y ella salieron del restaurante poco después de medianoche. Se subió el cuello de piel de su abrigo hasta la barbilla y apartó la cara de los flashes de las cámaras.

—La marta da asco —refunfuñó.

—Esa no es precisamente una opinión muy generalizada, querida —contestó Stefan, llevándola hacia su limusina.

—Todo ese circo ha sido por culpa de este abrigo —se quejó ella cuando la limusina se había unido ya al tráfico de la calle Cincuenta y Cinco Este—. A ti la prensa casi nunca te molesta. Es por mi culpa. Si hubiera llevado puesto mi viejo impermeable... —Siguió hablando sobre el abrigo de marta mientras intentaba reunir el valor suficiente para decirle lo que sabía que iba a herirle. Finalmente se quedó callada y permitió que los viejos recuerdos que la habían perseguido toda la tarde se adueñasen de sus pensamientos: su niñez, Chloe, Dallie. Stefan seguía mirándola de tanto en tanto, al parecer absorto también en sus propios pensamientos. Cuando la limusina pasó frente a Cartier, Francesca decidió que no podía aplazarlo más y le tocó el brazo.

—¿Te importa que paseemos un poco?

Era más de medianoche, estaban en febrero y el tiempo era desapacible, y Stefan la miró con inquietud, como si sospechara lo que iba a ocurrir, pero, de todos modos, le ordenó al chófer que parara. Cuando se apearon del vehículo, pasó a su lado un cabriolé, y los cascos de los caballos resonaron rítmicamente sobre el pavimento. Comenzaron a caminar por la Quinta Avenida, con su aliento creando pequeñas nubes de vaho en el aire.

—Stefan —dijo ella, descansando por un instante su mejilla contra la manga de lana fina de su chaqueta—, sé que buscas una mujer para compartir con ella tu vida, pero me temo que yo no soy esa mujer.

Le oyó respirar y hondo, y luego expulsar el aire de sus pulmones.

—Estás muy cansada esta noche, querida. Quizás esta conversación debería esperar.

—Creo que ya ha esperado mucho tiempo —repuso con suavidad.

Continuó hablando durante algún tiempo, y al final pudo ver que él estaba dolido, pero quizá no tanto como había temido. Sospechó que, en algún lugar dentro de él, Stefan siempre había sabido que ella no era la mujer adecuada para ser su princesa.

Al día siguiente, Dallie llamó a Francesca a su despacho. Comenzó la conversación sin preámbulos, como si se hubieran visto el día anterior, no seis semanas atrás, y no hubiera resentimientos entre ellos.

—Oye, Francie, tienes a la mitad de Wynette deseando lincharte.

Ella tuvo una visión repentina de todas aquellas coléricas rabietas que solía tener en su juventud, pero mantuvo la voz calmada y habló con tono normal, pese a que su espalda se había puesto rígida por la tensión.

—¿Por alguna razón en particular? —preguntó.

—La manera en que trataste a ese predicador de televisión la semana pasada fue una auténtica vergüenza. La gente de por aquí se toma a sus evangelistas muy en serio, y Johnny Platt es uno de los más queridos.

—Es un charlatán —contestó ella, con toda la tranquilidad que pudo darle a su voz. Se clavó las uñas en la palma de la mano. ¿Por qué no podía Dallie decirle por una vez simplemente lo que tenía en mente? ¿Por qué tenía que llevar a cabo todos aquellos complicados rituales de camuflaje?

—Tal vez, pero sale en televisión a la misma hora que la repetición de *La isla de Gilligan*, así que, cuando piensan en la alternativa, nadie tiene muchas ganas de que cancelen su programa.

—Hizo una pausa breve, como si estuviera pensando—. Dime algo, Francie, y esto seguro que tú lo sabes, estando Gilligan y sus amigotes de náufragos en esa isla tanto tiempo, ¿cómo es posible que a esas mujeres nunca se les acabe la sombra de ojos? ¿Y el papel higiénico? ¿Crees que el capitán y Gilligan utilizaron pieles de plátano todo ese tiempo?

Ella quiso gritarle, pero se negó a darle esa satisfacción.

—Tengo una reunión, Dallie. ¿Has llamado por algún motivo en particular?

—En realidad, la semana que viene voy a ir a Nueva York para verme otra vez con la gente de la cadena, y he pensado que podría pasarme a eso de las siete el martes por la noche para saludar a Teddy y, si quieres, llevarte a cenar.

—No puedo —dijo ella con frialdad, notando cómo el resentimiento se filtraba por cada uno de sus poros.

—Solo para cenar, Francie. No tienes que hacer un drama tan grande de ello.

Si él no decía lo que tenía en mente, lo haría ella:

—No quiero verte, Dallie. Tuviste tu oportunidad y la echaste a perder.

Se produjo un largo silencio. Francesca quiso colgar, pero no pudo coordinar el movimiento de su brazo para hacerlo. Cuando Dallie habló finalmente, su tono bromista había desaparecido. Ahora parecía cansado y preocupado.

—Siento mucho no haberte llamado antes, Francie. Necesitaba algo de tiempo.

—Y ahora lo necesito yo.

—Bien —dijo él, despacio—. Entonces, déjame simplemente pasar por tu casa y ver a Teddy.

—Me parece que no.

—Tengo que comenzar a arreglar las cosas con él, Francie. Me portaré bien. Solo un par de minutos.

Ella se había endurecido con el paso de los años; se había visto obligada a hacerlo. Pero ahora, cuando más necesitaba esa dureza de carácter, lo único que podía hacer era visualizar a un niño escondiendo unos guisantes debajo de su patata al horno.

—Unos minutos —concedió—. Eso es todo.

—¡Genial! —Dallie pareció tan entusiasmado como un adolescente—. Eso es realmente genial, Francie. —Y luego, se apresuró a añadir—: Después de ver a Teddy, te llevaré a dar un bocado. —Y antes de que ella pudiera abrir la boca para protestar, colgó.

Francesca apoyó la cabeza sobre la mesa y gimió. No tenía columna vertebral para mantenerse firme; lo que tenía era un espagueti blandengue.

Cuando el martes por la tarde el portero la avisó para anunciar la llegada de Dallie, Francesca estaba atacada de los nervios. Se había probado tres de sus modelos más conservadores antes de decidirse, en un impulso de rebeldía, por uno de los más atrevidos: una blusa de seda verde menta junto con una minifalda de terciopelo esmeralda. Los colores agudizaban el verde de sus ojos y, al menos en su imaginación, la hacían parecer más peligrosa. El hecho de estar probablemente demasiado arreglada para pasar una velada con Dallie no la disuadió. A pesar de que sospechaba que terminarían en alguna sórdida taberna de mala muerte, estaban en su ciudad y Dallie era el que tendría que acomodarse.

Después de ahuecarse el pelo para darle un aspecto de ordenado desorden, se puso un par de colgantes de cristal de Tina Chow en el cuello. Aunque tenía más fe en sus propios poderes que en los poderes místicos de los elegantes collares de Tina Chow, pensó que no podía pasar por alto nada que la ayudara a sobrellevar lo que bien podría acabar siendo una tarde difícil. Sabía que no tenía por qué ir a cenar con Dallie, ni siquiera tenía por qué estar en casa cuando él llegara, pero quería verlo otra vez. Era así de simple.

Oyó a Consuelo abrir la puerta de la calle, y el corazón le dio un vuelco. Se obligó a sí misma a esperar en su habitación unos minutos hasta que se tranquilizase, pero solo consiguió ponerse aún más nerviosa, por lo que salió y se dirigió al salón para saludarle.

Dallie sostenía un paquete y estaba enfrente de la chimenea, admirando el dinosaurio rojo que colgaba por encima de ella. Se dio la vuelta al oír el sonido de sus pasos y la miró fijamente. Francesca se fijó en su traje gris a medida, su camisa de etiqueta y su corbata azul oscuro. Nunca lo había visto con traje e, inconscientemente, se encontró esperando que en cualquier momento comenzara a tirarse del cuello de la camisa y a desanudar la corbata. Pero Dallie no hizo nada de eso.

Sus ojos se posaron en la pequeña minifalda aterciopelada y en la blusa verde, y sacudió la cabeza con admiración.

—Diablos, Francie, estás mejor con ropa de buscona que cualquier otra mujer a la que conozco.

Ella quiso reírse, pero se le antojó más prudente recurrir al sarcasmo.

—Si alguno de mis antiguos aires de vanidad vuelve a aparecer, recuérdame que pase cinco minutos en tu compañía.

Él sonrió abiertamente, avanzó hacia ella y rozó sus labios con un beso suave que sabía vagamente a chicle. Francesca se estremeció al sentir que se le ponía la piel de gallina. Mirándola directamente a los ojos, Dallie dijo:

—Eres la mujer más hermosa del mundo, y lo sabes.

Ella se apartó de él rápidamente, y Dallie comenzó a pasear su mirada por la sala de estar, pasando del puf de vinilo naranja de Teddy a un espejo Louis XVI.

—Me gusta este sitio. Es realmente acogedor.

—Gracias —contestó Francesca, con un tono algo rígido, intentando todavía hacerse a la idea de que estaban cara a cara otra vez y que él parecía mucho más cómodo que ella. ¿Qué se iban a decir al uno al otro esa noche? No tenían absolutamente nada de qué hablar que no fuera controvertido, embarazoso o emocionalmente explosivo.

—¿Está Teddy? —preguntó Dallie, pasándose el paquete de la mano izquierda a la derecha.

—Está en su habitación. —Francesca no consideró necesario decirle que Teddy se había enrabietado cuando le había dicho que Dallie pasaría a verlo.

—¿Podrías decirle que venga aquí un momento?

—No... no creo que quiera salir.

Una sombra cruzó la cara de Dallie.

—Entonces dime cuál es su habitación.

Ella dudó un momento, luego asintió con la cabeza y le guio por el pasillo. Teddy estaba sentado en su escritorio, empujando un jeep de juguete hacia delante y hacia atrás.

—¿Qué quieres? —preguntó, al girarse y ver a Dallie detrás de Francesca.

—Te he traído algo —dijo Dallie—. Una especie de regalo de Navidad con retraso.

—No lo quiero —replicó Teddy, con voz áspera—. Mi madre me compra todo lo que necesito. —Empujó el jeep hasta el borde de la mesa y dejó que se estrellarse contra la alfombra. Francesca le dirigió una mirada de advertencia, pero el niño fingió no darse cuenta.

—En ese caso, ¿por qué no se lo regalas a alguno de tus amigos? —dijo Dallie, acercándose y dejando la caja sobre la cama.

Teddy lo miró con desconfianza.

—¿Qué hay ahí?

—Puede que un par de botas camperas.

Algo brilló en los ojos de Teddy.

—¿Botas camperas? ¿Las envía Skeet?

Dallie negó con la cabeza.

—Skeet me ha enviado algunas cosas —anunció Teddy.

—¿Qué cosas? —preguntó Francesca.

Teddy se encogió de hombros.

—Un cojín y otras cosas más.

—Eso es estupendo de su parte —contestó ella, preguntándose por qué Teddy no se lo había mencionado antes.

—¿La sudadera es de tu talla? —preguntó Dallie.

Teddy se enderezó de repente en su silla y miró fijamente a Dallie, con la alarma instalada en sus ojos, detrás de las gafas.

Francesca los miró a ambos con curiosidad, preguntándose de qué estaban hablando.

—Me queda muy bien —dijo Teddy, con un murmullo apenas audible.

Dallie asintió, tocó suavemente el pelo de Teddy y luego se dio la vuelta para salir de la habitación.

El trayecto en taxi fue relativamente tranquilo, con Francesca acurrucada cómodamente en el interior de su chaqueta y Dallie mirando encolerizado al conductor. Dallie había rehusado contestar cuando ella le había preguntado sobre el incidente con Teddy y, aunque eso iba en contra de su naturaleza, no le insistió.

El taxi se detuvo delante de Lutece. Francesca se sorprendió y luego, ilógicamente, se sintió decepcionada. Aunque Lutece era probablemente el mejor restaurante de Nueva York, no pudo evitar pensar que Dallie estaba tratando de impresionarla. ¿Por qué no la llevaba a algún sitio donde él se sintiera cómodo, en lugar de a un restaurante tan obviamente ajeno a sus gustos? Dallie sostuvo la puerta para que ella pasara delante y luego le cogió la chaqueta y la entregó en el guardarropa. Francesca adivinó que se avecinaba una tarde incómoda mientras intentaba traducirle tanto el menú como el listado de vinos sin dañar su ego masculino.

La *maître* de Lutece vio a Francesca y le dedicó una sonrisa de bienvenida.

—Mademoiselle Day, siempre es un placer tenerla con nosotros. —Y luego se giró hacia Dallie—. Monsieur Beaudine, han pasado casi dos meses. Le hemos echado de menos. He reservado su mesa favorita.

¡Mesa favorita! Francesca miró fijamente a Dallie mientras él y la *maître* intercambiaban comentarios corteses. Lo había vuelto a hacer. Una vez más se había dejado engañar por la imagen que Dallie había creado de sí mismo y había olvidado que era un hombre que había pasado la mayor parte de los últimos quince años paseándose por los clubs de golf más exclusivos del país.

—Las vieiras están especialmente buenas esta noche —anunció la *maître*, mientras los conducía por un estrecho pasillo hacia el jardín interior del Lutece.

—Aquí todo está realmente bueno —le confió Dallie a Francesca cuando estuvieron ya sentados en sillas de mimbre—. Excepto que tengo que asegurarme de conseguir una traducción clara de cualquier cosa que me parezca sospechosa antes de comérmela. La última vez casi me la pegan con hígado.

Francesca se rio.

—Eres maravilloso, Dallie, realmente lo eres.

—¿Y eso por qué?

—Es difícil imaginarse a muchas personas que se sientan igual de cómodas en Lutece que en un bar de Texas con música en vivo.

Él la miró, pensativo.

—Me parece que tú estás igual de cómoda en ambos sitios.

Su comentario cogió a Francesca por sorpresa. Estaba tan acostumbrada a pensar en sus diferencias que era difícil adaptarse a la sugerencia de que tenían cosas en común.

Charlaron un rato sobre el menú, con Dallie haciendo observaciones irreverentes acerca de cualquier plato que se le antojaba demasiado complejo. Mientras hablaba, sus ojos parecían devorarla. Ella comenzó a sentirse hermosa de un modo en el que nunca se había sentido antes: una belleza visceral que emanaba de lo más profundo de su ser. Le preocupaba la fragilidad de su estado de ánimo, y se alegró de tener que pensar en otra cosa cuando el camarero se les acercó para tomar su pedido.

Después, al marcharse otra vez el camarero, Dallie volvió a posar sus ojos sobre ella, esbozando una sonrisa de íntima complicidad.

—Me lo pasé muy bien aquella noche contigo.

«Ah, no, ni lo sueñes», pensó ella. No estaba dispuesta a caer en sus redes tan fácilmente. Ella había flirteado con los mejores, y Dallie iba a tener que esforzarse de lo lindo para conquistarla. Realizó un gesto inocente con los ojos, abrió la boca para preguntarle a qué noche se refería, pero, en lugar de eso, se encontró sonriéndole y diciendo:

—Yo también lo pasé muy bien.

Dallie estiró su brazo por encima de la mesa y le apretó la mano, pero enseguida la soltó casi tan rápidamente como la había cogido.

—Siento haberte gritado como lo hice. Holly Grace hizo que me enfadara mucho. No tendría que haber entrado así de sopetón. Lo que ocurrió no fue culpa tuya, y no debería haberla tomado contigo.

Francesca asintió, sin aceptar realmente su disculpa, pero sin echárselo tampoco en cara. La conversación tomó derroteros más tranquilos hasta que el camarero apareció con el primer plato. Después de que se hubieran servido, Francesca le preguntó a Dallie sobre su reunión con la cadena de televisión. Él se mostró reservado al responder, lo cual atrajo la atención de Francesca y le llevó a ahondar un poco más.

—Entiendo que, si firmas con ellos, tendrás que dejar de jugar en la mayoría de los torneos importantes —dijo, mientras extraía un caracol de un pequeño bol de cerámica donde estaban bañados en una salsa de mantequilla con especias.

Él se encogió de hombros y contestó:

—No pasará mucho antes de que sea demasiado viejo para ser competitivo. Más me vale firmar un buen contrato mientras estén todavía dispuestos a pagar bien.

En la cabeza de Francesca volvieron a aparecer los datos y las cifras de la carrera de Dallie. Dibujó un círculo sobre el mantel y luego, como un viajero inexperto que pone el pie con cautela en un país extraño, comentó:

—Holly Grace me dijo que tal vez no juegues el Clásico este año.

—Probablemente no.

—Nunca me habría imaginado que te retirarías antes de haber ganado uno de los grandes.

—Creo que lo he hecho bastante bien. —Su tensión se reflejó ligeramente en sus nudillos al coger el vaso de agua de Seltz. A continuación pasó a contarle lo bien que la señorita Sybil y Doralee se estaban llevando. Pero dado que Francesca había hablado recientemente con ambas por teléfono, estaba mucho más interesada en descubrir por qué él cambiaba de tema que en lo que estaba diciendo.

El camarero llegó con los entrantes. Dallie había pedido vieiras servidas en una rica salsa de tomate y ajo, mientras ella había escogido un pastel de hojaldre relleno con una aromática mezcla de cangrejo y champiñones. Francesca cogió su tenedor y lo intentó otra vez.

—El Clásico es ahora casi tan importante como el Masters, ¿no?

—Sí, supongo. —Dallie pinchó una de las vieiras con su tenedor y la remojó en la salsa—. ¿Sabes lo que me dijo Skeet el otro día? Dijo que según su punto de vista tú eres la vagabunda más interesante que hemos recogido. Eso es un verdadero elogio, sobre todo porque antes no podía soportarte.

—Me siento halagada.

—Durante mucho tiempo estuvo insistiendo en darle el primer puesto de su lista a un vagabundo manco que sabía eructar la melodía de *Tom Dooley*, pero creo que le hiciste cambiar de opinión en tu última y memorable visita. Claro que siempre queda la posibilidad de que lo vuelva a considerar.

Dallie hablaba y hablaba sin parar. Ella sonreía, asentía con la cabeza y esperaba a que se quedara sin nada más que decir, desarmándolo con la soltura de su comportamiento y la inclinación atenta de su cabeza, adormeciéndolo tan completamente que Dallie olvidó que se encontraba sentado a la mesa con una mujer que había pasado los últimos diez años de su vida entrometiéndose en los secretos que la mayoría de la gente hubiera preferido mantener ocultos, una mujer que podía dar su estocada mortal tan hábilmente, tan cándidamente, que la víctima con frecuencia moría con una sonrisa en la cara. Francesca cortó un espárrago blanco.

—¿Por qué no esperas a jugar el Clásico antes de pasarte a la cabina de retransmisiones? ¿De qué tienes miedo?

Él se erizó como un puercoespín acorralado.

—¿Miedo? ¿Desde cuándo eres una experta en golf como para saber a qué le puede tener miedo un jugador profesional?

—Cuando conduces un programa de televisión como el mío, llegas a aprender un poquito de todo —contestó ella, evasivamente.

—Si llego a saber que esto sería una maldita entrevista, me habría quedado en casa.

—Pero entonces nos habríamos perdido una encantadora tarde juntos, ¿verdad?

Sin ninguna otra evidencia aparte de la sombría mueca que había en su cara, Francesca se convenció total y absolutamente de que Skeet Cooper le había dicho la verdad, y que no solo la felicidad de su hijo dependía del juego de golf, sino posiblemente la suya propia también. Lo que no sabía era cómo utilizar aquel nuevo descubrimiento. Con aire pensativo, cogió su copa de vino, dio un sorbo y cambió de tema.

Francesca no había planeado terminar esa noche en la cama

con Dallie, pero a medida que progresaba la cena sus sentidos parecían ir sobrecargándose. Su conversación se fue haciendo más entrecortada, y las miradas entre ambos, más persistentes. Se sentía como si hubiera tomado una droga muy fuerte y no pudiera deshacer los efectos que le producía. Cuando llegó el café, no podían apartar los ojos el uno del otro y antes de que Francesca supiera cómo había ocurrido, estaban en la cama de Dallie en Essex House.

—Hum, sabes tan bien... —murmuró él.

Ella arqueó la espalda, soltando un gemido de puro placer desde la profundidad de su garganta, mientras él la amaba con la boca y la lengua, recreándose para concederle todo el tiempo que ella necesitase, llevándola al borde mismo de su pasión, pero sin llegar nunca a dejarla sobrepasarlo.

—¡Oh... por favor! —suplicó Francesca.

—Aún no —contestó él.

—No... no puedo aguantar más.

—Me temo que vas a tener que hacerlo, nena.

—No... por favor... —Francesca intentó incorporarse, pero él la cogió de las muñecas y la sujetó.

—No deberías haber hecho eso, querida. Ahora voy a tener que comenzar desde el principio.

Su piel estaba húmeda, los dedos rígidos entrelazados en el pelo de Dallie, cuando al fin él le permitió alcanzar el éxtasis que tan desesperadamente había estado buscando.

—Eso ha sido una tortura espantosa —suspiró, después de haber vuelto a la Tierra—. Vas a tener que pagar por ello.

—¿Te has dado cuenta de que el clítoris es el único órgano sexual que no tiene un apodo malsonante? —preguntó Dallie, hundiendo su rostro en los pechos de Francesca, tomándose aún su tiempo con ella a pesar de no haber llegado a su propio orgasmo—. Tiene una abreviatura, pero no un verdadero apodo más o menos grosero como todos lo demás. Piensa en ello. Tienes tu...

—Probablemente porque los hombres solo han descubierto el clítoris recientemente —dijo ella con malicia—. No han tenido tiempo de inventar un apodo.

—Lo dudo —contestó él, buscando el objeto de la discusión—. Creo que es porque es un órgano bastante insignificante.

—¡Un órgano insignificante! —Francesca contuvo el aliento cuando Dallie comenzó de nuevo a tejer su magia.

—Claro —susurró él con voz ronca—. Más como uno de esos endebles teclados electrónicos que como el gran Wurlitzer.

—De todos los machos, egoístas... —Con una risa profunda y gutural, Francesca rodó para colocarse encima de él—. ¡Tenga usted cuidado, caballero! Este pequeño teclado puede hacer que tu poderoso Wurlitzer toque la sinfonía de su vida.

Durante los meses siguientes, Dallie encontró un buen número de excusas para ir a Nueva York. Primero tenía que encontrarse con unos ejecutivos publicitarios para una campaña que estaba realizando para una marca de palos de golf; luego estaba «de paso» al ir de Houston a Phoenix; después sentía un ansia salvaje por verse metido en atascos de tráfico e inhalar el humo de los tubos de escape. Francesca no recordaba haberse reído nunca tanto o haberse sentido tan absolutamente feliz y llena de vida. Cuando Dallie se lo proponía, era irresistible, y puesto que ya hacía tiempo desde que Francesca había dejado atrás su costumbre de mentirse a sí misma, dejó de intentar disimular sus sentimientos por él ocultándolos bajo la conveniente etiqueta de lujuria. Por mucho que fuera una situación emocional potencialmente desgarradora, comprendió que estaba enamorándose de él. Adoraba su mirada, su risa, la naturaleza acomodaticia de su virilidad.

No obstante, los obstáculos que había entre ellos se alzaban amenazantes como rascacielos, y su amor tenía un sabor agridulce. Ya no era una chica idealista de veintiún años, y no podía fantasear con ningún futuro de cuento de hadas. Aunque sabía que Dallie sentía cariño por ella, sus sentimientos parecían mucho más eventuales que los de ella.

Y Teddy seguía siendo un problema. Ella percibía el deseo de Dallie de ganárselo, pero se mantenía tenso y formal con el niño, como si temiera ser él mismo. Cuando salían los tres juntos, el resultado era con demasiada frecuencia un desastre, pues Teddy se portaba mal y Dallie le regañaba. Aunque odiaba admitirlo, a veces Francesca se sentía aliviada cuando Teddy tenía otros planes y Dallie y ella podían estar juntos a solas.

Un domingo de finales de abril, Francesca invitó a Holly Grace a casa para ver juntas la ronda final de uno de los torneos de golf más importantes del año. Para su alegría, Dallie estaba a solo dos golpes del líder. Holly Grace estaba convencida de que si jugaba bien en esa última ronda, terminaría la temporada en vez de pasar a ser comentarista en el Clásico.

—Lo echará a perder —dijo Teddy al entrar en el cuarto y sentarse en el suelo delante de la televisión—. Siempre lo hace.

—Esta vez no —dijo Francesca, irritada con su actitud de sabelotodo—. Esta vez va a hacerlo bien. —Más le valía hacerlo, pensó. La noche anterior, por teléfono, ella le había prometido una extensa gama de recompensas eróticas si ganaba el torneo.

—¿Desde cuándo eres tan aficionada al golf? —le había preguntado él.

Ella no tenía ninguna intención de contarle las interminables horas que se había pasado repasando cada detalle de su carrera profesional, o las semanas que había invertido mirando cintas de vídeo de sus viejos torneos mientras intentaba encontrar la clave de los secretos de Dallie Beaudine.

—Me aficioné después de enamorarme perdidamente de Seve Ballesteros —había contestado despreocupadamente, mientras se recostaba en las almohadas de satén sobre su cama y apoyaba el auricular en el hombro—. Es tan interesante. ¿Crees que podrías arreglarme una cita con él?

Dallie había soltado un bufido al escuchar su referencia al atractivo jugador español, que era uno de los mejores golfistas profesionales del mundo.

—Sigue hablando así y te arreglaré, te lo aseguro. Mañana olvídate del viejo Seve y mantén los ojos fijos en el chico americano.

Ahora, mientras observaba al chico americano, definitivamente le gustaba lo que veía. Hizo el par en los hoyos catorce y quince y luego un *birdie* en el dieciséis. El orden de la clasificación varió y Dallie se puso a un solo golpe del primer puesto. La cámara enfocó a Dallie y a Skeet caminando hacia el hoyo diecisiete y luego cortaron para emitir un anuncio de Merill Lynch.

Teddy se levantó de su sitio delante de la televisión y desapareció en su dormitorio. Francesca sacó un plato de queso y galletas saladas, pero tanto ella como Holly Grace estaban demasiado nerviosas para comer.

—Lo va a conseguir —dijo Holly Grace por quinta vez—. Cuando hablé con él anoche, me dijo que tenía muy buenas sensaciones.

—Me alegro de que os volváis a hablar —comentó Francesca.

—Bueno, ya nos conoces a Dallie y a mí. No podemos estar enfadados mucho tiempo el uno con el otro.

Teddy regresó del dormitorio llevando puestas sus botas camperas y una sudadera azul marino que le quedaba grande y le tapaba las caderas.

—¿De dónde has sacado esa cosa tan horrible? —preguntó Francesca con aversión, mirando al motorista baboso y la inscripción en letras naranjas.

—Me la han regalado —murmuró Teddy, dejándose caer de nuevo sobre la alfombra.

Así que aquella era la famosa y misteriosa sudadera de la que había oído hablar. Miró con aire pensativo la pantalla de televisión, que mostraba a Dallie preparado para dar el primer golpe en el hoyo diecisiete, y luego otra vez a Teddy.

—Me gusta —dijo.

Teddy se recolocó las gafas sobre la nariz, centrada toda su atención en el torneo.

—Va a fallar.

—No digas eso —le reprendió Francesca.

Holly Grace miró atentamente a la pantalla.

—Tiene que conseguir llevar la bola más allá del *bunker*, hacia el lado izquierdo de la calle. Eso le dará una visión perfecta de la bandera.

En la televisión, Pat Summerall, el comentarista de la CBS, habló con su compañero Ken Venturi.

—¿Qué te parece, Ken? ¿Va a ser capaz Beaudine de mantener la tensión durante dos hoyos más?

—No sé, Pat. Hoy Dallie ha jugado realmente bien, pero ahora mismo tiene que estar notando la presión, y nunca juega su mejor golf en estos torneos grandes.

Francesca contuvo el aliento cuando Dallie golpeó la pelota, y luego Pat Summerall dijo en un tono inquietante:

—No parece que le haya dado correctamente.

—Va a caer muy cerca del *bunker* que hay a la izquierda de la calle —observó Venturi.

—¡Oh, no! —gritó Francesca, con los dedos fuertemente cruzados mientras veía volar la pequeña pelota.

—¡Maldita sea, Dallie! —chilló Holly Grace a la televisión.

La pelota cayó del cielo y se hundió firmemente en la arena del *bunker*.

—Os dije que fallaría —dijo Teddy.

31

Dallie tenía una vista excelente de Central Park desde su habitación del hotel, pero se apartó con impaciencia de la ventana y comenzó a pasear de un lado a otro. Había intentado leer a bordo del avión de camino al JFK, pero no había conseguido que nada atrapara su atención, y ahora que había llegado a su hotel sentía claustrofobia. Una vez más había dejado escapar una victoria en un torneo. La idea de que Francesca y Teddy le hubieran visto fallar por televisión era algo que no podía soportar.

Pero la derrota en el torneo no era lo único que le preocupaba. Por mucho empeño que pusiera en intentar distraerse, no podía dejar de pensar en Holly Grace. Habían arreglado las cosas desde la pelea en su casa de campo y ella no había vuelto a mencionar nada sobre la posibilidad de utilizarlo como semental, pero notaba que ella había perdido parte de su espíritu, y eso no le gustaba en absoluto. Cuanto más pensaba en lo que le había sucedido, más ganas tenía de partirle la cara a Gerry Jaffe.

Intentó olvidarse de los problemas de Holly Grace, pero una idea había estado fraguándose en su mente desde que había subido al avión, y ahora se encontró a sí mismo recogiendo la hoja de papel en la que estaba apuntada la dirección de Jaffe. Se la había dado Naomi Perlman hacía menos de una hora, y desde entonces había estado intentando decidir si la utilizaba o no. Echó un vistazo a su reloj y vio que eran ya las siete y media. Había quedado en recoger a Francie a las nueve para ir a cenar. Estaba cansado y dolorido, con un estado de ánimo que no le permitía ser muy razonable, y desde luego en malas condiciones para intentar arreglar los problemas de Holly Grace. Sin embargo, metió la dirección de Jaffe en el bolsillo de su abrigo azul marino y se dirigió al vestíbulo para pedir un taxi.

Jaffe vivía en un edificio de apartamentos no lejos de Naciones Unidas. Dallie pagó al conductor y comenzó a andar hacia la entrada, pero en ese momento Gerry salía del edificio.

Gerry lo vio inmediatamente, y a Dallie le resultó evidente por la expresión de su cara que había recibido mejores sorpresas en su vida. De todos modos, lo saludó con cortesía.

—Hola, Beaudine.

—Vaya, vaya, si es el mejor amigo de Rusia —contestó Dallie.

Gerry bajó la mano que había extendido para saludarle.

—Eso está empezando a cansarme.

—Eres un auténtico bastardo, lo sabes, ¿verdad? —dijo Dallie, yendo directamente al grano.

Gerry también tenía un carácter caliente, como él, pero logró controlarse y darle la espalda a Dallie para echar a andar calle abajo. Pero Dallie no tenía ninguna intención de dejar que se escapara tan fácilmente, no cuando era la felicidad de Holly Grace lo que estaba en juego. Por alguna razón, ella quería a aquel tipo, y él podía echarle un cable para que lo tuviera.

Fue tras él y enseguida lo alcanzó, poniéndose a su lado. Estaba oscuro y había poca gente en la calle. Los cubos de basura se alineaban en la acera. Pasaron por los escaparates enrejados de una panadería y una joyería.

Gerry aceleró el paso.

—¿Por qué no te vas a jugar con tus pelotitas de golf?

—En realidad, solamente pasaba por aquí porque quería tener una pequeña charla contigo antes de ir a ver a Holly Grace. —Era mentira. Dallie no tenía ninguna intención de ver a Holly Grace aquella noche—. ¿Quieres que la salude de tu parte?

Gerry dejó de andar. La luz de una farola caía sobre su rostro.

—Quiero que te mantengas apartado de Holly Grace.

Dallie todavía tenía la derrota del día anterior en su mente, y no estaba de humor para sutilezas, por lo que se lanzó directo a matar, sin misericordia.

—Eso me va a resultar algo difícil de hacer. Es completamente imposible dejar a una mujer embarazada si no estás con ella para realizar el trabajo.

Los ojos de Gerry lanzaron chispas. Su mano salió disparada y le agarró por la solapa de su chaqueta.

—Dime ahora mismo de qué estás hablando.

—Ella está decidida a tener un bebé, eso es todo —dijo Dallie, sin intentar en ningún momento soltarse—. Y solo uno de nosotros dos parece ser suficientemente hombre para conseguir que lo tenga.

La piel color oliva de Gerry palideció al tiempo que abría su mano y liberaba a Dallie.

—Jodido hijo de puta.

La respuesta de Dallie sonó suave y amenazadora:

—Joder es algo que se me da realmente bien, Jaffe.

Gerry terminó con dos décadas dedicadas a la no violencia echando hacia atrás su puño y lanzándolo luego contra el pecho de Dallie. Pero no era un gran luchador y Dallie vio venir el golpe, aunque decidió permitir que le diera, porque tenía la absoluta certeza de que no iba a poder darle ningún otro. Se enderezó y cargó contra Gerry. Holly Grace podría tener a aquel hijo de perra si lo quería, pero antes él le iba a remodelar la cara.

Gerry tenía los brazos a los lados, respiraba agitadamente, y vio a Dallie hacia él. Cuando el puño de Dallie le impactó en la mandíbula, cayó para atrás y tropezó con los cubos de basura, provocando un estruendo en la calle. Un hombre y una mujer que se acercaban por la acera vieron la pelea y se apresuraron a darse la vuelta y marcharse por donde habían venido. Gerry se levantó con lentitud, limpiándose con el dorso de la mano la sangre que manaba de su labio.

Entonces giró y comenzó a alejarse.

—Pelea conmigo, hijo de puta —le gritó Dallie.

—No lucharé —respondió Gerry.

—Venga, ¿no eras tú el vivo ejemplo del macho americano? Ven y pelea. Te daré otro puñetazo de ventaja.

Gerry siguió andando.

—Para empezar, no debería haberte golpeado, y no lo volveré a hacer.

Dallie recorrió rápidamente la distancia que los separaba y sujetó a Gerry por el hombro.

—¡Por el amor de Dios, acabo de decirte que voy a dejar preñada a Holly Grace!

Los puños de Gerry se cerraron de nuevo, pero no se movió.

Dallie le agarró por las solapas de su cazadora de aviador y lo empujó contra una farola.

—¿Qué demonios pasa contigo? Yo habría luchado contra un ejército por esa mujer. ¿Tú ni siquiera puedes luchar con un solo hombre?

Gerry lo miró con desprecio.

—¿Esta es la única manera que conoces para solucionar un problema? ¿A puñetazos?

—Al menos intento solucionar mis problemas. Lo único que tú has hecho es amargarle la vida a Holly Grace.

—Tú no sabes una mierda, Beaudine. Llevo semanas tratando de hablar con ella, pero se niega a verme. La última vez que logré colarme en el estudio, llamó a la policía.

—¿En serio? —Dallie rio de manera desagradable y soltó la cazadora de Gerry—. ¿Sabes una cosa? No me gustas, Jaffe. No me gusta la gente que se comporta como si tuviera todas las respuestas. Sobre todo, no me gustan los hacedores de buenas obras pagados de sí mismos que montan toda clase de alborotos con la excusa de salvar el mundo, pero joden a las personas que se preocupan por ellos.

Gerry respiraba con más dificultad que Dallie, y le costaba pronunciar sus palabras.

—Esto no tiene nada que ver contigo.

—Todo el que se mete en la vida de Holly Grace tarde o temprano tiene que vérselas conmigo. Ella quiere un bebé y, por una razón que te juro por Dios que no consigo comprender, te quiere a ti.

Gerry se recostó contra el poste de la farola. Por un momento bajó la cabeza, y luego la levantó otra vez, con los ojos cubiertos por una sombra de tristeza.

—Dime por qué es un maldito crimen no querer traer un niño a este mundo. ¿Por qué tiene que ser tan cabezota? ¿Por qué no podemos ser solamente nosotros dos?

El dolor de Gerry impactó a Dallie, pero hizo todo lo posible por ignorarlo.

—Ella quiere un bebé, simplemente.

—Yo sería el peor padre del mundo. No sé nada sobre ser padre.

La risa de Dallie sonó amarga.

—¿Crees que alguien sabe serlo?

—Escucha, Beaudine. Ya he tenido a bastante gente dándome la vara con esto. Primero Holly Grace, luego mi hermana, y por último Francesca. Ahora también tú. Bien, pues no es de tu maldita incumbencia, ¿me entiendes? Esto es algo entre Holly Grace y yo.

—Contéstame una pregunta, Jaffe —dijo Dallie, lentamente—. ¿Cómo vas a soportar el resto de tu vida sabiendo que dejaste escapar lo mejor que jamás te ha pasado?

—¿No te parece que he intentado hablar con ella? —gritó Jaffe—. ¡Ni siquiera quiere hablar conmigo, maldito hijo de puta! Ni tan siquiera puedo estar en la misma habitación que ella.

—Quizá no lo estés intentando con el suficiente empeño.

Los ojos de Gerry se entrecerraron y apretó la mandíbula.

—Déjame en paz, demonios. Y mantente alejado de Holly Grace. Lo tuyo con ella es ya historia antigua, y si se te ocurre tocarla, iré a por ti, ¿me entiendes?

—Mira cómo tiemblo —contestó Dallie con deliberada insolencia.

Gerry lo miró directamente a los ojos y había tal amenaza en su expresión que Dallie llegó a experimentar un momento de respeto hacia él.

—No me subestimes, Beaudine —dijo Gerry, empleando un tono duro y firme. Sostuvo la mirada de Dallie durante unos segundos sin parpadear, y luego se marchó.

Dallie se quedó mirándolo un momento; después se dio la vuelta y se marchó en la dirección opuesta. Al bajar de la acera para darle el alto a un taxi, una pequeña sonrisa de satisfacción surgió en la comisura de sus labios.

Francesca había acordado encontrarse con Dallie a las nueve en un restaurante cercano que les gustaba a ambos porque servían comida del sudoeste. Se puso una camiseta negra de cachemira y unos pantalones estampados como piel de cebra. Guiada por un impulso, se colocó un par de pendientes de plata asimétricos en los lóbulos de sus orejas, llevada por el placer diabólico de ponerse algo estrafalario para gastarle una broma. Hacía una semana que no se veían, y estaba de humor para celebrarlo. Su representante había terminado por fin casi tres meses de difíciles negociaciones y la cadena había dado su brazo a torcer. Desde principios de junio, *Hoy, Francesca* pasaría a ser un programa especial mensual, en lugar de semanal.

Cuando llegó al restaurante, vio a Dallie sentado en una mesa aislada al fondo del local. Al verla, se puso en pie y, por un brevísimo instante, apareció en su cara una sonrisa de cachorrito, una expresión más propia de un muchacho adolescente que de un hombre adulto. En respuesta, a Francesca le dio un extraño vuelco el corazón.

—Hola, nena.

—Hola, Dallie.

Francesca atrajo mucha atención al atravesar el restaurante, así que Dallie se limitó a darle solo un leve beso cuando llegó hasta él. Pero en cuanto ella se sentó, se inclinó por encima de la mesa y terminó el trabajo.

—Diablos, Francie, es maravilloso verte otra vez.

—Para mí, también.

Lo besó otra vez, cerrando los ojos y disfrutando de la embriagadora sensación de estar cerca de él.

—¿De dónde has sacado esos pendientes? ¿De una ferretería?

—No son pendientes —replicó ella con altivez, recostándose en su asiento—. Según el artista que los hizo, son abstracciones de estilo libre de la angustia conceptualizada.

—Me tomas el pelo. Bueno, espero que los exorcizaras antes de ponértelos.

Ella sonrió, y los ojos de Dallie parecieron deleitarse en su rostro, su cabello, la forma de sus pechos bajo su camiseta de cachemira. Francesca comenzó a sentir una oleada de calor sobre su piel. Avergonzada, se apartó el pelo de la cara. Sus pendientes tintinearon. Él le dedicó una sonrisa pícara, como si pudiera ver cada una de las imágenes eróticas que cruzaban por la mente de ella. Luego se recostó en su silla, y su chaqueta azul marino quedó abierta sobre su camisa. A pesar de su sonrisa, a Francesca le pareció cansado y preocupado. Decidió retrasar el momento de contarle las buenas noticias sobre su contrato hasta que averiguara qué le ocurría.

—¿Teddy vio ayer el torneo? —preguntó él.

—Sí.

—¿Y qué dijo?

—No gran cosa. Pero se puso las botas camperas que le regalaste, y también una sudadera increíblemente horrorosa que no puedo creer que le compraras.

Dallie se echó a reír.

—Apuesto a que le encanta esa sudadera.

—Cuando lo llevé a la cama por la noche, la llevaba puesta con los pantalones del pijama.

Dallie sonrió otra vez. El camarero se acercó y prestaron atención a la pizarra en la que estaban apuntadas las especialidades del día. Dallie optó por el pollo condimentado con chile y judías. Francesca no tenía mucha hambre, pero los deliciosos aromas del restaurante le estaban abriendo el apetito y pidió marisco a la plancha y una ensalada.

Él jugueteó con el salero, pareciendo algo más relajado.

—Ayer tenían la bandera que marca el agujero mal colocada, de lo contrario lo habría hecho mejor. Eso me desconcentró. Y la gente estuvo haciendo más ruido de lo normal. Un hijo de perra pulsó el flash de su cámara justo cuando iba a darle a la bola. Maldita sea, odio que hagan eso.

A ella le sorprendió que sintiera la necesidad de explicarse, pero ya conocía demasiado bien las pautas de su carrera profesional como para creerse ninguna de sus excusas. Charlaron un rato sobre Teddy, y luego él le pidió que le reservara algo de tiempo durante la semana.

—Voy a estar unos cuantos días en la ciudad. Quieren darme algunas lecciones de cómo distinguir la luz roja en la cámara.

Francesca clavó sus ojos en él, y todo su buen humor se evaporó.

—¿Vas a aceptar el trabajo de comentarista que te ofrecen?

Él no la miró directamente a la cara.

—Mi abogado me traerá los contratos mañana para que los firme.

Llegó su comida, pero Francesca había perdido el apetito. Lo que Dallie estaba a punto de hacer era un error, un error más grave de lo que él parecía comprender. Había un aire de derrota a su alrededor, y odiaba la manera en que le rehuía la mirada. Jugueteó con una gamba con su tenedor y luego, incapaz de contenerse, se enfrentó a él:

—Dallie, por lo menos deberías terminar la temporada. No me gusta la idea de que te retires cuando solo queda una semana para el Clásico.

Pudo ver la tensión que sentía en su forma de apretar la mandíbula y en su modo de fijar la mirada en un punto justo por encima de su cabeza.

—Tengo que colgar los palos tarde o temprano. Ahora es un momento tan bueno como cualquier otro.

—Ser comentarista de televisión será una carrera maravillosa para ti algún día, pero solo tienes treinta y siete años. Muchos golfistas ganan grandes torneos a tu edad o incluso siendo más mayores. Mira lo que Jack Nicklaus hizo el año pasado en el Masters.

Dallie entrecerró los ojos y finalmente la miró a la cara.

—¿Sabes una cosa, Francie? Me gustabas más antes de que te convirtieras en una experta en golf. ¿Se te ha ocurrido pensar que ya tengo a bastantes personas que me dicen cómo tengo que jugar, y que no necesito a otra más?

La cautela le decía a Francesca que era el momento de echarse atrás, pero no podía hacerlo, no cuando sentía que había algo importante en juego. Jugueteó con el tallo de su copa de vino y luego levantó la mirada hacia sus ojos hostiles.

—Si yo fuera tú, ganaría el Clásico antes de retirarme.

—Ah, tú harías eso, ¿verdad? —Un pequeño músculo comenzó a temblar en su mandíbula.

—Sí, lo haría. Yo ganaría ese torneo solamente por el placer de saber que puedo hacerlo —dijo, bajando la voz hasta que fue un susurro apenas audible, mientras lo miraba directamente a los ojos.

Las ventanas de su nariz parecieron aumentar de tamaño.

—Como apenas sabes la diferencia entre un *driver* y un hierro uno, me encantaría ver cómo lo intentas.

—No hablamos de mí. Hablamos de ti.

—A veces, Francesca, eres la mujer más ignorante que he conocido en toda mi vida. —Dejó el tenedor con un golpe seco en la mesa, la miró y unas líneas finas y duras se formaron alrededor de su boca—. Para tu información, el Clásico es uno de los torneos más duro del año. El recorrido es asesino. Si no entras en los *greens* justo en el punto adecuado, puedes pasar de un *birdie* a un *bogey* sin darte ni cuenta. ¿Tienes idea de quiénes juegan el Clásico este año? Los mejores golfistas del mundo. Greg Norman estará allí. Lo llaman el Gran Tiburón Blanco, y no es solo por su pelo blanco, es porque le gusta el sabor de la sangre. También juega Ben Crenshaw, que tiene el mejor *putt* de todo el circuito. Y luego está Fuzzy Zoeller. El viejo Fuzzy se pasa el día gastando bromas y se comporta como si estuviera paseando un domingo por el campo, pero en todo momento está calculando hasta qué profundidad puede cavar tu tumba. Y tu amiguito Seve Ballesteros también se va a presentar, refunfuñando en español entre dientes y abriéndose paso ante cualquiera que se le cruce en el camino. Y llegamos a Jack Nicklaus. Aunque tiene cuarenta y siete años, es capaz de echarnos a todos del campo. Nicklaus no es siquiera humano, Francie.

—Y luego está Dallas Beaudine —dijo ella con calma—. Dallas Beaudine, que ha jugado algunas de las mejores rondas de apertura que se han visto, pero que siempre lo estropea al final. ¿Por qué ocurre eso, Dallie? ¿No deseas ganar con la suficiente fuerza?

Algo pareció romperse dentro de él. Cogió la servilleta de su regazo y la tiró encima de la mesa.

—Vámonos de aquí. Ya no tengo hambre.

Ella no se movió. En lugar de eso, cruzó los brazos sobre su pecho y levantó su barbilla, desafiándolo en silencio a que intentara moverla. Iba a obligarle a hablar, incluso aunque eso significase perderlo para siempre.

—No voy a ninguna parte.

En aquel preciso momento Dallie Beaudine finalmente pareció comprender lo que solo había percibido débilmente cuando la vio lanzar por los aires los pendientes de diamantes a las profundidades de la cantera. Por fin entendió su fuerza de voluntad. Durante meses, había decidido ignorar la profunda inteligencia que había detrás de aquellos ojos verdes de gata, la acerada determinación oculta bajo esa sonrisa descarada, la fuerza indomable que residía en el corazón de la mujer que se sentaba enfrente de él y que disfrazaba de manera absurda en una frívola bola de pelusa. Se había permitido a sí mismo olvidar que esa mujer había llegado al país sin nada, ni siquiera personalidad, pero que había sido capaz de afrontar cada una de sus debilidades y superarlas. Se había permitido olvidar que ella se había convertido en una campeona, mientras que él seguía siendo todavía solo un contendiente.

Y vio que no tenía ninguna intención de abandonar el restaurante, y su enorme fuerza de voluntad lo dejó perplejo. Sintió un momento de pánico, como si fuera un niño otra vez y el puño de Jaycee fuera directamente hacia su cara. Sintió el aliento del Oso en su nuca. «Cuidado, Beaudine. Te tiene atrapado.»

Así que hizo lo único que podía hacer, lo único que creía que podría distraer a aquella mujer pequeña pero terca y mandona antes de que ella le cortara en pequeños trocitos.

—Te juro, Francie, que me has puesto de tan mal humor que estoy pensando en cambiar mis planes para esta noche. —Mientras lo decía, deslizó disimuladamente su servilleta de vuelta sobre su regazo.

—¿Ah, sí? ¿Qué planes eran esos?

—Bueno, tanto meterte conmigo ha estado a punto de hacerme cambiar de idea, pero, qué demonios, creo que te pediré que te cases conmigo de todas formas.

—¿Casarme contigo? —Los labios de Francesca se abrieron asombrados.

—No veo por qué no. Al menos no lo veía hasta hace unos minutos, cuando te ha dado por transformarte en una maldita gruñona.

Francesca se echó hacia atrás en la silla, poseída por el horrible sentimiento de que algo en su interior se rompía en pedazos.

—No se hace una proposición de matrimonio así —dijo ella, con voz temblorosa—. Y a excepción de un niño de nueve años, no tenemos una sola cosa en común.

—Sí, bueno, ya no estoy tan seguro de eso. —Metió la mano en el bolsillo de su chaqueta y sacó una pequeña cajita de joyería. Extendió los brazos hacia ella y abrió la tapa con el pulgar, dejando a la vista un exquisito anillo de diamante—. Se lo compré a un tipo que fue conmigo al instituto, aunque creo que es justo que te diga que pasó una temporadita como invitado forzoso del estado de Texas después de un altercado en un supermercado. De todos modos, me contó que encontró a Jesús mientras estuvo en prisión, así que no creo que el anillo sea robado. Pero supongo que no puedes estar del todo seguro de este tipo de cosas.

Francesca, que ya había tomado nota del color azul distintivo de la caja, que indicaba claramente que había sido comprada en Tiffany's, apenas prestaba atención a lo que decía. ¿Por qué no había mencionado nada acerca de amor? ¿Por qué lo hacía así?

—Dallie, no puedo aceptar este anillo. No... no puedo creer siquiera que me lo estés proponiendo. —Puesto que no sabía cómo expresar lo que tenía en su cabeza, enumeró todos los impedimentos lógicos que existían entre ellos—. ¿Dónde viviríamos? Mi trabajo está en Nueva York; el tuyo por todas partes. ¿Y de qué hablaríamos cuando saliéramos del dormitorio? Simplemente porque existe esta... esta nube de lujuria que nos envuelve no significa que estemos preparados para mudarnos a una misma casa juntos.

—Santo Dios, Francie, lo haces todo tan complicado... Holly Grace y yo estuvimos casados durante quince años, y solo vivimos juntos en la misma casa al principio.

La cólera comenzó a formar una neblina dentro de su cabeza.

—¿Es eso lo que quieres? ¿Otro matrimonio como el que tenías con Holly Grace? Tú haces tu vida y yo la mía, pero cada pocos meses nos reunimos para ver unos partidos de béisbol y participar en un concurso de escupitajos. No voy a ser tu colega, Dallas Beaudine.

—Francie, Holly Grace y yo nunca hemos realizado ningún concurso de escupitajos en nuestra vida, y me parece que no te has dado cuenta de que, técnicamente, nuestro hijo es un bastardo.

—También su padre lo es —siseó ella.

Sin perder el aplomo, Dallie cerró la caja de Tiffany's y se la volvió a guardar en el bolsillo.

—Bien. No tenemos que casarnos. No era más que una sugerencia.

Ella lo miró fijamente. Transcurrieron varios segundos. Él cogió el tenedor, pinchó un trozo de pollo, se lo llevó a la boca y comenzó a masticar lentamente.

—¿Eso es todo? —preguntó ella.

—No puedo obligarte a que aceptes.

En el interior de Francesca, la cólera y el dolor alcanzaron tal nivel que pensó que la ahogarían.

—Eso es todo, ¿no? Yo digo que no, ¿y tú repliegas las velas y te vas a casa?

Dallie dio un sorbo, con una expresión en sus ojos igual de abstracta que los pendientes de plata de ella.

—¿Qué quieres que haga? Los camareros me echarían si me pongo de rodillas.

Su sarcasmo ante algo que para ella era tan importante fue como un cuchillo atravesando sus costillas.

—¿No sabes cómo luchar por algo que quieres? —susurró ella con ferocidad.

El silencio que cayó sobre él fue tan intenso que Francesca supo que le había tocado una fibra sensible. De repente sintió como si sus ojos se desprendieran del velo invisible que los había mantenido ciegos. Eso era. Eso era lo que Skeet había estado intentando decirle.

—¿Quién ha dicho que te quiero? Te tomas las cosas demasiado en serio, Francie.

Estaba mintiéndole, y también a sí mismo. Francesca percibió cuánto la necesitaba, con la misma claridad que podía percibir cuánto lo necesitaba ella a él. Dallie la quería, pero no sabía cómo conseguirla y, lo que era más importante, ni siquiera lo iba a intentar. ¿Qué esperaba, se preguntó amargamente, de un hombre que había jugado las mejores rondas de apertura en el golf, pero que siempre lo tiraba todo por la borda al final?

—¿Vas a tener hueco para el postre, Francie? Tienen uno de chocolate. Aunque si quieres mi opinión, te diría que podría estar mejor si le pusieran un poco de crema por encima, pero de todos modos está muy bueno.

Francesca sintió un desprecio por él que lindaba con verdadera aversión. Su amor ahora parecía ser una carga opresiva, demasiado para llevarla encima. Estiró el brazo por encima de la mesa y le agarró por la muñeca, apretándolo hasta que sus uñas se clavaron en su piel y estuvo segura de que él comprendía que no le quedaba más remedio que prestar atención a cada una de las palabras que le iba a decir. Su tono fue bajo y condenatorio, y sus palabras, las de una luchadora:

—¿Tienes tanto miedo de fallar que no puedes perseguir ni una sola de las cosas que quieres? ¿Un torneo? ¿Tu hijo? ¿Yo? ¿Eso es lo que te ha pasado todo este tiempo? ¿Tienes pánico a fracasar y por eso ni tan siquiera lo intentas?

—No sé de qué estás hablando. —Intentó retirar la mano, pero ella lo sujetaba tan fuerte que no podía hacerlo sin atraer la atención del resto de los clientes del restaurante.

—Ni siquiera has pasado de la línea de salida, ¿no es verdad, Dallie? Prefieres quedarte en los márgenes del éxito. Estás dispuesto a jugar siempre y cuando no tengas que sudar demasiado, y siempre y cuando puedas hacer chistes y gastar bromas para que todos entiendan que no te importa lo más mínimo.

—Eso es lo más estúpido...

—Pero sí que te importa, ¿verdad? Deseas tanto ganar que no puedes ni soportarlo. También quieres a tu hijo, pero te mantienes al margen por si acaso Teddy no te quiere a ti; mi maravilloso hijo que lleva siempre el corazón en la mano y daría todo lo que fuera por tener un padre que lo respetase.

Dallie había palidecido, y Francesca notó que la piel de su brazo estaba húmeda.

—Le respeto —dijo él tajantemente—. Mientras viva, nunca olvidaré el día en que se enfrentó a mí porque pensaba que te estaba haciendo daño...

—Eres un llorón, Dallie... pero lo haces con tanto estilo que todo el mundo te lo tolera. —Dejó de apretarle, pero no le soltó—. Bien, tu interpretación está perdiendo credibilidad. Te estás haciendo demasiado mayor para poder seguir refugiándote en tu atractivo y tu encanto.

—¿Qué diablos sabrás tú de eso? —Su voz sonó queda, ligeramente ronca.

—Lo sé todo, porque empecé con algunos de esos mismos problemas. Pero he madurado, y me he liado a patadas con la vida para hacerla a mi gusto.

—Tal vez fuera más fácil para ti —replicó Dallie—. Quizá te encontraste con algo de ayuda por el camino. Yo me encontré solo con quince años. Mientras tú paseabas por Hyde Park con tu niñera, yo esquivaba los puños de mi padre. Cuando era muy pequeño, ¿sabes lo que me hacía cuando se emborrachaba? Solía ponerme boca abajo y meterme la cabeza bajo el agua del retrete.

Francesca no dejó que la compasión suavizara ni por un instante su expresión.

—¡Qué mala suerte!

Vio que su frialdad lo había enfurecido, pero no se amilanó. Que sintiera compasión por él no iba a ayudarlo. Llega un momento en que las personas tienen que dejar atrás las heridas de la niñez o vivirán permanentemente lisiados.

—Si quieres seguir jugando contigo mismo, es tu elección, pero no jugarás conmigo, porque no lo voy a tolerar. —Se levantó de la silla y lo miró fijamente a los ojos, y su voz brotó fría por el desprecio que le imprimió—. He decidido casarme contigo.

—Olvídalo —repuso él, con furia—. No te quiero. No te querría ni aunque vinieras envuelta en papel de regalo.

—Ah, claro que me quieres. Y no es solo por Teddy. Me quieres tanto que te asusta. Pero tienes miedo a luchar. Tienes miedo a pelear por nada por si te vuelven a meter la cabeza en el retrete. —Se inclinó levemente hacia delante, apoyando una mano sobre la mesa—. He decidido casarme contigo, Dallie —dijo, dirigiéndole una larga mirada de apreciación—. Me casaré contigo el día que ganes el Clásico de Estados Unidos.

—Eso es lo más estúpido...

—Pero tienes que ganarlo, bastardo —siseó ella—. No te vale el tercer puesto, ni el segundo. Tienes que quedar el primero.

Dallie soltó una carcajada de desdén que brotó temblorosa.

—Estás loca.

—Quiero saber de qué estás hecho —dijo Francesca, con desprecio—. Quiero saber si eres lo bastante bueno para mí... y lo bastante bueno para Teddy. No me he conformado con un segundo plato desde hace mucho tiempo, y no voy a comenzar a hacerlo ahora.

—Tienes una opinión excesivamente alta de lo que te mereces.

Ella le lanzó su servilleta directamente al pecho.

—Puedes apostar a que sí. Si me quieres, tendrás que ganarme. Y, señor mío, no salgo barata.

—Francie...

—¡O pones el trofeo de campeón del Clásico a mis pies, hijo de mala madre, o no te molestes en volver a acercarte a mí nunca más!

Cogió su bolso y pasó entre los alucinados comensales de las otras mesas y salió apresuradamente por la puerta. La noche se había vuelto muy fría, pero su rabia la calentaba de tal modo que no notaba el aire gélido. La furia, el dolor y el miedo la propulsaban calle abajo. Los ojos le escocían y no podía parpadear lo suficientemente rápido para contener las lágrimas. Dos gotas brillaban sobre el rímel de sus pestañas inferiores. ¿Cómo podía haberse enamorado de él? ¿Cómo había permitido que algo tan absurdo ocurriera? Sus dientes comenzaron a castañetear. Durante casi once años, no había sentido nada más que un fuerte afecto por un puñado de hombres, sombras de amor que se difuminaban casi tan rápidamente como aparecían. Pero ahora, justo cuando su vida cobraba auténtico sentido, había dejado otra vez que un golfista de segunda categoría le rompiera el corazón.

Francesca pasó la semana siguiente con la sensación de que algo brillante y maravilloso se le había escapado para siempre. ¿Qué había hecho? ¿Por qué lo había desafiado con tanta crueldad? ¿No era acaso media tarta mejor que nada? Pero sabía que no podría vivir solo con la mitad de nada, y no quería que Teddy viviera así tampoco. Dallie tenía que comenzar a asumir riesgos o, de lo contrario, no les serviría a ninguno de los dos, sería una especie de quimera con la que ninguno podría contar. Cada vez que respiraba, sentía la pérdida de su amante, la pérdida del amor.

El lunes siguiente, mientras le ponía a Teddy su zumo de naranja antes de que se fuera al colegio, intentó consolarse pensando que Dallie se sentiría tan desgraciado como ella. Pero le costaba creer que alguien que protegía hasta aquel punto sus emociones pudiera tener sentimientos tan profundos.

Teddy se bebió el zumo y guardó su libro de ortografía en la mochila.

—Se me olvidaba decírtelo. Holly Grace llamó anoche y me dijo que te dijera que Dallie va a jugar mañana el Clásico.

Francesca levantó bruscamente la cabeza y dejó de mirar el vaso de zumo que había comenzado a servirse para sí misma.

—¿Estás seguro?

—Eso es lo que dijo. Pero no veo qué importancia puede tener; fallará al final, como siempre. Ah, y mamá... si recibes una carta de la señorita Pearson, no le prestes atención.

La jarra del zumo de naranja permaneció suspendida en el aire sobre el vaso. Francesca cerró los ojos durante un momento, obligando a su mente a olvidarse de Dallie Beaudine para poder concentrarse en lo que Teddy intentaba decirle.

—¿Qué tipo de carta?

Teddy cerró la cremallera de su mochila. Lo hizo con total concentración, para no tener que alzar la vista y mirar a su madre.

—Puede que recibas una carta diciéndote que no rindo todo lo que podría...

—¡Teddy!

—... pero no te preocupes por ello. El trabajo de Ciencias Sociales lo tengo que presentar la semana que viene, y tengo planeado alto tan increíble que la señorita Pearson va a ponerme aproximadamente un millón de puntos positivos y me suplicará que me quede en su clase. Gerry dijo...

—Oh, Teddy. Tenemos que hablar de esto.

El niño cogió su mochila.

—Me tengo que ir o llegaré tarde.

Antes de que pudiera pararlo, salió corriendo de la cocina y, un instante después, Francesca oyó el golpe de la puerta de la calle. Quiso meterse de nuevo en la cama y esconder la cabeza debajo de la almohada para poder pensar, pero tenía una reunión en una hora. No podía hacer nada en aquel momento con respecto a Teddy, aunque si se daba prisa tendría tiempo de realizar una parada rápida en el estudio donde se grababa *Pistola de Porcelana* para asegurarse de que Teddy había entendido el mensaje de Holly Grace correctamente. ¿Iba Dallie a jugar realmente el Clásico? ¿Habían surtido efecto sus palabras?

Holly Grace ya había filmado la primera escena del día cuando Francesca llegó. Además de un rasguño colocado con toda la intención en el pecho de su vestido para que dejara a la vista la cima de su seno izquierdo, tenía un cardenal falso en la frente.

—¿Un día duro? —le preguntó Francesca, acercándose a ella.

Holly Grace levantó la vista del guión que estaba estudiando.

—Me ha atacado una prostituta demente que al final resulta ser un travesti psicópata. Van a rodar una escena al estilo de *Bonnie & Clyde*, a cámara lenta en el momento en que le meto dos balazos en los implantes de silicona.

Francesca apenas le prestaba atención.

—Holly Grace, ¿es cierto que Dallie va a jugar el Clásico?

—Eso me dijo, y la verdad es que ahora mismo no estoy muy contenta contigo —le espetó, tirando el guión sobre el silla—. Dallie no me dio detalles, pero pude deducir por sus palabras que le has mandado a paseo.

—Podrías decirlo así —contestó Francesca, con cautela.

Una mirada de desaprobación apareció en la cara de Holly Grace.

—Tienes el don de la inoportunidad, lo sabes, ¿no? ¿Habría sido demasiado para ti esperar a que terminara el Clásico antes de abandonarlo? Si lo hubieras planeado a conciencia, dudo que hubieras encontrado otro modo de hacerle más daño.

Francesca comenzó a explicarse, pero entonces, de forma inesperada, se dio cuenta de que ella comprendía a Dallie mejor que Holly Grace. La idea era tan sorprendente, tan nueva para ella, que apenas podía asimilarla. Hizo unos cuantos comentarios evasivos, sabiendo que si intentaba explicarse Holly Grace nunca la entendería. Entonces hizo toda una pantomima mirando el reloj y salió corriendo.

Mientras abandonaba el estudio, sus pensamientos eran un torbellino. Holly Grace era la mejor amiga de Dallie, su primer amor, su colega del alma, pero los dos eran tan iguales que estaban ciegos ante los defectos del otro. Siempre que Dallie perdía un torneo, Holly Grace ponía excusas por él, se compadecía de él y, en resumidas cuentas, lo trataba como a un niño pequeño. Por muy bien que Holly Grace lo conociera, no era capaz de entender cómo su miedo al fracaso echaba a perder su talento en el golf. Y si ella no era capaz de entender eso, tampoco entendería nunca cómo ese miedo le estaba arruinando la vida.

32

Desde que se jugó por primera vez en 1935, el prestigio del Clásico de Estados Unidos había ido en aumento hasta llegar a ser considerado el «quinto mayor torneo», detrás solo del Masters, el British Open, el PGA y el US Open. El campo donde se jugaba se había hecho legendario, un lugar cuyo nombre se pronunciaba de una tacada junto a Augusta, Cypress Point y Merion. Los jugadores lo llamaban el Antiguo Testamento, y tenían sus motivos. El campo era uno de los más hermosos del sur, con exuberantes pinos y magnolias antiguas. El musgo cubría los robles que servían de telón de fondo al perfectamente cortado tapete verde de los *greens,* y arena muy blanca, fina como polvo, llenaba los *bunkers*. En los días sin viento en los que el sol calentaba con fuerza, las calles brillaban con una luz tan pura que parecía celestial. Pero la belleza natural del campo era traicionera. Además de la calidez que proyectaba en el corazón de los jugadores, también podía sosegar sus sentidos, de forma que, deslumbrados por lo que les rodeaba, no se daban cuenta hasta que era demasiado tarde de que el Antiguo Testamento no perdonaba los pecados.

Los golfistas refunfuñaban y lo maldecían y juraban que nunca jugarían en él otra vez, pero los mejores de ellos siempre volvían, porque aquellos dieciocho heroicos hoyos proporcionaban algo que la vida por sí misma nunca podría dar. Proporcionaban un tipo de justicia que era perfecta. Un buen lanzamiento siempre era recompensado, mientras que uno malo recibía un castigo rápido y terrible. Aquellos dieciocho hoyos no concedían segundas oportunidades, ni tiempo para amañar el juicio, ni para negociar la sentencia. El Antiguo Testamento derrotaba a los débiles, mientras que a los fuertes les otorgaba gloria y honor eternos. O al menos hasta el día siguiente.

Dallie odiaba el Clásico. Antes de que dejara de beber y su juego hubiera mejorado, no siempre se había clasificado para jugarlo. En los últimos años, sin embargo, había jugado lo bastante bien para estar entre los participantes. La mayoría de las veces hubiera deseado haberse quedado en casa. El Antiguo Testamento era un campo de golf que exigía la perfección, y Dallie sabía bien que era demasiado imperfecto para cumplir con aquella clase de expectativas. Se decía a sí mismo que el Clásico era un torneo como cualquier otro, pero cuando el campo lo derrotaba, parecía hacer añicos incluso su alma.

Deseaba con todo su ser que Francesca hubiera escogido otro torneo al plantearle aquel reto. No es que se lo hubiera tomado en serio. De ninguna manera. Por lo que a él concernía, lo que Francesca había hecho con aquella pataleta suya era decirle adiós. De todos modos, era otra persona la que estaba en la cabina de retransmisiones mientras Dallie lanzaba su primer golpe en el hoyo 1, tomándose unos segundos para devolverle la sonrisa a una preciosa rubia que no le quitaba el ojo de encima desde la primera fila del graderío. Le había dicho a los directivos de la cadena de televisión que tendrían que esperar un poco más y les había devuelto el contrato sin firmar. Simplemente había sido incapaz de no participar en aquel torneo. No ese año. No después de lo que Francesca le había dicho.

Sintió la suavidad de la empuñadura del *drive* en su mano al disponerse a golpear la pelota, era sólida y agradable al tacto. Se sentía suelto. Se sentía bien. Estaba decidido a demostrarle a Francesca que no tenía la menor idea de lo que decía. Realizó un primer golpe que lanzó la bola hacia el cielo, como un cohete teledirigido de la NASA. La grada aplaudió. La pelota atravesó el espacio en su recorrido hacia la eternidad. Y entonces, en el último instante justo antes de comenzar el descenso, se desvió ligeramente... lo suficiente para sobrepasar los límites de la calle y aterrizar en un grupo de magnolias.

Francesca eludió a su secretaria y llamó directamente a su contacto en el departamento de deportes, por cuarta vez aquella tarde.

—¿Cómo va ahora? —preguntó cuando contestó la voz masculina al otro lado.

—Lo siento, Francesca, pero ha fallado otro golpe en el hoyo diecisiete, lo que lo deja en tres sobre el par. Solo es la primera ronda, así que, suponiendo que pase el corte, tiene otras tres rondas por delante, pero esta no es la mejor manera de comenzar un torneo. —Francesca cerró los ojos con fuerza mientras él continuaba—: Por supuesto, este no es su tipo de torneo, eso ya lo sabes. El Clásico es de mucha presión, de alto voltaje. Recuerdo cuando Jack Nicklaus parecía el dueño y señor del Clásico. —Ella apenas atendía a lo que el hombre seguía diciendo, rememorando su torneo favorito—. Nicklaus es el único jugador en la historia que podía poner con regularidad el Antiguo Testamento a sus pies. Año tras año, durante toda la década de los setenta e incluso a principios de los ochenta, se presentaba en el Clásico y barría a todos los demás participantes, caminando por las calles del campo como si le pertenecieran, haciendo que los *greens* pidieran clemencia con esos golpes suyos tan sobrehumanos...

Al final del día, Dallie estaba a cuatro sobre el par. Francesca se sentía desanimada. ¿Por qué tenía que haberle hecho aquello al pobre Dallie? ¿Por qué le había lanzado un desafío tan ridículo? Esa noche, de vuelta en casa, intentó leer, pero nada lograba atrapar su atención. Comenzó a limpiar a fondo el armario del pasillo, pero no podía concentrarse. A las diez de la noche, telefoneó a las líneas aéreas para intentar conseguir plazas en un último vuelo. Después, despertó con suavidad a Teddy y le dijo que se iban de viaje.

A la mañana siguiente, temprano, Holly Grace llamó a la puerta de la habitación del motel de Francesca. Teddy acababa de levantarse, pero Francesca llevaba desde el alba paseando de un lado a otro del pequeño y lamentable cuarto que era el mejor alojamiento que había podido encontrar en una ciudad abarrotada de jugadores de golf y aficionados. Poco le faltó para lanzarse a los brazos de Holly Grace.

—¡Gracias a Dios que estás aquí! Temía que hubiera ocurrido algo.

Holly Grace metió su maleta en la habitación y se dejó caer en la silla más cercana.

—No sé cómo he podido dejar que me convenzas para hacer esto. Terminamos de filmar casi a medianoche, y he tenido que coger un vuelo a las seis de la mañana. Apenas he podido dormir una hora en el avión.

—Lo siento, Holly Grace. Sé que esto es abusar de tu amistad. Si no pensara que es importante, nunca te lo habría pedido. —Levantó la maleta de Holly Grace y la puso sobre la cama para abrirla—. Mientras te das una ducha, te sacaré ropa limpia y Teddy puede cogerte algo de desayuno en la cafetería. Sé que es horrible por mi parte meteros tanta prisa, pero Dallie empieza a jugar dentro de una hora. Tengo los pases preparados. Asegúrate de que os vea a los dos enseguida.

—No entiendo por qué no puedes tú llevar a Teddy a ver el partido —se quejó Holly Grace—. Es ridículo arrastrarme hasta aquí solamente para llevar a tu hijo a un torneo de golf.

Francesca puso a Holly Grace de pie y luego la empujó hacia el cuarto de baño.

—Necesito que tengas un poco de fe ciega en mí en este momento, ¡por favor!

Cuarenta y cinco minutos más tarde, Francesca se mantuvo alejada de la puerta cuando Holly Grace y Teddy salieron, teniendo cuidado de que nadie de los que pasaba por el aparcamiento pudiera verla con la claridad suficiente para reconocerla. Sabía lo rápido que se extendían las noticias y, a no ser que fuera absolutamente necesario, no tenía ninguna intención de dejar que Dallie supiera que ella estaba allí. En cuanto se quedó sola, puso rápidamente la televisión para esperar a que la retransmisión del torneo comenzase.

Seve Ballesteros lideraba el torneo después de la primera ronda, así que Dallie no estaba de muy buen humor cuando salió del campo de prácticas. Seve solía caerle bien a Dallie, hasta que Francesca había empezado a bromear con lo atractivo que era. Ahora simplemente ver al jugador español de cabellos morenos le sacaba de sus casillas. Miró el tablón de la clasificación y confirmó lo que ya sabía, que Jack Nicklaus había terminado con cinco golpes sobre el par el día anterior, haciendo un recorrido aún peor que el suyo. Dallie sintió una satisfacción malvada. Nicklaus se estaba haciendo viejo; los años finalmente estaban haciendo lo que los seres humanos no habían logrado: acabar con el incomparable reinado del Oso Dorado de Columbus, Ohio.

Skeet iba delante de Dallie mientras ambos se dirigían hacia el punto de salida.

—Ahí hay una pequeña sorpresa para ti —le dijo, haciendo gestos hacia la izquierda.

Dallie siguió la dirección de su mirada y sonrió al descubrir a Holly Grace justo detrás de las cuerdas. Comenzó a caminar hacia ella, pero se detuvo de golpe al reconocer a Teddy a su lado.

La cólera le inundó. ¿Cómo podía una mujer tan pequeña ser tan vengativa? Sabía que Francesca había enviado a Teddy y sabía por qué. Había enviado al muchacho para atormentarle, recordándole cada repugnante palabra que había lanzado sobre él. Normalmente, le habría gustado que Teddy le viera jugar, pero no en el Clásico. No en un torneo que nunca se le había dado bien. Se le ocurrió que Francesca quería que Teddy le viera siendo derrotado, y ese pensamiento le puso tan furioso que apenas pudo contenerse. Parte de sus sentimientos debieron traslucirse, porque Teddy bajó la mirada y luego la levantó otra vez con aquella expresión tercamente obstinada que Dallie ya conocía demasiado bien.

Dallie se recordó a sí mismo que Teddy no tenía culpa de nada, pero aun así necesitó toda su capacidad de autocontrol para llegar hasta ellos y saludarlos. Sus admiradores comenzaron inmediatamente a hacerle preguntas y a darle ánimos. Bromeó con ellos un poco, alegrándose de la distracción, porque no sabía qué decirle a Teddy. «Siento haberlo fastidiado todo entre nosotros —eso es lo que debería decir—. Siento no haber sido capaz de hablar contigo, no haberte dicho lo que significas para mí, lo orgulloso que me sentí aquel día cuando defendiste a tu madre en Wynette.»

Skeet estaba esperándolo con el palo en la mano cuando Dallie regresó de la grada.

—Es la primera vez que el pequeño Teddy viene a verte jugar, ¿verdad? —dijo, tendiéndole el palo—. Sería una lástima que no presenciara tu mejor juego.

Dallie le dirigió una mirada sombría y siguió andando hasta el punto de lanzamiento. Sentía los músculos de sus hombros y su espalda tan tensos como bandas de acero. Solía bromear con el público antes de golpear, pero ahora no tenía ánimos para hacerlo. El tacto del palo en su mano le resultaba extraño. Miró a Teddy y vio el ceño fruncido en su frente, un gesto de total concentración. Dallie se obligó a concentrarse en lo que tenía que hacer, en lo que podía hacer. Respiró hondo, miró la pelota, dobló ligeramente las rodillas, balanceó hacia atrás el palo y la golpeó, con toda su fuerza. La bola salió disparada por los aires.

La multitud aplaudió. La pelota voló por encima de la exuberante calle verde, un punto blanco atravesando un cielo sin nubes. Comenzó a caer, dirigiéndose directamente hacia el mismo grupo de magnolias en el que había caído el día anterior. Pero entonces, al final de su descenso, la pelota se desvió a la derecha para aterrizar en la calle, en una posición perfecta. Dallie oyó a su espalda una ovación típica de Texas y se giró para sonreírle a Holly Grace. Skeet le hizo un gesto con los pulgares hacia arriba, e incluso Teddy tenía una media sonrisa en la cara.

Esa noche, Dallie se acostó pensando que finalmente tenía el Antiguo Testamento a sus pies. Mientras los líderes del torneo habían sido víctimas de un fuerte viento, Dallie había firmado una tarjeta de tres bajo par, lo suficiente para arreglar algo el desastre del primer día y subir varios puestos en la tabla de posiciones, lo suficiente para mostrarle a su hijo cómo se jugaba al golf. Seve estaba todavía allí, junto con Fuzzy Zoeller y Greg Norman. Watson y Crenshaw estaban fuera. Nicklaus había realizado una ronda mediocre, pero el Oso Dorado no renunciaba fácilmente, y había hecho lo mínimo necesario para pasar el corte.

Mientras intentaba dormirse, se dijo que tenía que concentrarse en Seve y los demás, y no preocuparse por Nicklaus. Jack estaba a ocho sobre el par, demasiado alejado de los líderes y demasiado mayor para llevar a cabo una de sus milagrosas remontadas de última hora. Pero al palmear la almohada para darle forma,

Dallie oyó la voz del Oso susurrándole como si estuviera a su lado, allí mismo, en la habitación. «No me des por eliminado, Beaudine. No soy como tú. Yo nunca abandono.»

El tercer día, Dallie no pudo mantener la concentración. A pesar de la presencia de Holly Grace y Teddy, su juego fue mediocre y terminó con tres sobre el par. Eso era suficiente para colocarlo en un triple empate en la segunda posición, pero estaba a dos golpes del líder.

Al final de ese tercer día, a Francesca le dolía la cabeza de tanto mirar la pantalla de televisión del motel. En la CBS, Pat Summerall comenzó a resumir la jornada:

—Dallie Beaudine nunca ha jugado bien bajo presión, y me ha parecido que hoy jugaba bastante tenso.

—Obviamente, el ruido del público le ha molestado —observó Ken Venturi—. Recuerda que Jack Nicklaus estaba en el grupo que iba directamente detrás de Dallie, y cuando Jack está inspirado, como ha ocurrido hoy, la gente se vuelve loca. Cada vez que se producía una nueva ovación, está claro que los otros jugadores la podían oír, y sabían que el Oso había dado otro golpe espectacular. Es inevitable que eso ponga nerviosos a los líderes del torneo.

—Será interesante ver si Dallie puede cambiar su pauta de derrotas en la última ronda y hacerlo bien mañana —dijo Summerall—. Es un excelente jugador, tiene uno de los mejores *swings* del circuito, y siempre ha sido muy querido por los aficionados. Sabes que nada les gustaría más que verlo ganar por fin.

—Pero la verdadera noticia aquí hoy es Jack Nicklaus —concluyó Ken Venturi—. Con cuarenta y siete años, el Oso Dorado de Columbus, Ohio, ha conseguido un increíble sesenta y siete... cinco golpes bajo el par, empatando en la segunda posición, junto con Seve Ballesteros y Dallas Beaudine...

Francesca apagó el televisor. Debería estar contenta por que Dallie fuera uno de los líderes del torneo, pero el último día era siempre su punto débil. Por lo que había ocurrido ese día, tenía que reconocer que la presencia de Teddy no sería suficiente estímulo para él. Sabía que tenía que tomar medidas más fuertes, y se mordió el labio inferior, negándose a considerar con qué facilidad la única medida que se le había ocurrido podría provocar el efecto contrario al deseado.

—Solo ponte lejos de mí —dijo Holly Grace a la mañana siguiente cuando Francesca caminaba detrás de Teddy y de ella en dirección a la multitud que rodeaba el punto de salida del hoyo 1.

—Sé lo que hago —dijo Francesca—. Al menos creo que lo sé.

Holly Grace se volvió hacia ella cuando Francesca la alcanzó.

—Cuando Dallie te vea, va a perder la concentración definitivamente. No podías haber elegido una mejor manera de arruinarle el final del torneo.

—Lo arruinará él solo si yo no estoy aquí —insistió Francesca—. Mira, tú lo has mimado durante años y ya ves lo que ha conseguido. Hagámoslo a mi manera, por una vez.

Holly Grace se quitó las gafas de sol y miró colérica a Francesca.

—¡Mimarlo! Nunca lo he mimado en mi vida.

—Sí, lo has hecho. Lo mimas todo el tiempo. —Francesca la cogió por el brazo y tiró de ella hacia el punto de inicio—. Simplemente haz lo que te he pedido. Ahora sé mucho más de golf que antes, pero todavía no entiendo las sutilezas. Tienes que estar a mi lado y traducirme cada lanzamiento que haga.

—Estás loca, lo sabes, ¿no?

Teddy ladeó la cabeza mientras observaba la discusión que tenía lugar entre su madre y Holly Grace. No solía ver a los adultos discutir, y le resultaba un espectáculo interesante. Tenía la nariz quemada por el sol y le dolían las piernas de tanto andar durante los dos últimos días. Pero tenía ganas de ver la jornada final, aun cuando se aburría de esperar a que los jugadores se decidieran a golpear la pelota. De todos modos, valía la pena esperar, porque a veces Dallie se acercaba a las gradas y le decía cómo iba el juego, y después toda la gente a su alrededor le sonreía y sabía que era alguien muy especial si Dallie le dedicaba tanta atención. El día anterior, incluso después de haber hecho unos cuantos golpes defectuosos, se había acercado a él y le había explicado qué había pasado.

El día era templado y soleado, la temperatura demasiado alta para su sudadera «Nacido para dar guerra», pero Teddy había decidido ponérsela de todos modos.

—Se va a montar gorda con esto —dijo Holly Grace, meneando la cabeza—. ¿Y no podías haberte puesto pantalones cortos como todo el mundo que va a un torneo de golf? Estás llamando la atención.

Francesca no se molestó en decirle a Holly Grace que eso era exactamente lo que pretendía al decidirse por aquel ajustado vestido rojo tomate. Era un tubo sencillo de ganchillo que le dejaba buena parte de la espalda al aire y se ajustaba a sus caderas, y terminaba bastante por encima de las rodillas con un coqueto volante de lunares. Si había calculado bien, el vestido, junto con los pendientes de plata, debería volver loco a Dallas Beaudine.

En todos sus años de jugador profesional, Dallie había jugado muy raras veces en el mismo grupo que Jack Nicklaus. Las pocas veces que lo había hecho, su ronda había sido un desastre. Había jugado delante de él y detrás de él; había cenado con él, había compartido podio con él, había intercambiado anécdotas con él. Pero casi nunca había jugado con él, y ahora las manos le temblaban. Se dijo que no debía cometer el error de confundir al Jack Nicklaus verdadero con el Oso que había en su cabeza. Recordó que el verdadero Nicklaus era un ser humano de carne y hueso, vulnerable como todos los demás, pero no dio resultado. Sus caras eran iguales y eso era lo único que contaba.

—¿Cómo estás hoy, Dallie? —Jack Nicklaus le sonrió de forma agradable mientras caminaba a su lado de camino al punto de salida, con su hijo Steve detrás de él haciendo de caddie. «Voy a comerte vivo», le dijo el Oso en su cabeza.

«Nicklaus tiene cuarenta y siete años —recordó Dallie mientras le estrechaba la mano—. Un hombre de cuarenta y siete no puede competir con uno de treinta y siete que está en plena forma.»

«Ni siquiera me molestaré en escupir tus huesos», le contestó el Oso.

Seve Ballesteros estaba hablando con alguien del público, y su piel oscura y sus pómulos cincelados llamaban la atención de muchas de las mujeres que estaban allí apoyando a Dallie. Dallie sabía que debería preocuparse más por Seve que por Jack: Seve era un campeón internacional, considerado por muchos como el mejor jugador de golf del mundo. Su golpeo era tan fuerte como el que más, y tenía un toque casi sobrehumano dentro del *green*. Dallie se obligó a dejar de centrarse en Nicklaus y se acercó para estrecharle la mano a Seve... solo para quedarse helado cuando vio con quién estaba hablando.

Al principio no podía creérselo. Ni siquiera ella podía ser tan malvada. De pie con un vestido rojo que parecía ropa interior, y sonriendo embobada a Seve como si fuera alguna especie de dios español, estaba la mismísima señorita Pantalones Elegantes. Holly Grace estaba a su lado, con cara de pocos amigos, y Teddy al otro. Finalmente, Francesca apartó sus ojos de Seve y miró a Dallie. Le dirigió una sonrisa tan fría como el interior de una jarra helada de cerveza, una sonrisa tan altiva y superior que Dallie quiso agarrarla por los hombros y sacudirla. Ladeó la cabeza levemente y sus pendientes de plata destellearon a la luz del sol. Con la mano, se apartó el pelo castaño de sus orejas y volvió a inclinar la cabeza para que su cuello formara una curva perfecta, acicalándose para él... ¡acicalándose, por el amor de Dios! No podía creérselo.

Dallie comenzó a avanzar hacia ella para estrangularla hasta la muerte, pero tuvo que detenerse porque Seve fue hacia él con la mano extendida, los ojos iluminados y su encanto latino. Dallie se ocultó detrás de una falsa sonrisa y le estrechó la mano con fuerza.

Jack fue el primero en golpear. Dallie estaba tan enfadado que no se percató de que Nicklaus había golpeado hasta que oyó el aplauso del público. Fue un buen golpe, no tan largo como los espectaculares lanzamientos de su juventud, pero muy bien dirigido. A Dallie le pareció ver a Seve dirigirle una miradita a Francesca antes de colocarse en posición para golpear. Su pelo emitió un brillo negro azulado bajo el sol de la mañana, un pirata español dispuesto a saquear las costas americanas y, tal vez, ya de paso a llevarse a algunas de sus mujeres consigo. El cuerpo delgado y fuerte de Seve se estiró al golpear y lanzó la pelota hacia el centro de la calle, rebasando la bola de Nicklaus por unos diez metros antes de detenerse.

Dallie echó un vistazo al público, pero enseguida deseó no haberlo hecho. Francesca aplaudía el golpe de Seve con entusiasmo, poniéndose de puntillas sobre unas diminutas sandalias rojas que no parecía que fueran a aguantar un recorrido de tres hoyos, mucho menos dieciocho. Cogió su palo de las manos de Skeet, con una nube de tormenta oscureciéndole el rostro y sus emociones aún más negras. Al ponerse en posición, apenas pensaba lo que estaba haciendo. Su cuerpo puso el piloto automático mientras fijaba la vista en la pelota y visualizaba la pequeña y hermosa cara de Francesca tatuada directamente sobre el logo de la marca Titleist de la bola. Y a continuación golpeó.

Ni siquiera sabía qué tal lo había hecho hasta que oyó los vítores de Holly Grace y su visión se aclaró lo suficiente para ver la pelota volar más de doscientos noventa y cinco metros y superar por mucho a la de Seve. Era un gran lanzamiento, y Skeet le dio una palmada de júbilo en la espalda. Seve y Jack hicieron un gesto educado de reconocimiento. Dallie se dio la vuelta hacia el público y casi se atragantó ante lo que le mostraron sus ojos. Francesca tenía su pequeña nariz levantada en un mohín altanero, como si estuviera a punto de morir de aburrimiento, como si dijera, con ese tono tan suyo: «¿Eso es lo mejor que puedes hacer?»

—Deshazte de ella —gruñó Dallie entre dientes a Skeet.

Skeet limpiaba la empuñadura del palo con una toalla y no pareció oírle. Dallie fue entonces hacia las cuerdas y habló con la voz llena de veneno, pero lo bastante bajo para que nadie pudiera escuchar lo que le decía a Francesca, excepto Holly Grace:

—Quiero que te largues del campo ahora mismo. ¿Qué diablos crees que estás haciendo aquí?

Ella le dirigió otra vez aquella sonrisa prepotente y altiva.

—Simplemente te recuerdo qué es lo que está en juego, querido.

—¡Estás loca! —explotó Dallie—. En caso de que seas tan ignorante que no te hayas dado cuenta, estoy en un triple empate en la segunda posición de uno de los torneos más importantes del año, y no necesito esta clase de distracción.

Francesca se irguió, se inclinó hacia delante y le susurró al oído:

—El segundo puesto no es suficiente.

Dallie pensó que ningún jurado en el mundo lo habría condenado si la hubiera estrangulado allí mismo, pero sus rivales se pusieron en marcha, tenía que realizar su siguiente lanzamiento y no podía perder tiempo.

En los siguientes nueve hoyos hizo que la pelota suplicara clemencia, le ordenó que siguiera sus deseos, la castigó con cada gramo de su fuerza y cada bocado de su determinación. La envió a la bandera de un solo golpe cada vez. Un golpe... ¡no dos, ni tres! Cada nuevo lanzamiento era más impresionante que el anterior, y siempre que se giraba hacia el público, veía a Holly Grace hablando frenéticamente con Francesca, traduciéndole lo mágico que era lo que él estaba haciendo, diciéndole a la señorita Pantalones Elegantes que estaba siendo testigo de algo histórico en el golf. Pero hiciera lo que hiciese, por muy impresionante que fueran sus lanzamientos largos, por muy certeros que fueran los cortos, por muy heroica que fuera su forma de jugar, cada maldita vez que la miraba, Francesca parecía estar diciéndole: «¿Eso es lo mejor que puedes hacer?»

Estaba tan absorto en su propia rabia y tan sumergido en los gestos despectivos de ella, que no se daba cuenta de las consecuencias que tenía su juego en la tabla de clasificación. Ah, entendía lo que ponía. Veía los números. Sabía que los líderes del torneo, que jugaban detrás de él, habían perdido terreno; sabía que Seve se había quedado descolgado. Podía leer los números, pero no fue hasta que embocó un *birdie* en el hoyo 14 que comprendió que había tirado hacia delante, que su rabioso ataque sobre el campo lo había puesto a dos golpes bajo el par en el torneo. Con cuatro hoyos por jugar, ocupaba el primer lugar en el Clásico de Estados Unidos.

Empatado con Jack Nicklaus.

Dallie sacudió la cabeza, intentando aclarar sus ideas mientras se encaminaba hacia la salida del hoyo 15. ¿Cómo podía haberle ocurrido aquello a él? ¿Qué había sucedido para que él, Dallas Beaudine, de Wynette, Texas, estuviera empatado con Jack Nicklaus? No podía pensar en ello. Si lo hacía, el Oso comenzaría a hablarle en su cabeza.

«Vas a fallar, Beaudine. Vas a demostrar todo lo que Jaycee solía decir de ti. Todo lo que yo he estado diciendo durante años. No eres lo bastante hombre para ganar este torneo. No contra mí.»

Miró hacia el público y vio que ella lo miraba. Mientras él la contemplaba encolerizado, Francesca colocó una sandalia delante de la otra y dobló su rodilla ligeramente para que el ridículo volante de su vestido subiera por sus muslos. Echó los hombros hacia atrás, de modo que el suave corpiño se adhiriera a sus pechos, perfilándolos con todo detalle. «Aquí está tu trofeo —decía su cuerpo bastante claramente—. No olvides por lo que estás jugando.»

Dallie golpeó la pelota hacia la calle del hoyo 15, prometiéndose a sí mismo que cuando aquello hubiera terminado nunca jamás se acercaría a una mujer con corazón de ramera. En cuanto acabase el torneo, le iba a dar a Francesca Day la lección de su vida casándose con la primera muchacha de voz dulce que se cruzara en su camino.

Hizo el par en los hoyos 15 y 16. Nicklaus hizo lo mismo. El hijo de Jack estaba con él todo el tiempo, dándole los palos, ayudándole a leer los *greens*. El hijo de Dallie estaba en las gradas con una sudadera que decía «Nacido para dar guerra» y una mirada de furiosa determinación en la cara. El corazón de Dallie se hinchaba cada vez que lo miraba. Demonios, era un crío realmente luchador.

El hoyo 17 era corto y desagradable. Jack habló un poco con el público mientras caminaba hacia el *green*. Había apretado los dientes para realizar sus golpes bajo presión, no había nada que le gustara más que un final igualado. La camisa y los guantes de Dallie estaban empapados de sudor. Era famoso por bromear con el público, pero ahora se mantenía en un silencio algo siniestro. Nicklaus estaba jugando sin duda el mejor golf de su vida, arrasando las calles y quemando los *greens*. Cuarenta y siete años eran demasiados para jugar así, pero alguien se había olvidado de decírselo a Jack. Y ahora solo Dallie Beaudine se interponía entre el mejor jugador de la historia del golf y un título más en su haber.

De algún modo Dallie consiguió otra vez el par, pero Jack también lo hizo. Seguían empatados cuando les quedaba por delante el último hoyo.

Los cámaras que cargaban unidades portátiles de vídeo sobre sus hombros seguían cada uno de los movimientos de los dos jugadores mientras se dirigían al punto de salida del hoyo 18. Los locutores de radio y televisión no escatimaban adjetivos superlativos hacia ambos, mientras el rumor de aquel enfrentamiento a vida o muerte que tenía lugar en el Antiguo Testamento se extendía por todo el mundo del deporte, haciendo que los índices de audiencia para el domingo por la tarde se disparasen hasta la estratosfera.

Alrededor de los jugadores se agolpaban miles de espectadores, con un entusiasmo febril porque sabían que, pasara lo que pasara, no se lo podían perder. Toda aquella gente había quedado hechizada por Dallie desde que era un novato, y habían estado esperando durante años a que ganara un torneo de los grandes. Pero la idea de presenciar cómo Jack volvía a ganar el Clásico también resultaba irresistible. Era como si se estuviera repitiendo el Masters de 1986, con Jack cargando como un toro hacia el final, tan imparable como la fuerza de la naturaleza.

Tanto Dallie como Jack realizaron buenos golpes de inicio en el hoyo 18. Era un largo par cinco, con un lago colocado diabólicamente de forma que solo dejaba libre la izquierda del *green*. Lo llamaban el «Lago de Hogan», porque al gran Ben Hogan le había costado el Clásico de 1951 por intentar sobrepasarlo en lugar de rodearlo. También podrían haberlo llamado el «Lago de Arnie» o el «Lago de Watson» o el «Lago de Snead», porque en un momento u otro todos ellos habían sido sus víctimas.

Jack no tenía inconveniente en arriesgar, pero no había ganado todos los torneos más importantes del mundo actuando de manera temeraria, y no tenía la menor intención de echarlo todo por la borda con un lanzamiento suicida sobre aquel lago. Dirigió su segundo golpe a la izquierda del Lago de Hogan y dejó la pelota muy cerca del *green*. La multitud rugió y luego contuvo el aliento mientras la pelota botaba por los aires hasta terminar deteniéndose en el borde del *green*, a unos veinte metros de la bandera. El ruido era ensordecedor.

Nicklaus había hecho un lanzamiento espectacular, un lanzamiento mágico, quedándose en una situación magnífica para conseguir un *birdie*, e incluso con posibilidades de hacer un *eagle*.

Dallie sintió cómo el pánico, tan insidioso como el veneno, se deslizaba por sus venas. Para mantenerse igualado con Nicklaus tenía que hacer el mismo tipo de golpe: a la izquierda del lago y luego enviar la pelota sobre el *green*. Era un lanzamiento difícil en la mejor de las circunstancias, pero con miles de personas mirándole desde las gradas, millones más viéndolo a través de sus televisores, con un título en juego y las manos que no le dejaban de temblar, sabía que no podía llevarlo a cabo.

Seve golpeó a la izquierda del lago en su segundo tiro, pero la pelota quedó lejos del *green*. La sensación de pánico subió por la garganta de Dallie hasta que pensó que acabaría ahogándose. No podía hacerlo... ¡simplemente no podía! Giró sobre sus talones, buscando instintivamente a Francesca. Como había esperado, tenía la barbilla alzada, y la expresión de su rostro parecía retarle, desafiarle...

Pero, entonces, mientras la miraba, la máscara de Francesca se vino abajo. No podía mantenerla por más tiempo. Dejó caer el mentón, su expresión se ablandó y lo miró con tal intensidad que sus ojos pudieron llegar directamente a su alma, ojos que comprendían su pánico y le suplicaban que lo dejara a un lado. Por ella. Por Teddy. Por todos.

«Vas a decepcionarla, Beaudine —le atormentó el Oso—. Has decepcionado a todas las personas a las que has querido a lo largo de tu vida, y estás a punto de hacerlo otra vez.»

Los labios de Francesca se movieron, formando dos únicas palabras: «por favor».

Dallie bajó la mirada a la hierba, pensando en todo lo que Francie le había dicho, y luego se acercó a Skeet.

—Voy directamente a la bandera —dijo—. Voy a golpear por encima del lago.

Esperaba que Skeet le gritara, que le dijera que era un auténtico idiota. Pero Skeet se limitó a mirarle con gesto pensativo.

—Vas a tener que hacer que esa pelota recorra doscientos sesenta metros y caiga sobre una moneda de cinco centavos.

—Lo sé —respondió.

—Si vas a lo seguro, rodeando el lago, tienes opciones de seguir empatado con Nicklaus.

—Estoy harto de lanzamientos seguros —dijo Dallie—. Voy a por la bandera.

Jaycee llevaba muchos años muerto, y a Dallie no le quedaba nada que demostrarle a aquel bastardo. Francie tenía razón. No intentarlo era un pecado más grande que fallar. Dirigió de nuevo su mirada hacia Francesca, deseando su respeto más que cualquier otra cosa. Ella y Holly Grace tenían las manos entrelazadas como si estuvieran a punto de caer por el abismo del fin del mundo. Las piernas de Teddy no le aguantaban más de pie y se había sentado en la hierba, pero la mirada de determinación no había desaparecido de su cara.

Dallie concentró toda su atención en lo que tenía que hacer, intentando mantener bajo control la subida de adrenalina, que le perjudicaría más que ayudarle.

«Hogan no pudo superar el lago —le susurró el Oso—. ¿Qué te hace pensar que tú si puedes?»

«Porque lo deseo más que lo que Hogan lo deseó nunca —replicó Dallie—. Quiero hacerlo mucho más de lo que él quiso.»

Cuando se puso en posición para golpear la pelota y los espectadores comprendieron lo que pretendía hacer, emitieron un murmullo de incredulidad. La cara de Nicklaus permaneció tan inexpresiva como siempre. Si pensaba que Dallie estaba cometiendo un error, se lo guardó para sí mismo.

«Nunca lo conseguirás», dijo el Oso.

«Calla y observa», contestó Dallie.

Su palo golpeó la pelota, que salió disparada por el cielo dibujando una gran parábola y se desvió a la derecha para volar por encima del agua... cruzando por el centro mismo del lago que había reclamado las pelotas de Ben Hogan, Arnold Palmer y tantos otros jugadores de leyenda. Voló por el cielo durante una eternidad, pero todavía no había sobrepasado el lago cuando comenzó el descenso. Los espectadores contenían la respiración, sus cuerpos congelados como si fueran extras de una vieja película de ciencia ficción. Dallie se quedó quieto como una estatua contemplando la lenta y siniestra caída. Al fondo, un soplo de viento levantó ligeramente la bandera con el número dieciocho; en todo el universo, solo aquella bandera y la pelota se movían.

De la multitud brotaron varios gritos y luego un estruendo ensordecedor envolvió a Dallie cuando su pelota rebasó la orilla del lago y cayó en el *green*, dando pequeños botes antes de detenerse a tres metros escasos de la bandera.

Seve metió su pelota en el *green* y acertó en el hoyo con dos golpes, luego se retiró hacia el borde sacudiendo la cabeza visiblemente desanimado. El heroico lanzamiento desde veinte metros de Jack tocó el borde del hoyo, pero no entró. Dallie se quedó solo. Únicamente le quedaba por delante un lanzamiento desde tres metros, pero estaba mental y físicamente agotado. Sabía que si embocaba la pelota ganaría el torneo, pero si no, volvería a estar empatado con Jack.

Se giró de nuevo hacia Francesca, y otra vez sus bonitos labios formaron las dos palabras de antes: «por favor».

Por muy cansado que estuviera, Dallie sabía que no podía decepcionarla.

33

Dallie levantó los brazos hacia el cielo, sosteniendo el palo en alto como un estandarte medieval de victoria. Skeet lloraba como un bebé, tan lleno de alegría que no podía moverse. Como consecuencia de ello, la primera persona que felicitó a Dallie fue Jack Nicklaus.

—Ha sido un gran juego, Dallie —dijo Nicklaus, poniendo su brazo sobre los hombros de su contrincante—. Eres un auténtico campeón.

Entonces Skeet lo abrazó y empezó a darle fuertes palmadas en la espalda, y Dallie le devolvió el abrazo, pero sus ojos no cesaban de moverse todo el tiempo, buscando entre la muchedumbre hasta que al fin encontró lo que buscaba.

Holly Grace fue la primera en abrirse paso; después Francesca, que llevaba enganchado de la mano a Teddy. Holly Grace se precipitó hacia Dallie con sus largas piernas, unas piernas que eran famosas desde que corría las bases en el instituto de Wynette, unas piernas que habían sido diseñadas para ser veloces y hermosas. Corrió hacia el hombre al que había amado prácticamente toda su vida, pero de pronto se paró en seco al ver que sus ojos azules pasaban sobre ella y se posaban en Francesca. Un espasmo de dolor atravesó su pecho, un instante de angustia emocional, y luego el dolor se suavizó cuando sintió cómo por fin le dejaba ir.

Teddy se le acercó, poco dispuesto aún a participar en una escena tan extravagante. Holly Grace le pasó el brazo por los hombros, y ambos miraron a Dallie levantando a Francesca del suelo, cogiéndola por la cintura de modo que su cabeza quedaba por encima de la de él. Por una fracción de segundo, ella se quedó así, inclinando su cara al sol y riéndose al cielo. Y luego lo besó, acariciándole la cara con su pelo y golpeando sus mejillas con el bamboleo alegre de sus pendientes de plata. Sus pequeñas sandalias rojas resbalaron de sus pies, y una de ellas quedó en equilibrio sobre su zapato de golf.

Francesca se giró primero, buscando a Holly Grace entre el gentío, tendiendo el brazo hacia ella. Dallie dejó a Francesca en el suelo sin soltarla y le ofreció su brazo, también, para que Holly Grace se pudiera unir a ellos. Las abrazó a las dos, a aquellas dos mujeres que significaban todo para él, una el amor de su adolescencia, la otra el amor de su madurez; una, alta y fuerte, la otra pequeña y frívola, con un corazón de caramelo blandengue y una columna de acero templado. Los ojos de Dallie buscaron a Teddy, pero incluso en su momento de victoria, se dio cuenta de que el muchacho no estaba listo y no lo presionó. Por ahora era suficiente con que los dos pudieran intercambiar sonrisas.

Un fotógrafo de la agencia de noticias UPI captó la imagen que sería portada de la sección de deportes de todos los periódicos nacionales al día siguiente: un eufórico Dallie Beaudine levantando del suelo a Francesca Day mientras Holly Grace Beaudine estaba a su lado.

Francesca tenía que estar de vuelta en Nueva York a la mañana siguiente, y Dallie tenía que cumplir con todas las obligaciones que recaían sobre el ganador inmediatamente después de un gran torneo. Por tanto, su tiempo juntos después del torneo resultó demasiado corto y demasiado público.

—Te llamaré —dijo él mientras se lo llevaban en volandas.

Ella respondió con una sonrisa, y luego la prensa lo engulló.

Francesca y Holly Grace viajaron juntas a Nueva York, pero su vuelo salió con retraso y no llegaron a la ciudad hasta tarde. Era pasada la medianoche cuando Francesca metió a Teddy en la cama, muy tarde para esperar una llamada de Dallie. Al día siguiente, asistió a una reunión informativa sobre la próxima ceremonia de entrega de la ciudadanía en la Estatua de la Libertad, un almuerzo para mujeres periodistas, y dos reuniones más. Dejó una serie de números de teléfono a su secretaria, para que pudiera localizarla en cualquier parte, pero Dallie no llamó.

Para cuando abandonó el estudio de grabación, andaba sumida en una nube de justificada indignación. Sabía que Dallie estaba ocupado, pero si hubiera querido podría haber buscado unos minutos para llamarla. A no ser que hubiera cambiado de idea, le susurró una voz interior. A no ser que tuviera dudas. A no ser que ella hubiera malinterpretado sus sentimientos.

Consuelo y Teddy no estaban cuando llegó a casa. Dejó el bolso y el maletín, se quitó con aire cansado la chaqueta y se adentró por el pasillo hacia su dormitorio, pero al llegar a la puerta se paró en seco. Un trofeo de plata y cristal de casi un metro de alto estaba colocado en el centro de su cama.

—¡Dallie! —chilló.

Él salió del cuarto de baño, con el pelo todavía mojado de la ducha y una de las mullidas toallas rosas de Francesca alrededor de sus caderas. Le dirigió una amplia sonrisa, levantó el trofeo de la cama, fue hacia ella y lo depositó a sus pies.

—¿Era esto lo que tenías en mente? —preguntó.

—¡Desgraciado! —Se lanzó a sus brazos, y por poco los tiró tanto a él como al trofeo—. ¡Querido, maravilloso e imposible desgraciado!

Y luego él la besó, y ella lo besó a él, y ambos se abrazaban con tanta fuerza el uno al otro que parecía como si la fuerza vital de un cuerpo hubiera pasado al otro.

—Maldición, te amo —murmuró Dallie—. Mi pequeña y dulce Pantalones Elegantes, conduciéndome casi hasta la locura, fastidiándome a muerte. —La besó otra vez, un beso largo y lento—. Eres casi la mejor cosa que jamás me ha pasado.

—¿Casi? —murmuró ella contra sus labios—. ¿Y cuál es la mejor?

—Nacer guapo —respondió, y la besó otra vez.

Hicieron el amor entre risas y caricias, sin que nada estuviera prohibido, sin que hubiera nada que reservar para otro momento. Después, permanecieron tumbados cara a cara, con sus cuerpos desnudos pegados, para susurrarse secretos el uno al otro.

—Pensé que iba a morir —le dijo él—, cuando dijiste que no te casarías conmigo.

—Y yo pensé que iba a morir, cuando no dijiste que me querías.

—He estado asustado mucho tiempo. Tenías toda la razón en eso.

—Tenía que tener lo mejor de ti. Soy una persona miserable y egoísta.

—Eres la mejor mujer del mundo.

Él comenzó a hablarle de Danny y Jaycee Beaudine y del sentimiento de que no iba a llegar a nada. Había descubierto que era más fácil no intentarlo siquiera que permitir que todos sus defectos salieran a la luz.

Francesca dijo que Jaycee Beaudine parecía una persona completamente odiosa y que Dallie debería haber tenido suficiente sentido común para darse cuenta de que las opiniones de gente así no eran fiables.

Dallie se rio y la besó otra vez antes de preguntarle cuándo iban a casarse.

—Te he ganado en buena lid. Ahora te toca pagar el premio.

Estaban vestidos y sentados en la sala de estar cuando Consuelo y Teddy regresaron varias horas más tarde. Volvían de pasar una tarde maravillosa en el Madison Square Garden, adonde Dallie les había enviado antes con un par de entradas de primera fila para ver el Mayor Espectáculo del Mundo. Consuelo observó las caras ruborizadas de Francesca y Dallie y no la engañaron ni por un minuto sobre lo que habían estado haciendo mientras Teddy y ella estaban viendo los tigres domesticados de Gunther Gebel-Williams. Teddy y Dallie se miraron el uno al otro educadamente, pero con cautela. Teddy estaba todavía convencido de que Dallie solo fingía quererlo para estar con su madre, mientras Dallie intentaba decidir cómo podría deshacer todo el daño realizado.

—Teddy, ¿qué te parecería acompañarme a lo alto del Empire State Building mañana después del colegio? Me gustaría verlo.

Por un momento, Dallie pensó que Teddy iba a negarse. El niño cogió su programa del circo, lo enrolló para formar un tubo y sopló por él con un exagerado gesto de despreocupación.

—Supongo que podemos ir, sí. —Utilizó ahora el tubo como

si fuera un telescopio y miró por él—. Siempre y cuando volvamos a tiempo de ver *Los Goonies* en la televisión por cable.

Al día siguiente los dos subieron al mirador. Teddy se quedó a bastante distancia de la valla de metal colocada en el borde porque las alturas le hacían sentirse mareado. Dallie se paró a su lado, porque a él tampoco es que le gustasen demasiado.

—El día no es lo bastante claro para que se vea la Estatua de la Libertad —dijo Teddy, señalando hacia el puerto—. A veces puedes verla desde aquí.

—¿Quieres que te compre uno de esos King Kong de goma que venden en el quiosco? —le preguntó Dallie.

A Teddy le gustaba mucho King Kong, pero negó con la cabeza. Un tipo que llevaba una cazadora con el nombre del estado de Iowa reconoció a Dallie y le pidió un autógrafo. Teddy estaba muy acostumbrado a esperar pacientemente mientras los adultos firmaban autógrafos, pero la interrupción irritó a Dallie. Cuando el admirador finalmente se marchó, Teddy miró a Dallie y dijo sabiamente:

—Eso va con el contrato.

—¿Qué quieres decir?

—Cuando eres una persona famosa, la gente cree que te conoce, aunque no sea así. Tienes una cierta obligación con ella.

—Eso suena a frase de tu madre.

—Nos interrumpen mucho.

Dallie lo miró un momento.

—Sabes que estas interrupciones van a ir a peor, ¿verdad, Teddy? Tu madre querrá que gane unos cuantos torneos más para ella, y siempre que los tres salgamos juntos, habrá mucha más gente mirándonos.

—¿Mi madre y tú vais a casaros?

Dallie asintió con la cabeza.

—La quiero muchísimo. Es la mejor mujer del mundo. —Respiró hondo, cargando sus pilas como habría hecho Francesca—. Te quiero a ti también, Teddy. Sé que eso puede ser difícil de creer después del modo en que me he comportado, pero es la verdad.

Teddy se quitó las gafas y sometió los cristales a una limpieza exhaustiva con el dobladillo de su camiseta.

—¿Y qué pasa con Holly Grace? —dijo, mirando los cristales al trasluz—. ¿Significa eso que no la veremos más, por eso de que antes vosotros dos estabais casados?

Dallie sonrió. Teddy podría no querer aceptar lo que acababa de oír, pero al menos no se había marchado.

—No podríamos deshacernos de Holly Grace por mucho que lo intentáramos. Tu madre y yo la queremos; ella siempre formará parte de nuestra familia. Skeet también, y la señorita Sybil. Y todos los vagabundos que tu madre se las ingenie para recoger.

—¿Gerry también? —preguntó Teddy.

Dallie titubeó.

—Supongo que eso dependerá de Gerry.

Teddy no sentía ya tanto vértigo, así que se acercó un poco más a la valla protectora. Dallie no es que estuviera impaciente por avanzar, pero lo hizo junto a él.

—Tú y yo todavía tenemos algunas cosas de las que hablar, ¿sabes? —dijo Dallie.

—Quiero uno de esos King Kong —dijo Teddy bruscamente.

Dallie comprendió que Teddy todavía no estaba preparado para una revelación de «padre e hijo», y se tragó su decepción.

—Tengo algo que preguntarte.

—No quiero hablar de ello —dijo Teddy con tono algo beligerante, mientras se entretenía pasando los dedos por la rejilla metálica de la valla.

Dallie hizo lo mismo con sus dedos, deseando que lo siguiente que iba a decir fuese acertado.

—¿Te ha pasado alguna vez que has ido a jugar con un amigo y al llegar descubres que él ha construido algo especial mientras tú no estabas? ¿Un fuerte, tal vez, o un castillo?

Teddy asintió con cautela.

—¿Quizás había hecho un columpio mientras tú no estabas con él o un circuito de carreras para sus coches?

—O tal vez un planetario entero con bolsas de basura y una linterna —dijo Teddy.

—O un planetario con bolsas de basura —se corrigió Dallie rápidamente—. De cualquier manera, tal vez cuando miraste ese planetario, pensaste que era tan fabuloso que te sentiste un poco celoso por no haberlo hecho tú mismo. —Dallie soltó la valla, manteniendo sus ojos sobre los de Teddy para asegurarse de que el muchacho le seguía—. Así que, como estabas celoso, en lugar de decirle a tu amigo que había hecho un planetario chulísimo, pusiste cara de desinterés y le dijiste que no era nada del otro mundo, aun cuando fuera el mejor planetario que habías visto en tu vida.

Teddy asintió lentamente, interesado por que un adulto pudiera saber algo así. Dallie descansó su brazo encima de un telescopio que apuntaba hacia Nueva Jersey.

—Eso es más o menos lo que me pasó cuando te conocí.

—¿En serio? —preguntó Teddy, asombrado.

—Aquí está este niño, y es un gran muchacho, inteligente y valiente, pero yo no había hecho nada para que él fuera así, y entonces me puse celoso. En lugar de decirle a su madre: «¡Eh!, has criado a un chico realmente estupendo», lo que hice fue comportarme como si pensara que ese niño no fuera tal cosa, y que sería mucho mejor si yo hubiera estado con él para ayudar a criarlo. —Buscó la cara de Teddy, tratando de leer en su expresión si le comprendía, pero el muchacho no permitía que su cara mostrara ninguna reacción—. ¿Podrías entender algo así? —le preguntó finalmente.

Otro niño podría haber asentido con la cabeza, pero un niño con un coeficiente intelectual de ciento sesenta y ocho necesitaba algo de tiempo para meditar las cosas.

—¿Podríamos ir ahora a ver esos muñecos de King Kong? —preguntó educadamente.

La ceremonia en la Estatua de la Libertad tuvo lugar en un día de mayo como los de los poemas, con una brisa suave, balsámica, un cielo azul lavanda y el vuelo perezoso de las gaviotas. Aquella mañana, tres lanchas decoradas con banderitas rojas, blancas y azules habían cruzado el puerto de Nueva York en dirección a la Isla de Libertad y habían atracado en el muelle donde el ferry de la Circle Line descargaba normalmente a los turistas. Pero durante las horas siguientes no habría turistas, y solo unos pocos cientos de personas poblaban la isla.

La Estatua de la Libertad se alzaba sobre una plataforma que se había construido especialmente para la ocasión sobre la hierba del lado sur de la isla, justo al lado de la base de la estatua. Normalmente, las ceremonias públicas se realizaban en un área vallada detrás de la estatua, pero el equipo de la Casa Blanca había pensado que esta otra posición, de cara a la estatua y con una vista del puerto carente de obstáculos, era más fotogénica para la prensa. Francesca, con un vestido color pistacho claro y una chaqueta de seda color marfil, estaba sentada en una fila con otros miembros honorarios, varios dignatarios del gobierno y un juez del Tribunal Supremo. En el atril, el presidente de Estados Unidos hablaba de la promesa de América, y su voz resonaba con eco a través de los altavoces instalados en los árboles.

—Celebramos aquí hoy... jóvenes y viejos, blancos y negros, unos de raíces humildes, otros nacidos en la prosperidad. Tenemos religiones diferentes y tendencias políticas diferentes. Pero cuando descansamos a la sombra de la gran Señora de la Libertad, todos somos iguales, todos herederos de la llama...

El corazón de Francesca estaba tan lleno de alegría que pensó que iba a estallar. Se le había permitido a cada participante llevar a veinte invitados, y cuando miró al grupo diverso que la acompañaba, se dio cuenta de que aquellas personas a las que tanto quería representaban un microcosmos del país entero.

Dallie, que llevaba un pin de la bandera americana clavado en la solapa de su chaqueta azul marino, estaba sentado con la señorita Sybil a un lado, y Teddy y Holly Grace al otro. Detrás de ellos, Naomi se inclinaba hacia un lado para susurrar algo al oído a su marido. Su aspecto era saludable después de haber dado a luz, pero parecía nerviosa, sin duda preocupada por haber dejado a su niñita de cuatro semanas de edad aunque solo fuese medio día. Tanto ella como su marido llevaban brazaletes negros en protesta contra el apartheid. Nathan Hurd estaba sentado junto a Skeet Cooper, lo que, en opinión de Francesca, era una interesante combinación de personalidades. De Skeet al final de la fila había una hilera de rostros de mujeres jóvenes, blancos y negros, algunos con demasiado maquillaje, pero todos con una chispa de esperanza en su propio futuro. Eran las fugitivas de Francesca, y se había sentido entusiasmada al saber que querían acompañarla en un día como aquel. Incluso Stefan la había llamado desde Europa esa misma mañana para felicitarla, y ella le había conseguido sonsacar que actualmente estaba disfrutando del afecto de una joven y hermosa viuda de un empresario industrial italiano. Solo Gerry no había respondido a su invitación, y Francesca lo echaba de menos. Se preguntaba si estaría todavía enfadado con ella porque había rechazado su última petición de aparecer en su programa.

Dallie la pilló mirándolo y le dirigió una sonrisa privada que le dijo cuanto la amaba tan claramente como si se lo hubiera dicho con palabras. A pesar de sus diferencias en la superficie, habían descubierto que sus almas eran prácticamente gemelas.

Teddy se había acurrucado cerca de Holly Grace en vez de con su padre, pero Francesca pensó que esa situación pronto cambiaría por sí misma y no permitió que afectara de ningún modo su sensación de alegría. En una semana ella y Dallie estarían casados, y era más feliz que en toda su vida.

El presidente aceleraba su discurso hacia un final apoteósico.

—Y América sigue siendo la tierra de las oportunidades, el hogar de la iniciativa individual, como atestigua el éxito de estas personas a las que honramos en este día. Somos el país más grande del mundo...

Francesca había realizado programas sobre los sintecho en América, sobre la pobreza y la injusticia, el racismo y el sexismo. Conocía todos los defectos del país, pero ahora solo podía estar de acuerdo con el presidente. América no era un país perfecto; a menudo era demasiado egoísta, violento y avaro. Pero era un país que tenía con frecuencia el corazón en el lugar correcto, incluso aunque no siempre fuera capaz de analizar todos los detalles correctamente.

El presidente terminó y se produjo una enorme ovación, captada por las cámaras de televisión para emitirla en las noticias de la noche. Entonces el juez del Tribunal Supremo dio un paso adelante. Aunque no pudiera ver la Isla de Ellis a su espalda, Francesca sintió su presencia como una bendición, y pensó en toda aquella multitud de inmigrantes que habían ido a aquella tierra con solo la ropa sobre sus espaldas y la determinación de labrarse una nueva vida. De todos los millones que habían cruzado aquellas puertas doradas, seguramente ella había sido la más inútil.

Francesca se puso en pie con los demás, y una sonrisa comenzó a formarse en sus labios al recordar a una muchacha de veintiún años con un vestido rosa de antes de la guerra civil americana, caminando por una carretera perdida de Louisiana cargada con una maleta de Louis Vuitton. Levantó su mano y repitió las palabras que iba diciendo el juez del Tribunal Supremo.

—Por la presente declaro, bajo juramento, que renuncio completamente a guardar lealtad y fidelidad a cualquier príncipe extranjero, potentado, estado o soberanía...

«Adiós, Inglaterra —pensó—. No fue culpa tuya que yo convirtiera todo en un auténtico desastre. Eres un buen país, pero yo necesitaba un lugar más áspero y joven que me enseñara a valerme por mí misma.»

—... que apoyaré y defenderé la Constitución y las leyes de los Estados Unidos de América contra todos los enemigos, extranjeros y nacionales...

Lo intentaría lo mejor que pudiera, aun cuando las responsabilidades de la ciudadanía la intimidaran. Si una sociedad quería permanecer libre, ¿cómo podía tomarse aquellas obligaciones a la ligera?

—... que portaré armas a favor de Estados Unidos...

¡Por Dios, esperaba no tener que hacer eso!

—... que realizaré trabajos de importancia nacional bajo dirección civil cuando sea requerido por la ley...

El mes siguiente Francesca iba a declarar ante un comité del Congreso en referencia al problema de los adolescentes que se fugaban de sus casas, y ya había comenzado a formar una organización para recaudar fondos con los que construir refugios. Al realizar *Hoy, Francesca* solo una vez al mes, finalmente tendría la oportunidad de hacer algo por el país que le había dado tanto a ella.

—... que adquiero esta obligación libremente, sin reservas ni propósito alguno de evasión; y que Dios me ayude.

Cuando la ceremonia concluyó, una serie de vítores al estilo de Texas brotó de entre el público. Con lágrimas en los ojos, Francesca observó el espectáculo que estaban montando sus invitados. A continuación el presidente saludó a los nuevos ciudadanos, seguido del juez del Tribunal Supremo y los demás miembros del gobierno. Una banda de música comenzó a tocar los primeros acordes de *Stars and Stripes Forever*, y el empleado de la Casa Blanca responsable de la ceremonia empezó a dirigir a los participantes hacia unas mesas con banderitas colocadas bajo los árboles y dispuestas con ponche y pastas de té, como en un picnic típico del Día de la Independencia.

Dallie fue el primero en atravesar la muchedumbre para llegar hasta ella, con una sonrisa del tamaño de Texas en su cara.

—Lo último que necesita este país es a otra votante liberal, pero estoy realmente orgulloso de ti de todos modos, cariño.

Francesca se echó a reír y le abrazó. Desde la zona este de la isla se oyó un estruendoso rugido cuando el helicóptero presidencial despegó, llevándose al presidente y a algunos de los otros miembros del gobierno que habían estado presentes en la ceremonia. Con la ausencia del presidente, el ambiente se volvió más relajado. A la vez que el helicóptero desaparecía, se realizó un anuncio de que la estatua se había abierto para todo el que quisiera visitarla.

—Estoy orgulloso de ti, mamá —dijo Teddy. Ella le dio un fuerte abrazo.

—Estabas casi tan elegante como ese diseñador coreano —dijo Holly Grace—. ¿Has visto que llevaba calcetines rosas con mariposas de pedrería?

Francesca apreció el intento de Holly Grace de bromear, sobre todo porque sabía que estaba fingiendo. Gran parte del brillo de Holly Grace había ido desvaneciéndose durante los últimos meses.

—Aquí, señorita Day —la llamó uno de los fotógrafos.

Sonrió a la cámara y habló con todos los que se acercaron a saludarla. Sus antiguas fugitivas hicieron cola para conocer a Dallie. Coquetearon con él de forma exagerada, y él coqueteó también con ellas hasta conseguir que todas estuvieran riéndose. Los fotógrafos querían unas cuantas fotos de Holly Grace, y todas las cadenas de televisión presentes pidieron una pequeña entrevista a

Francesca. Cuando hubo terminado con la última de ellas, Dallie le puso una copa de ponche en la mano.

—¿Has visto a Teddy?

Francesca miró a su alrededor.

—No desde hace un rato. —Se giró hacia Holly Grace, que acababa de reunirse con ellos—. ¿Has visto a Teddy?

Holly Grace negó con la cabeza. Dallie parecía preocupado, pero Francesca le sonrió.

—Estamos en una isla, no puede meterse en muchos problemas.

Dallie no quedó muy convencido.

—Francie, también es hijo tuyo. Con semejantes genes, me parece a mí que podría meterse en problemas en cualquier parte.

—Vamos a buscarlo. —Hizo la sugerencia más por el deseo de estar a solas con Dallie que por buscar realmente a Teddy. La isla todavía estaría cerrada a los turistas durante otra hora más, así que ¿qué podía ocurrirle?

Mientras dejaba el vaso sobre la mesa, vio que Naomi cogía la mano de Ben Perlman y miraba fijamente al cielo. Protegiéndose los ojos, Francesca alzó también la vista, pero lo único que vio fue una pequeña avioneta volando en círculos. Y entonces vio que algo caía del aparato, y mientras seguía observando, un paracaídas empezaba a abrirse. Una a una, todas las personas que estaban a su alrededor empezaron a mirar fijamente al cielo para ver cómo descendía el paracaidista hacia la Isla de Libertad.

Mientras caía, una gran pancarta blanca se iba desplegando detrás de él. Tenía unas grandes letras impresas en negro, pero resultaba imposible leerlas, porque el viento azotaba la pancarta hacia un lado y luego hacia el otro, amenazando con enredarse en el propio paracaidista. De repente, la pancarta se extendió por completo.

Francesca sintió unas uñas afiladas clavándose en la manga de su chaqueta.

—Oh, Dios mío —susurró Holly Grace.

Los ojos de todos los espectadores, y los de todas las cámaras de televisión, quedaron pegados a la pancarta y al mensaje que había en ella:

Aunque iba tapado con un casco y un mono blanco, el paracaidista no podía ser otro que Gerry Jaffe.

—Voy a matarlo —dijo Holly Grace, escupiendo veneno en cada una de las sílabas—. Esta vez ha ido demasiado lejos.

Y en ese momento el viento cambió y dejó a la vista el otro lado de la pancarta.

Tenía el dibujo de una barra de levantamiento de pesas.

Naomi se colocó al lado de Holly Grace.

—Lo siento —dijo—. Intenté quitárselo de la cabeza, pero te quiere muchísimo. Y se niega a hacer nada de la manera más sencilla.

Holly Grace no contestó. Mantuvo los ojos fijos en el descenso del paracaidista, que caía cerca de la isla, pero de pronto comenzó a cambiar de rumbo. Naomi soltó un pequeño grito de alarma, y los dedos de Holly Grace se hundieron aún más en el brazo de Francesca.

—¡Va a caer al agua! —chilló—. Oh, Dios, se ahogará. Se enredará en el paracaídas o en esa estúpida pancarta... —Se apartó de Francesca y comenzó a correr hacia el muro de protección, chillando con todas sus fuerzas—: ¡Estúpido comunista! ¡Idiota, estúpido...!

Dallie puso su brazo sobre los hombros de Francesca.

—¿Tienes idea de por qué esa pancarta tiene un dibujo de dos pomos de puerta?

—Es una barra de levantar pesas —contestó, conteniendo la respiración mientras Gerry sobrepasaba el muro y aterrizaba sobre la hierba a unos cincuenta metros de distancia.

—Holly Grace le va a montar una buena por esto —comentó él, disfrutando de lo lindo—. Mírala, está fuera de sí.

Esa no era la expresión adecuada. Holly Grace estaba furiosa. Estaba tan enfurecida que apenas podía contenerse. Mientras Gerry luchaba por recoger el paracaídas, ella le lanzó una retahíla interminable de insultos.

Gerry enrolló el paracaídas y la pancarta formando una bola con ellos y los dejó sobre la hierba para tener al fin las dos manos libres para tratar con ella. Al ver su cara enrojecida y percibir el nivel de su rabia, comprendió que iba a necesitar ambas manos.

—¡Nunca te perdonaré por esto! —gritó ella, dándole un puñetazo en el brazo, para alegría de los cámaras de televisión—. No tienes suficiente experiencia para hacer un salto así. Podrías haberte matado. ¡Ojalá lo hubieras hecho!

Gerry se quitó el casco, y su pelo rizado estaba tan revuelto como el de un ángel siniestro.

—Llevo semanas intentando hablar contigo, pero no has querido verme. Además, creí que te gustaría.

—¡Que me gustaría! —Casi le escupió—. ¡No me he sentido tan humillada en toda mi vida! Me has convertido en un espectáculo. No tienes ni un gramo de sentido común. ¡Ni un solo gramo!

—¡Gerry! —oyó el grito de aviso de Naomi y, por el rabillo del ojo, vio acercarse corriendo a los agentes de seguridad de la Estatua.

Sabía que no le quedaba mucho tiempo. Lo que había hecho era definitivamente ilegal, y no tenía la menor duda de que iban a detenerle.

—Acabo de comprometerme públicamente contigo, Holly Grace. ¿Qué más quieres de mí?

—Lo que has hecho es ponerte públicamente en ridículo. Saltando de una avioneta y estando a punto de ahogarte con esa estúpida pancarta. ¿Y por qué has dibujado un hueso de perro en ella? ¿Puedes decirme qué querías decir con eso?

—¿Hueso de perro? —Gerry levantó sus brazos en un gesto de frustración. Hiciese lo que hiciese, nunca conseguía satisfacer a aquella mujer y, si la perdía esta vez, nunca lograría recuperarla. La sola idea de perderla le producía escalofríos. Holly Grace Beaudine era la única mujer que nunca había podido poner a sus pies, la única mujer que le hacía sentir que podía conquistar el mundo, y la necesitaba tanto como necesitaba el oxígeno para respirar.

Los agentes de seguridad ya casi habían llegado hasta él.

—¿Estás ciega, Holly Grace? No era un hueso de perro. Dios, acabo de realizar el compromiso más brutal de toda mi vida, y has sido incapaz de pillarle el sentido.

—¿De qué estás hablando?

—¡Era un sonajero de bebé!

Los dos primeros guardias lo agarraron.

—¿Un sonajero de bebé? —Su expresión feroz se descompuso en otra de sorpresa y su voz se suavizó—. ¿Eso era un sonajero?

Un tercer agente obligó a Holly Grace a apartarse a un lado. Decidieron que Gerry no parecía querer causarles mayores problemas, por lo que le esposaron las manos delante del cuerpo.

—Cásate conmigo, Holly Grace —dijo Gerry, haciendo caso omiso al hecho de que le estaban leyendo sus derechos en aquel preciso instante—. ¡Cásate conmigo y tengamos un bebé... una docena de bebés! Pero no me dejes.

—Oh, Gerry... —Holly Grace se quedó mirándolo con el corazón en la mirada, y el amor que él sentía por ella se expandió por su pecho hasta que casi le dolía. Los guardias de seguridad no querían dar mala impresión ante de la prensa, así que permitieron que Gerry levantara las muñecas y las pasara por encima de la cabeza de Holly Grace. La besó con tanta pasión que olvidó cerciorarse de que estaban bien colocados para que las cámaras de televisión pudieran enfocarlos bien.

Afortunadamente, Gerry contaba con un socio que no se distraía tan fácilmente con las mujeres.

En lo alto, desde una pequeña ventana situada en la corona de la Estatua de la Libertad, otra pancarta comenzó a desplegarse, esta de un amarillo brillante. Estaba hecha de un material sintético que había sido desarrollado por el programa de investigaciones espaciales, un material tan ligero que podía doblarse y plegarse hasta quedar reducido casi al tamaño de una cartera, y que, una vez suelto, se desplegaba sin dificultad. La pancarta se abrió sobre la frente de la Estatua de la Libertad, desenrollándose por encima de su nariz y extendiéndose hasta alcanzar la barbilla. Su mensaje era claramente legible desde el suelo, impreso en grandes y gruesos trazos negros:

NO MÁS BOMBAS NUCLEARES

Francesca fue la primera en verlo. Y luego Dallie. Gerry, que había terminado de mala gana su abrazo con Holly Grace, sonrió al ver la pancarta y le dio un beso rápido en la nariz. Luego levantó sus muñecas esposadas al cielo, echó hacia atrás la cabeza y cerró las manos en puños:

—¡Bien hecho, Teddy! —gritó.

¡Teddy!

Francesca y Dallie se miraron alarmados el uno al otro y luego echaron a correr hacia la entrada a la estatua.

Holly Grace sacudió la cabeza, sin saber si debía reírse o llorar, segura tan solo de que tenía por delante una vida de lo más interesante.

—Era una oportunidad demasiado buena para no aprovecharla —comenzó a explicarle Gerry—. Con todas estas cámaras...

—Calla, Gerry, y dime qué he de hacer para sacarte de la cárcel. —Algo le decía a Holly Grace que en el futuro más le valía saber cómo hacerlo.

—Te quiero, mi amor —dijo Gerry.

—Yo también te quiero —respondió ella.

Las acciones de reivindicación política no eran algo desconocido en la Estatua de la Libertad. En los años sesenta, exiliados cubanos se habían encadenado a los pies de la estatua; en los setenta, unos veteranos de guerra colgaron de la corona la bandera americana al revés; y en los ochenta, dos alpinistas escalaron hasta la cima de la estatua para protestar contra el encarcelamiento continuado de un miembro de los Panteras Negras. Así pues, las acciones políticas no eran desconocidas, pero en ninguna de ellas había habido un niño implicado.

Teddy permanecía sentado, solo, en el pasillo de la oficina de seguridad de la estatua. A través de la puerta cerrada, podía oír la voz de su madre y, de vez en cuando, también la de Dallie. Uno de los guardias de seguridad le había dado un bote de 7Up, pero no tenía ánimos de bebérselo.

La semana anterior, cuando Gerry había llevado a Teddy para que viera al bebé de Naomi, Teddy oyó por casualidad a los dos hermanos discutiendo, y así fue como se enteró del plan de Gerry de lanzarse en paracaídas sobre la isla. Cuando Gerry lo había llevado de vuelta a casa, Teddy lo interrogó. Se sintió como una persona de gran importancia cuando Gerry finalmente confió en él, a pesar de pensar que podría ser simplemente porque se sentía triste ante la posibilidad de perder a Holly Grace.

Habían hablado sobre la pancarta en contra de las bombas nucleares, y Teddy le pidió a Gerry que le dejara ayudarle, pero Gerry le contestó que era aún demasiado joven. Sin embargo, Teddy no se había rendido. Llevaba dos meses pensando en realizar un trabajo de Ciencias Sociales lo suficientemente espectacular para impresionar a la señorita Pearson, y se dio cuenta de que lo había encontrado por fin. Cuando trató de explicarse, Gerry le había soltado un largo monólogo sobre como la disidencia política no podía llevarse a cabo por motivos egoístas. Teddy había escuchado atentamente y había fingido estar de acuerdo, pero deseaba demasiado obtener un sobresaliente en su trabajo de Sociales. El memo de Milton Grossman solo había visitado la oficina del alcalde Koch, y la señorita Pearson le había puesto la máxima nota.

¡Pensar la nota que le daría a un niño que había ayudado a desarmar el mundo era todo un reto para la imaginación de Teddy!

Ahora que tenía que afrontar las consecuencias, no obstante, Teddy sabía que había sido una estupidez romper el cristal de la ventana de la corona. Pero ¿qué otra cosa podía haber hecho? Gerry le había explicado que las ventanas de la corona se abrían con una llave especial que llevaba el personal de mantenimiento. Uno de ellos era amigo de Gerry, y el tipo había prometido subir a la corona en cuanto la gente de seguridad del presidente abandonara la zona y dejar abierta la ventana central. Pero cuando Teddy llegó arriba, empapado de sudor y sin aliento por haber subido las escaleras a toda prisa para llegar allí antes que nadie, se dio cuenta de que algo iba mal, porque la ventana continuaba estando cerrada.

Gerry le había dicho a Teddy que si tenía algún problema con la ventana, tenía que regresar abajo y olvidarse de la pancarta, pero Teddy se jugaba demasiado. Rápidamente, antes de que tuviera tiempo de pensar en lo que hacía, había cogido la tapa metálica de un cubo de la basura y había golpeado con ella la pequeña ventana del centro unas cuantas veces. Después de cuatro intentos, finalmente rompió el cristal. Probablemente no fue más que un eco, pero cuando el cristal se rompió, creyó que podía escuchar el lamento de la estatua.

La puerta de la oficina se abrió y el hombre que estaba a cargo de la seguridad salió. Ni siquiera miró a Teddy; avanzó por el pasillo sin decir nada.

Entonces su madre apareció en el umbral, y Teddy pudo ver que estaba realmente enfadada. Su madre no se enfadaba demasiado a menudo, a no ser que se asustara realmente por algo, pero cuando lo hacía, Teddy sentía una sensación de mareo en el estómago. Tragó saliva y bajó los ojos, porque tenía miedo de mirarla a la cara.

—Entra, jovencito —dijo Francesca, y su voz sonó como si acabase de comer carámbanos—. ¡Ahora!

Su estómago se encogió. Se había metido realmente en problemas. Había imaginado que se metería en unos pocos, pero no hasta ese punto. Nunca había oído a su madre tan enfadada. Su estómago pareció darse la vuelta, y creyó que iba a vomitar. Trató de retrasar el momento todo lo posible arrastrando sus zapatos al caminar hacia la puerta, pero Francesca le cogió del brazo y lo metió en la oficina. Teddy oyó un portazo a su espalda.

Ningún miembro del personal de seguridad estaba allí. Solo Teddy, su madre, y Dallie. Dallie estaba junto a la ventana, con los brazos cruzados sobre el pecho. Por la luz del sol, Teddy no podía ver su cara con claridad, y se alegró de ello. En el mirador del Empire State Building, Dallie le había dicho que lo quería y Teddy había querido creerlo, pero tenía miedo de que Dallie lo hubiera dicho solamente porque su madre le había pedido que lo hiciera.

—Teddy, estoy muy avergonzada —comenzó su madre—. ¿Qué diablos te ha hecho meterte en algo como esto? Has cometido un acto vandálico contra la estatua. ¿Cómo has podido hacerlo? —La voz de su madre temblaba un poco, como si estuviera verdaderamente enfadada, y su acento se había agudizado más de lo normal. Deseó no haber sido demasiado mayor para recibir unos azotes en el trasero, porque sabía que una azotaina no le dolería tanto como aquellas palabras—. Es un milagro que no vayan a denunciarte. Siempre he confiado en ti, Teddy, pero pasará mucho tiempo antes de que vuelva a hacerlo otra vez. Lo que has hecho es ilegal...

Cuanto más hablaba Francesca, más bajaba la cabeza de Teddy. No sabía qué era peor: romper la estatua o hacer enfadar tanto a su madre. Sintió que su garganta comenzaba a cerrarse y supo que iba a llorar. Allí mismo, delante de Dallie Beaudine, iba a llorar como un idiota. Mantuvo los ojos fijos en el suelo y sintió como si alguien le estuviera tirando piedras en el pecho. Tomó aire. No podía llorar delante de Dallie. Se apuñalaría en los ojos antes de hacer eso.

Una lágrima cayó e impactó sobre uno de sus zapatos. Se lo tapó con el otro para que Dallie no lo viera. Su madre siguió diciendo que no podía confiar más en él, cuánto la había decepcionado, y otra lágrima cayó sobre su otro zapato. Le dolía el estómago, la garganta se le cerraba, y solamente quería sentarse en el suelo, abrazar uno de sus viejos ositos de peluche y llorar con todas sus fuerzas.

—Ya es suficiente, Francie. —La voz de Dallie no sonó muy alta, pero sí seria, y su madre dejó de hablar. Teddy se limpió la nariz con la manga de su camisa—. Sal un momento fuera, cariño.

—No, Dallie, yo...

—Venga, cariño. Saldremos en un minuto.

«¡No te vayas! —quiso gritar Teddy—. No me dejes solo con él.» Pero era demasiado tarde. Después de unos segundos, los pies de su madre comenzaron a moverse y luego oyó que se cerraba la puerta. Otra lágrima cayó de su barbilla, y al intentar coger aire emitió un pequeño hipo.

Dallie se le acercó. A través de las lágrimas, Teddy pudo ver los pantalones de Dallie. Y a continuación sintió que un brazo pasaba alrededor de sus hombros y tiraba de él.

—Vamos, llora todo lo que quieras, hijo —dijo Dallie suavemente—. A veces es difícil llorar delante de una mujer, y tú hoy has tenido un día muy duro.

Algo duro y doloroso que Teddy había estado guardando dentro de él demasiado tiempo pareció romperse.

Dallie se arrodilló y tiró de Teddy hacia sí. Teddy colocó los brazos alrededor de su cuello y lo apretó tanto como pudo y lloró tan fuerte que casi no podía respirar. Dallie le frotó la espalda por debajo de su camisa y lo llamó «hijo» y le dijo que tarde o temprano todo estaría bien.

—No quería dañar la estatua —sollozó Teddy en el cuello de Dallie—. Me gusta la estatua. Mamá ha dicho que no volverá a confiar en mí.

—No siempre se puede hacer caso de lo que dicen las mujeres cuando están tan alteradas como tu mamá lo estaba ahora.

—Quiero a mamá. —Teddy hipó otra vez—. No quería que se enfadase tanto.

—Lo sé, hijo.

—Me asusto cuando se enfada tanto conmigo.

—Apuesto a que ella también está asustada.

Teddy finalmente reunió el valor necesario para alzar la vista. La cara de Dallie parecía borrosa a través de sus lágrimas.

—Me va a quitar la paga durante un millón de años.

Dallie asintió.

—Probablemente tienes razón en eso. —Entonces, Dallie cogió la cabeza de Teddy entre sus manos, lo apretó contra su pecho y le besó al lado de la oreja.

Teddy se quedó quieto, sin decir nada durante unos segundos, acostumbrándose simplemente a la sensación de una mejilla rasposa contra la suya en lugar de una suave.

—¿Dallie?

—¿Sí?

Teddy enterró la boca en el cuello de la camisa de Dallie, de forma que sus palabras sonaron amortiguadas.

—Creo... creo que tú eres mi verdadero padre, ¿verdad?

Dallie se quedó callado un momento, y cuando finalmente habló sonó como si su garganta también se estuviera cerrando.

—Puedes apostar a que lo soy, hijo. Puedes apostarlo.

Más tarde, Dallie y Teddy salieron al pasillo para afrontar a Francesca los dos juntos. Excepto que esta vez, cuando ella vio el modo en Teddy abrazaba a Dallie, fue ella la que comenzó a llorar, y antes de darse cuenta, su madre lo estaba abrazando y Dallie la estaba abrazando a ella, y los tres estaban allí, en mitad del pasillo de la oficina de seguridad de la Estatua de la Libertad, llorando como un puñado de bebés.

Epílogo

Dallie estaba sentado en el asiento del pasajero de su Chrysler New Yorker, con la visera de su gorra inclinada sobre los ojos para bloquear el sol de la mañana, mientras la señorita Pantalones Elegantes adelantaba a dos camiones y un autobús Greyhound en menos tiempo del que la mayoría de la gente necesitaba para decir amén. Diablos, le gustaba su manera de conducir. Un hombre podía relajarse con una mujer como ella al volante porque sabía que tenía media posibilidad de llegar a su destino antes de que sus arterias se endurecieran por la vejez.

—¿Vas a decirme adónde me llevas? —preguntó él.

Cuando ella le había sacado de casa antes siquiera de permitirle tomarse un café, no había protestado demasiado porque tres meses de vida de casados le habían enseñado que valía más la pena seguirle el juego a su pequeña y bella esposa que pasarse la mitad del tiempo discutiendo con ella.

—Cerca del viejo vertedero —respondió Francesca—. Si puedo encontrar el camino.

—¿El vertedero? Ese lugar lleva cerrado los últimos tres años. No hay nada allí.

Francesca realizó un brusco giro a la derecha por una vieja carretera de asfalto.

—Eso es lo que dijo la señorita Sybil.

—¿La señorita Sybil? ¿Qué tiene ella que ver con todo esto?

—Es una mujer —contestó Francesca misteriosamente—. Y entiende las necesidades de una mujer.

Dallie decidió que el mejor curso de acción en una situación como aquella era no hacer más preguntas y limitarse a dejar que los acontecimientos tomaran su curso natural. Sonrió ampliamente e inclinó la visera de su gorra un poco más. ¿Quién hubiera pensado que estar casado con la señorita Pantalones Elegantes resultaría tan divertido? Su vida marchaba aún mejor de lo que había esperado. Francie lo había arrastrado a la Costa Azul para pasar una luna de miel que había sido uno de los mejores momentos de su vida, y luego habían ido a Wynette a pasar el verano. Durante el curso escolar, habían decidido hacer de Nueva York su base de operaciones, porque era el mejor lugar para Teddy y también para Francie. Puesto que Dallie iba a jugar en los torneos más grandes durante aquel otoño, podría colgar su ropa prácticamente en cualquier parte. Y si en algún momento se aburrían, podían ir a pasar una temporada en una de las casas que él tenía dispersas por todo el país.

—Tenemos que estar de vuelta en Wynette exactamente dentro de cuarenta y cinco minutos —dijo Francesca—. Tienes una entrevista con ese reportero de *Sports Illustrated*, y yo tengo una teleconferencia prevista con Nathan y mi gente de producción.

No parecía lo bastante mayor para saber gran cosa sobre teleconferencias, y menos aún para tener personal de producción. Llevaba el pelo recogido en una coleta que la hacía parecer una quinceañera, y llevaba puesto un top elástico blanco con una pequeña falda vaquera que él le había comprado porque sabía que no le cubriría mucho más que el trasero.

—Creía que íbamos al campo de prácticas —dijo Dallie—. No te ofendas, Francie, pero a tu forma de golpear la pelota no le vendría mal algo de entrenamiento. —Esa era una manera educada de decirlo. En realidad, tenía el peor *swing* que había visto jamás en una persona, ya fuera hombre o mujer, pero disfrutaba tanto teniéndola con él en el campo de prácticas que fingía que estaba mejorando.

—No veo cómo mi *swing* va a mejorar si no paras de decirme tantas cosas diferentes —se quejó ella—. «Mantén la cabeza agachada, Francie.» «Tira con el lado izquierdo, Francie.» «Dirige con las rodillas, Francie.» Francamente, nadie en su sano juicio podría recordar todo eso. No me extraña nada que no puedas enseñar a Teddy a golpear una bola de béisbol. Lo haces todo muy complicado.

—Eh, no te preocupes por que ese chico juegue al béisbol. A estas alturas ya deberías saber que el deporte no lo es todo, especialmente cuando mi hijo tiene más cerebro en esa cabeza suya que todos los muchachos de la liga de Wynette juntos.

Por lo que a Dallie concernía, Teddy era el mejor niño del mundo, y no lo cambiaría por todos los niños deportistas de América.

—Hablando del campo de prácticas —dijo ella—, con el Campeonato del PGA a la vuelta de la esquina...

—Oh, oh.

—Cariño, no estoy diciendo que tuvieras problemas con tus hierros largos la semana pasada. Diablos, ganaste el torneo, así que no podía haber sido un verdadero problema. De todos modos, pensaba que tal vez querrías pasar unas cuantas horas practicando después de la entrevista para ver si puedes mejorarlos un poco. —Le echó un vistazo, dirigiéndole una de aquellas miradas suaves e inocentes que no le engañaban en absoluto—. Desde luego, no espero que ganes el PGA —continuó—. Ya has ganado dos títulos este verano, y no tienes que ganar cada torneo en el que participas, pero... —Su voz se fue apagando, como si se hubiera dado cuenta de que ya había dicho bastante. Más que bastante. Una cosa que Dallie había descubierto sobre Francie era que era casi insaciable en lo que se refería a ganar torneos de golf.

Sacó el New Yorker de la estrecha carretera de asfalto y lo metió por una senda de tierra que probablemente no había sido utilizada por nadie desde los apaches. El viejo vertedero de Wynette estaba a algo más de medio kilómetro en sentido contrario, pero Dallie decidió no mencionarlo. Parte de la diversión de estar con Francie era ver cómo improvisaba.

Ella se pellizcó el labio inferior con los dientes y frunció el ceño.

—El vertedero debería estar por aquí, en alguna parte, aunque creo que en realidad no importa.

Él cruzó los brazos sobre el pecho y fingió estar quedándose dormido.

Francesca soltó una risa tonta.

—No puedo creer que Holly Grace se presentara anoche en el Roustabout con un vestido de premamá... apenas está de tres meses. Y Gerry no tiene la menor idea de cómo comportarse en un bar con música en vivo. Se pasó la tarde entera bebiendo vino blanco y hablándole a Skeet sobre las maravillas del parto natural. —Giró otra vez y se metió en un camino lleno de socavones—. No estoy tampoco muy segura de que Holly Grace hiciera bien trayendo a Gerry a Wynette. Quería que conociera mejor a sus padres, pero a la pobre Winona la tiene absolutamente aterrorizada.

Francesca volvió a mirar a Dallie y vio que fingía dormir. Sonrió para sí misma. Quizá fuera lo mejor. Dallie todavía no se comportaba del todo racionalmente con respecto a Gerry Jaffe. Por supuesto, ella tampoco había sido muy racional durante una temporada. Gerry nunca debería haber implicado a Teddy en sus reivindicaciones, por mucho que su hijo le hubiera pedido que le dejara participar. Desde el incidente en la Estatua de la Libertad, Dallie, Holly Grace y ella se habían asegurado de no dejar a Gerry y a Teddy solos durante más de cinco minutos.

Pisó con suavidad el freno y dirigió el New Yorker por un camino atravesado por profundos surcos que terminaba en un grupo desordenado de cedros. Una vez se hubo cerciorado de que el lugar estaba completamente desierto, pulsó los botones que hacían bajar las ventanillas delanteras y apagó el motor. La brisa matinal que entró en el coche era tibia y agradablemente polvorienta.

Dallie todavía fingía estar dormido, con los brazos cruzados sobre su descolorida camiseta gris y una de sus muchas gorras con una banderita americana tapándole los ojos. Francesca pospuso el momento de tocarle, disfrutando de la idea misma. A pesar de las risas y las bromas que compartían, Dallie y ella habían encontrado la serenidad, una sensación de perfecta armonía que solo se podía alcanzar después de haber conocido el lado más oscuro de la otra persona y haber caminado juntos hasta el lado soleado.

Inclinándose hacia él, le quitó la gorra y la lanzó al asiento trasero. Luego besó sus párpados cerrados e introdujo los dedos entre su pelo.

—Despiértate, querido, tienes trabajo que hacer.

Dallie le mordisqueó el labio inferior.

—¿Tienes algo específico en mente?

—Así es.

Dallie metió la mano bajo su top elástico y paseó la yema de sus dedos por la línea de su columna.

—Francie, tenemos una cama estupenda en Wynette y otra a cuarenta kilómetros al oeste de aquí.

—La segunda está demasiado lejos y la primera está en una casa atestada de gente.

Dallie se rio entre dientes. Teddy había llamado a la puerta del dormitorio esa mañana temprano y luego se había subido a la cama con ellos para pedirles su opinión sobre si debería hacerse detective o científico cuando fuera mayor.

—Se supone que las personas que están casadas no tienen por qué hacer el amor en un coche —dijo, cerrando los ojos otra vez cuando ella se colocó sobre su regazo y comenzó a besarle en la oreja.

—La mayoría de las personas casadas no tienen una reunión de los Amigos de la Biblioteca Pública de Wynette en una habitación y a un ejército de muchachas adolescentes acampadas en otra —repuso ella.

—En eso tienes razón. —Le levantó un poco la falda para que pudiera sentarse a horcajadas sobre sus piernas. Luego comenzó a acariciarle uno de los muslos, y fue gradualmente subiendo sus manos. De pronto, sus ojos se abrieron como platos—. ¡Francie Day Beaudine, no llevas bragas!

—¿Ah, no? —murmuró, con aquella voz aburrida de muchacha rica que sabía utilizar tan bien—. Qué travesura por mi parte.

Frotó sus pechos contra él y le besó en la oreja, volviéndolo loco. Dallie decidió que ya era hora de demostrarle a la señorita Pantalones Elegantes quién era el jefe de aquella familia. Abrió la puerta del coche y salió, llevándola a ella consigo.

—Dallie... —protestó Francesca.

Él la rodeó por la cintura y la levantó del suelo. Mientras la llevaba hacia el maletero del New Yorker, ella fingió resistirse, aunque a él realmente le pareció que podría poner un poco más de esfuerzo si se concentraba más.

—No soy la clase de mujer a la que se le hace el amor en la parte trasera de un coche —dijo, con una voz tan arrogante que parecía la de la reina de Inglaterra. Solo que Dallie no podía imaginarse a la reina de Inglaterra moviendo su mano arriba y abajo por la bragueta de sus vaqueros de aquel modo.

—No puedes engañarme con ese acento, señora —dijo, arrastrando las palabras—. Sé exactamente cómo os gusta hacer el amor a las chicas americanas de sangre caliente.

Cuando ella abrió la boca para contestar, él aprovechó que tenía los labios separados para darle la clase de beso que le garantizaba unos minutos de silencio. Poco después, ella comenzó a bajarle la cremallera de los pantalones, algo que no le llevó mucho tiempo, pues Francie era una experta en todo lo que tuviera que ver con ropa.

Empezaron a hacer el amor de modo lascivo, recurriendo a palabras soeces y a mucho cambio de posiciones, pero luego todo se volvió tierno y dulce, igual que los sentimientos que ambos tenían hacia el otro. No mucho más tarde, los dos estaban tumbados a lo largo del maletero del New Yorker, encima de la sábana Porthault de satén rosa que Francesca guardaba en el coche precisamente para ese tipo de emergencias.

Después se miraron a los ojos, sin decirse una palabra, solo mirándose, y luego se dieron un beso tan lleno de amor que resultaba difícil recordar que alguna vez habían existido barreras entre ellos.

Dallie se puso al volante para volver a Wynette. Cuando cogió la carretera principal, Francesca se acurrucó a su lado y él se sintió perezoso y satisfecho consigo mismo por haber tenido la sensatez de casarse con la señorita Pantalones Elegantes. Justo entonces, el Oso hizo una de sus cada vez más raras apariciones:

«Parece que estás en verdadero peligro de convertirte en un calzonazos por esta mujer.»

«Tienes toda la razón», le contestó Dallie, acariciando la coronilla de Francesca con un beso.

Y entonces el Oso se rio entre dientes. «Buen trabajo, Beaudine.»

En el lado opuesto de Wynette, Teddy y Skeet estaban sentados el uno al lado del otro en un banco de madera, con las zarzamoras cobijándolos del sol del verano. Estaban callados, sin que ninguno de los dos tuviera la necesidad de hablar. Skeet miraba fijamente la suave pendiente de hierba, y Teddy bebía a sorbos lo que le quedaba de Coca-Cola. Llevaba su par favorito de pantalones de camuflaje, sujeto con un cinturón a la altura de la cintura, con una gorra de béisbol en la que había prendida una bandera americana. Una chapa de «Nucleares, no, gracias» ocupaba un lugar de honor en el centro exacto de su camiseta de los Aggies.

Teddy pensaba que ese verano en Wynette había sido quizás el mejor de su vida. Allí tenía una bici, algo que no podía tener en Nueva York, y su padre y él habían construido un colector solar en el patio trasero. De todos modos, echaba de menos a algunos de sus amigos y no repudiaba del todo la idea de regresar a Nueva York en unas semanas. La señorita Pearson le había puesto un sobresaliente en su trabajo de Ciencias Sociales sobre la inmigración. Había dicho que la historia que había escrito sobre cómo su madre había llegado al país y todo lo que le había pasado desde entonces era el trabajo más interesante que jamás había leído. Y su profesora del curso siguiente iba a ser la más agradable de toda la escuela. Además, había montones de museos y cosas en Nueva York que quería enseñarle a su padre.

—¿Estás listo? —le preguntó Skeet, levantándose del banco donde habían estado sentados.

—Supongo que sí. —Teddy acabó ruidosamente con las últimas gotas de su Coca-Cola y se incorporó para tirar la lata vacía a la papelera—. No entiendo por qué tenemos que hacer un secreto de esto. Si no fuera un secreto tan grande, podríamos venir aquí más a menudo.

—No te preocupes —contestó Skeet, protegiendo sus ojos para examinar la cuesta de hierba que llevaba hacia el primer *green*—. Le hablaremos a tu padre de esto cuando yo decida que ha llegado el momento, no antes.

A Teddy le encantaba ir al campo de golf con Skeet, así que no puso objeciones. Cogió su madera 3 de una bolsa de palos viejos que Skeet había recortado para él. Después de secarse las palmas de las manos en sus pantalones, colocó la pelota, disfrutando de su equilibrio perfecto sobre el soporte rojo de madera. Se colocó en posición y miró fijamente la cuesta hacia el lejano *green*. Era precioso, brillante bajo el sol. Tal vez fuera porque era un chico de ciudad, pero le encantaban los campos de golf. Respiró un poco de aire limpio, se equilibró y echó hacia atrás los brazos.

La cabeza del palo golpeó la pelota con un sonido agradable.

—¿Cómo lo he hecho? —preguntó Teddy, fijando sus ojos en la calle.

—Unos ciento ochenta metros —dijo Skeet, riendo por lo bajo—. Nunca he visto a un niño enviar tan lejos una pelota.

Teddy se molestó.

—No es para tanto, Skeet. No sé por qué siempre le das tanta importancia. Golpear una pelota de golf es fácil. No es como tratar de coger un balón de fútbol o golpear una pelota con un bate de béisbol o algo realmente duro como eso. Cualquiera puede darle a una pelota de golf.

Skeet no dijo nada. Ya se había puesto en marcha, cargando con la bolsa de palos de Teddy, y se reía con tanta fuerza que no podía hablar.

Índice

OTROS TÍTULOS DE LA COLECCIÓN

Amor o chantaje

SUSAN ELIZABETH PHILLIPS

Lady Emma Wells-Finch, la más que virtuosa gobernanta del colegio femenino de Santa Gertrudis de Inglaterra, sabe que solo una cosa le impedirá perder cuanto le es más querido: ¡la deshonra total y absoluta! Con las faldas al vuelo, el paraguas en ristre y su hermosa boca dando órdenes a diestro y siniestro, llega a Texas con una misión: perder su reputación antes de dos semanas.

El atleta y donjuán de fama mundial Kenny Traveler ha sido suspendido para la práctica del deporte que le apasiona. Y solo una cosa puede encauzar de nuevo su carrera: ¡la respetabilidad total y absoluta! Para su desgracia, le han hecho chantaje para que haga de chófer de la mandona y decidida Lady Emma, que está decidida a visitar todos los antros y tiendas de tatuajes... y cosas peores. Mucho peores.

Cuando un apuesto sujeto que ya no puede permitirse ni un escándalo más conoce a una tozuda mujer que está decidida a provocar uno, puede surgir cualquier cosa. ¿Incluso el amor? ¡Caramba!, eso es imposible, una extravagancia, pero... ¡es inevitable!

Perseguida

KAREN ROBARDS

Jessica Ford es una joven abogada que trabaja en un bufete de alto nivel de Washington. Su jefe, amigo de la primera dama Annette Cooper, le encarga que vaya al encuentro de esta, que se encuentra en un bar a escondidas del servicio secreto. Todo lo que Jessica recuerda es verse, sin saber por qué, en el asiento trasero de un coche que vuela por las calles desiertas en plena noche. También recuerda que hubo un accidente, y que los otros tres ocupantes, incluida la primera dama, están muertos. Malherida, Jess es la única superviviente de lo que la prensa define como un «trágico accidente».

El agente secreto al frente de la investigación, Mark Ryan, sospecha que Jess oculta algo. Mientras tanto, otras personas aparecen sin vida. Aterrorizada y convencida de que la muerte de la primera dama no fue un accidente, Jess sólo puede confiar en Mark Ryan...

Irresistible

LISA KLEYPAS

Soltera y todavía virgen, la novelista Amanda Briars no está dispuesta a recibir su trigésimo cumpleaños sin haber hecho el amor. Cuando Jack Devlin llama a su puerta, cree que se trata del regalo que se ha hecho a sí misma: un hombre contratado para una noche de pasión. Aunque algo impide a Jack dar rienda suelta al deseo, su determinación de poseer a Amanda ya no se detendrá... Pero ella ansía la respetabilidad más de lo que está dispuesta a admitir, mientras que Jack se niega a vivir conforme las reglas de la sociedad victoriana. Sus respectivos mundos colisionarán con la fuerza de una pasión que ninguno de los dos esperaba...

Lisa Kleypas es la autora de grandes novelas románticas como *El precio del amor*, *El amante de Lady Sophia* y *La antigua magia.*

La dama del castillo

INY LORENTZ

Alemania, durante la Edad Media. La amenaza de las guerras y las plagas se ciernen sobre el pueblo como una nube oscura.

María parece haber encontrado la felicidad por fin: olvidada su etapa de ramera errante, un década después es la esposa del gobernador Michel Adler, quien le ha proporcionado una vida respetable. Sin embargo, esta etapa idílica llega a su fin cuando Michel, que ha tenido que marchar a la guerra contra el levantamiento de los husitas, es declarado desaparecido. Marie decide entonces emprender la búsqueda de su amado esposo, y para ello se une al ejército disfrazada de cantinera...

Comienza una nueva aventura en su vida. ¿Logrará encontrar al hombre a quien ama?